BAHAMAS

**

Retour à Soledad

Maurice Denuzière, grand reporter devenu écrivain, best-seller international avec *Louisiane*, a publié une trentaine d'ouvrages. Ses cinq gros romans de la série *Louisiane*, les quatre volumes de la série *Helvétie* et les trois tomes de la série *Bahamas* font qu'il est considéré comme l'un des maîtres du roman historique.

Paru dans Le Livre de Poche :

Amélie ou la Concordance des temps

Bahamas
1 – Le Pont de Buena Vista

Le Cornac

La Trahison des apparences

Un chien de saison

Une tombe en Toscane

MAURICE DENUZIÈRE

Bahamas

**

Retour à Soledad

ROMAN

FAYARD

Toute ressemblance des personnages fictifs avec des êtres vivant
ou ayant vécu ne pourrait être que fortuite.

Toute infidélité à l'histoire et à ses acteurs authentiques
ne pourrait être qu'involontaire.

Chercher à localiser,
sur un globe terrestre ancien ou sur une carte contemporaine,
Soledad et Buena Vista,
parmi les sept cents îles qui constituent l'archipel des Bahamas,
serait vain.

ISBN : 978-2-253-10830-6 – 1re publication LGF

Île des doux secrets et des fêtes du cœur !
De l'antique Vénus le superbe fantôme
Au-dessus de tes mers plane comme un arôme,
Et charge les esprits d'amour et de langueur.

Charles BAUDELAIRE,
Un voyage à Cythère,
Les Fleurs du mal,
Revue des Deux Mondes, juin 1855.

L'islomanie est peut-être une maladie inguérissable. Est-il besoin de préciser qu'elle est le contraire des voyages ? Qu'elle impose l'immobilité, c'est-à-dire, en un sens, la condition essentielle de la paix intérieure.

Michel DÉON, *Mes arches de Noé*,
Éditions de la Table ronde, 1978.

PREMIÈRE ÉPOQUE

Bonheurs partagés

1.

— C'est un garçon ! lança lady Lamia en jaillissant sur la galerie de sa maison.

Elle annonça ainsi à Charles Ambroise Desteyrac qu'Ounca Lou venait, en ce jour de juillet 1857, de lui donner un fils. L'ingénieur quitta le rocking-chair dans lequel il balançait son angoisse et son impatience depuis qu'on l'avait prié de quitter la chambre de sa femme. Il prit Lamia dans ses bras et, le visage enfoui dans l'opulente crinière grise de Fish Lady, l'embrassa avec fougue. Les yeux mouillés, un large sourire découvrant ses dents de carnassier, Lamia lui rendit son étreinte et ses baisers.

— Êtes-vous heureux, au moins ? demanda-t-elle.

— Une épouse et un fils ! Que puis-je désirer de plus ? lança-t-il avec plus de chaleur que d'émotion, sans être certain de l'opportunité d'un tel rappel de soi.

— On vous permettra bientôt de les voir. Mais, rassurez-vous, Ounca a bravement supporté l'accouchement. Elle va bien, l'enfant est superbe, Uncle Dave est enchanté.

Se tournant vers Ma Mae et sa fille Serafita, qui attendaient avec les autres domestiques en jacassant au pied de l'escalier de la galerie, lady Lamia proclama :

— C'est un garçon ! *It's a boy*, répéta-t-elle pour être comprise de tous.

Des exclamations, des cris stridents, des gloussements, des battements de mains saluèrent l'événement puisqu'il semblait satisfaire la maîtresse de Buena Vista.

— Savais bien qu'était un ga'çon. Sont toujou' p'essés de sorti'. Les filles font attend'e. Sont jamais d'avance, dit Ma Mae.

La cuisinière était satisfaite de voir la prédiction qu'elle répétait depuis des semaines heureusement confirmée.

— Porte mes draps brodés dans la chambre du bas, ordonna Lamia à Serafita avant de rentrer dans la maison.

Le vent violent du sud-ouest, qui soufflait depuis plusieurs jours, venait, en s'apaisant, de virer au nord. Les nuages de pluie, poussés vers l'intérieur de l'archipel, libéraient le ciel de Soledad, soudain rendu au bleu ravivé des lendemains d'orage tropical. Le nouveau-né arrivait avant le temps des ouragans, redoutés dès le mois d'août.

Tandis qu'on donnait les soins à la mère et à l'enfant Charles oublia l'inquiétude qui l'habitait depuis qu'Ounca Lou avait ressenti les premières douleurs. Avait-il jamais imaginé qu'il pourrait un jour être père ? Et, de surcroît, sur une île des Bahamas où il n'était venu, quatre ans plus tôt, que pour construire un pont[1]. Cette naissance confirmait un ancrage auquel il n'eût jamais songé avant de rencon-

1. Tous les événements du passé, familiaux, politiques ou économiques, auxquels il sera fait référence ou allusion dans le présent

trer Ounca Lou. Français intégré – par confort plus que par détermination – à la société insulaire britannique, il aurait dû, un jour, quitter cet Éden tropical pour retourner en Europe, sans rien laisser de plus qu'un pont et des amitiés temporaires. La responsabilité nouvelle qui venait de lui échoir changeait la donne et obérait sa liberté.

La maîtresse au sang mêlé, dont la beauté avait enflammé ses sens avant qu'il ne découvre son intelligence, ses goûts et ses connaissances scientifiques, rares chez une insulaire de sa génération, ne donnerait-elle pas, devenue mère, la priorité à l'amour maternel sur la passion amoureuse ? Comme pris au dépourvu par un événement cependant attendu et daté, il commençait seulement à envisager les répercussions que celui-ci aurait sur sa propre vie. « Hier amant, aujourd'hui mari et père : destin banal entre tous », se dit-il, avant de rejeter ce réflexe égoïste, se demandant si le bonheur d'un couple peut être altéré par la présence d'un enfant. Son amour pour Ounca Lou restait intact, ardent et sincère. En serait-il de même de celui de la jeune mère ? Il eût certes étonné sa femme, autant que la marraine et mère adoptive de celle-ci, en donnant étourdiment à entendre qu'il pût en être autrement.

Ayant repris son balancement dans le rocking-chair en attendant d'être autorisé à voir l'accouchée, l'ingé-

---

volume, ont été racontés dans *Le Pont de Buena Vista*, du même auteur, chez le même éditeur. Tous les mots français, anglais, voire déformés par les Indiens ou les Noirs, ayant une acception particulière, qui ont été précédemment définis dans le tome premier, figurent en fin de volume dans le glossaire (voir page 655). Chaque volume de la série peut néanmoins être lu séparément.

nieur se remémora les heures écoulées depuis la veille.

Quand était venu pour Ounca Lou le moment d'accoucher, Charles et sa femme s'étaient mis en route pour Buena Vista. La future mère tenait à mettre son enfant au monde chez sa marraine, dans le manoir où elle avait vécu enfance et adolescence et où elle serait assurée des meilleurs soins. Dès les premières douleurs, le docteur Kermor, dit Uncle Dave, était arrivé pour assister la parturiente comme cela était depuis longtemps prévu, au grand dam, disait-on, du docteur Albert Weston Clarke, médecin de la bonne société insulaire. Alors que le temps de l'accouchement approchait, ce dernier n'avait plus caché son mécontentement. Mettre au monde le petit-fils ou la petite-fille du lord, propriétaire de l'île, ne relevait-il pas des prérogatives du médecin de la bonne société blanche de Soledad ? Car tout le monde savait, maintenant, que Simon Leonard Cornfield, quatrième lord de sa lignée, avait, devant ses notaires de Londres, officiellement adopté Ounca Lou comme sa fille cadette, la loi britannique ne permettant pas la reconnaissance de paternité qu'il eût préférée. Le major Carver et l'intéressée avaient, en même temps, reçu chacun une lettre de Londres les informant du changement d'état civil de Mme Desteyrac. Ainsi, quand le *Phoenix* regagnerait Soledad avec lord Simon et sa suite, tous les îliens, des notables aux pêcheurs d'éponges, sauraient à quoi s'en tenir.

Bien qu'il fût rassuré par le choix du docteur Kermor pour accoucher sa femme, Charles s'était demandé et se demandait encore pourquoi Weston Clarke avait été évincé, même en simple témoin, de la mise au monde de son enfant. Il subodorait derrière cette désobligeance manifeste un des mystères dont regorgeait l'île du lord des Bahamas. Charles, au fil des ans, avait été initié à certains des secrets qui, éveillant la curiosité des étrangers, contribuaient à ciseler, dans l'archipel et au-delà, la légende de Soledad.

Tandis qu'on achevait la toilette du bébé et de sa mère, Edward Carver, ayant traversé au grand trot le pont de Buena Vista, se présenta devant le manoir de Lamia pour féliciter l'heureux père. De plus en plus mince et sec, comme rétréci par l'âge, noueux tel un bâton de ronce, le major, avant de s'asseoir face à Charles, posa sur un guéridon une bouteille de champagne français.

— Ce nectar, réservé pour la célébration d'un événement d'importance, vient de ma cave, dit-il.

— Peut-être tiré d'un navire échoué par nos vaillants *wreckers* [1], risqua Charles en riant.

Tout le monde, dans l'archipel, connaissait l'activité ancestrale des indigènes, pilleurs d'épaves et, à l'occasion, naufrageurs.

— Mon champagne vient de Reims, par mer, certes, mais à bord de bateaux qui ne se brisent pas sur nos récifs, mon cher !

— Je n'en doute pas, major. Je plaisantais, bien sûr !

— Les nouveaux pères ont toujours besoin d'un verre de vin pétillant pour se remettre de leurs émotions, n'est-ce pas ? Ma Mae va nous rafraîchir ça et nous porter des verres, dit-il à la cuisinière, venue identifier le visiteur.

Le major parut soudain à Charles l'interlocuteur idéal pour poser la question qui le tenaillait de façon exagérée depuis plusieurs semaines.

1. Pilleurs d'épaves.

— Pourquoi, diable, avoir tenu ce bon Weston Clarke à l'écart de l'accouchement de ma femme ? Il a, m'a-t-on dit, mis au monde en Angleterre des tas d'enfants, et de la meilleure société.

— C'est un excellent médecin, concéda Carver, éludant la question.

— Alors, pour quelle raison lui avoir infligé un tel affront ? Car Albert prend comme tel l'ostracisme dont il a été l'objet. Timbo me l'a dit et a même ajouté que le médecin aurait perdu l'appétit et le sommeil.

Le major eut un sourire moqueur et le geste de qui chasse une mouche.

— Je mets en doute la véracité des confidences de votre domestique, Charles.

— Dorothy Weston Clarke répète à qui veut l'entendre que son mari a laissé spontanément à son confrère, médecin de la marine et des indigènes, le soin d'accoucher Mme Charles Desteyrac. « Elle a du sang arawak : il est mieux qu'elle soit assistée par un médecin habitué aux façons des Indiennes », aurait-elle dit, ce qui traduit plus de dépit que de considération pour Ounca Lou, insista Charles.

— Commérages que tout cela, fit le major.

— Ne serait-ce que pour ne pas commettre d'impair, je voudrais tout de même bien connaître la ou les raisons de l'éviction de Weston Clarke. D'autant plus que lady Lamia ne m'a pas demandé mon avis avant de fixer son choix sur Uncle Dave, observa Charles avec un peu d'humeur.

— Chez nous, la mise au monde d'un enfant est l'affaire des femmes, mon cher.

— Vous ne répondez pas à ma question, major !

Après un temps de réflexion opportunément offert à Carver par Ma Mae, qui rapportait la bouteille de champagne dans un rafraîchissoir et les verres commandés, Edward se décida.

— Il arrive qu'une seule maladresse, qu'une seule erreur ternisse à jamais la réputation professionnelle d'un médecin et suscite la méfiance des malades. J'ai, comme nous tous, grande estime pour le docteur Weston Clarke, mais j'admets que la décision de lady Lamia de le tenir à l'écart de l'accouchement de votre femme est compréhensible.

— Puis-je connaître cette raison, major ?

— La même, mon ami, qui obligea il y des années Albert Weston Clarke à s'exiler aux West Indies.

— Mais encore ? insista Charles percevant la réticence de Carver.

— Bon, bon, votre curiosité va être satisfaite, mais gardez pour vous ce que je vais dire.

— Promis !

— Autrefois à Londres, Albert Weston Clarke avait une superbe clientèle depuis qu'appelé en consultation à Saint James, au chevet d'une dame d'honneur de la reine, il avait rapidement guéri celle-ci d'un érésipèle tenace. Quelques années plus tard, il allait être fait *Knight Bachelor*[1] par Sa Très Gracieuse Majesté quand, lors de l'accouchement d'une duchesse, apparentée à la famille royale, il décida d'user, comme c'est devenu la mode, d'un insensibilisant. Le procédé avait satisfait la reine Victoria, ainsi traitée par son accoucheur, le docteur James Young Simpson, d'Édimbourg. Hélas, Weston Clarke, au lieu de choisir comme Young le chloroforme récemment admis, préféra se servir d'éther sulfurique. On pense qu'il dosa trop généreusement la drogue censée assurer trois à six heures de

1. Chevalier n'appartenant à aucun ordre.

relative insensibilité à la parturiente. La jeune femme s'endormit mais ne se réveilla pas, et la réputation d'Albert Weston Clarke fut définitivement compromise. Du jour au lendemain ses pratiques les plus huppées l'abandonnèrent. Tout juste si on ne le traita pas d'assassin. Simon, qui se trouvait à Londres à ce moment-là, avait consulté Weston Clarke pour une attaque de goutte. Devant le désarroi du médecin, au bord du suicide, il lui offrit de venir à Soledad, ce qu'Albert accepta, sa femme Dorothy étant, depuis la tragique mésaventure, rejetée comme épouse de charlatan !

— Triste destin, en vérité. Mais aurait-il usé d'un insensibilisant pour accoucher ma femme, major ?

— Peut-être du chloroforme qu'il avait méprisé et qui, de nos jours, est d'usage courant. Voyez-vous, Charles, Albert Weston Clarke, bon médecin et chirurgien habile, commit autrefois une imprudence que les confrères les mieux disposés à son égard ne lui ont pas pardonnée. Car, dès 1848, un praticien genevois, le docteur Louis Durand, avait signalé les dangers de l'éthérisation, disant que ses effets pouvaient être comparables à l'asphyxie et risquaient de conduire à la mort. C'est pourquoi...

— ... c'est pourquoi, pour faciliter le travail de notre Ounca Lou et atténuer ses douleurs, Uncle Dave lui a administré, comme font les sages-femmes des Taino, une tisane de feuilles de *Montanoa tomentosa*, boisson inoffensive et légèrement soporifique, interrompit Lamia.

Arrivant sur la galerie de son pas léger de ballerine, elle avait surpris la fin de la conversation.

Avant qu'on ne débouche la bouteille apportée par Carver, Charles Desteyrac fut autorisé à voir sa femme et son fils. Dans la chambre qu'elle avait autrefois occupée, Ounca Lou souriait, radieuse, sous un drap de lin superbement brodé au chiffre de sa marraine, pièce d'un trousseau de mariage à jamais inutile. Seuls les cernes sous les yeux clairs de la jeune mère révélaient les récentes douleurs de l'épreuve.

— Regardez comme il est beau et fort, dit-elle à Charles en désignant le nouveau-né dans son cocon de langes, posé sur le lit à son côté.

Desteyrac se pencha sur un minuscule visage, rouge et fripé comme celui d'un vieil Indien. Cette larve humaine deviendrait peut-être un beau garçon. Pour l'instant, elle le faisait plutôt penser aux agneaux gluants qu'il avait vus sortir du ventre d'une brebis chez des paysans auvergnats.

— Comment sont ses yeux ? demanda-t-il en effleurant d'un index peureux le duvet qui, d'après Kermor, annonçait une future toison brune.

— Nous connaîtrons la couleur de ses yeux dans plusieurs semaines. Les yeux des nouveau-nés sont tous gris, dit Lamia.

— J'espère qu'il aura les yeux de sa maman, que je remercie de m'avoir fait ce beau cadeau, crut bon de dire Charles en caressant la joue de sa femme.

Le docteur Kermor autorisa à la mère un peu de champagne et Lamia mouilla d'une goutte de vin les lèvres du bébé.

— Votre bon roi Henri IV, qui rendit l'honneur aux protestants, avait eu droit à du jurançon dès sa venue au monde. Votre fils est encore mieux traité, plaisanta Lamia avant de faire évacuer la chambre, Ounca Lou ayant besoin de se reposer et de dormir.

Ce soir-là, Ma Mae confectionna un dîner de fête avec conques frites, langoustes et compotes de fruits. Pour la première fois depuis longtemps, le major Edward Carver s'assit à la table de Fish Lady. Tandis qu'on passait les plats, Charles se demanda si le major, qui lui avait avoué un jour avoir été très amoureux de la sœur de lord Simon, conservait encore pour cette femme étrange un tendre sentiment. Les regards qu'ils échangeaient, comme leurs propos, paraissaient empreints d'une aisance étudiée. Charles se plut à imaginer que leurs pensées vagabondaient bien au-delà des mots.

Au dessert, Desteyrac dit ce que tous les convives souhaitaient entendre.

— Naturellement, chère Lamia, vous êtes de mon fils la marraine toute désignée. Ounca Lou y tient autant que moi !

— Savez-vous que c'est là un honneur mais aussi une lourde responsabilité. Après que j'ai été un peu plus que la marraine de la mère, vous me demandez d'être celle de son fils, de votre fils ! Je suis ravie, mais consciente des devoirs que cela m'impose.

— En effet. Nous disons en France qu'en cas de... déficience ou de disparition des parents d'un enfant, parrain et marraine doivent assumer le destin de l'orphelin. C'est bien ce que vous avez fait pour Ounca Lou, précisa Charles.

— Je m'engage donc, mais il faut un parrain solide et généreux, n'est-ce pas ? émit Lamia, le regard au plafond.

— Ounca Lou et moi avons pensé que le major Carver ferait un bon parrain... s'il accepte ce rôle, dit Charles.

— Trop vieux, mon cher, trop vieux ! Savez-vous que je vais sur mes soixante-cinq ans ? J'aurai quitté ce monde avant que votre fils ne sache ses prières. Mais votre courtoisie me touche, croyez-le bien.

— Comment, trop vieux ? Vous vous défilez, Edward. Dommage, j'aurais aimé vous avoir pour compère. Et puis, vous auriez été obligé de me faire un cadeau comme au nouveau-né. En France, c'est la règle, n'est-ce pas, Charles ? C'est peut-être ce qui vous retient, vieil avare, ajouta Fish Lady avec une feinte irritation qui amusa la tablée.

— Étant le médecin du major, je le vois capable de conduire son filleul au bordel à la fin de ses études. Car ce rôle revient aussi à un parrain consciencieux, lança Uncle Dave, souvent grivois.

— Mieux vaut le conduire d'abord au temple ! Vous êtes un fieffé éducateur, Dave. Il est heureux que vous n'ayez pas fait d'enfant, commenta Lamia avant d'interpeller le major.

» Alors, vieux croque-mitaine, décidez-vous ! Je prendrais comme une offense votre refus de parrainer cet enfant avec moi.

Edward Carver posa sur lady Lamia un regard chargé d'émotion contenue, puis il aligna sans hâte son couvert et parut s'absorber un moment dans la contemplation de son verre de vin qu'il finit par vider.

— C'est bon, Charles. Si vous y tenez, je serai le parrain de votre fils. Mais ne m'en veuillez pas si je quitte le champ d'honneur avant la victoire, finit par articuler le major d'une voix voilée, aussitôt couverte par les applaudissements.

À peine avait-il donné cet assentiment que Lamia, quittant sa place, fit le tour de la table et vint embrasser son vieil ami sur le front. Il la retint par l'épaule et, levant vers elle un visage que Charles vit soudain rajeunir et se colorer du rose de la confusion, Edward écarta d'une main la toison de Fish Lady et lui glissa à l'oreille des mots que personne n'entendit.

Après le dîner, les hommes se retrouvèrent autour du porto et des cigares, puis, l'heure du coucher étant venue, ils se séparèrent après avoir supputé la date de retour du *Phoenix*.

— Les orages des jours derniers donnent à craindre que la saison des ouragans ouvre tôt cette année. Le commandant Colson serait bien inspiré de rapatrier son monde à Soledad avant le 15 août, dit Uncle Dave en prenant congé.

Le médecin logeait sous le toit de lady Lamia pour être à même d'intervenir au cas où la jeune mère nécessiterait des soins. Charles et le major Carver étaient hébergés dans la résidence d'été de lord Simon, construite sur Buena Vista, à quelques centaines de mètres de la demeure de Fish Lady.

En cheminant côte à côte dans la nuit claire, Carver désigna dans un champ d'étoiles une constellation fameuse sous les tropiques, la Croix du Sud, dont les pointes sont marquées par quatre étoiles brillantes qui, cette nuit-là, se détachaient sur la Voie lactée.

— C'est de bon augure pour le destin de votre enfant, Charles. La Croix du Sud est protectrice de ceux qui viennent au monde quand elle est visible de nos îles, dit le major.

À peine arrivés dans la maison, les deux hommes convinrent qu'ils n'avaient pas sommeil et qu'il serait bon de trouver quelque chose à boire. Le major s'en fut à l'office tirer du sommeil le domestique noir qui assurait, avec sa femme, la garde de la maison. L'homme trouva du whisky et les deux amis s'assirent dans le salon pour allumer un nouveau cigare.

— Simple et belle maison de bois, dit Charles, qui

pénétrait pour la première fois dans cette résidence de Cornfield.

— Belle et très ancienne, mais menacée de ruine, mon ami. Les termites s'y sont mis et je ne suis pas certain qu'elle résistera au prochain ouragan.

— Elle a dû résister à bien d'autres.

— Parce que les termites n'avaient pas achevé leur lent grignotement. Regardez cette poudre de bois au long des plinthes. C'est le signe que les murs sont devenus aussi minces que du papier journal. Si vous donniez un coup de poing dans cette cloison, votre main passerait au travers. J'ai prévenu Simon. Il attend qu'un ouragan achève le travail de démolition pour faire reconstruire par l'honorable Malcolm Cuthbert Murray une demeure de pierre, solide et confortable, expliqua le major.

Charles devina que Carver avait, pour prolonger la soirée, une autre raison que celle de l'instruire des méfaits des termites. Après avoir servi l'alcool, le major en vint à des considérations plus intimes. Sa mémoire infaillible de vieil officier le conduisit à évoquer la confidence faite trois ans plus tôt à l'ingénieur.

— Grâce à vous, Charles, celle qui refusa autrefois ma main paraît bien aise aujourd'hui d'accepter mon bras. Vous me donnez là une joie tardive mais bien réelle. Elle est encore belle, n'est-ce pas, même sous ses cheveux gris, toujours aussi incoiffables ? dit Edward en s'efforçant de contenir une exaltation que son interlocuteur eût jugé déplacée.

— En effet, les ans ne semblent pas avoir prise sur cette femme. Cela vient peut-être de la vie à la fois saine et rustique qu'elle mène à Soledad, du fait aussi que son corps mince conserve forme, muscles et souplesse parce qu'elle nage chaque jour, quel que soit le temps, pour jouer avec les dauphins, cueillir des conques, parfois harponner un requin qui menace ses pêcheurs d'éponges, observa Charles, résolument complice.

— Jeune fille, elle était, croyez-moi, plus plantureuse qu'aujourd'hui et portait une tête de plus que moi. Quand, autrefois, à Londres, nous nous rencontrions dans les réceptions suivies d'un bal, je n'osais pas, à cause de notre différence de taille, l'inviter à danser. Surtout depuis qu'un diplomate français, dont les attentions insistantes agaçaient fort Lamia, avait lancé en nous voyant entrer côte à côte dans un salon : « Voilà Hécate et son chien », confessa Edward sans acrimonie.

— Vous auriez dû gifler cet impertinent et le provoquer en duel, dit Charles.

— Certes, j'aurais pu, peut-être même dû ! Mais je n'eus envie que de disparaître, par crainte d'un scandale qui eût éclaboussé Lamia de qui la beauté et la prestance ne pouvaient, c'était bien visible, s'accommoder d'un cavalier de mon acabit. Que voulez-vous, pas plus qu'aujourd'hui, alors que j'ai perdu depuis longtemps toute graisse superflue, mon physique ne pouvait plaider en ma faveur. Lord Simon vous dira que ma petite taille m'a plus d'une fois sauvé la vie quand, au 10e de hussards, nous combattions les armées de votre Boney[1].

— N'était-ce pas plutôt le militaire qui, en vous, déplaisait à lady Lamia ?

— Vous a-t-elle dit pourquoi elle avait refusé de m'épouser ?

— Elle m'a dit : « Les militaires sentent le tabac et la lessive. »

---

1. C'est ainsi que les Anglais nommaient Napoléon Ier.

— Ces odeurs sont préférables à celles du poisson mort et des Indiens malpropres, rétorqua le major.

— Lady Lamia m'a dit encore qu'elle vous trouvait alors froid comme une lame et trop attaché à l'ordre domestique... mais peut-être prenait-elle pour froideur ce qui n'était que timidité, adoucit Charles.

— Lamia m'a en effet toujours intimidé et si, aujourd'hui, après plus de vingt-cinq années, je tente de me rappeler sincèrement le premier sentiment qu'elle m'inspirait alors, qu'elle m'a toujours inspiré, je trouve le respect. Oui, le respect, mon ami.

— À trop montrer de respect aux femmes, major, on les décourage de vous en dispenser, ce qui est pour elles manière de se rendre ! dit Charles.

— J'ai cru sentir ce soir, chez Lamia, une chaleur d'amitié inattendue, admit Carver, ému.

— L'amitié, c'est le nom de l'amour retraité, commenta Desteyrac.

— Je saurai m'en satisfaire, mon ami, conclut le major.

Quand les deux hommes se séparèrent, Desteyrac avait acquis la certitude que le parrainage apportait un plaisir serein au vieil amoureux de Lamia.

Seul dans une chambre aux lambris déjà rongés par les termites, il s'interrogea sur son avenir professionnel.

En l'absence du maître de l'île, de qui le retour n'était pas encore annoncé, il n'avait pu établir de vrais projets ni tracer des plans ou ébaucher des travaux propres à améliorer la vie sur l'île. Lord Simon, qui ne manquait pas d'idées personnelles, était ouvert à celles de l'ingénieur, mais il manifestait souvent des engouements sans lendemain. Cornfield avait quitté l'île pour l'Europe sans donner à Charles la moindre directive, lui disant simplement avant d'embarquer : « Soyez heureux et réfléchissez à ce qu'on peut faire pour rendre Soledad plus civilisée. »

Ses émoluments lui étant régulièrement versés depuis l'achèvement du pont de Buena Vista, l'ingénieur avait ressenti une gêne due au farniente imposé. Il avait fait part de ses scrupules à Edward Carver, seul maître du territoire en l'absence du lord. Sur les conseils du major il avait entrepris, pour tromper son attente, l'élargissement et le dallage de la route qui conduisait du port occidental au Cornfieldshire, celle que lord Simon emprunterait en débarquant du *Phoenix*. On y travaillait encore, car la confection d'une telle chaussée n'avançait qu'au rythme nonchalant des ouvriers bahamiens. L'élaboration du ciment nécessaire au jointoiement des dalles exigeait de la chaux. Charles, ne pouvant en commander à Nassau ou aux États-Unis en l'absence du lord, avait adopté, pour en fabriquer, la recette des habitants d'une île voisine, sur laquelle Cornfield possédait des propriétés.

Il usait, comme les indigènes, de la torréfaction, à l'aide d'un feu de bois, du calcaire corallien, riche en carbonate de calcium, substrat des îles bahamiennes depuis des millénaires. Construire ce que les habitants de Crocked Island nommaient un peu abusivement *a lime kiln*, un four à chaux, ne posait aucune difficulté, le calcaire et le bois étant abondants sur Soledad. À l'intérieur d'un cercle délimité par des bûches, Charles faisait disposer, tels les rayons d'une roue, d'autres bûches, puis combler tous les espaces avec du calcaire concassé auquel il avait eu l'idée d'ajouter des coquillages vides pour affiner la chaux. Les ouvriers établissaient sur ce premier assemblage des couches superposées de bûches et de calcaire jusqu'à ce que l'amas atteignît un mètre de haut. Par une sorte de cheminée ménagée au centre de la meule, on enflammait le bois qu'on laissait brûler jusqu'à ce que l'absence de fumée indiquât une complète combustion. Restait à recueillir la chaux grasse ainsi produite, qu'il convenait de tamiser pour la débarrasser des débris de bois calciné [1]. Mélangée au sable et aspergée d'eau douce, la chaux devenait une sorte de mortier que l'on coulait entre les dalles de calcaire, grossièrement taillées et qui allaient couvrir la chaussée la plus roulante jamais établie sur Soledad.

Après avoir imaginé d'autres travaux à proposer à lord Simon, il chercha le sommeil en pensant à Ounca Lou et à l'enfant dont il convenait d'annoncer la naissance à Mme de Saint-Forin. Il se demanda si sa mère, qu'il avait déjà informée de son mariage avec la descendante d'une Indienne des îles et d'un aristocrate anglais, aurait jamais l'occasion de voir ce petit-fils, né d'une métis qu'elle devait tenir pour une demi-sauvage !

Deux semaines après avoir mis son enfant au monde, Ounca Lou put regagner le toit conjugal dans le Cornfieldshire. En bonne chrétienne, membre de l'Église anglicane, elle tint à ce que l'enfant fût baptisé dans les meilleurs délais.

Lamia, installée à Cornfield Manor pour être plus proche de sa filleule à qui elle rendait visite chaque jour, observa qu'Ounca Lou ayant du sang arawak

1. Aujourd'hui, la Bahama Cement Company, filiale de l'US Steel, produit chaque année, par des procédés industriels bien sûr, cinq millions de barils de ciment avec du calcaire corallien des îles.

dans les veines, il convenait d'informer au plus vite le cacique des Taino de cette naissance, afin qu'il vînt voir l'enfant pour lui assurer, suivant la coutume, la protection des esprits.

— Nos indigènes voient en Ounca une heureuse alliance du sang anglais et du sang arawak. Ils apprécieront ce geste. Ne pas inviter Maoti-Mata à être parmi les premiers à voir votre fils serait offensant pour toute la communauté indienne, dit Lamia.

Cela fit sourire Charles. Il savait combien Old Gentleman restait attaché à ses prérogatives de cacique de la communauté des Taino et des Arawak, dernier rempart spirituel et coutumier des Indiens dans une colonie britannique où beaucoup de colons et de fonctionnaires, qui tenaient encore les indigènes pour des sauvages, auraient dû s'inspirer de la considération sincère que lord Simon portait à Maoti-Mata et à son innombrable progéniture.

— Le pasteur Russell sera, suivant le souhait de ma femme, le premier à officier, mais l'enfant étant de père catholique, Paul Taval, qui entend ne pas être en reste, va descendre de son ermitage pour oindre le nouveau-né. Cela fait déjà beaucoup, fit observer l'ingénieur.

— Abondance de bénédictions ne peut nuire, dit Lamia.

— Ainsi, tous les dieux veilleront sur notre fils, ajouta Ounca Lou, conciliante.

Charles dépêcha aussitôt Timbo, porteur d'un message protocolaire au village des Taino.

Maoti-Mata se présenta le soir même, précédé de son batteur de tambour, comme chaque fois qu'il se déplaçait dans l'île à l'occasion d'une cérémonie. Il était accompagné d'une de ses nombreuses filles, de son plus jeune fils et d'une demi-douzaine de petits-enfants. En costume d'apparat, il offrit à l'enfançon, avec la gravité d'un Roi mage, une pierre polie représentant le fruit tricoque du yucca, symbole de la première plante que le dieu Yocahu donna aux Taino pour qu'ils puissent se nourrir, durant leur vie terrestre et après la mort.

— Tant que ton fils conservera ce fruit de pierre, il ne connaîtra pas la faim, assura le cacique.

Ayant parlé, Maoti-Mata mâchonna une graine de peyotl que lui présentait sa fille dans une sébile de bois et se recueillit, les yeux clos, la main frôlant sans la toucher la tête du nouveau-né. La plante hallucinogène ayant sans doute fait son effet, il ouvrit le livre à la couverture de peau d'iguane fatiguée que portait son plus jeune fils.

— Le tonalamatl, le vieux livre des Destinées, hérité des Aztèques, que les Taino emportèrent dans l'exil quand les Carib les chassèrent du bassin de l'Orénoque. Il va permettre à Old Gentleman de nous dire le jour prochain où vous devrez révéler les prénoms de l'enfant. Car il compte bien, étant donné que sa mère a du sang arawak, voir figurer dans la liste un nom taino, souffla Kermor à l'oreille de Charles.

Le dire d'Uncle Dave se vérifia quand Maoti-Mata proposa, en plus des prénoms que l'enfant recevrait à la pleine lune d'août – telle était la date imposée par le livre sacré –, d'ajouter, pour satisfaire les mannes des ancêtres arawak de sa mère, le prénom de Pacal, nom d'un ancien roi maya.

Avant de quitter les Desteyrac, le cacique noua au poignet du bébé un bout de corde noire destiné à le protéger des mauvais esprits. Puis la fille de Maoti-Mata remit à Ounca Lou une pièce rectangulaire de toile peinte, pourvue aux deux extrémités d'araignées de cordelettes qui permettraient de la suspendre entre deux supports pour coucher et bercer le nouveau-né.

— C'est un hamac, *ha-mak* en langue des Taino, ou *hamaca* en espagnol, une très ancienne invention que revendiquent les Arawak, bien qu'Asclépiade, médecin grec mort en 50 avant Jésus-Christ, ait eu avant eux l'idée du *lectus pensilus*, une toile suspendue au-dessus du sol par ses quatre angles « pour offrir bien-être aux malades et aux blessés », assure Mercurialis dans sa *Gymnastique*. Nous avons adopté, depuis le XVIIe siècle, le hamac des Arawak dans la marine anglaise. Old Gentleman vous offre, en somme, un berceau pour votre fils. Qui dort dans un hamac à terre ne connaîtra jamais le mal de mer, dit Uncle Dave.

Le lendemain, le pasteur Michael Russell, accompagné de sa femme et de ses filles, succéda au cacique et baptisa l'enfant selon les rites de l'Église anglicane puis, quelques jours plus tard, sous une pluie battante, le père Paul Taval apparut, flanqué de la gracieuse Manuela, et renouvela le baptême suivant le rite de l'Église catholique romaine. Edward Carver et lady Lamia, parrain et marraine, furent présents à toutes les cérémonies.

Un mois plus tard, à la pleine lune d'août, on révéla à tous les prénoms retenus. Le nouveau Desteyrac, né à Soledad, se nommerait Alexandre, comme le père de Charles, Simon, comme le lord des Bahamas – cela, à la demande de lady Lamia – et Pacal, ainsi que l'avait proposé Maoti-Mata. Aussi étrange qu'il pût paraître aux chrétiens, catholiques ou protestants, ce dernier prénom, on ne peut plus païen à leurs yeux, allait devenir le plus usuel pour désigner l'enfant. Dès le baptême, Uncle Dave, qui mieux que quiconque sur Soledad connaissait les Taino et les Arawak, le laissa entendre à Charles.

— Votre fils sera connu dans l'île, et peut-être ailleurs, comme Pacal, j'en suis sûr. Et personne n'y trouvera à redire, surtout pas nos Indiens qui savent la noble origine de ce nom. Je crois que le vieux Maoti-Mata détient encore, hérité de ses ancêtres, le mystérieux pouvoir, dont il use avec sagesse et circonspection, d'imposer certaines choses, comme un prénom qu'il juge bénéfique pour l'enfant d'un ami. Et cela, sans que nous en soyons conscients.

— Vous croyez ? demanda Charles, sceptique.

— Cela fait partie, mon ami, des résurgences des civilisations disparues, civilisations que nous avons détruites sans les comprendre. Mais nous sommes là au seuil d'un domaine où nous ne serions pas admis. Quel criminel fut Colomb qui fit des Indiens pacifiques de nos îles des esclaves, alors qu'ils étaient, par les seules forces de l'esprit, de très anciens maîtres ! dit le médecin, laissant Desteyrac à son étonnement.

Ce soir-là, le major Carver convia le cacique des Taino, le pasteur Michael Russell, l'ermite du mont de la Chèvre et Uncle Dave à dîner chez lui, en compagnie des parents de Pacal.

— Je voulais qu'Albert Weston Clarke et Dorothy soient des nôtres, mais, toujours ulcéré, le médecin a décliné mon invitation en me disant : « N'ayant eu aucune part à la mise au monde de cet enfant, je ne peux donc me réjouir avec vous d'un cœur sincère lavé d'amertume. »

— Il doit être bien malheureux, et je regrette que ce soit à cause de moi, dit Ounca Lou.

Maoti-Mata, qui n'ignorait rien du passé de Weston

Clarke, cita un proverbe bahamien invitant ainsi, dans sa grande sagesse, les convives à taire désormais le passé du médecin.

— « Seule la chaussure sait que la chaussette est percée », dit-il.

2.

À la mi-août, le major Edward Carver apprit, par un message envoyé de New York, le retour prochain du *Phoenix*.

Le commandant Lewis Colson écrivait : « Nous ne pouvons, à trois jours près, prévoir la date de notre arrivée à Soledad. L'escale de lord Simon s'étant ici prolongée, nous risquons de rencontrer une mer grosse, des vents variables et les grains, fréquents en cette saison, dans les approches de l'archipel. »

Déjà les premiers orages tropicaux préludaient aux ouragans, attendus et redoutés aux Bahamas entre août et octobre. Le fait que Colson indiquât que lord Simon avait prolongé son escale à New York, sans doute pour y traiter quelques affaires avec son cousin Jeffrey T. Cornfield, donnait à entendre que les risques encourus par le *Phoenix* ne seraient pas imputables à son commandant.

Il fallait être prêt à accueillir, suivant un protocole établi depuis des années, lord Simon et les siens, absents de Soledad depuis dix mois. Aussi, dès réception du message de Colson, on se mit au travail.

La vieille route qui conduisait du port occidental au Cornfieldshire, rectifiée et dallée par les soins de Charles Desteyrac, venait d'être achevée. Elle gravissait maintenant en courbes balancées le flanc de la colline, entre des haies enfin disciplinées où alternaient hibiscus, laurier-rose et sureau jaune, sous les grands palmiers argentés et de jeunes flamboyants qui grandiraient au fil des étés.

Le quai principal élargi et, lui aussi, depuis peu dallé, fut débarrassé de tout ce qui l'encombrait habituellement, barques, quilles en l'air, en cours de calfatage, filets tendus sur des perches, nasses à langoustes, engins de pêche, casiers, madriers et cordages. Après lavage, les pavillons de signaux retrouvèrent leurs franches couleurs pour le grand pavois que l'on hisserait sur tous les bateaux de la flottille Cornfield afin de saluer le retour du maître de l'île. Philip Rodney, le commandant du *Centaur*, veilla à ce que les défenses, vieux cordages débités en tronçons et ensachés dans des pièces de toile prélevées sur des voiles réformées, soient suspendues contre le quai pour protéger la coque du *Phoenix* du frottement au moment de l'accostage.

Les préparatifs terminés, on attendit que les guetteurs, qui se relayaient jour et nuit à Pirates Tower, au nord-est de l'île, signalent l'apparition, entre Eleuthera et Cat Island, du vaisseau amiral.

Chaque soir, au Loyalists Club, les habitués s'interrogeaient, supputant la date d'arrivée du *Phoenix* et les changements que le retour de lord Simon ne manqueraient pas d'apporter dans la vie insulaire.

— L'honorable Malcolm Cuthbert Murray et son épouse devront sans doute loger à Cornfield Manor, puisque leur étrange demeure n'est pas encore habitable, n'est-ce pas ? demanda le docteur Albert Weston Clarke, s'adressant à Charles.

L'ingénieur avait en effet dirigé les travaux de gros œuvre de la maison dessinée par Malcolm dans le style des villas vénitiennes des bords de la Brenta.

— C'est en tout cas ce qui est prévu. Murray me l'a écrit de Londres. Il ne veut confier à personne l'installation et la décoration de son intérieur, dit Desteyrac.

— Vaudrait mieux que la cohabitation du couple avec mon ami Simon ne se prolongeât pas au-delà de quelques semaines, grommela le major Carver.

— Notre lord a en effet horreur qu'on bouscule ses habitudes. Il s'insurgeait déjà quand son neveu se faisait servir des repas à n'importe quelle heure, commenta Weston Clarke.

Edward Carver se tourna vers Charles.

— Le fait que, depuis la naissance de votre fils, lady Lamia loge à Cornfield Manor, sera déjà cause de frictions domestiques. Bien que réconcilié avec sa sœur grâce à votre pont, véritable arche d'alliance entre Soledad et Buena Vista, Simon est loin d'approuver son mode de vie, encore moins sa façon de penser, dit le major Carver.

— Et puis, notre chère Otti ne sera pas en reste de fantaisies, ce qui mettra un peu de sel dans la vie quotidienne assez routinière du manoir, renchérit Uncle Dave.

— Attendons-nous donc à quelques agacements de part et d'autre, ajouta le major.

— Je m'efforcerai d'occuper l'esprit de lord Simon. J'ai à lui soumettre un tas de projets qui nous obligeront à des déplacements sur notre île et sans doute sur d'autres, dit Charles pour conclure d'une façon rassurante.

Chez les Desteyrac, Ounca Lou s'inquiétait parfois de l'attitude qu'aurait, à son égard et devant le berceau de Pacal, sa demi-sœur Ottilia.

— Elle est tellement étrange qu'on peut imaginer qu'elle manifestera devant notre fils froide indifférence ou jalousie morose, dit-elle un soir à son mari pendant qu'elle donnait le sein au bébé.

— Ottilia peut aussi se prendre d'un engouement pour notre fils, émit-il avant de quitter la chambre, car il ne goûtait guère ce touchant tableau de la maternité.

Sous ses yeux le sein, plus bel ornement de la femme, devenait mamelle animale. Il craignait que l'allaitement, voulu par Uncle Dave, n'abîmât le buste arrogant d'Ounca Lou.

Le 29 août, les guetteurs ne virent le *Phoenix* qu'au moment où le navire, roulant bord sur bord, doublait sur une mer grise, grondeuse et hérissée d'écume, Deep Water Creek, à l'extrême nord de l'île. Sous d'épais rideaux de pluie qui réduisaient la visibilité à quelques dizaines de mètres, le yacht, voilure réduite, contourna la côte escarpée du Cornfieldshire et se présenta à l'abri des falaises, sur des eaux plus calmes, à l'entrée du port occidental.

Le major Carver, dont le poncho de toile huilée ruisselait sur les bottes, vint prévenir Charles du retour du maître de l'île.

— Colson a bien choisi le jour pour débarquer son monde ! grommela-t-il.

Alerté par un guetteur qui, sans reprendre souffle, avait dévalé la colline, tel le héros de Marathon, Edward Carver avait fait réunir tous les parapluies, accessoires assez rares sur Soledad, puis donné l'ordre d'envoyer au port la calèche du lord dûment couverte par ses soufflets de cuir et attelée à quatre, deux tapissières pour les bagages, une charrette de service, le phaéton *rockaway*[1] à capote, habituellement dévolu au pasteur Russell, avant que Poko ne sorte son boghei, dont chaque frange du toit de toile faisait gouttière.

— Naturellement, les dames ne descendent pas au port, décréta Carver, voyant Ounca Lou prête à suivre son mari.

— Elles seront excusées, dit Desteyrac.

— Ce temps-là ne va pas mettre Simon de bonne humeur, ajouta le major en invitant Charles à prendre place dans sa voiture.

La houle et le vent rendaient hasardeux un accostage sous voiles. Colson fit donc mettre à la cape dans l'avant-port, sous grand hunier et clinfoc, puis réclama, au porte-voix, l'envoi de la grande chaloupe à dix rameurs pour remorquer le trois-mâts jusqu'au quai.

— Philip Rodney a prévu le coup. La chaloupe est armée, dit un marin.

— N'empêche que le commandant Colson ne doit pas être heureux d'en passer par là, lui qui met un point d'honneur à toujours accoster sans aide, dit Sharko, le gérant du Loyalists Club.

— Pour ce qui est de l'arrivée triomphale que devait espérer Simon, c'est manqué ! observa, sarcastique, David Kermor.

Sa réflexion traduisait une vague satisfaction, suscitée par un reste d'amertume. Uncle Dave avait été évincé du voyage en Europe et remplacé comme médecin de bord par le docteur González, le praticien espagnol de Nassau à qui Cornfield avait promis qu'il reverrait son pays avant de mourir.

1. Voiture à quatre roues comportant deux sièges et un toit fixe. Initialement fabriquée à Rockaway, ville du New Jersey.

Quand le *Phoenix*, à sec de toile, fut amarré et l'échelle de coupée mise en place, on s'activa à bord et sur le quai pour établir, avec des tenderolles habituellement destinées à protéger du soleil, un dais sous lequel s'avanceraient jusqu'aux voitures, sans être mouillés, lord Simon et ceux qui l'accompagnaient. Au plus fort de l'averse, on vit d'abord apparaître sur le pont Malcolm Murray, vêtu d'un long manteau de pluie beige, d'un modèle inusité sur l'île. À grands gestes des bras, il salua, de loin, ses amis et laissa le passage à Ottilia. Encapuchonnée telle une nonne, escortée de Gertrude Lanterbach, la fille du lord descendit résolument les marches de l'escalier de commandement couvertes d'un tapis spongieux, eut un signe de tête pour Edward Carver et le groupe des insulaires présents, puis, quittant l'abri du dais, s'avança vers Charles en offrant sa main à baiser.

L'ingénieur s'exécuta avec empressement et chaleur, puis recula d'un pas sans lâcher les doigts d'Ottilia. Ils demeurèrent un instant face à face, immobiles, oubliant l'averse : lui, se rassasiant de la beauté intacte de la fille du lord dont l'ovale du visage, encadré par la capuche, prenait un éclat virginal ; elle, affirmant par le sourire et l'intensité du regard sa joie, presque son euphorie à retrouver l'homme qui l'avait le mieux comprise.

Gertrude mit fin à ce dialogue muet en proposant l'abri d'un parapluie offert par Carver.

— Vous me regardez comme si j'étais un fantôme, dit Ottilia, plus troublée qu'amusée.

— L'absence n'est-elle pas une sorte de mort ? répondit Charles.

Conscient qu'ils ne pouvaient prolonger l'entretien sans attirer l'attention, Desteyrac fit signe au cocher d'avancer le *rockaway*. Tandis que la fille de lord

Simon recevait, ès qualités, les souhaits de bienvenue du major Carver, de David Kermor, du pasteur Russell et des époux Weston Clarke, Gertrude s'approcha de Charles.

— Lady Ottilia est heureuse, croyez-moi, de rentrer à Soledad, glissa-t-elle à l'ingénieur avant de trotter vers la voiture où sa maîtresse avait déjà pris place.

— Nous nous verrons ce soir chez mon père, lança Ottilia à l'adresse de l'ingénieur quand l'attelage s'ébranla.

Les passagères roulaient déjà vers le Cornfieldshire quand lord Simon parut sur le pont du *Phoenix*, solennel, imposant, hiératique, tel un souverain attendu en son royaume. Vêtu comme à l'accoutumée quand il naviguait – habit bleu de nuit à boutons dorés, pantalon blanc, casquette de yachtman à coiffe blanche frappée de l'ancre d'or –, il ne dérogea pas au protocole. Suivant le rite maritime, après avoir passé en revue l'équipage aligné sur le pont, il félicita à haute voix le commandant Lewis Colson d'avoir, malgré le gros temps, conduit le *Phoenix* à bon port, puis il salua les officiers et gradés, prouvant aux marins qu'il ne craignait pas plus qu'eux l'averse tropicale. Quand le maître d'équipage modula sur son sifflet d'argent les notes dédiées à un amiral quittant le bord, lord Simon, droit comme hallebarde, le menton haut, le pied sûr, avec autant d'aisance que s'il eût marché sous le soleil, descendit à pas comptés l'échelle de coupée. Répondant d'un geste de la main aux salutations que lui adressaient ceux qui, du commandant du port aux débardeurs, avaient bravé l'averse pour le voir débarquer, il sourit, sachant que tous pensaient : « Enfin, le maître est là. »

Carver, qui s'était précipité avec un parapluie pour abriter son ami, fut vivement repoussé.

— Je ne suis pas en sucre, Eddie ! Bien content de te revoir, et vous aussi, Charles.

Comme les deux hommes accompagnaient le lord à sa calèche, celui-ci se tourna vers Desteyrac.

— Comment va mon petit-fils ?

— Comme un bébé d'un mois bien portant, dit Charles, pris au dépourvu.

Avant que la voiture ne démarre, lord Simon, chassant d'un revers de main l'eau de la coiffe de sa casquette, montra qu'il n'avait rien perdu de son autorité.

— Je veux tous vous voir ce soir à Cornfield Manor, vers huit heures. Quel bonheur de retrouver mon île et ma maison ! Nous aurons beaucoup à nous dire, je suppose, ajouta-t-il pour adoucir la brutalité d'une invitation énoncée comme un ordre.

— Quel homme ! Il se croirait déshonoré sous un parapluie, commenta le major quand la voiture s'éloigna.

— J'admire sa force et sa volonté. Il est tel que rien ne peut le changer : fidèle à son personnage avec intransigeance. Malgré sa fierté parfois un peu rebutante, je ne puis m'empêcher de l'admirer et de l'aimer, confessa Charles.

— Vous comprenez donc mes sentiments pour cet ami de si longue date. Voyez-vous, Charles, Simon se barricade dans une armure protectrice et ne fait rien pour attirer les sympathies alors qu'il ne souhaite qu'être aimé d'hommes qu'il estime, de qui il a éprouvé la droiture et la compétence, d'hommes tels que vous, dit Edward, toujours sensible aux jugements que d'autres portaient sur l'autocrate à qui il avait voué sa vie.

L'arrivée du bateau réservait une surprise de taille au major et à l'ingénieur. Michael Hocker, l'écrivain de marine, descendu pour organiser avec le commandant du port le déchargement « de la monstrueuse quantité de caisses enfermées dans les cales du *Phoenix* », les informa que l'honorable Malcolm Murray, tenant à présider au déchargement de ce qu'il rapportait d'Europe, s'excusait de ne pas débarquer tout de suite.

— En revanche, quelqu'un que vous n'attendez pas va bientôt vous rejoindre, ajouta l'enseigne.

Satisfait de piquer la curiosité des deux amis, il s'éloigna vers la commanderie du port, ses papiers et registres sous le bras. Charles et Carver échangèrent un regard interrogateur.

— Je sais que Malcolm ramène son ancien valet. Vous vous souvenez de ce Mortimer qu'il renvoya après son évasion manquée aux Bermudes, lors de notre voyage de Liverpool à Soledad, il y a plus de quatre ans. Il lui aura pardonné sa traîtrise d'autrefois. Mais nous n'avons que faire de cet individu ! bougonna le major.

— Attendez, je crois que voici la surprise ! Regardez qui descend à terre ! s'écria soudain Charles.

— Mais... c'est... c'est ce diable de Mark Tilloy ! s'exclama le major.

— Je le crois marié, et bien marié, à la petite Ann, la fille de Jeffrey Cornfield, rappela Desteyrac.

— Sans doute arrive-t-il avec son épouse. Va falloir les loger, soupira Edward, toujours pratique.

À mi-descente de l'échelle de coupée, Mark Tilloy, ayant reconnu Charles, agita les bras et poussa un « *hello !* » très américain. Sur le quai, les deux hommes se donnèrent une fraternelle accolade.

Le major Carver avait eu autrefois pour Mark Tilloy une affection quasi paternelle. Il s'en souvint et ne cacha pas son plaisir de revoir l'ancien second du

Phoenix, devenu, pensait-il, un homme d'affaires new-yorkais plein d'avenir.

— Ann, votre épouse, est encore à bord ? demanda-t-il.

— Je n'ai pas d'épouse, major, et bien des choses ont changé depuis mon départ de Soledad. Je vous raconterai tout ça. La seule nouvelle importante est que lord Simon s'est inquiété de mon sort à New York, m'a pardonné ma démission et rétabli dans mes fonctions, avec l'accord de Colson. Je suis rudement content de vous revoir et de remettre le pied sur ce sacré morceau de corail que je n'aurais jamais dû quitter ! déclara Mark.

— En attendant que je vous trouve un toit, vous aurez une chambre chez moi, dit Carver.

Tilloy accepta l'offre et s'excusa de ne pouvoir poursuivre la conversation. Il devait, à la demande de Colson, s'occuper du déchargement et du transport à Cornfield Manor des bagages de lord Simon et de sa fille.

— Et je ne suis pas sûr que deux tapissières suffiront, dit-il en désignant les grands chariots bâchés.

Autorisés à monter à bord du *Phoenix*, Charles et Carver saluèrent le commandant et rejoignirent Malcolm Murray, penché sur la grande écoutille. L'architecte surveillait la manœuvre du palan qui levait les caisses de la cale. Il se montra plus amical et plus jovial avec Charles qu'avec le major, expliquant qu'il rapportait d'Angleterre de quoi meubler sa maison et décorer ses murs.

— Mon père, oubliant le passé, enchanté de me voir marié, m'a permis de folles dépenses. Je rapporte des meubles, des objets fragiles, dont un service de verres de Murano offert par ma mère et quelques toiles de mes amis préraphaélites. Elles vous éblouiront, affirma-t-il, en proie, comme souvent, à l'exaltation et au lyrisme, composants de sa nature.

Charles, que le vêtement de Malcolm intriguait, porta familièrement la main sur la manche du manteau pour tâter le tissu. Il reçut de son ami retrouvé une vigoureuse tape sur l'épaule.

— Vous aurez le même, Charles. C'est mon cadeau. Il doit se trouver dans une de ces caisses. Ce nouveau manteau imperméable fait fureur à Londres, les officiers de la garde et même le prince de Galles l'ont adopté. C'est un drapier, Thomas Burberry, qui tisse cette gabardine de coton huilé. Elle a d'abord servi à confectionner les houppelandes des bergers avant que le tailleur n'ait eu l'idée d'en faire des manteaux élégants, doublés de tartan. C'est léger et d'une parfaite protection contre la pluie, expliqua l'architecte entre deux ordres donnés aux débardeurs.

Suivant le vœu exprimé par lord Simon, tous les familiers se retrouvèrent le soir même à Cornfield Manor autour des arrivants. Les effusions furent nombreuses, ponctuées d'exclamations et de rires : ambiance joyeuse et même un rien folâtre, comme souvent lors de retrouvailles rassurantes. La traversée de l'Atlantique et les déplacements en chemin de fer à travers l'Angleterre et la France, où s'étaient rendus les Bahamiens, avaient comporté plus d'aléas que de risques.

— Ceux qui restent au pays s'exagèrent souvent les dangers encourus par les absents, dit lord Simon à ses amis, qui avouaient s'être souciés de leur sort.

Lady Lamia, Ounca Lou, les époux Russell et leurs filles, les Weston Clarke, Eliza Colson, tendrement suspendue au bras de son mari, Philip Rodney, Uncle

Dave et d'autres, tous, verre en main, croquant canapés, gaufres et gâteaux préparés par le cuisinier du manoir, échangeaient questions et réponses.

Charles vit avec plaisir Ottilia enlacer et couvrir de baisers Ounca Lou, et cette dernière lui rendre avec entrain ses embrassements. Les demi-sœurs tenaient à donner le spectacle d'une aimable complicité à tous ceux qui, ne pouvant oublier l'attitude passée de lord Simon à l'égard de sa fille naturelle, guettaient des manifestations de mésentente. Toutes deux jeunes, belles et gaies, devaient paraître les meilleures amies du monde pour abolir les ragots. Sans se concerter, elles avaient adopté le comportement souhaité aussi bien par lord Simon que par Charles Desteyrac.

— Quand verrai-je votre fils, mon neveu, dont je n'ai appris la naissance qu'à New York ? demanda Ottilia.

— Dès demain, si vous le voulez, Otti, répondit la mère, usant volontairement du diminutif réservé aux très intimes.

Au cours d'un aparté, Charles fit observer à sa femme combien lord Simon et Malcolm Murray s'étaient « réanglicisés ».

— Lord Simon s'est fait mettre à Londres un nouveau dentier. Son sourire paraît maintenant menaçant comme celui d'un dogue à qui l'on défend d'aboyer. Quant à votre ami Malcolm, je le trouve, avec ce veston cintré, de plus en plus dandy, plaisanta Ounca Lou.

— Ce sont des Anglais remis à neuf, raffermis dans leur anglicité native, dit Charles.

Cela s'entendait à leur accent, provisoirement purifié des intonations bahamiennes, souvent comparées à celles de l'anglais parlé en Afrique du Sud ; cela se percevait aussi à leur attitude plus mondaine, aux vêtements qu'ils portaient, coupés à la dernière mode de Savile Row. Ainsi lord Simon arborait un veston droit, couleur prune, à revers étroits, Murray un veston noir croisé, ajusté à la taille, et tous deux des pantalons gris perle à sous-pieds. L'ingénieur admira le gilet à ramages de Malcolm, auprès duquel le sien, de piqué blanc, faisait pauvret.

Au fil des conversations mêlées, on apprit que lord Simon avait obtenu du gouvernement de Sa Très Gracieuse Majesté le titre et les fonctions de juge de la Couronne pour Soledad, dont il était propriétaire. Simon pourrait ainsi être appelé comme juré de la *Court of Appeal*, à Nassau, où ne pouvaient siéger que les personnes possédant au moins mille livres de biens dans l'archipel.

Dominant sa timidité et se sachant maintenant acceptée, Ounca Lou intervint pour rappeler que son grand-père, colon d'Eleuthera, avait été chargé par le gouvernement britannique de veiller au respect du droit à l'apprentissage reconnu aux anciens esclaves.

— Très bonne loi et qui devrait être partout appliquée, commenta Cornfield, un peu gêné d'ignorer la carrière du grand-père maternel de sa fille, un Anglais qui avait eu l'audace d'épouser une Arawak.

Malcolm Murray retint l'attention en racontant qu'il avait vu, à Londres, des hommes boxer à mains nues, et, dans une fosse aux rats, un chien nommé Tiny tuer plus de deux cents rats en moins d'une heure. Le récit de cet exploit provoqua chez les dames des gloussements d'effroi.

Les souvenirs de Malcolm ne se résumaient pas à des incursions dans les mauvais lieux. Sa passion pour les objets anciens et curieux l'avait conduit à Édimbourg où s'était tenu un congrès d'antiquaires ; dans le Herefordshire, chez sir Rush Meyrick, célèbre collectionneur d'armes médiévales ; au château de Glengoich, en Écosse, dont le propriétaire, Edward Ellice, ami du Français Prosper Mérimée, cachait un cabinet de curiosités.

Il dit aussi avoir été scandalisé par une triste découverte : les cendres de lord Byron n'étaient toujours pas transférées à Westminster dans le coin des poètes.

— Le monument, envoyé par le sculpteur danois Bertel Thorvaldsen, attend toujours sous la poussière d'un entrepôt des douanes, et personne ne proteste. Ce qui gêne le plus les ignares puritains au pouvoir, ce n'est pas tellement la vie amoureuse, parfois incestueuse, de ce véritable aristocrate, c'est le fait qu'il ait acquis, par son seul génie poétique, une réputation universelle avant de combattre et de mourir pour la liberté des Grecs, acheva-t-il rageusement.

L'architecte avait, seul, accompagné Cornfield à Manchester où résidait la sœur de ce dernier, Mary Ann, épouse de sir William Gordon, connu sous le sobriquet révélateur de Willy Main-Leste. Ottilia, qui ne tenait à revoir ni un oncle de qui elle avait autrefois exploité la lubricité ni une tante acariâtre, avait prétexté des nausées ferroviaires pour se faire dispenser du voyage.

Tandis que Malcolm Murray, peu intéressé par l'industrie textile, s'était rendu à la City Art Gallery, qui abritait cette année-là une exposition de sept cents peintures, dont des Vermeer et des Velázquez, les beaux-frères, associés dans plusieurs filatures, avaient parcouru leurs ateliers où fonctionnaient de nouvelles machines récemment acquises. Les performances de ces engins, mus par la vapeur, avaient impressionné lord Simon.

— Maintenant, le coton arrive de Liverpool tel qu'il a été expédié des Carolines ou de Louisiane. Il est aussitôt saisi par des machines qui le cardent, le débarrassent de ses impuretés, l'épluchent avec leurs crochets pointus, l'étalent en rouleaux, le peignent, l'étirent, le tordent pour produire une mèche sans fin dont une renvideuse tire un fil délicat, aussitôt enroulé sur des bobines. N'est-ce pas un grand progrès ? dit-il s'adressant plus particulièrement à Charles.

— Depuis la machine à égrener le coton d'Eli Whitney, les inventeurs ont bien servi votre industrie, reconnut l'ingénieur.

— Peu d'hommes sont nécessaires pour faire fonctionner nos nouvelles machines, nous allons donc réduire le nombre d'ouvriers et accélérer la production. C'est tout bénéfice, conclut le lord, satisfait.

Après un nouveau séjour à Londres, puis chez lord Richard, père de Malcolm, Ottilia et son mari avaient suivi lord Simon à Bath, ville d'eau fameuse depuis l'Antiquité. Ce séjour avait été source de déconvenue. Lord Simon jura qu'il n'y remettrait jamais les pieds.

— Bath est aujourd'hui envahi par le peuple des nouveaux riches, des boutiquiers et des calicots. Ils viennent se tremper dans les baignoires romaines et parader sur Royal Crescent, ce qui doit faire frémir le beau Nash dans sa tombe, grommela Murray.

— Le chemin de fer est responsable de cette situation. Il permet à tout le monde de se déplacer à moindre prix. Il y a trente ans, il fallait six heures de diligence pour parcourir les cinquante et un miles qui séparent Londres de Brighton, et l'on payait douze shillings. Aujourd'hui, on y va pour trois shillings en une heure ! s'indigna Cornfield.

— Et le Great Western Railway va de Londres à Bristol à la vitesse de soixante-quinze miles à l'heure ! compléta Murray.

— N'est-ce pas aussi un progrès que le bon peuple

britannique puisse jouir d'avantages jusque-là réservés aux gens fortunés ? observa Charles, provocateur.

— « Le bon peuple », comme vous dites, est incapable de goûter des plaisirs raffinés. Il lui faut des manèges de chevaux de bois, des tirs forains, des gaufres et de la bière. Nous lui laissons volontiers Blackpool où, le dimanche, vont s'enivrer les mineurs de charbon et leurs lorettes, lança Malcolm Murray.

— Mais il faudrait les y cantonner, renchérit Ottilia.

— Oh ! ne méprisons pas ceux qui travaillent dur dans les mines et les usines. Ils ont besoin de distractions. Qu'ils puissent s'en offrir est en effet une bonne chose. Et puis, en visitant les lieux bien fréquentés, ces gens s'instruiront, adouciront leurs mœurs, se poliront, intervint Margaret Russell.

— Ne comptez pas trop sur l'exemple des jeunes gens de la bonne société pour éduquer ce que Desteyrac appelle « le bon peuple », Margaret. Aujourd'hui, je l'ai constaté, il est de bon ton de mépriser nos traditions. Les jeunes ladies, même riches, ne s'habillent plus en fonction des circonstances, négligent l'heure du thé, ne font plus les visites obligées. Les jeunes hommes ne se changent plus pour dîner et leurs sœurs sortent sans chaperon. Dans les salons, on est philosophâtre. On a le droit de parler de tout, même de sexe ! Les mères racontent leurs accouchements. On dit que les sentiments doivent guider le raisonnement : eh bien, j'ai entendu une péronnelle décréter qu'il serait bon de supprimer les infirmes et les mal-faits dès la naissance ! compléta lord Simon.

— Quelle horreur ! Comment peut-on avoir de telles pensées ? s'écria Ounca Lou.

— Ma chère, ces gens, issus le plus souvent de la

classe moyenne ou du riche négoce, ont parfois de l'instruction, mais ni goût ni jugement. Il leur manque la bonne éducation familiale qui fixait des limites aux libres fantaisies. Ces parvenus détestent les aristocrates bohèmes, ne s'intéressent pas aux arts, tiennent les peintres préraphaélites pour décadents. Ils condamnent même le patriotisme, veulent l'universel et se prennent pour de profonds penseurs. Leur journal est le *Punch*, qui ne respecte rien ni personne, précisa Murray.

— Il est vrai que, dans les salons, on discute sur les passions et leurs mouvements sans émotion ni scrupule, ajouta Gertrude Lanterbach.

— Les passions sont des maladies ! déclara Carver, péremptoire.

— N'avez-vous jamais été atteint d'une de ces maladies ? demanda par amusement Charles Desteyrac.

— Si... une fois, et la convalescence fut longue. Jusqu'à ce que j'accède à la désespérante douceur du renoncement, avoua le major, devinant l'allusion.

— Voilà un vrai philosophe, déclara lord Simon en donnant une bourrade affectueuse à son vieil ami.

Un peu plus tard, Ottilia confia à Ounca Lou et à Lamia qu'au cours d'une quinzaine de jours passés à Paris, elle avait couru les boutiques avec Gertrude. Elle s'était rendue chez un couturier anglais, depuis peu installé 7, rue de la Paix. Charles Worth accueillait toutes les dames de la bonne société dans des salons peuplés de statues et abondamment fleuris. Cet ancien employé de Swan and Edgar, à Piccadilly, et d'Allenby, le fameux coupeur de Regent's Street, habillait maintenant l'impératrice Eugénie, la princesse de Metternich et de nombreuses dames de la cour impériale.

— Et aussi, ajouta Ottilia, une certaine comtesse

Virginie Oldoni qui aurait eu des bontés pour l'empereur Napoléon III. À cette Italienne légère, Hertford a, dit-on, offert une somme énorme pour passer la nuit dans son lit.

— Aucune femme ne vaut ça ! intervint Uncle Dave qui, comme d'autres, s'était indiscrètement rapproché pour entendre les confidences de la fille de Cornfield.

— En tout cas, je peux vous dire que Hertford en voulait et en a pris pour son argent, mesdames. Exténuée, la comtesse a dû garder le lit... seule, pendant trois jours, pour se remettre ! Je tiens ça du conservateur du musée du Louvre, le comte Horace de Viel-Castel, rapporta Malcolm.

— Ce sont des ragots parisiens, coupa Lamia qui détestait la grivoiserie.

— Avez-vous acheté une robe à ce Worth ? demanda Ounca Lou.

— Trois, ma chère, offertes par mon père. Une du soir, que vous verrez bientôt, et deux de promenade et de visite, dont une, divine, en crêpe de chine couleur céladon, que j'ai portée au Derby avec un chapeau de Mme Virot, la première modiste de Paris.

— Et encore, qu'avez-vous trouvé de si étonnant dans ces boutiques où les dames de qualité, comme vous, lady Ottilia, risquent de côtoyer ce qu'on appelle, je crois, à Paris des courtisanes ? demanda, aigre et puritaine, Margaret Russell.

Cette femme à qui toute l'île reconnaissait des qualités de cœur indéniables et un grand dévouement à ses élèves indigènes, considérait les frais de toilette comme dépenses immorales. Elle pensait que les livres sterling consacrées aux fanfreluches eussent été mieux employées à secourir les pauvres, si nombreux dans les bas-fonds londoniens. L'épouse du pasteur ne portait, comme ses deux filles, que des robes de fabrication familiale, informes et boutonnées jusqu'au menton.

Malcolm vit au regard d'Ottilia qu'elle ne pensait plus qu'à scandaliser Margaret, nommée par elle depuis l'enfance Miss Damper[1].

— Chère madame, je me suis offert le plus coquin des corsets, bordé de dentelles, de longs pantalons de batiste et des bas de soie si fins qu'ils ne peuvent cacher un grain de beauté. Quand vous viendrez me voir et qu'il n'y aura pas de messieurs, je vous montrerai ce qu'est aujourd'hui la lingerie d'une femme élégante, se moqua Otti.

Si Charles Desteyrac avait attendu de ses amis des informations et une réflexion politique sur le Paris de Napoléon III et du préfet Haussmann, il eût été déçu.

Tous avaient apprécié les grands travaux et la vie mondaine du Second Empire. Les bals de la cour, les intrigues amoureuses des célébrités, l'hôtel Meurice, les restaurants Tortoni et Vefour, les cafés-concerts, l'Opéra, le Théâtre-Italien, le musée du Louvre, les courses à Longchamp, l'éclairage au gaz, le télégraphe électrique, la belle avenue dédiée à la reine Victoria depuis 1855 et les élégantes en robe à crinoline « furieusement encombrante », d'après lord Simon, constituaient une moisson de souvenirs qu'ils distilleraient au fil des jours.

Murray rapportait de Paris un recueil de poèmes sulfureux, *Les Fleurs du mal*, récemment publié par un certain Charles Baudelaire que la justice poursuivait pour immoralité, ce qu'il désapprouvait fort.

— La poésie n'a pas à être morale. Elle peut tra-

1. Miss Rabat-Joie, Miss Éteignoir.

duire, par la musique des mots, tous les désirs, douleurs, bons et mauvais instincts de l'homme. Il faut du courage pour être poète ! asséna l'architecte.

Comme Ottilia, Malcolm ne tarissait pas d'éloges sur un tableau de Gustave Courbet, *les Demoiselles des bords de Seine*, qu'il n'avait pas eu, hélas, le temps de faire copier.

— En somme, tout est pour le mieux dans le meilleur des empires possibles ! ironisa Charles.

Un peu agacé par la séduction qu'avait exercée sur ses amis le Paris de Napoléon III, il fut tenté de rappeler le coup d'État de 1851, les quatre cents morts des émeutes, les neuf mille opposants transportés en Algérie, mais il s'abstint. Si, comme l'avait regretté lord Simon, l'Angleterre victorienne n'était plus celle de William Beckford, la France impériale n'était plus la sienne, et Soledad devenait sa patrie.

Mark Tilloy, que le transport des bagages avait longtemps retenu, se présenta à Cornfield Manor alors que les invités de lord Simon avaient déjà vidé plusieurs bouteilles et dévasté les plateaux de canapés et de friandises.

Charles l'entraîna dans une embrasure, impatient de connaître les raisons qui rendaient l'officier de marine à Soledad.

— Mon cher, je suis aujourd'hui allégé de toutes mes illusions. Mes fiançailles avec Ann n'ont pas résisté à la crise financière qui sévit, depuis l'an dernier, aux États-Unis, où les prix de gros ont baissé de quinze pour cent. Savez-vous que quatorze compagnies de chemins de fer ont fait faillite, que des banques ont dû fermer leurs guichets, que des compagnies d'assurances, comme l'Ohio Life Insurance, de Cincinnati, sont dans l'incapacité de faire face à leurs engagements ? Certains jours, ce fut la panique à Wall Street comme à Washington Square, chez Jeffrey Cornfield. Le cousin de lord Simon a renoncé à la compagnie de navigation dont il m'avait confié, en même temps que sa fille, la création. Pour sauver ce qui pouvait l'être, cet homme, victime, comme d'autres, de ce qu'un journaliste new-yorkais a appelé « l'aridité despotique du gain », a vendu – oui, vendu, c'est bien le mot ! – sa fille Ann à un homme de Chicago, un certain Kurt Picker, en fait Pickermann, qui pourrait être son père ! débita Tilloy, incapable de contenir une indignation que le temps n'atténuait pas.

— Et Ann a accepté cette... transaction ?

— Ann, mon ami, comme sa sœur Lyne, a le feu sous son jupon. Elle attend d'un homme qu'il l'éteigne pour aussitôt le rallumer. Vous me connaissez, ce n'était pas pour me déplaire. Elle est aussi prodigieusement dépensière, passe ses après-midi chez sa couturière et sa modiste, sans compter ses coûteuses incursions chez Tiffany. Aussi, quand elle a compris que je serais incapable de maintenir ce train et que son père courait à la ruine, a-t-elle sauté au cou du *Chicagoan*[1], dont la verdeur fait, paraît-il, merveille et qui s'emploie à rétablir les affaires du beau-père. Kurt Picker a échangé toutes les actions que détenait Jeffrey, dans les chemins de fer et dans l'affaire d'exportation de son fils Henry, contre des actions de ses propres affaires de l'Illinois, apparemment très prospères. Et il a aussi renfloué la banque Cornfield and Co., devenant ainsi – car l'homme est malin – actionnaire principal de la banque et maître de sa destinée. Il a licencié le personnel, supprimé les

1. De Chicago.

comptes courants et les guichets pour faire de la banque un établissement de dépôts. Voilà l'affaire !

— Faut-il qu'il soit amoureux pour pareillement s'engager ! fit remarquer Charles.

— Il a cinquante-sept ans et Ann dix-huit, cela explique bien des choses. Et puis, c'est un gaillard franc et jovial, ayant appris les manières, et qui, je dois le reconnaître, inspire la sympathie. Il a commencé dans la vie comme son père, en élevant des porcs, puis il a acheté un bateau pour transporter du bétail sur le lac Michigan. Il fut le premier à se risquer, sur un petit vapeur, à passer les rapides de Sault Sainte-Marie, entre le lac Huron et le lac Supérieur, pour ravitailler la centaine d'habitants de Duluth où il chargeait du minerai de fer des mines de Vermilion et Mesabi Ranger. Depuis deux ans, un canal de mille six cents mètres permet d'éviter les rapides, et les bateaux de Picker ont conservé une sorte de monopole sur ce trajet. Il est aujourd'hui propriétaire de deux compagnies de navigation, les Picker's Lines, dont une assure une liaison quotidienne très profitable entre Chicago et Milwaukee. Il possède aussi plusieurs immeubles sur Michigan Avenue et habite une superbe maison dans la Golden Coast, le quartier huppé de Chicago. Je me suis laissé dire par des marins que d'autres navires de Kurt Picker transportent des Noirs à destination des plantations du Sud. Mais, à New York, on dit cela de tous les armateurs, acheva Tilloy.

Après ses considérations sur l'évolution désastreuse de la société britannique, Lord Simon avait été assailli de questions par ses invités. Souhaitant changer de sujet, il avisa les deux amis tête à tête, et les rejoignit.

— Tilloy vous a tout expliqué, j'imagine, dit-il à Charles.

— Sauf les causes de la crise financière qui a compromis son mariage avec votre petite cousine.

— Oh ! l'explication en est simple. On a étiré des lignes de chemin de fer à travers des déserts et l'on s'est aperçu qu'il n'y avait ni voyageurs ni fret pour assurer des profits. On a emprunté à des taux usuraires pour spéculer sur les terrains à bâtir là où l'on ne bâtit pas ; les agriculteurs pestent contre les droits de douane ; le blé de l'Ouest pourrit dans les silos ; les industriels de l'Est, recevant moins de commandes, mettent leurs ouvriers au chômage ; les gens ne portent plus d'argent aux banques ; le Trésor public constate une forte baisse dans la rentrée des taxes et il y a, ici et là, des manifestations d'affamés. La spéculation, maladie américaine, est une forme de rapine, et la boulimie de richesse un défi au bon sens, conclut Cornfield, rageur.

— C'est ainsi que l'hyménée de Mark a tourné court, commenta Charles.

— Rien à regretter. Les filles de Jeffrey sont des gourgandines et je suis sûr qu'un jour Mark Tilloy trouvera une femme digne de lui, car c'est un bon garçon, assura lord Simon en donnant une aimable bourrade au marin.

Quand Cornfield s'éloigna pour rejoindre d'autres invités, Charles s'enquit de l'avenir du fiancé répudié.

— Lord Simon ne vous l'a peut-être pas encore dit, mais il souhaite maintenant posséder un vapeur. Nous avons eu à bord des querelles épiques avec Lewis Colson pour qui un bateau ne peut vivre que des vents. Hors de la voile, point de salut pour un marin de sa génération ! Mais, il faut le constater, le port de New York reçoit maintenant plus de vapeurs que de voiliers. Lord Simon a rendu visite au commodore Cornelius Vanderbilt, qui a fait fortune en transportant de New York à San Francisco des milliers de chercheurs d'or, et à Samuel Cunard, dont les transatlantiques battent, chaque mois, des records de vitesse entre New York et Liverpool. Même si son goût atavique d'aristocrate britannique le porte à préférer lui aussi la voile, il est revenu convaincu qu'un navire à vapeur est plus rapide et plus sûr qu'un voilier. Or, Jeffrey Cornfield, quand il pensait créer sa propre compagnie de navigation, m'avait envoyé en Angleterre aux chantiers Laird Brother's Yard, à Birkenhead, pour faire construire un petit vapeur de fer de trois cent cinquante tonnes. L'achèvement du bateau est suspendu depuis des mois, car Jeffrey n'avait plus les moyens de payer le chantier. Lord Simon a décidé, à New York, de racheter le vapeur inachevé à son cousin, façon comme une autre d'aider Jeffrey. Il a, depuis, payé ce qui restait dû aux constructeurs qui se sont remis au travail. Dès que le navire sera prêt à naviguer, j'irai, comme commandant, en prendre possession. Je dois dire que commander le vapeur du lord des Bahamas me console de mes déboires passés, confia Mark Tilloy.

Ce soir-là, alors que les invités quittaient Cornfield Manor, Ounca Lou et Charles furent retenus par lord Simon, qui les conduisit dans la bibliothèque, ferma la porte et les fit asseoir avec cérémonie. Cela présageait un discours un peu long. Les avant-bras posés sur les accoudoirs de son fauteuil, il s'adossa, s'éclaircit la gorge et parla.

— Je n'ai pas encore eu le temps de vous dire combien me touche au cœur le fait que vous ayez donné à votre fils, mon petit-fils, mon prénom de Simon, et celui, arawak, de Pacal, en plus d'Alexandre, prénom de votre défunt père, mon cher Charles. Je n'espérais plus un tel bonheur. Ma pauvre Ottilia, ce n'est plus un secret, ne pouvant procréer, j'ai vu, vieil aristocrate marchant vers la tombe, mon ingratitude passée, non seulement absoute mais récompensée. J'ai un héritier de mon sang ! J'en tire encore plus de satisfaction du fait que cet enfant a dans les veines, par sa mère, du sang des Arawak, du sang des premiers possesseurs de Soledad, que j'ai toujours respectés. Cette île, mes enfants, était depuis cinq générations, par la volonté de Charles II d'Angleterre, la patrie d'adoption des Cornfield. Elle est maintenant, pour l'enfant de la sixième génération, une terre natale. Cela change beaucoup de choses. Lors de mon séjour en Europe, j'ai compris que j'appartenais à Soledad plus encore que Soledad ne m'appartient. Vous lui appartenez aussi, mais votre fils, lui, en est le nouvel indigène. Et, après ce que j'ai vu et vécu à Londres et à Paris, je crois pouvoir dire que Soledad sera l'un des derniers refuges de la civilisation et du bien-être.

Assez émus par les propos du lord, habituellement dédaigneux de toute considération sentimentale, Charles et Ounca Lou se taisaient, étonnés.

— Je me dois donc dès maintenant, reprit Simon, d'assurer votre bien-être et celui de l'enfant. Aussi ai-je décidé que vous auriez, dans le Cornfieldshire, une résidence à votre goût. Votre bungalow de célibataire, Monsieur l'Ingénieur, ne peut convenir au confort d'une famille. Aussi, mon cher Charles, choisirons-nous demain un terrain dont la situation vous convienne, et Murray vous bâtira la demeure que vous voudrez sans que vous ayez à en considérer le coût, qui est mon affaire. Vous aurez aussi, dorénavant, la libre disposition du brick *Apollo*. Il vous appartient. Vous verrez, avec Colson ou Tilloy, à régler son armement.

— C'est trop généreux de votre part ! Un jour, Alexandre Simon Pacal vous en remerciera, comme nous-mêmes aujourd'hui, lâcha Charles, un peu décontenancé par ces prodigalités.

D'un geste de la main, lord Simon balaya les remerciements présents et à venir.

— Nous aurons aussi, Monsieur l'Ingénieur, à parler des travaux que j'envisage et que je vous demanderai de bien vouloir diriger. La nouvelle route établie par vos soins entre le port occidental et Cornfield Manor est un modèle du genre ; je vous en félicite. Pensez qu'à partir de demain, Monsieur mon Gendre, vous travaillerez aussi pour votre fils, conclut Cornfield avec un sourire.

Avant que Charles et sa femme aient eu le temps de parler, lord Simon quitta vivement son siège et vint embrasser Ounca Lou, avant de donner une accolade paternelle à Desteyrac. Il se retira sans rien ajouter, comme honteux de l'émotion qu'il avait jusque-là su maîtriser.

3.

Tel un seigneur recevant, au retour des croisades, l'hommage réitéré de ses vassaux, lord Simon, retour d'Europe, reçut à Cornfield Manor tout ce qui comptait dans la société insulaire. Pendant quelques jours se succédèrent, après le cacique Maoti-Mata, accueilli avec cérémonie, ceux que le major Carver appelait les notables. Vinrent ensuite les officiers de la flotte Cornfield, les maîtres d'école, les pêcheurs d'éponges et de conques conduits par Sima, les artisans, les cultivateurs, le personnel de l'hôpital et les chefs des principales familles des Arawak.

Cette confirmation d'allégeance fit sourire Charles Desteyrac, car elle comportait, de la part du lord, une remise de cadeaux auxquels les bénéficiaires attachaient d'autant plus de prix qu'ils venaient du Royaume-Uni. Maoti-Mata se vit offrir un grand portefeuille de cuir rouge aux armes d'Angleterre, « le même que celui dont usent les ministres pour transporter leurs dépêches », fut-il précisé ; le père Taval accepta une gravure représentant la cathédrale Saint-Paul ; les Russell furent gratifiés d'une bonbonnière en porcelaine de Wedgwood ; Sharko, gérant du Loyalists Club, et les commandants des ports reçurent chacun une montre ; les autres, un briquet à amadou ou un couteau pliant.

En plus des présents individuels, lord Simon remit à tous une photographie de Sa Très Gracieuse Majesté la reine Victoria et du prince Albert, entourés de leurs neuf enfants. Pris à Osborne quelques semaines plus tôt par le célèbre Caldesi, cet édifiant portrait de famille fut reçu comme une icône.

Très satisfait de la qualité de la nouvelle route qu'il avait empruntée en débarquant, Cornfield demanda plus tard à Charles de lui amener les terrassiers. Il tint à les féliciter pour leur travail avant de remettre à chacun une demi-guinée. Comme l'ingénieur s'étonnait de cette générosité, lord Simon lui fit signe d'approcher.

— C'est un investissement, lui glissa-t-il à l'oreille, car ces gaillards vont devoir travailler encore, et rien ne vaut une bonne-main pour stimuler l'activité ou, tout au moins, combattre leur native indolence !

— Pour que le cérémonial soit complet, ne manque qu'une délégation des gentilles prostituées de toutes couleurs que nous cachons près de la résidence des marins célibataires ! ironisa Murray.

— Je ne les ai pas oubliées, mon garçon, car ces femmes concourent, à leur manière, à maintenir sur notre île un climat serein et, j'ose même dire, moral. Les Grecs les respectaient comme indispensables à la bonne tenue de la cité. Je leur ai fait porter des pièces de soieries et des eaux parfumées. L'une d'elles m'a fait transmettre par Michael Hocker, qui semble les bien connaître, les remerciements de leur petite mais active communauté, dit lord Simon, le regard malicieux.

Une fois de plus, Desteyrac admira la sagesse et la tolérance de cet autocrate désireux de gérer son île non comme un domaine, mais comme un État. Partout dans l'archipel, les indigènes enviaient les gens de

Soledad que les fonctionnaires de Nassau nommaient, de manière péjorative, « les sujets de Sa Seigneurie le lord des Bahamas ».

À la fin de l'après-midi, alors que Charles allait reconnaître avec Murray et Carver, au pied du mont de la Chèvre, le terrain sur lequel il avait jeté son dévolu pour faire construire sa demeure, lord Simon se fit annoncer par le majordome Pibia au domicile de l'ingénieur. Ounca Lou s'y trouvait en compagnie de lady Lamia et du bébé. Alexandre Simon Pacal gazouillait dans le hamac offert par Maoti-Mata, suspendu sous la galerie. Lamia le balançait tout en conversant avec sa filleule.

— C'est bien la première fois que je vois mon frère se déplacer pour un nouveau-né ! Il ne considère l'existence d'un enfant que du jour où celui-ci est capable de monter à cheval et de tenir un fusil. Il ne supporte pas la vue d'une femme enceinte et, à Cornfield Manor, dès qu'une cameriste ou une lingère montre quelque signe précurseur de maternité, il demande à l'intendant de la renvoyer. Il ne veut voir que des femmes au ventre plat ! dit Lamia en riant.

— Mais Alexandre n'est pas un enfant ordinaire. C'est son petit-fils et, comme tel, nous a-t-il assuré, à Charles et moi, son héritier, observa Ounca Lou.

— Je sais. Nous en avons parlé dès son retour. Il a convoqué son notaire de Nassau afin qu'il prenne acte de ses volontés en ce qui concerne sa succession et les transmette à ses notaires de Londres. Je puis te dire que votre fils, si Dieu lui prête vie, sera un jour maître de Soledad avec le titre de baronet, héréditaire pour les mâles. N'oublie pas que tu as été très légalement adoptée par Simon comme sa fille cadette.

— Mais, que va penser Ottilia ? Ne sera-t-elle pas, de ce fait, déshéritée ? s'inquiéta Mme Desteyrac.

— Ottilia aura sa part, rassure-toi. Les filatures de Manchester, entre autres affaires. Et puis, ma nièce a sans aucun doute d'étranges défauts, mais elle n'est pas intéressée par la possession de biens. Elle n'aime l'argent que pour ce qu'il procure de plaisirs, de toilettes ou d'œuvres d'art. Enfin, je crois qu'elle est très sincèrement satisfaite de t'avoir pour sœur. Elle a aussi grande estime pour Charles, acheva Lamia.

— J'ai longtemps cru qu'elle était même amoureuse de lui, risqua Ounca Lou.

Lady Lamia cessa de balancer le hamac et parut hésiter à répondre.

— À sa façon d'être amoureuse, sans doute. Ce qui ne met pas en danger votre couple. Il faut dire que ton Charles est des plus séduisant. Physiquement, intellectuellement et d'un parfait savoir-vivre : très français, en somme. La première fois qu'il est venu me voir à Buena Vista pour me convaincre d'accepter ce pont, je puis te dire que si j'avais eu vingt ans de moins...

— Oh ! C'est...

Ounca Lou retint la suite de son exclamation à la vue du coupé de lord Simon qui s'arrêtait devant la petite galerie.

Après les salutations aux deux femmes, Cornfield s'approcha du hamac. Pacal – c'est ce prénom que tous semblaient en effet avoir retenu –, jusque-là souriant et jouant avec ses doigts, se figea, le regard fixe.

— C'est votre moustache qui lui fait peur, dit Lamia.

— Quand va-t-il marcher ? demanda le lord en se redressant.

— D'ici dix mois ou un an, répondit Lamia.

Cornfield émit un grognement d'ours impatient, qui fit glousser le nouveau-né dont le regard s'illumina.

Lord Simon, aussi ému qu'étonné, se pencha sur l'enfant et, par jeu, grogna plus fort, ce qui fit redoubler la gaieté de Pacal.

— Vous voyez qu'il n'a pas peur, dit-il.

— Je crois qu'il vous trouve comique, pouffa Lamia.

— Ce serait bien le premier. D'habitude, quand il m'arrive – oh, bien rarement, et par politesse pour une mère – de regarder un enfant d'un peu près, il se met à pleurer, dit Simon.

— Le sang Cornfield mêlé au sang des Arawak fait donc les garçons sans peur, dit Ounca Lou, amusée.

Lord Simon posa sur la jeune femme un regard caressant.

— Je suis venu vous dire encore merci pour ce cadeau, Ounca. Soignez-le bien. Nous en ferons un homme, affirma-t-il avant de prendre congé sans accepter de rafraîchissement.

Alors que la jeune mère le reconduisait jusqu'à sa voiture, lord Simon lui prit affectueusement le bras.

— Je vais lui faire fabriquer un vrai lit en acajou. À le balancer comme ça dans un hamac, vous allez l'amollir, dit-il en montant en voiture.

Au cours de l'automne, tandis que Malcolm Murray pressait l'achèvement de sa demeure et des dépendances qu'il y avait ajoutées, que Charles Desteyrac s'entretenait avec lord Simon des futurs travaux de Soledad, Ottilia rendait de fréquentes visites à Ounca Lou. Dès qu'elle apparaissait, lady Lamia s'éclipsait, souhaitant laisser les deux sœurs tête à tête. Elle savait que sa nièce n'attendait que le moment où Ounca lui confierait son fils qu'elle pourrait bercer dans ses bras.

Un après-midi, le bébé, blotti dans le décolleté largement ouvert d'Ottilia, se prit à chercher instinctivement, lèvres ouvertes, le bout du sein pressé contre sa joue. La jeune femme repoussa ce contact et rendit précipitamment l'enfant à sa mère.

— Il a faim... et je...

Un sanglot empêcha Ottilia d'achever sa phrase. Elle quitta son fauteuil et s'en fut cacher ses larmes à l'autre bout de la galerie. Ounca Lou tendit l'enfant à la jeune Arawak qui la servait, rejoignit Ottilia et entoura de ses bras sa demi-sœur.

— Ne soyez pas malheureuse, Otti. Vous êtes la seule personne à qui je confierai mon enfant. Il grandira entre nous et je suis certaine que, plus tard, vous lui apporterez beaucoup. Une tante, c'est important, et sa marraine, lady Lamia, est déjà âgée.

Ottilia rendit l'étreinte, sécha ses yeux et reprit place dans le rocking-chair, mais laissa Pacal à la domestique.

— Voyez-vous, à Paris, j'ai conçu un fol espoir. Une Anglaise, amie de la défunte Mme Récamier, laquelle souffrait de la même malformation que moi, me dit qu'il était devenu possible, récemment, par une intervention chirurgicale, de remédier à ce défaut. J'ai rendu visite au chirurgien, un homme distingué et très aimable. Il m'a dit ne plus pratiquer l'opération, qu'il n'a tentée que deux fois, car ses patientes n'ont pas survécu. « Quand on veut aller contre un tel choix de la nature, madame, la nature se venge », m'a-t-il dit.

— Vous auriez pris ce risque ?

— Certes ! Mais ne parlons plus de cela. D'ailleurs, j'ai depuis passé un accord avec Gertrude, douce et gentille bécasse qui m'est toute dévouée depuis plus de quinze ans. Vous n'ignorez pas qu'elle est la maîtresse, amoureuse – et, paraît-il, ardente – de Murray ? demanda Otti.

Elle usait le plus souvent du nom de famille de Malcolm pour désigner son époux.

— Tous deux se comportent avec assez de discrétion pour que beaucoup l'ignorent, atténua Ounca.

— Tant mieux. Mais si Murray fait un enfant, ce qu'il tente de ne pas faire, Gertrude m'abandonnera le bébé. Étant mariée, je pourrai l'adopter et, sitôt après, je divorcerai. Une loi anglaise, promulguée cette année, permet aux épouses de divorcer... pour non consommation ! précisa Otti, presque goguenarde.

— C'est machiavélique !

— Ne me méprisez pas, chère Ounca. C'est mon nouvel espoir.

L'épouse de Charles évalua combien cette femme, belle et sensuelle, devait être malheureuse. Comme elle se taisait, Ottilia, qui avait recouvré toute son assurance, se pencha vers elle.

— Sarah, l'épouse stérile d'Abraham, offrit à son mari sa servante Agar pour qu'elle procréât à sa place. Liz et Rachel, les épouses de Jacob, lui donnèrent leurs servantes, Zilpa et Dilha, afin qu'il fût père. La Bible est pleine de bons exemples, croyez-moi ! dit-elle, passant des larmes au rire.

La construction de la maison destinée à Charles et à sa famille, que l'ingénieur voulait de pur style colonial des West Indies, ce qui décevait Malcolm Murray, ne commencerait qu'au cours de l'hiver. La saison des ouragans, ouverte en septembre par un assaut violent auquel le pont de Buena Vista résista sans un frémissement, eût rendu les travaux aléatoires.

En attendant, Charles avait de longs entretiens avec lord Simon. On avait déjà décidé la création, sur la côte est de l'île, d'une nouvelle route empierrée, qui remplacerait le mauvais chemin de terre battue tracé par les premiers colons, et l'implantation d'un village de bungalows pour les marins et les employés mariés, quand Cornfield, à la fin d'un après-midi pluvieux, entraîna Charles dans son cabinet de travail.

Caressant, d'un geste que Desteyrac savait familier et comme inspirateur, la tête de cristal de roche autrefois arrachée à la fuente del Ángel, lord Simon lui annonça tout à trac qu'il voulait un chemin de fer.

— Il en existe un à Cuba depuis 1837. Il parcourt cent vingt-quatre miles entre La Havane et Limonar. Chaque jour, deux trains transportent les barils de sucre, les boucauts de tabac et les gens. Par saint George, nous ne sommes pas plus empruntés que les Cubains ! Je veux un chemin de fer entre le port occidental et Southern Creek. Une ligne nord-sud qui facilitera le transport des éponges, des écailles de tortue, des matériaux de construction, des marchandises et, bien sûr, des dames du Cornfieldshire qui voudront faire des emplettes au village des artisans, enrichi chaque année de nouvelles boutiques. On pourrait même lui faire franchir votre pont. J'aurais un beau wagon qui me porterait jusqu'à ma résidence de Buena Vista. Étudiez-moi ça cet hiver, mon bon Charles.

— Un train ne pourra en aucun cas franchir le pont, lord Simon. Il faudrait en renforcer et élargir le tablier. En tant qu'ingénieur, je ne prendrai pas le risque d'y faire passer un train, répondit Desteyrac, catégorique.

— Bon, bon ! Arrêtons ce chemin de fer à Southern Creek, si vous préférez, concéda Cornfield, grognon.

— Même en admettant qu'il soit possible d'établir une voie ferrée jusque-là, je prévois déjà une forte opposition de lady Lamia. Elle a le chemin de fer en horreur, à cause des locomotives qui crachent de la fumée et empestent l'atmosphère.

— Mon cher, je suis seul maître sur Soledad et Buena Vista. Je vous l'ai rappelé cent fois. Nous n'allons pas tergiverser comme lors de la construction du pont, hein ? Faites-moi un chemin de fer. Ce sera le premier de l'archipel, ajouta lord Simon, à la fois exalté et enjôleur.

— Je dois d'abord faire une étude très sérieuse du parcours et du sol où poser le ballast. Une locomotive n'est pas une carriole. Avant de me lancer dans une telle entreprise, j'aimerais avoir l'avis d'un spécialiste, dit Charles.

— Consultez qui vous voudrez. D'ailleurs, pour tout ce qui touchera aux travaux, au matériel, aux outils, voyez ça avec Carver. Je lui parlerai dès demain de notre projet. Et surtout, ne regardez pas à la dépense. Rappelez-vous aussi que je suis actionnaire de Keystone Bridges Works, à Pittsburgh. Ils fabriquent des rails et vous y connaissez du monde.

— Puisque vous évoquez les aciéries de Pittsburgh, je pense que si Robert Lowell, de qui j'ai apprécié les compétences, pouvait venir travailler avec moi sur votre projet, ce serait une bonne chose. Je suis en correspondance avec lui. Reste à savoir si son directeur le laisserait s'absenter, détailla Charles.

— J'en fais mon affaire. Écrivez à ce Lowell de venir. On le recevra bien : faites ce qu'il faut pour le décider. On le paiera aussi bien que Keystone. Maintenant, allons prendre une lampée de ce vieux whisky que j'ai rapporté d'Angleterre, manière d'arroser notre projet.

— Arroser votre projet, lord Simon, rectifia Charles en appuyant sur le possessif.

Le soir même, Desteyrac rapporta à Ounca Lou la conversation qu'il avait eue avec son père et lui demanda de préparer Lamia à l'idée de voir un jour un train circuler du nord au sud de Soledad. Deux jours plus tard, pendant le dîner, Mme Desteyrac fit rapport de son ambassade.

— La toison de Lamia a doublé de volume et son regard a lancé des éclairs quand je lui ai parlé chemin de fer. Elle m'a dit : « Ton mari saura, j'y compte, détourner mon frère de ce projet stupide, qui n'est qu'une manifestation ridicule de son orgueil de potentat. » « Et s'il persiste ? » ai-je demandé. « Alors je me retirerai définitivement sur Buena Vista et vous emmènerai, Pacal et toi, avec moi pour vous mettre à l'abri des fumées méphitiques des locomotives ! » Voilà où nous en sommes, Charles.

Desteyrac promit de tout tenter pour dissuader lord Simon, bien que, peu à peu, l'idée de construire le premier chemin de fer sur une île des Bahamas eût cessé de lui déplaire. Après le pont de Buena Vista, ce nouveau défi mettait du sel dans une existence promise à plus ou moins long terme – et il le redoutait – à une confortable routine.

— Si Cornfield s'entête, comme c'est prévisible, je ne pourrai qu'exécuter ses plans. Je suis ici employé comme ingénieur, ma belle.

— Tu es aussi son gendre, et le père de son héritier !

— C'est tout un, Ounca. Si je refuse ce chantier, lord Simon, qui a des intérêts dans plusieurs lignes de chemin de fer aux États-Unis, fera venir des gens très capables de me remplacer pour ce travail, observa Charles.

— Je te sens bien près d'approuver cette idée que je devine, malgré son extravagance, assez séduisante pour Monsieur l'Ingénieur des Ponts et Chaussées, dit la jeune femme en prenant la main de son époux.

— Je vais encore y réfléchir. Mais si je dois m'atteler à ce chantier, j'aurai à convaincre ta marraine, qui est aussi celle de Pacal, de ne pas s'exiler avec vous à Buena Vista, déclara Charles.

— Tu sais très bien que je ne te quitterai pas. Comment vivre des jours et des nuits sans toi ? À moi les locomotives ne font pas peur ! assura Ounca Lou.

Mutine, elle ôta la fleur d'hibiscus qu'elle portait ce jour-là sur l'oreille et la posa près de l'assiette de son mari. Charles savait depuis longtemps interpréter ce geste des femmes arawak. Quand Ounca quitta la table, il lui tendit les bras et l'embrassa avec fougue. Elle, le feu aux joues, l'entraîna vers leur chambre. La maternité n'enlevait rien aux ardeurs de la maîtresse.

The Nassau Guardian, livré chaque semaine à Soledad par le bateau-poste, était la principale source d'informations des insulaires avec les journaux américains, *New York Times* et *Boston News Letter*. *The Liberator*, organe antiesclavagiste fondé à Boston en 1831 par William Lloyd Garrison et Isaac Knapp, journal que Cornfield soutenait discrètement de ses deniers, ne parvenait qu'avec des semaines de retard dans l'archipel, et parfois pas du tout, quand les proesclavagistes du Massachusetts sabotaient sa distribution. En cet automne 1857, lord Simon déplorait l'interruption de la publication de la *Bahamas Gazette*, le plus ancien journal de l'archipel, fondé en 1784 par

John Wells, un loyaliste venu de Charleston à Nassau avec ses presses.

Si le courrier des États-Unis était délivré dans la quinzaine, celui d'Europe mettait souvent plus d'un mois pour atteindre Soledad. Aussi était-on souvent plus vite informé des événements régionaux par les marins du commerce qui faisaient escale à Nassau.

On apprit ainsi, fin octobre, qu'un navire américain, le *Central America*, qui avait quitté Cuba pour New York avec six cents passagers, s'était trouvé pris dans une tempête au large de la Caroline du Nord. Le navire avait coulé, engloutissant équipage et passagers, sauf une soixantaine de personnes, des femmes surtout, qui avaient survécu pendant une semaine, agrippées à des radeaux de fortune. On n'eût peut-être pas attaché à ce naufrage plus d'attention qu'aux douzaines d'autres, signalés chaque année entre les Bahamas et les côtes américaines, si le *Central America* n'avait été lesté d'une cargaison de lingots d'or. On attribuait au trésor immergé la valeur d'un milliard de dollars.

« Sans doute de l'or gagné par les esclaves qui peuplent les plantations de cette île espagnole », avait commenté lord Simon, bien aise d'avoir vendu deux ans plus tôt l'exploitation qu'il possédait près de Matanzas.

Avec novembre, les ouragans cessaient de menacer les îles quand une estafette, envoyée à Cornfield Manor par le commandant du port occidental, annonça l'arrivée du *Southern Star*, le schooner des Cornfield de Charleston.

Lord Simon fit aussitôt atteler pour aller accueillir ce cousin esclavagiste qui devait avoir une forte raison de lui rendre visite. Dès qu'il vit Bertie III descendre seul le chemin-planche de son bateau, lord Simon comprit que l'escale n'était pas de pure courtoisie. Le planteur, amaigri, émacié, presque voûté et l'œil éteint, tendit deux mains sèches au lord.

— Quelle bonne aubaine vous conduit chez moi, cousin ? dit le maître de l'île, se forçant à la jovialité.

— Triste aubaine, mon bon Simon, bien triste, en vérité. Je vais à Limonar vendre ma plantation de canne à sucre, mes moulins et ma sucrerie. Mon fils aîné, Bertie IV, qui dirigeait nos affaires à Cuba, est mort. Il a péri dans le naufrage du *Central America*, dont tu as dû entendre parler.

— Nous avons su, en effet, cette catastrophe, dit lord Simon.

— Ma bru accompagnait son mari pour des vacances chez nous. Elle a été sauvée de la noyade, mais n'a pu survivre tant elle avait été, comme d'autres naufragées, brûlée par le soleil et le sel. Je vais donc ramener de Cuba trois petits orphelins restés là-bas avec leur gouvernante espagnole. Voilà la raison de mon escale, mon pauvre ami.

Pour tenter de distraire un moment Bertie III de son chagrin, lord Simon donna, le soir même, un dîner à Cornfield Manor où se retrouvèrent les époux Murray, les Desteyrac, les Colson et le major Carver. Lady Lamia ne parut pas à la salle à manger. Bien qu'elle espérât encore que lord Simon, influencé par Charles, renoncerait à faire construire son chemin de fer, elle boudait son frère et refusait de paraître aux repas.

Alors qu'à l'issue du dîner les hommes se trouvaient rassemblés au fumoir pour sacrifier au rite du cigare-et-porto, lord Simon, voulant éviter toute discussion sur la question de l'esclavage, qui envenimait un peu plus chaque jour la rivalité Nord-Sud aux États-Unis, rapporta qu'il tenait du nouveau gouverneur des Bahamas, Charles John Bailey, compagnon de l'ordre du Bain, que le pape Pie IX venait de rattacher l'archipel à l'évêché de la Caroline du Sud.

— Et cela, alors qu'il n'y a plus aucun prêtre catholique à Nassau ! Le dernier qu'on nous envoya, en 1853, le père Gibbons, ne fit qu'un bref séjour à New Providence. Il est maintenant évêque à Baltimore, précisa le lord.

— Les catholiques, nous voudrions nous en passer, comme vous. Aux États-Unis, ils soutiennent la cause des abolitionnistes, cousin. Et ce n'est pas nouveau. En 1839, le pape Grégoire XVI a condamné la traite des nègres. Maintenant, certains évêques du Nord menacent d'excommunication les catholiques propriétaires d'esclaves. Les papistes – ces sacrés Irlandais plus que les autres – sont tous ligués contre le Sud.

Le débat sur l'esclavage se trouva donc relancé et Bertie III révéla que plusieurs États du Sud, dont les Carolines, souhaitaient sortir de l'Union pour conserver ce que les esclavagistes nommaient, par un doux euphémisme, l'institution particulière.

— Hum, hum, vous seriez alors bien isolés, osa Malcolm Murray.

— Ne croyez pas que tous les gens du Nord soient pour l'abolition. La Cour suprême des États-Unis a refusé d'accorder la liberté à l'esclave Dred Scott, du Missouri, qui, sous prétexte qu'il avait résidé quelque temps en Illinois, État libre, où l'avait conduit son maître, un chirurgien de l'armée fédérale, demandait à être émancipé. Le président de la Cour, Roger Taney, a fort justement repoussé la demande de cet analphabète, marionnette aux mains des avocats abolitionnistes, en observant qu'un esclave, n'étant pas citoyen de l'Union, ne pouvait intenter une action devant une cour fédérale, et que les lois de l'Illinois ne peuvent s'appliquer à un résident du Missouri. Les juges de Washington ont bien compris que l'émancipation des esclaves marquerait la fin d'une société sudiste dont le Nord a besoin en tant que type historique d'une civilisation agraire et aristocratique, exposa le planteur.

Bien qu'il respectât le deuil de son parent et ne souhaitât pas, en pareille circonstance, attiser la polémique qui les opposait depuis des années, lord Simon ne put s'empêcher de répliquer.

— Votre horizon, cousin, reste limité par les bornes de vos plantations et par les lambris de vos clubs de Charleston. Vous refusez de considérer la marche du monde et des idées.

Contre tout bon sens, vous exigez que les nations approuvent votre institution particulière comme reconnue par Dieu et la meilleure qui soit pour les nègres. Ne prenez pas en mauvaise part ce que je vous dis là. J'ai pour vous toute l'estime que je refuse à vos idées. Ce siècle verra, que nous le voulions ou non, la fin de l'esclavage, en Amérique comme ailleurs. Du jour où le premier nègre a su lire et écrire, l'abolition s'est mise en route, dit lord Simon sans élever le ton.

— Cher cousin, si mon horizon se limite à ma plantation, le vôtre se limite aux rivages de votre île, répliqua Bertie, amer.

— Je reviens d'un long séjour en Europe et j'ai pu, moi, constater l'évolution des mœurs et des idées, mon ami.

— Peut-être, mais vous êtes ici comme Épicure dans son jardin. À l'exemple du Grec vous aimez une solitude entourée d'animation, le confort, la bonne chère, les bons vins, et vous donnez à vos plaisirs protégés les couleurs de la vertu. Je vous envie, moi qui dois chaque jour faire face à des nègres de plus en plus indisciplinés, auxquels les abolitionnistes font croire que, débarrassés de leurs maîtres et libres d'aller à leur guise, ils auront une vie aisée sans travailler !

— Chez notre cousin Jeffrey, à New York, les nègres travaillent et reçoivent un salaire pour assurer la subsistance de leur famille. Ce qui les différencie de vos nègres des Carolines, c'est la liberté de changer de maître, d'apprendre à lire et à compter, de faire ce qui leur plaît une fois les heures de travail terminées et, le dimanche, d'aller se promener sur les berges de l'Hudson. Ils ne demandent rien de plus, allégua Ottilia.

— Harriet Beecher-Stowe, monsieur, a fait un tableau sans méchanceté d'une famille d'esclaves bien paisibles qui aspirent à la liberté, osa Margaret Russell.

— Parlons-en, de sa *Case de l'oncle Tom* ! C'est bien le plus mauvais service qu'une écrivassière ait rendu à l'Union ! Ce livre est devenu la bible des abolitionnistes !

Pour apaiser le débat, le commandant Colson prit la parole.

— Cette dame Beecher-Stowe, monsieur, vient d'éprouver le même deuil que vous. En revenant d'Europe, il y a quelques semaines, elle a appris à New York, où nous faisions escale, que son fils Henry, étudiant à Dartmouth, s'était noyé dans la rivière Connecticut, rapporta l'officier.

— Je déteste l'écrivain, mais je plains la mère, dit simplement Bertie III, rendu à son propre malheur.

Trois jours plus tard, toute menace d'ouragan ayant disparu, lord Simon et le major Carver reconduisirent le planteur de Charleston jusqu'au port, où les chaudières de son schooner étaient déjà sous pression. Au moment de la séparation, lord Simon dit à son cousin qu'il avait raison de vendre, sans plus attendre, ses propriétés cubaines.

— Depuis que le général Miguel Tacón y Rosique, qui fut gouverneur de Cuba de 1834 à 1838, a refusé d'appliquer la constitution libérale qui eût permis aux représentants du parti réformiste de siéger aux Cortes, les travailleurs cubains – les nègres surtout, esclaves ou affranchis – ont compris que les réformistes n'obtiendraient jamais aucune concession. On dit que les idées radicales ont fait leur chemin en vingt ans et que des révoltes ne sont maintenant pas à exclure, expliqua lord Simon, toujours bien informé.

— Ce sont des ragots répandus par les pasteurs abolitionnistes. Mais ce n'est pas ce genre de menace qui me ferait vendre ma plantation de canne. N'ayant plus de raison de conserver des propriétés que je destinais à mon fils aîné, je compte en tirer un bon prix, car les acquéreurs ne manquent pas. Nous sommes à peu près assurés que le président Buchanan, dès qu'il aura réglé le sort des mormons et de l'Utah, décidera le Congrès à acheter Cuba aux Espagnols, ou prendra l'île par la force pour en faire un nouvel État américain. Un État où sera continuée l'institution particulière que vous n'approuvez pas ! asséna Bertie III.

Sans répondre à cette ultime provocation, lord Simon donna une chaude accolade au planteur. Ce Cornfield, descendant des premiers colons des Carolines, homme droit, sincère, bon protestant, grand travailleur et fort généreux quand il s'agissait de secourir malheureux et malades, lui inspirait plus de pitié que d'agacement. Il attendit que le *Southern Star* se fût éloigné du quai pour coiffer son panama. Alors seulement il se tourna vers son vieil ami Carver.

— Un jour, Eddie, nous le verrons revenir ici avec sa famille... à moins que les nègres ne leur aient à tous tranché la gorge avant de brûler leurs beaux manoirs, dit-il avec un hochement de tête résigné.

Cette année-là, Noël fut célébré dans une atmosphère devenue familiale et confiante. Sous le soleil glorieux qui tiédissait un air limpide – le thermomètre marquait 27 degrés centigrades, et le jasmin d'hiver resplendissait –, on se réunit à Cornfield Manor.

Pour Charles Desteyrac, qui se souvenait des noëls de France, enneigés et froids, cette fête de la Nativité sous les tropiques avait quelque chose d'irréel.

Sur la galerie du manoir, où l'on avait dressé deux jeunes pins enrubannés d'or et de pourpre, lord Simon présida à la distribution des présents. Les parents de Pacal reçurent le lit d'acajou promis au cours de l'été. Lamia remit à son filleul un hochet d'argent à manche d'ivoire auquel l'enfant de cinq mois préféra aussitôt le pantin de sisal confectionné par Adila, la fille la plus délurée de Maoti-Mata. Habile à tresser chapeaux et paniers destinés au marché de Nassau, la jeune Arawak ne rêvait qu'aller étudier en Amérique. Depuis peu promue nurse de Pacal, elle vivait chez les Desteyrac, et Ounca Lou lui apprenait à écrire correctement l'anglais. C'était façon de reconnaître les services de l'adolescente, car on eût outragé Maoti-Mata en rémunérant la fille d'un cacique comme une domestique.

Bien qu'il ne fût pas d'usage à Soledad de faire pour Noël des cadeaux aux grandes personnes, Ottilia posa sur les épaules de sa demi-sœur un châle de cachemire et lui offrit un flacon d'Eau lustrale, de Guerlain, rapportés de Paris.

— Que puis-je, moi, vous offrir en échange ? murmura Ounca Lou, assez émue.

— L'amour et la confiance d'une sœur, dit Ottilia en l'embrassant.

La semaine suivante, l'avènement de 1858 fut marqué, ainsi que le voulait lord Simon chaque année, par une grande fête publique dans le parc de Cornfield Manor. Cette nuit-là, comme pour le *goombay*, il était d'usage, pour les membres de la famille et les amis intimes parmi les Blancs, de se mêler aux insulaires, de se rendre d'un buffet à l'autre, tous abondamment garnis de conches frites, de jambons, de fruits et de pâtisseries, de participer aux danses traditionnelles des Arawak, aux farandoles des pêcheurs, aux gigues des marins entraînés par le géant roux Tom O'Graney. Simon Leonard Cornfield voyait là une façon patriarcale de rappeler à tous, sans distinction de race ou de rang social, qu'il était à la fois le dynaste et le protecteur de la communauté insulaire.

À un moment ou à un autre de la nuit, chaque Conchy Jo – ainsi que les indigènes appelaient les Blancs – se devait d'aller porter un toast au cacique Maoti-Mata qui, sur une estrade, présidait, à égalité avec lord Simon, les festivités nocturnes. Vêtu d'un costume de cérémonie fait d'une longue tunique en peau de chèvre finement tannée et brodée de signes emblématiques, coiffé d'une calotte festonnée de perles roses trouvées par ses ancêtres dans les conches bahamiennes, il occupait, comme son hôte, un des fauteuils style George IV extraits pour la circonstance du grand salon de Cornfield Manor.

En habit et portant ses décorations, lord Simon tirait de temps à autre sa montre de son gousset comme qui attend un événement. Cinq minutes avant minuit, il demanda que l'on fît taire les musiques et que la foule approchât de l'estrade. Quand le silence fut établi, il se leva, demanda au cacique de l'imiter et fit le signe que guettait un premier maître du *Phoenix*, chef de musique des équipages Cornfield. Le *God Save the Queen* fut chanté par les Anglais et quelques indigènes, religieusement écouté par la plupart des assistants, et suivi d'applaudissements.

Charles Desteyrac observa que Tom O'Graney et les marins irlandais des navires du lord demeuraient silencieux. Ils avaient appris, la veille, que le gouvernement britannique considérerait comme peu amicale l'attitude du gouvernement américain si ce dernier venait à soutenir d'une manière ou d'une autre l'Irish Republican Brotherhood [1] qu'un certain J. O'Mahoney, charpentier de son état, était en train d'organiser à New York. Et cela, au moment où l'architecte James Remwick achevait la construction d'une cathédrale dédiée à saint Patrick, grâce aux dons des Irlandais de la ville !

Comme Charles faisait part à Malcolm de l'attitude étonnante des Irlandais de Soledad, l'architecte le tira à l'écart.

— Pendant son séjour à New York, lord Simon, sollicité par Tom, a fait un don pour l'église Saint-Patrick, mais il a déconseillé à notre brave charpentier – pour ne pas dire qu'il lui a interdit – d'adhérer à la Brotherhood de O'Mahoney. Elle est dirigée par les Fenians, ainsi qu'on nomme les membres du parti de la Jeune-Irlande, prêts à tout, même à la révolte armée, pour séparer leur île du Royaume-Uni.

---

1. La Fraternité républicaine irlandaise.

Le crépitement du feu d'artifice, qui marquait le changement de millésime, interrompit la conversation.

Alors que la fête continuait dans les jardins, lord Simon convia les intimes à une plus discrète célébration dans les salons du manoir. Les vœux échangés, un orchestre apparut, et il ouvrit le bal avec Margaret Russell, la doyenne de l'assemblée. Malcolm Murray enleva aussitôt Ounca Lou, laissant Ottilia face à Charles. L'ingénieur se devait d'inviter la jeune femme.

— Savez-vous que je n'ai pas valsé agréablement depuis le soir où, ici même, ont été décidés nos mariages ? Comme cela me paraît lointain, dit-elle.

— Un peu plus d'un an seulement, observa Charles.

— Beaucoup de choses ont changé, n'est-ce pas ?

— Pas tellement, puisque nous nous retrouvons là, en train de danser, comme si le bal n'avait pas été interrompu, dit-il.

Elle sourit, fixant son cavalier de ses yeux pervenche jaspés de noir, obligeant Charles à confondre leurs regards. Il ne cilla point et, quand elle sentit, plus appuyée sur sa taille, la pression de la main de l'homme, un frisson voluptueux, vite réprimé, la parcourut. Ils valsèrent en silence, ne trouvant plus de mots qui ne pussent gâcher le plaisir du moment. Quand cessa la musique, ils se séparèrent, Otti comme à regret, Charles avec le sentiment d'échapper à un coupable et délicieux envoûtement.

— C'est bon de commencer ainsi l'année avec vous, souffla-t-elle.

Puis il la confia à Mark Tilloy, plus fringant que jamais dans son uniforme blanc de nouveau capitaine de la flotte Cornfield.

Ounca Lou ayant été invitée par son père, Charles dut faire danser successivement les deux filles du pasteur Russell, rougissantes et appliquées. C'étaient à la fois leur premier bal habillé et leurs premières valses. Elles avouèrent l'une après l'autre s'être entraînées à virevolter ensemble, tandis que leur gouvernante jouait au piano des valses de Chopin.

— Mais, évidemment, avec un danseur, c'est facile ! Je ne pense plus à mes pieds, dit l'une d'elles, ce que répéta à peu près mot pour mot sa sœur cadette un moment plus tard.

Quand Charles les libéra, impatient de retrouver sa femme, Malcolm Murray se porta candidat pour la prochaine danse et fut agréé par les demoiselles Russell, de qui la mère surveillait les évolutions.

— Attention, Malcolm, ce ne sont pas des New-Yorkaises délurées comme les filles de Jeffrey Cornfield ! prévint l'ingénieur, mezza voce.

Dans une robe de soie turquoise agrémentée de volants de dentelle noire qu'on retrouvait au décolleté, Ounca Lou rayonnait et son euphorie se communiqua à Charles, enchanté de la voir sûre d'elle, épanouie, plus belle que jamais. Parce qu'ils étaient mari et femme, leur façon de danser – buste d'Ounca frôlant la poitrine de son cavalier, doigts entrecroisés, murmures, rires, regards enamourés – ne fut pas jugée inconvenante, encore que Margaret Russell indiquât à ses filles qu'un tel maintien serait toujours à éviter.

Comme les Desteyrac allaient enchaîner une nouvelle danse sans se séparer, lady Lamia intervint.

— Carlota aussi a envie de danser avec Charles, dit-elle, rappelant à l'ingénieur son premier prénom, dont il avait dit un jour qu'il le préférait à celui de Lamia.

Moulée dans un fourreau de soie gris acier, dans le ton exact de sa crinière frisée, la sœur de lord Simon, fausse maigre, taille de guêpe, hanches finement galbées, seins de fillette, jouait avec souplesse à la sirène. Pour qui la connaissait comme Charles, le souhait de Fish Lady était bien de justifier son sobriquet. C'était sa manière à elle d'être coquette : qu'on la prît pour une femme-poisson en rupture d'océan ! Elle ne parlait pas en dansant, liait spontanément, avec l'aisance que confère l'habitude de la danse, ses pas à ceux de son cavalier, partageait avec lui les délices de l'harmonie particulière qu'imposent au mouvement des corps les trois temps de la valse. Les yeux clos, peut-être pour retourner par la pensée aux bals de sa jeunesse, que Charles imaginait sous les lustres des demeures princières de la vieille Angleterre, elle faisait de la danse une récréation à la fois païenne et mystique. Recueillement de l'esprit et allégresse des sens épuraient la sensualité sibylline qui émanait de sa personne.

— C'est un bonheur de danser avec vous, Carlota, dit Charles en la reconduisant à son siège.

— Galanterie française pour une duègne ! fit-elle, ironique.

— Vous savez bien que ce n'est pas que cela ! C'est à la femme que je m'adresse, insista-t-il.

— J'apprécie, croyez-le bien. Mais, que puis-je faire de plus pour vous plaire ?

— Accordez-moi une autre valse.

— Soit, répondit-elle.

Quand ils se séparèrent, lady Lamia marcha d'un pas décidé vers son frère qui, verre en main, discutait avec le docteur Weston Clarke et le major Carver. Son approche fit s'interrompre la conversation.

— Simon ! En deux tours de valse, Monsieur l'Ingénieur m'a convaincue de l'utilité, sinon de l'agrément, de votre affreux chemin de fer. Mais il m'a promis de nourrir votre puante locomotive avec du charbon qui ne fume pas ! Donnez-moi une coupe de champagne, je meurs de soif ! débita-t-elle d'un trait.

— Enfin sage ! Comme pour le pont, tu y viens, dit simplement lord Simon en fixant Charles.

Ce dernier, interloqué, eut un instant d'hésitation. Puis il prit sans façon Lamia par la taille et l'embrassa sur la joue. À aucun moment, ni avant ni pendant la danse, il n'avait été question entre eux du chemin de fer.

4.

Un matin de fin février, alors que Charles Desteyrac quittait son bungalow pour se rendre en dog-cart sur le chantier de sa future maison, Poko, le domestique sikh du major Carver, arriva en courant.

— Sir Edward vous envoie ce journal, dit-il.

Aussi laconique qu'à son habitude, il tendit *The Nassau Guardian* à l'ingénieur.

Intrigué, Charles regagna la galerie et ouvrit le journal bi-hebdomadaire, arrivé le matin même par le bateau-poste. Un court article lui apprit que le 14 janvier, à Paris, Napoléon III avait fait l'objet d'un attentat alors qu'il arrivait à l'Opéra. Rue Le Peletier, trois bombes avaient été lancées par des assassins mêlés aux badauds. L'empereur et l'impératrice n'avaient pas été atteints, bien qu'on eût compté quarante-trois trous causés par des éclats de fer dans la caisse de la berline impériale. La première charge, jetée sous l'attelage, avait tué l'un des postillons et un cheval. Les autres bombes avaient causé la mort de huit personnes et fait cent quarante blessés. Dans la nuit, la police avait arrêté plusieurs suspects, dont un certain comte Felice Orsini, ancien collaborateur du révolutionnaire Giuseppe Mazzini, deux autres Italiens, Pierri et Rudio, membres du mouvement révolutionnaire Jeune-Italie, ainsi que Gómez, le domestique d'Orsini.

À Ounca Lou, venue aux nouvelles, Charles commenta sa lecture.

— Le terrorisme rend méprisables les causes les plus justes. Badinguet a, certes, fait aux Italiens des promesses qu'il n'a pas tenues, mais je ne puis accepter que des Parisiens innocents paient de leur vie la déception de ceux qui luttent pour l'indépendance de la péninsule. Nous autres, républicains, souhaitons la fin du régime impérial qui, chaque année, réduit un peu plus les libertés, mais non la mort de l'empereur, de qui le peuple doit se débarrasser par la voie politique.

— D'après Ottilia, Napoléon III n'a pas fait que de mauvaises choses. Sous son règne, Paris embellit, m'a-t-elle dit.

— Je sais. C'est surtout l'œuvre du préfet Haussmann. Au dire de mes amis, le régime aurait même rendu à la France l'autorité que les Bourbons et les Orléans lui avaient fait perdre. Mais, vois-tu, ces préoccupations sont aujourd'hui bien loin de ma pensée. Ma patrie, c'est toi ! lança Charles en étreignant sa femme pour un long baiser.

Un mois plus tard, une lettre de Mme de Saint-Forin apprit à Desteyrac que trois des auteurs de l'attentat du 16 janvier – Orsini, Pierri et Rudio – avaient été guillotinés.

« Seul le domestique Gómez a sauvé sa vie, et c'est bien dommage », écrivait la mère de Charles. Elle s'étendait plus longuement sur un événement que *The Nassau Guardian* n'avait pas rapporté : « Figure-toi que je l'ai échappé belle. Le 8 janvier, peu après dix heures et demie, je venais de quitter l'église Saint-Sulpice, où j'avais assisté à la messe dans la chapelle de la Vierge, quand une explosion dévasta le lieu saint. Je me suis précipitée avec d'autres pour porter secours aux blessés qui sortaient de l'église, couverts de sang. On sut bientôt que trois personnes avaient trouvé la mort : Mlle Lefauconnier, que je connaissais bien, une femme et un homme qui m'étaient inconnus. On crut d'abord à une machine infernale, mais les prêtres et le commissaire de police nous assurèrent qu'il s'agissait de l'explosion d'un tuyau du calorifère. Tout le monde n'admet pas encore cette explication en un temps où les révolutionnaires menacent la vie des honnêtes gens. On devait le voir, quelques jours plus tard, avec l'attentat dirigé contre le couple impérial. Dieu bienveillant les épargna car la France, fille aînée de l'Église, est protégée par la Vierge Marie. Le 11 février, à Lourdes, la mère du Christ est apparue à une petite paysanne qui ramassait du bois près d'une grotte. Cette Bernadette Soubirous a revu l'apparition plusieurs fois. Il y avait bien longtemps que l'Immaculée Conception ne s'était pas montrée », concluait Mme de Saint-Forin.

Bien qu'elle eût été informée du mariage de son fils avec une jeune Bahamienne, et, plus tard, de la naissance d'un garçon dont Charles se disait le père, Mme de Saint-Forin n'évoquait jamais, dans ses lettres, l'existence de l'épouse et du fils de Charles. Pour elle, ce mariage sous les tropiques – « conjungo colonial », comme on disait des militaires qui se liaient provisoirement à des femmes arabes en Algérie – ne pouvait constituer une véritable union chrétienne. Quant à l'enfant, produit d'une demi-Indienne, donc demi-Sauvage, elle ne pouvait le considérer comme un petit-fils acceptable, et trouvait même scandaleux que Charles lui eût donné le prénom de son défunt père. Elle pensait que cet enfant et sa mère resteraient sur leur île quand Charles, ses travaux terminés, rentrerait en France où il prendrait une épouse digne de lui.

Ce mépris affiché de sa mère pour la femme qu'il aimait affligeait l'ingénieur et il se prenait à détester celle qui l'avait mis au monde.

Ounca Lou, ayant vu pour la première fois arriver une lettre de France, s'inquiéta, par égard pour son mari, de la santé de sa lointaine belle-mère sans oser demander si Mme de Saint-Forin faisait allusion à sa bru et à son petit-fils.

— Pas un mot pour toi ni pour Pacal, Ounca ! Ma mère ne s'intéresse qu'à sa propre personne et à la vie mondaine. C'est par respect pour la mémoire de mon père, son premier époux, que j'entretiens avec elle une correspondance des plus formelle, dit Charles.

En avril, avec les premières pluies de printemps, les buissons d'azalées se couvrirent de corolles rouges et roses, la goyave sauvage se para d'éphémères argentées, le tababuia, nommé pied de poule par référence aux cinq folioles de ses ombelles bicolores, hésita encore pendant quelques jours entre parure rouge ou violette. Les hibiscus et les orchidées, dont l'île comptait des centaines de variétés, se partagèrent bientôt l'ombrage des tulipiers, flamboyants, tamariniers et cornouillers, tandis que lauriers-roses et sureaux jaunes offraient leur suc aux abeilles, descendantes de celles arrivées d'Espagne sur les bateaux des conquistadors. La carnivore droséra attendait de gober les premiers insectes trop curieux. Rassurés par les ondées, les crabes de terre qui, au cours de l'été, avaient marché jusqu'à la mer pour mettre au monde leurs petits, regagnaient l'abri des mangroves, et le *mockingbird* voletait d'un arbre à l'autre, cherchant l'enfourchure la plus sûre pour un futur nid.

Devant la maison neuve des Desteyrac, dans un petit jardin à la française aux parterres symétriques séparés par des allées rectilignes, le gardénia bleu, fleur préférée d'Ounca Lou, dressa un matin, au milieu des massifs, ses capitules odorants. Timbo, qui connaissait les goûts de sa maîtresse, s'en fut couper trois fleurs qu'il disposa sur le plateau du petit déjeuner.

Lord Simon approuvait le choix de Charles d'une maison de type colonial West Indies autant qu'il condamnait la villa néopalladienne de son neveu. Le fait que cette dernière fût encore inachevée, à cause des modifications et raffinements sans cesse apportés par Malcolm, l'agaçait. Les Murray, huit mois après leur retour d'Europe, étaient encore hébergés à Cornfield Manor.

Lors de sa première visite aux Desteyrac, le maître de Soledad offrit à Ounca Lou une aubépine que ses jardiniers s'empressèrent de planter.

— Cette bouture vient de l'aubépine du parc de Rockingham, à Kettering, dans le Northamptonshire, un énorme buisson autour duquel se réunissaient les paysans au temps du roi Jean sans Terre, au XIe siècle. Elle fleurit chaque année, malgré son grand âge. On dit que l'aubépine est espérance d'éternité, commenta lord Simon.

— Nous espérons en effet la pérennité de notre bonheur présent, dit Ounca Lou, amusée.

À Soledad, toutes les résidences de quelque importance devaient avoir un nom qui, sur l'île et même dans l'archipel, tenait lieu d'adresse. Charles nomma sa demeure Valmy, en souvenir de la bataille où s'était illustré, en 1792, son grand-père paternel, artilleur dans l'armée révolutionnaire du général Dumouriez.

Blottie dans un creux, au départ du sentier qui s'élevait en larges spirales autour du mont de la Chèvre, jusqu'à l'ermitage du père Taval, Valmy faisait face au nord et recevait sa lumière. Au-delà d'une étendue de prairies et de bosquets, on apercevait les toits de Cornfield Manor où l'on se rendait aisément en dix minutes de voiture.

Conseillé par le major Carver, Charles avait choisi le site le mieux abrité des ouragans et du vent du sud-ouest que les indigènes appelaient tout simplement *the wind*, qui commençait à souffler en novembre et s'apaisait au bout de quelques semaines. Quant au vent violent du nord dont les manifestations étaient aussi rares qu'imprévisibles, il ne constituait pas un danger. Freiné par le cirque des collines du Cornfieldshire au nord de l'île, il conservait juste assez de souffle pour faire tinter, deux ou trois fois l'an, la cloche de l'ermitage du mont de la Chèvre.

Toute l'élégance de Valmy tenait dans l'harmonie de ses proportions fort bien calculées par Malcolm Murray.

Longue et basse, la maison, d'un seul étage surélevé par un sous-sol à demi enterré, était flanquée à chaque pignon d'une cheminée de brique. Le toit, couvert de tuiles en bois de gaïac, n'offrait aucune aspérité. En façade côté cour, une galerie abritée par une avancée de la toiture, soutenue par six colonnes de bois, donnait accès, par une porte à un seul vantail et quatre portes-fenêtres, à des pièces d'habitation. Un perron, dont les mains courantes de bois rappelaient la barrière de la galerie et, comme elles peintes en blanc, conféraient à l'ensemble une élégante simplicité. À l'intérieur, salon, salle à manger et chambres avaient été garnis par du mobilier offert par lady Lamia ou tiré des resserres de Cornfield Manor. Le style Chippendale triomphait dans toutes les pièces, sauf dans le vaste cabinet de travail du maître de maison. Celui-ci ouvrait sur la façade postérieure avec, en perspective, le mont de la Chèvre. L'ingénieur y avait installé table à dessin, bibliothèque et classeurs, après avoir fait venir de son bungalow de célibataire, maintenant occupé par Mark Tilloy, la grande table en pin caraïbe et le large fauteuil d'acajou que le major Carver avait fait fabriquer pour lui au lendemain de son arrivée à Soledad.

La cuisine, les celliers, l'office et les logements de Timbo, de l'ancienne nourrice d'Ounca promue cuisinière, de la jeune nurse de Pacal et d'une femme de service, occupaient le sous-sol comme dans la plupart des résidences insulaires de ce type. Derrière la maison, les communs abritaient buanderie, lingerie et glacière. On y trouvait aussi l'écurie et la remise des voitures. Un landau, laqué comme une boîte à thé chinoise, aux portières frappées du blason des Cornfield, cadeau de lord Simon, voisinait avec le dog-cart dont Charles continuait à user pour ses déplacements professionnels. Zéphyr avait été rejoint par deux alezans, nés au haras de Cornfield Manor, qu'on attelait au landau.

Ounca Lou s'était étonnée que son mari voulût conserver la maisonnette de Pink Bay, autrefois nommée par Mark Tilloy Little Manor, où il avait conçu le pont de Buena Vista. Charles ne cacha pas qu'il pourrait être conduit à s'isoler pour réfléchir sur place aux multiples projets du lord touchant le sud de l'île.

« Et puis, n'est-ce pas là que nous nous sommes connus et aimés ? » avait-il ajouté, justifiant ainsi, par le souvenir de leur rencontre, le besoin de solitude qui, parfois, l'étreignait.

Pendant l'hiver, Charles, assisté de Sima, de Tom O'Graney et de deux fils de Maoti-Mata, formés par ses soins à l'arpentage, avait repéré un parcours possible pour la voie ferrée nord-sud que souhaitait Cornfield. Sur la côte est de l'île, la plus abritée, côté intérieur de l'archipel, celle-ci partirait du port occidental, passerait par le bourg où résidaient marins et employés blancs et mulâtres, marquerait un arrêt au village des artisans qui, avec plus de cinq cents habitants, prenait maintenant l'aspect et l'ambiance d'une petite ville. De là, le train roulerait vers le village des Arawak. À la demande de lord Simon, on y bâtirait un quai et une halte abritée. En échange d'une autorisation sollicitée par pure courtoisie et accordée de même par Maoti-Mata pour la traversée par la voie ferrée d'une terre que le cacique considérait encore comme propriété tribale, Cornfield avait pris cet engagement.

« C'est le jeu que je joue depuis des lustres avec Old Gentleman. Nous ne sommes dupes ni l'un ni l'autre, mais il m'a toujours été reconnaissant de mon attitude respectueuse pour les premiers occupants de l'île. Cela prouve et confirme son autorité sur les Indiens, ce qui, parfois, nous est fort utile », avait expliqué lord Simon.

Partant du camp des Arawak, la voie ferrée frôlerait ensuite le village des pêcheurs, épouserait les courbes de Sharks Bay et de Pink Bay, pour trouver son terminus à South Creek, à peu de distance du pont de

Buena Vista. « En tout, une vingtaine de miles de voie ferrée sont à construire : réseau lilliputien, comparé à ceux des États-Unis », avait précisé Charles dans sa lettre à Robert Lowell. Par retour du courrier, l'ingénieur, retenu à Pittsburgh jusqu'à l'été par des travaux importants, avait annoncé son arrivée en juillet.

« Les directeurs de Keystone Works Bridges m'ont accordé six mois de congé et se sont engagés à fournir rails, aiguillages et matériel roulant pour votre chemin de fer miniature. Ici, on le voit comme le jouet d'un riche Anglais excentrique. Mais votre lord des Bahamas est fort respecté à Pittsburgh, parce qu'il détient des paquets d'actions dans les aciéries et les compagnies de chemins de fer de Pennsylvanie », avait écrit l'Américain.

En attendant l'arrivée de Bob Lowell, Charles fit accélérer l'élargissement et l'empierrement des voies côtières, sachant qu'elles seraient beaucoup utilisées pendant la construction du chemin de fer.

Il advint un soir que lady Lamia qui, par une familiarité de longue date avec les indigènes, recevait leurs doléances, reprochât à l'ingénieur d'imposer aux ouvriers terrassiers un rythme de travail auquel ils ne pouvaient s'habituer.

— Comme tous ont grand respect pour vous et que Sima les a bien en main, ils ne se plaindront pas ouvertement. Mais je sais, moi, par leurs épouses, qu'ils accusent une vraie fatigue, perdent le goût du jeu d'osselets, ne vont plus à la pêche, abandonnent leur jardin et s'endorment sans les honorer ! Nos îliens ne sont pas des bagnards ! fit-elle, un peu acide.

— Mais, chère Lamia, je leur accorde des moments de repos. Malgré ça, ils se disent souvent malades pour ne pas venir au chantier. J'ai même remarqué qu'ils pratiquent ce que j'appellerais... l'indisposition-relais !

— Parce qu'ils vous aiment bien et ne veulent pas s'arrêter de travailler tous en même temps, pour ne pas retarder la construction de vos routes, expliqua Lamia.

— Je leur verse aussi des primes quand un tronçon est terminé dans les délais !

— Vous vous en tenez aux générosités circonstanciées des colons : aumônes intéressées et prudentes exigences ! Cela se fait dans l'archipel, surtout à Nassau où existe une ségrégation stérilisante pour les Noirs que d'aucuns tiennent, quelles que soient leurs qualités et leurs capacités, pour de proches descendants d'esclaves à traiter comme tels.

— Vous m'offenseriez si vous me prêtiez une telle attitude, répliqua sèchement Charles.

— Loin de là ma pensée, mon ami. Mais, sous les tropiques, de ceux qui ne remuent la pelle et la pioche que pour cultiver leur potager, on ne peut exiger de s'activer comme des ouvriers européens ou américains. Ici, on préfère toujours, à mon avis fort sagement, le farniente à l'argent. À quoi bon se fatiguer à gagner des shillings que votre femme et vos filles dépenseront en fanfreluches, si vous n'avez plus assez de temps et de force pour aller ramasser les conches ou pêcher le mérou, palabrer avec les amis en buvant du vin de palme, jouir du simple plaisir de regarder les vagues l'une après l'autre lécher le rivage ou parier avec Pierre ou Paul sur la vélocité d'un crabe blanc ? L'argent n'apporte pas un plaisir proportionné à l'effort à fournir pour le gagner. Voilà ce que pensent les Lucayens. Mais ils auraient honte de l'avouer à un ingénieur qu'ils admirent et estiment, acheva Fish Lady.

— On peut admettre ce point de vue. Mais je ne vais tout de même pas faire venir à Soledad des ouvriers des États-Unis, où l'on compte beaucoup de chômeurs, pour accomplir de simples travaux de terrassement ! Votre frère ne serait certainement pas d'accord, lui qui toujours se plaint que les chantiers n'avancent pas assez vite ! répliqua Charles.

Mark Tilloy, en visite chez les Desteyrac, se mêla à la conversation.

— Je vois peut-être une solution, dit le marin.

— Dites toujours, l'encouragea Charles.

— Pourquoi ne pratiqueriez-vous pas par bordées, comme sur nos voiliers ? Une équipe travaille pendant que l'autre se repose, et inversement, proposa Mark.

— Que voilà une bonne idée ! s'écria lady Lamia.

— On peut toujours tenter l'expérience, fit Charles, dubitatif.

L'expérience fut tentée et donna satisfaction à tous. Charles, sur l'avis de Sima, répartit les « bordées », et, après quelques semaines, l'habitude fut prise par les Noirs, Indiens ou mulâtres, de travailler par équipe un jour sur deux. Les chantiers avancèrent dès lors à un rythme continu.

Souvent, à la fin de la journée, Charles Desteyrac faisait une halte au Loyalists Club. À l'heure du soleil couchant sur l'océan – « guinée d'or glissant dans une tirelire », disait Timbo –, Sharko, le gérant du club, passait la veste blanche du barman. Comme autrefois sur les paquebots fluviaux de l'Hudson où il avait été formé, il préparait son fameux *Bahama pirate*, un cocktail où entraient rhum de canne, jus d'ananas, cognac, lait de coco et grenadine. Si les marins préféraient à ce mélange tonitruant le traditionnel *pink gin*, Charles, lui, s'en tenait au whisky. Au Loyalists Club on apprenait tous les potins de l'archipel, parfois des nouvelles de Cuba et de la Jamaïque, plus rarement des informations américaines, quand une unité de la Royal Navy faisait escale à Soledad. Car lord Simon, connu de toute la marine britannique pour la qualité et le confort de son accueil, ne refusait jamais l'entrée de ses ports à un vaisseau de Sa Très Gracieuse Majesté.

Le *HMS Hawk*[1], frégate de l'escadre des West Indies commandée par John Maitland – « le plus séduisant marin des Caraïbes », disaient les dames de Kingston – ne manquait jamais de toucher l'île pour faire provision d'eau douce, de légumes et de fruits. Venant de Norfolk, en Virginie, le navire regagnait sa base, à la Jamaïque, quand il se présenta au port occidental, le dernier jour de juin 1858. Le commandant du *Hawk* et son état-major furent, comme toujours, chaleureusement accueillis et abreuvés au Loyalists Club. C'est par John Maitland que Desteyrac et ses amis apprirent que la question de l'esclavage divisait de plus en plus l'opinion aux États-Unis.

— Les planteurs du Sud ont su, il y a quelques jours, que le militant abolitionniste John Brown, qui, il y a deux ans, fit massacrer une famille propriétaire d'esclaves dans le Kansas, avait réuni en secret, les 8 et 9 mai, à Chatam, dans l'Ontario, douze Blancs et trente-deux Noirs avec l'idée folle de fonder une république abolitionniste dans les Alleghany ! Elle devrait servir de base à la lutte armée contre l'esclavage, révéla l'officier.

1. Pour *Her Majesty's Ship Hawk* : *Épervier*, bateau de Sa Majesté.

— Seul un illuminé peut avoir une idée pareille, observa le major Carver.

— Les illuminés, s'ils sont convaincants, peuvent devenir dangereux, et j'ai vu, à New York, des abolitionnistes capables de soutenir ce Brown, dit Tilloy.

— En attendant, les échos de cette nouvelle initiative de John Brown, répandus en Virginie, en Georgie, dans les Carolines et en Louisiane, renforcent le camp de ceux qui veulent séparer les États cotonniers de l'Union. Ils accusent le gouvernement de Washington de mansuétude coupable à l'égard des militants abolitionnistes, et de ce Brown en particulier que la police n'a même pas l'ordre de rechercher, compléta l'officier.

— Le *New York Tribune* rapporte ces jours-ci, sous le titre : « Une maison divisée », le discours, « d'une lucidité toute française », écrit le journaliste, qu'a prononcé à Springfield, le 16 juin, un certain Abraham Lincoln. Cet homme, qui fut membre de la Chambre des représentants des États-Unis, est maintenant candidat républicain au Sénat de l'Illinois contre le démocrate Stephen A. Douglas, révéla le major.

Il fit signe à Sharko d'apporter le journal agrafé à une baguette de bois et mis, comme d'autres, à la disposition des membres du club.

— Voici ce qu'il a dit, reprit Edward Carver, donnant lecture d'un texte qu'il retrouva aisément : « Nous sommes maintenant largement entrés dans la cinquième année d'une politique avec le but avoué et la promesse assurée de mettre fin à l'agitation sur l'esclavage. »

— Il faisait allusion, bien sûr, au conflit Kansas-Nebraska entre esclavagistes et abolitionnistes, interrompit Tilloy.

— Peut-être, mais Lincoln a aussi écrit : « Une maison divisée contre elle-même ne peut se maintenir. Je crois que ce régime ne pourra pas durer indéfiniment ainsi, mi-esclavagiste, mi-libre. Je ne pense pas que l'Union sera dissoute. Je ne m'attends pas à ce que notre maison s'effondre. »

Retenant d'un geste les commentaires que chacun était prêt à faire, le major acheva sa lecture :

» En concluant, Lincoln a donné son opinion : "Bien qu'un nègre ne soit pas mon égal sous plus d'un aspect, il a droit à la vie comme moi, à la liberté, à la poursuite du bonheur. Mais ce n'est pas parce que je ne veux pas faire d'une négresse une esclave, que je doive souhaiter en faire ma femme !"

— C'est bien là l'opinion des honnêtes gens. La liberté pour les nègres ne signifie pas qu'on veuille les admettre dans nos familles. La séparation des races est et doit rester une loi naturelle, observa le pasteur Russell.

— Les abolitionnistes raisonnables estiment que le renvoi des nègres dans leur pays d'origine serait la meilleure solution. Des philanthropes ont déjà fondé une société pour organiser le retour en Afrique de ceux que les négriers y ont autrefois enlevés de vive force, précisa le docteur Weston Clarke.

— En attendant, malgré tous les accords entre pays civilisés, la traite des Noirs se poursuit, et le Nord n'est pas étranger à cet odieux commerce. C'est de New York, de Boston et de Portland que partent les bâtiments employés à ce genre de transports. Nous savons que plus de quarante navires négriers sortent chaque année des ports que je vous ai cités. Ces bâtiments, de cent à cinq cents tonneaux, que nous tentons d'arraisonncr, comptent de quinze à vingt hommes d'équipage et peuvent transporter, chacun, de quatre cents à six cents Noirs, précisa le commandant Maitland[1].

— Soyez impitoyable quand vous rencontrerez un de ces négriers. Ils méritent l'universelle opprobre ! lança Charles, aussitôt approuvé par ses amis.

Quand John Maitland quitta le club pour regagner son bord, Mark Tilloy confia en aparté à Charles qu'il embarquait le lendemain pour New York sur le *Centaur*. De New York, il se rendrait à Liverpool sur un paquebot de la Cunard.

— Un courrier des chantiers de Birkenhead a appris à lord Simon que son vapeur est prêt à naviguer. Je vais en prendre livraison, expliqua-t-il.

— Ce bateau a-t-il déjà un nom ?

— Pour le moment, il n'a qu'un numéro, mais je ne crois pas commettre une indiscrétion en vous disant que lord Simon a l'intention de le nommer *Arawak*, et de demander à votre épouse d'en être la marraine.

— Elle sera enchantée de ce choix, capitaine, dit Desteyrac.

Au moment de la séparation, Tilloy revint sur ses pas.

— J'ai oublié de vous dire que lady Ottilia embarquera avec moi sur le *Centaur*. Elle se rend à New York pour choisir un nouveau piano et, surtout, je crois, pour consoler son amie Susan Brownell Anthony, la présidente d'une ligue féministe qui réclame le droit de vote pour les femmes. Les *Bloomers* se sont fait sérieusement chahuter par une foule masculine, lors de la Huitième Convention pour

1. L'officier confirme ici la teneur d'un article publié en mars 1858 par le *New York Herald*, article repris par le *Journal de Genève*, le 4 avril 1858.

les droits des femmes qui s'est tenue au Mozart Hall, à New York, les 13 et 14 mai derniers.

Charles rentra chez lui un peu penaud. Otti, croisée la veille à Cornfield Manor, ne l'avait pas informé de ce voyage, et quand il annonça ce départ imprévu à Ounca Lou, sa femme révéla qu'elle l'avait elle-même appris dans l'après-midi de la bouche de l'intéressée.

— Elle m'a dit : « J'ai besoin de changer d'air, d'aller au théâtre, au concert, de voir des gens, des devantures pleines de jolies choses. Et puis, je veux aussi acheter un Steinway, c'est le meilleur piano américain. » Je l'ai trouvée un peu nerveuse, un peu bizarre. Peut-être est-elle excédée par l'attitude de Malcolm qui n'en finit pas de retarder leur installation à Exile House, puisque c'est ainsi qu'il a décidé d'appeler leur maison.

— Exile House ! Ce nom traduit une rancœur que Malcolm tente cependant de dissimuler, commenta Charles.

Le lendemain, tôt dans la matinée, sous prétexte de demander à Philip Rodney, commandant du *Centaur*, s'il pourrait prendre à son bord, à New York, pour le conduire à Soledad, l'ingénieur Robert Lowell, de Pittsburgh, Desteyrac se rendit au port occidental. Il communiqua à l'officier l'adresse de Lowell pour qu'il se mît en relation avec lui et arrangeât, si possible, son passage.

— Il est prévu que nous resterons à New York une bonne quinzaine de jours. Si votre ami est prêt au voyage, nous le prendrons à bord, assura Rodney.

Mark Tilloy, se présentant à l'embarquement, fut étonné de trouver Charles à bord. Ce dernier, tout en guettant l'apparition d'Ottilia, donna la raison de sa présence, mais, quand il vit approcher sur le quai la calèche de la jeune femme, il fit de brefs adieux à l'officier et descendit l'échelle de coupée avant qu'Otti eût quitté sa voiture. Elle en sortait, accompagnée de Gertrude Lanterbach, quand il l'aborda.

— Embarque sans plus tarder, dit Ottilia à sa suivante.

Gertrude s'éloigna aussitôt, laissant sa maîtresse seule face à Charles.

— Vous partez comme si vous aviez dérobé les bijoux de la Couronne ! dit-il, s'efforçant au mode plaisant.

— C'est un peu ça. J'ai soutiré à mon père de quoi m'offrir un grand Steinway, et aussi des lampes de Tiffany pour mon salon... quand la maison sera terminée, dit-elle sur le même ton.

— J'ai le sentiment que ce départ ressemble à une fuite, reprit-il, cette fois sérieux, presque grave.

— C'est un peu ça aussi ! répliqua-t-elle, désinvolte, en tendant sa main à baiser.

Comme Charles se taisait, elle posa sur lui ce qu'il nommait le mauvais regard Cornfield, un regard qui éloigne l'autre.

— C'est en tout cas aimable d'être venu au port me dire au revoir, conclut-elle, plus lady qu'Otti, en se dirigeant d'un pas vif vers le *Centaur*.

Sans attendre qu'elle fût à bord, où Tilloy, tout sourire, l'attendait, Charles sauta dans son dog-cart et prit le chemin de son chantier.

— Nous avons affaire à la plus étrange des femelles, murmura-t-il à l'adresse de Zéphyr, exceptionnellement contraint par son maître à prendre le galop.

Quelques jours après le départ d'Ottilia pour New York, l'ingénieur fut convié par l'architecte à une visite privée d'Exile House que Murray s'obstinait, refusant les appellations coloniales, à qualifier de villa.

En dessinant sa résidence, il avait, certes, pensé aux villas patriciennes des rives de la Brenta, abris de la vie galante à laquelle participait sa mère, lady Orianne, mais il avait eu la sagesse de remplacer le somptueux rococo des Pisani par la sobriété des petits hôtels de Mayfair.

Alors que, sur Soledad, toutes les habitations de quelque importance comportaient, comme Cornfield Manor, une galerie périptère dans le style des maisons de plantation du sud des États-Unis, la demeure dessinée par Murray n'offrait, au premier étage au-dessus du porche, qu'un balcon à balustrade de pierre devant la porte-fenêtre éclairant le palier. Percées avec symétrie de part et d'autre de l'entrée et du balcon, les huit fenêtres, quatre à chaque niveau, étaient coiffées, dans le goût italien, d'un fronteau à jours peint en blanc. Ce détail donnait un aspect pimpant à la façade lisse, peinte en jaune safrané, autre concession à l'architecture vénitienne. C'est de la Sérénissime que l'honorable Malcolm Murray avait dû importer plâtre à stuc et peintures, introuvables à Nassau.

L'ingénieur avait assuré la construction du gros œuvre en respectant les plans laissés par Murray. Il dit apprécier la finition de cette maison à nulle autre comparable dans l'archipel.

— Mon oncle n'est pas de votre avis. Il s'est arrêté ce matin, au retour de la chasse, pour jeter un regard sur ma villa. Sans même descendre de cheval, il m'a dit : « Mon neveu – il semble continuer à ignorer que je suis aussi son gendre –, j'espère que le premier orage tropical débarbouillera votre cabane de cette couleur. On la croirait malade du foie ! »

— C'est une boutade ! atténua Charles.

La bâtisse reposait sur un sous-sol réservé, comme dans les hôtels londoniens, au logement des domestiques, à la lingerie et aux offices. Un perron droit à dix marches et main courante à balustre baroque permettait l'accès au rez-de-chaussée surélevé. On pénétrait dans la maison par une haute porte à deux vantaux ouverte sur un hall traversant, joliment parqueté, qui conduisait de la cour d'entrée au parc. De part et d'autre de ce large corridor, des portes de chêne clair, ouvragées, donnaient accès d'un côté au grand salon, à la salle à manger, à la salle de billard et au boudoir d'Ottilia, de l'autre à l'antichambre d'accueil, à la bibliothèque et à la salle de musique. Ces trois pièces, cloisonnées par des panneaux de boiseries à charnières, repliables telles les feuilles d'un paravent, devenaient, à la demande, une vaste salle de bal qui occupait toute la profondeur du bâtiment.

Au premier étage, on trouvait les chambres de maîtres, un salon, les cabinets de toilette, les garde-robes et une petite salle à manger que Murray nomma, pour en définir la destination, le *breakfast room*. Partout des ouvriers s'activaient pour mettre le mobilier en place sous la direction d'Alban Mortimer, ancien valet promu majordome.

— Quand tout sera en ordre, vous verrez que j'ai choisi, en accord avec Ottilia, des meubles et des sièges Adam, et non du Chippendale qu'on trouve chez tous les banquiers de la City.

— Et chez moi ! s'esclaffa Charles.

— Je ne voulais pas vous offenser. Ici, le Chippendale n'a pas le même sens qu'à Londres. En réalité, j'ai acheté tout le mobilier de château d'un *Right Honorable* du Yorkshire qui, ayant eu encore moins de chance que moi, s'est ruiné aux courses ! ironisa Malcolm.

La visite paraissait terminée quand l'architecte entraîna son ami dans le parc. Depuis son retour à Soledad, Malcolm Murray avait fait ajouter, au cours des derniers mois, des dépendances qui ne figuraient pas sur les plans confiés à Charles. Il s'agissait de plusieurs cottages que Desteyrac découvrit sans étonnement, Timbo, véritable gazette insulaire, ayant décrit à M'ame Ounca, comme il nommait sa maîtresse, ce que construisaient les ouvriers qui travaillaient pour Murray.

Les vieux arbres épargnés par Malcolm, ainsi que des buissons de broméliacées qui prospéraient au rythme tropical, dissimulaient en partie les nouveaux édifices, bâtis à bonne distance de l'habitation principale. Reliés entre eux et à la villa par des allées tracées entre les massifs et les espaces gazonnés, ces bungalows, disséminés sous les frondaisons, donnaient au parc, qui s'élevait en pente douce jusqu'aux confins du Cornfieldshire, l'aspect d'un petit village neuf.

Au plus près de la maison, des massifs de roses porcelaine et d'azalées masquaient cuisine et celliers. Comme la glacière, couverte d'une épaisse couche de rondins et de sable, ces annexes restaient, sous les intempéries, accessibles par une allée couverte d'un auvent.

Un peu plus loin, des lauriers, des caféiers sauvages, des rhododendrons, des panaches d'hibiscus, des mimosas canaris, des baumiers aux feuilles luisantes tendaient un rideau feuillu et fleuri devant un appentis qui abritait la buanderie et la resserre où les jardiniers rangeaient leurs outils.

Remises, bûcher et écurie, déjà construits sous la surveillance de Desteyrac, se trouvaient assez éloignés de la partie résidentielle du domaine pour n'incommoder les occupants de la villa ni par les bruits ni par les odeurs.

— Je ne veux rien voir de ce qui peut choquer le regard, ni entendre ce qui offusque l'oreille. Beauté, confort, silence : telle est ma devise, commenta Murray.

Une arcade claustrale sous toit de tuile, réunissant un pignon de la villa à un pavillon différent des autres par sa structure de brique rouge, intriguait Charles. Il avait appris par Tom O'Graney, toujours sollicité quand il s'agissait de charpente, que sir Malcolm – comme l'Irlandais nommait Murray – avait fait creuser une vaste excavation rectangulaire destinée à recevoir sur son pourtour les fondations d'une petite maison dont l'Irlandais avait fabriqué la poutraison. D'après Tom, le creusement d'un tel trou ne se justifiait que par l'aménagement probable d'une salle en sous-sol, peut-être d'un caveau.

— Voici mon home très privé, d'abord cabinet de travail, expliqua Malcolm Murray en poussant la porte du cottage.

— Pourquoi ces briques rouges ? s'étonna Desteyrac.

— Ce sont les mêmes que l'architecte Philip Webb a choisi d'utiliser pour construire Red House, la résidence du grand William Michael Morris, un génie préraphaélite, près d'Abbey Wood.

— Ainsi, en quelques pas, nous passons de la Vénétie au Kent ! dit Charles, un rien moqueur.

— C'est ici que je compte mettre au point les plans des travaux que lord Simon ne va pas manquer de nous commander. Il m'a confié qu'il veut un nouveau cantonnement, avec dispensaire, pour les marins de sa flotte et ceux en escale, une petite résidence confortable – mais à un mile au moins de Cornfield Manor – pour les visiteurs, membres de la famille ou amis, de plus en plus nombreux chaque année. Il souhaite aussi une école dans chaque hameau de l'île, y compris au village des Arawak, si Maoti-Mata accepte qu'on instruise à la mode anglaise les enfants des derniers Sauvages.

— Il n'a pas évoqué le tracé du chemin de fer que je dois établir entre le nord et le sud de l'île ?

— Non. Il tait provisoirement ces détails. Sans doute pour ne pas faire regretter à sa sorcière de sœur l'accord que vous lui avez arraché grâce à votre charme français ! plaisanta Malcolm.

Dans le cabinet de travail, Charles vit une belle table à la Tronchin, des rayonnages où s'alignaient, sous reliure de maroquin aux armes des Murray, des ouvrages d'architecture et d'art, de bons fauteuils et des placards.

— J'ai aussi fait aménager une chambre, dit Malcolm en ouvrant une porte. J'aime à travailler la nuit, me coucher et me lever quand bon me semble, sans mettre en branle toute une maisonnée.

— En somme, un cabinet de travail-garçonnière, émit Charles.

— Eh ! Eh ! L'adultère sous le toit conjugal serait d'une scandaleuse trivialité, n'est-ce pas ? Ici, discrétion assurée !

— Au fait, où allez-vous loger cette chère Gertrude ? risqua Desteyrac.

— Ottilia tient à l'avoir toujours près d'elle. Nous lui avons fait une jolie chambre et un petit salon dans les combles mansardés de la villa. Mais elle reste libre de ses mouvements diurnes... et nocturnes ! précisa Malcolm en riant.

— Vous constituez certes avec aisance ce que nous

appelons, en France, un ménage à trois. Cette situation passait sans doute inaperçue dans l'agitation mondaine des capitales européennes, mais, sur notre petite île, Ottilia ne risque-t-elle pas d'en souffrir en tant que légitime épouse ? osa Charles.

— Vous savez bien que non. Vous savez aussi, connaissant ce qu'on doit bien appeler l'infirmité d'Otti, que notre union est de pure convention. Nous nous fréquentons depuis les langes et notre complicité a tissé des liens solides, ignorés des ménages ordinaires. Nous avons appris – nous nous en amusions même, à Londres – à jouer au couple parfait. Ici nous continuerons, car je me suis engagé à ne jamais ridiculiser l'épouse du très honorable Malcolm Murray.

— C'est le moins que vous puissiez faire dans une société comme la nôtre où l'on cancane plus souvent pour se distraire que pour médire, constata Desteyrac.

— Voyez-vous, Charles, celle qui souffre, c'est Gertrude. Au cours de notre séjour en Europe, j'ai beaucoup « putanisé », que ce soit à Londres, à Paris et à Venise où ma mère nous a reçus... et distraits. Otti voulait connaître mes aventures, et s'en délectait. Gertrude, à qui je ne pensais même pas à les cacher, pleurait quand elle apprenait mes bonnes fortunes, les femmes n'étant pas toujours discrètes. Que voulez-vous, cette grande bête est amoureuse de moi. Amoureuse à m'en faire peur car, moi, je ne veux surtout pas être aimé ! L'amour d'une femme est la pire sujétion qu'un homme ait à subir. Gertrude est une amante passionnée, tendre, infatigable. Elle est aussi sans imagination dans les ébats, mais c'est une élève docile et appliquée. Je ne lui ai jamais caché que notre relation resterait celle de partenaires habitués à jouir ensemble de leur corps pour le seul plaisir des sens, hors de toute considération sentimentale.

— En somme, partie d'amour comme partie de cartes ou d'échecs !

— Voilà, sans plus. Mais, hélas, même si Gertrude dit accepter cette convention, ne mendie plus les mots que je ne veux pas prononcer, elle ne se résigne pas.

— Aucune femme ne saurait se satisfaire de votre conception. On dit les Alsaciennes obstinées et fidèles, méfiez-vous !

— En fait, cette situation commence à me peser, avoua Murray.

— Tiens !

— Oui. Elle me pèse d'autant plus que j'ai des visées sur les jumelles Russell à qui je dois donner des cours de dessin. Cela fut décidé avec leurs parents après le bal de la Saint-Sylvestre. Je voulais attendre d'être installé chez moi pour commencer leur éducation ! Vous m'aviez dit alors : « Attention, ce ne sont pas des New-Yorkaises ! » Tant mieux. Vous vous rendez compte, Charles : des filles de pasteur puritain, des oies blanches grassouillettes, mal fagotées mais pas mal tournées. Allez hop, hop ! Les deux ensemble au lit ! Hein, quel défi ?

— Ce ne sera pas facile. Je crois ces demoiselles vertueuses et aussi très surveillées, observa Desteyrac.

— « À vaincre sans péril, on triomphe sans gloire », a écrit votre Corneille. Je suis sûr qu'en moins de trois ou quatre leçons de dessin, elles seront à point. Sous ce climat, le désir des filles de seize ans n'attend qu'une étincelle pour s'enflammer, mon cher, conclut Murray, l'œil égrillard.

Comme Charles allait se retirer, Malcolm le retint.

— Je ne vous ai pas conduit jusqu'ici pour vous montrer une table à dessin et des bibliothèques, ni pour vous faire part des états d'âme de Gertrude. Venez, je veux mettre sous vos yeux quelques copies que j'ai acquises à Londres de certains tableaux de mes amis préraphaélites. Ces toiles ne sont pas encore accrochées et je les garde ici en attendant de les placer dans la villa.

Contre une cloison du cabinet de travail étaient appuyées plusieurs peintures encadrées. Murray les présenta une à une, sur un chevalet, guettant l'appréciation de Charles.

L'ingénieur fut d'emblée séduit par une reproduction de la *Mariana* de John Everett Millais, sans doute copiée lors de l'exposition, en 1851, à la Royal Academy, tandis que la critique vilipendait cette œuvre [1]. Il vit une jeune femme sculpturale, vêtue d'une longue robe de velours bleu serrée à la taille et dont la ceinture ouvragée glisse sur les hanches, cambrée, buste levé, presque offert, les mains au bas des reins comme pour comprimer l'impatience du corps qu'une longue station debout rend douloureux, faisant face à un vitrail médiéval. La pâleur du beau visage, sous les bandeaux de cheveux auburn, lui parut révéler la lassitude morale de la délaissée, mais le regard lui sembla celui de la femme en mal d'amour qui, dans une posture inconsciemment provocante, veut encore espérer le retour de l'amant.

— Superbe, superbe ! s'exclama Desteyrac.

Puis, après un silence durant lequel il continua d'admirer le tableau, il se tourna vers Murray.

— La posture de cette Mariana, que vous dites inspirée par un poème de Tennyson, ne pourrait-elle

1. Mariana « se voit gratifiée d'un traitement caricatural dans *Punch* », rappelle Danielle Bruckmuller-Genlot, professeur à l'université de Strasbourg, dans son ouvrage de référence, *Les Préraphaélites*, Armand Colin, Paris, 1994.

pas être celle de Gertrude, avide d'amour insatisfait ? ironisa Charles.

— Ne soyez pas cruel, et laissons ça ! Oubliez ce que je vous ai dit. Vous êtes le seul véritable ami, à l'esprit sain et tolérant, à qui je puisse laisser entrevoir sans honte ma nature démoniaque, avoua Murray, feignant une désinvolture que démentait le regard qu'il jeta au plafond pour éviter celui, confus, de l'ingénieur.

— J'ai pour vous l'affection d'un frère, vous le savez. Je ne puis donc que vous plaindre, dit Charles en lui posant une main ferme et chaleureuse sur l'épaule.

Murray eut le sourire mélancolique du résigné, et se tut.

— Parlez-moi de ces peintres dont vous m'avez montré les œuvres, reprit l'ingénieur pour dissiper la gêne qu'avait suscitée son propos.

— Nous leur avons rendu visite à Londres. Ce furent de joyeuses retrouvailles, et l'un d'eux a dessiné en un rien de temps un beau profil d'Ottilia. Je crois, Charles, que cette confrérie préraphaélite, qui connut vers 1850 quelques dissensions internes, restera comme le mouvement le plus important, le plus original et le mieux inspiré depuis la Renaissance italienne. D'ailleurs, les Anglais commencent à le comprendre. Dante Gabriel Rossetti, chef incontesté, est actuellement occupé à peindre le grand hall de l'Union des étudiants, à Oxford, avec Burne-Jones, William Morris, Madox Brown et d'autres membres de la confrérie. Même les amateurs américains y viennent. Savez-vous qu'on a exposé, l'automne dernier, à New York, trois cent soixante-cinq peintures à l'huile et aquarelles de nos amis préraphaélites ? débita Malcolm Murray, retrouvant son enthousiasme.

— Excellent débouché pour vos artistes ! Tilloy raconte que les riches Américains sont en train de découvrir que l'art existe, dit Charles.

— Sans la crise financière, les acheteurs eussent été plus nombreux, compléta l'Anglais.

Tandis que Malcolm parlait, Charles remarqua qu'un seul tableau avait, à ce jour, trouvé place sur le mur, face à la table de travail de Murray. C'était une peinture ancienne. Elle représentait un personnage massif, debout, à barbe rousse, joufflu, au teint coloré, vêtu d'un pourpoint de velours cramoisi ouvert sur une chemise rose. Un long manteau noir au col bordé de fourrure dissimulait ses jambes. Coiffé d'un béret noir orné de plumes d'autruche, l'homme fixait le visiteur d'un regard froid, émanant d'yeux petits et anormalement écartés, comme pour l'obliger à examiner le blason posé sur une sorte de lutrin, au pied très ouvragé, qu'il désignait de l'index.

— Mon vénérable ancêtre Balthazar James Murray, laird[1] de Barington et de Mangreat. Le tableau a été peint par un élève de Holbein vers 1530, dit Malcolm.

— Belle allure, mais peu avenant, remarqua Charles.

— Il est mort fou, comme beaucoup de Murray. C'était bien le plus fameux fauconnier et le meilleur héraldiste qu'on eût connu sous Henri VIII. Seuls comptaient pour lui l'art du blason et ses faucons. Il finit par vivre dans une volière au milieu d'eux, jusqu'au jour où, se prenant pour un gerfaut, il monta sur la plus haute tour de son château, libéra ses rapaces, ôta son bonnet comme on ôte le chaperon du

1. Variante de lord. En Écosse, grand propriétaire foncier.

faucon pour le lancer à la poursuite d'un oiseau, désigna la lune comme proie et, tenant à deux mains les pans écartés de son manteau, se jeta dans le vide. Comme Icare, il se fracassa les os sur les dalles de sa cour. Alors, horrible épilogue, ses faucons lui crevèrent les yeux ! raconta Murray avec complaisance.

— Vos proies paraissent plus accessibles que la lune, ironisa Charles.

— Je dois reconnaître qu'au fil des siècles, les ambitions des Murray ont beaucoup perdu de leur panache ! conclut Malcolm en riant.

5.

C'est à Cornfield Manor que fut célébré, à la demande du maître de l'île, le premier anniversaire d'Alexandre Simon Pacal Desteyrac. L'enfant, qui marchait depuis quelques jours, jouissait d'une constitution robuste et se révélait d'une intrépidité dont il fallait sans cesse prévenir les manifestations. Prunelles bleu myosotis, cheveux lisses du plus beau noir des Arawak, peau mate, il tendait sans cesse des mains avides de saisir tout objet à sa portée. D'humeur enjouée, il poussait des cris stridents dès qu'on contrariait sa convoitise. La vue d'un cheval, d'une chèvre ou d'un perroquet déclenchait des battements de mains enthousiastes et une cascade de gloussements, sa façon de rire.

On s'amusa beaucoup quand, dans un dandinement à la limite du déséquilibre, Pacal se dirigea vers lord Simon, assis dans un rocking-chair sur la galerie. Ne sachant quelle attitude adopter face à l'enfant qui venait à lui, Cornfield tendit la main. Sa confusion amusa toute l'assemblée quand Pacal, au lieu de la saisir, tenta de retirer du doigt du lord la chevalière armoriée qu'il ne quittait jamais.

— Je te promets que tu l'auras quand je serai mort, dit lord Simon, ému.

— Si lui vient une sœur, elle aura la mienne, promit lady Lamia qui portait la même bague que son frère.

— Pourra-t-il bientôt se tenir sur un poney ? demanda Cornfield.

— Pas avant quatre ou cinq ans, répondit Ounca Lou.

— Que Dieu me prête vie jusqu'à ce que nous puissions chevaucher ensemble ! souhaita lord Simon.

Ce jour-là, il offrit à l'enfant une timbale en vermeil, cadeau du roi Charles II au fils de son ancêtre, James Edward George, premier lord de la famille Cornfield.

— Chaque fois qu'il s'en servira, il boira un peu d'histoire, ajouta Simon, emphatique, en tendant le précieux gobelet à Ounca Lou.

Les familiers s'attendaient, après le retour de New York de lady Ottilia, à recevoir une invitation pour la traditionnelle *house-warming party*, que Charles traduisit mentalement par « pendaison de crémaillère ». Il n'en fut rien et l'épouse de Malcolm s'installa à Exile House sans autre forme de cérémonie. Seule parut la préoccuper la mise en place du grand Steinway transporté par le *Centaur*. En revanche, elle combla Pacal de cadeaux : draps fins, serviettes moelleuses, bavoirs et bonnets festonnés de dentelle.

Les Desteyrac furent les premiers conviés, pour un dîner à quatre, à Exile House. Parfaite maîtresse de maison, Ottilia fit servir un repas, composé de homards et d'une selle d'agneau, dans porcelaine, argenterie et cristaux, dons de lady Orianne, la mère de Malcolm. Commc Ounca Lou interrogeait sa demi-sœur sur le séjour new-yorkais, Otti révéla combien les affaires de Jeffrey Cornfield avaient souffert de la crise financière maintenant en voie d'apaisement.

— Il n'en serait pas sorti indemne sans le sacrifice de cette pauvre Ann. Elle a consenti à épouser ce *Chicagoan* richissime pour qu'il renfloue les affaires de son père, dit-elle.

— Une déception et une humiliation pour notre ami Mark Tilloy, observa Charles.

— Dites plutôt qu'il l'a échappé belle ! Comme sa sœur Lyne, Ann est une gourgandine. Non seulement Mark eût été cornard en rien de temps, mais elle eût vidé sa bourse plus vite qu'il ne l'eût remplie, rectifia Murray.

— On ne doit pas parler ainsi de mes cousines ! s'insurgea Otti d'une façon inattendue.

Elle savait fort bien, cependant, à quoi s'en tenir sur la conduite habituelle des deux sœurs, et Charles ne fut pas le moins étonné de l'entendre prendre aussi véhémentement leur défense.

— Comme vous pouvez le constater, Otti a l'esprit de famille, lança Malcolm, goguenard.

— Et ce fameux câble transatlantique de trois mille miles de long, immergé dans l'océan, fonctionne-t-il déjà ? demanda Desteyrac pour dissiper le malaise causé par la sortie d'Ottilia.

— Il a fonctionné pendant quelque jours. La reine Victoria a même envoyé un message au président des États-Unis, James Buchanan. Il a fallu plus de seize heures pour faire passer, avec les signaux inventés par Samuel Morse, quatre-vingt-dix-neuf mots ! On a crié au prodige en proclamant que l'espace et le temps allaient être dorénavant soumis au bon vouloir des humains. *The Times* a même écrit : « l'Atlantique est asséché ! » Mais cette euphorie n'a pas duré. Le 5 août, on croyait le câble en service, et tout New

York célébrait l'événement par de bruyantes réjouissances populaires, quand *The Morning Post* a douché les enthousiasmes. Interrogé par un journaliste, George Seward, secrétaire de la Compagnie du câble, a déclaré que, par suite d'une cause inconnue, on ne recevait plus de signaux du relais de Terre-Neuve depuis le 3 août. Il fut impossible de rétablir la communication. En vérité, le câble a dû se rompre. Certains financiers ont aussitôt envisagé la création d'un câble auxiliaire, ce qui enlèverait le monopole à la compagnie anglo-américaine de Cyrus Field. Jeffrey Cornfield a investi dans le câble, censé rapporter beaucoup d'argent à ses actionnaires. Il va de nouveau avoir des soucis financiers, commenta lady Ottilia.

— Il demandera à son gendre de Chicago de combler le déficit, ironisa Murray.

— En revanche, j'ai utilisé à New York une invention qui, elle, fonctionne et que l'on trouvera bientôt dans tous les hôtels. C'est l'ascenseur, qui, comme son nom l'indique, vous élève par un moyen hydraulique dans les étages et vous épargne l'escalier, compléta Otti.

Charles avait le sentiment que, depuis son retour, la jeune femme évitait de se trouver seule avec lui. Elle affichait aussi envers tous, y compris son mari de convention, une indépendance qui frisait l'indifférence. En revanche, elle rendait de fréquentes visites à Ounca Lou, l'emmenait en promenade avec Pacal à bord de sa calèche. Les deux femmes se risquèrent même à donner un premier bain de mer à l'enfant dans une crique abritée.

Le soir, Ounca Lou rapporta cette baignade à son mari.

— Comme, en quittant Exile House, nous n'avions pas prévu de prendre un bain, nous nous sommes baignées nues. Je puis te dire que j'ai rarement vu une femme aussi bien faite qu'Otti, et d'une peau aussi blanche. À côté d'elle, j'avais l'air d'une octavonne ! se plaignit-elle.

— Ta peau soyeuse est d'or et de soleil, ma belle. Une rareté, alors que les femmes à peau blanche sont légion, répliqua Charles en caressant la joue d'Ounca.

— Nous avons parlé de ses amies, les militantes féministes américaines, qu'elle a beaucoup vues à New York. Elle soutient leur lutte pour l'émancipation de la femme, aussi urgente à ses yeux que l'émancipation des nègres, mais elle critique leurs méthodes et même leur ostentation. « Point n'est besoin de porter des pantalons à la turque, de s'attifer en *Bloomer*, comme je l'ai fait autrefois, pour affirmer notre libération physique et intellectuelle. Il suffit de ne tenir aucun compte des exigences et de l'opinion des hommes, m'a-t-elle dit.

— Votre baignade en costume d'Ève prouve, en effet, qu'Ottilia et toi êtes bien ce que les mâles anglais appellent des femmes émancipées, plaisanta Charles.

En septembre, l'arrivée à Soledad de Robert Lowell, de qui le voyage avait été retardé, fut un événement pour la communauté insulaire. Lord Simon accueillit l'ingénieur avec courtoisie et le fit immédiatement admettre comme membre étranger au Loyalists Club. Charles le conduisit au pont de Buena Vista que l'Américain, autrefois artisan de sa fabrication, s'était promis de voir un jour.

Installé par le major Carver dans un bungalow du Cornfieldshire, Lowell prit très vite l'habitude de travailler avec Desteyrac, dispensant d'utiles conseils pour la préparation du ballast, produisant images et plans apportés de Pittsburgh et qui visualisaient locomotives et wagons.

Après une conférence avec lord Simon, on arrêta le choix sur une locomotive de type Crampton à laquelle Lowell promit d'apporter des modifications pour l'adapter au réseau projeté. Avec un train avant mobile à quatre roues, système américain, elle serait mue, à l'arrière, par deux grandes roues munies de bielles. Équipée d'une chaudière de deux cents tubes, elle pèserait seize tonnes et pourrait tirer un convoi de huit à dix wagons, en tout quarante-cinq tonnes. Elle consommerait cinq kilos de coke au kilomètre, « y compris l'allumage et le stationnement ». Peinte du même bleu que le pont de Buena Vista, à la demande de lord Simon, elle porterait les armes des Cornfield, sur ses flancs et sa haute cheminée couronnée de cuivre.

Quand il apprit que la fabrication de cette machine, modifiée par Lowell en fonction de l'usage prévu, prendrait plus de dix mois, lord Simon fit la moue.

— Ce délai laisse le temps à Desteyrac de préparer le ballast. Ensuite, il faudra attendre la livraison des rails et du matériel, observa Lowell.

Si le choix des wagons à marchandises, que l'on bâcherait les jours de pluie, fut aisé, celui des deux voitures pour voyageurs prit une bonne semaine. On se résolut finalement à commander de petites plates-formes à quatre roues sur lesquelles seraient fixées des banquettes de bois. Des toits de toile – « à franges », exigea lord Simon – protégeraient les occupants du soleil et des intempéries. Restait, pour satisfaire Cornfield, à décider du type de la voiture réservée à son propre usage.

— Le vice-roi des Indes a une voiture-salon où il

peut même dormir. Moi, je veux une voiture-calèche, confortable, qui ne secoue pas les tripes. Imaginez-la tous deux, et revenez me voir, ordonna-t-il.

Les deux amis se mirent au travail et, s'inspirant des grandes voitures hippomobiles, produisirent une sorte de berline sur rail, avec banquettes capitonnées de cuir, tapis, parois tendues de soie, cordons de passementerie, portières avec vitres coulissantes et marchepieds.

— Mieux vaut une voiture fermée, dont on puisse baisser les glaces, qu'une calèche ouverte. Les voyageurs seront ainsi protégés des escarbilles que ne manquera pas de cracher la cheminée de la locomotive, expliqua Lowell en présentant à Cornfield le dessin colorié de la voiture seigneuriale.

Le modèle fut agréé et tout paraissait en bonne voie quand l'ingénieur américain rappela que seraient nécessaires, aux deux extrémités du réseau, des plaques tournantes et des voies de manœuvre pour que le convoi, à l'aller comme au retour, fût tiré par la machine.

— Naturellement, il faut aussi prévoir des aiguillages, compléta Lowell.

— Quand roulera mon train ? demanda lord Simon.

— Si tout va bien, si les fabricants de Pittsburgh tiennent les délais, on peut penser, monsieur, que dans un an ou dix-huit mois d'ici, vous pourrez l'inaugurer, dit Lowell.

Un grognement d'ours répondit à l'annonce de cette décevante attente.

— Je vais faire signer des engagements aux gens de Pittsburgh, et s'il ne font pas diligence, mes hommes de loi leur réclameront cinq cents dollars par jour de retard dans leur livraison ! rugit Cornfield.

Bob Lowell s'inclina et Charles sourit.

— Ce sera à vous de prévoir le transport des éléments de votre train, dit Desteyrac, s'adressant au lord qui ne semblait tenir aucun compte de la difficulté d'acheminer par bateau une locomotive, des wagons, un matériel et des outils si pesants.

— Le moment venu, vous verrez ça avec Colson, grommela Cornfield en tournant les talons.

Après deux mois d'études et de plans, les terrassiers de Charles, travaillant par bordées, commencèrent à aplanir le sol destiné à recevoir plus tard le ballast.

— Il faut une base solide de calcaire corallien concassé, tassé et couvert d'une couche de sable, qui ne puisse se réduire en boue sous vos grandes pluies. Un ballast doit être perméable mais le plus sec possible. Vous devrez faire creuser de part et d'autre de la voie, et tout au long de celle-ci, des fossés où s'écouleront les eaux. Maintenant, bon courage ! dit Bob Lowell avant de prendre congé lors d'un raout organisé en son honneur au Loyalists Club.

Adopté par tous les insulaires, Lowell quittait l'île à regret, ayant promis à ses vieux parents d'être de retour en Pennsylvanie pour passer Noël avec eux.

Vint le matin où Charles dut accompagner son ami au port occidental pour l'embarquer à bord du *Centaur*. La goélette porterait l'ingénieur à New York. Là, Rodney attendrait l'arrivée du vapeur dont Mark Tilloy était allé prendre livraison à Birkenhead, et l'escorterait ensuite jusqu'à Soledad.

Desteyrac ne fut pas étonné d'apercevoir, sur le quai, à demi dissimulée par une pile de madriers, une jeune Arawak nommée Viola, fille de Maoti-Mata, sœur aînée d'Adila, la nurse de Pacal. Lowell l'avait rencontrée à Valmy, chez les Desteyrac, où la demoiselle faisait de fréquentes visites pour aider sa sœur. Puis Lowell et la jeune fille en étaient venus au flirt, aux promenades au bord de la mer, aux baignades.

— Mon cher, vous laissez ici un cœur chagrin, dit Charles à Bob en désignant d'un mouvement de tête la jeune Arawak qui n'osait approcher.

— Quelle fille adorable ! Je lui ai promis de lui écrire, car elle lit et parle parfaitement l'anglais. Je lui ai aussi promis de revenir avec une locomotive sous le bras ! ajouta Lowell.

— Allez l'embrasser, ordonna Charles.

— Mais... je ne l'ai jamais embrassée, se défendit Bob.

— Eh bien, c'est le moment de commencer. Soyez sûr qu'elle ne demande que ça, compléta Desteyrac en faisant mine de s'intéresser à un palan pour ne pas gêner l'Américain.

Celui-ci rejoignit la jeune fille, échangea, les yeux dans les yeux, quelques paroles avec elle, l'embrassa sur les deux joues et revint à Charles.

— Elle est un peu gênée que vous soyez au courant !

— Allons, Bob ! Ounca Lou a depuis longtemps éventé votre manège. Voyez-vous, dans cet Éden tropical, l'amour fleurit spontanément, comme les orchidées sauvages... et le major Carver assure qu'il y en a plus de mille variétés sur notre île ! conclut Charles avec un clin d'œil.

Voyant sur la dunette le capitaine Rodney qui, sans doute, s'impatientait, il accompagna Robert Lowell jusqu'au chemin-planche du *Centaur* dont les voiles se déployaient déjà.

La fin de l'année fut marquée par deux événements, l'un inquiétant quant à la situation aux États-Unis, l'autre affligeant pour lord Simon. Ils furent évoqués un soir, à l'heure du cigare et du porto, après un dîner à Cornfield Manor.

Les journaux locaux rapportaient une nouvelle incartade meurtrière de ce John Brown, tant redouté des propriétaires d'esclaves. Le 20 décembre, l'homme avait conduit un raid entre Missouri et Kansas pour libérer onze esclaves. Un propriétaire avait été tué au cours de l'expédition.

— Quand, lors d'une réunion à Rochester, dans l'État de New York, le sénateur William H. Seward s'est écrié : « Tôt ou tard, les États-Unis seront une nation entièrement esclavagiste ou entièrement libre », et qu'il a jugé « inévitable le conflit entre le Nord et le Sud », peut-être faisait-il de redoutables prévisions, dit Carver.

— Sensées, hélas ! Les dernières nouvelles, envoyées de Charleston par Bertie III, révèlent une véritable volonté de sécession. On peut donc s'attendre sinon à une guerre, du moins à des échauffourées, émit Cornfield.

— Que les Américains règlent entre eux leurs affaires une fois pour toutes et ne demandent pas, les uns et les autres, aux étrangers de soutenir des causes opposées ! grommela Malcolm Murray.

À l'étonnement général, lord Simon, fervent abolitionniste, s'abstint de répliquer. Lui que les coups du sort trouvaient toujours ferme et droit, ne parvenait pas à cacher sa tristesse depuis qu'il avait appris la mort, aux Indes, un an plus tôt, lors du siège de Lucknow, de deux amis de jeunesse : le général Henry Montgomery Lawrence et le major général Henry Havelock. Les troupes de ce dernier avaient, avec celles de sir Colin Campbell, délivré la ville, tenue depuis plusieurs mois par les cipayes[1] révoltés. Le chef avait été victime quelques semaines plus tard de la dysenterie.

— Et la révolte des cipayes continue à faire des victimes chez les Britanniques comme chez les indigènes, dit le major Carver après que lord Simon eut évoqué ses amis disparus.

— Quand on sait que ces milices indigènes, à la solde du gouvernement de Sa Très Gracieuse Majesté, mais qui furent créées par Dupleix sous Louis XV, se sont soulevées et ont commencé à massacrer leurs officiers anglais, qu'elles méprisent en tant que chrétiens, parce que leurs nouvelles cartouches étaient enduites de graisse de porc, objet d'abomination pour un mahométan, on se demande si les religions, quelles qu'elles soient, ne font pas perdre aux gens le sens commun ! dit Cornfield, rageur.

— Le porc, animal impur par excellence, fait cependant de l'excellent bacon ! observa Murray.

— Il y a, bien sûr, cette graisse de porc, mais ne crois-tu pas, Simon, que les abus de pouvoir commis depuis tant d'années par les directeurs de la Compagnie des Indes orientales – dont notre banquier londonien, Alexandre Baring –, furent aussi cause de révolte pour les auxiliaires indiens ? D'ailleurs, notre gouvernement vient de décider la dissolution de cette association de commerçants qui régnait sans partage sur la colonie depuis 1599. Tous ses territoires reviennent à la Couronne et, le 5 août dernier, on a nommé un secrétaire d'État qui assumera les attributions des

1. Soldats indigènes engagés au service des Français, des Britanniques ou des Portugais.

anciens directeurs de la compagnie dissoute, crut bon d'expliquer le major Carver.

— Espérons que cette sage décision ramènera partout l'ordre dans la vallée du Gange. Les sacrifices de Lawrence et de Havelock n'auront peut-être pas été inutiles, conclut Cornfield.

Peu enclin à prolonger les apitoiements, il donna le signal de la séparation. La mort de ses anciens condisciples au collège de Haileybury, pépinière d'administrateurs coloniaux, relevait, pour le maître de Soledad, du deuil privé. Deux témoins de sa jeunesse estudiantine avaient disparu et, bien qu'il n'échangeât avec eux que de rares messages, ils n'en étaient pas moins présents dans ses pensées, comme lui-même avait dû l'être dans les leurs. Cette nuit-là, on entendit longtemps l'orgue de Cornfield scander, dans le silence du manoir, des mesures du *Requiem* de Bach. Personne ne vit tomber des yeux de lord Simon, sur les touches d'ivoire, ces « larmes verticales », les seules que le vieil aristocrate autorisât aux hommes.

Bien que lord Simon eût été pendant quelques jours de fort méchante humeur, on organisa pour Noël le rituel institué l'année précédente.

Le *Centaur* était rentré de New York. Philip Rodney avait vainement attendu le vapeur dont Mark Tilloy était censé prendre livraison en Angleterre, jusqu'au jour où une dépêche l'avait informé du long retard pris par les chantiers de Laird Brother's pour parfaire la finition du yacht en fonction des aménagements exigés par lord Simon. Le bateau ne serait pas livré avant plusieurs mois et Cornfield, comme un enfant privé du jouet promis, pestait contre les dirigeants des chantiers de Birkenhead, leur associant dans ses vitupérations le capitaine Tilloy qui devait « passer du bon temps dans les bordels de Liverpool ».

Pendant des mois, Soledad devint un vaste chantier. Il ne se trouvait pas d'endroit, à l'intérieur des terres comme au long des côtes, où des ouvriers, terrassiers, maçons, manœuvres et charpentiers ne s'activassent. Les uns établissaient le ballast du futur chemin de fer, d'autres construisaient des pavillons pour loger plus confortablement les familles des marins et un dispensaire, d'autres encore les salles de classe promises à plusieurs villages du nord au sud de l'île. On creusait aussi dans la roche corallienne des citernes pour récolter l'eau douce collectée sur l'eau salée des trous bleus, celle des rares sources, et celle, plus abondante, des pluies. Lord Simon tenait à ce que l'eau fût partout distribuée par des canalisations pour lesquelles Charles Desteyrac faisait fabriquer par la seule briqueterie de l'archipel, installée sur Andros, des milliers de pieds de tuyaux d'argile. Dans le même temps, des tâcherons habitués à travailler dans l'eau aménageaient, guidés par les scaphandriers Jim Malory et Sam Bartley de qui Charles avait obtenu le retour, un nouvel appontement sur la côte ouest. Destiné à recevoir le lourd matériel ferroviaire, celui-ci devrait être d'une grande stabilité. Rails, aiguillages, wagons et locomotive seraient livrés sur des barges à partir de Wilmington, en Caroline du Nord, port distant de six cent cinquante milles de Soledad. On comptait sur le vapeur acquis par Cornfield et tant attendu pour, le moment venu, remorquer jusqu'à Soledad les barges en construction sous l'autorité de

Tom O'Graney et de Philip Rodney. Lord Simon et d'autres mettaient les craintes du commandant Lewis Colson quant à la sécurité d'un tel remorquage, en cas de mer agitée, au seul compte de la détestation de l'officier pour les bateaux à vapeur.

Un soir de mai 1859, un panache de fumée, que l'on prit d'abord sous le soleil couchant pour celui de la nouvelle unité de la flotte Cornfield, annonça au large de l'île l'approche du *Southern Star*, le schooner de Bertie III. Le planteur débarqua, accompagné de Varina, sa quatrième épouse. Cette petite femme, auréolée des volutes blondes qui faisaient sa fierté, joues rondes et roses, bouche gourmande, regard velouté, taille corsetée d'une extrême finesse, eût facilement passé pour la fille d'un mari plus âgé qu'elle de trente ans. Bertie III Cornfield, ayant accepté en chrétien la perte de son fils aîné, avait retrouvé son allure martiale et son regard d'aigle, malgré favoris et cheveux blancs.

Dès le premier entretien avec son cousin, il confia qu'il comptait placer le produit de la vente à Cuba de sa plantation de onze mille acres, de sa sucrerie et de huit cents esclaves, soit un million de dollars, dans l'exploitation du guano, fertilisant recommandé par les agronomes.

— Le gouvernement des États-Unis vient d'autoriser les citoyens américains à exploiter le guano sur toutes les îles sans propriétaire. Quand on sait que chaque oiseau laisse environ dix livres [1] d'excrément par an, et que ce produit naturel est vendu fort cher

1. Une livre anglaise (*pound*) pèse 453 grammes.

aux agriculteurs, le ramassage paraît rentable, expliqua Bertie.

— Mes métayers de Cat Island recueillent depuis longtemps, dans les grottes de leur île, les excréments des chauves-souris. Ils en répandent sur leurs champs et vendent le surplus. À Buena Vista, les paysans de Lamia ramassent eux aussi les excréments des mouettes et des goélands. Mais, à ce jour, je n'en connais pas un qui ait fait fortune avec de la fiente d'oiseau ! ironisa lord Simon.

— Cependant, c'est faisable. Aux États-Unis, le guano est même coté en bourse. Je voudrais donc que vous m'indiquiez les îles des Bahamas dépourvues de propriétaire, demanda Bertie III.

— Mon cher cousin, l'archipel tout entier appartient à la Couronne britannique ! Sauf Soledad, donnée par Charles II à mon ancêtre, et le sud de Great Exuma Island, territoire offert par la Couronne, en 1783, à lord Denys Rolle, un loyaliste.

— Mais, en 1670, huit lords n'étaient-ils pas déjà propriétaires des Carolines et des Bahamas ?

— Seuls les Cornfield, qui reçurent Soledad du général Monk, un des lords propriétaires, s'y sont installés. Les autres n'ont jamais mis le pied dans l'archipel, et la Couronne a repris ses droits sur les îles, habitées ou inhabitées. Je pense néanmoins que vous obtiendrez de sir John Bayley, gouverneur royal à Nassau, le droit de recueillir le guano sur les nombreuses îles désertes – on dit qu'il y en a plus de cinq cents – en versant une redevance à notre grand argentier. Comptez sur mon appui, cher cousin.

Bertie III Cornfield étant homme de décision, une demande fut immédiatement rédigée et confiée au premier bateau-poste. Le message fut affranchi avec le premier timbre-poste bahamien sur lequel figuraient un ananas et une conque, symboles des productions de l'archipel. Ces dessins remplaçaient depuis peu, sur les timbres, le profil de la reine Victoria, ce qui agaçait autant Edward Carver que lord Simon.

Les Charlestoniens étant logés à Cornfield Manor, on ne put éviter, au fil des repas et des promenades, de commenter les derniers événements politiques américains. La décision, prise le 4 mars précédent par le Sénat des États-Unis, d'ajourner la proposition du président Buchanan d'acheter l'île de Cuba pour trente millions de dollars, décevait les Sudistes.

— Le comité des Affaires étrangères avait cependant accepté la transaction, rappela le planteur.

— Cher cousin, encore aurait-il fallu que cette offre fût acceptée par l'Espagne. Or, le gouvernement d'Isabelle II doit faire face à une inquiétante instabilité politique. Les généraux se disputent le pouvoir. Narváez, le favori du moment, est un rude dictateur, et l'on ne compte plus les scandales à la cour de Madrid, expliqua lord Simon.

— J'ai donc bien fait de vendre mes affaires cubaines, y compris les trois mille tonnes de sucre que j'ai exportées à Boston, révéla avec satisfaction Bertie III.

Lors d'un dîner organisé à Exile House par les Murray pour les gens de Charleston, on en vint à la querelle de plus en plus virulente entre abolitionnistes et esclavagistes. Le planteur, défenseur obstiné de l'institution particulière, rapporta que s'était tenue au mois de mai, à Vicksburg, dans le Mississippi, une convention commerciale des États cotonniers.

— Devant l'augmentation du coût de la main-d'œuvre, nous avons demandé au gouvernement de Washington d'abroger toutes les lois fédérales ou d'État interdisant l'achat d'esclaves. Les nègres sont indispensables à l'exploitation de nos terres, dit-il.

— C'est jeter de l'huile sur le feu. Les nègres libres du Nord n'ont nulle envie de retourner à l'esclavage. On croirait que vous faites tout pour provoquer leur colère ! intervint Ottilia.

— Vous devriez plutôt vous inspirer des propos modérés qu'a tenus, l'an dernier, Abraham Lincoln, renchérit lord Simon.

— Ce Lincoln, de qui on ne sait rien hors de l'Illinois, a été battu aux élections par Stephen A. Douglas, qui conserve son siège au Sénat, répliqua Bertie III.

— Et, cependant, certains journalistes, éblouis par la campagne de 1858 conduite par Lincoln, le voient en candidat républicain à la présidence de l'Union, précisa Murray.

— Au sein de son propre parti, il n'aurait aucune chance contre William Seward, un homme clairvoyant et qui répète partout qu'un conflit entre le Nord et le Sud est devenu inévitable, assura le planteur.

— Un jour, les nègres de Caroline du Sud se révolteront et, comme ils sont plus nombreux que les Blancs...

— Je ne crois pas, chère Ottilia, à un soulèvement généralisé des nègres, bien que John Brown les excite et tente de recueillir des fonds auprès des abolitionnistes les plus inconséquents pour acheter des armes. En revanche, je crois que l'Union sera dissoute et que le Sud deviendra une fédération indépendante. Nous n'aurons plus alors qu'un seul souverain : le Roi-Coton ! lança Bertie III.

— Notre cousine n'a pas tort, Bert. D'après notre gouverneur, la Caroline du Sud compte trois cent mille Blancs et quatre cent mille esclaves nègres, auxquels il faut ajouter près de dix mille nègres libres. Moi, que voulez-vous, j'ai un peu peur de l'avenir, intervint Varina, jusque-là silencieuse.

— Vous pourrez toujours vous réfugier chez nous si vous vous sentez menacée, proposa Malcolm, charmeur, en effleurant la main de Varina.

— Une Sudiste, fille de planteur et épouse de planteur, ne doit pas déserter devant un danger imaginaire, coupa sèchement Bertie III, portant sur sa femme un regard dénué d'aménité.

— Espérons que vous n'en arriverez pas là, dit Ounca Lou, conciliante.

— Quand le Sud aura conquis son indépendance, comme la Grèce et l'Italie sont en train de le faire, tout rentrera dans l'ordre ! pronostiqua le Charlestonien.

Après un mois d'attente, la réponse du gouverneur royal des Bahamas à la demande de Bertie III Cornfield se révéla décevante. En dépit de la recommandation de lord Simon, membre de la *General Assembly* et de la *Court of Appeal* à Nassau, le représentant de Sa Très Gracieuse Majesté ne pouvait accorder à un étranger l'autorisation de recueillir le guano sur les îles de l'archipel sans consultation du Colonial Office, à Londres.

— J'irai tenter ma chance ailleurs. On dit que les Turks and Caicos Islands, à l'extrême sud de l'archipel, sont indépendantes de Nassau depuis 1848. Leur gouverneur se montrera peut-être plus compréhensif que le vôtre, dit Bertie III.

— Cher cousin, après s'être considérés comme Bermudiens parce que Nassau frappait d'impôts leurs exportations de sel, les habitants de ces îles, couvertes d'étangs saumâtres transformés en riches salines, qu'exploite la Heneagua Salt Pond Company dans laquelle j'ai quelques intérêts, se sont fait rattacher à la Jamaïque. Ces îles sont donc propriété de la Couronne, comme les Bahamas, précisa Simon.

— Eh bien, je vais faire au gouverneur de la Jamaïque une demande semblable à celle que je fis à votre gouverneur. En attendant, avant de rentrer à Charleston, j'irai visiter ces Turks and Caicos Islands, conclut Bertie III, la veille de son départ.

Devançant son oncle et beau-père, Malcolm Murray proposa sa grande calèche pour reconduire les Caroliniens jusqu'à leur embarquement à bord du *Southern Star*. Charles, qui se trouvait au port occidental pour réceptionner du matériel commandé à Nassau, fut conduit à saluer les partants. Il observa combien l'architecte entourait d'attentions la jolie Varina à qui il remit, avant de lui baiser la main, une orchidée bleue, la variété la plus rare sur l'île. Au regard embué de la jeune femme Desteyrac comprit qu'elle n'était pas insensible aux manières de Murray.

Le schooner quittait le quai et les passagers adressaient à ceux qui les avaient accompagnés des signes d'au revoir, quand Malcolm rejoignit l'ingénieur. L'architecte tira son mouchoir et, bras tendu, l'agita pour répondre à Varina qui, ayant déployé son écharpe blanche, la faisait ondoyer avec grâce dans sa direction.

— Je crois, cher Malcolm, que vous avez fait la conquête de cette belle esclavagiste, osa Desteyrac.

— Un vrai tanagra, n'est-ce pas, que j'aimerais assez réduire quelque temps en esclavage ! Et vous avez vu ce buste ! Les pommes des Hespérides en chair blanche..., déclama Malcolm, lyrique.

— Bertie III ne doit pas être du genre consentant.

Dans la société de plantation, un mari provoque en duel qui ose porter sur sa femme un regard concupiscent. On dit même qu'en Louisiane le duel est, après la fièvre jaune, la première cause de mortalité !

— Puissent les nègres leur faire assez peur pour qu'elle revienne s'abriter chez nous. Ottilia est prête à la recevoir, bien qu'elle la tienne pour dinde et mijaurée, acheva Murray.

La cheminée grêle du *Southern Star* exhalait dans l'air limpide ses gris flocons de fumée, insulte au bleu profond du ciel de juin.

Une semaine après le départ du schooner, le vapeur tant attendu par lord Simon apparut. Le maître de l'île, prévenu par une estafette, descendit de son landau au moment où le capitaine Mark Tilloy accostait, sans un heurt, le bateau sous pavillon britannique et flamme Cornfield.

— Il fume moins salement que le bateau de Bertie, dit Cornfield à Charles, venu avec des membres du Loyalists Club assister à l'arrivée du navire.

— Cela vient, expliqua Philip Rodney, de ce qu'il brûle du bon anthracite du pays de Galles, lequel fume peu.

Long de plus de cent pieds, le navire au profil de clipper, ligne élancée, étrave aiguë, plage arrière relevée, portait deux mâts légèrement inclinés et une seule cheminée. Flanqué de roues à aubes que dissimulaient des capots décorés d'une guirlande peinte en rouge, il inspirait sécurité et promettait vitesse.

— Les gens de Laird Brother's Yard ont bien travaillé : ce bateau a une belle ligne basse, n'est-ce pas, Colson ? demanda lord Simon, provocateur.

— Belle coque. Ne lui manquent que des voiles, répondit l'ennemi de la vapeur, entrant dans le jeu.

Lewis Colson reconnaissait depuis peu, sans l'admettre tout à fait, la domination des bateaux de fer équipés de chaudières. Cette semi-reddition tenait en partie au fait que lord Simon avait promis à son plus fidèle marin que le luxueux *Phoenix* ne serait pas désarmé, qu'il continuerait à naviguer, et que le vapeur acheté en Angleterre ne pourrait en aucun cas le remplacer. Entre navire de transport et bateau de plaisance, le lord des Bahamas marquait la différence. Le voilier restait l'aristocrate des mers devant le vapeur, serviteur roturier.

Mark Tilloy, en uniforme blanc à trois galons d'or aux manches et à la casquette, ganté de filoselle, s'était préparé à ce jour. Sitôt l'échelle de coupée en place, il descendit à la rencontre de lord Simon, se figea à trois pas et salua militairement.

— Voici le yacht de Sa Seigneurie. S'il lui plaît de monter à bord pour en prendre possession, dit-il du ton le plus protocolaire.

Simon Leonard Cornfield avait le goût et le respect de l'étiquette maritime. Il apprécia l'attitude de Tilloy et, plus encore, les modulations du sifflet d'un quartier-maître, ancien de la Royal Navy, qui ponctuèrent le « Passez sur le bord » lancé par le bosco et ordonnant aux membres d'équipage alignés sur le pont de rectifier la position.

Seul le commandant Lewis Colson, chef de la flottille Cornfield, fut invité à suivre le lord. Le major Carver, Philip Rodney, Malcolm Murray, Charles Desteyrac et d'autres durent attendre que Cornfield eût regagné le quai après avoir visité le bateau et félicité Mark Tilloy pour la bonne tenue de l'équipage anglais, recruté à Liverpool.

À bord de ce navire de fer dominait une forte odeur de charbon brûlé, mêlée à celle des peintures encore fraîches. Comparées aux appartements du *Phoenix*, les six cabines ressemblaient à des cellules de moine, car seules la salle à manger et le salon avaient été meublés, de façon rustique, pour la traversée.

Mark Tilloy tint à montrer la chaudière de cuivre, dernière création des ingénieurs du génie maritime, et la machine qui, développant plus de mille chevaux, autorisait par tous les temps une vitesse d'au moins treize nœuds.

— Ah ! ce n'est pas le yacht à vapeur du commodore Cornelius Vanderbilt, le *North Star*. Je l'ai vu à New York : plus de deux cent cinquante pieds de long, trente-neuf de large, deux roues de plus de trente pieds de diamètre, dix cabines, et partout un luxe digne du palais d'un sultan ! Votre yacht n'est qu'un schooner amélioré, dit Philip Rodney, peut-être secrètement déçu que le nouveau navire eût été confié à Mark Tilloy, élevé par Cornfield au même grade que lui.

— Vous n'avez pas complètement tort, Philip. Ce bateau, inscrit aux Lloyds sous le nombre 271, comme un prisonnier de New Gate, n'est pas fini. Lord Simon n'est pas satisfait de notre coque grise, telle que livrée par les chantiers. Il veut du blanc pur, une frise d'or à l'avant et à la poupe, une figure de proue déjà commandée aux sculpteurs sur bois de Maoti-Mata. Il exige aussi que le pont soit entièrement parqueté de teck, et que les lisses de fer, « trop guerrières » à son goût, soient remplacées par des lisses d'acajou. Beaucoup de travail en perspective ! soupira Tilloy.

— Il me plaît assez que lord Simon veuille conférer à ce bateau de fer un décor et un confort de grand voilier, dit Colson, satisfait.

— Et il compte sur Murray pour donner « à chaque cabine un cachet différent et mettre partout de bons meubles anglais », cita Edward Carver qui avait recueilli les premières impressions de son ami.

Au soir de cet événement, les commentaires allèrent bon train au Loyalists Club où le retour de Tilloy fut copieusement arrosé. Convié à dîner par Charles, le nouveau capitaine fut accueilli par une Ounca Lou rayonnante. À son retour du port, lord Simon lui avait rendu visite et, après avoir joué un moment avec Pacal, lui avait demandé avec cérémonie, si elle accepterait d'être marraine de son vapeur, nommé *Arawak* en hommage aux premiers Lucayens.

— J'ai accepté, bien sûr, en mémoire de ma mère et de ses ancêtres indiens. Mais ce baptême ne pourra être organisé avant plusieurs semaines, m'a confié Simon – elle ne pouvait encore se résoudre à dire « mon père », et « lord Simon » lui paraissait de plus en plus réservé aux domestiques – car, ce sont ses termes : « Il faut d'abord faire de ce bel assemblage de ferraille un vrai bateau anglais », rapporta Mme Desteyrac en pouffant.

Si les journaux ne délivraient que de maigres informations sur la guerre que Français et Piémontais conduisaient en Italie contre les Autrichiens, on avait cependant appris à Soledad que des batailles meurtrières avaient eu lieu le 1er juin à Palestro, et le 24 à Solferino. Ce dernier engagement avait mis fin au conflit et, le 11 juillet, le traité de Villafranca, signé par l'empereur d'Autriche François-Joseph et Napoléon III, avait assuré le retour à la paix, promettant la formation d'une confédération italienne « sous la présidence honoraire du pape ».

En septembre, une lettre de Mme de Saint-Forin apporta à Charles des précisions sur cette campagne qui, d'après elle, « rehaussait le prestige de Napoléon III et de la France ». La mère de l'ingénieur se disait ravie d'avoir vu son fils Octave, le demi-frère de Charles, devenu colonel à l'état-major du maréchal Canrobert, défiler le 14 août sur les Grands Boulevards avec l'armée d'Italie. « Le peuple de Paris a acclamé l'empereur, ses maréchaux et les troupes, ainsi que les drapeaux déchiquetés par la mitraille. Ce défilé de la victoire restera dans ma mémoire comme dans celle de beaucoup. Tu n'imagines pas combien nous avons été émus, et quel fut le délire de la foule quand, place Vendôme, devant la tribune officielle dans laquelle je me trouvais, l'empereur a pris sur son cheval le petit prince impérial, âgé de trois ans, vêtu de l'habit bleu et rouge des grenadiers de la garde. On ne pouvait toutefois oublier ce jour-là que cette guerre, qui sera surtout profitable aux Italiens, a fait, d'après les chiffres officiels que m'a confidentiellement communiqués Octave, deux mille six cents morts et dix-sept mille blessés chez les Français, cinq mille quatre cents morts et quarante-huit mille blessés chez les Autrichiens. À ces pertes il faut ajouter, comme dans toutes les guerres, des centaines de disparus et des milliers de prisonniers... »

— Comme l'avait annoncé Louis Napoléon : « L'empire, c'est la paix ! » bougonna Charles après avoir lu à Ounca Lou le compte rendu de Mme de Saint-Forin.

— Aucun de tes amis n'a participé à cette guerre ? demanda la jeune femme.

— Fouquet, peut-être, car en temps de guerre on appelle dans le génie les ingénieurs des Ponts et Chaussées. Je ne sais rien de lui depuis longtemps.

J'ose espérer que les travaux du canal de Suez – autre fantaisie bonapartiste ! – l'ont retenu en Égypte et lui ont ainsi épargné la mobilisation, dit Charles.

— Sur notre île paisible, nous sommes si loin de ces massacres que je ne peux imaginer un monde en guerre. Comme nous sommes heureux, mon ami !

— Oui, Ounca, nous sommes égoïstement heureux, concéda l'ingénieur avec un sourire mélancolique.

Quand, au Loyalists Club, des membres évoquèrent devant le Français cette guerre d'Italie dont les journaux américains ne rendaient que parcimonieusement compte, Charles s'abstint de tout commentaire et détourna la conversation. Un républicain ne pouvait être fier de si coûteuses victoires.

Quelques jours avant Noël, on découvrit, comme toujours avec retard, qu'une grande publicité était donnée par toute la presse américaine à ce que lord Simon ne pouvait plus appeler une échauffourée abolitionniste.

Le 16 octobre, l'intrépide John Brown avait attaqué l'arsenal de Harpers Ferry, au confluent Potomac-Shenandoah, en Virginie, pour s'emparer de fusils destinés à « une vingtaine de Noirs cachés dans les Alleghany, qui, en deux ans, feraient disparaître l'esclavage ». Accompagné de cinq Noirs et seize Blancs, dont ses deux fils, Brown avait d'abord résolu, pour faire effet sur l'opinion publique, de rendre visite à un fermier des environs de Charles Town [1],

---

1. Virginie. Ne pas confondre avec Charleston, la capitale de l'État, et Charles Town, en Caroline du Sud, devenu Charleston en 1783.

le colonel Washington, arrière-neveu du héros de la guerre de l'Indépendance, qui possédait deux armes de collection symboliques : un pistolet offert par La Fayette à George Washington et une épée ayant appartenu à Frédéric le Grand ! Après s'être fait remettre, sous la menace de leurs armes, les précieuses reliques, Brown et ses hommes avaient libéré les six esclaves du fermier, pris ce dernier en otage et s'étaient acheminés, dans la calèche de leur prisonnier et leur propre chariot, vers la ville et l'arsenal. L'alerte ayant été donnée par un domestique du fermier, la milice locale attendait le groupe quand celui-ci arriva en ville. Bien qu'il eût eu le temps de rassembler en route une quarantaine d'otages, Brown et les siens s'étaient trouvés, vingt-quatre heures plus tard, après des affrontements confus avec les miliciens, cernés dans l'arsenal qu'ils voulaient piller.

L'intervention d'un régiment du United States Marines Corps[1], commandé par le colonel Robert Edward Lee[2], petit-fils d'un des signataires de la Déclaration d'indépendance, devait mettre fin à l'aventure. Dès le commencement des heurts, sur les vingt-deux abolitionnistes engagés, neuf avait été tués, sept s'étaient enfuis et, sur les six qui résistaient encore, quatre seulement, dont John Brown, tenaient en respect les otages, entassés dans la remise des pompes à incendie de l'arsenal. Un officier des marines[3], sous protection d'un drapeau blanc, avait demandé à Brown de se rendre pour épargner la vie d'innocents citoyens. Celui qui se disait « invulnérable, parce qu'investi

1. Fusiliers marins des forces navales américaines.

2. Le futur général en chef de la Confédération pendant la guerre de Sécession.

3. Pour United States Marines Corps.

d'une mission divine », avait tergiversé avec tant d'aplomb que les marines, sur un signe du négociateur impatienté, avaient donné l'assaut. Le combat avait été bref et Brown maîtrisé, comme ses derniers fidèles. Un de ses fils était mort, l'autre avait agonisé quelques heures avant de succomber en disant : « J'ai fait mon devoir tel qu'il m'apparaissait. »

Incarcéré, John Brown, condamné à mort le 2 novembre pour haute trahison, avait été pendu le 2 décembre à Charleston, capitale de l'État.

Au cours de la réception de Noël à Cornfield Manor, après un coup d'œil ironique à son mari, Ottilia dit :

— Eh bien, voilà une pendaison qui va rassurer Bertie III et la belle Varina !

— Certes, le plus fanatique des abolitionnistes est éliminé et les Sudistes doivent pavoiser, opina Charles.

— Pas autant que vous le croyez, dit Cornfield. J'ai reçu hier une lettre de Bertie III qui a définitivement renoncé à ramasser les excréments d'oiseaux de mer, mais que la popularité *post mortem* de John Brown rend furieux. Mieux vaut que vous connaissiez son opinion dans le cas où il nous confierait sa femme pour la mettre à l'abri, n'est-ce pas ? dit lord Simon avec un clin d'œil à Otti.

Tirant de sa poche une lettre froissée, il en commença la lecture.

» Mon cousin écrit donc : “La complicité de certains politiciens de Washington avec les abolitionnistes les plus violents ne fait pour nous aucun doute. Nous avons appris par un de nos agents que le 25 août, le secrétaire à la Guerre, John B. Ford, avait reçu une lettre anonyme le prévenant que John Brown aurait eu un plan pour susciter une insurrection des nègres en Virginie, précisément à Harpers Ferry, sur le Potomac. Le ministre avait refusé de tenir compte de cet avertissement. Le 8 novembre, soit six jours après la condamnation de Brown qui attendait, l'esprit en repos, d'être pendu, les philosophes du Nord se sont mis de la partie. Ralph Waldo Emerson, au cours d'une conférence, a qualifié Brown de saint et a dit : 'Je voudrais que nous eussions assez de santé pour ne pas crier au fou quand passe un héros.' Quant à Henry David Thoreau, l'homme qui vécut seul dans une cabane au bord d'un étang, comme un Sauvage, à Concord, dans le Massachusetts, il a promptement rédigé un plaidoyer pour tenter d'éviter la corde à l'assassin. 'Brown a accompli un haut fait plein de courage et d'humanité', ose-t-il écrire, et encore : 'C'est la statue du capitaine Brown que j'aimerais voir orner la cour du parlement du Massachusetts, de préférence à celle de toute autre personne de ma connaissance.' Tous ces gens, réputés intelligents, veulent nous faire égorger par nos nègres !"

— Voilà une prise de position catégorique, commenta Carver.

Lord Simon reprit :

— Et mon cousin d'ajouter plus loin : « On dit que, dans les États du Nord, des parvenus qui vivent dans la sécurité, servis par des nègres libres parfois moins bien traités que nos esclaves, car libres de mourir de faim ou de froid, approuvent les discoureurs de Concord et les articles de *The Liberator* dont le fondateur, William Lloyd Garrison, avait déjà publiquement brûlé le texte de la Constitution ! »

— C'est là une pierre dans votre jardin, dit Desteyrac qui savait comment le lord soutenait de ses deniers l'organe des abolitionnistes.

— Attendez, mon cher Charles, vous n'êtes pas

épargné non plus par Bertie III. Il écrit : « Dites à votre ami l'ingénieur français que nous autres, Américains des États du Sud, apprécions peu que M. Victor Hugo, le jour même de la juste pendaison de Brown, ait osé, par l'intermédiaire de plusieurs journaux d'Europe, adresser une harangue “Aux États-Unis d'Amérique”. Dans celle-ci – notre gouverneur a fait circuler une traduction –, le poète, qui croyait l'exécution remise au 16 décembre, a écrit : “Au point de vue politique, le meurtre de Brown serait une faute irréparable. Il ferait à l'Union une fissure qui finirait par la disloquer.” Et il a l'audace de conclure : “Oui, que l'Amérique le sache et y songe, il y a quelque chose de plus effrayant que Caïn tuant Abel, c'est Washington tuant Spartacus !” Mais on me dit que l'emphatique M. Hugo n'en est pas à une exagération près. Pour lui, “l'insurrection contre l'esclavage est un devoir sacré”, et les fils de Brown, qui périrent en tirant sur nos marines, sont des “saints martyrs”. J'ose espérer, mon cher cousin, que votre ami français n'est pas, à notre égard, dans les mêmes dispositions d'esprit que son poète, M. Hugo », acheva lord Simon.

— Sans faire de Brown un héros, et sans approuver le meurtre pour quelque raison que ce soit, si je condamne l'insurrection sanglante – comme vous, j'imagine –, je crois que les gens du Sud doivent se préparer à régler sans plus tarder cette question de l'esclavage, dit Charles.

— Et comment cela ? interrogea Murray.

— En acceptant la plus humaine des concessions : l'émancipation générale des esclaves avant qu'une guerre civile ne vienne, comme le subodore Victor Hugo, disloquer l'Union, compléta Charles.

— Soyons sans illusions, mon bon ami. Pour soutenir ou combattre ce que vous nommez « la plus humaine des concessions », avant un an, je le prédis, le Nord et le Sud feront parler la poudre. Et comme en 1783, quand les colons restés fidèles à la Couronne refusèrent de devenir américains et débarquèrent par milliers dans l'archipel avec leurs esclaves, nous pouvons craindre que les planteurs du Sud ne viennent chercher refuge dans nos îles, conclut lord Simon.

6.

Au printemps 1860 commença sur la côte sud de Nassau, au pied des Blue Hill Heights, qui s'étirent d'est en ouest sur New Providence Island et culminent à cent vingt pieds, la construction d'un grand hôtel. Avant même la pose de la première pierre, on le nomma Royal Victoria Hotel, en hommage à la souveraine.

Depuis qu'en 1859 le richissime armateur Samuel Cunard assurait avec ses vapeurs une liaison maritime directe entre New York et Cuba, via Nassau, les citoyens américains aisés étaient de plus en plus nombreux, chaque hiver, à fuir les frimas continentaux pour venir aux Bahamas jouir d'un climat dont leurs médecins vantaient la salubrité.

Le trajet New York-Nassau à bord des paquebots de la Cunard Line durait, suivant l'état de la mer, de trois à cinq jours et coûtait cinquante dollars – trente-neuf seulement si l'on réservait son passage pour le retour.

Le *Corsica* – premier bateau ayant à son bord ces passagers que les Anglais nommaient *tourists*[1] depuis 1811 – avait, en novembre 1859, débarqué une cen-

1. Terme francisé après la publication, en 1838, de l'ouvrage de Stendhal, *Mémoires d'un touriste*.

taine de citoyens de l'Union décidés à goûter, sous les palmiers et au long des grèves de sable fin, la limpidité de l'air océanique, un ensoleillement garanti, la volupté du farniente exotique, les bains de mer, les plaisirs de la pêche et une saine gastronomie à base de poisson et de coquillages. Accueillis par une population multicolore, dévouée, aimable, rieuse, intéressée, et par des commerçants, restaurateurs et taverniers prêts à tout pour satisfaire une clientèle étrangère au dollar facile, les voyageurs avaient constaté, parfois souffert la rusticité de l'hébergement insulaire. Hormis Victoria House, auberge aménagée en 1844 dans la résidence de John Howard Graysmith, une bâtisse construite sur les ruines de la plus ancienne église des Bahamas, datant de 1694, les touristes ne pouvaient loger décemment que chez les particuliers.

Certains descendants des loyalistes, qui, depuis 1783, avaient construit de belles demeures dont l'architecture copiait celle des maisons de plantation de Louisiane ou de Virginie, louaient des chambres à ceux de qui ils n'avaient pas voulu autrefois devenir les concitoyens ! Les autorités bahamiennes, convaincues que la nouvelle activité, dite tourisme, serait profitable à l'économie de l'archipel, venaient donc d'accepter la construction d'un hôtel où les voyageurs se sentiraient aussi à l'aise que dans un palace de Londres ou de New York, avec le soleil et la mer en plus !

Lord Simon, à qui cette invasion américaine ne plaisait guère, gardait un mauvais souvenir de la première tentative d'établissement d'une ligne de navigation entre New York et Nassau. À la *General Assembly*, il avait soutenu dix ans plus tôt la loi destinée à encourager une telle liaison, mais le projet avait été compromis par un désastre : le *SS Jewess* [1], premier navire attendu à Nassau, avait sombré en vue du port, le 20 mai 1851. Depuis cette tentative avortée, les progrès de la construction navale avaient rendu les paquebots à vapeur – coque doublée de cuivre et puissantes machines – plus sûrs et plus rapides.

Sir Samuel Cunard, fait baronet par la reine et devenu milliardaire à cinquante ans, heureux père de sept filles et deux garçons, inspirait confiance. Ses navires, moins confortables que ceux de Collins, son concurrent malheureux, effectuaient plus de cinquante traversées de l'Atlantique chaque année. Son premier paquebot à vapeur, le *Britannia*, avait relié, en juillet 1840, Liverpool à Halifax en douze jours et dix heures. En ce temps-là, les vapeurs à roues inspiraient encore de la méfiance et le navire n'avait embarqué en Angleterre qu'une soixantaine de passagers alors qu'il aurait pu en transporter le double. Depuis cette époque, sir Samuel Cunard n'avait plus connu que des succès. À Nassau, on le disait propriétaire d'une centaine de navires, et la *General Assembly* n'avait pas hésité à lui assurer une subvention annuelle de mille dollars pour voir les navires de la Cunard Line effectuer, sur la route de Cuba, une escale à Nassau.

L'afflux d'étrangers aux Bahamas, qu'on se garderait d'attirer à Soledad, promettait des profits aux pêcheurs de conques et de mérous, aux producteurs d'ananas, tomates, primeurs, fruits, éponges et écaille de tortue, dont marchés et boutiques de Nassau feraient grande consommation. Quant aux détenteurs de capitaux comme Cornfield, ils allaient investir dans

1. Pour *Steamer Ship Jewess* : bateau à vapeur *La Juive*.

la navigation entre les îles, le commerce ou l'hôtellerie, et encaisser des bénéfices.

Le maître de Soledad, qui avait appris dès la fin 1859 que le gouvernement bahamien allait émettre un emprunt pour financer la construction du Royal Victoria, dépêcha Malcolm Murray à Nassau avec mission de s'informer de la consistance du projet et, surtout, du sérieux des promoteurs.

C'est à bord de l'*Arawak* – dûment baptisé au champagne par Ounca Lou, quelques semaines plus tôt, en présence de nombreux insulaires, avec les bénédictions conjointes du pasteur Russell, du père Taval, de Maoti-Mata et aux accents du *God Save the Queen* – que Malcolm Murray arriva dans la capitale des Bahamas.

Dans l'avant-port, le vapeur de Cornfield fit sensation et des notables voulurent aussitôt visiter ce navire blanc, racé, bien campé sur ses roues à aubes, pourvu d'une cheminée bleue inattendue et dont une tête d'Arawak surmontait l'étrave festonnée d'or. Due au ciseau inspiré d'un cousin de Maoti-Mata, artiste expert en totems, cette figure de proue était un cadeau du cacique. Sculpté dans du bois de gaïac, traits peints de couleurs vives, cheveux noirs nattés sur les oreilles, l'Indien dardait sur l'horizon le regard de ses yeux de nacre emprunté à un coquillage. D'après les vieux marins, ce vapeur ne pouvait qu'être protégé par Neptune, puisque sa marraine avait éternué après le bris de la bouteille de champagne sur la coque de fer. Même si l'éternuement était dû au pétillement du vin, les marins n'en restaient pas moins confiants dans leur superstition.

Dès son arrivée, Murray se rendit sur le site du futur hôtel, un terrain acheté par le gouvernement à Timothy Darling – un nom qui lui rappelait Grace, son amour d'adolescence –, riche négociant installé sur Bay Street, l'artère principale de Nassau. Se faisant connaître des bâtisseurs, il eut accès aux plans et les entrepreneurs locaux, flattés que que le lord des Bahamas s'intéressât à leur entreprise, sollicitèrent les conseils de l'honorable Malcolm Cuthbert Murray, neveu et gendre de lord Simon, habitué des meilleurs hôtels d'Europe et architecte du nouvel hôpital de Soledad, modèle du genre dans l'archipel.

De retour à Cornfield Manor, Murray ne modéra pas son enthousiasme.

— Si j'en juge par les plans et dessins, ce sera, au milieu d'un parc, un véritable palace, anglais de conception mais adapté au climat et au style des bâtiments publics voisins, comme *the House of Assembly* et *the Supreme Court*[1], qui font honneur à Nassau. Le seul voisinage un peu regrettable, mais qui amuse le regard, est celui de la prison. Elle ressemble à un gros gâteau d'anniversaire coiffé d'une galerie en sucre filé, elle-même surmontée d'une moitié d'orange[2].

— Je puis donc souscrire à l'emprunt sans crainte, coupa Cornfield, peu attentif aux considérations autres que financières.

— J'ai moi-même souscrit pendant mon séjour à Nassau, dit Murray.

Témoin de la scène, Charles sourit. Dès qu'ils

---

1. Bâtiments publics construits dans le style georgien néoclassique par James Tait en 1805 et complétés par John Fowler en 1813. Ils passaient, lors de leur achèvement, pour les plus beaux spécimens de l'architecture coloniale britannique.

2. Ce bâtiment octogonal, bâti en 1798 par Joseph Eue, servit de prison jusqu'en 1873. Il abrite depuis cette date la Bibliothèque publique de Nassau.

s'agissait d'entrer dans une affaire, avec en perspective de l'argent à gagner, ces deux-là affichaient une touchante complicité.

— Vous n'êtes pas intéressé, Charles ? Vous devez bien avoir quelques économies à mettre dans un emprunt si sûr, dit Cornfield.

— D'une part, j'ai peu d'économies – pas suffisamment, en tout cas, pour en risquer une partie dans l'hôtellerie coloniale. D'autre part, j'ai maintenant la responsabilité d'une famille et j'entends que ma femme et mon fils ne manquent de rien.

— Vous savez bien, mon ami, qu'ils ne manqueront jamais de quoi que ce soit, ni vous non plus, tant que je serai là... et même après ma mort ! Tenez, je peux bien vous le dire, Pacal sera un jour mon héritier, assura lord Simon.

Le vieil homme confirmait ainsi des dispositions déjà connues d'Ounca Lou par Lamia, et prises pour assurer le bien-être de sa fille cadette et d'un petit-fils de qui il attendait avec impatience qu'il fût assez grand et fort pour l'accompagner à la chasse.

Pacal, allant sur ses trois ans, promettait d'être à la fois téméraire et obstiné. En quelques leçons données par sa mère, il avait appris à nager, à reconnaître les coquillages les plus courants, à faire la différence entre les dauphins joueurs et les méchants requins qui, parfois, approchaient des plages.

Le meilleur camarade de jeu de l'enfant était Tokitok, un des innombrables petits-fils de Maoti-Mata. Le jeune Arawak, d'un an plus âgé que Pacal, n'avait pas son pareil pour attraper les papillons et repérer les refuges des crabes de terre, les déloger et les aiguillonner avec une branche pour les faire entrer dans une nasse d'osier. Cette chasse amusante était aussi profitable, car le crabe tenait une place enviable dans la gastronomie bahamienne.

Chez les Arawak comme chez les Desteyrac, on se régalait de ces crustacés. La cuisinière d'Ounca Lou, plus raffinée que les matrones taino, ajoutait mie de pain, œufs et épices à la chair des crabes avant de cuire le mélange au four dans la coquille préalablement curée.

Souvent, Ounca Lou conduisait les inséparables en voiture à Buena Vista, chez sa marraine lady Lamia. La traversée du pont construit par Charles Desteyrac égayait autant qu'elle apeurait les enfants. Le roulement sonore de la calèche sur le tablier et le fracas des vagues déferlant sous l'arche les faisaient se blottir contre la jeune mère. Dès que, sur la terre ferme, la demeure de Lamia était en vue, ils recouvraient assurance et gaieté, sachant que de bonnes heures leur étaient promises. Fish Lady les initiait au jeu de quilles ou, les jours de pluie, à celui de la puce sauteuse. Ce dernier consistait à envoyer dans une coquille un petit jeton d'ivoire dont on pinçait le bord avec un plus gros. À cet exercice, Pacal se montrait souvent plus adroit que Tokitok qui, en revanche, mieux que son camarade, savait fouetter la toupie, jouet traditionnel des petits Arawak.

À Buena Vista, Lamia proposait toujours un bon goûter. Ma Mae servait un gâteau garni de purée de goyave sucrée, parfumée à la cannelle, et les gourmands, les joues barbouillées de jus de grenade, couraient jusqu'à la ferme voisine pour approcher le chevreau nouveau-né, au risque de se faire bousculer par une chèvre vindicative. Le soir, quand Ounca Lou regagnait le Cornfieldshire, les enfants, repus et las, s'endormaient sur la banquette de la calèche. Après la halte au village des Arawak où l'on restituait Tokitok à ses parents, Mme Desteyrac promettait à Pacal, soudain silencieux, d'envoyer bientôt Timbo chercher son compagnon pour une nouvelle journée de plaisirs et de jeux.

En mai 1860, Robert Lowell qui, depuis son retour à Pittsburgh, avait périodiquement informé Charles Desteyrac de l'avancement de la fabrication du matériel ferroviaire commandé, demanda – ce que lord Simon attendait avec impatience – l'envoi à Wilmington d'un bateau pour porter les rails, les aiguillages et les plaques tournantes. Acheminés par chemin de fer de Pittsburgh au premier port de Caroline du Nord, ce matériel serait chargé sur une des barges déjà envoyées de Soledad. Il conviendrait de mettre en place tous ces éléments avant qu'on ne livrât, au cours d'un autre voyage, locomotive, voiture et wagons.

Sitôt qu'instruit, lord Simon convoqua Mark Tilloy.

— L'*Arawak* sera, je pense, de nos bateaux, le meilleur remorqueur de barges. Je souhaite, mon cher Mark, sans rien enlever à vos prérogatives de commandant du vapeur, que Lewis Colson soit du voyage. Il dit le remorquage une opération délicate : son expérience du transport sur barge des éléments du pont de Buena Vista pourra se révéler fort utile. O'Graney vous accompagnera. Comme je l'ai déjà dit à Lewis Colson, en cas de gros temps, ne vous mettez pas en danger. Mieux vaut perdre une barge et son chargement qu'une vie humaine.

Pour avoir servi sur le *Phoenix* comme premier lieutenant sous les ordres du commandant Colson, Tilloy connaissait assez le tact du marin pour ne pas se formaliser d'une présence imposée par lord Simon.

Mark devait à Lewis Colson de savoir tout ce qu'il n'avait pas appris dans la Royal Navy.

Lord de l'appareillage de l'*Arawak*, Colson ne sortit pas de sa cabine. Quand Soledad fut hors de vue, invité par Tilloy à découvrir la dunette du vapeur, il sut mettre son cadet à l'aise.

— Capitaine, je suis à bord comme passager heureux de naviguer avec vous, dit-il.

— Me permettrez-vous cependant de faire, à l'occasion, appel à vos conseils ?

— Seul un familier des machines à vapeur sait ce qu'il peut demander à un tel navire. Ici, je suis votre élève, mon cher Tilloy, et mon seul conseil ne pourrait être que de conserver sur ce bateau l'humilité du marin dans ses rapports avec l'océan. Mais cette vertu maritime, n'est-ce pas, vous la pratiquez depuis longtemps ? répondit Colson.

Tandis que l'*Arawak* voguait, par temps favorable à la vitesse de quatorze nœuds, vers les côtes dangereuses de la Caroline du Nord, Charles, alors désœuvré, proposa à lady Lamia une exploitation nouvelle des conques, coquillages très appréciés des insulaires.

— Les coquilles des conques consommées, à part celles que les marchands de paniers et de chapeaux de paille de Nassau vernissent et vendent à des voyageurs amateurs de souvenirs exotiques, sont broyées par milliers pour faire de la chaux, ou jetées aux ordures, commença Desteyrac.

— À Buena Vista, nous en faisons des remblais, ajouta Fish Lady, intriguée par la banalité de la constatation.

— Eh bien, chère Lamia, de nos conques on peut faire des camées.

— Des bijoux avec ces coquilles ?

— Un ami français, le peintre Lucien Grandioux, qui signe Diou des tableaux cotés dans toutes les galeries européennes, m'a écrit que la mode, en France et en Italie, est maintenant aux imitations de camées antiques, gravés sur coquille. Or la plus belle conque bahamienne, que vous appelez *queen conch* et à qui Ounca Lou donne son nom scientifique, *strombus gigas*, est non seulement la meilleure au goût, mais la plus prisée des graveurs de camées, dit Charles.

— En voilà une trouvaille ! Vous m'étonnez, reconnut Lamia.

— Certaines parties de la coquille sont assez épaisses, formées de couches de différentes couleurs, du jaune au blanc nacré en passant par le rose, donc propres à la gravure en relief. D'après mon ami, cela permet une bonne imitation des camées antiques. Diou connaît à Paris un graveur habile, ancien élève du fameux médaillier Romain Jeuffroy[1], qui produit de superbes camées vendus dans les bijouteries. Il me demande de lui envoyer des coquilles, car les graveurs de camées, en France et en Italie, sont prêts à les payer un bon prix, étant donné la vogue de ce genre de bijoux à travers toute l'Europe, compléta Charles.

— Qu'allez-vous faire ?

— Plutôt : qu'allons-nous faire ? Car je veux vous associer à l'entreprise.

— Charles ! Vous parlez comme Simon qui fait argent de tout, dit lady Lamia.

— L'argent n'a de valeur que par l'usage qu'on

1. 1749-1826. Il grava notamment l'effigie de Bonaparte, Premier consul, sur la pièce de cinq francs de l'An XI, et fut directeur de la Monnaie.

en fait. De la vente des coquilles, déchets de nos repas, nous ferons bon usage. J'ai mon idée là-dessus, dit Charles, sibyllin.

— Bien. Qu'attendez-vous de moi en tant qu'associée ?

— Vous allez organiser avec vos gens le ramassage des coquilles vidées [1]. Nous les ferons nettoyer et nous enverrons les plus belles en France à mon ami, le peintre Diou. S'il les place avantageusement, nous ferons des envois réguliers à tous ceux qui voudront de nos conches. Je propose de nommer notre société Buena Vista Conch Company ! conclut Charles en riant.

— Cette affaire me plaît. Mais si nous faisons des profits, mon frère sera furieux. Car, dans son esprit, tout ce qu'on trouve sur Soledad lui appartient, émit Lamia.

— Même les coquilles jetées aux ordures ?

— Il est bien capable de nous démontrer que les puces de sable sont sa propriété ! lança lady Lamia, toute émoustillée à la pensée qu'elle allait révéler à son frère une capacité inattendue de « faire des affaires ».

Le retour de l'*Arawak* remorquant une longue barge chargée du matériel ferroviaire fut salué par lord Simon comme la première étape de la création du

1. La conque des Bahamas est aujourd'hui un mollusque protégé en milieu naturel. On en fit, au cours de la seconde moitié du XIXe siècle, une telle consommation qu'elle fut menacée de disparition. Il existe, sur une des Caicos Islands, un élevage qui produit 750 000 conques par an, dont la plus grande part est exportée aux États-Unis.

chemin de fer tant désiré. Bien que cette initiative fît sourire la bonne société de Nassau, on admira dans les îles l'audace d'un précurseur.

Charles avait depuis longtemps constaté qu'en dépit de l'absence de télégraphe, malgré la rareté des communications organisées, les nouvelles se répandaient comme portées par les alizés à travers l'archipel. Les pêcheurs qui se retrouvaient sur les lieux de pêche, parfois loin de leur port d'attache, les marins des caboteurs qui livraient marchandises, outils, produits alimentaires et médicaments d'une île à l'autre, les fonctionnaires en tournée, tous échangeaient des informations aussi bien que des ragots. Il n'était pas rare d'apprendre, à peine l'adultère consommé, que l'épouse d'un notable de Great Exuma trompait son mari avec le percepteur d'Andros, ou que la femme du pasteur de Crooked Island avait mis au monde des jumeaux. On savait aussi tout ce qui se passait à Nassau : combien tel voiturier percevait de dollars pour promener des touristes dans sa charrette, pourquoi la femme du gouverneur avait changé de couturière, et quelle serait la dot de la fille du premier banquier de New Providence. Aussi personne ne fut étonné, alors que les rails n'étaient pas encore en place sur Soledad, quand les producteurs d'ananas et de bananes de Cat Island demandèrent à lord Simon, un des leurs, de les aider à établir un chemin de fer entre le sud de l'île et le port de New Bight. Cela permettrait d'acheminer plus vite jusqu'aux cargos les fruits et légumes destinés à la Floride. Une voie ferrée d'une douzaine de miles suffirait. Lord Simon reçut les propriétaires de Cat Island, tous descendants de loyalistes, et leur demanda de patienter jusqu'à ce que le chemin de fer de Soledad fût en exploitation et qu'on pût en apprécier le coût.

Retenu toute la journée sur le chantier de la voie ferrée, l'ingénieur Desteyrac ne regagnait Valmy qu'au crépuscule. Ce soir-là, rentrant chez lui satisfait du travail accompli, il trouva la maison déserte. Personne ne répondant à ses appels, il passa dans le jardin pour y voir Soka, la cuisinière, ancienne nourrice d'Ounca Lou, agenouillée devant un sureau et portant, suspendue à une branche, une bouteille qui contenait, dans du rhum, une araignée morte. Charles connaissait ce fétiche des Arawak installé près des maisons pour protéger leurs occupants contre le mauvais sort.

Au bruit des pas sur le gravier, Soka se releva, montrant un visage défait et des yeux pleins de larmes.

— Que se passe-t-il ? Où sont-ils tous ? demanda Charles.

— Ah, mossu, g'and malheu'... peut-êt'e, peut-êt'e, a''ivé à petit Pacal.

— Quel malheur ?

— On l'a pé'du, mossu. On cherche pa'tout !

Charles finit par apprendre que son fils et Tokitok, venu passer la journée à Valmy, étaient partis en promenade au début de l'après-midi dans le dog-cart avec Timbo, chargé d'aller cueillir sur la colline, derrière Cornfield Manor, des herbes aromatiques. Ces plantes poussaient sur la côte au nord est de l'île, près de Pirates Tower. Ne voyant pas les enfants revenir à l'heure du goûter, Ounca Lou s'était inquiétée. Depuis plus de deux heures elle était à la recherche du trio avec Adila, la nurse de Pacal.

— Pou'vu qu'y soyent pas allés au bo'd ! Qu'y soyent pas tombés dans la mé', mossu !

Empli d'une crainte morbide, Charles sella un cheval et prit au trot le chemin qui, contournant le parc de Cornfield Manor, montait vers Pirates Tower dont la ruine dominait une falaise rocheuse battue des vagues. De loin il aperçut, penchés sur les récifs côtiers, un groupe de gens affairés parmi lesquels il reconnut le major Carver et son domestique Poko, le docteur David Kermor, Timbo et Fanny, une lingère de Cornfield Manor de qui on savait qu'elle dispensait ses faveurs à l'Arawak. En approchant, il vit Ounca Lou, assise au pied d'un arbre en compagnie d'Adila, et força l'allure de son cheval.

Avant même de mettre pied à terre, il sut que sa femme était au désespoir. Sitôt descendu de cheval, il la reçut, en larmes, dans ses bras.

— C'est horrible, Charles ! Ils ont dû tomber de la falaise et la mer, grosse aujourd'hui, les a probablement emportés. C'est la faute de cet imbécile de Timbo, occupé à trousser une fille pendant que les enfants, livrés à eux-mêmes, ont...

La jeune mère s'interrompit soudain, submergée par le chagrin, et Charles l'obligea à se rasseoir.

— Occupez-vous d'elle, Adila, ordonna-t-il à la jeune fille avant de rejoindre le groupe au bord de la falaise.

Dès qu'il aperçut l'ingénieur, le major Carver vint à sa rencontre.

— Ah ! Charles, vous voilà ! On ne sait ce que ces enfants sont devenus. J'ai envoyé chercher une corde, Poko va descendre sur les rochers pour tenter de trouver quelque chose, dit le major.

— Je ne crois pas que les gosses soient tombés. Ils ont dû s'éloigner pendant que votre Timbo copulait. Les enfants, même jeunes, peuvent marcher longtemps, dit Uncle Dave, se voulant rassurant.

Desteyrac se dirigea vers son domestique qui, conscient de sa responsabilité, tremblait de tous ses membres.

— Dis-moi où tu les as vus pour la dernière fois, demanda-t-il sans colère.

— Ils jouaient autou'du buisson à taquiner un iguane, mossu. Ils voulaient manger les g'aines blanches du buisson. J'ai empêché, mossu.

— Peut-être ont-ils poursuivi l'iguane ? risqua Carver.

— Les iguanes ne sautent pas du haut des falaises, dit Uncle Dave.

— Avez-vous pensé à la tour ? Ils ont pu s'y cacher, demanda Charles.

— On a appelé. Y'épondent pas, dit Timbo d'une voix blanche.

Un Indien essoufflé apporta la corde demandée et, sans attendre, Poko s'en noua une extrémité à la taille, attacha solidement l'autre au tronc d'un gaïac, et se laissa glisser le long de la falaise qui, à cet endroit, surplombait d'une vingtaine de mètres les rocs déchiquetés.

Le sikh, souple comme un félin, sautant d'un rocher à l'autre, sans souci des fortes vagues qui l'aspergeaient d'écume, parcourut toute la Deep Water Creek sans relever le moindre indice qui eût révélé la chute d'un corps. De retour sur le promontoire, il se dit satisfait de n'avoir rien trouvé.

— Mais alors, où sont-ils ? Où sont-ils donc ? gémit Ounca Lou.

— S'ils étaient déjà revenus à Valmy, nous le saurions. J'ai donné des ordres pour qu'on nous prévienne, dit Charles.

— La nuit va venir et, s'ils se sont égarés, comme ils doivent avoir peur ! gémit Adila.

— Votre fils et son ami Takitok sont connus dans tout le Cornfieldshire. Et puis, ils savent s'exprimer.

Un paysan les ramènera plus tard, émit le major, aussi consterné que les parents de Pacal.

On en était à s'interroger sur la conduite à tenir quand la femme de chambre, amie de Timbo, qui s'était éclipsée à l'arrivée de Charles, émergea des ruines de la tour en courant.

— Venez vite. Ils sont là, ils sont là... les deux !

À la suite de Charles et d'Ounca Lou, tous se précipitèrent vers la tour, enjambèrent les pierres effondrées depuis un siècle et couvertes de végétation, pour découvrir Pacal et son ami recroquevillés au sol, intacts mais immobiles.

— Ils sont morts ! hurla Ounca Lou, se cachant le visage dans les mains.

— Uncle Dave, Dave ! N'y a-t-il plus rien à faire ? s'écria Carver en faisant signe à Kermor de se presser.

Moins alerte que les autres, le médecin franchissait avec difficulté les éboulis. Dominant son émotion et sans reprendre son souffle, Uncle Dave se pencha sur les petits et, avant même de leur avoir tâté la veine jugulaire, se releva, radieux.

— Mes amis, ces enfants dorment ! Ils dorment ! Et, si j'en juge par la bouteille de vin de palme aux trois quarts vide que je vois là, ils cuvent une bonne cuite ! Cuite précoce, mais cuite tout de même, diagnostiqua Kermor, hilare.

Les bras ne manquèrent pas pour porter les dormeurs jusqu'à Valmy où, déshabillés et mis au lit, Pacal et Takitok, rotant comme des ivrognes, continuèrent leur sommeil.

Poko fut envoyé au village des Arawak pour informer les parents de Takitok que leur fils passerait la nuit chez les Desteyrac.

Ounca Lou ayant recouvré sa sérénité, Charles

convoqua Timbo dans le jardin et, sans témoins, le sermonna.

— Où les enfants se sont-ils procuré ce vin de palme ? demanda-t-il.

— Fanny m'en donne toujou's un flacon, mossu, quand on va ensemble. C'est gentil cadeau. Pendant qu'on... pâ'lait tous les deux, un peu cachés, vous comp'enez ben pou'quoi, mossu, j'a laissé le vin dans le dog-ca't. Les enfants ont dû le p'end'e et y goûter, mossu !

— Quand on a la responsabilité de deux enfants turbulents, on ne mignotte pas les donzelles, Timbo. Tu mérites que je te renvoie à Maoti-Mata et que ton amie soit elle aussi punie. J'imagine que le vin qu'elle t'apporte vient des caves de lord Simon... ?

— Oh non, mossu, y vient de chez Pibia ! Si Pibia le sait, y batt'a Fanny toute nue. C'est comme ça qu'il est, Pibia ! C'est juste que vous me'envoyez, mossu, mais pitié pou'Fanny qu'est une douce fille. Pa'lez pas du vin de Pibia à pé'sonne, mossu, *please* !

Charles promit et rejoignit sa femme qui regardait, endormis dans le même lit, les enfants qu'elle avait craint ne plus revoir.

On ne sut comment ni par qui lord Simon fut informé de l'aventureuse ivresse de son petit-fils. Cela le fit beaucoup rire.

— Il n'est jamais trop tôt, pour un gentleman, de se faire le palais au vin de palme avant de goûter à de plus fortes liqueurs ! dit-il.

La bonne humeur du maître de Soledad relevait aussi d'une cause plus matérielle. Lewis Colson avait apporté de Caroline du Nord des journaux qui ne parvenaient pas d'ordinaire à Cornfield Manor. Plus que les rodomontades sudistes dont les feuilles étaient pleines, un article retint l'attention de lord Simon. Dans l'ouest de la Pennsylvanie, un certain Edwin L. Drake, ancien employé des chemins de fer, allait peut-être faire fortune en extrayant du sol, à Titusville, une bourgade située à cent quarante-huit miles de Pittsburgh, de grandes quantités d'huile médicinale. Interrogé par lettre, le *lawyer*[1] qui gérait les intérêts de Simon Leonard Cornfield dans les aciéries de Pennsylvanie confirma, quelques jours plus tard, la réalité d'une découverte prometteuse datée du mois d'août 1859.

En fait, cette huile noire et malodorante, connue des Seneca, était depuis longtemps utilisée comme médicament. Jusque-là, sa rareté faisait son prix, car les Indiens la récoltaient à la surface des rivières et de certains étangs en déployant sur l'eau des draps qui s'imbibaient du liquide visqueux. Ils recueillaient ensuite celui-ci en pressant le tissu imbibé au-dessus d'un récipient. Mais, en 1857, des sauniers, qui foraient des puits pour obtenir l'eau saumâtre dont ils extrayaient le sel par dessiccation dans des chaudières, virent apparaître dans leurs forages cette même huile noire dont les soldats de l'armée de Washington, conseillés par les Indiens, enduisaient leurs articulations douloureuses. Comme cette huile corrompait leurs puits à sel, ils décidèrent de la recueillir dans des tonneaux et d'en tirer profit. Les plus entreprenants fondèrent l'American Medical Oil Company, mirent en bouteilles et vendirent aux apothicaires, sous le nom d'*American Oil*, un remède à tous les maux, de la rage de dents aux rhumatismes en passant par les indigestions et les hémorroïdes !

Interrogé par lord Simon, le juriste révéla qu'un certain Samuel Kier avait déjà vendu deux cent cin-

1. Juriste, avocat, notaire.

quante mille flacons de *Rock Oil*, dite aussi *Mustang Liniment*, à un dollar pièce.

Plus récemment, des gens avisés avaient appris à séparer, par chauffage de l'huile brute dans des ateliers appelés raffineries, des composants de ce produit minéral. Suivant le degré d'ébullition, ils obtenaient des huiles plus fluides. L'une avait des propriétés lubrifiantes pour les engrenages des machines, une autre brûlait dans les lampes sans dégager de fumée et en donnant une vive lumière. Le professeur Benjamin Silliman, de l'université Yale, avait assuré, après s'être livré à des expériences, que l'huile de terre était « chimiquement identique au gaz d'éclairage sous forme liquide[1] ». De quoi concurrencer l'huile de baleine, l'huile de charbon – commercialisée sous le nom de kérogène[2] – et le gaz, utilisés pour l'éclairage domestique.

La conclusion du rapport envoyé par le correspondant de Cornfield donnait à penser que l'huile minérale, appelée aussi pétrole, pourrait devenir d'usage courant, au plus grand bénéfice de ses producteurs.

« M. Drake, qui a foré un puits à Titusville, a eu l'idée de pomper l'huile noire qui émerge avec l'eau saumâtre. Il en remplit chaque jour plusieurs douzaines de barils qu'il vend vingt dollars chacun. La société pour laquelle il travaille, la Seneca Oil Company, recherche des actionnaires, car d'autres forages permettraient une sensible augmentation de la production d'une panacée qui éveille maintenant autant d'intérêt

1. Rapport cité par Daniel Boorstin dans *Histoire des Américains. L'expérience démocratique*, volume 3, Armand Colin, Paris, 1981.

2. Ne pas confondre avec le kérosène, produit pétrolier utilisé comme carburant dans l'aviation.

chez les fabricants de lampes que chez les apothicaires et les industriels. »

Il n'en fallait pas plus pour que lord Simon donnât l'ordre à ses agents de change américains d'acheter pour quelques milliers de dollars d'actions de la Seneca Oil Company ainsi que de la Pennsylvania Rock Oil Company qui s'était assuré les droits d'exploitation sur plus de cinq mille hectares dont le sous-sol était censé contenir du pétrole.

Lord Simon était joueur par nature. C'est ce qui le rapprochait de son neveu et gendre Malcolm Murray, à cette différence près que le maître de Soledad ne risquait jamais un shilling aux jeux de hasard. La spéculation circonstanciée sur les matières premières telles que la canne à sucre, le café ou le coton, sur le développement des industries nouvelles, des transports terrestres et maritimes, sur les flux commerciaux avait sa préférence. Il ne s'intéressait en affaires qu'au palpable, au bâti, au concret.

Lors de leur dernier voyage en Europe, il avait, à Londres, vigoureusement admonesté Murray, retombé un soir dans le vice du jeu, cause première de son exil à Soledad en 1853. L'architecte, ayant perdu cent livres au White's, le club tory le plus huppé de Saint James's Street, avait supplié Ottilia d'engager ses perles chez un prêteur afin qu'il pût solder sa dette. Informé à temps, lord Simon avait interdit à sa fille de gager un collier offert par le général Monk à son arrière-grand-mère, avant de jeter au visage de son gendre une liasse de billets, prix de l'honneur familial.

« Je vous rappelle que les bijoux d'Ottilia sont propriété des Cornfield et, de ce fait, inaliénables. Ma fille ne pourrait les engager, même pour vous sortir de New Debtor's Prison[1] où vous finirez enfermé si vous restez en Angleterre ! » s'était-il écrié.

Fin août, Robert Lowell annonça que locomotive et wagons seraient livrés non pas à Wilmington, en Caroline du Nord, comme initialement prévu, mais à Charleston, en Caroline du Sud, où le port paraissait mieux adapté à l'embarquement des charges lourdes. Dès que le matériel serait à quai, l'ingénieur demanderait l'envoi de l'*Arawak* et de sa barge, qui pourraient donc appareiller dès la fin de la période des ouragans qui, cette année-là, semblaient épargner les Bahamas.

Tandis qu'on attendait avec impatience l'appel de Lowell, on apprit que, le 8 août, un cargo américain, l'*Erie*, commandé par le capitaine Nathaniel Gordon, avait été arraisonné au sud de l'archipel par une frégate de l'US Navy et reconduit à New York, son port d'attache. Le bateau avait à son bord huit cent quatre-vingt-dix esclaves embarqués à Cuba et promis aux planteurs du Sud cotonnier. Les journaux révélaient que Gordon serait prochainement jugé « pour piraterie et commerce d'esclaves », infractions graves aux lois fédérales de 1820.

En septembre, on commentait encore, à Cornfield Manor, un événement qui ne pouvait manquer d'aggraver la tension entre abolitionnistes du Nord et esclavagistes du Sud, quand une lettre de Jeffrey, le

---

1. Nouvelle prison de Londres, construite en 1813 pour enfermer les prisonniers pour dettes, qui se trouvaient jusque-là confondus avec les malfaiteurs, voleurs et assassins incarcérés à New Gate.

Cornfield de New York, apprit à son cousin Simon une catastrophe qui endeuillait la famille.

« Mon cher cousin, je dois vous faire part d'une tragédie qui a coûté la vie à ma fille Ann et à son mari Kurt Picker, l'homme d'affaires et armateur de Chicago. Tous deux avaient embarqué sur un nouveau vapeur, le *Lady Elgin*, lancé par une compagnie dans laquelle mon gendre avait des intérêts. Ce navire, en tous points sûr, était destiné aux excursions pour touristes sur le lac Michigan. On ne sait exactement comment, alors qu'il naviguait, le *Lady Elgin* fut heurté par un bateau lourdement chargé de grumes et coula en un rien de temps. Aucun des trois cents passagers et hommes d'équipage ne survécut. À ce jour, on a repêché un certain nombre de corps, dont celui de mon gendre. Ann n'a pas été retrouvée et nous n'aurons même pas la consolation de lui donner une sépulture à New York. Vous imaginez notre chagrin et le désespoir de Lyne et d'Edna, mes autres filles. Mon fils Henry, qui se trouve actuellement au Canada, est encore dans l'ignorance de ce drame. »

— Pauvre Jeffrey ! Combien nous sommes désemparés devant des morts si brutales. On a du mal à ne pas reprocher à Dieu de telles injustices quand elles nous touchent dans nos proches affections, alors que nous ne ressentons qu'une émotion volatile devant les milliers de morts qu'ont occasionnées les guerres européennes les plus récentes, dit lord Simon à Charles Desteyrac.

Venu rendre compte de ses travaux, l'ingénieur fut le premier à connaître la triste nouvelle.

— Gardez cela pour vous jusqu'à demain, je vous prie, lui demanda Cornfield.

À la tombée de la nuit, lord Simon fit discrètement atteler et se rendit chez Tilloy. Sachant le lien qui avait un temps existé entre Mark et Ann, il ne voulait laisser à personne le soin d'apprendre à l'officier la mort de son éphémère fiancée.

Ayant lu la lettre de Jeffrey, Mark Tilloy marcha vers la fenêtre de son bungalow, ouverte sur le crépuscule, et s'absorba un instant dans la contemplation de la Croix du Sud, constellation d'or sur le ciel indigo. C'est une attitude familière aux marins. En mer, ils ne font qu'aux étoiles confidence de leurs secrètes émotions. Quand il revint à son visiteur, l'officier avait recouvré son calme.

— Ann était un feu follet. Elle aimait par-dessus tout la vie, la danse et les jeux de l'amour. Tendre, généreuse et versatile, elle offrait d'un même élan son corps et son cœur, et reprenait l'un et l'autre de la même façon. Elle mettait dans ses actes et ses paroles une franchise déroutante. Au contraire des puritaines qui voient partout le mal, elle ne le voyait nulle part. Ann m'a dit dans un moment d'abandon : « Je n'ai pas le sens du péché. » N'était-ce pas la meilleure définition de l'innocence d'Ève ? dit Mark.

Lord Simon approuva d'un signe de tête et prit congé, son devoir accompli.

Si le courrier expédié de New York ne mettait qu'une dizaine de jours pour atteindre Soledad, celui venu de France, via la Grande-Bretagne et les États-Unis, ne parvenait à son destinataire bahamien qu'en cinq ou six semaines.

Le 2 de chaque mois appareillait de Southampton, pour les États-Unis, la malle d'Amérique. Le courrier de France devait être posté à Paris, pour l'Angleterre, le 28 du mois précédent avec la suscription « *Steamer Southampton* ». Trié à New York, il était alors envoyé à Nassau par le premier navire de commerce en partance pour les Bahamas. De Nassau, le bateau-poste le distribuait dans les Out Islands, ainsi que les citadins nommaient les îles autres que New Providence, capitale de l'archipel. C'était donc avec plus d'un mois de retard, quelquefois deux, que Charles Desteyrac savait, par ses rares correspondants, ce qui se passait en France.

À l'automne, une lettre de son ami Fouquet lui apprit que Napoléon III venait d'augmenter le territoire national de la Savoie et du comté de Nice. « Et ce, précisait Fouquet, avec le plein assentiment des Savoyards qui, par plébiscite, se sont prononcés, par 135 449 voix contre 255, pour le rattachement à la France ; 25 743 Niçois contre 160 ont, eux aussi, accepté de devenir français. »

— Voilà qui doit faire grand plaisir à votre mère, commenta Ounca Lou, un rien caustique.

— Son admiration pour l'empereur va s'accroître d'autant de ferveur que la France d'hectares ! plaisanta Charles sans insister.

Une autre lettre, livrée le même jour par le bateau-poste, laissa Charles perplexe. Robert Lowell prévoyait sous quinzaine l'arrivée à Wilmington de la locomotive et des wagons tant attendus à Soledad. Aussitôt prévenus, Mark Tilloy et Lewis Colson ne cachèrent pas qu'ils eussent préféré l'annonce d'un nouveau retard. Les ouragans qui sévissaient habituellement entre juillet et novembre ne s'étaient pas encore manifestés.

— Jusque-là, nous n'avons eu que des orages tropicaux, très supportables. Même l'équinoxe de septembre n'a pas provoqué de perturbations. Le climat me paraît d'une mollesse inquiétante, constata Tilloy.

— Nos Arawak connaissent le temps mieux que

les météorologues de Nassau. Ils disent, en observant le vol court des oiseaux : « L'ouragan prend son élan. » D'après eux, il faut craindre de fortes tempêtes fin novembre, voire en décembre, ajouta le commandant Colson.

— Le père Taval, qui depuis bientôt un demi-siècle consigne dans un registre les indications de son anémomètre et de son baromètre, est de leur avis, compléta Mark Tilloy, retour d'une visite affectueuse à Manuela, la gouvernante de l'ermite.

La perspective de pouvoir bientôt jouer au train redoubla l'impatience de lord Simon. Il balaya d'un geste de la main les risques d'un transport par mauvais temps et ordonna à Mark Tilloy de tenir l'*Arawak* prêt à prendre la mer dès que Lowell réclamerait l'envoi des barges à Charleston.

— J'ai déjà connu des automnes et des hivers sans ouragans. Il ne faut donc pas attendre ceux de l'année prochaine ! trancha-t-il, au bord de la colère.

— Nous ne pouvons négliger l'éventualité d'une tempête dans le canal des Bahamas, risqua Lewis Colson.

— Si vous rencontrez du gros temps, je suis certain, mon cher Colson, que vous saurez indiquer au capitaine Tilloy la meilleure route pour tirer vos barges en toute sécurité, acheva le lord pour qui la cause était entendue.

Jusqu'à ce que parvînt à Soledad le message de Bob Lowell, les deux marins se préparèrent sans enthousiasme à une expédition qu'ils n'imaginaient pas sans danger.

Au matin de leur départ, le 16 novembre, sous une pluie fine et par vent de sud léger, une nouvelle d'importance fut apportée avec *The Nassau Guardian* par le bateau-poste.

Le 6 novembre, M. Abraham Lincoln, candidat du parti républicain, avait été brillamment élu 16e Président des États-Unis par 1 866 452 voix populaires et celles de 180 grands électeurs [1]. Il avait devancé le candidat démocrate, Stephen A. Douglas, de près de 500 000 voix, et de plus d'un million de suffrages John Cabell Breckenridge, vice-président sous Buchanan, candidat préféré des esclavagistes, à qui les grands électeurs des États du Sud avaient cependant apporté 72 voix.

Lors d'un grand dîner donné à Cornfield Manor en l'honneur des époux Russell de qui on célébrait les noces d'argent, le lord observa :

— Voilà une élection qui va fortement déplaire à mon cousin Bertie III.

— Bien que ce Lincoln ne se soit pas clairement prononcé pour l'abolition de l'esclavage à bref délai, on peut penser qu'avant la fin de son mandat le sort des nègres aura changé, dit Margaret Russell.

— Je crois savoir que Mary Lincoln, née Todd, sera moins abolitionniste que son époux. Elle est fille d'un riche banquier du Kentucky, lequel est propriétaire d'esclaves, révéla le docteur Weston Clarke.

Malcolm Murray avait réussi à prendre place entre les jumelles Russell à qui, depuis quelques jours, il donnait des cours de dessin. Emphie et Madge semblaient rivaliser d'attentions pour leur maître, ce qui

1. Dans chaque État de l'Union, les citoyens élisent autant de grands électeurs, ou électeurs présidentiels, que l'État dispose de sénateurs et de représentants au Congrès des États-Unis, à Washington. Ces grands électeurs sont, dans la plupart des cas, investis d'un mandat impératif qui les oblige à voter pour le *ticket*, c'est-à-dire le candidat à la présidence et le candidat à la vice-présidence qu'ont retenus ceux qui les ont élus.

amusa Desteyrac, au courant de la quête poursuivie par l'architecte.

Le plan de table avait placé Charles entre Ottilia et Eliza Colson, de qui le mari voguait avec Tilloy à bord de l'*Arawak*, vers la Caroline du Sud où Bob Lowell et la locomotive de lord Simon attendaient d'être embarqués. Le docteur David Kermor, promu cavalier de l'épouse du marin et grand conteur d'anecdotes, accaparait l'attention de la jeune femme. Charles Desteyrac pouvait donc, sans manquer à la bienséance, converser avec Ottilia.

— À mon avis, ce don Juan arrivera à ses fins, glissa-t-elle à Charles en désignant du regard son mari et les deux filles Russell.

Penchées vers Malcolm, les jeunes filles semblaient boire ses paroles et gloussaient à l'unisson.

— Il n'osera pas aller au-delà du flirt. Et puis, le pasteur et sa femme veillent sur leurs poulettes, dit Charles mezza voce.

— Vous connaissez Malcolm. Il n'aura de cesse que ces jouvencelles entrent ensemble dans son lit. Je peux comprendre ça. Pour un homme, ce doit être un challenge excitant, non ?

— Difficile de me prononcer. Les fruits verts ne m'ont jamais tenté. Depuis l'adolescence, j'ai toujours préféré les vraies femmes, dit Charles.

— Bien sûr : les vraies femmes ! Ounca est une vraie femme, n'est-ce pas ? Belles formes, intelligente, instruite et capable de donner le jour à des enfants...

Charles reconnut dans l'élocution et le ton d'Ottilia les signes de la mélancolie latente de son amie qui émergeait quand Otti se trouvait, comme ce soir-là, dans une assemblée où chaque femme avait sa place, où passaient dans la conversation et les regards des effluves de complicité entre époux, ou même, comme ne tentait pas de le dissimuler Malcolm et les petites Russell, les effluences de sensualités prêtes à se conjuguer.

» Vraies femmes ! Toutes celles qui sont autour de cette table le sont. Je ne parle pas de votre épouse, qui l'est admirablement. Mais même Margaret Russell, avec ses joues frottées au savon, son nez crochu et son regard de bovidé, même Dorothy Weston Clarke au teint enfariné, aux lèvres gonflées par le fard, même Eliza Colson qui n'a jamais pu mener une grossesse à terme, même les jeunes dindes à qui Malcolm fait du pied sous la table, oui, Charles, toutes sont de vraies femmes ! dit presque rageusement Ottilia, obligée à contenir sa voix de contralto pour ne pas attirer l'attention d'autres convives.

— Une vraie femme, vous l'êtes aussi, Otti. Et, ce soir, diablement séduisante, croyez-moi, dit Charles avec un sourire.

— Ah ! Vous qui savez à quoi vous en tenir sur ma nature, reconnaissez que je n'ai que l'agréable apparence d'une vraie femme !

— Voyez-vous, Otti, je voudrais que vous cessiez de penser qu'une femme n'est une vraie femme que par l'usage qu'un homme peut faire de son sexe. Les sentiments sont souvent plus sincères que les étreintes. Il peut exister, entre un homme et une femme, une fusion de cœur et d'esprit, au-delà du rapprochement physique qui n'est, sans cette communion, que manifestation animale de notre humanité.

— Et cela s'appelle l'amour, n'est-ce pas ?

— Ce mot n'est qu'une enveloppe à cent usages. Seul vaut le contenu, Otti.

— Je sais ! On m'a cité le cas de notre reine Élisabeth Ire ! À Paris, je suis allée déposer une rose sur la tombe de Mme Récamier, au cimetière du Nord. Je la devais à cette sœur en infortune, ironisa Ottilia.

— Mme Récamier inspira, sa vie durant, de la passion à des hommes de qualité, Otti.

— Je ne veux pas inspirer la passion ! Je voudrais la vivre ! dit-elle avec véhémence, élevant soudain le ton, ce qui valut à Charles et à sa voisine les regards étonnés d'Ounca Lou et de lord Simon.

— Ce dîner n'est pas la réunion idéale pour ce genre de conversation, Otti. Mais j'aimerais la reprendre un jour plus sérieusement, loin des oreilles indiscrètes !

— Je vous rappellerai cette proposition, dit-elle à voix basse en levant, comme tous les invités, son verre en direction des époux Russell, à qui lord Simon dédiait un toast de circonstance.

Les événements qui marquèrent la fin de l'année privèrent Charles et Ottilia du tête-à-tête promis.

Fin novembre, une tempête tropicale se rua sur l'archipel, causant de nombreux dégâts. Lady Lamia dut trouver refuge chez les Desteyrac, à Valmy, la toiture de sa demeure de Buena Vista ayant été en partie enlevée par le vent.

Pendant ces journées agitées, lord Simon mêla sa fureur à celle des éléments. On fut un temps sans nouvelles de l'*Arawak* et, quand le bateau-poste reprit son service, en décembre, on fut bien aise de recevoir la lettre que Mark Tilloy, en accord avec Lewis Colson, avait expédiée deux semaines plus tôt de Charleston. À la suite d'un démêlé avec les douanes américaines, dont les Sudistes prosécessionistes contestaient l'activité, les marins craignaient que l'*Arawak* et sa barge ne pussent prendre la mer pour Soledad avant que ne fussent confirmées les prérogatives administratives des Fédéraux.

— D'ici là, le mauvais temps sera oublié, observa Charles, rassuré.

— Qui sait si la querelle entre les États du Nord et ceux du Sud ne va pas se mettre en travers de nos projets ! grommela lord Simon.

Comme tous les insulaires, il avait appris par *The Nassau Guardian* que, lors d'une convention spéciale réunie à Columbia, en Caroline du Sud, l'assemblée, dans laquelle siégeait Bertie III, avait décidé la dissolution de l'Union, entre la Caroline et les autres États américains.

Quelques jours plus tard, Bertie III, adressant ses vœux de Nouvel An, confirma que le gouverneur Francis W. Pickens avait proclamé, la veille de Noël, « l'indépendance, la liberté et la souveraineté de l'État de Caroline du Sud ». Le planteur de Charleston ajoutait avec une évidente satisfaction : « Notre milice a occupé Fort Moultrie et obligé les militaires de l'US Army à se replier à Fort Sumter. Nous avons, de surcroît, pris possession de l'arsenal et saisi le bateau de la douane fédérale, le *William Aiken.* »

Devant ses intimes, lord Simon ne cacha pas son exaspération.

— En s'emparant d'un bateau des douanes fédérales, ces imbéciles ont non seulement retardé le départ de l'*Arawak*, mais se sont conduits en rebelles, ce qui ne peut manquer de provoquer une réplique des gens de Washington ! lança-t-il.

La rage de Cornfield était amplifiée par l'impuissance où il se trouvait, lui, lord des Bahamas, d'influencer le cours des événements.

— Ces réactions des Caroliniens sont consécutives

à l'élection de Lincoln à la présidence de l'Union, constata Murray.

— On peut s'attendre à ce que d'autres États sudistes imitent la Caroline du Sud, dit Charles.

— Mes amis, si la raison ne l'emporte pas à bref délai, nous allons assister à une guerre civile en Amérique. Elle ne sera pas sans effet sur la destinée de notre archipel, conclut lord Simon, de qui les craintes annihilaient à présent la colère.

7.

Grande fut la déconvenue du commandant du port occidental quand des pêcheurs lui apprirent, le 5 février 1861, que l'*Arawak* approchait seul, sans remorque, de Soledad. Un coursier envoyé à Cornfield Manor fut reçu par Pibia, qui dut transmettre la fâcheuse nouvelle à lord Simon.

— S'ils ont perdu leur remorque et ma locomotive, je mets Colson à la retraite et renvoie Tilloy à New York ! s'écria Cornfield sous le coup d'une si brutale déception.

Comme il eût dérogé en se précipitant au port pour connaître les causes de l'absence d'un matériel espéré depuis près de deux ans, il envoya chercher le major Carver et le délégua à l'accueil du vapeur.

— Je veux une explication, pas des jérémiades ! Dès que l'*Arawak* sera à quai, interroge Colson et Tilloy, et viens me faire ton rapport. S'ils ont failli, je ne veux plus les voir !

— Je préférerais, Simon, que tu les entendes toi-même. Lewis Colson et Mark Tilloy sont des hommes de mer aguerris. Je suis certain qu'il n'ont pas failli. Tu ne peux traiter avec un tel mépris des marins qui doivent être aussi dépités que tu es déçu. La seule chose que je puisse faire, en accord avec ma conscience d'officier et mes principes de gentleman, c'est les conduire ici pour que tu aies la primeur de leur récit avant que tout le Cornfieldshire ne commente l'affaire, dit Edward, seul ami intime de qui lord Simon acceptait les critiques et suivait parfois les avis.

Un grognement d'ours, que Carver prit pour approbation, répondit à la proposition.

Pibia fit aussitôt atteler le *surrey*[1]. En accompagnant Edward Carver à la voiture, le majordome, depuis trente ans au service du lord, fit part de son émotion.

— Quand j'ai annoncé la mauvaise nouvelle à lord Simon, il a fait un geste jamais vu, major. Il a lancé son verre de porto à cette tête de cristal aux yeux vivants qui est dans son cabinet, comme si ce crâne avait jeté un sort sur le train qu'on attendait, major.

— Souviens-toi de ça, Pibia : les sorts, bons ou mauvais, ont toujours une explication naturelle, dit Carver en prenant les rênes.

La nouvelle du retour du vapeur s'était déjà répandue et une foule de curieux convergeait vers le port. Edward Carver, voyant le navire près d'accoster, dut se frayer un chemin jusqu'au quai où il trouva Charles Desteyrac alerté par Sima. Ce dernier, occupé à préparer sur le môle un chargement d'éponges, avait été informé en même temps que le commandant du port et s'était empressé de prévenir l'ingénieur.

— S'ils ont perdu la barge et son chargement, nous connaîtrons les foudres jupitériennes. Il va tonner sur Soledad ! dit Charles.

— L'Olympe, mon cher, est déjà en effervescence. J'ai mission de conduire Colson et Tilloy à Cornfield

1. Voiture à quatre places tournées vers l'avant, abritée d'un dais à franges.

Manor. J'imagine déjà un tribunal ! Vous m'obligeriez en nous accompagnant. Devant vous, Simon saura peut-être modérer, sinon ses paroles, du moins sa sentence, s'il doit en prononcer une, comme il l'a laissé entendre !

— Nous n'aurons pas à plaider, Edward. Je suis certain que nos marins ne sont pour rien dans cette absence de barge et de matériel. Dans leur dernière lettre, ils se disaient encore suspendus au bon vouloir des douaniers américains. Et si leur remorque leur a été enlevée par une tempête, ils ont dû faire l'impossible, jusqu'à risquer leur vie, pour sauver le chargement, observa Desteyrac.

— Je suis de votre avis, répondit le major.

L'échelle de coupée établie, les deux hommes se dirigèrent vers le bateau et montèrent à bord où les accueillit Mark Tilloy, sérieux mais avec l'aisance de qui a la conscience tranquille.

— Je dois vous conduire sans tarder, ainsi que Lewis Colson, à Cornfield Manor. Lord Simon sait déjà que vous n'apportez rien de ce qu'il attendait. Il veut vos explications avant qu'elles ne soient divulguées à tous les curieux qui, vous le voyez, sont nombreux, dit Carver, désignant la foule assemblée sur le quai.

Au premier rang se pressaient maintenant bon nombre de membres du Loyalists Club, entourant Eliza Colson et plusieurs épouses de marins.

Lewis reçut de moins bonne grâce que Mark la convocation de lord Simon.

— Permettez que j'embrasse ma femme, dit-il sèchement.

Puis il descendit l'échelle de coupée pour se diriger vers celle qui, sourire aux lèvres, oubliait déjà une angoisse de plusieurs semaines.

Pendant le trajet, serrés dans le surrey, les marins n'échangèrent avec Edward et Charles que des banalités, décidés qu'ils étaient à jouer le jeu imposé par le maître de Soledad.

En gravissant l'escalier de Cornfield Manor, Tilloy ralentit le pas et retint Charles par le bras.

— Le Vieux pourrait bien avoir une crise d'apoplexie quand nous lui apprendrons les raisons de notre fiasco, souffla-t-il, goguenard.

Sans doute pour donner plus de gravité à l'entretien, lord Simon reçut dans son cabinet de travail. Un bref mouvement de sourcils signifia qu'il s'étonnait de la présence de Charles, mais il ne la commenta pas. Après un salut sec de la tête et sans inviter les gens à s'asseoir, il s'adressa à Lewis Colson, le plus ancien dans le grade le plus élevé.

— Où sont locomotive et wagons, commandant ? Pouvez-vous me donner une explication satisfaisante ?

— L'explication ne vous satisfera certainement pas, mais vous devrez, lord Simon, l'accepter comme la chose nous a été imposée.

— Imposée ! Que signifie cela ?

— Vous ne savez sans doute pas encore ce qui se passe aux États-Unis. Le Nord et le Sud se préparent à la guerre. Oui, la Caroline du Sud, la Floride, le Mississippi, l'Alabama, la Georgie et la Louisiane ont fait sécession. D'autres États vont suivre, dont les gouverneurs ont décidé de fonder une Confédération des États du Sud, indépendante de l'Union. Quand nous avons quitté Charleston, le bruit courait qu'une convention des États esclavagistes, réunie à Montgomery, en Alabama, préparait une constitution calquée sur celle de l'Union. À ceci près qu'elle admet l'existence et le commerce de la main-d'œuvre servile. Déjà...

— ... mais qu'ai-je à faire de ces querelles et même d'une guerre civile américaine, Colson ? Ça ne vous empêchait pas d'embarquer ma locomotive, non ? l'interrompit brutalement Cornfield.

Colson fit effort pour conserver son calme.

— Votre locomotive et vos wagons, lord Simon, ont été réquisitionnés par les autorités de Charleston.

— Réquisitionnés ! Ma locomotive ! Mes wagons ! Mais c'est pure spoliation ! Comment avez-vous pu accepter ça ?

— Les miliciens envoyés par le gouverneur ne nous ont pas laissé le choix. Le capitaine Tilloy et moi avons protesté, faisant ressortir que nous étions citoyens britanniques et que ce matériel ferroviaire roulant était la propriété d'un aristocrate des Bahamas, colonie de la Couronne, et, de ce fait, protégé par le gouvernement de Sa Très Gracieuse Majesté la reine Victoria. Pendant que nos protestations étaient transmises au gouverneur, le capitaine Tilloy s'est rendu chez votre cousin, Bertie III Cornfield, qui jouit d'une certaine autorité dans l'État, dit Colson.

Puis, se tournant, l'air las, vers Mark :

» Capitaine, racontez à lord Simon ce que fut cette entrevue et ses suites, demanda-t-il.

— Cette démarche s'est en fait révélée plus néfaste qu'utile. J'ai trouvé sir Bertie en compagnie de plusieurs sénateurs ou membres de la Chambre des représentants de l'État, et d'officiers de la milice. Un vrai conseil de guerre. J'ai été fort bien accueilli par votre cousin, mais se trouvaient parmi les présents des planteurs que nous avons éconduits manu militari, il y a trois ans, quand ils étaient venus à Soledad réclamer la restitution de leurs esclaves fugueurs. Votre nom déclencha un vrai hourvari. Sir Bertie fut incapable de leur faire entendre raison. Après m'avoir exposé que les États sécessionnistes n'ayant pas, comme ceux du Nord, les moyens industriels de fabriquer locomotives et wagons dont, en cas de conflit, le Sud aurait grand besoin pour transporter armes et gens, ces messieurs ont décidé de prendre possession du matériel appartenant à « ce lord des Bahamas, antiesclavagiste, qui, au mépris du droit de propriété, héberge sur son île les nègres marron ». Tels furent les mots qu'ils employèrent, acheva Tilloy.

— Incroyable audace ! Et Bertie n'a rien fait pour empêcher ça ? se récria lord Simon.

— Il a tout tenté, et obtenu seulement qu'on me délivre ce bon de réquisition, précisa Tilloy en tendant le document à Cornfield qui le prit, le froissa rageusement et le jeta dans la corbeille à papiers.

— Depuis quand les voleurs donnent-ils reçu de leurs larcins ? grogna lord Simon.

— Certains amis de votre cousin se souvenaient de la réception que nous leur avions autrefois réservée, et, de ce fait, se sont montrés intraitables. Certains proposaient même de faire saisir l'*Arawak*, comme ils ont saisi le bateau de la douane fédérale et plusieurs navires qui appartiennent à des armateurs de Boston et de New York. Sir Bertie nous a conseillé de lever l'ancre au plus tôt, car il s'attendait, d'une heure à l'autre, à de graves événements qui auraient pu ne pas être sans corollaires pour notre vapeur, conclut Lewis Colson.

— Vous n'êtes donc en rien responsables, je le reconnais, dit lord Simon, soudain rasséréné.

Il était dans sa nature d'endurer les conséquences d'événements sur lesquels il n'avait pas prise.

— Allez prendre un peu de repos. Nous nous

reverrons plus tard. Je vous remercie, messieurs, conclut-il, mettant ainsi fin à l'entretien.

Comme Charles se préparait à quitter la pièce avec le major et les marins, lord Simon le retint et l'invita à s'asseoir.

— Votre ami Robert Lowell est-il ici ? demanda-t-il.

— Locomotive et wagons n'ayant pu être embarqués pour Soledad, sa présence à bord de l'*Arawak* ne se justifiait plus. Il est resté aux États-Unis et a dû regagner Pittsburgh, dit Charles.

— Bien. J'imagine qu'il a conservé les plans de notre matériel. Vous allez donc lui commander une nouvelle locomotive et des wagons. Mais, cette fois, il les fera livrer à New York où l'*Arawak* ira les prendre. La traversée sera plus longue, mais on peut espérer des gens du Nord qu'ils se conduisent plus honnêtement que les esclavagistes. En attendant, je vais donner l'ordre de payer ce qui reste dû aux ateliers de Pittsburgh et à votre ami, comme si le matériel avait été livré. Ces gens ont fait leur travail et ne doivent pas pâtir des agissements des rebelles de Charleston. Je ferai aussi envoyer des arrhes pour la nouvelle commande, décida Cornfield.

Desteyrac s'inclina et promit de faire diligence, étonné de constater que lord Simon endossait sans hésiter un préjudice financier de plusieurs milliers de dollars. « Geste de grand seigneur », se dit l'ingénieur en regagnant Valmy.

Il y trouva lady Lamia, au comble de la satisfaction, qui jouait avec Pacal. Bien qu'elle n'eût aucune sympathie pour les planteurs esclavagistes, la confiscation de la « puante machine à vapeur » de son frère la réjouissait.

— Nous ne verrons pas de sitôt des panaches de fumée noire insulter notre ciel, ni des escarbilles salir nos fleurs ! dit-elle.

— Ce n'est que partie remise. J'ai l'ordre de commander une nouvelle machine, révéla Charles.

— Si les gens du Nord et ceux du Sud en viennent aux armes, les fabricants de locomotives devront plutôt couler des canons. Nous serons tranquilles pour un temps et mon frère oubliera son train de nabab, pronostiqua Fish Lady.

Au lendemain du retour de l'*Arawak*, Charles Desteyrac, obéissant à lord Simon, rédigea une longue lettre à Robert Lowell pour qu'il lançât au plus tôt la construction en Pennsylvanie d'une nouvelle locomotive, identique à celle tombée aux mains des Caroliniens.

Parmi ceux qui, comme lord Simon, avaient éprouvé une grande déception, figurait discrètement Viola, sœur de la nurse de Pacal. Une quinzaine plus tôt, Ounca Lou, ayant reconnu, sur une lettre arrivée à Valmy au nom de la jeune fille, le cachet de la poste de Pittsburgh, l'avait remise à sa destinataire en disant : « Voici, je crois, des nouvelles de votre amoureux ». Bob Lowell annonçait alors son retour prochain à Soledad, et Viola n'avait pas plus caché sa joie à Mme Desteyrac qu'elle ne tentait maintenant de dissimuler sa désillusion. Silencieuse et le regard éteint, elle vaquait aux travaux domestiques sans pouvoir contenir des soupirs de délaissée.

« Robert Lowell viendra plus tard avec la nouvelle locomotive », lui disait Ounca Lou.

« Dans combien de mois, m'ame ? Y m'aura oubliée, c'est sûr », gémissait-elle.

Ces lamentations agaçaient Adila, sa sœur aînée, qui désapprouvait le flirt ébauché avec l'ingénieur.

« Les Américains ne sont pas comme les Anglais, Viola. Ils ont toujours méprisé les Indiens qui habitaient l'Amérique avant eux. Ils en ont tué beaucoup et ils ont volé leurs terres et leurs troupeaux. Aujourd'hui, ils n'ont pas changé et ne pensent qu'à prendre leur plaisir avec les filles des îles comme nous », assurait-elle, l'œil sévère.

Viola se mordait les lèvres pour ne pas divulguer le secret qui expliquait son désappointement un peu exagéré. Dans ses lettres, Bob Lowell lui avait fait de telles déclarations et promesses de fidélité qu'elle se prenait à imaginer une union possible avec l'ingénieur. Ounca Lou, seule confidente informée de la correspondance amoureuse de la jeune fille qu'elle aidait à perfectionner sa pratique de l'anglais, tentait de modérer son enthousiasme. Bien qu'elle eût apprécié le sérieux et les qualités de cœur de Lowell, Mme Desteyrac répétait ses mises en garde : « Les hommes, Viola, confondent trop souvent le désir et l'amour. Le premier satisfait, ils oublient le second », prévenait-elle.

Au cours des semaines suivantes, partout sur Soledad apparurent mille signes d'une précoce offensive du printemps. Plus prompte et plus exubérante sous les tropiques qu'en Europe, elle ne cessait d'année en année de ravir Charles Desteyrac.

Levé à l'aube, alors que sa femme et son fils dormaient encore dans la maison silencieuse, il sellait souvent son cheval et trottait vers le sud de l'île. De jour en jour, il vit enfler les cônes verts des bourgeons et sortir des mangroves les insectes nouveau-nés qui, dans un froissement d'élytres, se précipitaient sur les azalées et les hibiscus, impatients de butiner les broméliacées plus tardives. L'ingénieur, certain de n'être pas importun, rendait visite à Maoti-Mata au village des Arawak. Le cacique des Taino accueillait toujours avec chaleur son visiteur, offrait un lait de coco, des biscuits au gingembre, et l'invitait à guetter avec lui l'apparition du soleil. Le vieil homme savait que Charles espérait sans le dire, comme un Indien, le message annuel de Hunabku, la déesse des fleurs, sœur de Flore.

Maoti-Mata et les Arawak voyaient dans l'immaculée et brutale floraison nocturne du cactus reine-de-la-nuit, haut chandelier aux dards acérés, la confirmation que la déesse accordait aux hommes, aux bêtes et aux plantes une nouvelle année de vie. Au plein jour il ne restait rien de l'odorante toison d'une blancheur liliale. Des milliers de phalènes sphinx l'avaient dévorée, ne laissant qu'un squelette vert, raidi dans sa nudité épineuse. La reine-de-la-nuit devrait attendre un an avant d'endosser à nouveau sa très éphémère parure.

Depuis sa jeunesse, Maoti-Mata notait avec soin la date de la floraison et, chassant les phalènes, s'empressait de cueillir quelques fleurs qu'il déposait dans une calebasse après avoir brûlé, avec maintes invocations, les fleurs sèches de l'année précédente. Parce que Charles était son ami, il lui offrait chaque année, dans un coquillage, quelques pétales enlevés au cactus, afin que la déesse Hunabku veillât sur son foyer.

Juché sur le seul matériel roulant du chantier – une draisine mue à la main, au moyen d'un guidon-pompe à vilebrequin, par le robuste Sima –, Charles parcourait souvent, entre le port occidental et Southern Creek, la voie ferrée, achevée mais inutile. Il lui arrivait d'apercevoir lord Simon qui arpentait le ballast, l'air songeur, pendant que son cheval suivait en broutant l'herbe fraîchement sortie de terre entre les traverses.

Interrompant sa marche pour se planter entre les rails, jambes écartées, mains au dos, haut et massif, tel un dolmen de chair et d'os, Cornfield considérait la rectitude de la voie, se retournant parfois pour jouir de la discontinuité des barres d'acier qui couraient sur le socle de pierres concassées. Charles le vit un matin se baisser pour arracher d'un geste rageur les plantes rampantes qui menaçaient de couvrir la voie.

Surpris par Charles au cours d'une de ses inspections, lord Simon lui confia ses regrets.

— Si nous avions reçu au moins ma voiture et des wagons, nous aurions remplacé la locomotive par un attelage à quatre ou six chevaux, comme cela se faisait en 1804, sur dix miles, entre Wandsworth et Croydon. Car le chemin de fer n'est pas né avec la locomotive, dit-il.

— Si seulement nous avions des roues, je me ferais fort de vous construire ici une voiture avec une de vos vieilles calèches, assura Charles.

— J'aurais l'air d'un roi fainéant ! Non, mon ami, pas d'expédients ; attendons des jours meilleurs.

Lord Simon se résignait plus aisément depuis que les nouvelles des États-Unis éveillaient de vraies craintes de guerre civile. Un accord pacifique proposé aux autorités de Washington par un membre du Sénat du Kentucky, John J. Crittenden, demandant que le compromis du Missouri, qui admettait l'esclavage dans les États situés sous 36 degrés 30 minutes, fût reconnu valable pour tous les territoires acquis à l'avenir, avait été rejeté par la majorité républicaine du Congrès. Consulté par William Seward, son futur secrétaire d'État, Abraham Lincoln, président élu, mais dont le mandat ne serait inauguré que le 4 mars, s'était formellement opposé à cet accord en disant des Sudistes : « Avant un an, ils nous demanderont de prendre Cuba si nous voulons qu'ils restent dans l'Union. »

Un soir, après lecture des journaux, lord Simon s'écria :

— Ce Lincoln voit juste. Bertie III ne nous l'a jamais caché : les planteurs de coton souhaitent que les États-Unis s'emparent de Cuba et que l'île, située au-dessous de 36 degrés 30, devienne un nouvel État américain esclavagiste !

— Lincoln n'a pas obtenu une seule voix dans les États du Sud, où l'on espérait une victoire démocrate qui eût sans doute permis l'arrangement Crittenden. Le nouveau président ne peut donc espérer se concilier les planteurs, observa Murray.

— En attendant, James Buchanan, au pouvoir jusqu'au 4 mars, passe pour favorable aux Sudistes, bien qu'un membre de son parti ait proposé que l'on fusillât sur-le-champ celui qui tenterait d'arracher la bannière étoilée d'un bâtiment public dans une ville du Sud, compléta le major Carver.

Après Pâques, toutes les hypothèques furent levées. Le 12 avril, ceux que les journaux nommaient – suivant leur tendance – rebelles, Sudistes ou Confédérés, et qui assiégeaient Fort Sumter, à l'entrée du port de Charleston, avaient tiré au canon sur la forteresse. La garnison, constituée de neuf officiers, soixante-huit sous-officiers et soldats, huit musiciens et quarante-trois ouvriers, ne disposait que de quatre jours de vivres. Le major Robert Anderson, de l'armée des États-Unis, commandant du fort, sommé de se livrer à la milice sudiste, avait fait savoir au général confédéré, Pierre Gustave Toutant de Beauregard, officier d'origine française, qu'il ne se rendrait pas tant que ses hommes auraient de quoi manger. Il suffisait donc d'attendre la famine pour éviter l'effusion de sang redoutée à Washington comme à Montgomery, siège provisoire du gouvernement des sécessionnistes.

Jefferson Davis, président de la Confédération dissidente, qui venait d'appeler vingt mille volontaires de la milice, imagina que le rusé Lincoln allait profiter du répit accordé aux assiégés pour envoyer des renforts de troupe et faire ravitailler le fort par mer. Il exigea la reddition immédiate de la garnison sous menace d'un assaut.

Le major Anderson ayant à nouveau refusé de s'exécuter, à quatre heures et demie du matin, le 12 avril, le premier obus d'une guerre qui n'avait pas encore de nom avait été tiré sur la forteresse. Après quarante-huit heures de bombardement, le dimanche 14 avril, les occupants du fort fédéral avaient été contraints d'évacuer la place. Le général de Beauregard ayant accordé les honneurs de la guerre « à ceux qui vaillamment avaient fait jusqu'au bout leur devoir », les assiégés étaient sortis arme au bras et musique en tête, emportant leur drapeau. On ne déplorait que deux morts et quatre blessés parmi les soldats de l'Union, victimes de l'explosion accidentelle d'une caisse de munitions.

Ce camouflet décoché à Lincoln, à son gouvernement et aux Yankees – comme les gens du Sud appelaient maintenant les citoyens du Nord – ayant toutes les apparences de l'ouverture d'hostilités, le président de l'Union appela sous les drapeaux soixante-quinze mille volontaires de la milice pour une période de trois mois. Ces effectifs suffiraient, d'après lui, pour reprendre le contrôle des nombreux forts occupés au cours des dernières semaines par les Confédérés. C'était méconnaître la détermination des États cotonniers, et Jefferson Davis répliqua en appelant trente-deux mille nouveaux volontaires pour faire face à la menace nordiste.

Ces nouvelles – et celles que livrèrent au cours des semaines suivantes journaux et correspondances privées – provoquèrent une consternation générale à Cornfield Manor. Après que Jefferson Davis se fut dit prêt à délivrer des lettres de marques aux bateaux des citoyens confédérés, les mettant ainsi au rang des anciens corsaires, et qu'Abraham Lincoln eut décrété le blocus de tous les ports des États sécessionnistes, on commença à concevoir, de Nassau à Soledad, les conséquences que pourraient avoir de telles décisions sur le commerce de l'archipel.

Le 24 mai, jour anniversaire de la reine Victoria, lord Simon réunit, comme chaque année à cette occasion, ses intimes au cours d'un dîner. Après les toasts répétés et frénétiques portés à la santé de la reine maintenant âgée de quarante-deux ans, la conversation roula sur les événements d'Amérique.

— Mon père m'apprend, dans une lettre reçue ce matin, que le 13 mai, Victoria a implicitement admis l'existence de la Confédération des États du Sud en annonçant la neutralité du Royaume-Uni. Elle a aussi reconnu aux deux camps les droits habituellement accordés aux belligérants, dit Malcolm Murray.

— Et Russell, le Premier ministre, a confirmé dans une déclaration officielle publiée par les journaux :

« La reine ordonne à tous ses affectueux sujets » – dont nous sommes, mes amis – « d'observer une stricte neutralité dans les hostilités malheureusement commencées entre les États-Unis et certains États s'appelant États confédérés d'Amérique ». De quoi faire grincer bien des dents à Washington ! renchérit Lewis Colson.

— Un ami de Boston, de passage à Nassau, m'a rapporté que Charles Sumner, sénateur du Massachusetts, a dit de cette prise de position royale : « C'est l'acte le plus haïssable de l'histoire de l'Angleterre depuis l'exécution de Charles Ier », révéla le major Carver.

Envoyé par lord Simon « prendre le pouls du gouvernement bahamien » à New Providence, Edward avait trouvé le gouverneur déterminé à faire observer la neutralité exigée par la Couronne.

— La seule décision qui doit nous préoccuper est celle de Lincoln décrétant le blocus des ports du Sud. C'est de New Orleans, de Charleston, de Wilmington et d'autres ports que partent les cargaisons de coton destinées à nos filatures de Manchester, observa lord Simon.

Malcolm Murray cita un quatrain lu dans le *Punch* de Londres :

— Avec le Sud tiens bon
Car il fait tout en coton.
Où serait notre calicot
Sans le travail du bon négro ?

— Stupidité ! lança Dorothy Weston Clarke.

— Pas autant que vous croyez, chère amie. La prospérité de l'industrie textile anglaise ne reposet-elle pas sur la collecte du coton américain par des esclaves ? répliqua Ottilia.

— Celle des filatures du Massachusetts et du Connecticut, pareillement, compléta Uncle Dave.

Le médecin tenait tous les puritains des États du Nord pour fieffés hypocrites.

— Cette guerre civile sera, je pense, de courte durée. Le Nord a une véritable armée, des chemins de fer, une industrie capable de fabriquer des armes, des chantiers navals d'où sortent des bateaux. Le Sud n'a rien, ou très peu de tout ça. Les Confédérés ne pourront longtemps résister, pronostiqua Tilloy.

— Le Sud se renforce, mon cher. L'Arizona, l'Arkansas, la Caroline du Nord et la Virginie ont rejoint la Confédération, et l'on s'attend à ce que le Tennessee et le Kentucky en fassent autant dans les prochaines semaines ou les prochains mois. La Confédération sudiste sera donc une puissance qu'on ne pourra négliger. Notre souveraine, qui doit être bien informée, a raison de prêcher la neutralité à ses sujets tant que les intérêts vitaux du Royaume-Uni ne sont pas menacés par les uns ou les autres, dit Carver.

— La menace d'un blocus des exportations de coton touche aux intérêts vitaux de notre industrie textile, Eddie, fit remarquer Cornfield.

— Les Nordistes n'auront jamais assez de bateaux pour bloquer tous les ports, de la Louisiane à la Virginie, émit Lewis Colson.

— Si le blocus du Sud se révélait plus efficace que ne le pense Colson, les filateurs anglais devraient trouver d'autres sources d'approvisionnement. Peut-être en Égypte ou aux Indes ? osa Charles avec un regard à Cornfield.

— Cela coûterait beaucoup plus cher. Et puis,

aucun de ces cotons ne vaut le *middling* longues fibres de Louisiane, se récria lord Simon.

— Pourquoi ne nous mettrions-nous pas à cultiver le coton à Soledad ? Le climat de l'archipel est à peu près le même que celui des Carolines. Et nous avons une bonne main-d'œuvre, lança lady Lamia.

— Nous avons même des nègres, ancien esclaves des plantations du Sud, donc bien entraînés, ironisa Murray.

— Seul l'avenir nous dictera la conduite à tenir, n'est-ce pas, Malcolm ? conclut lord Simon avec un clin d'œil à son gendre.

Charles Desteyrac subodora que les deux hommes avaient déjà conçu des expédients pour sauvegarder leurs intérêts.

Au cours de l'été, lord Simon fut autorisé pour la première fois par Ounca Lou à emmener Pacal en promenade. Quand il vint le chercher, un matin, à Valmy, pour un pique-nique au mont de la Chèvre, l'enfant grimpa sans aide, avec l'agilité d'un singe, dans le landau conduit par Pibia. Lord Simon avait préféré ce dernier à son cocher, parce que le major-dome, père de famille, saurait mieux se tirer d'affaire en cas de difficulté avec le petit garçon. Tout au long de la route, Pacal étonna son grand-père en donnant leur nom aux arbres et aux plantes dont il précisait avec assurance l'utilité.

— Avec l'acajou on fait des jolis tabourets très solides ; avec la bursera, on arrête le sang du genou quand on est tombé, et la tisane de cascarilla fait passer le mal au ventre, assura-t-il doctement.

Le fils de Charles avait appris de son ami Takitok

tout ce qu'un petit Arawak de son âge connaissait d'une façon quasi atavique de la flore insulaire.

D'une extrême débrouillardise, Pacal ne semblait avoir peur de rien ni de personne, et, tandis que la voiture gravissait le chemin en spirale vers l'ermitage du père Taval, il accabla le vieil homme de questions sur les ancêtres Cornfield. L'enfant les imaginait semblables aux chevaliers, Ivahnoé ou Quentin Durward, vus sur les gravures d'une belle édition de 1830 des œuvres de Walter Scott que lord Simon lui avait offerte quelques semaines plus tôt à l'occasion de son quatrième anniversaire.

D'après lord Simon, les Cornfield des siècles passés avaient été de toutes les batailles et de toutes les intrigues politiques. En 1066, un Cornfield s'était battu contre Guillaume de Normandie ; en 1141, un autre Cornfield avait participé à la capture d'Étienne, comte de Blois, qui convoitait le trône destiné à Henri II Plantagenêt. Le même avait abandonné le monarque après l'assassinat de Thomas Becket, archevêque de Canterbury. Un Cornfield, qui accompagnait Richard Cœur de Lion lors de la troisième croisade contre Saladin, était mort sous les murs de Jérusalem et, en des temps plus proches, un autre glorieux ancêtre s'était illustré contre les armées de Cromwell avant de participer, avec le général Monk, après l'exécution de Charles Ier, au retour en Angleterre de Charles II dont les Cornfield tenaient l'île de Soledad depuis cinq générations.

Pacal, ayant écouté, bouche bée, l'évocation de la geste Cornfield, la trouva incomplète.

— Mais les femmes des chevaliers, que faisaient-elles pendant qu'ils étaient à la guerre ?

— Elles attendaient patiemment en priant Dieu pour qu'il donne la victoire à l'Angleterre et aux chrétiens, et que leurs époux reviennent en bonne santé, dit Simon.

C'est alors que l'enfant posa une question déroutante pour le lord et qui fit se retourner Pibia sur son siège.

— Pourquoi vous, vous n'avez pas de femme ?

— Elle est morte jeune, mon enfant, dit lord Simon, éludant la question.

— On n'en parle jamais chez nous, et j'aimerais bien voir son portrait. Pour voir si maman lui ressemble, dit Pacal, justifiant sa demande.

— Je te montrerai son portrait, bien sûr. Mais ta maman ne lui ressemble pas beaucoup, murmura le lord, gêné.

Il s'empressa d'ordonner à Pibia d'arrêter la voiture à l'ombre d'un bouquet de pins.

— Nous allons maintenant déjeuner. Je crois qu'il y a dans nos paniers un jambon et des toasts, et aussi une belle tarte à la goyave que ma cuisinière a faite pour toi, cher gourmand.

Après le *lunch*, ils se remirent en route et rendirent une visite de courtoisie au père Taval. Manuela servit un vin frais au lord et au prêtre – « la dernière bouteille, sans doute », plaisanta Cornfield qui connaissait les tics de l'ermite – et, à Pacal, un sirop de grenade.

Dans la voiture, quand, au milieu de l'après-midi, aïeul et petit-fils redescendirent vers Valmy, Pacal, un moment silencieux, se tourna soudain vers lord Simon.

— M. Taval, lui, il a une femme et des enfants, remarqua-t-il d'un ton assuré.

— Manuela n'est pas l'épouse du père Taval, Pacal. C'est sa gouvernante, crut nécessaire de rectifier lord Simon, voyant tressauter le dos de Pibia d'un rire mal contenu.

— Quand elle a parlé espagnol à sa petite fille, elle lui a dit : « Va porter le chapeau à ton père. Il est au soleil. » Et la petite fille, elle a apporté le chapeau à M. Taval.

— Tu auras mal entendu l'espagnol, Pacal. Elle a dû dire : « Va porter le chapeau au père. » C'est ainsi que nous appelons tous l'ermite du mont de la Chèvre.

— Je sais un peu bien l'espagnol, maintenant. C'est lady Lamia, ma marraine, qui me l'apprend, se contenta de répondre l'enfant avec une moue boudeuse.

Lord Simon se garda bien de relever l'insolence et, quand il rendit l'enfant à sa mère, se déclara enchanté de sa journée.

— Pacal m'a étonné et séduit. Il est curieux de tout et connaît les plantes comme un jardinier. Il sait même un peu d'espagnol.

— Plus qu'un peu. C'est l'œuvre de Lamia. Il commence aussi à comprendre et parler l'arawak, et son père lui enseigne le français. Il sera polyglotte, dit fièrement Mme Desteyrac.

— C'est aussi un observateur précoce des gens et des choses. Nous en ferons donc un vrai Cornfield, conclut Simon en faisant tourner bride vers son manoir sans femme.

Tandis que se développait aux États-Unis un conflit marqué par des victoires sudistes fort inquiétantes pour l'armée de l'Union, la cour d'Espagne décréta que la liberté serait immédiatement accordée à tout esclave qui se rendrait en Espagne, comme c'était déjà le cas dans les États libres d'Amérique du Nord ou dans tous les pays où l'esclavage avait été supprimé.

— Cela va encourager les esclaves de Cuba à fuir l'île, et nous allons en voir arriver aux Bahamas, commenta Murray.

— Eh bien, nous les accueillerons. De nombreuses îles de l'archipel sont désertes et pourraient être mises en exploitation d'une manière ou d'une autre, dit lord Simon.

— Encore une façon de déplaire aux planteurs, qu'ils soient des Carolines ou de Cuba, commenta Charles, de passage à Cornfield Manor.

— Mon cher, les Cornfield ont passé leur vie à déplaire à tous ceux qui rejettent le droit à la liberté de tous les êtres, quels que soient la couleur de leur peau, leurs mœurs, leurs croyances et même leur degré de force ou d'intelligence, répliqua lord Simon en donnant à Charles une bourrade des plus virile.

« Voilà pourquoi j'aime cet homme », se dit Charles sur le chemin de Valmy. En marchant, il précisa sa pensée : « Curieux mélange de despote et de samaritain. Sûr de sa prépondérance native, mais toujours prêt à combattre l'injustice ; attaché à l'étiquette coloniale de sa caste, mais voyant dans une ségrégation naturelle acceptée la garantie, hors de toute démagogie, des égards que l'aristocrate doit au plus humble roturier, quelle que soit sa race. Bien que sans illusion sur la nature humaine, il l'accepte telle que Dieu l'a voulue, feint par compassion de la croire perfectible et ne condamne pas l'homme pour ce qu'il est, mais les crimes pour ce qu'ils sont. Oui, voilà pourquoi j'aime cet homme », se répéta l'ingénieur.

Un événement devait, quelques jours plus tard, conforter Desteyrac dans son appréciation du caractère de Cornfield. De passage à Valmy, comme souvent en fin de journée, quand, sous un prétexte ou un autre, il venait voir son petit-fils qu'il abreuvait d'histoires de chevalerie, lord Simon annonça une étonnante nouvelle.

Dans une lettre, Jeffrey Cornfield révélait, avec une satisfaction mêlée de tristesse, qu'Ann, disparue lors du naufrage du *Lady Elgin* sur le lac Michigan, était vivante. Comme elle dérivait dans l'eau glacée, agrippée à un madrier, des pêcheurs l'avaient recueillie, hébergée et soignée. Paralysée des jambes et amnésique, elle avait vécu des mois sans se souvenir de son identité. Une fois sa mémoire restaurée, elle avait fait écrire à son père. Son frère, Henry G., qui gérait maintenant à Chicago les affaires de Kurt Picker, son défunt beau-frère, était allé la chercher pour la conduire dans l'hôtel familial de Washington Square. Incapable de marcher, elle usait d'un fauteuil roulant, mais pouvait se nourrir, lire, écrire, faire de la tapisserie et même jouer du piano. Lui restait une grande faiblesse des poumons pour avoir aspiré l'eau polluée du lac. Les médecins conseillaient un séjour aux Bahamas, devenues lieu de cure à la mode pour les maladies pulmonaires.

— Jeffrey me demande donc d'accueillir Ann à Cornfield Manor pour un séjour d'au moins six mois. Naturellement, je devrai souscrire aux souhaits d'un père malheureux et, qui plus est, à demi ruiné par la crise, mais je me demande si mettre Mark Tilloy, si brutalement éconduit autrefois par Jeffrey et Ann, en présence de son ancienne fiancée ne peut pas déplaire à ce garçon et l'inciter à nous quitter. Je voudrais, Charles, et vous, Ounca Lou, que vous sondiez le capitaine. Ce qu'il m'est difficile et peut-être indiscret de faire moi-même, expliqua lord Simon.

Charles accepta la mission, et le lendemain, au Loyalists Club, il convia comme souvent Tilloy, le célibataire, à dîner à Valmy. Informé du sauvetage d'Ann, Mark se réjouit sincèrement et assura les Desteyrac qu'il ferait de son mieux pour rendre le séjour à Soledad agréable à l'infirme.

— Dites bien à Cornfield que je n'ai aucune amertume à l'égard de cette malheureuse fille. Notre union n'eût pas été heureuse et, depuis que j'ai retrouvé ici, grâce à lord Simon, un commandement, je suis le plus heureux des marins. De plus, je crois bien n'être pas fait pour le mariage. Comme les papillons, je préfère butiner, ajouta-t-il en riant.

Lord Simon, rassuré, écrivit à Jeffrey le plaisir qu'il aurait à recevoir Ann à Soledad où le docteur Weston Clarke prendrait soin de sa fille. Elle ne trouverait que des amis prêts à lui tenir compagnie et à la distraire. Il enverrait un de ses navires pour la porter sur l'île, dès que la date de son arrivée aux Bahamas serait connue.

On sut bientôt que l'infirme serait accompagnée par une nurse à bord d'un vapeur de la Cunard Line.

— Seul ennui, la nurse américaine ne veut pas venir jusqu'à Soledad. Sitôt Ann confiée à nos soins, elle reprendra le bateau pour New York. Nous devrons donc recruter une personne pour s'occuper d'elle dès son débarquement à New Providence, dit lord Simon à Ounca Lou, venue goûter avec Pacal à Cornfield Manor.

— Ottilia se propose d'aller au-devant de sa cousine avec Gertrude Lanterbach, révéla Ounca Lou.

— Bonne chose pour cette pauvre Ann !

— Quel bateau enverrez-vous à Nassau ?

— J'avais pensé à Colson avec le *Phoenix*, mais Lewis m'a dit que Mark Tilloy serait fortement déçu si je ne l'envoyais pas chercher lui-même son ex-fiancée avec le vapeur. Elle pourrait le croire rancunier. Ce sera donc l'*Arawak*, commandé par le capitaine Tilloy, dit lord Simon.

Trois jours plus tard, l'*Arawak*, ayant à son bord lady Ottilia et l'Alsacienne, appareilla pour Nassau sous une grosse pluie tropicale.

— Mark navigue maintenant vers son passé, confia Charles à Edward Carver, venu avec l'ingénieur assister au départ du vapeur blanc.

— C'est une croisière que le destin impose à tous, mon ami, un jour ou l'autre. Certains n'en reviennent pas, souffla le major, aussi sombre que le ciel.

DEUXIÈME ÉPOQUE

Fortunes de guerre

1.

Un soir de novembre 1861, à l'heure du porto d'après dîner, dans le fumoir de Cornfield Manor, lord Simon proposa soudain à ses commensaux habituels – Murray, Desteyrac et le major Carver – « une escapade à Nassau ».

— Si nous allions voir à quoi ressemble ce fameux Royal Victoria Hotel, qui a coûté cent trente mille dollars ? Malcolm et moi avons mis quelques centaines de livres[1] dans sa construction et, comme le gouvernement bahamien s'est fort endetté dans cette affaire, j'aimerais me faire une opinion sur les profits à en attendre.

Sitôt formulée l'approbation de ses amis, Simon Cornfield, qui n'était pas homme à différer un projet, demanda à Edward Carver d'organiser le voyage et d'informer la direction de l'hôtel de l'arrivée, début décembre, du lord des Bahamas et de sa suite. Ottilia et Ounca Lou accompagneraient leurs maris, car le séjour promettait une agréable diversion à la monotonie de la vie insulaire.

1. Les Bahamiens jonglaient en permanence avec le dollar, pour commercer avec les États-Unis, et avec la livre sterling, monnaie officielle de la colonie britannique. Le dollar valait entre 5 F et 5,20 F ; la livre sterling, environ 5 dollars, soit 25 F.

La croisière s'effectuerait à bord du vieux *Phoenix*, le vapeur *Arawak* ayant dû être envoyé à New York pour transporter jusqu'à Soledad, Ann, la fille infirme de Jeffrey Cornfield. La nurse timorée qui devait accompagner la jeune femme jusqu'à New Providence à bord d'un paquebot de la Cunard Line ayant, au dernier moment, refusé d'embarquer, lord Simon avait ordonné à Mark Tilloy, qui attendait à Nassau, d'aller avec l'*Arawak* chercher à New York son ex-fiancée. Les tempêtes d'automne s'étaient jusque-là conjuguées pour retarder le retour. « Comme je connais Mark, il ne sera pas mécontent de faire parade de son beau vapeur devant Jeffrey », avait commenté lord Simon, malicieux.

Alors que la guerre entre les États américains entrait, en cette fin d'automne 1861, dans une phase plus active, lord Simon et ses invités débarquèrent à Nassau. De la bouche de l'envoyé du gouverneur, qui les accueillit à leur descente du *Phoenix*, ils apprirent les plus récentes nouvelles du conflit qui opposait, depuis le printemps, les sécessionnistes des États cotonniers du Sud à l'armée fédérale.

La marine et les troupes de l'Union avaient pris pied sur la côte de Caroline du Sud avec l'intention annoncée d'y installer une base navale d'où serait organisé le blocus des ports de la Confédération, décrété le 19 avril par le président Abraham Lincoln.

La défaite subie par le Nord à Bull Run, le fait que les Sudistes eussent atteint la rive du Potomac et menacé un moment la capitale fédérale, l'avance des soldats gris vers les vallées de l'Ohio, du Tennessee et du Cumberland avaient provoqué une réaction d'orgueil chez les Nordistes. En débarquant des fantassins en Caroline du Sud, la marine fédérale, bien que faible encore, prouvait son importance dans un conflit dont on commençait à penser, dans les deux camps comme aux Bahamas, qu'il pourrait durer plus longtemps que prévu.

Ces nouvelles éveillèrent chez lord Simon des craintes dont il fit aussitôt part à ses amis.

— Si le blocus se révélait efficace et si les États du Sud – Louisiane, Carolines, Virginie et d'autres – se trouvaient dans l'incapacité d'expédier leur coton à Liverpool, les métiers de nos filatures de Manchester devraient s'arrêter, bougonna-t-il.

Lord Simon ne prêta aucune attention aux décorations florales qui, depuis l'inauguration du Royal Victoria Hotel, donnaient au port et à la ville un air de fête. Accompagné d'Ottilia et de son mari, du major Carver et du couple Desteyrac, il avança à grands pas, sur une allée bordée de buissons d'hibiscus, vers l'hôtel, où une suite lui avait été réservée. Tous admirèrent l'ordonnance du parc où arboriculteurs et jardiniers avaient rassemblé « plus de deux cents espèces de plantes tropicales », assura l'envoyé du gouverneur.

On vit soudain le commandant Colson, qui précédait le groupe, revenir sur ses pas en compagnie d'un officier de marine en uniforme blanc, cravaté de noir. Tous reconnurent aussitôt le capitaine John Maitland, commandant du *HMS Hawk*, déjà reçu à Soledad. L'escale des Bahamas, sur la route de la Jamaïque, leur port d'attache, offrait aux officiers de la frégate l'occasion de visiter le nouvel hôtel.

— Bienvenue dans nos îles ! bougonna lord Simon, préoccupé par ce qu'il venait d'apprendre.

Il poursuivait son chemin quand Lewis Colson le retint d'un geste.

— Le capitaine Maitland vient de vivre une expérience qui peut vous intéresser, lord Simon. Il arrive de Charleston..., précisa l'officier pour justifier son insistance.

— Tiens ! Peut-il me donner des nouvelles de mon estimé cousin Bertie III Cornfield, le planteur, un des barons de l'Ashley River qui se sont emparés de mon train ? grommela Simon, toujours caustique quand il évoquait « l'esclavagiste de la famille ».

— À Charleston je n'ai fait que déposer le nouvel agent consulaire de Grande-Bretagne. Mais, retardé par le gros temps, j'ai assisté, bien malgré moi, le 7 novembre, au débarquement des troupes fédérales, dit le marin.

Encouragé à donner des détails, John Maitland, qui venait de rédiger un rapport pour l'Amirauté britannique, livra son témoignage.

— Le 4 novembre, une escadre de l'Union, forte d'une cinquantaine de navires, dont quinze vapeurs armés, commandée par l'amiral Samuel Francis Du Pont et transportant douze mille hommes, s'est présentée devant le port de Hilton Head, au nord de Savannah, à l'entrée du chenal de Port Royal, embouchure de la Broad River, commença-t-il, citant de mémoire son rapport.

— Le 28 août, les troupes fédérales de Benjamin Butler avaient déjà occupé le fort Hatteras, en Caroline du Nord. On peut penser que l'attaque de Hilton Head était déjà décidée, observa Murray.

— Comment s'est-elle déroulée ? demanda lord Simon, négligeant l'interruption de Malcolm.

— Dès son entrée dans le chenal de Port Royal, la frégate amirale *Wabash* a ouvert le feu sur les forts Beauregard et Walker, gardiens de la Broad River, qu'empruntent habituellement les navires des sécessionnistes.

— J'imagine qu'ils ont répliqué, coupa Murray.

— Les batteries des forts – une vingtaine de canons – se sont opposées pendant quatre heures au débarquement des troupes, mais leurs servants et le brigadier général Thomas Fenwick Drayton, commandant de la garnison, ont dû abandonner leur position.

— Je connais Drayton. C'est un ancien West Pointer devenu planteur. Il est associé à mon cousin Bertie dans la société des chemins de fer de Caroline du Sud. Mais il a quitté l'armée il y a plus de vingt ans. Je ne l'imagine pas en foudre de guerre, commenta Cornfield.

— Il ne pouvait que faire retraite. Onze de ses hommes avaient été tués par l'artillerie nordiste, et une trentaine de blessés devaient être évacués. Une petite escadre sudiste tenta une sortie, mais la disproportion des forces était telle que les marins confédérés renoncèrent. Quant aux assaillants, je sus plus tard qu'ils avaient perdu huit noyés quand un bateau, transportant six cents marines, avait sombré, deux jours plus tôt, sous le même fort vent de sud-est qui m'avait obligé de mettre à la cape dans une anse proche de Port Royal.

— Les troupes ont-elles débarqué ? demanda Ottilia, pour marquer de l'intérêt au récit de l'officier.

Subjugué, comme d'autres avant lui, par la beauté de cette *perfect lady*, Maitland lui décocha le regard plein de convoitise du navigateur toujours prêt à l'aventure d'escale.

— Le général Thomas Sherman a installé son état-major à Hilton Head et ses soldats se sont immédiatement enfoncés dans l'intérieur des terres, semant la panique chez les habitants, qui entassaient ce qu'ils avaient de plus précieux sur des charrettes et fuyaient, les uns vers Savannah, les autres vers Charleston. Plusieurs planteurs, craignant que leurs esclaves, encouragés par les Yankees, ne leur fassent un mauvais parti, ont abandonné leurs plantations, les livrant au pillage avant que les militaires nordistes ne s'y logent. Les nègres ont accueilli les Fédéraux en libérateurs, avec de grandes démonstrations de joie puérile. Certains officiers, passant outre aux consignes du gouvernement du président Lincoln, qui a interdit de libérer les esclaves avant le retour d'un État rebelle sous les lois fédérales, ont imprudemment annoncé aux nègres qu'ils étaient libres d'aller à leur guise. Grisés, et pas seulement par une libération inespérée, car ils avaient aussi vidé les caves, les nègres se sont introduits dans les maisons abandonnées. Ils se sont emparés du bétail, des porcs et des poules. J'en ai vu empiler des meubles, des pendules et du linge sur des barques puis remonter la rivière, conclut Maitland.

— C'est un désastre pour le Sud ! Contrôlant des ports, les Nordistes vont certainement débarquer d'autres troupes et tenter d'occuper le pays. Peut-être vont-ils marcher sur Charleston ? Je pense à nos cousins de la Caroline, dit Ottilia.

— En tout cas, il sera bien difficile aux bateaux de la Confédération de quitter la Caroline du Sud ou d'y accéder. Les Fédéraux contrôlent le chenal de Port Royal à partir des forts Beauregard et Walker, dont les batteries sont intactes. Ils peuvent donc interdire tout mouvement d'embarcations. De là, les unités de la marine fédérale vont patrouiller le long de la côte atlantique, précisa l'officier.

— Ils auront à surveiller près de deux mille miles de côtes. Je leur souhaite bien du plaisir ! fit lord Simon.

— D'après l'Amirauté britannique, les Fédéraux

ne disposeraient que de cent cinquante navires, dont la moitié en mauvais état, compléta Maitland.

— Cela promet néanmoins de tristes jours aux planteurs des Carolines si les forces confédérées ne se ressaisissent pas rapidement, pronostiqua Murray.

— D'après une information confidentielle que je tiens de notre consul à Charleston, l'état-major confédéré aurait décidé d'envoyer en Caroline du Sud le général Robert Edward Lee, un fameux soldat, à ce qu'on dit, avec mission de contenir les Fédéraux, révéla le commandant du *Hawk*.

— Ce Lee a de qui tenir. Son père, Henry, dit Light Horse Harry, fut le plus célèbre cavalier de l'armée de George Washington. Un héros de la guerre de l'Indépendance, qui devint gouverneur de Virginie avant de se ruiner dans la spéculation sur les terrains, soupira lord Simon.

— L'esclavage doit, certes, être définitivement et partout éradiqué, mais ne craignez-vous pas que le remède soit, pour tous, dans l'immédiat, Noirs et Blancs, pire que le mal ? demanda Ottilia.

— Ma chère, on compte, dans les États cotonniers du Sud, deux millions et demi de Blancs pour près de deux millions de nègres. Si ces derniers se révoltent à l'approche des libérateurs nordistes, la cause abolitionniste triomphera dans le sang, dit Edward Carver.

— « Autant d'esclaves, autant d'ennemis » : c'est un proverbe romain de l'an 400. Les Sudistes feraient bien de le méditer ! lança Charles Desteyrac, jusque-là silencieux.

— Même si le Nord l'emporte, ce qui n'est pas certain, le fait de jeter dans la liberté des gens qui n'y sont pas préparés, ne sachant dans la plupart des cas ni lire ni écrire et n'ayant aucune connaissance des lois, constituera un réel danger pour les propriétaires d'esclaves. C'est pourquoi les habitants des Carolines ont fui les rives du chenal de Port Royal. Ils craignent d'être massacrés par leurs nègres, répéta Maitland.

— Vous nous apportez là un précieux témoignage. Les journaux arrivent ici avec une quinzaine de retard et, suivant qu'ils viennent de New York ou de New Orleans, ils donnent des versions différentes des événements, conclut lord Simon, mettant fin à l'entretien.

— Nous nous reverrons sans doute. Demain il y aura bal à l'hôtel, minauda Ottilia en tendant sa main à baiser.

John Maitland vit dans ce geste un encouragement à poursuivre la relation amorcée par l'échange des regards.

Quand tous reprirent leur marche vers l'entrée de l'hôtel, Ounca Lou, désignant sa demi-sœur d'un signe de tête, souffla à l'oreille de Charles :

— Quelle impitoyable séductrice !

— Oui. J'ai été le seul à résister, murmura Desteyrac en riant.

— Croyez-vous ? répliqua Ounca Lou avec malice.

Aux visiteurs de marque – et lord Simon passait pour le personnage le plus important de l'archipel après le représentant de Sa Très Gracieuse Majesté –, l'administrateur délégué du Royal Victoria Hotel, Walter Lancey, un Américain que l'on disait imposé par Samuel Cunard, se devait de faire les honneurs des lieux.

De l'hôtel, longue bâtisse ocre rosé, édifiée dans un parc ombragé, on découvrait d'abord un avant-corps central, bâtiment imposant de deux étages, posé sur une galerie qui abritait, de part et d'autre de l'entrée, des salons de plein air sous arcades. Passé la porte, le touriste pénétrait dans un vaste hall confortablement meublé de fauteuils en rotin et de guéridons, d'où l'on accédait au bar, au salon de lecture – on y trouvait tous les journaux de New York apportés par les paquebots de la Cunard Line –, ainsi qu'au fumoir, à la salle de billard, à l'échoppe du barbier, au salon de coiffure pour dames. Ces commodités conféraient au palace bahamien l'aspect cossu d'un Savoy des tropiques. Au premier étage, un restaurant et des salons particuliers abondamment fleuris, éclairés par six hautes fenêtres sous arcs plein cintre, accueillaient les dîneurs. Au second, d'une loggia à colonnettes occupant toute la largeur du bâtiment, le regard découvrait, par-delà Bay Street et le port, la plaine bleue et mouvante de l'océan. Dans la partie longue de l'hôtel, qui se développait comme la barre horizontale d'un T de part et d'autre de l'avant-corps, appartements et chambres supportaient, par leur confort adapté au climat, la comparaison avec les meilleurs établissements de Londres et de Paris.

S'étant informé, en tant qu'actionnaire, des tarifs pratiqués, lord Simon admit que, pour trois dollars par jour, repas compris, les visiteurs américains en avaient pour leur argent. L'administrateur confirma que les réservations allaient bon train et que la première saison d'hiver serait un succès si la guerre entre les États américains ne décourageait pas les touristes attendus de New York, Boston ou Chicago.

— Sans cette odieuse rébellion des esclavagistes, à qui il est nécessaire d'imposer par les armes des sentiments plus chrétiens à l'égard des malheureux nègres qu'ils enchaînent, nous serions assurés de profits immédiats, expliqua l'homme, se révélant ainsi Nordiste bon teint.

— Vous pouvez peut-être espérer l'arrivée de riches planteurs fuyant le Sud, comme autrefois les loyalistes pour d'autres raisons, persifla Murray.

Lancey tira sur les pointes de son gilet de soie, lissa d'un geste efféminé les revers de son habit et se pencha vers l'architecte.

— Nous avons déjà deux familles de Savannah dont les maisons ont, paraît-il, été pillées par des nègres en colère. On voit que ce sont des gens habitués à être servis à toute heure. Quand ils commandent un thé ou le breakfast à nos garçons noirs en dehors des heures normales, ils croient sans doute avoir encore affaire à des esclaves corvéables à merci. J'ai dû – avec précaution, bien sûr, car ce sont de riches clients – leur expliquer qu'aux Bahamas les nègres sont censés avoir les mêmes droits que les Blancs.

— Droits dont on ne leur permet pas toujours d'user, hélas ! releva Murray.

L'Américain crut bon de changer de sujet et reprit sa description des charmes du Royal Victoria.

— Certaines denrées alimentaires, que nous ne trouvons pas à Nassau, arrivent de New York et sont conservées dans la glace. Chaque après-midi, un orchestre joue dans notre jardin où la bonne société de Nassau vient se prélasser, fumer, converser, jouer aux cartes, à l'ombre fraîche des palmiers, en dégustant des boissons variées. Le vendredi, vous le constaterez demain, on danse jusqu'au milieu de la nuit au son du Nassau Band, et nous comptons bien voir des chanteurs et des chanteuses du continent se produire au Victoria, comme cela se fait dans les grands hôtels de New York, dit l'homme en s'inclinant.

Bien qu'antiesclavagiste convaincu, Malcolm Murray avait trouvé déplacée la tirade d'un homme à qui s'imposaient, en territoire britannique, réserve et neutralité. Le goût de suie du whisky américain offert par Lancey aggravait sensiblement son irritation.

— Vous ne serez pas sans remarquer que vos clients sudistes, s'ils commandent à vos nègres comme aux leurs depuis plusieurs générations, ôtent leur chapeau devant les dames, savent se servir d'un couvert à poisson, ne nouent pas leur serviette sous le menton, ne frottent pas une allumette sur le fond de leur pantalon pour allumer un cigare, et ne crachent pas sur les bottines de leurs voisins, ce que j'ai vu faire à plusieurs de vos clients *yankee* ! lança-t-il d'un ton acide.

— Eux aussi, *sir*, transportent leurs habitudes en voyage. Dans tous les cas, nous ne pouvons que le regretter, répliqua l'homme avec humeur.

— Faites-nous conduire à nos appartements sans plus tarder, je vous prie, coupa Ottilia avec autorité tandis que son père reposait en grimaçant son verre de whisky.

— Juste bon à faire briller les cuivres, grommela-t-il.

Le lendemain, jour des festivités, le gouverneur, répondant à l'invitation de lord Simon, vint, accompagné de son épouse, dîner avec les visiteurs. On le convainquit, à la fin du repas, d'ouvrir le bal, et les couples se formèrent. Cornfield, bien qu'il détestât danser, sollicita, comme il se devait, l'honneur de faire valser la femme du gouverneur. John Maitland n'attendait que cet instant. Il invita Ottilia tandis que

Charles entraînait Ounca Lou sur le parquet neuf du grand salon.

Les Desteyrac ne furent pas surpris de voir Murray enlever, avec l'autorité charmante qui lui valait tant de succès, l'épouse de l'administrateur de l'hôtel, une gentille Américaine rose et dodue de qui la chevelure blonde à boucles serrées rappelait la toison du mouton.

— Malcolm aurait dans l'idée de rendre notre hôte jaloux que je n'en serais pas étonnée ! murmura Ounca Lou.

L'architecte serrait déjà plus qu'il ne convenait sa cavalière et se penchait, l'œil avide, sur son décolleté. Le mari, fort occupé, allant d'un groupe à l'autre, empressé auprès du consul des États-Unis, ne vit pas, après deux ou trois danses, Murray entraîner son épouse, rieuse et suspendue au bras de son cavalier, vers la pénombre de la loggia. En passant, Malcolm fit un clin d'œil à Charles.

— Puisque la nuit est claire, vous allez voir un spectacle unique sous les tropiques : les reflets d'or de la lune et des étoiles sur la mer, dit-il assez fort pour être entendu de ses amis.

— Elle va être dévorée par les moustiques, prédit Ounca Lou.

— Tel que je le connais, il compte sur la complicité de ces bestioles pour mettre, dans un coin tranquille, la petite blonde à l'abri des piqûres, ajouta Charles.

— Vous devriez maintenant faire valser Ottilia. Ce serait charitable pour le beau Maitland qu'elle est en train d'enflammer, si j'en juge par son teint cramoisi. C'est qu'elle est forte, Otti, au jeu des fausses espérances, dit Mme Desteyrac.

— Seul lui reste, vous le savez, le plaisir de

séduire. Mettre les hommes à ses pieds la rassure, confirme une féminité d'apparence intacte, car peu d'entre nous la savent incomplète. Pour elle, éveiller le désir, c'est croire toutes les aventures possibles. C'est aussi manière de sublimer l'acte banal que sa nature particulière ne lui permet pas, dit Charles.

— Comme elle doit souffrir dans son orgueil ! murmura Ounca Lou.

— Elle souffre, soyez-en sûre, car au jeu des fausses espérances, il n'y a que des perdants, dit Charles.

— Vous semblez la connaître mieux que nous tous, murmura Mme Desteyrac, un rien moqueuse.

— La connaître, peut-être pas, mais la comprendre, oui. Pour cela, il me suffit d'imaginer quel supplice serait pour vous et moi l'amour qui nous unit s'il était privé du plaisir d'une mutuelle possession physique... fort agréable, ajouta Charles tendrement.

— Allez la faire danser, maintenant, homme ininflammable ! ordonna Ounca Lou.

Dès que la musique s'interrompit, Charles s'en fut inviter Ottilia.

Comme chaque fois qu'ils dansaient ensemble, leurs pas s'accordèrent spontanément. Ils valsèrent un moment en silence, jouissant du simple agrément que procure aux vrais amateurs de valse le mouvement cadencé des corps, puis Ottilia interrogea Charles.

— Vous aviez l'air bien sérieux, Ounca et vous. De quoi parliez-vous, si ma question n'est pas indiscrète ?

— Nous parlions de vous, Otti. Nous vous trouvions belle. Belle à faire se consumer de désir un officier de la marine de Sa Très Gracieuse Majesté, dit Charles, décidé à toujours parler franchement à lady Ottilia.

— Charmant garçon ! Il a une façon de faire la cour très élégante, mais avec l'assurance agaçante et le cynisme des beaux mâles qui ont l'habitude de cueillir les femmes comme des fleurs. Les fleurs qui ne résistent pas à la cueillette, bien sûr ! Je lui ai fait observer que j'étais mariée à l'honorable Malcolm Murray et, d'une certaine façon, fidèle à mon mari. Il m'a avoué avec aplomb : « Seules les femmes mariées m'attirent. Les autres veulent se faire épouser. Les femmes de marins, souvent seules et malheureuses, finissent par tromper le mari absent. » Je me suis amusée à le faire s'enferrer jusqu'à accepter, pour demain, une promenade en calèche. On voit bien ce qu'il espère, car je devine qu'il compte brûler les étapes. C'est un homme pressé, souffla Ottilia, amusée.

— Un jour, à jouer ainsi avec le désir des hommes, vous finirez, en donnant des espoirs dont vous savez l'inanité, par meurtrir profondément un amoureux sincère, dit Charles.

— Je n'en ai encore jamais rencontré, et ce n'est pas, rassurez-vous, le cas de John Maitland. Il m'a encore dit : « Je ne fais que passer. Comme tous les marins, je suis un éternel passant. » « Pourquoi me dites-vous cela ? » lui ai-je demandé. « Pour vous dire que je ne suis pas encombrant » : telle fut sa réponse, conclut Ottilia en riant.

La danse achevée, il lui prit le coude pour la reconduire vers un groupe d'hommes en attente de cavalières.

— Je vais vous rendre votre proie, souffla-t-il en voyant Maitland abandonner une jeune fille et se diriger vers eux.

Mais Ottilia se déroba et prit le bras de Charles.

— Allons respirer dans la loggia. Il fait affreusement chaud.

Le moment n'offrait plus le spectacle promis un peu plus tôt par Malcolm à la naïve épouse de l'administrateur.

Le vent de sud-ouest, levé au cœur de la nuit, comme souvent en cette saison, avait soufflé les lanternes vénitiennes des quais. Il ébouriffait les grands palmiers, secouait les stores, faisait claquer comme des fouets, au bout de leurs mâts, l'Union Jack, la bannière étoilée et le drapeau bahamien, autre drapeau britannique blasonné en son centre d'une île verte sur disque blanc, emblème de l'archipel. L'océan, noir abîme, se hérissait de vagues grondantes frangées d'écume phosphorescente. La lune et les étoiles, attributs romantiques des nuits tropicales, avaient disparu derrière un écran de nuages.

— Nous pourrions avoir cette nuit un orage, peut-être un ouragan tardif, dit Charles après avoir constaté l'absence de Murray et de sa cavalière dans la loggia.

Face à la nuit, accoudés côte à côte à la balustrade, ils se sentirent l'un et l'autre protégés par la demi-obscurité propice aux confidences. Le profil d'Ottilia se découpait, tel une ombre chinoise, en lignes pures sur la pâleur crémeuse d'un mur éclairé par les reflets de la salle de bal. Seul le scintillement, sous les anglaises, du diamant d'une boucle d'oreille donnait vie à une effigie de chair qui eût inspiré les graveurs de médailles du Quattrocento. Les yeux au ciel, Ottilia, jusque-là pensive, soudain s'épancha.

— Vous devez me prendre pour gourgandine, indécente enjôleuse, allumeuse, dites-vous à Paris. Je ne sais pourquoi je suis ainsi, par moments.

— Moi, Otti, je le sais, dit Charles.

— Ne me méprisez-vous pas un peu ? Que pensez-vous ? Dites-le ! Vous êtes mon seul ami. J'ai besoin de savoir. Rappelez-vous, l'an dernier, lors d'un dîner chez moi, à Exile House, alors que nous abordions à voix basse le délicat sujet d'une certaine malformation physique et des comportements qui en découlent, vous m'avez dit : « Ce n'est pas la réunion idéale pour ce genre de conversation. Mais j'aimerais la reprendre un jour plus sérieusement, loin des oreilles indiscrètes ! » Depuis, nous n'avons pas eu d'aparté sérieux.

— Je m'en souviens. Mais, ce soir-là, j'aurais pu vous dire, comme maintenant, que je vous ai acceptée, que je vous accepte telle que vous êtes, Otti. Oui, tout tient dans ces mots. Et, telle que vous êtes, loin de vous mépriser, maintenant que je vous vois vivre, je vous admire, dit Charles.

— Vous m'admirez ? C'est plaisant ! Pourquoi, mon Dieu ?

— Parce que vous assumez au mieux la plus exceptionnelle et pire situation à laquelle une femme puisse être asservie par la nature : inspirer l'amour sans pouvoir s'y livrer corps et âme. D'où vos façons un peu perverses avec les hommes : faire comme si, jusqu'à la porte de la chambre, avant l'orgueilleuse dérobade que j'imagine décevante pour le partenaire et, pour vous, crucifiante.

— Je ne veux pas être plainte par ceux et celles – à compter sur les doigts de la main – qui connaissent mon secret. Toute pitié, même de très intimes, m'offenserait. À vous seul j'ai avoué que j'aurais voulu vivre un amour passionné, dévastateur comme nos ouragans. Un amour transcendant, qui tienne lieu de tout et donne sens à ma vie !

— Parce que vous imaginez que seule l'étreinte des amants transcende l'amour ? Vous vous trompez. Elle n'est pas tout l'amour, même si elle en reste la manifestation physiologique naturelle, banale, on peut même dire : animale. De la même façon que deux êtres peuvent s'étreindre sans s'aimer, ils peuvent aussi s'aimer sans s'étreindre. C'est ailleurs, Otti, qu'il faut chercher un sens à votre vie et la transcendance de ce que vous avez, malgré tout, le droit d'appeler l'amour, dit Charles.

— Où les trouverais-je ? fit-elle, presque rageuse.

— En vous. En vous seule. Jusqu'au jour où le destin vous offrira une épaule où poser votre tête en toute acceptation, par l'autre, à la fois de la femme que vous êtes et de celle que vous ne pouvez être. Le jour où vous ne craindrez plus votre propre désir, acheva Charles.

— Merci, mon ami. Rentrons. Les autres vont s'étonner de notre absence. Ounca Lou la première, peut-être..., dit-elle, interrompant brusquement la conversation.

— Que les autres s'étonnent s'il leur plaît, Otti. Ounca, elle, ne s'étonnera pas. Elle sait quels sont les sentiments que vous porte son ininflammable mari, répliqua Charles en riant.

Entourant de son bras les épaules nues d'Ottilia, il lui posa sur la joue un baiser fraternel et s'étonna du goût salé d'une larme sur ses lèvres.

— Allons, dit-il simplement en lui offrant son bras pour retourner au bal.

Comme on le redoutait, l'ouragan s'invita alors que s'éteignaient les lampions de la fête. Bien qu'il manquât de force, comme ceux de fin de saison, et fût aussitôt rétrogradé par les Bahamiens au rang de gros orage tropical, il se rua sur New Providence avec l'impétuosité des retardataires. On en fut quitte, au Victoria, pour quelques vitres brisées et stores arrachés. L'ondée horizontale flagellait les façades, noyait les massifs de fleurs, transformait les allées en ruisseaux. Le vent courbait comme des arcs les palmiers royaux et, puissant flûtiste, tirait des grilles d'aération, des gouttières, des chambranles, de tous les interstices, des gammes de l'aigu au grave, des gémissements désespérés, des ricanements sardoniques, des hululements de hibou, des feulements de tigre. Le roulement du tonnerre et quelques éclairs, plongeant dans la mer, suffirent à affoler des dames américaines au point de les faire se blottir dans les penderies après avoir actionné sans résultat les sonnettes de service. Le personnel, mobilisé pour de plus urgentes tâches, ne répondait plus aux appels. Les Bahamiens, habitués aux caprices souvent plus violents de la nature, s'amusaient derrière les fenêtres du spectacle qu'offraient valets et femmes de chambre en train de poursuivre, dans les jardins, fauteuils et guéridons de rotin que le vent leur dérobait.

Lord Simon avait souhaité rentrer à Soledad dès le lendemain du bal, mais il n'eût pas été prudent de prendre la mer, la tempête tropicale étant, tous les marins le savent, installée pour trois, six ou neuf jours. Il se résigna et décida de mettre à profit l'attente imposée par les éléments pour régler quelques affaires dans la capitale. Malgré les averses intermittentes, Ottilia et Ounca Lou, en femmes qui ne résistent pas à l'attrait des vitrines, se firent conduire sur Bay Street où l'on trouvait, dans les meilleures boutiques de la ville, parfums, fanfreluches, lingerie fine, bas de soie, chaussures et une foule de produits plus aisément importés d'Europe depuis que les nouveaux paquebots et cargos à vapeur franchissaient l'Atlantique en moins de trois semaines.

Charles Desteyrac, resté à l'hôtel, s'intéressa, lui,

au système de distribution d'eau dans l'établissement. Il observa de près pompes et réservoirs, sachant qu'il aurait un jour à moderniser les installations de Cornfield Manor.

Au cours de ses pérégrinations dans le sous-sol de l'hôtel, il se heurta, au détour d'une galerie, à Malcolm Murray. Le teint gris, l'œil souligné de bistre, l'architecte confessa à son ami qu'il avait connu une fin de nuit voluptueuse avec l'épouse de l'administrateur.

— Neuve comme le mobilier. Ignorante, mais décidée à s'instruire et assez douée, dit-il avec un rire grivois.

— Le mari n'a eu vent de rien ?

— Le mari, mon cher, préfère les grooms. C'est parce que le conseil d'administration exige que son délégué soit marié – car on doit recevoir en couple les clients de marque – que Walter Lancey a épousé Olivia, fille d'un banquier de Boston, dit Murray.

— Donc, pas de duel en perspective ?

— Simplement de la discrétion et une attitude réservée en public, précisa Malcolm.

Charles Desteyrac prit soudain conscience de l'incongruité du lieu de leur rencontre.

— Que diable faites-vous dans ces caves ? Vous n'y avez pas enfermé votre conquête ?

— Non, Charles. Elle dort sagement chez elle. Ici, je cherche du plâtre. Il me faut quelques poignées de plâtre et j'imagine que j'ai peut-être une chance d'en trouver là où les ouvriers entreposent leurs matériaux. Vous n'avez pas vu de sacs de plâtre, par hasard ?

— Il y a des tas de sacs au bout de ce couloir. Certains contiennent peut-être du plâtre, dit Desteyrac, indiquant le boyau qu'il venait de parcourir.

Malcolm marchait dans la direction indiquée quand Charles le retint.

» Puis-je savoir pourquoi vous avez un besoin subit de plâtre ? demanda-t-il, intrigué.

— Un jour, peut-être vous le dirai-je. Il est trop tôt, mon ami, acheva Murray, s'éloignant en boitillant, mystérieux et folâtre.

— Que nous prépare-t-il ? se dit l'ingénieur en prenant l'escalier.

Trois jours s'écoulèrent ainsi en promenades sous la pluie, en longues et bientôt ennuyeuses stations au bar, dans la salle de lecture, en parties de billard, quand le mauvais temps interdisait toute sortie. L'humeur de lord Simon virait de la morosité à la grogne quand une estafette lui remit, après le dîner, une invitation à se rendre sans tarder chez le gouverneur. Une voiture attendait pour l'y conduire. Une telle convocation, à pareille heure, laissait augurer un événement grave et tous imaginèrent de gros dégâts causés par l'ouragan dans les îles situées au sud de l'archipel où le bateau-poste n'avait pu se rendre.

Jetant un regard circulaire, lord Simon constata que le seul homme encore présent était Desteyrac.

— Venez avec moi, Charles. Ce carton ne me dit rien de bon. À deux, on amortit mieux les coups du sort !

À peine les deux hommes se furent-ils éloignés qu'Ottilia prit un air entendu.

— Moi, je sais ce qui se passe, dit-elle, mutine.

— Mon Dieu, que se passe-t-il ? Dites-le-nous ! s'impatienta Ounca Lou.

Elle pensait à l'ouragan, à Pacal resté à Buena Vista chez lady Lamia.

— Eh bien, il se passe que nous allons sans doute avoir la guerre avec les États-Unis, lâcha-t-elle sans plus se faire prier.

— La guerre ! À cause du coton ? dit une dame anglaise.

— À la demande du gouverneur, le commandant Maitland est consigné depuis ce matin, avec tout son équipage, à bord de sa frégate dont on a fait allumer les chaudières. Mais il n'a pu m'en dire plus. Il faudra attendre le retour de mon père pour savoir, ajouta Otti, laissant ses compagnes à leur perplexité.

Sitôt entrés dans le hall du palais du gouvernement, lord Simon et Charles furent conduits dans un salon où les rejoignirent aussitôt un représentant de la *General Assembly* et le chef de cabinet du gouverneur. Ce dernier ne pouvait quitter son bureau, dans l'attente d'instructions expédiées par l'ambassadeur de Grande-Bretagne à Washington. La goélette qui les apportait, sans doute retardée par l'état de la mer, devait incessamment toucher Nassau.

— Je dois, Votre Seigneurie, vous faire part des derniers développements de ce qu'on appelle déjà, dans les chancelleries, l'« affaire du *Trent* ». L'événement que je suis autorisé à vous rapporter intéresse au premier chef notre archipel, puisqu'il s'est produit dans les eaux bahamiennes, entre Turks Islands et Cuba, commença l'homme d'un ton protocolaire.

— Le *Trent* n'est-il pas le paquebot du service régulier entre les Antilles et l'Angleterre ? Il fait parfois escale à Nassau. Aurait-il fait naufrage sous l'ouragan ? s'inquiéta Cornfield.

— Heureusement non, Votre Seigneurie. Mais l'affaire, qui n'a pas coûté de vies humaines, se trouve être, dans la conjoncture, peut-être plus lourde de conséquences qu'un naufrage. Le pavillon de Sa Très Gracieuse Majesté a subi un outrage inqualifiable, Votre Seigneurie ! déclama avec force le délégué du gouverneur.

— Cessez de me donner de la Seigneurie et, par saint George, dites ce que vous avez à dire ! s'impatienta lord Simon.

— Nous avons appris, par un courrier de notre ambassadeur à Washington, que le *Trent*, Votre Seigneurie, a été arraisonné le 8 novembre, dans les eaux bahamiennes, par un sloop, navire de guerre américain, le *San Jacinto*, commandé par un certain capitaine Charles Wilkes [1]. L'Américain a tiré un coup de semonce à la proue du *Trent* pour le forcer à s'arrêter en pleine mer, débita l'homme, rougissant d'indignation.

— Et pourquoi ce procédé de nos anciens pirates ?

— Parce que se trouvaient à bord du *Trent* deux émissaires, on peut même dire deux ambassadeurs envoyés par Jefferson Davis pour représenter, auprès des gouvernements français et britannique, la Confédération des États du Sud : James Mason [2], de Virginie, et John Slidell [3], de Louisiane. Ils avaient franchi

1. 1798-1877. Excellent marin, il avait commandé l'expédition scientifique américaine chargée, en 1838, de démontrer que l'Antarctique était « un autre continent ». Ses rapports occupent vingt-cinq volumes publiés entre 1844 et 1874. Il termina sa carrière en 1866 avec le grade d'amiral.

2. 1798-1871. Juriste. Membre du Sénat des États-Unis en 1847. Influent au parti démocrate. Défenseur de l'esclavage. Auteur du *Fugitive Slave Act* de 1850.

3. 1793-1871. Éminent juriste. Membre de la Chambre des représentants de 1843 à 1845. Ambassadeur des États-Unis au Mexique. Sénateur de l'État de Louisiane de 1853 à 1861. Il épousa une

le blocus, naviguant discrètement avec leur famille de Charleston à Nassau et, de là, à Cardenas, sur l'île de Cuba. Ils s'étaient ensuite rendus à La Havane pour embarquer sur le *Trent* à destination du Royaume-Uni. Le capitaine du *San Jacinto*, ayant appris cela par quelque espion, mais ne pouvant intervenir à Cuba, décida d'arraisonner le navire britannique dans Old Bahama Channel et de s'emparer des deux délégués confédérés. Avec un aplomb déconcertant, et sans tenir compte des protestations du commandant du *Trent* et de celles du représentant des Postes britanniques qui accompagne le courrier des West Indies, l'Américain émit la prétention d'arrêter et de transborder sur son sloop les envoyés sudistes, leurs femmes, leurs enfants et même leurs secrétaires. Au cours de l'intervention des fusiliers marins américains, une fille de Slidell gifla un officier qui lui manquait de respect. Finalement, après deux heures d'une vaine résistance, les diplomates confédérés et leurs secrétaires, McFarland et Eustis, furent forcés de passer sur le *San Jacinto*, les familles restant sur le *Trent*, qui fit route vers Southampton où il doit être arrivé depuis peu, précisa le fonctionnaire.

— Et que sont devenus les prisonniers ? demanda Charles.

— Le *San Jacinto* est arrivé le 24 novembre à Boston où le capitaine Wilkes à été accueilli par des ovations et un banquet. Le Congrès des États-Unis lui a même voté des félicitations officielles pour une capture qui n'a rien de glorieux, puisque accomplie au mépris des lois internationales. Wilkes se serait vanté

---

créole d'origine française, Mathilde Deslonde. Après la guerre de Sécession, ami de Napoléon III, il vécut en France. À la chute du Second Empire, il passa en Angleterre et mourut à Cowes.

d'avoir « tiré trois poils à la queue du lion britannique ». Notre consul a immédiatement alerté notre ambassadeur à Washington, Richard Bickerton Pemell Lyons, puis il a demandé à voir Slidell et Mason, enfermés à Fort Warren. Cela lui a été refusé. Les prisonniers ne sont pas reconnus comme diplomates, mais considérés comme de simples estafettes des rebelles par les Américains. Ce qui permettra de les juger et de les condamner. Comme ces messieurs ne sont pas citoyens britanniques, on ne sait comment l'affaire va tourner. Notre ambassadeur à Washington a déjà protesté auprès du gouvernement américain et demandé la libération des passagers indûment enlevés sur un bâtiment britannique, donc neutre, acheva le chef de cabinet.

— Nous devons maintenant attendre la réaction de Sa Très Gracieuse Majesté la reine Victoria et de son Premier ministre, Henry Temple Palmerston, commenta le président de la *General Assembly*.

— Il y a là un fâcheux casus belli, reconnut lord Simon.

— Monsieur le Gouverneur a demandé au capitaine Maitland de tenir le *Hawk* prêt à appareiller. Peut-être aurons-nous la guerre avec les États-Unis, compléta le fonctionnaire.

En regagnant l'hôtel, Cornfield, scandalisé comme devaient l'être tous les Anglais des Bahamas par ce qu'il nommait « un très grave incident diplomatique », admit que les rapports entre la Grande-Bretagne et les États-Unis ne cessaient de se détériorer depuis que la reine Victoria avait accordé aux Sudistes, considérés comme simples rebelles par le gouvernement de Washington, le statut de belligérants.

— C'est une reconnaissance de facto du gouvernement confédéré. De là à reconnaître bientôt le Sud cotonnier comme État indépendant, il n'y a qu'un pas de diplomate, dit Charles.

— Qu'un pas de filateur de coton anglais, mon ami ! lança Simon en s'esclaffant.

Il avait recouvré sa belle humeur en apprenant que, la tempête apaisée, le *Phoenix* prendrait la mer le lendemain pour le retour tant souhaité à Soledad.

Au cours des semaines qui suivirent, la tension monta entre le gouvernement de Washington et celui de la reine Victoria. Dès l'arrivée du *Trent* à Southampton, le 27 novembre, le cabinet britannique avait été informé de l'affaire. Bientôt, les membres du Parlement, prévenus par le Premier ministre Palmerston, et les citoyens britanniques, informés par la presse, manifestèrent leur indignation et approuvèrent la déclaration de John Russell, ministre des Affaires étrangères, qui considérait l'arrestation de Slidell et Mason comme « un acte d'agression, une insulte au drapeau britannique et une violation du droit international ». Deux jours après l'arrivée du *Trent*, une dépêche, destinée à l'ambassadeur de Grande-Bretagne à Washington, avait été rédigée. Elle donnait comme consigne à Lyons de demander la mise en liberté immédiate de Mason et Slidell et de leurs secrétaires, tout en exigeant les excuses officielles du gouvernement américain.

Envoyée à la reine Victoria, à Windsor, le 30 novembre, la dépêche fut soumise au prince Albert qui la trouva trop comminatoire et, quoique malade, alité et d'une extrême faiblesse, en adoucit les termes. Ce qui était à l'origine un ultimatum devint une demande, ferme mais courtoise, d'explications. « Si le gouvernement de Sa Très Gracieuse Majesté ne permet pas que son pavillon soit insulté et la sécurité des communications de ses courriers compromise, il refuse de croire que les États-Unis, de gaieté de cœur, aient voulu insulter notre pays et augmenter encore leurs fâcheuses complications en nous imposant une cause de conflit », aurait fait ajouter la reine Victoria avant d'imposer à son Premier ministre l'attitude, plus conciliante, de son époux, lequel avoua en remettant le texte corrigé à sa royale épouse : « Je pouvais à peine tenir ma plume[1]. »

Ce n'est qu'après les festivités de fin d'année qu'on apprit, début janvier 1862, à Soledad, en même temps que la triste nouvelle de la mort du prince Albert, le 14 décembre à Windsor, l'heureux règlement de l'affaire du *Trent*.

Lord Simon fit encadrer d'un crêpe noir le portrait du défunt prince et décréta un jour de deuil pour honorer la mémoire de l'époux de la reine que les journaux disaient prostrée dans une profonde douleur.

On se réjouit en revanche du fait qu'une guerre entre la Grande-Bretagne et les États-Unis, qui n'eût pas été sans conséquences pour les Bahamas, eût pu être évitée. Car, d'après les informations envoyées de Manchester par le beau-frère et associé de lord Simon, sir William, et de New York par le cousin Jeffrey, les deux nations avaient été, l'espace d'une semaine, au bord du conflit armé.

Tandis qu'Abraham Lincoln et son gouvernement tergiversaient pour libérer Mason et Slidell, l'Amirauté britannique avait mis en alerte la flotte de

1. Cité par Jacques Bardoux dans *La Reine Victoria, pages choisies de sa correspondance*, Librairie Hachette et Cie, Paris, 1909.

l'Atlantique et décidé l'envoi de huit mille soldats au Canada. Devant cette fermeté chargée de menaces, Lincoln avait dit : « Une seule guerre à la fois », et donné l'ordre d'élargir les prisonniers.

Remis à l'ambassadeur britannique, Mason et Slidell, embarqués à bord du *HMS Rinaldo*, étaient arrivés à Liverpool d'où les envoyés de Jefferson Davis purent rejoindre leur poste, l'un à Londres, l'autre à Paris.

Dans une longue lettre à lord Simon, William Gordon rendait compte des événements vus d'Angleterre.

« Quand on sut chez nous, écrivait-il, que le gouvernement américain cédait en expliquant que le capitaine du *San Jacinto*, Charles Wilkes, avait agi de son propre chef et capturé sans ordre les envoyés sudistes, les Anglais, à quatre-vingt-dix-neuf pour cent prêts à entrer en guerre, applaudirent dans les théâtres, au lendemain de Noël, la paix sauvegardée. Ils vouent, de ce fait, une reconnaissance supplémentaire à notre cher et regretté prince Albert, de qui ce fut la dernière et sage intervention dans la diplomatie de notre pays. Cependant, la nature de la véritable pression exercée sur Lincoln par notre Cabinet n'a pas été publiquement révélée. Vous savez que notre colonie des Indes est le principal fournisseur de salpêtre, ingrédient majeur dans la fabrication de la poudre à canon. Or, nous avions appris, à l'automne 1861, que l'artillerie nordiste ayant un besoin urgent de poudre, donc de salpêtre, William Henry Seward, secrétaire d'État, avait envoyé en mission secrète aux Indes un représentant de la compagnie Du Pont de Nemours, fabricant de poudre, pour acheter du salpêtre. À bord de cinq bateaux loués qui s'apprêtaient à prendre la mer, cet homme avait déjà fait charger deux mille trois cents tonnes du précieux minerai. Quand éclata l'affaire du *Trent*, notre gouvernement, informé par nos agents en Inde, mit l'embargo sur cette cargaison, ce qui priva les États-Unis de l'indispensable salpêtre. Cette mesure pesa au moins aussi lourd dans la reculade de Lincoln que l'envoi de militaires britanniques au Canada ! » concluait Gordon.

Jeffrey T. Cornfield, toujours prudent dans ses propos, avait regretté, lui, la formulation en forme d'ultimatum des exigences du gouvernement britannique, « ce qui donne ici le sentiment que l'Angleterre voit d'un bon œil la rébellion sudiste et même l'encourage », écrivait-il de New York. Puis, reconnaissant que Lincoln avait été contraint de céder, il rapportait un propos vengeur du président américain : « Les États-Unis auront l'occasion de prendre leur revanche sur la Grande-Bretagne quand la rébellion sera réduite. Nous pourrons alors lui demander des comptes pour tous les embarras qu'elle nous inflige [1]. » Sans accorder à Charles Wilkes le statut de héros national que lui avait un peu hâtivement attribué la presse américaine, Jeffrey Cornfield ne cachait pas sa satisfaction en annonçant : « Ce valeureux marin américain vient d'être promu commandant de l'escadre des West Indies, chargée d'assurer le blocus des ports sudistes. »

— Ainsi, tout le monde est satisfait. Seuls les Sudistes doivent être déçus. Ils s'attendaient déjà à voir une flotte britannique faire lever le blocus, et la Couronne reconnaître leur droit à l'indépendance, dit Malcolm Murray.

— Le statut de belligérants leur donne le droit, garanti par les lois internationales, de contracter des emprunts et d'acheter des armes aux nations neutres,

1. Cité par Stephen B. Oates dans *Lincoln*, biographie du président américain, Librairie Arthème Fayard, Paris, 1984.

d'où le blocus des ports, seule parade possible pour les Nordistes, rappela le major.

Lord Simon confia à Charles Desteyrac combien il avait apprécié l'attitude de la France dans la querelle diplomatique suscitée entre la Grande-Bretagne et les États-Unis par l'affaire du *Trent*.

— Votre ministre des Affaires étrangères, Édouard Thouvenel, a soutenu avec fermeté le point de vue britannique, ce qui, assure William Gordon dans sa lettre, offre chez nous un regain de popularité à l'empereur Napoléon III, dit-il.

— Français et Anglais ne peuvent que s'entendre, lord Simon. Je sais, par des lettres de Paris, que nos deux pays sont en train, avec l'Espagne, de monter une expédition militaire contre le Mexique. Le président Benito Juárez García ayant décidé de suspendre le paiement de la dette extérieure, ses créanciers exigent qu'il paie au moins les intérêts de ses emprunts, ce qu'il a refusé, expliqua Charles.

— Je sais. Mais, n'est-il pas normal que des créanciers veuillent rentrer dans leurs fonds, mon ami ?

— Certes. Mais, à l'occasion de cette expédition d'huissiers de justice européens, on prête à Napoléon III l'intention de créer un empire catholique au Mexique, précisa Desteyrac.

— Comme cette perspective, pour l'instant simple rumeur de chancellerie, déplaît aux Américains, on dit dans les milieux financiers de New York que Lincoln aurait proposé de payer les arriérés d'intérêts dus par le Mexique, compléta le major Carver.

— Lincoln a déjà bien du mal à financer sa guerre contre le Sud. Où prendrait-il l'argent ? Les sécessionnistes ont raflé six millions de dollars dans les bureaux des douanes fédérales. En août, les Nordistes ont lancé un emprunt de cent quarante millions de dollars à sept et demi pour cent, payables en espèces. Ce sont des Européens qui ont le plus souscrit. Et cela, pendant que les Confédérés, qui ne possèdent pas d'imprimeries suffisantes, font imprimer leurs propres billets de banque à New York par des abolitionnistes ! lança Murray, goguenard.

•

Quittant Cornfield Manor et se retrouvant seul avec Malcolm dans le boghei qui les reconduisait, l'un à Exile House, l'autre à Valmy, Charles fit part à son ami de l'air soucieux de leur commun beau-père.

— C'est le blocus des ports du Sud qui le préoccupe, car ce qu'il n'a pas révélé de la lettre de l'oncle William, c'est le risque bien réel d'une pénurie de coton. Sur les deux millions trois cent mille balles de coton arrivées l'an dernier à Liverpool, les filatures de Manchester en ont avalé près de cinq cent mille. D'ailleurs, vos filatures de Rouen et des Vosges ne seront pas plus approvisionnées que les nôtres si le coton ne traverse plus l'Atlantique.

— Croyez-vous sincèrement à l'efficacité du blocus ? demanda Charles en arrêtant la voiture devant le portail d'Exile House.

— Je crois aussi aux forceurs de blocus : une nouvelle race de marins, que les Yankees appellent *blockade runners*. Nous aurons là une belle et profitable aventure à courir, Charles ! lança Malcolm, toujours sibyllin, en sautant maladroitement du boghei pour rentrer chez lui.

2.

Entre le bleu indigo d'un océan inoffensif et le bleu lavande d'un ciel d'hiver tropical, l'archipel, en ce mois de février 1862, offrait, avec ses buissons d'azalées et d'hibiscus, gros pochons rouges et jaunes sur la verte exubérance d'une nature peinte à neuf, son image la plus idyllique, quand on annonça le retour de l'*Arawak*. Informé, lord Simon délégua aussitôt lady Ottilia pour aller au port occidental accueillir sa cousine Ann Cornfield.

Otti eut un serrement de cœur quand elle vit l'infirme descendre l'échelle de coupée, portée dans sa chaise à roues par deux marins.

Mais Ann l'étonna plus encore qu'elle la rassura par sa jovialité primesautière, son sourire et son regard brillant de fillette éblouie.

— Comme je suis heureuse de vous revoir et de sentir ce bon soleil après le froid, le ciel gris, la neige et tous les gens moroses que j'ai laissés à New York ! dit-elle, prouvant ainsi d'emblée qu'elle entendait dominer son handicap.

Les porteurs installèrent Ann dans le landau et suspendirent derrière celui-ci la chaise roulante.

— Je puis maintenant demander à un homme de me porter dans ses bras sans qu'on y voie mal, reprit l'infirme en riant.

— Nous allons vous installer le plus commodément possible. Mon père a fait préparer un appartement dans les anciennes écuries de Cornfield Manor, celui-là même qu'occupa autrefois, après sa blessure à la jambe, l'honorable Malcolm Murray, devenu mon mari, expliqua Ottilia.

— Je ne doute pas de vos soins, mais, à part le fait qu'il faut des femmes pour m'aider dans ma toilette, me mettre au lit et m'en tirer, une fois installée dans ma chaise je me déplace aisément seule. Je peux escalader un trottoir, mais pas un escalier. Je puis même jouer au croquet ! dit Ann.

— Votre appartement donne de plain-pied sur le jardin, et Charles Desteyrac, que vous connaissez, a fait empierrer et damer les allées afin que votre fauteuil y roule aisément. Et naturellement, quand vous voudrez me rendre visite ou faire une promenade, on vous enverra une voiture et des gens.

— Désolée de vous donner autant de tracas. Mais, vous savez, je n'ai perdu que l'usage de mes jambes et, si je ne peux plus danser, je peux jouer du piano pour ceux qui dansent, répondit la jeune femme sans amertume.

— Vous trouverez un piano dans votre appartement où mon père a fait déposer un catalogue de sa bibliothèque. Vous aurez de quoi lire. Il vous suffira d'envoyer un domestique chercher au manoir les livres que vous aurez choisis. Et puis vous recevrez, j'en suis sûre, beaucoup d'invitations à dîner chez les uns ou les autres, compléta Ottilia.

— Vous n'imaginez pas le bien que vous me faites après ce que j'ai vécu depuis le naufrage où périt mon mari et ces mois de vie qui me furent dérobés par l'amnésie. Déjà, j'ai retrouvé Mark tel que je l'avais quitté, sans la moindre rancune, attentionné, gai, ayant oublié nos fiançailles rompues par ma faute et, je l'ai reconnu devant lui, avec une désinvolture inconvenante, même grossière.

— Vous devez oublier le passé. Tous les passés ! Et vous laisser vivre au milieu de notre tribu insulaire sur laquelle règne mon père, patriarche bougon mais grand cœur, ajouta Ottilia en baisant la joue d'Ann.

— Mais je compte bien être heureuse, cousine Otti, dans ce paradis où les flamants sont roses, les aigrettes blanches, les hérons bleus et les perroquets comme des arcs-en-ciel, dit-elle avec un soupir d'aise en désignant un couple de cacatoès occupés à se bécoter sur une branche de gaïac.

Ann qui, depuis son arrivée et pendant le trajet du port au parc du manoir, masquait son émotion par un enjouement auquel Ottilia s'était laissée prendre, ne put contenir ses larmes en voyant lord Simon, campé, hiératique, devant les anciennes écuries. Complet crème, cravate châtaine, moustache drue, le prépotent seigneur de Soledad apparut à l'infirme tel ce lord des Bahamas de qui on ne parlait jamais dans sa famille qu'avec un respect agacé.

Il attendit qu'Ann fût replacée dans son fauteuil avant de s'avancer à sa rencontre, le panama à la main. La dominant de sa haute taille, il s'inclina avec le sourire forcé de qui aborde une malade que l'on veut rassurer.

— Ma chère petite, vous êtes ici chez vous. Tout sera fait pour que la fille de mon cousin Jeffrey soit à l'aise parmi nous. Essuyez vos yeux et embrassez le vieil homme, dit-il.

Et il se pencha pour prendre l'infirme aux épaules, en un geste plus viril que tendre, élan inattendu chez celui qui détestait les effusions.

Ann fut aussitôt invitée à entrer dans la maison,

dont la marche de seuil avait été rabotée afin de faciliter les déplacements de la chaise roulante.

— Voici les serviteurs qui prendront soin de vous, dit encore Simon en désignant un couple de mulâtres. Lui s'appelle Angus et sa femme, Mabel. Faites le tour du propriétaire. S'il manque quoi que ce soit, dites-le. Maintenant, Otti va vous aider à vous installer. Vers sept heures, mon cocher viendra vous chercher pour un petit dîner chez moi. Vous retrouverez des gens que vous connaissez, dont le docteur Weston Clarke qui s'est déjà mis en rapport avec vos médecins de New York pour connaître les soins à vous dispenser.

Ayant dit tout ce qu'il devait dire, lord Simon se recoiffa avant de s'esquiver à grands pas. La vue de cette jolie fille, au buste arrogant mais aux jambes inertes, le mettait mal à l'aise.

Au cours du dîner annoncé, auquel assistèrent tous les familiers, Ann, vêtue d'une longue robe de soie à décolleté carré, parut à l'aise et enjouée. Assise à table, elle devenait une femme comme les autres et sut répondre, avec une maturité d'esprit qu'on ne lui connaissait pas jusque-là, aux questions qu'on lui posait sur la manière dont les New-Yorkais vivaient la guerre engagée par l'armée fédérale contre les sécessionnistes.

— Bien qu'il n'y ait pas, dans cette guerre, de ligne de front défini, on se bat en Virginie, dans les Carolines, le Tennessee et même au Nouveau-Mexique où les Confédérés ont vaincu les Fédéraux à Valvard et marchaient, quand j'ai quitté New York, sur Santa Fe. Mais, dans le même temps, les Sudistes ont subi plusieurs défaites, dont celle de Mill Spring, dans le Kentucky, et la perte de Fort Donelson, dans le Tennessee, conquis par Ulysses Grant, dit-elle.

— Comment réagit la Bourse, à Wall Street ? demanda lord Simon, toujours pratique.

— L'affaire du *Trent* avait jeté la consternation dans les banques, car les gens, craignant la guerre avec la Grande-Bretagne, avaient retiré leurs dépôts. Dieu merci, le conflit a été évité et mon père, comme les autres banquiers, a repris confiance, dit-elle.

— On parle de renvoyer les nègres, libres ou non, en Afrique, et d'indemniser les propriétaires d'esclaves du Sud, observa Murray.

— Cela se trame à Washington, pas à New York. Nos maisons seraient sans domestiques, les cabs sans cochers, les rues sans balayeurs, si l'on renvoyait les nègres chez eux. Et puis, contrairement à ce qu'on donne à croire, tous les Américains restés fidèles à l'Union ne sont pas abolitionnistes. Il arrive que des orateurs antiesclavagistes soient accueillis par des jets d'œufs, parfois de pierres. Nombreux sont les jeunes hommes de bonne famille qui disent n'avoir nulle envie de mourir pour les nègres des États du Sud. Il y a aussi des négociants et marchands au détail qui se plaignent du coût de la guerre. D'ailleurs, ce sont les Irlandais et les Allemands qui ont le plus souscrit à l'emprunt lancé par Lincoln. Enfin, la guerre nuit aux affaires et seuls les fabricants d'armes, de bateaux et de matériel ferroviaire s'en trouvent bien, car l'armée passe commande de canons, de fusils et de wagons pour transporter ses soldats et ses fournitures, expliqua Anne.

— Qu'ils aient besoin de locomotives et de wagons, je suis, hélas, bien placé pour le savoir ! grommela lord Simon.

— Même si tous les gens du Nord ne sont pas

abolitionnistes, personne n'a, semble-t-il, trouvé mauvais que l'on pendît à New York Nathaniel Gordon, capitaine de l'*Erie*, condamné à mort le 8 novembre dernier pour avoir, en août 1860, embarqué, pour le compte de planteurs sudistes, plus de huit cents esclaves à Cuba, observa Murray.

— Lincoln a voulu un exemple, surtout depuis les décisions espagnoles concernant l'émancipation des esclaves, expliqua le major Carver.

— Ce qui nous vaut, dans l'archipel, un afflux de nègres fuyant Cuba, trop souvent sur des embarcations de fortune qui font naufrage avant d'atteindre Inagua ou Crooked, les îles les plus proches des côtes cubaines, dit David Kermor.

— Bon nombre de ces pauvres gens ne trouvent la liberté que dans la mort, soupira lady Lamia.

Fish Lady ne manquait jamais d'accueillir les fuyards chanceux, jetés encore vivants sur les rives de Buena Vista.

Profitant d'un instant de silence, tandis que le maître d'hôtel passait les desserts, Dorothy Weston Clarke aborda un sujet plus mondain. Les considérations sur la guerre entre les États américains, dont elle préférait ne rien savoir, l'ennuyaient prodigieusement.

— Savez-vous que nous avons eu, en décembre dernier, à Nassau, la visite du prince Alfred[1], deuxième fils de notre reine Victoria ? Dire qu'il était parmi nous à s'amuser pendant que son père, le regretté prince Albert, se mourait à Windsor ! rapporta-t-elle.

— Lors de son passage aux États-Unis, les journaux américains ont présenté Alfred comme un beau garçon, joyeux compagnon, rapporta Ann.

1. Futur duc d'Édimbourg, alors midship, âgé de dix-sept ans.

— Nous l'avons rencontré autrefois à Londres, intervint Malcolm. Dans les lieux où l'on s'amuse... Cet adolescent désœuvré se faisait appeler Affie, sobriquet ridicule. Il a été envoyé dans la marine parce que la reine a compris qu'on ne pourrait rien en faire. Elle-même le dit « immoral, égoïste et grossier ». On lui connaît maintenant pour maîtresse Constance Grosvenor, épouse du duc de Westminster, son aînée de douze ans et fille de la meilleure amie de Victoria, la duchesse de Sutherland, commenta Murray, grand amateur des potins londoniens rapportés par *Punch*.

— Il vient tout de même en deuxième position dans la ligne de succession, après le prince de Galles qui, lui aussi, a visité les États-Unis et le Canada il y a deux ans, rappela Carver.

— Nous avions participé, Kurt et moi, à sa réception à Chicago. J'ai même dansé avec lui. C'était début septembre. Le lendemain, nous embarquions sur le *Lady Elgin*, mon mari et moi, soupira Ann, la lèvre trémulante d'émotion au souvenir du tragique naufrage.

À la fin du repas, lord Simon entraîna ses amis au fumoir. Le porto servi, les cigares allumés, il s'adressa aux deux médecins présents, Weston Clarke et Uncle Dave.

— Cette petite Ann, jolie comme un cœur, me fait pitié. N'a-t-on vraiment aucun espoir de la voir un jour tenir sur ses jambes et marcher comme tout le monde ?

— D'après le diagnostic des éminents praticiens qui l'ont soignée à New York, sa paralysie des membres inférieurs est irréversible. C'est aussi mon avis, répondit Weston Clarke, péremptoire.

— Mon cher, cette fille est, si j'ose dire, en bonne santé. Ces Cornfield sont robustes et je voudrais tenter un traitement de ma façon qui a plusieurs fois réussi sur des marins paralysés d'un membre, à la suite d'un coup d'espar à la colonne vertébrale, risqua David Kermor.

— Il ne faut pas lui donner de faux espoirs, David. Je connais vos exercices et massages dans l'eau de mer chauffée. Dans le cas de miss Ann Cornfield, ils seront inopérants et vous ne ferez que lui causer fatigue et déception.

— Pourquoi ne pas essayer tout de même ? insista Cornfield, mettant d'autorité fin à la querelle entre les deux médecins avant de quitter son siège pour sonner Pibia.

— Portez-nous des verres, du gin et de l'Angostura bitters, ordonna-t-il au majordome.

Lisant une interrogation dans les regards, il tira une bouffée de son cigare et satisfit la curiosité des invités.

— J'ai demandé au commandant Colson et aux capitaines Rodney et Tilloy de nous rejoindre, révéla-t-il.

— Ça m'a tout l'air d'un conseil de guerre, souffla Murray à Charles.

Le mot n'était pas trop fort et quand apparurent les trois officiers, Desteyrac prit conscience du sérieux de la réunion. Exigeant d'un geste de la main l'attention de tous, lord Simon, le visage empreint de gravité, s'éclaircit la gorge puis commença :

— Mes amis, le blocus des ports de Savannah, Charleston, Wilmington, New Orleans et Mobile, par où est exporté depuis toujours, vers Liverpool, c'est-à-dire vers nos ateliers de Manchester et du Lancashire, le coton américain des États du Sud, aujourd'hui en guerre contre les États du Nord, risque de compromettre l'approvisionnement de nos filatures. Par le capitaine d'un bateau qui a franchi le blocus, mon cousin Bertie III m'a fait parvenir des nouvelles alarmantes. Les Nordistes ont coulé, fin janvier, quinze vieux bâtiments emplis de pierres dans l'entrée du port de Charleston. Les embarcations doivent maintenant louvoyer entre ces épaves pour gagner la haute mer où des navires fédéraux, armés de canon de 47, tentent de les intercepter. Si Wilmington n'était pas défendu par les canons de Fort Fisher, les Fédéraux auraient construit un pareil barrage. Nous voici donc confrontés à la menace d'une pénurie de coton, ce que nous redoutions. Et le blocus n'est pas le seul obstacle aux exportations. Les Confédérés auraient mis l'embargo sur les expéditions à destination de la Grande-Bretagne et de la France. Ils comptent ainsi sur le Roi-Coton, comme ils l'appellent, pour obliger les deux puissances à sortir de la neutralité, à reconnaître l'indépendance des États du Sud et à faire lever le blocus. Il est, de même, conseillé aux planteurs de brûler leur récolte plutôt que la voir tomber aux mains des Nordistes, qui en ont besoin pour faire fonctionner les filatures de Nouvelle-Angleterre. Car, malgré les combats – mon cousin Jeffrey me l'a confirmé dans une lettre de New York –, des planteurs sudistes seraient prêts à vendre très cher du coton à l'ennemi fédéral, par l'intermédiaire de contrebandiers. J'aimerais avoir d'abord le sentiment des marins, fit le lord.

D'un signe de tête, il donna la parole à Lewis Colson, le plus ancien dans le grade le plus élevé.

— D'après ce que m'ont rapporté des capitaines rencontrés à Nassau, si le blocus de Savannah, en Georgie, est bien réel depuis la perte par les Sudistes du fort Pulaski, ceux de Charleston et de Wilmington sont moins gênants. Des bateaux, assez rapides pour échapper aux navires de l'Union, vont et viennent entre Charleston et Nassau, entre Wilmington et les Bermudes. Quant à l'embargo sudiste, il n'est guère préoccupant. Il n'a pas été officiellement approuvé par Jefferson Davis. Les planteurs sudistes ont non seulement cessé tous échanges commerciaux avec le Nord, mais souhaitent continuer leurs livraisons de coton à l'Angleterre. En échange, il est vrai, d'armes, de munitions, de médicaments et de tout ce que le Sud n'a jamais produit, déclara l'officier.

Comme un écolier, Malcolm Murray leva la main pour demander la parole, ce que Cornfield accorda.

— Les ports de l'archipel peuvent devenir, comme les Bermudes ou La Havane, des lieux de troc neutres pour permettre l'envoi de coton à nos filatures de Manchester. J'ai mon idée là-dessus depuis que j'ai rencontré, à Nassau, Jean-Baptiste Laffite, qui représente aux Bahamas la firme John Fraser, Trenholm and Co., de Charleston et Liverpool. Cet homme m'a confirmé que plusieurs bateaux privés des Carolines ont déjà franchi le cordon des navires fédéraux pour apporter du coton à Nassau, d'où les balles, chargées sur des navires de commerce, sont parties vers Liverpool, révéla Malcolm Murray.

— Vous pourriez affréter des bateaux et en confier le commandement à des marins aventureux. Ce sont, pour la plupart, des Anglais qui exigent non seulement de fortes soldes pour eux et leur équipage, mais aussi des rafiots qu'ils puissent abandonner ou détruire. Poursuivis par les goélettes de l'Union, les premiers engagés dans ce dangereux commerce n'ont eu d'autre moyen d'échapper à la prise qu'en jetant leur bateau à la côte et, parfois, en y mettant le feu pour que leur cargaison ne tombe pas aux mains des marins fédéraux, rapporta Mark Tilloy.

Il avait lui aussi rencontré à Nassau les premiers forceurs de blocus.

— Nous pouvons aussi importer à Soledad des produits d'Angleterre : du thé, du café, des outils, des vêtements, des fusils, des munitions et même des clous pour les cercueils... On dit que les Sudistes en manquent ! ironisa Malcolm.

Sans tenir compte du regard réprobateur de Charles, irrité par la trivialité du propos, Murray ajouta :

» Les planteurs du Sud seront contents d'échanger tout ce dont ils ont besoin contre du coton ! À nous d'organiser, avec les Confédérés, ce nouveau commerce maritime.

— Avec les esclavagistes ! se récria Uncle Dave, indigné.

— Bon ! Nous vendrons aussi des médicaments, des ananas et du sel aux Yankees. Ils seront certainement preneurs. Ça vous donnera bonne conscience ! lança Murray en riant.

— Jouer dans les deux camps n'est pas très élégant, observa Desteyrac, amer.

— Charles, par saint George, il n'est pas question d'élégance ! Seulement d'affaires. La guerre en dentelles que se livraient nos aïeux à tous deux, c'est fini ! Il s'agit aujourd'hui de commerce et d'argent. Que le Nord ou le Sud l'emporte, sera pour nous sans importance. Nous ne sommes pas concernés par ce conflit entre Américains. Seulement, sans le coton du Sud, nos manufactures ne produiront plus et des dizaines de milliers d'ouvriers en pâtiront. Vous ignorez sans doute que nos ateliers emploient plus de deux cent mille ouvriers et que quatre cent mille personnes vivent directement ou indirectement des importations de coton. Demandez à vos filateurs de Rouen et des Vosges s'ils ne sont pas prêts à fournir aux esclavagistes ce qu'il réclament en échange de balles de coton ! répliqua Murray.

Lord Simon, de qui Charles espérait une prise de position en harmonie avec ses propres sentiments, demeura silencieux. Il écrasa son cigare éteint en soupirant et, quittant son siège, donna le signal de la séparation.

— J'ai besoin de réfléchir à tout ça, mais je demande au capitaine Tilloy de tenir l'*Arawak* prêt à prendre la mer. Je veux aller voir ce qui se passe à Nassau. Naturellement, l'honorable Malcom Murray m'accompagnera. Nous verrons sur place ce que peuvent valoir ses projets, conclut-il avec un sourire à Charles Desteyrac.

Les invités s'étant dispersés, on fit prévenir les dames de se préparer à rejoindre leurs époux pour quitter le manoir. Charles, se retrouvant seul un instant avec Malcolm, décida de reprendre la conversation écourtée.

— Lord Simon s'honore d'être, comme son père et son grand-père, résolument antiesclavagiste. Importer le coton des planteurs du Sud en échange de fournitures militaires reviendrait à aider ceux dont les Cornfield, comme vous, ont toujours condamné les pratiques inhumaines. Approvisionner l'armée des sécessionnistes serait prolonger une guerre qu'ils doivent perdre rapidement. J'ose espérer que lord Simon ne soutiendra pas, même indirectement, ceux qui entendent encore maintenir l'esclavage et en tirer profit, dit Charles.

— D'abord, mon cher, il n'est pas sûr que le Nord l'emporte. Voyez les succès des armées sudistes. Quelle que soit l'issue du conflit, nous savons que l'esclavage disparaîtra des États cotonniers comme de Cuba. Mais vous ne connaissez pas les Cornfield comme je les connais. Passent avant tout la bonne marche de leurs affaires et la prospérité de leur famille. Je suis certain que mon idée plaît à Simon... s'il ne l'a pas eue avant moi !

— Quoi qu'il décide, je ne participerai jamais à des actions qui pourraient fortifier le camp esclavagiste, conclut Desteyrac, catégorique.

— Nous ne vous demanderons rien qui puisse aller contre vos convictions, dit doucement Malcolm. D'ailleurs, en tant que Français, vous êtes encore plus neutre que moi, n'est-ce pas ?

— Détrompez-vous ! Je ne suis pas neutre. Je suis, comme tout honnête homme, pour l'élimination universelle de l'esclavage.

— Quel est le point de vue du gouvernement de Napoléon III ? Le croyez-vous si favorable aux Nordistes ?

— Pour une fois, Napoléon III fait preuve de sagesse : il propose une médiation et il interdit aux militaires français qui seraient tentés de le faire de se mêler de cette guerre fratricide. Le 28 septembre dernier, il a décidé que « tout officier désireux de participer à la guerre civile américaine serait radié de l'armée », dit Charles, informé par son ami Fouquet de l'attitude de l'empereur.

— Très sage, en effet. Mais les royalistes français en exil ne se privent pas de prendre parti. Ainsi, vous savez bien, et Bertie III l'a écrit à Simon, que le prince de Joinville – c'est le troisième fils de Louis-Philippe –, son fils, le duc de Penthièvre, et ses deux neveux, le duc de Chartres et le comte de Paris, ont débarqué en août 1861 aux États-Unis. Les deux derniers ont été intégrés, avec le grade de capitaines, comme aides de camp du général George Briton McClellan sous les noms de Robert d'Orléans et

Louis-Philippe d'Orléans. Quant au prince de Joinville, après avoir accompagné son fils à l'Académie navale d'Annapolis, il a servi de conseiller à la marine fédérale et a même suggéré une opération qui a réussi. Le gouvernement britannique ayant fait savoir que le zèle de ce prince devenait intempestif, l'homme se montre maintenant plus discret. J'ai aussi appris que le général prince Camille de Polignac[1] sert chez les Sudistes, révéla Murray.

— Juste retour des choses, Malcolm : le général McClellan avait suivi la guerre de Crimée, précisa Charles au moment où Ounca Lou, Ottilia et les autres femmes se disaient prêtes à rentrer chez elles avec leur mari.

Même si chacun, sur l'île, vaquait à ses occupations et jouissait des charmes du printemps, toujours bref et précoce aux Bahamas, la guerre civile américaine restait présente dans les pensées et les conversations. À Cornfield Manor comme au Loyalists Club où parvenaient les journaux des États-Unis et d'Europe et où les officiers de marine de passage, ceux de la Royal Navy comme ceux du commerce, rapportaient événements vécus aussi bien que rumeurs, on suivait l'évolution du conflit. Les habitants de Soledad apprirent ainsi que le président de la Confédération des États du Sud, Jefferson Davis, avait été réélu à titre définitif le jour anniversaire de la naissance de George Washington et que, pour narguer les Nordistes, il avait

1. Descendant de Jules Auguste Armand de Polignac, ministre des Affaires étrangères, puis président du Conseil en 1829 sous Charles X. Devait s'illustrer lors de la bataille de Mansfield, en Louisiane, en 1864.

prêté serment à Richmond, capitale des rebelles, devant la statue du héros de l'Indépendance américaine !

Chaque soir, avant de regagner Valmy, Charles Desteyrac faisait un détour par le club pour lire les journaux apportés par le bateau-poste ou des caboteurs, et pour entendre les derniers potins de Nassau. Il y retrouvait les habitués, ses amis, et les invités de passage.

Le 12 mars, quand fut publié à Soledad, comme dans toutes les îles habitées de l'archipel, un arrêté du gouverneur Charles John Bailey, les commentaires autour des verres de gin ou de whisky furent animés. Le représentant de Sa Très Gracieuse Majesté à Nassau ne faisait que répercuter les instructions reçues de Londres. Afin d'assurer la neutralité de la colonie, l'entrée des ports et même des baies de l'archipel des Bahamas était désormais interdite aux bateaux des belligérants, sauf, était-il précisé, « en cas de détresse, de voie d'eau ou de démâtage pouvant mettre des vies en danger ». La consigne fut naturellement interprétée au mieux des intérêts bahamiens.

— Cela, bien sûr, ne s'applique qu'aux bateaux de guerre, et non aux navires marchands, précisa le major Edward Carver.

— Est ce admettre que les forceurs de blocus venus de Charleston ou de Wilmington peuvent circuler librement dans les eaux territoriales des Bahamas sans que le gouvernement de Washington puisse y trouver à redire ? demanda Charles.

— C'est bien ainsi qu'il faut l'entendre. Notre gouverneur et les membres de l'*Assembly* sont en train de découvrir les profits que procure au commerce, et même à la plus humble population, l'activité des *blockade runners*. Les affaires n'ont jamais été si florissantes et l'on se demande, certains jours, si les taverniers auront assez de bière, de rhum et de whisky pour abreuver les équipages, et même assez de tortues, de conches et de riz pour les nourrir. Je puis vous dire que, depuis quelques semaines, Nassau n'a jamais reçu autant de bateaux, révéla Philip Rodney.

Il était rentré, la veille, de la capitale où il avait livré éponges et écaille de tortues.

— Et cependant, Bailey a déjà appliqué les décisions de la Couronne. Il y a quelques jours, il a refusé l'entrée du port de Nassau au *Flambeau*, un navire de guerre de l'Union, dont le capitaine prétendait enquêter sur la nature des cargaisons des bateaux ayant échappé au blocus. Cette interdiction a fort irrité le consul des États-Unis à Nassau, qui a fait rapport à Washington. Charles Francis Adams, ambassadeur des États-Unis à Londres, informé par son gouvernement, s'est plaint à Palmerston, notre Premier ministre, en disant que Nassau allait devenir un entrepôt d'armes pour les rebelles du Sud. Russell, le ministre britannique des Affaires étrangères, a rassuré l'ambassageur américain et a invité le gouverneur Bailey à faire respecter la neutralité de notre colonie. Nous avons donc signifié aux capitaines connus comme forceurs de blocus qu'ils ne devaient pas compter sur la protection des autorités britanniques contre la recherche et la saisie de leurs bateaux... en haute mer, révéla le fonctionnaire chargé de livrer d'île en île le décret du gouverneur.

— En haute mer ! Mais, dans les eaux bahamiennes, la marine de l'Union n'a aucun droit d'interception, asséna le major avec satisfaction.

— N'y aurait-il pas un peu d'hypocrisie diplomatique dans tout cela ? risqua Desteyrac.

— Plus encore que vous ne le pensez, intervint le

commandant Colson. Je voudrais que Rodney répète ce qu'il m'a dit avoir vu et entendu à Nassau, ajouta l'officier à l'intention de son second.

— C'est, ma foi, fort intéressant, et dès que ce paresseux de Sharko aura rechargé nos verres, je vous conterai l'affaire de l'*Oreto*.

Le barman s'exécuta, Philip Rodney but une gorgée et, certain de son effet, satisfit à la demande de Lewis Colson.

» On a vu récemment arriver à Nassau un navire construit à Liverpool, l'*Oreto*. Il avait été commandé, l'an dernier, aux chantiers Miller and Sons, de la Mersey, par James D. Bulloch, un envoyé de Jefferson Davis. On disait le bateau destiné à un armateur de Palerme. Mais le détective du consulat des États-Unis à Londres, Thomas H. Dudley, ayant appris que l'*Oreto* était en réalité destiné à la marine confédérée, a aussitôt alerté son ambassadeur, Charles Francis Adams. Le diplomate américain a écrit à Palmerston pour l'informer du départ imminent du bateau pour les Bahamas. Il n'a reçu aucune réponse. Notre Premier ministre, sans doute lassé par les récriminations constantes des Américains à propos d'une neutralité britannique jugée par trop accommodante pour les rebelles, ne s'est pas opposé au départ du bateau... pour Palerme ! acheva Rodney en riant.

— Comment avez-vous su tout ça ? demanda Desteyrac.

— Le capitaine anglais qui commandait l'*Oreto*, un vieil ami, m'a rapporté ce que je viens de dire. Dès son arrivée à Nassau, il a été remplacé par un officier de la marine confédérée, et le navire a pris le nom de *Florida*. Cela fit encore toute une histoire, car le consul des États-Unis à Nassau décida de porter plainte contre mon ami pour avoir convoyé l'*Oreto* de Liverpool aux Bahamas. Cette démarche, tout a fait déplacée, n'a heureusement pas abouti. Le *Florida* a quitté le port de Nassau et s'est rendu dans une baie de l'île Andros où l'attendait un navire marchand britannique chargé d'armes et de munitions. On a tranquillement transbordé la cargaison, et le *Florida* a fait route vers Mobile où il doit maintenant être transformé en vaisseau de guerre par les Sudistes[1].

— Nassau va devenir l'arsenal du Roi-Coton ! s'écria le major Carver en levant son verre.

Ayant reçu mission d'améliorer le pompage de l'eau douce qui stagnait à la surface de l'eau salée dans les trous bleus, Charles Desteyrac parcourait Soledad pour établir des canalisations, faire creuser dans le calcaire corallien des réservoirs. À la demande de lord Simon, il avait commencé par assurer l'alimentation en eau potable du village des Arawak, ce qui lui valut de grandes démonstrations de gratitude de la part du vieux cacique Maoti-Mata.

Un soir, Old Gentleman – ainsi que le nommait toujours Cornfield –, informé de tout ce qui se passait sur l'île, invita Charles à boire un verre de vin de palme, signe qu'il avait quelque confidence à faire ou une réclamation à formuler.

— Mon petit-fils Tokitok, qui passe plus de temps chez vous, à jouer avec son ami Pacal, que près de moi, m'a dit que la jeune infirme américaine, cousine de lady Ottilia, leur lisait souvent des contes. Les

---

1. Au cours de la guerre de Sécession, le *Florida* allait détruire trente-huit bateaux marchands de l'Union avant d'être capturé, le 7 octobre 1864, dans les eaux de Bahia, au Brésil, par le *Wachusett*, ce qui devait provoquer un incident diplomatique.

enfants aiment la compagnie des infirmes. Ils les sentent vulnérables et ont sur ceux qui ne peuvent se mouvoir, comme cette demoiselle dans son fauteuil à roues, une supériorité évidente que leur âge ne pourrait leur valoir. Puis-je vous demander d'où lui vient cette infirmité ?

— Sans doute un choc violent dans le dos lors d'un naufrage sur le lac Érié, puis une longue amnésie. Ses jambes sont paralysées, comme mortes. Elle ne peut se tenir debout ni même remuer les pieds, dit Charles.

— Un jour, je voudrais que vous ameniez cette personne jusqu'à moi. Je voudrais la voir, lui parler, dit Maoti-Mata du ton d'un médecin intéressé par un cas rare.

Charles admira une fois de plus la sagesse et la connaissance que le vieil homme possédait du comportement humain. Il subodora qu'il était capable de tenter, par philtre, attouchement ou invocation aux zemis, d'améliorer le sort d'Ann. Il promit de transmettre l'invitation.

Depuis que Tom O'Graney avait muni d'un abattant formant plan incliné une ancienne calèche de lord Simon, puis surbaissé son plancher et supprimé ses banquettes, Ann Cornfield pouvait hisser sans aide son fauteuil dans la voiture, prendre les rênes de Purity, vieille jument docile, et se déplacer sans avoir recours à quiconque. On croisait son paisible attelage sur les chemins quand elle se rendait pour le thé à Exile House, pour dîner à Valmy, ou pour un séjour à Buena Vista chez lady Lamia. Souvent, le matin, elle allait jusqu'à Sharks Bay dont elle aimait le décor et l'animation. Quittant sa voiture, elle roulait son fauteuil sur un promontoire rocheux au pied duquel les vagues se brisaient. Les jours de vent, les embruns, fouettant son visage, lui donnaient des envies de baignade impossibles à satisfaire. Une tablette sur les genoux, l'infirme croquait d'un crayon habile les oiseaux, les palmiers, parfois un voilier qu'elle aquarellait en rentrant chez elle.

Pacal s'était tout de suite épris de cette femme vouée à l'immobilité. Il passait de longues heures à ses pieds, l'écoutant lire des histoires imprimées ou en inventer à la demande, car elle était douée d'imagination. Le jeune Desteyrac ayant compris qu'Ann, douce et gaie, aimait avoir un auditoire, rassemblait autour d'elle ses camarades de jeu, Takitok, Nardo et Kameko, auxquels se joignaient parfois les filles de Wyanie, Shakera et Shaweka. Mais Pacal ne laissait à personne le soin de pousser le fauteuil roulant quand la fille de Jeffrey Cornfield demandait à passer du soleil à l'ombre.

Un soir de mars, Ounca Lou vit rentrer son fils, qu'accompagnait toujours Timbo, l'air renfrogné. Comme chaque après-midi en fin de promenade, le valet avait arrêté l'enfant aux anciennes écuries pour passer un moment avec Ann. Ce jour-là, l'infirme était absente et Pacal avait vainement attendu son retour jusqu'à ce que Timbo décidât : « C'est l'heu'de rent'er à Valmy si on veut pas êt'e g'ondés tous les deux. »

Ounca Lou s'amusa de la mine déconfite de son fils.

— Ta chère amie n'est pas obligée d'être là quand tu veux la voir. Elle a dû rendre visite à marraine Lamia, à Buena Vista. Va dîner. Adila t'attend depuis un quart d'heure, ordonna-t-elle.

L'incident était oublié quand, un peu plus tard,

Mme Desteyrac, qui lisait sur la galerie, vit arriver Poko, le domestique du major Carver.

— Je suis allé chez miss Ann Cornfield pour la conduire à sir Edward avec qui elle doit dîner. Angus et Mabel m'ont dit ne pas l'avoir vue revenir de sa promenade de l'après-midi. J'ai pensé qu'elle était peut-être en visite chez lady Ottilia, mais lady Ottilia ne l'a pas vue. Alors, je me suis permis de venir voir si elle n'était pas chez vous.

— Nous n'avons pas vu miss Ann, Poko. Peut-être est-elle à Buena Vista ?

— Certes non, lady Lamia est déjà arrivée pour dîner chez sir Edward, comme chaque mardi.

Pacal, à la curiosité souvent intempestive, ayant entendu prononcer le nom d'Ann, abandonna son dîner et, poursuivi par Adila, vint se camper, serviette au cou, devant Poko.

— Avec sa chaise à roues, elle va jamais loin. Si elle va loin, elle monte sa chaise dans sa charrette. Et quand elle va loin, elle est toujours revenue pour me raconter une histoire au goûter, dit l'enfant.

— Il ne faut pas s'inquiéter, Poko, vous allez la voir arriver chez le major Carver. Un retard, simplement. Pour elle, les déplacements ne sont pas aussi aisés que pour nous, rappela Ounca Lou.

— La nuit va bientôt venir. Je retourne aux vieilles écuries. Peut-être que miss Ann a oublié l'invitation de sir Edward, conclut Poko, faisant pivoter son sulky.

Quand Charles rentra à Valmy, venant du Loyalists Club, Pacal ne laissa pas le temps à sa mère de rapporter la visite du sikh.

— On sait pas où est Ann, papa. Elle a peut-être tombé dans la mer. Elle va toujours au bord des rochers, à Sharks Bay, dit l'enfant.

— On ne la trouve nulle part et Lamia l'attend pour dîner chez Edward, compléta Ounca Lou.

— Peut-être est-elle allée chez Uncle Dave ? Il m'a dit il y a deux jours attendre sa visite au village des artisans, émit Charles pour rassurer son fils dont l'émotion le troublait.

— Ann n'est pas quelqu'un à oublier un dîner, observa encore Ounca Lou.

— Maintenant qu'elle se déplace seule avec la calèche transformée par Tom, elle peut avoir eu un accident. Être tombée et n'avoir pu se relever, admit Charles.

— Ne pensez-vous pas qu'elle aurait pu décider de mettre fin à ses jours ? Je la vois parfois si triste, si abattue, si absente, quand elle ne se sait pas observée, dit Ounca Lou.

— Papa ! On devrait aller voir à Sharks Bay, interrompit soudain Pacal.

Les époux échangèrent un regard et Charles ordonna à Timbo d'atteler le landau et de prendre des lanternes.

— Je passerai chez Carver, voir si Ann n'est pas simplement arrivée en retard, dit Desteyrac.

— Je peux venir avec vous ? sollicita Pacal.

— Tu dois bientôt aller au lit, mon garçon, rappela Ounca Lou.

— Pas la peine, je pourrai pas dormir si je sais pas, pour Ann, dit Pacal, tête baissée, gonflé d'émotion.

— Viens. Tu as de bons yeux. Et si tu es piqué par les moustiques, tant pis pour toi ! décida Charles.

— Attendez ! Je veux prendre mon sifflet indien. On l'entend de loin, s'écria l'enfant, détalant à travers la maison.

— Quel brave garçon nous avons là ! dit la mère, émue.

L'infirme n'avait toujours pas paru chez le major Carver qui décida de se joindre aux recherches avec Poko.

D'un commun accord, ils choisirent de passer par la résidence d'Ann pour s'assurer qu'elle n'était pas rentrée. Une surprise inquiétante les y attendait : Purity, traînant sa voiture vide, piaffait devant la porte de l'écurie.

— Elle vient d'arriver. Elle, pas couru. Elle a pas la sueur, m'sieur, dit Mabel.

— Si qu'elle pouvait parler, elle nous dirait où qu'est miss Ann, ajouta Angus en dételant la jument.

Un examen minutieux de la voiture ne révéla aucune trace d'accident.

— Cette ancienne calèche au plancher surbaissé ne peut pas verser. Et l'abattant arrière, qui traîne sur le sol, indique que notre amie a roulé sa chaise pour quitter la voiture. On peut donc raisonnablement éliminer une chute d'Ann de la calèche en marche, constata Charles.

— Faut aller à Sharks Bay, insista Pacal.

— Obéissons au commandant, dit le major Carver.

Ils se mirent en route, tentant d'imaginer des éventualités plus ou moins tragiques. Ils s'attendaient à trouver Ann gisant sur le bas-côté de la route empierrée.

Dans la claire nuit tropicale, une demi-lune offrait assez de lumière pour que l'on distinguât aisément, sitôt l'œil habitué, les champs, les buissons, les bosquets d'arbres.

— Regarde de chaque côté si tu vois quelque chose, conseilla Charles à son fils qui, les yeux écarquillés, se tenait debout dans le landau, cramponné au dossier du siège.

Parfois, un grand hibou à tête de singe, variété propre à l'archipel, protestait par un hululement rageur. Dérangé dans sa chasse aux rats dont il dévorait une douzaine chaque nuit, repas que lui disputaient les mangoustes, il quittait son observatoire des branches basses pour s'élever en un vol lourd vers le sommet d'un arbre. Les chauves-souris, intriguées par les attelages, bouclaient des huit au-dessus des têtes tandis que les *cucuyos* [1] zébraient la nuit d'un ballet d'éclairs. Takitok avait appris à Pacal comment enfermer ces insectes dans une bouteille pour en faire une lanterne. Le coassement des crapauds, le glapissement des rapaces, la rumeur composite, faite des chuchotements, sifflements, appels, bourdonnements de centaines de bestioles, attestaient d'une vie nocturne agitée sous les mangroves et dans les buissons.

— Une nuit à voi' so'ti' un *chickcharnie* [2], dit Timbo à l'adresse de Pacal.

— Je voudrais bien en voir un. Takitok en a aperçu. Il dit qu'il a les yeux rouges, une barbe, des plumes vertes, trois doigts à la main et trois doigts au pied, et qu'il se suspend par la queue aux branches des arbres. Un *chickcharnie* c'est pas méchant, répliqua l'enfant, nullement effrayé.

L'étroite plateforme rocheuse qui dominait la

---

1. Ou *cocoyos*. Pyrophores. Sortes de taupins qui peuvent émettre une forte lueur phosporescente. Après la campagne du Mexique, il devint à la mode, à Paris, de les utiliser comme ornement vivant sur les vêtements ou la chevelure.

2. Animal mythique des Bahamas. Il s'agirait, d'après David G. Campbell, auteur de *The Ephemeral Islands*, d'un grand hibou disparu au XVIe siècle, dont on a retrouvé des os fossilisés dans les trous bleus. Des ornithologues estiment qu'il s'agirait plutôt du pygargue, grand rapace diurne, semblable à l'aigle. Le pygargue à tête blanche sert d'emblème aux États-Unis (Larousse).

courbe harmonieuse de Sharks Bay se révéla déserte. Sur la plage en contrebas, on ne releva aucune trace de roues qui aurait donné à penser qu'Ann se fût aventurée au plus près des vagues.

De son sifflet indien, l'enfant tira des sons stridents.

— Si elle entend, elle appellera, dit-il.

Mais seul le rire grinçant des mouettes, réveillées en sursaut, lui répondit.

— Nous devrions pousser jusqu'au pont de Buena Vista, proposa Carver.

— Allons, concéda Charles, maintenant autant préoccupé que son fils par le sort de l'infirme.

Les deux voitures roulaient au petit trot vers Pink Bay, au sud de l'île, quand Poko signala la présence d'un homme qui, courant à travers champs, semblait venir à leur rencontre. À la lueur des lanternes, le sikh reconnut un métis, ancien marin devenu fermier, qui fournissait œufs et légumes au village des artisans.

— Si vous cherchez la dame américaine, elle est chez nous. Elle a vu vos lumières et m'a envoyé, dit le cultivateur dans un anglais des plus correct.

— Est-elle blessée ou malade ? demanda le major.

— Non, elle va bien, mais elle peut pas revenir chez elle. Son cheval l'a pas attendue !

Un instant plus tard, on trouva Ann devisant avec la fermière sur le seuil de la maison. Pacal, à peine posé à terre, courut vers elle et se jeta dans ses bras.

— On a eu peur, dit-il.

Il reçut un baiser de la jeune femme et, un peu honteux de tant de précipitation, revint se placer près de son père, attentif au récit de l'infirme, moins émue que lui-même.

— Comme souvent, quand un endroit me plaît pour une halte, j'ai roulé ma chaise à bas de la voiture et je me suis engagée sur le sentier qui conduit à cette ferme. Je voulais m'en approcher pour la dessiner. Les enfants du fermier sont venus me parler, voir comment on dessine, et la fermière m'a gentiment proposé d'entrer chez elle pour boire un verre de lait. Ils ont presque porté ma chaise qui roulait fort mal sur le mauvais chemin. Et puis, nous avons bavardé. Quand j'ai voulu m'en aller, je me suis aperçue que Purity, laissée au carrefour de la route et du chemin, avait disparu. J'étais bien incapable de rentrer à Cornfield Manor. Ce brave fermier ne possède qu'un char à banc sur lequel je ne pouvais me tenir. Sachant que le major Carver m'attendait pour dîner, j'ai pensé que, tôt ou tard, on se mettrait à ma recherche. Et puis, j'ai vu vos lanternes ! Voilà toute mon escapade. J'ai bien dîné d'un excellent jambon frit, de fromage de chèvre et d'une crème à l'ananas dont j'emporte la recette, conclut Ann, sereine comme qui sort d'un repas mondain.

— Eh bien, nous, nous n'avons pas encore soupé ! Et lady Lamia doit se morfondre chez moi, dit Edward, un brin agacé par la désinvolture de miss Cornfield.

Ann offrit à la fermière le dessin qu'elle avait pris de sa maison et promit de revenir. Installée dans le landau de Charles, elle attira Pacal contre elle. La voiture n'avait pas parcouru un demi-mile que l'enfant dormait, la tête dans le giron de la jeune femme.

3.

Après deux semaines d'absence, lord Simon revint de Nassau rasséréné. Ce qu'il avait vu et vécu dans la capitale l'avait convaincu qu'il fallait soutenir l'activité risquée, coûteuse mais indispensable, des forceurs de blocus. Seuls ces aventuriers, marins expérimentés ayant le goût des entreprises lucratives, étaient capables de sortir le coton américain des États du Sud et de transporter les balles à Nassau où, chargées sur les bateaux de commerce britanniques, elles seraient envoyées à Liverpool. Assurer l'approvisionnement de leurs filatures de la région de Manchester restait le principal souci de Cornfield comme de son beau-frère et associé William Gordon.

— J'ai laissé Murray à Nassau pour organiser nos affaires, dit-il simplement à Charles, venu l'accueillir avec le major Carver à l'accostage de l'*Arawak*.

Le soir même, les Desteyrac eurent par Mark Tilloy, comme souvent invité à Valmy, un compte rendu plus détaillé du séjour de lord Simon.

— Notre lord s'est entendu à Nassau avec un certain Lewis Grant Watson, représentant de la firme britannique Alexandre Collie and Co., engagée dans toutes les entreprises des forceurs de blocus. Sur le conseil de son cousin Bertie III, dont tous les fils et gendres sont dans l'armée sudiste, Cornfield a aussi pris des intérêts dans la société Fraser, Trenholm and Co., de Charleston et Liverpool. Le représentant de cette firme à Nassau, Jean-Baptiste Laffite, que Murray avait déjà rencontré, vient de New Orleans et serait un descendant de Pierre Laffite, frère du fameux pirate français Jean Laffite. Ce Laffite, très homme du monde, charmant causeur, habile en affaires, occupe dans la société une position de premier plan. Il est reçu chez le gouverneur et dans toutes les bonnes familles. On le dit représentant officieux mais actif du gouvernement confédéré.

— Il y a en effet des commissaires confédérés à Londres et Paris. Mais pourquoi Nassau ? demanda Charles.

— Parce que Jefferson Davis a découvert que les approvisionnements de l'armée sudiste sont contrôlés par quatre ou cinq spéculateurs de Richmond qui touchent de quatre à dix dollars sur chaque kilo de marchandise importée. D'où l'envoi de Laffite à Nassau et les accords passés avec des firmes anglaises sérieuses, pour décourager les intermédiaires cupides. Tout cela ne plaît guère au consul des États-Unis. Non seulement ce brave homme s'étonne d'un afflux tout a fait inhabituel de bateaux de commerce sous pavillon britannique, mais il voit aussi s'empiler, sur les quais et dans des entrepôts nouvellement construits au bout de Bay Street, des milliers de balles de coton. En revanche, c'est hors de sa vue, dans les baies tranquilles des îles voisines, que les bateaux qui ont apporté tout ce coton chargent les armes, munitions, médicaments et fournitures de toute espèce que les navires marchands anglais transportent pour les sécessionnistes.

— Cela s'apparente plus au troc qu'au commerce ! remarqua Charles.

— En apparence seulement, car tout est payé en livres sterling ou en dollars. Mais il est vrai que les bateaux des forceurs de blocus arrivent à Nassau avec deux mille balles de coton et repartent pleins de fournitures et de denrées rares dont le Sud a besoin. Croyez-moi ou non, j'ai vu dans l'avant-port une bonne centaine de bateaux montés par des marins intrépides, la plupart anglais, dont certains sont en train de faire fortune.

— Faire fortune ! s'étonna Charles.

— Pour un aller et retour Charleston-Nassau, ou Wilmington-Saint George, aux Bermudes, un capitaine touche cinq mille dollars, dont la moitié au départ. Le premier officier perçoit mille cinq cents dollars, le second sept cent cinquante, le chef mécanicien deux mille cinq cents, les marins deux cents, plus une prime de cinquante dollars si tout se passe bien. Quant aux pilotes, indispensables dans les approches des ports sudistes, ils reçoivent trois mille cinq cents dollars par vacation.

— Diable ! Comment les armateurs peuvent-ils payer de pareilles soldes ? s'étonna Charles.

— Parce que leurs profits sont énormes. Mille balles de coton livrées à Liverpool valent deux cent cinquante mille dollars, mon ami. Et tous les marins engagés dans le franchissement du blocus, du commandant au simple matelot, peuvent commercer pour leur propre compte. Avec des taxes de fret allant de cinquante à quatre-vingts livres sterling par tonne, les armateurs paient leur bateau en deux ou trois voyages !

— Qu'en est-il de la neutralité voulue par la reine Victoria et son Premier ministre ? demanda Ounca Lou.

— Elle s'arrête là où commence ce qu'on appelle déjà, dans le Yorkshire et le Lancashire, la famine du coton. Nous savons, par des marins venant de Liverpool, qu'il y a eu des manifestations d'ouvriers par milliers, privés de travail parce que le coton n'arrive plus aux filatures et que, dans certaines, trois métiers sur quatre sont arrêtés. Loin de s'en prendre aux Nordistes et à leur blocus, ils rendent les Sudistes et l'esclavagisme responsables de la pénurie. À Londres, les radicaux considèrent les États-Unis comme « le phare de la démocratie », et les Confédérés comme « les pires ennemis de la liberté ». Ces gens ont le soutien d'un révolutionnaire allemand réfugié à Londres, Karl Marx, qui, lui aussi, impute à l'« oligarchie de l'esclavage », le chômage qui règne dans l'industrie textile, tant en Grande-Bretagne qu'en France.

— Vous dites cependant que du coton traverse l'Atlantique, émit Charles.

— Encore trop peu, hélas, mais faites confiance à des gens comme lord Simon, Malcolm Murray, les filateurs de Manchester et les banquiers de Londres, pour développer le système qui, peu à peu, se met en place. Ils viennent de fonder l'Anglo-Confederate Trading Company, conclut Tilloy.

Quelques jours après cette conversation, un courrier du commissionnaire en douane de Nassau informa l'ingénieur Desteyrac que les pompes aspirantes destinées à recueillir l'eau douce des trous bleus, commandées trois mois plus tôt dans le New Jersey, étaient arrivées et devaient être promptement dédouanées et enlevées.

— Que Tilloy vous conduise à Nassau pour chercher vos pompes avec l'*Arawak*. Ramenez aussi l'honorable Malcolm Murray. Il a assez fait la fête au Royal Victoria ! dit Cornfield.

Charles se réjouit de cette escapade avec Mark Tilloy. Cela lui rappellerait l'époque, pas très éloignée, où, célibataire, il allait avec l'officier rendre visite aux hôtesses accueillantes de certaines maisons de Bay Street.

Durant la traversée, le Français apprécia le confort du petit vapeur rapide et sûr et, d'après son capitaine, d'une parfaite docilité au cours des manœuvres. L'océan étant calme et le temps favorable, Charles passa plus de temps sur la passerelle à bavarder avec le commandant que dans sa cabine.

— Notre lord a, je crois, dans l'idée de m'envoyer à Charleston. Avant-hier, en me donnant l'ordre de vous conduire à Nassau et de ramener Murray, il m'a dit, avec ce plissement des paupières qui, chez lui, cache une décision déjà prise : « Trouvez donc à Nassau de la peinture grise. Par les temps qui courent, votre *Arawak* est un peu trop voyant. Je pense qu'on devrait lui faire une robe plus... passe-partout. » « Du gris des forceurs de blocus, par exemple ? » ai-je demandé pour montrer que je savais où il ne voulait pas encore venir. « C'est un peu ça », a-t-il répondu.

— Il ne va tout de même pas vous envoyer chercher le coton de son cousin Bertie ! s'étonna Charles.

— S'il paie mon *round* au tarif des forceurs de blocus, je suis partant ! lança Mark en riant.

Jamais, de mémoire de débardeur, on avait vu autant de navires au mouillage dans le large chenal qui sépare New Providence de Hog Island[1]. Des douzaines de bricks, de goélettes, de voiliers bahamiens, de schooners, la plupart vieux routiers du canal des Bahamas ou caboteurs de l'archipel, coques éraflées, peintures lépreuses, mâtures branlantes, voisinaient avec des vapeurs transatlantiques. Dans cette flotte disparate, Desteyrac remarqua des bateaux de fer à roues, bas sur l'eau, longs, étroits, effilés, dépourvus de château, portant des mâts courts et deux cheminées télescopiques « que l'on peut réduire à la hauteur d'un baril », expliqua Mark Tilloy. Peints de la coque à la cheminée de cette affreuse couleur grise dont lord Simon souhaitait habiller l'*Arawak*, ils ressemblaient à des squales montés des abysses pour respirer en surface.

— Vous voyez là les derniers-nés des chantiers de Birkenhead, spécialement conçus et construits pour forcer le blocus, dit Mark, désignant deux vapeurs mouillés dans l'avant-port.

— Ligne élégante mais guerrière, constata Charles.

— Ils sont faits d'épaisses tôles d'acier rivetées, mesurent près de deux cents pieds de long et vingt de large. Leur tirant d'eau est de huit pieds et leurs machines les propulsent à plus de quinze nœuds. Aucun confort à bord, mais quatre cales étanches. Place à la cargaison et au charbon du pays de Galles, dont la combustion produit peu de fumée ! Quant à leur maniabilité, elle est confondante. Ces lévriers des mers, comme les appellent les ouvriers des chantiers

1. Aujourd'hui Paradise Island. Cette île, reliée depuis 1966 à Nassau par un pont à péage, est vouée au tourisme international. L'hôtel Atlantis, inauguré en décembre 1998, a coûté 850 millions de dollars ; il abrite 2 300 chambres, 38 restaurants et 980 machines à sous.

de la Mersey et de la Clyde, peuvent porter mille balles de coton. Achetées à huit ou dix cents la livre à Charleston, celles-ci sont revendues à quarante ou cinquante cents la livre à Nassau. Ce qui fait qu'une seule cargaison – la balle de Caroline[1] pesant quatre cent soixante livres – vaut quarante-six mille dollars à Nassau et cinq fois plus en arrivant à Liverpool ! calcula l'officier, plus admiratif qu'envieux.

Ce ne fut pas sans difficultés, atermoiements et palabres avec les employés de la commanderie du port que Tilloy obtint le droit d'accoster près de l'entrepôt des douanes.

Entre navires fatigués et lévriers des mers neufs, l'*Arawak*, coque blanche, cheminée bleue, frise dorée à l'étrave, tête d'Indien en figure de proue, lisses d'acajou et hublots sertis de cuivre à reflets d'or, faisait figure de yacht aristocratique.

— Ce n'est pas le *Phoenix*, trois-mâts royal, mais c'est tout de même un beau bateau, malgré sa cheminée fumante et ce parfum composite d'huile chaude et de charbon, dit Charles.

Descendu sur le quai avec Tilloy, il considérait le vapeur qu'ils venaient de quitter.

— Cette odeur, Charles, est celle, particulière, de l'*Arawak*. Comme toute femme a sa propre odeur – celle, unique, qu'exhale sa peau sous le parfum dont elle use et qui, sur la peau d'une autre, libérera des effluves différents –, chaque navire a la sienne propre, qu'un marin ne saurait confondre avec celle d'aucun autre bateau. Je suis attaché à l'*Arawak* comme je ne

1. À cette époque, le poids de la balle de coton variait selon les États et selon l'abondance de la récolte. De nos jours, les statistiques internationales sont établies en balles standard américaines, *running bales*, de 500 livres, brut, ou 478 livres, net.

l'ai jamais été à une femme. Maintenant, je connais tout de lui : les vibrations de ses pales, ses essoufflements, ses ruades, sa façon de jouer à saute-mouton sur la lame. Nous nous entendons bien. Dire que lord Simon veut le peindre en gris ! soupira Tilloy tandis que les deux amis s'éloignait du bateau pour se diriger vers le bureau des douanes.

Les formalités terminées et les pompes aspirantes chargées à bord, ils se rendirent au Royal Victoria Hotel, comptant y trouver Malcolm Murray. Le hall de l'hôtel et ses jardins leur parurent aussi encombrés d'hommes et de femmes que le port de bateaux.

L'architecte étant absent, Tilloy donna pour consigne au concierge d'informer l'honorable Malcolm Murray qu'il était attendu au bar, dès son retour, tous les fauteuils et guéridons du hall étant occupés.

— Par saint George, il est aussi difficile d'obtenir un verre de jus d'ananas qu'un mouillage au port ! lança Mark au barman qu'il connaissait de longue date.

— Et c'est comme ça tous les jours, *captain*. Et le soir, tous les restaurants, même les nouveaux qui viennent d'ouvrir, parce qu'on ne savait plus où donner à manger à nos visiteurs, sont pleins de gens aux poches emplies de livres ou de dollars. Jamais les affaires n'ont marché comme ça à Nassau !

Prévenu par le concierge, Murray apparut alors que ses amis venaient de passer du jus de fruits au *pink gin*. Tous deux remarquèrent au premier regard, sur les traits de l'Anglais, une gravité inhabituelle.

— Vous connaissez la nouvelle, je suppose ? jeta ce dernier sans préambule.

— Quelle nouvelle ? Nous débarquons, dit Charles.

— New Orleans est tombée, le 25 avril, aux mains des Nordistes. La flotte de l'amiral Farragut et l'armée du général Benjamin Franklin Butler ont pris la ville, pratiquement sans combat, et remontent le Mississippi. Leurs objectifs seraient Port Hudson et Vicksburg, deux forteresses tenues par les Sudistes, dit-il.

— C'est une dure défaite pour les Confédérés, reconnut Tilloy.

— La fermeture du meilleur port du golfe et le bouclage des bouches du Mississippi, par où entraient une bonne part des armes et des fournitures de l'armée sudiste, précisa Murray d'un ton las.

— Et cela vous ennuie beaucoup ? s'étonna Charles.

— Un bateau venant de Liverpool, affrété par une compagnie dans laquelle nous avons, lord Simon et moi, des intérêts, a été saisi par les Fédéraux à l'embouchure du fleuve. Ce navire devait charger pour nos filatures trois mille balles de coton à New Orleans. Encore heureux qu'il ait été pris avant de recevoir sa cargaison !

— Sans cargaison compromettante, votre bateau sera peut-être rendu par les Nordistes, avança Tilloy.

— Mais ses cales n'étaient pas vides, mes amis !

— Des armes ? émit Charles, sourcils froncés.

— Non, mon bon Charles, des attifets ! Mille corsets, des centaines de paires de bas de soie, du fil, des brassières, des guimpes, des dentelles, des gants, des ombrelles, de la poudre de riz, de l'Eau lustrale de Guerlain, des brosses à dents... et des vis à cercueil, énuméra Murray, retrouvant le sourire devant l'air stupéfait de ses amis.

— Cargaison affriolante, sauf les vis ! observa Charles.

— Et qui m'aurait laissé un bénéfice de mille pour cent, car les belles de plantation – « au teint de magnolia », comme disent les Cavaliers – n'ont plus rien à se mettre, compléta Murray.

— Comment avez-vous eu, si vite, connaissance de cette prise ? Nous ne sommes que le 30 avril ! fit remarquer Tilloy.

— Je tiens les faits d'un forceur de blocus qui se serait trouvé dans la même situation s'il n'avait pris le large pour revenir à toute vapeur à Nassau. Il est arrivé il y a deux heures, et la nouvelle de l'entrée des Nordistes en Louisiane a été aussitôt répandue dans la ville par les marins. Autour de nous, on ne parle que de ça, car la plupart des hommes que vous voyez sont intéressés dans les affaires de coton et de fournitures pour les Sudistes, expliqua Murray.

— Qui sont ces gens ? demanda Charles.

— Il y a de tout. Une société cosmopolite et, hélas, des plus mêlée. Surtout des hommes d'affaires, des armateurs, des banquiers, des juristes, des officiers confédérés qui viennent chaque jour aux nouvelles. Car toutes les rumeurs, fondées ou non, aboutissent d'abord, comme par enchantement, au Royal Victoria, dit Malcolm.

— Ceux-là, qui sont-ils ? s'enquit l'ingénieur, désignant des personnes qui ne pouvaient entrer dans les catégories citées.

— L'hôtel abrite aussi des chevaliers d'industrie qui se font appeler milord par les serveurs, des planteurs réfugiés de Georgie et de Virginie, ennemis jurés des Yankees et des nègres, des joueurs professionnels des *showboats*[1] du Mississippi, privés de leur lieu de travail. Nous avons des journalistes, correspondants de journaux américains et anglais, comme Frank Vizetelly[2], des diplomates qui attendent d'embarquer pour

1. Bateaux-théâtres, casinos itinérants, temples des jeux et des rencontres de hasard, fréquentés par une clientèle interlope.

2. 1830-1883. Reporter au *London Illustrated News*. Il fut tué

le continent, et des espions du Nord et du Sud, parfois en jupons. Mais les vrais héros du jour sont les capitaines forceurs de blocus. Certains sont de vrais loups de mer : teint hâlé, belle prestance, parlant haut, batailleurs et généreux, ils ne pensent qu'à jouir de la vie entre deux traversées dangereuses. Ils se saoulent, jouent aux dés, au poker, dépensent sans compter et se font plumer par les belles octavonnes. Nassau, autrefois ville indolente où l'on s'ennuyait ferme, est devenue carrefour international des affaires, la cité la plus vivante, bientôt la plus riche, sinon la plus honnête, des West Indies, dit Murray.

— Et quelles sont les distractions dans une ville qui n'a ni théâtre ni cabaret ? demanda Tilloy.

— Une fois les affaires traitées, on ne pense qu'à s'amuser. Il arrive qu'on danse jusqu'à l'aube et il a fallu engager des orchestres de New York pour relayer les musiciens du cru. L'épouse du gouverneur Bailey donne des réceptions très courues où l'on doit se présenter en habit, gardénia à la boutonnière. Vous entendrez parler vingt langues par des gens de qualité, et d'autres moins recommandables, mais tous venus aux Bahamas pour profiter d'une guerre fratricide et du malheur des États-Unis, acheva Malcolm.

La conversation fut interrompue par une brève apparition de Walter Lancey, l'administrateur de l'hôtel. Il se montra chaleureux avec Murray, courtois avec Charles et Mark.

— Nous attendons pour dîner le consul des États-Unis et je tiens à m'assurer que Louis Heiliger, le représentant à Nassau du gouvernement des rebelles, n'est pas dans nos murs. Ces messieurs se saluent, mais

---

en 1883 au Soudan lors de l'insurrection des Mahdistes qu'il « couvrait » pour son journal.

ne s'adressent pas la parole. Je crains toujours un incident à cause de ces forceurs de blocus qui approvisionnent les esclavagistes, expliqua l'Américain avant de se diriger d'un pas dansant vers le hall.

— Où en sont vos amours avec la gentille Olivia Lancey ? Vous avez l'air d'être au mieux avec le mari, demanda Charles.

— Puisque nous sommes entre hommes avertis, je puis vous confier qu'Olivia a fait une fausse couche. Lancey, furieux, car innocent bien sûr dans cette affaire, l'a renvoyée chez ses parents, à Boston.

— Puisque nous sommes entre hommes avertis, comme vous le dites, connaîtriez-vous par hasard le responsable ? demanda Charles, insistant avec malice.

— *Is pater est quem nuptiae demonstrant*[1], cita Malcolm en riant. Mais cela est sans importance. Passons à la salle à manger, invita-t-il.

L'architecte ayant sa table réservée, les trois amis partagèrent un excellent repas, plus continental qu'exotique : potage crémeux, filets de mérou, selle d'agneau, coupe de fruits rafraîchis, glace à la mangue. Le champagne semblait la boisson obligée de la joyeuse compagnie des dîneurs. Malcolm s'inclina au passage devant de belles femmes très entourées. Taille serrée dans un corset, les unes en robe de soie, décolletée sous canezout de mousseline blanche bordée de dentelle ou châle de cachemire à franges, les autres vêtues d'une jupe ample, dans les tons pastel bleus ou verts, et d'un corsage à manches pagodes. Presque toutes portaient coiffure à la madone – chevelure nette et lisse, séparée par une raie ; les mèches latérales ramenées en coquilles souples sur les oreilles –, chapeautées et

1. Celui-là est père que le mariage désigne (droit romain).

gantées à la dernière mode. Pour les hommes, les très habiles tailleurs mulâtres de Nassau avaient déjà copié les modèles de Savile Row. Ils arboraient pour la plupart un sobre habit de drap noir, doublé du même satin, fuschia ou bleu pastel, dont était fait leur gilet ; un pantalon à sous-pieds, une cravate de soie, manchettes et cols amidonnés. Cette assemblée, refusant la traditionnelle garde-robe coloniale vouée au lin et à la toile écrue, recréait, par son élégance et son maintien autour de tables chargées de fine porcelaine, cristaux, couverts et chandeliers d'argent, l'ambiance des restaurants les plus huppés de Londres et de Paris.

Comme Charles, plus que Tilloy, s'étonnait de ce raffinement à l'européenne, Malcolm Murray, baissant le ton, corrigea l'inventaire qu'il avait fait, un peu plus tôt, des nouveaux résidents de Nassau.

— Il ne faut pas croire que tous les forceurs de blocus soient des aventuriers rapaces sans foi ni loi, comme le disent et le font imprimer les gens de Washington. Les meilleurs de ces marins intrépides sont des gentlemen, officiers de la Royal Navy, en demi-solde ou en congé. Je puis citer parmi mes connaissances Charles Murray-Aynsley[1], peut-être un très lointain cousin. Il est entré dans la marine de Sa Très Gracieuse Majesté en 1835, a commandé un vapeur armé sur la mer Noire pendant la guerre de Crimée. Quand il est à la barre de son *Venus*, aucun navire fédéral ne peut l'inquiéter. Augusta Murray-Aynsley, sa jeune épouse, tient un salon fort distingué dans une belle maison de Hill Street, où l'on rencontre l'élite

---

1. 1821-1901. Il reprit du service dans la Royal Navy après la guerre de Sécession et termina sa carrière avec le grade de vice-amiral.

des forceurs de blocus comme William Nathan Wrighte Hewett[1], William Hicks[2], Hugh Talbot Burgoyne[3] et Augustus Charles Hobart[4], sans doute le plus téméraire de nos capitaines. On compte aussi, parmi les forceurs de blocus, des marins du commerce comme Robert Halpin[5], un Irlandais qui commande le *Virgin*, ou des armateurs distingués tel Thomas E. Taylor[6], proprié-

1. 1834-1888. Officier de la Royal Navy, capitaine du navire forceur de blocus *Condor*. Il réintégra la marine britannique après la guerre de Sécession et devint commandant de la flotte de la Manche avec le grade de vice-amiral, puis commandant du yacht de la reine Victoria.

2. 1830-1883. Officier de l'armée de terre, détaché à l'armée égyptienne après la guerre de Sécession. Il reçut le titre de pacha après avoir conduit une expédition victorieuse au Soudan, lors de la bataille de Kashgil.

3. 1833-1870. Officier de la Royal Navy. Prit part, en 1855, à la bataille de Kinbourn au cours de la guerre franco-anglaise contre la Russie. Forceur de blocus au service des Sudistes de 1862 à 1865. Il réintégra la marine britannique et périt en mer, en 1870, dans le golfe de Biscaye, à bord du cuirassé *Captain* qu'il commandait.

4. 1822-1886. Entré dans la Royal Navy en 1835 il se distingua en 1854 à la prise de la forteresse de Bomarsund, en Finlande pendant la guerre franco-anglaise contre la Russie. Après la guerre de Sécession, au cours de laquelle, commandant du *Don*, il força dix-huit fois le blocus, il entra en 1867 au service de la Turquie avec le grade d'amiral, réorganisa la flotte ottomane et reçut le titre de pacha.

5. Il fut le dernier commandant du paquebot transatlantique *Great Eastern*, devenu navire câblier en 1865. À bord de ce navire, il supervisa la pose de 41 000 kilomètres de câbles sous-marins entre 1868 et 1874.

6. Né en 1841, cet employé de la firme Edward Lawrence and Co., de Liverpool, fit fortune à Nassau entre 1862 et 1865. Ses bateaux effectuèrent quarante-neuf traversées entre Nassau et les ports sudistes. En 1896, l'éditeur John Murray, de Londres, publia, sous le titre *Running the Blockade*, les souvenirs de Thomas E. Taylor, livre dans lequel l'auteur a puisé de nombreuses informations.

taire de la Joint Stock Company, dotée de capitaux importants. Cette société fait construire et équipe des forceurs de blocus. Taylor préside aussi aux destinées de l'Anglo-Confederate Trading Company, qui gère l'activité de neuf *blockade runners* et annonce à ses actionnaires – tenez-vous bien ! – des dividendes de deux mille pour cent ! Ce sont ces hommes et leurs épouses qui donnent le bon ton à la société que vous voyez ici, conclut Murray.

— Mais, dites-nous, tous ces officiers de la Navy ou de l'armée, passés au service des Confédérés sous couvert de congés, n'agissent-ils pas avec l'assentiment du gouvernement britannique ? demanda Desteyrac.

— On ne saurait le prouver. Officiellement, leur engagement est personnel. Ils ont accepté de n'être pas soutenus par l'Amirauté en cas d'ennuis avec les Fédéraux, mais ils sont assurés de retrouver leur grade et leur commandement dans la Royal Navy – ou dans l'armée – quand ils décideront de rentrer dans le rang. Si le Sud l'emporte et que la Confédération devient indépendante, on peut penser que les services rendus par nos forceurs de blocus issus de la Royal Navy seront pris en considération..., expliqua Murray avec un sourire entendu.

— Comme ceux d'alliés occultes mais efficaces, puisque ces marins livrent aux Sudistes armes et munitions, venues d'Angleterre, sur des bateaux construits sous de faux noms par vos chantiers de la Mersey et de la Clyde. De quoi ouvrir droit à la reconnaissance des esclavagistes, n'est-ce pas ? grommela l'ingénieur.

— N'oubliez pas, Charles, que votre gouvernement, comme le nôtre, est dans l'expectative. C'est

---

En 1995, Naval Institute Press, Annapolis, Maryland, a publié un fac-similé de cet ouvrage.

pour ça, j'imagine, que votre empereur Napoléon III, qui a fort à faire au Mexique, accepte que les chantiers Arman Frères[1], de Bordeaux, construisent, sous les noms d'*El Toussan*, *El Monastir*, *Cheops* et *Sphinx*, des navires semblables à ceux produits par nos chantiers. Ces bateaux français, officiellement destinés au gouvernement égyptien, rejoindront Nassau, les Bermudes ou La Havane où ils changeront d'identité et grossiront la flotte des forceurs de blocus, répliqua Murray.

— Nos souverains respectifs ont donc la même conception de la neutralité, se résigna à reconnaître Desteyrac.

— Après la prise de New Orleans, les chances des Sudistes de gagner la guerre et de fonder une nation indépendante se sont sérieusement amenuisées. Mieux vaudrait miser sur la victoire du Nord, observa Mark Tilloy.

— Rien n'est sûr, si l'on en juge par les derniers combats. Et puis, d'après les nouvelles que nous recevons de Londres, les Anglais libéraux sont plutôt favorables aux Sudistes. Nous n'avons jamais aimé les Yankees, à cause de leurs mauvaises manières. Ils s'appuient sur les basses classes et ont fait de la démocratie un régime empreint de vulgarité. Beaucoup de citoyens britanniques estiment que la partition de l'Union assurerait l'existence d'un Sud indépendant et aristocratique. *The Times* considérait récemment « la destruction du colosse américain comme la bonne délivrance d'un cauchemar ». Et le journaliste ajoutait : « Excepté quelques gentlemen de tendance répu-

1. Jean-Lucien Arman (1811-1873), député de Libourne, ami de Napoléon III, fut le beau-père de Mme Arman de Caillavet, la protectrice et amie intime d'Anatole France.

blicaine, tous ne sont pas éloignés de souhaiter le succès de la cause sudiste. » Quant au *Morning Post*, il s'est montré encore plus catégorique : « Si le Nord gagne, qui peut douter que la démocratie sera plus arrogante, plus agressive, plus nivelante et plus vulgaire, si cela est possible, que jamais avant ? » Même *Punch* émet des doutes sur les vraies causes du conflit : « La justice pour les nègres n'est qu'une réflexion d'après coup [1] », cita Malcolm Murray.

— En France, certains polygraphes, avec un humour qui n'a rien d'oxfordien, traitent la guerre civile américaine avec dérision. Ainsi ce quatrain du journal *Tintamarre* que m'a envoyé mon ami Fouquet, dit Desteyrac en tirant une lettre de sa poche pour citer à son tour :

Dans le Sud, avec le canon,
Avant d'avoir rétabli l'ordre,
Quoique n'ayant pas de coton
Nous aurons du fil à retordre.

» Et c'est signé "Un nègre fin" ! acheva Charles, rendu un peu confus par la stupidité du calembour.

Avant le départ, très matinal, pour Soledad, Malcolm Murray fit porter à bord de l'*Arawak* plusieurs caisses de whisky et de porto, des boîtes de thé et des sacs de café récemment arrivés de Liverpool.

— Un forceur de blocus a prélevé ça pour moi sur sa cargaison personnelle à destination des Sudistes. Je

1. Cité par James M. McPherson dans *Battle Cry of Freedom. The Civil War Era*, Ballantine Books Edition, New York, 1989.

lui ai vendu, à deux cents la livre, huit cents kilos de bon sel de nos salines d'Inagua. Il revendra ce sel cinquante cents la livre à Wilmington. Ça valait bien un petit présent, non ? confessa-t-il en riant.

Les colis rejoignirent dans la cale les bidons de peinture grise dont Mark Tilloy avait fait sans plaisir l'emplette chez le seul shipchandler de Nassau.

— Dommage que vous n'ayez pas d'acier à vendre aux esclavagistes. On dit qu'il est passé de vingt-cinq dollars à mille cinq cents dollars la tonne, dit l'officier, une fois les manœuvres d'appareillage terminées et le cap donné au timonier.

— Je laisse ces pondéreux aux autres. J'ai commandé à Londres des chapeaux de femmes, parce qu'à Richmond les modistes en sont réduites à faire des chapeaux en papier pour les mariées, lesquelles, comme on manque aussi de métaux précieux, reçoivent des alliances faites avec les derniers dollars en or ! Notre commissionnaire à Nassau attend des tissus, des bottes, des couvertures, du savon, du papier à lettres, du bismuth, des pilules digestives Cockle, des livres d'école, des romans de Walter Scott, des instruments de chirurgie et des béquilles, car il faut bien penser aux éclopés. Comme vous le voyez, mon cher Charles, j'importe et je vends de tout aux Sudistes, sauf, pour ne pas froisser vos intransigeantes convictions antiesclavagistes, des armes et des munitions ! énuméra Murray en donnant une bourrade à son ami.

Par beau temps, l'*Arawak* parcourait les deux cent cinquante milles qui séparent Nassau de Soledad en moins de vingt heures. Ce jour-là, un fort coup de vent entre Exuma et Cat Island retarda l'avancée du vapeur. Ce fut à l'aube du lendemain que Tilloy, avec une habileté manœuvrière qui eût réjouit son maître Lewis Colson, mit l'*Arawak* à quai.

Tiré du sommeil par le bruit des machines, le commandant du port reçut l'ordre de Malcolm Murray de faire porter caisses de whisky et de porto au Loyalists Club auquel l'architecte, qui se réservait thé et café, offrait ces produits afin, dit-il, « que tout le monde puisse en profiter ».

Quand se présentèrent les premiers débardeurs, rameutés par le commandant du port, Desteyrac fit décharger les précieuses pompes aspirantes, donna des ordres pour leur transport au village des artisans, puis se fit conduire à Valmy où Ounca Lou, déjà informée de son arrivée par Timbo, attendait son mari pour le petit déjeuner.

Quand Charles eut brossé, de l'animation nouvelle de Nassau, une description qui piqua la curiosité de sa femme, celle-ci lui apprit que, pendant son absence, le major Carver avait fait une chute de cheval et que Fish Lady s'était installée chez lui pour le soigner.

— Lamia me paraît fort inquiète, parce qu'elle craint que la chute d'Edward, qui va sur ses soixante-dix ans, ne soit pas due à un écart ou à une glissade de son cheval sur le pont de Buena Vista, comme il le soutient, mais plutôt à un vertige ou même à une perte de connaissance tandis qu'il se rendait chez elle, rapporta-t-elle.

— Ces deux-là finiront peut-être par où ils auraient dû commencer, c'est-à-dire par vivre ensemble ! dit Charles.

— Le pasteur Russell désapprouve, vous le savez, la cohabitation de personnes de sexes opposés qui ne sont pas mariées. Mais peut-être espère-t-il célébrer les noces du major et de Fish Lady, ajouta Ounca Lou, amusée.

Charles assista au lever de Pacal, toujours grincheux quand l'heure venait de reprendre contact avec les réalités de la vie. Il admira le corps bien proportionné de son fils, ses yeux bleu myosotis légèrement bridés, ses cheveux de jais, lisses et lustrés, héritage indien, comme ceux de sa mère. Il aurait cinq ans en juillet mais paraissait plus grand, plus fort, plus déluré que la plupart de ses camarades de même âge.

— Il aura de bons muscles. Vous en ferez un nageur et un pêcheur ; ses amis les Arawak en feront un athlète et un archer digne de Guillaume Tell ; lord Simon en fera un cavalier et un chasseur. Ma chérie, nous aurons pour fils un *sportsman* colonial ! dit Charles en prenant Ounca Lou dans ses bras.

— Et les études ? Y pensez-vous ? Pacal est très précoce. Il commence à lire en anglais, un peu en français, mais, dans quelques années, ne devrons-nous pas l'envoyer dans un collège aux États-Unis ? Cela me préoccupe quelquefois. Le temps passe si vite et il grandit si bien... Qu'en ferons-nous plus tard ?

— Un lord des Bahamas II, sans doute, plaisanta Charles pour cacher la gêne soudaine que lui causaient les propos d'Ounca Lou.

Il n'avait encore jamais pensé à l'avenir de son fils !

En allant vers le village des artisans, sa réflexion sur l'éducation future de Pacal le conduisit à reconnaître que, bien que prématurée, la préoccupation d'Ounca Lou méritait qu'il s'y arrêtât. Il se faisait fort d'enseigner à son fils les mathématiques, la géométrie plane et dans l'espace, l'algèbre, la trigonométrie, la physique, la chimie, la résistance des métaux, toutes matières qu'il avait étudiées à Polytechnique et aux Ponts et Chaussées. Ounca Lou, nantie de diplômes du Rutgers College, l'instruirait dans les sciences naturelles, l'histoire et la géographie, dont elle était férue. Quant aux langues, Pacal les apprenait spontanément sur une île où l'anglais et l'espagnol étaient couramment pratiqués. Dans ce domaine comme en d'autres, lady Lamia se montrait bonne éducatrice. Ann commençait à l'initier au dessin et Ottilia prévoyait de lui inculquer le solfège, peut-être le piano, puisqu'il l'écoutait jouer avec ravissement.

Cependant, Charles Desteyrac ne voulait pas que l'on fît de Pacal un colon nanti, sans autre expérience que celle d'une vie insulaire protégée. Même si lord Simon considérait ce petit-fils inespéré comme le futur maître de l'île, Pacal devrait, un jour ou l'autre, être envoyé aux États-Unis ou en Europe pour obtenir ces diplômes qui, estimait avec un optimisme très français Charles Desteyrac, garantissent un homme contre les revers de fortune. Le mieux serait que Pacal suivît la même voie que lui, devînt ingénieur des Ponts, sans doute la meilleure formation pour gérer un jour ce territoire autonome, unique, nommé Soledad. Quant aux entreprises multiples et variées des Cornfield d'ici et d'ailleurs, ce serait au lord d'introduire son petit-fils dans ses affaires.

L'ingénieur dut consacrer une quinzaine de jours à la mise en place des pompes aspirantes à la surface de plusieurs trous bleus : Dog Hole, Mermaid Hole, Lusca Hole. Avec l'aide de son contremaître, le fidèle Sima, qui ne croyait plus aux monstres cachés dans ces trous bleus depuis qu'il avait plongé dans la fuente del Ángel pour dégager un scaphandrier, Charles put convaincre les Indiens qu'ils ne réveilleraient pas les esprits mauvais en maniant le levier d'une pompe. Il leur montra comment amorcer le pompage en mettant de l'eau dans le corps de la machine pour que le vide se fît et que l'aspiration se produisît. Femmes et enfants, émerveillés, virent alors jaillir, d'un tuyau, l'eau douce qu'ils devaient auparavant recueillir avec des seaux suspendus à des cordes.

— Dès le premier jet d'eau saumâtre, vous arrêtez le pompage, car cela signifie que toute l'eau douce a été tirée et qu'il faut attendre que la nappe se reconstitue par l'apport des sources et de la pluie à la surface de l'eau de mer, expliqua-t-il.

Puis il invita Sima à répéter la consigne en langue des Arawak et à veiller à son respect.

Le tuyau étant relié à Dog Hole, à l'est du village des Arawak, Maoti-Mata et les siens eurent le plaisir de voir l'eau douce emplir un bac de calcaire corallien, sur la place, devant sa demeure. Un des fils du cacique fut immédiatement préposé à la surveillance de la fontaine afin, proclama Old Gentleman, « que nul ne gaspille le précieux liquide que Monsieur l'Ingénieur Desteyrac, grand maître du progrès, fait venir jusqu'à nous ».

Lord Simon n'apparaissait que rarement au Loyalists Club, bien qu'il le parrainât avec générosité. Il réservait ses visites à l'occasion de la saint George et lors de l'anniversaire de la reine Victoria, que les membres du cercle célébraient avec force toasts et que le maître de l'île se devait de présider. Le gérant Sharko ne fut donc pas pris au dépourvu, le 24 mai, quand le vieux lord se fit annoncer. La souveraine britannique, toujours en grand deuil du prince Albert, son époux bien-aimé, entrait ce jour-là dans sa quarante-quatrième année.

Avant de porter le premier toast à la reine en souhaitant qu'elle trouvât consolation et sérénité auprès de ses nombreux enfants et continuât à régner pour la plus grande gloire et prospérité du Royaume-Uni et de son empire colonial, lord Simon profita du rassemblement de tous les notables et officiers de l'île pour évoquer le guerre civile américaine et ses conséquences.

— Je sais, dit-il, que Sa Très Gracieuse Majesté, notre reine, partage de tout cœur les souffrances qu'impose à plusieurs centaines de milliers d'ouvriers de nos filatures, et à leurs familles, le chômage dû à la pénurie de coton. Car notre industrie cotonnière nourrit, chez nous, au moins quatre millions de personnes. C'est une des conséquences d'un conflit où la Grande-Bretagne n'a aucune part ni responsabilité, et qui brise l'union de nos anciennes colonies d'Amérique. À cette pénurie, due au blocus des ports du Sud, exportateurs de coton, nous tentons de remédier en respectant les lois internationales qui donnent droit aux neutres de commercer avec des belligérants. Sans soutenir pour autant la cause esclavagiste qui, j'en suis certain, vous fait à tous horreur !

Cornfield fut applaudi et, verre en main, circula d'un groupe à l'autre pour bavarder.

— Savez-vous, *my lord*, comment sont présentés, à l'Exposition universelle qui se tient actuellement à Londres, les coquilles de conches sculptées en camées, nos écailles de tortue, les éponges et les ananas que nous avons envoyés à nos agents anglais ? demanda un colon, grand propriétaire à Cat Island.

— Cette Exposition universelle, qui vient d'ouvrir et se tiendra jusqu'au 15 octobre, n'aura pas, je le crains, le retentissement de celle de 1851, que j'ai visitée. La crise de l'industrie textile et les mauvaises récoltes de céréales freinent les initiatives. Le Crystal Palace, la merveille la plus extraordinaire de l'Exposition de 1851, couvrait neuf hectares et avait coûté deux millions de livres. Le nouveau palais, fait de briques et d'arceaux vitrés, en couvre onze à Kensington. C'est un hall pourvu à ses deux extrémités de dômes, hauts de deux cent cinquante pieds. Une belle place, dans le hall de l'industrie, était initialement prévue pour les nouveaux métiers à filer et à tisser, mais qu'en sera-t-il maintenant ? En revanche, étant donné que les envois des colonies sont placés dans un hall annexe, on peut penser que nos produits bahamiens seront vus et appréciés par les visiteurs. Je doute, hélas, que ceux-ci soient aussi nombreux qu'il y a onze ans, conclut lord Simon, dubitatif.

— Cette guerre est vraiment préjudiciable aux affaires. Mon agent de change de Londres m'écrit que même les banquiers suisses sont inquiets. Plusieurs maisons de banque parmi les plus sérieuses de la Corraterie, à Genève, se ressentent de la crise du coton, dit le docteur Weston Clarke.

— Certes, les affaires vont mal. Le *Great Eastern*, notre léviathan des mers, a été saisi le mois dernier à la demande de Scott Russell, le constructeur naval, qui n'était pas payé, révéla Lewis Colson.

— Les choses ont dû s'arranger, car j'ai appris à Nassau que le *Great Eastern* était attendu à New York, compléta Mark Tilloy.

— Devons-nous accueillir les planteurs de la Virginie, des Carolines et de la Louisiane qui comptent trouver refuge dans notre archipel ? demanda le commandant du port.

— Nous le devons, bien sûr.

— Même s'ils viennent avec leurs esclaves, comme autrefois les loyalistes ?

— Tout nègre qui pose le pied sur une de nos îles devient un homme libre, qu'il accompagne son maître ou qu'il débarque seul. Mais ne vous tracassez pas. Les Sudistes savent que l'archipel des Bahamas, colonie de la Couronne, accepte les nègres en rupture d'esclavage depuis qu'en 1841 les esclaves entassés à bord du *Créole* se révoltèrent et débarquèrent à Nassau, où ils furent aussitôt affranchis, rappela le maître de l'île avant de se retirer.

Comme chaque année, au jour anniversaire de Victoria, lord Simon donna à Cornfield Manor une réception suivie d'un dîner très habillé, robe longue pour les dames, *tail coat and white tie* [1] pour les hommes. En ce printemps 1862, seul le bal traditionnel fut supprimé par respect pour le deuil de Sa Très Gracieuse Majesté.

Ce soir-là, Ottilia, apparemment revenue de ses rébellions de jeunesse, portait pour la première fois le diadème des Cornfield, à la grande satisfaction de son père. Elle parut dans une robe bleu pastel à volants multiples de Worth, rapportée de Paris, au côté de sa demi-sœur, Ounca Lou, moulée dans un strict fourreau de soie émeraude qui ne laissait rien ignorer de ses formes vénusiennes.

1. Habit et cravate blanche.

— Toutes deux belles, mais combien différentes ! dit le major Carver.

À peine remis de sa chute de cheval, pâle et flageolant, il s'appuyait d'une main sur une canne, de l'autre au bras de lady Lamia.

— Elles tiennent, je crois, à montrer leur différence, grinça Margaret Russell.

Si la femme du pasteur acceptait la toilette d'Ottilia, elle ne pouvait approuver qu'une jeune mère de famille comme Ounca Lou se présentât dans une robe si provocante.

— Parfois aussi leur ressemblance, lui souffla Charles, devinant la pensée de la puritaine.

— Je n'ai pas encore vu vos charmantes filles, s'étonna Fish Lady.

— Vous ne les verrez pas, lady Lamia. Monsieur le Pasteur et moi-même avons décidé de les envoyer faire leurs études chez les Dames de Sion, dans le Massachusetts. Ces dames ne sont pas protestantes, mais dispensent une excellente éducation œcuménique aux jeunes filles chrétiennes qui seraient tentées de se laisser aller aux futilités mondaines et d'écouter les sornettes des libertins.

— On ne peut que regretter l'absence de ces demoiselles, fit Carver.

— Elles nous manquent beaucoup, mais il devenait nécessaire de les éloigner de Soledad, proclama Margaret Russell de sa voix claironnante, comme un défi à la société insulaire, tout en jetant un regard acéré à Malcolm Murray.

Absorbé dans la contemplation d'un paysage de Constable depuis toujours suspendu dans le grand salon de Cornfield Manor, l'architecte feignit de n'entendre pas la diatribe. Quand la femme du pasteur fut entraînée vers le buffet par les Weston Clarke, il rejoignit Charles.

— J'imagine la question que suscite dans votre esprit pervers la confidence quasi publique de Margaret Russell, murmura Malcolm, gouailleur.

— Je porte toujours intérêt à vos entreprises, quelles qu'elles soient, mon ami, répliqua Charles sur le même ton.

— Eh bien, sachez, mon cher, que j'ai amené les deux sœurs Russell dans mon atelier. Je leur ai d'abord montré une reproduction du *Concert champêtre*, de Giorgione, un tableau de 1510 sur lequel deux demoiselles grassouillettes figurent dans le costume d'Ève, près de deux musiciens, et je leur ai dit : « Je veux vous peindre ainsi. » Elles se sont aussitôt mises nues, avec une innocente célérité, me permettant, sous prétexte de leur faire prendre la pose, les attouchements les plus familiers. Les joues écarlates, le souffle court, elles s'enflammaient sous mes doigts, presque défaillantes, prêtes à tout, offertes avec franchise au plaisir dont elles ne savaient rien mais voulaient manifestement tout apprendre.

— En somme, vous avez gagné votre pari ! dit Charles.

— J'aurais pu. Mais quand j'ai compris, en les voyant couvrir de la main leur nombril, qu'elles croyaient que c'était par là que se faisaient et que sortaient les enfants, j'ai, en me retenant de rire, renoncé à toute entreprise. Professoral en diable, je les ai dessinées à la sanguine, assez bien, ma foi, enlacées sur mon canapé. Et je leur ai offert le carton en souvenir. Le soir même, ces dindes ont montré mon œuvre, un tantinet saphique, je le reconnais, à papa et maman. Le lendemain, les Russell prenaient le bateau-poste avec leurs poulettes pour les embarquer à Nassau sur un paquebot de la Cunard, à destination de New York. Inutile de vous dire que, depuis ce jour, les Russell me battent froid, d'autant plus qu'ils ont su qu'Ottilia, comme toujours informée par mes soins de l'aventure, avait beaucoup ri !

— Ainsi, vous venez de parfaire votre sulfureuse réputation, constata Charles, plus amusé que scandalisé.

— Je regrette de m'être montré si gentleman avec ces deux perruches. Je suis certain que, plus tard, elles me tiendront rigueur de les avoir respectées, conclut Murray.

Pibia annonça, de sa voix de chambellan formé à Belgravia : « Sa Seigneurie est servie. »

Alors que tous se préparaient à se rendre à la salle à manger en cortège, lord Simon ayant offert son bras à Margaret Russell, la plus âgée de ses invitées, Charles et Malcolm constatèrent que leurs épouses respectives avaient disparu. Le maître de maison interrompit sa marche et se retourna, sourcils froncés, vers ses gendres.

— Où sont-elles donc passées ? demanda-t-il avec humeur.

Attaché au protocole, il n'admettait pas, à un tel moment, une absence si désinvolte.

On cessa de s'interroger quand une porte communiquant avec le petit salon s'ouvrit et que l'on vit reparaître les deux femmes. Nés de la surprise générale, des applaudissements spontanés crépitèrent pour saluer ce que tous prirent pour une charmante espièglerie : Ottilia et Ounca Lou, ayant échangé leurs robes et leurs bijoux, se présentaient, rieuses et minaudantes, comme deux pensionnaires enchantées de la farce.

— Cela prouve au moins qu'elles ont les mêmes mensurations et qu'elles peuvent l'une et l'autre enlever n'importe quelle toilette, commenta Eliza Colson, heureuse d'une telle entente et d'une pareille familiarité entre les demi-sœurs.

Quoique ravi, le plus étonné fut Cornfield en voyant, sur la tête d'Ounca Lou le diadème autrefois offert par Charles II à une ancêtre dont les mauvaises langues disaient qu'elle l'avait trouvé sur un oreiller !

Charles vit lady Lamia essuyer une larme furtive.

— Cette charmante comédie ne vous égaie-t-elle pas ? demanda-t-il.

— Pardonnez mon émotion, Charles, mais cette petite comédie a plus de sens que nos amis ne peuvent penser. C'est, à mes yeux et pour mon cœur, un acte symbolique : les deux filles de Simon, celle qui donna tant de soucis et celle de qui il refusa longtemps l'existence, sont aujourd'hui de vraies sœurs, heureuses d'être réunies. Maintenant, je puis mourir tranquille. Ce que je souhaitais le plus ardemment s'est accompli, dit-elle, avant de prendre le bras d'Edward Carver pour passer enfin à la salle à manger.

Au cours du dîner, tous les intimes étant réunis, Simon fit part des dernières nouvelles envoyées de Charleston par son cousin Bertie III.

— Depuis la chute de New Orleans et l'annonce que les Nordistes ont formé des régiments de Noirs, un vent de panique souffle sur les Carolines. Bertie, dont les fils et gendres se battent dans l'armée de Beauregard, me demande d'accueillir à Cornfield Manor sa jeune épouse, Varina. Elle craint si fort que les Blancs ne soient massacrés par leurs nègres, même par ceux de la maison qui, depuis plusieurs générations, servent avec dévouement les familles de planteurs, qu'elle en a perdu le sommeil et larmoie toute la journée. Bien qu'elle soit sans enfants, il souhaite la mettre à l'abri de menaces qu'il trouve vaines, mais dont l'évocation permanente par Varina agace ses filles et brus. Nous devrons donc aller chercher cette geignarde à Charleston, conclut lord Simon.

Un regard appuyé à Lewis Colson désigna le commandant du *Phoenix* pour cette mission.

4.

— Conseil de guerre à Cornfield Manor, ce soir, à l'heure du whisky ! cria Malcolm Murray, sans descendre de son boghei, à l'adresse de Charles Desteyrac.

Occupé à un relèvement topographique, l'ingénieur abandonna théodolite et graphomètre, fit signe à Sima de poser la mire graduée qu'il tenait à distance, et se dirigea vers la voiture.

— Que se passe-t-il ?

— Il s'agit d'organiser le voyage à Charleston pour enlever la femme de Bertie III. Comme vous l'avez compris, hier au dîner, la traversée se fera sur le *Phoenix*, et je compte en être, dit Murray.

— Pourquoi pas le vapeur, plus rapide ? interrogea Charles.

— Parce que notre scrupuleux beau-père ne veut pas nous faire courir le risque d'être pris pour des forceurs de blocus. Il donnera ce soir des instructions plus précises. Le départ est imminent, étant donné que six mille Fédéraux de l'armée McClellan ont tenté, le 15 juin, de prendre possession de l'île James, à dix milles seulement de Charleston. Ils ont été repoussés, mais il est certain qu'ils reviendront ; d'où l'urgence, pour Bertie III, de mettre sa chère femme à l'abri.

Rappelez-vous qu'il en a déjà perdu trois ! lança Malcolm, goguenard.

Charles se rendit à la convocation, se demandant pour quelle raison lord Simon le priait à une réunion où il n'avait que faire. À Cornfield Manor, sur la galerie, car la journée avait été chaude, il trouva réunis Lewis Colson, Mark Tilloy, Uncle Dave, Malcolm Murray et, présences inattendues, Ottilia et Gertrude Lanterbach.

Dans les circonstances épineuses, Simon Leonard Cornfield se montrait toujours au mieux de sa forme. Il appréciait ce que Malcolm nommait les conseils de guerre, qui, pour le maître de l'île, devenaient occasions de prouver sa prépotence et d'évaluer l'intérêt porté par ses intimes à sa personne autant qu'aux événements susceptibles d'influer sur la vie insulaire.

Debout derrière son fauteuil, faisant face à ceux qu'il conviait à s'asseoir, les deux mains posées sur le dossier du siège, moustache drue, regard sévère, il offrait, dans sa redingote strictement boutonnée tel un uniforme, l'aspect résolu du stratège intrépide qui, ayant pris sa décision, va dicter ses ordres. Ce qu'il fit quand eurent cessé les conversations.

— Pour aller à Charleston et porter à Soledad l'épouse de mon cousin Bertie III, j'ai préféré le *Phoenix* à tout autre bâtiment de ma flotte. Ce yacht naviguant sous pavillon britannique, sans armes ni cargaison suspecte, si les Fédéraux en charge du blocus arraisonnent le navire, vous déclarerez que vous faites route vers la Caroline du Sud pour rapatrier à Soledad une de mes parentes malade. Au retour, vous vous abstiendrez de transporter la moindre marchandise, surtout pas de coton, afin de prouver notre bonne foi et la neutralité exigée par Sa Très Gracieuse Majesté la reine Victoria. Je compte sur le commandant Colson pour faire respecter ces consignes.

Un silence déférent accueillit cette déclaration. L'ayant apprécié, lord Simon continua d'un ton plus familier.

» Le capitaine Mark Tilloy a accepté de reprendre, pour cette traversée un peu particulière, les fonctions de second officier du *Phoenix*, et je l'en remercie. Comme on ne saurait imaginer que Varina Cornfield puisse décemment voyager seule avec des hommes, même si tous sont de parfaits gentlemen, lady Ottilia et Gertrude Lanterbach seront à bord. L'honorable Malcolm Murray, mon neveu et gendre, profitera de cette traversée pour rendre visite au représentant de Fraser, Trenholm and Co., à Charleston, afin de régler certaines affaires et les modalités de futurs transports... moins innocents !

Les sourires prouvèrent que l'humour du maître de Soledad était compris de tous.

— Enfin, j'aimerais que Charles Desteyrac, mon autre gendre, se joigne à l'expédition, reprit-il, interrogeant Charles du regard.

Bien qu'ébahi, le mari d'Ounca Lou acquiesça d'un signe de tête.

— J'aurai ainsi l'occasion de connaître cette vie de plantation où tout est, dit-on, élégance, bonne chère, valse lente et marivaudage, confirma-t-il en souriant.

Lord Simon enregistra l'acceptation et crut bon, afin que nul n'en ignorât, de justifier son choix.

— J'ai souvent apprécié le sang-froid et les conseils de Charles Desteyrac, et le fait qu'il y ait à bord du *Phoenix* un ingénieur français, donc citoyen d'une autre nation neutre, offrira une garantie supplémentaire aux Américains. Et puis, peut-être pourra-t-il obtenir qu'on lui rende le matériel ferroviaire dont nous prive la guerre, ajouta Cornfield, un rien caustique.

Un peu plus tard, tandis que lord Simon réglait avec les marins les détails du voyage, Ottilia vint à Charles.

— Vous savoir de la partie me réjouit et me rassure, car on ne sait ce que nous allons trouver en Caroline du Sud.

— En votre compagnie, la croisière sera un plaisir, quoi qu'il arrive, répliqua Charles, badin, car la perspective d'une évasion ne lui déplaisait pas.

— Nous aurons tout le temps, en mer, de bavarder. J'ai tant à apprendre de vous sur la façon dont nous devrions nous conduire face à cette affreuse guerre, minauda Otti.

— Appareillage après-demain à huit heures, annonça soudain à la cantonade Lewis Colson, alors que Pibia était invité par Cornfield à présenter rafraîchissements et boissons apéritives.

Lord Simon profita du mouvement qui se fit pour prendre le bras de Charles et l'attirer à l'écart, sur la galerie.

— Vous serez mon œil et mon oreille, à bord et chez Bertie. Je fais toute confiance aux marins pour ce qui concerne la traversée, mais je ne voudrais pas, à terre, que Murray se livrât à des excentricités condamnables, ni qu'Otti se querellât avec ses cousins et cousines ou d'autres familles de planteurs. Ces gens sont des esclavagistes, certes, mais ils sont menacés dans leurs personnes et leurs biens. Ils ne peuvent espérer notre approbation, mais notre compassion leur est acquise... et nous avons besoin de leur coton ! Vous me comprenez, n'est-ce pas ?

— Je vous comprends, lord Simon. Compassion contre coton ! fit Charles, ironique.

— Sacré Français ! Toujours moqueur ! Mais vos filatures ne sont pas mieux loties que les nôtres, savez-vous !

— Je le sais. Les ouvriers cotonniers français ne se soucient pas plus des esclaves que leurs compagnons anglais. Pour eux, et pour d'autres, la guerre civile américaine se réduit à ce qu'on nomme dans les journaux la famine du coton. Car, du fait de cette pénurie, on compte plus de trois cent mille chômeurs en Seine-Inférieure[1] et dans les Vosges. Ma mère m'écrit que des enfants vont mendier de la nourriture dans les fermes, qu'on fait des quêtes dans les églises et que l'on va ouvrir, en France, une souscription nationale pour les ouvriers de Rouen, tombés dans la misère, compléta Charles.

— C'est pourquoi, mon cher Charles, votre formule, « compassion contre coton », est d'un poète. Elle ne suffit pas à faire tourner nos filatures. Nous devons matérialiser, oui, matérialiser notre compassion, si nous voulons avoir du coton !

— Je sais comment, des chantiers de la Clyde à ceux de Bordeaux, des Bermudes à Nassau, des gens s'emploient à « matérialiser » la compassion ! ironisa Charles.

— Cela n'est pas votre affaire, mais la mienne et celle de Murray, repartit lord Simon d'un ton sec.

— Je n'ai, en effet, rien à dire, et ne vous confonds pas avec les fabricants de canons, corrigea Charles.

— Sachez que nous ne livrons pas d'armes aux esclavagistes, seulement des médicaments, des denrées

---

1. Département français devenu Seine-Maritime en 1955.

et objets qui font défaut aux États agricoles du Sud, pauvres en fabriques et manufactures, précisa lord Simon.

— Je n'ai jamais douté de votre attachement aux principes de liberté pour les Noirs. Je vous ai vu à l'œuvre contre les esclavagistes. Même contre ceux de votre propre famille. Mais toute aide apportée aux Sudistes n'encourage-t-elle pas une prolongation de la guerre ? Or, il faut que le Nord l'emporte le plus vite possible, insista Charles.

— Une victoire rapide du Nord ? Rien n'est moins sûr. Il n'est certes de l'intérêt de personne – ni des Yankees, ni des Sudistes, ni de nos industries textiles – de voir la guerre durer. Mais, vous le verrez à Charleston, les choses ne sont pas aussi simples qu'on l'imagine de loin. Libres, les nègres resteront noirs... et pour longtemps, mon ami !

Colson approchait avec Tilloy et lord Simon changea de sujet.

— J'espère que Mme Desteyrac ne me tiendra pas rigueur de la priver de son mari pendant quelques jours. Je veillerai sur elle et sur Pacal pendant votre absence, conclut-il avant de se tourner vers les marins.

Se séparer de Charles peinait Ounca Lou, mais la jeune femme n'en laissa rien paraître. Elle se dit au contraire satisfaite de voir son mari courir une aventure qui romprait, pendant quelque temps, la monotonie d'une vie insulaire dont elle devinait, certains jours, qu'elle pesait à l'élu de son cœur.

— En réalité, votre lord de père me fait tenir un curieux rôle. Il me charge d'empêcher Malcolm de se livrer à ce qu'il nomme des excentricités, et d'éviter qu'Otti ne se crêpe le chignon avec des dames esclavagistes. J'ai cru comprendre qu'il attendrait, au retour, un rapport circonstancié. Sans Pacal, je lui aurais demandé de vous inscrire avec moi sur le rôle d'équipage, dit Desteyrac.

— Nous aurons l'occasion de faire ensemble d'autres croisières, Charles. À Eleuthera, par exemple, où nous ne sommes pas allés depuis longtemps. Mon père nous a offert un voilier : peut-être pourrions-nous un jour naviguer jusqu'à mon île natale ? dit Ounca Lou, gentiment narquoise.

— Ce reproche me paraît justifié. J'avais oublié le brick *Apollo*. Philip Rodney a dû, avec l'aide de Tom O'Graney, parfaire les aménagements demandés par votre père. Rappelez-vous qu'il le trouvait peu confortable pour une famille. Je vous promets de m'intéresser à ce bateau, sitôt rentré de Charleston, ma chérie, assura Charles.

Le *Phoenix* mit à la voile au jour et à l'heure prévus. Accoudé à la lisse près de Michael Hocker, l'écrivain du bord, peu satisfait d'être mêlé à cette aventure, Desteyrac attendit d'avoir perdu de vue Ounca Lou et Pacal qui l'avaient accompagné au port occidental.

Ce que Tilloy nommait « un joli frais dc sud-est » gonflait les voiles, et le navire s'engageait entre Eleuthera et Cat Island, avant de mettre cap au Nord, quand Ottilia, jusque-là restée confinée dans sa cabine, apparut sur le pont.

— Tout à l'heure, avant que nous n'embarquions, Ounca m'a demandé de veiller sur vous, aussi vous conseillerai-je de coiffer votre panama, comme elle vous y inviterait sans doute. Nous autres, filles des îles, savons que la brise de mer fait oublier les ardeurs du soleil, cependant bien réelles, dit-elle, attentive.

Charles coiffa le chapeau qu'il avait au départ agité en un geste d'adieu et suivit Otti sur la plage avant. Une écharpe de mousseline nouée sous le menton cachait les cheveux de la jeune femme et soulignait l'ovale de son visage. Le menton levé, les yeux clos, elle parut, au-dessus de l'étrave, s'offrir à l'océan. Sa robe légère, plaquée par la brise, moulait ses formes, de la pointe des seins aux cuisses. « Belle comme une figure de proue », se dit Charles, goûtant le tableau. Consciente d'être observée, Ottilia lui fit face, ouvrit les yeux et, pénétrant peut-être la pensée de son compagnon, déroba son corps aux indécentes palpations du vent.

— Le soleil et les embruns vont gâter votre teint, fit remarquer Charles.

— Il se pourrait, mais qui s'en souciera ?

— Mon fils, peut-être. Pacal a dit devant moi, l'autre jour, à sa mère : « Vous avez les joues moins blanches que Tatoti », car c'est ainsi qu'il vous nomme pour ne pas dire tante Otti, fit Charles.

— Alors, je vais me faire hâler pour ressembler à Ounca. Elle est si belle ! Et comme je suis heureuse qu'elle m'ait adoptée en vraie sœur ! Elle aurait pu me détester et détester notre père qui, si longtemps, l'a tenue à l'écart et m'a caché son existence. Quand j'étais plus jeune, quel plaisir j'aurais eu à vivre et à jouer avec elle ! confessa Ottilia.

— Maintenant, lord Simon se réjouit d'avoir deux filles. Votre duo, digne de la commedia dell'arte, quand vous avez échangé vos toilettes, le soir du dîner d'anniversaire de Victoria, a paru sceller votre complicité. Mieux que quiconque Lamia a perçu quel était le sens profond de cette espièglerie concertée, rappela Charles.

— Nous nous sommes bien amusées, et ainsi les commères comme Margaret Russell ou Dorothy Weston Clarke, ont été édifiées. Ounca et Ottilia s'aiment ! Et si l'une devait être jalouse de l'autre, ce serait moi, car Ounca a tout ce que je ne puis avoir, acheva Otti, le regard perdu sur l'horizon.

Charles lui prit le bras et l'entraîna vers l'arrière, moins venté. Ils y restèrent un moment à observer le sillage du voilier tout en jouissant d'un silence partagé.

Au cours du voyage, les conversations entre passagers, auxquels se joignait parfois Mark Tilloy quand le service lui laissait un peu de répit, à l'heure des repas ou au salon, portèrent le plus souvent sur le conflit américain, mais aussi sur la soudaine prospérité de Nassau qui en découlait. D'après Murray, le loyer des rares maisons disponibles sur New Providence avait été multiplié par cent. On évoquait parfois la guerre du Mexique où se trouvaient engagées la France et l'Angleterre, le combat libérateur de Garibaldi dans les États du pape, la révolte des Monténégrins contre les Turcs, la création d'un syndicat des ouvriers métallurgistes en Grande-Bretagne entre d'autres sujets plus futiles, comme l'embarras que causaient les crinolines dans les chemins de fer ou le rejet du corset par les féministes, tous propos qui offraient matière à commentaires, voire à controverses.

Charles et Ottilia eurent l'occasion d'évoquer, au cours de quelques apartés, l'avenir de Pacal, la santé du major Carver, les attentions que lui portait Lamia, et même, sujet plus intime, l'irréprochable attitude de Malcolm, en tant que mari, et la discrétion de Gertrude Lanterbach en tant que maîtresse admise.

— Tout était prévu avec Malcolm, pour les raisons que vous savez. Même si cet étrange ménage à trois vous a d'abord un peu étonné, peut-être même scandalisé, sachez que, depuis l'enfance, je considère Malcolm comme un frère jouisseur un peu fou. Une sorte de lord Byron à qui il aurait tant aimé ressembler. Ce qui, d'ailleurs, lui permet de mieux accepter sa boiterie, confia Otti.

— De tempérament artiste, généreux, fidèle en amitié, Malcolm est en effet un aimable dissolu. Je l'aime, moi aussi, comme un frère. Je me demande parfois s'il ne s'applique pas, ne se force pas à la débauche, comme d'autres s'appliquent et se forcent à la vertu, commenta Charles.

— Cette volonté de transgresser les principes, ce que je fis quelquefois, moi aussi, est chez lui plus qu'une provocation mondaine, une sorte de perversité contrôlée. Je ne peux que tenter de lui éviter le pire, car je porte son nom et lui suis reconnaissante de m'avoir épousée, ajouta Otti.

— Aux yeux du monde, vous formez en effet un couple comme un autre, et nul ne peut soupçonner sa liaison avec Gertrude.

— Plus qu'une gouvernante, Gertrude, qui ne m'a pas quittée depuis l'adolescence, est une fidèle amie. Elle sait qu'il ne peut exister de ma part aucune jalousie d'épouse, et qu'il sied de maintenir formes et convenances. Jamais rien, dans sa façon d'être ou de s'exprimer, ne peut me rappeler ou donner à penser à quiconque ce qui se passe entre elle et Malcolm. Notre arrangement, aussi peu moral qu'il soit, reste satisfaisant pour tous. Je crains seulement que Gertrude ne finisse par souffrir, dans sa dignité de femme aimante, des incartades de Malcolm.

— Il se plaint en effet d'en être trop aimé, acquiesça Charles.

— J'ai dû exiger qu'il taise à Gertrude les aventures qu'il rapporte, sans doute à vous comme à moi, avec une complaisance et un luxe de détails qui amusent, mais dont le cynisme blesserait Gertrude.

— Pour lui, toute femme est un gibier. Et, comme les chasseurs, il aime à exposer et commenter ses tableaux de chasse, reconnut Desteyrac.

— Nous avons, vous le savez, frisé le scandale avec les Russell. Le pasteur a raconté à mon père que Malcolm avait fait poser ses deux filles nues.

— Et qu'a répondu lord Simon ?

— Que les poulettes blanches devaient un jour ou l'autre être déplumées, et que le mieux, s'il voulait épargner à ses filles un déplumage prématuré, serait de leur trouver un poulailler loin de Soledad, rapporta Ottilia en riant.

Le joli frais étant, en langage marin, devenu bon frais dès la sortie de l'archipel, le *Phoenix* parcourut en moins de soixante heures les sept cent soixante-cinq milles séparant Soledad des côtes de la Caroline du Sud.

Au contraire des forceurs de blocus, qui se présentaient de nuit, tous feux éteints, pour se glisser entre les navires fédéraux sans attirer l'attention des veilleurs, Lewis Colson, suivant les consignes de lord Simon, voulut que le *Phoenix* franchît, de jour et à son allure, le barrage – au demeurant perméable – de la marine de l'Union. Le commandant, comme son second, savait qu'à bord de la douzaine de bateaux nordistes à la cape entre les îles Sullivan, au nord, et Morris, au sud, pour interdire l'accès au principal chenal conduisant au port de Charleston, l'ordre serait donné de lever l'ancre et d'arraisonner le *Phoenix* dès qu'il serait en vue.

Les vigies devaient être attentives car, vers midi, par temps clair, alors que le *Phoenix*, cinglant route à l'ouest, se dirigeait vers la baie formée par les embouchures confondues des fleuves Cooper et Ashley, qui font de Charleston, à six milles de l'océan, une presqu'île, on vit deux frégates, portant la bannière étoilée et crachant des nuages de fumée noire, se lancer à la poursuite du voilier.

Le commandant fit aussitôt rassembler l'équipage sur le gaillard d'avant.

— Nous n'allons ni ralentir ni dérouter. Rien n'indique, dans les instructions nautiques dont je dispose, que le blocus soit applicable à un yacht britannique, dit maintenant bateau de plaisance, ne faisant pas mystère de sa destination. Le bosco donnera cependant l'ordre d'abattre les voiles dans le cas d'un tir de semonce. Si cela devait se produire, nous mettrions en panne en attendant d'éventuels visiteurs. J'attends de tous et de chacun politesse sans obséquiosité envers les officiers et matelots fédéraux. Ce sont des marins comme nous et leur tâche n'est guère plaisante. Maintenant, à vos postes !

Le commandant ordonna au maître d'équipage de placer à la proue trois hommes attentifs.

— Qu'ils signalent au sifflet tout obstacle émergeant, car les Fédéraux ont coulé par ici des bateaux emplis de pierres, conclut l'officier.

De retour sur la passerelle où Charles était admis, Lewis Colson, s'adressant à son état-major, se montra plus loquace.

— Étant donné que ce vent gaillard nous emmène à plus de douze nœuds, nous allons essayer d'éviter le contact avec les Américains. Nous entrerons par le chenal du nord, entre Fort Sumter et Fort Moultrie. Une fois dans la baie, nous irons mouiller devant les docks, sur le Cooper, annonça le commandant.

Au cours des heures suivantes, Charles eut tout loisir d'apprécier une fois encore l'audace et l'habileté manœuvrière de Lewis Colson, ainsi que la cohésion d'un équipage dévotement soumis à celui que tous respectaient.

— Ne chicanez pas le vent, lança Colson au timonier.

Les mains crispées sur les manetons de la roue de gouverne, le quartier-maître maintenait sans faiblir le cap du voilier.

Desteyrac avait le sentiment que, du commandant au mousse, tous étaient engagés dans une compétition épique et ne pensaient qu'à conduire le bâtiment dans le chenal avant qu'il ne soit inquiété par les vapeurs fédéraux.

— Je parie que le *Phoenix*, portant bon plein par grand largue, ne sera pas rejoint par les vapeurs poussifs des Yankees, souffla Tilloy à Charles en lui offrant ses jumelles.

— Regardez le plus proche. Jamais vu vapeur faire autant de fumée. À l'avant, on pointe le canon en chasse, les canoniers préparent le tir de semonce, mais leur navire est trop loin du nôtre pour ajuster avec succès le coup réglementaire. Et, pour l'heure, ils ne gagnent pas sur nous.

Desteyrac observa un instant le poursuivant, puis rendit les jumelles à Mark qui reprit aussitôt sa surveillance.

— Avec le chuintement du vent dans la voilure, le grincement des vergues et le rire des mouettes, nous pourrions fort bien ne pas entendre leur coup de semonce, n'est-ce pas, commandant ? lança Desteyrac, se prenant au jeu.

— Nous ne l'entendrons certainement pas, Monsieur l'Ingénieur, assura Lewis Colson avec un clin d'œil.

Pendant un temps, le silence se fit sur la passerelle. Aux bruits définis par l'écrivain du bord s'ajoutaient les craquements de la coque, le gémissement des membrures, couples et liaisons du navire qui tranchait la lame en pleine vitesse.

— Je crois que nous allons être débarrassés d'un des américains, commandant, s'écria soudain Tilloy. La fumée ne sort plus seulement des cheminées, mais aussi des écoutilles et même des hublots. Par saint George, ils ont le feu à bord !

— Sans doute une surchauffe de chaudière. Ils ont poussé trop fort les feux, diagnostiqua Lewis Colson, observant à son tour, à la lunette, le vapeur fédéral.

Une fumée blanchâtre, se mêlant à celle produite par la combustion du charbon, enveloppa bientôt le navire américain dont la silhouette s'amenuisait à l'horizon.

— Ils renoncent à la chasse, commandant ! lança gaiement Tilloy.

— Ils feraient bien de noyer les soutes à munitions avant que tout saute, commenta le timonier.

Comme les marins s'y attendaient, le second chasseur abandonna la poursuite pour porter secours au navire en difficulté et ce fut sans encombre, sous voilure réduite, que le *Phoenix* pénétra dans l'avant-port de Charleston.

Le commandant fit hisser le septième pavillon du

code international de signaux, portant la lettre G, ce qui signifait : « J'ai besoin d'un pilote. » Le canot de l'indispensable guide se présenta bientôt, tandis que les soldats de la garnison confédérée de Fort Moultrie, dont les batteries, en avril 1861, avaient réduit en ruine, sur son îlot, le fort Sumter, saluaient le yacht du lord des Bahamas. Au milieu de l'après-midi, le *Phoenix* mouilla sur le Cooper, face à la Bourse du Coton.

Aussitôt dépêchés par la capitainerie du port, des militaires en uniforme gris, à bord d'une chaloupe, et des civils, montant d'autres embarcations, se dirigèrent vers le voilier. Lewis Colson, que rien n'empêchait jamais de prendre à cette heure-là thé et muffins dans sa chambre, délégua le capitaine Tilloy à l'accueil des visiteurs pour ordonner de ne laisser monter à bord que le représentant de la capitainerie. Tous les autres furent repoussés et fortement déçus quand ils apprirent que le yacht n'apportait ni armes, ni munitions, ni aucune des marchandises habituellement livrées par les *blockade runners*.

Le nom de sir Bertie III Cornfield, un des plus importants barons du coton, prononcé par l'honorable Malcolm Murray, suffit à faire admettre l'absence de cargaison et refroidit les curiosités. Une chaloupe et ses rameurs furent mis à la disposition des passagers du *Phoenix*. Pour se rendre à Clarendon House, la plantation Cornfield, distante d'une douzaine de miles de Charleston, ceux-ci devaient d'abord atteindre l'Ashley.

Ottilia, Gertrude, Malcolm et Charles, accompagnés de Mark Tilloy, débarquèrent à la pointe de la presqu'île, où Murray abandonna le groupe pour se rendre à ses affaires. Les autres, à bord d'une calèche de la capitainerie, traversèrent, par Broad Street, le plus ancien quartier de la ville, construit à l'ère coloniale, pour atteindre la rive de l'Ashley et monter à bord d'un petit vapeur desservant les plantations.

Au passage, le cocher montra aux étrangers le palais de justice, le marché aux esclaves où Charles eût aimé s'arrêter, le vieux théâtre, la demeure du colonel Charles Brewton, résidence du général anglais Charles Cornwallis pendant la guerre de l'Indépendance, la maison construite en 1772 par un certain Daniel Heyward, dit le roi du riz, où George Washington dormit une nuit de 1791, et le haut clocher blanc, pain de sucre octogonal, de Saint Michael's Episcopal Church, ouverte au culte en 1761.

— Avec son carillon de huit cloches, c'est une des cent quatre-vingts églises qui valent à Charleston la réputation de Holy City, précisa fièrement l'automédon.

Plus tard, en remontant l'Ashley sur le bateau à roues dont l'orgue à vapeur nasillait alternativement des airs fameux de Stephen Foster – comme *Beautiful Dreamer* ou *Oh Susanna !* – et des marches militaires, Charles Desteyrac découvrit le décor humide et bucolique de ce Sud agraire à prétentions aristocratiques. Engagé dans une lutte de survie, cette société à la fois rustique et raffinée, à la prospérité équivoque et malsaine, due aux travaux forcés des esclaves noirs, se parait de l'innocence d'une nature sereine. Sur les rives, au-delà des vastes champs de cotonniers en fleur, soja, blé, riz, légumes, mais aussi tabac et indigo n'occupaient que des parcelles congrues, largesse consentie par le Roi-Coton à des cultures subalternes.

Du pont où il se tint avec Tilloy pendant le court voyage – l'unique salon étant réservé aux femmes dont les maris et les fils étaient à la guerre –, Desteyrac vit des Noirs marcher sur les berges, un outil sur l'épaule, près de leurs compagnes coiffées de grands paniers et suivies de marmots. L'ingénieur s'était préparé à voir des Noirs guenilleux, maigres, harassés, étroitement surveillés par des Blancs. Or les esclaves allaient librement, sans escorte, vêtus comme tous les travailleurs des champs – pantalon, chemise et chapeau de paille effrangé –, ni pressés ni flâneurs, d'un pas élastique, en bavardant, en plaisantant, parfois en riant. On les eût pris pour citoyens ordinaires regagnant leur logis après une journée de travail.

— Ils n'ont l'air ni tristes, ni malheureux, ni coléreux. Qu'a-t-on à craindre de ces nègres ? dit Murray.

— La plupart sont, depuis plusieurs générations, résignés à leur état, concéda Tilloy.

— Peut-être ignorent-ils encore – mais pour combien de temps ? – que « les épées sont données pour que personne ne soit esclave [1] », cita Charles Desteyrac.

De loin en loin, derrière des bosquets de magnolias cernés d'azalées géantes et de buissons de myrtes, au bout d'allées bordées de chênes centenaires, surgissaient les blancs manoirs des barons du coton. De style Greek Revival, à la mode depuis les années 30, colonnes à chapiteaux corinthiens et frontons palatins, ils se distinguaient de résidences moins insolentes, de style néo-gothique, architecture prisée au début du siècle, et plus encore des cottages de bois, derniers témoins de l'ère coloniale.

Comme la plupart des grands domaines, celui de Bertie III Cornfield possédait un débarcadère sur

1. Marcus Annaeus Lucanus, dit Lucain (Cordoue, 39-Rome, 65), poète latin, neveu de Sénèque le Philosophe et contemporain de Néron.

l'Ashley. Cela permettait d'accéder du bateau au manoir par un chemin courant à travers les champs de coton, en cette saison massifs de fleurs.

À peine les cinq visiteurs avaient-ils posé le pied sur les planches de la petite jetée qu'une calèche, venue du manoir, apparut au loin. Précédée de deux cavaliers armés de carabines, elle approcha au grand trot. Tandis que les gardes, des mulâtres au regard soupçonneux, encadraient les arrivants comme s'ils eussent été prisonniers, un homme jeune, portant costume de toile écrue, coiffé d'un panama, un étui à revolver battant la cuisse droite, descendit de la voiture. Il se présenta comme intendant de la plantation et allait s'informer de l'identité des visiteurs quand il reconnut lady Ottilia, de qui un séjour avant la guerre entre les États n'avait pas laissé à Clarendon House que de bons souvenirs.

— Sir Bertie Cornfield espérait votre visite, dit l'homme, sachant l'objet de celle-ci.

Il renvoya aussitôt les cavaliers au manoir avec mission d'annoncer l'arrivée des Bahamiens, lesquels prirent place dans la calèche.

— Vous êtes bien gardés, ce me semble, observa d'un ton acide Mark Tilloy.

— Nous devons nous défier des *nigger lovers*, ces gens qui épousent la cause des nègres. Ce sont parfois des pasteurs méthodistes. Ils tentent de s'introduire dans les plantations pour inciter les esclaves à se soulever contre leurs maîtres. Nous avons, à Clarendon, deux mille huit cents nègres, et il s'en trouve certainement quelques-uns parmi eux qui pourraient prêter l'oreille aux sornettes des Yankees. Et puis, circulent aussi des espions et des espionnes envoyés par les Nordistes. Nous sommes en guerre. Si nous l'oublions, les obus que tirent de temps en temps sur Charleston les navires fédéraux nous le rappellent, expliqua l'intendant d'un ton rogue.

Clarendon House, ainsi nommée en souvenir d'Edward Hyde, Earl[1] of Clarendon, chancelier sous Charles II, un des huit lords à qui le souverain avait autrefois confirmé la propriété des Carolines et des Bahamas, parut à Charles de proportions harmonieuses sous son toit de tuile à quatre pentes d'où émergeaient des lucarnes flamandes et des cheminées de brique. Longue bâtisse blanche à deux niveaux, elle offrait, en façade, une galerie supportée, du sol à la toiture, par huit colonnes doriques qui couraient, de part et d'autre d'un large escalier, sous un avant-toit soutenu par des piliers de fer ouvragés. L'entrée à deux vantaux de chêne ciré, surmontée, en plein cintre, d'une imposte vitrée et flanquée de grosses lanternes de cuivre suspendues à des potences, ajoutait une note citadine à ce manoir des champs.

Prévenu de l'arrivée des visiteurs, Bertie III guettait leur approche sur la galerie. Dès l'arrêt de la voiture, il descendit l'escalier et vint au-devant d'Ottilia, mains tendues. Le fait qu'au cours de séjours à Soledad il eût rencontré tous ceux qui accompagnaient sa cousine dispensa des présentations. Il invita les voyageurs à entrer tandis que des Noirs s'emparaient des bagages.

Dans la pénombre du grand salon, meublé dans le style Adams et pourvu d'une cheminée de marbre de Carrare, Charles Desteyrac remarqua combien le cousin de lord Simon accusait maintenant âge et fatigue. Amaigri, il présentait, comme souvent les vieillards de haute taille, une voussure des épaules. S'il s'effor-

1. Comte.

çait à un pas vif, on le devinait mal assuré sur ses jambes arquées de cavalier. Sa redingote flottait autour des hanches, son gilet pendait sur un ventre creux, le col de sa chemise béait sous la cravate en plastron, piquée d'une épingle à tête d'ivoire. En revanche, l'œil restait vif, d'un bleu glacial, et les rides qui striaient le visage accentuaient, avec la chute des commissures, la moue pessimiste et dédaigneuse d'une bouche aux lèvres sèches. Bertie passait parfois dans son épaisse chevelure neigeuse une longue main fine, dont les veines sinuaient sous la peau, comme les nervures d'une feuille.

Un majordome à toison grise, dont le teint, plus cuivré que noir, indiquait assez qu'il devait compter au moins un Blanc parmi ses ancêtres, servit des boissons glacées. Sur un signe de son maître, il quitta la pièce et referma sans bruit la porte qu'il avait franchie avec la dignité d'un ambassadeur ayant remis ses lettres de créance.

— Je suis bien aise de vous voir, commença Bertie Cornfield. Comme vous le savez, j'ai demandé à mon cousin Simon d'accueillir mon épouse sur son île, et je lui suis reconnaissant de vous avoir si vite envoyés. Varina est de santé fragile et d'une grande nervosité. Depuis que nous avons appris que Lincoln a autorisé la formation de régiments de nègres, son angoisse a augmenté. Comme elle porte le même prénom que l'épouse de notre président, née Varina Banks Howell, elle pense que les nègres s'en prendraient d'abord à elle ! C'est, bien sûr, un enfantillage, mais cette pensée l'empêche de dormir, surtout depuis qu'un sénateur de l'État de New York, Francis Barretto Spinola [1],

1. 1821-1891. Juriste, homme politique démocrate, promu général en 1862 pour avoir assuré le recrutement de quatre régiments,

a eu l'audace d'offrir cinq mille dollars à qui lui apporterait le scalp de Jefferson Davis !

— Offre de fort mauvais goût, observa Charles.

— Un reste de la barbarie des Peaux-Rouges. Je conçois donc vos craintes, ajouta Tilloy.

— Je ne pense pas que nous soyons ici en danger. D'ailleurs, nos troupes ont repoussé une attaque du général Benham, à Secessionville, sur l'île James. Les Nordistes ont eu cent sept tués et plus de quatre cents blessés, alors que nos forces, commandées par le général Evans, n'ont eu à déplorer que cinquante-deux morts et cent quarante-quatre blessés, expliqua le planteur.

Il allait poursuivre quand l'interrompit l'entrée dans le salon de sa si craintive épouse. Varina confirma aussitôt les confidences de son vieux mari en fondant en larmes avant de se précipiter dans les bras d'Ottilia.

— Chère cousine, comme je suis aise de vous voir ici ! Mes bagages sont prêts depuis une semaine. Je ne sors plus de la maison. Je ne veux plus voir de nègres ! s'écria-t-elle, au bord de la crise de nerfs.

— Voyons, Winnie, ne vous donnez pas ainsi en spectacle ! Aucun danger ne vous menace, dit Bertie d'un ton las en faisant signe à Ottilia et à Gertrude de conduire sa femme hors du salon.

— Pardonnez, mes amis, cet incident qui vous montre dans quel état mental se trouve ma pauvre épouse. Mes fils se battent dans l'armée de Toutant de Beauregard, mes filles et brus soignent nos blessés dans les hôpitaux, à Charleston et à Richmond, la

---

il fut destitué en 1864, après un procès en cour martiale pour complicité de fraude et d'escroquerie portant sur les primes attribuées aux recrues de l'armée fédérale. Après la guerre, il fut néanmoins réélu comme représentant de New York au Congrès.

capitale confédérée. Personne, donc, pour s'occuper de Winnie, de qui les frayeurs et les propos défaitistes sapent le moral des domestiques, dit le planteur.

Tous devinèrent que cet homme souffrait à la fois comme mari et comme patriote.

Devant l'impatience sans retenue manifestée par Varina Cornfield, il fut aussitôt décidé que les Bahamiens ne prolongeraient pas leur séjour à Clarendon House.

— Nous pouvons partir d'ici dès demain matin, proposa Mark Tilloy.

— Pour mon épouse, le plus tôt sera le mieux, reconnut Bertie.

— Ainsi, elle embarquera à bord du *Phoenix* demain dans l'après-midi. Mais c'est le commandant Colson qui décidera du moment où nous lèverons l'ancre. Nous devrons compter avec le cordon du blocus.

— Et que se passera-t-il si les navires fédéraux interceptent votre voilier ? Vous n'aurez peut-être pas autant de chance qu'à l'arrivée, s'inquiéta Bertie III.

— Le commandant Colson et notre médecin, le docteur David Kermor, ont prévu le cas. Nous demanderons à votre épouse de rester couchée dans sa cabine et de prendre, si possible, un air souffreteux. Le médecin se tiendra à son chevet et nous dirons que Varina Cornfield est une proche parente de lord Simon, et que nous la conduisons aux Bahamas où elle trouvera un meilleur climat, expliqua Tilloy.

— Sûr qu'elle ajoutera : « Pour y finir ma vie. » Je suis certain que mon épouse jouera parfaitement la malade, voire la mourante. Elle a fait du théâtre au collège, dit le planteur, satisfait.

— À bord, une fois le cordon du blocus franchi,

nous ferons tout pour la distraire pendant la traversée, ajouta le capitaine.

Bertie III remercia et, quand le majordome vint annoncer le dîner, tous passèrent à la salle à manger. Quatre domestiques, deux hommes vêtus de noir et deux femmes portant tablier et coiffe de dentelle blanche, attendaient l'ordre de servir. Dans un angle de la pièce, un tout jeune Noir faisait aller et venir, d'un geste répétitif, au moyen d'une corde et d'un système de poulies, un large écran de soie à franges, le *punkah*. Le panneau se balançait au-dessus de la longue table d'acajou somptueusement dressée, avec cristaux et lourde argenterie. Il en était ainsi à Cornfield Manor, sauf qu'à Soledad les petits Indiens se disputaient la manœuvre du *punkah* – exercice bien payé par Pibia – et qu'ils s'interrompaient souvent pour boire du jus de fruits glacé.

Cet enfant au regard triste, occupé à éventer les dîneurs, apparut soudain à Charles Desteyrac comme le plus sinistre symbole de l'esclavage.

— Il ne s'arrête jamais ? Il va actionner cet engin pendant tout le repas ? demanda-t-il brusquement à Varina.

— S'il s'arrête, on le fouette. C'est son travail, n'est-ce pas. Mais, s'il dose bien son effort pour produire, sans interruption, une ventilation agréable, sans qu'elle soit incommodante, il aura les restes de gâteaux.

— Et comment s'appelle ce garçon ? demanda Tilloy.

— Comment il se nomme ? Je ne sais ! Il faudrait demander à Champagne, notre maître d'hôtel. Peut-être le sait-il. Mais je trouve votre question bizarre, dit la maîtresse de maison, visiblement étonnée que l'on pût porter autant d'intérêt à ce qu'elle considérait comme un simple élément de confort mobilier.

Au cours du dîner, Varina, certaine de quitter la plantation le lendemain, se montra enjouée. Elle retrouvait sa grâce primesautière de petite fille gâtée et, tandis qu'elle échangeait avec Ottilia et Gertrude des propos ponctués d'éclats de rire, son mari décrivit, pour Charles Desteyrac et Mark Tilloy, la situation présente des planteurs.

— En Caroline du Sud, un tiers des surfaces cultivables était, jusqu'à la guerre, dévolu au coton dont nous produisions, bon an, mal an, cinquante millions de livres, ce qui représentait près de soixante pour cent des exportations de l'État. Nous avons, cette année, planté moins de coton, parce que nous devons réserver la moitié de nos terres au blé, au maïs, à la canne à sucre, au tabac et à d'autres cultures de première nécessité. J'essaie même d'obtenir du thé. Le premier a été récolté à Wadmalaw, à quinze miles d'ici, par un botaniste français, en 1799, mais nous avons longtemps négligé cette culture, dit Bertie III.

— Mais vous pouvez recevoir, par les *blockade runners*, les denrées qui font défaut. On en compte des centaines aux Bermudes, à La Havane et à Nassau, fit remarquer Tilloy.

— Nous préférons voir arriver des fusils et des munitions, capitaine. Le *Fingal* nous a apporté sept mille cinq cents fusils Enfield et dix-sept mille livres de poudre à canon. Et nous attendons d'Angleterre, via les Bermudes, quatre-vingt mille Enfield, vingt-sept mille fusils autrichiens, deux mille cent fusils anglais et cent vingt-neuf canons[1]. Cela nous coûte

1. Cette cargaison d'armes allait parvenir aux Sudistes en février 1863.

très cher, mais nous pouvons nous passer de whisky à un dollar le gallon, de café à quarante cents la livre, moins aisément de farine, qu'on vend trois dollars le quintal, et de sel, qui atteint ces jours-ci le prix exorbitant de quatre dollars et demi le tonneau. Mieux vaut nous envoyer de la poudre et des balles que du champagne et des fanfreluches pour les dames ! ajouta le planteur, rageur.

Il savait quel genre de cargaisons faisaient venir de Grande-Bretagne et expédiaient de Nassau son cousin Simon et l'honorable Malcolm Murray.

— Est-il exact que certains Confédérés continuent à commercer avec les gens du Nord ? demanda Desteyrac.

— Hélas, oui ! Ce sont des gens dont la seule patrie est le dollar. Les contrebandiers passent aisément du Sud au Nord, et il existe de petits planteurs corrompus qui continuent à céder du coton aux filateurs du Massachusetts au prix de cent dollars la balle. Chez nous, des négociants font venir de Boston du café, du sel et du lard, vendus ici cinquante fois plus cher qu'ils ne valent. Cependant, certains intermédiaires nous sont utiles. Ainsi, avec quelques amis, nous employons les services de Richard Wilson, un petit épicier de Georgie qui est en train de faire fortune. Il nous fournit médicaments, cuir, papier, encre. Pas d'armes, car ce serait pour lui trop risqué. Il est en rapport, à Nassau, avec des forceurs de blocus, mais aussi avec des contrebandiers des États du Nord. C'est un homme d'affaires habile. Il aide la Confédération tout en s'enrichissant, révéla Bertie III.

Comme la conversation revenait sur les opérations militaires en Virginie, dans les Carolines et sur le Mississippi, Bertie III confia, à voix basse pour ne pas attirer l'attention de sa femme, qu'on préparait à Charleston l'évacuation des huit cloches du carillon de Saint Michael's Episcopal Church qui rythmaient la vie de la cité depuis plus d'un siècle[1].

— Nous allons les mettre à l'abri à Columbia, qui n'est pas menacée, car nous craignons, à Charleston, les bombardements de la flotte fédérale qui va être dotée de nouveaux canons de 47, à plus longue portée, confia-t-il.

Après le dîner, alors que Bertie III s'était retiré, que Varina mettait la dernière main à ses bagages avec l'aide de Gertrude Lanterbach, Mark Tilloy et Charles Desteyrac se retrouvèrent sur la galerie. Ayant bourré leur pipe – Bertie Cornfield s'était excusé de ne pouvoir offrir ni cigares ni porto –, ils échangèrent leurs impressions sur le malaise que tout deux ressentaient du fait d'être servis par des esclaves souriants et volontiers obséquieux.

— L'enfant qui manœuvre cet éventail suspendu au plafond de la salle à manger, sans jamais s'interrompre, m'a fait pitié, dit Charles.

— Et encore, mon ami, il appartient à la caste privilégiée des serviteurs de la maison. Ils ont une bien meilleure vie et jouissent de plus de considération que les nègres des champs, soumis aux brutalités des contremaîtres et de l'intendant, précisa le marin.

---

1. Transportées à Columbia, les cloches furent si gravement endommagées, lors de l'incendie et du pillage de la ville par les Nordistes, en février 1865, qu'il fut nécessaire de les envoyer en Angleterre où elles furent refondues. Elles reprirent leur place en 1870 dans le clocher de Saint Michael's Episcopal Church.

L'apparition soudaine de lady Ottilia surprit les deux amis.

— Quelle belle nuit ! observa Mark, désignant le ciel étoilé du tuyau de sa pipe.

Dans la pénombre, Charles remarqua chez Otti une gravité inhabituelle. Elle releva assez sèchement la banale remarque de Tilloy.

— C'est aussi une nuit de guerre, dit-elle.

— Certes. Ni la première ni la dernière, sans doute, renchérit le marin.

— Quelque part, des hommes s'entretuent. D'autres souffrent des blessures reçues. Je viens de parler avec mon cousin Bertie. Il m'a rapporté des choses horribles. Savez-vous qu'en quelques jours, au mois de mai, en deux batailles, à Seven Pines et Fair Oaks, en Virginie, on a compté plus de deux mille morts et plus de six mille blessés ? Les Fédéraux ont organisé des hôpitaux et recruté médecins et infirmières, mais il n'en va pas de même pour les Sudistes. Leurs blessés succombent souvent, faute de soins, sous des tentes, dans des églises, des boutiques, des hôtels et même des granges transformés en hôpitaux de campagne. Les esclaves sont promus fossoyeurs, et beaucoup de femmes blanches se sont faites infirmières, comme mes cousines Cornfield.

— En temps de guerre, les femmes se font aisément infirmières. Surtout depuis que Florence Nightingale a révolutionné le service médical pendant la guerre de Crimée avant de créer, à Londres, la première école d'infirmières à Saint Thomas's Hospital, persifla Tilloy.

— Eh bien ! c'est un exemple à suivre. Je suis venue vous dire que je ne repartirai pas avec vous demain, annonça-t-elle *ex abrupto*.

Charles et Mark perçurent dans le ton de sa voix une nette détermination.

— Vous laisser ici ! ne put s'empêcher de s'écrier Desteyrac, abasourdi.

— Je ne resterai pas ici longtemps. Bertie connaît le chef du Confederate Medical Department. Il me fera conduire à Richmond où je me mettrai à la disposition de Sally Louisa Tompkins, une de ses amies, chargée d'organiser les hôpitaux confédérés. Je pourrai l'aider dans sa tâche.

— Mais, que dira lord Simon ? Imaginer sa fille au service des blessés sudistes ! Si encore vous proposiez vos services au Nord, il comprendrait, et moi aussi ! Mais lady Ottilia, épouse de l'honorable Malcolm Cuthbert Murray, se dévouant pour les esclavagistes, c'est un peu fort ! lança Charles, véhément.

— Mon ami, un soldat blessé n'appartient plus à aucune armée. C'est seulement un homme qui souffre et demande des soins. Or, les Confédérés ont, dans ce domaine, plus besoin d'aide que les Fédéraux. Cela ne signifie pas que j'approuve l'esclavage, vous le savez. Les gestes de celles qui soignent peuvent avoir plus d'influence sur les consciences que les discours des politiciens. Et puis il y a, mon cher Charles, plus d'une façon de combattre l'esclavage, conclut-elle, sibylline.

— Que dirons-nous à sir Malcolm, votre mari, que nous allons retrouver demain à Charleston ? s'enquit Mark.

— Charles Desteyrac saura, j'en suis certaine, dire ce qu'il convient à mon honorable époux, répliqua Otti avec un regard malicieux à Charles.

— Mais Varina Cornfield va être fort déçue, lady Ottilia. Pas plus son mari que lord Simon n'apprécieront qu'elle soit contrainte de voyager à bord du *Phoenix* sans escorte féminine, osa le capitaine.

— Elle ne voyagera pas sans chaperon. Ma gouvernante, Mlle Lanterbach, rentre avec vous à Soledad. Elle saura tenir compagnie à ma gémissante cousine et, éventuellement, protéger sa vertu, acheva Otti, faussement apitoyée.

— Eh bien, puisque tout est prévu, je vous souhaite une bonne nuit ! jeta Tilloy en s'inclinant avant de quitter la galerie.

Resté seul avec Ottilia, Desteyrac lui prit le bras.

— Voyons, Otti, est-ce sérieux ? Pourquoi diable cette décision ? Vous voulez jouer un rôle qui n'est pas dans votre registre. Qui plus est, au service de gens dont vous désapprouvez le comportement humain et social vis-à-vis des Noirs. Je ne sais comment votre père et Malcolm prendront votre étrange engagement !

— Malcolm, vous le savez, se soucie peu de ce que je fais ou pense. Nous sommes habitués depuis longtemps à ne pas nous étonner de nos agissements individuels. Il trouvera, dans ce que vous appelez mon engagement sudiste, matière à rire et à faire de bons mots. Quant à mon père, il rugira. Peut-être même vous mordra-t-il, puis il se mettra à massacrer Bach ou Haendel sur les claviers de son orgue, ce qui fera aboyer les chiens ! Dans quelques semaines, il tentera de correspondre avec moi pour savoir comment, en temps de guerre, vont les affaires américaines, ses affaires américaines. Ne vous faites ni souci ni illusions, Charles. Je ne suis pas assez aimée pour que l'on se tourmente pour moi plus d'une demi-heure à Soledad !

— Ounca Lou et moi-même éprouverons beaucoup d'inquiétude, Otti.

— Vous seuls, sans doute.

— Otti, je vous en prie, réfléchissez encore. Je ne trouve pas cette idée raisonnable, et je ne crois pas à une subite vocation de samaritaine. Pourquoi ce désir inattendu de rester dans ce pays ? Que cache cette volonté soudaine que je perçois comme un coup de tête ?

La jeune femme demeura un instant silencieuse, fixant l'allée de gravier qui, partant du pied de l'escalier, se perdait, tel un chemin sans but, dans l'obscurité des frondaisons. Elle dégagea son bras de la main de Charles et lui fit face, le regard étincelant.

— Ce n'est pas un coup de tête ! Je veux maintenant faire quelque chose de ma vie. Ne plus me sentir inutile. Mon existence est vaine, vide, insipide. Je ne sais rien faire, pas même des enfants ! Passer les jours, les mois, les années, tel un animal domestique solitaire, décoratif, choyé, ce n'est pas vivre. Si je m'interroge, je ne me trouve aucune raison d'exister. Vous pouvez comprendre cela, non ? lança-t-elle, au bord de la colère.

— Cela, je le comprends. Alors, bien que votre décision m'effare et me peine, marchez résolument sur la voie que vous avez choisie. Peut-être y trouverez-vous cette raison d'exister dont l'absence vous hante, la quiétude et l'acceptation de vous-même. Peut-être rencontrerez-vous l'autre lady Ottilia qui est en vous et que je crois, moi, déjà connaître, se résolut à dire Desteyrac.

— Et si je m'égare, me sens soudain perdue, plus étrangère encore dans ce monde violent, plus inutile, plus seule ? Charles ! Qu'adviendra-t-il de moi ?

Il perçut dans l'aveu de cette perspective d'échec, exprimée d'une voix blanche, une réelle angoisse, mais aussi un appel.

— Alors vous reviendrez à Soledad. Je vous y attendrai, murmura-t-il.

Sans un mot, elle posa un baiser sur la joue du seul homme de qui elle eût jamais été éprise, et disparut dans la pénombre du hall.

Le bruit de son pas sur les dalles décrut rapidement, et retomba le silence de la nuit. « Ainsi s'annoncent les absences », pensa-t-il en bourrant une dernière pipe, car le sommeil serait long à venir.

5.

— C'est exquis ! Otti aurait-elle du cœur ? s'exclama, hilare, Malcolm Murray.

Lors de leurs retrouvailles à Charleston, Charles venait de lui apprendre qu'Ottilia restait à terre pour soigner les blessés de l'armée confédérée.

Desteyrac trouva la réflexion déplacée et le dit.

— Question blessante ! Comment douter de son émotion devant la souffrance humaine, Malcolm ?

— Mon ami, mon ami ! Ne soyez pas dupe ! C'est encore une manigance de notre charmeuse. Je ne crois pas à un subit apitoiement d'Otti pour les blessés de guerre. Elle ne saurait s'apitoyer sur des esclavagistes, même mourants. La vraie raison de cet engouement m'échappe, mais elle est certainement autre. À mon avis, nous ne tarderons pas à la découvrir.

— Je crois, moi, à la sincérité de son engagement. Vous connaissez une certaine Ottilia depuis l'enfance, mais il en existe une autre dont vous ignorez – ou ne voulez pas imaginer – la nature. Je sais qu'ensemble vous avez « parcouru le long labyrinthe du péché [1] », partagé, en rebelles à votre caste, les mêmes défis et

---

1. *Le Pèlerinage de Childe Harold*, chant I. *Œuvres complètes de lord Byron*, traduction de Benjamin Laroche, Charpentier, Paris, 1838.

jeux pervers, mais elle n'a pu, comme vous, atteindre à la satiété des plaisirs, la nature la privant, nous le savons, du plus banal. Je n'ai pas oublié l'affaire des bijoux, avec l'oncle libidineux, ni le mépris souvent affiché par lady Ottilia pour qui « n'est pas né », comme disent nos aristocrates. Mais cette femme en cache une autre qui, parfois, tente de supplanter celle que nous connaissons. Observez mieux Ottilia, écoutez-la, et vous comprendrez qu'elle vit un permanent et douloureux conflit intérieur, dont on ne peut prévoir l'issue et dans lequel aucun allié ne peut l'aider, acheva Charles, ému par ses propres paroles.

Au mouvement ascendant des sourcils sur le front de Murray, l'ingénieur comprit que ses propos détonnaient.

— Elle m'a souvent dit que vous êtes le seul homme, à Soledad, capable de l'apprécier. Mais méfiez-vous, Charles. Cela veut dire, à mon avis, que vous êtes le seul auprès de qui elle peut passer pour autre qu'elle n'est. Sans doute pour ce qu'elle voudrait être. Je n'exclus d'ailleurs pas, chez elle, un amour de tête, dans le genre de celui de cette petite dinde de Bettina Brentano d'Arnim pour le vieux Goethe, par exemple[1].

— Si exacte, la comparaison serait flatteuse pour le vieux Desteyrac ! dit Charles en riant.

Un rappel à l'ordre de Mark Tilloy les fit taire.

— Il est temps d'embarquer. La chaloupe qui doit nous porter au *Phoenix* est à quai, cria le capitaine.

---

1. Leur correspondance passionnée fut publiée, en Allemagne, par Bettina d'Arnim, en 1835, deux ans après la mort de Goethe. L'édition française, dans une traduction de Sébastien Albin, parut en 1843, au Comptoir des Imprimeurs unis, Paris.

— Je m'occupe de notre *pippin*[1], dit Murray.

Et il se dirigea vers la calèche où Varina attendait, en compagnie de Gertrude Lanterbach, le moment de quitter Charleston.

Le commandant Lewis Colson accueillit, rigide et respectueux, l'épouse de Bertie III Cornfield et la fit conduire, comme l'avait demandé lord Simon, à l'appartement du château, que le maître de Soledad occupait à l'arrière du *Phoenix*, au cours de ses croisières.

Mise au courant du scénario révélé par Tilloy à son mari, Varina se déclara prête à jouer, dès que nécessaire, le rôle de l'agonisante.

— Comme ce sera amusant ! Je puis même faire la morte, vous savez ! dit-elle.

— On ne vous en demande pas tant, grinça Uncle Dave, prêt lui aussi à tenir, au chevet de Winnie, un rôle qui ne lui plaisait guère.

Au matin du premier jour de l'été 1862, sous un soleil radieux et par vent sûr et frais, le *Phoenix* leva l'ancre pour rentrer à Soledad. Par coquetterie de fin manœuvrier, Lewis Colson refusa le pilote et ordonna au maître d'équipage, habitué aux tics du commandant, de faire couvrir la mâture « par manœuvres rapides et harmonieuses ».

L'appareillage fut suivi des quais par de nombreux badauds qui virent le grand navire blanc, sous pavillon de partance et Union Jack, les couleurs britanniques, s'engager, majestueux, dans le chenal principal entre le fort Johnson et l'îlot ruiné de Fort Sumter. Les marins bahamiens saluèrent au passage les artilleurs confédérés de la batterie Wagner, puis le navire lon-

1. En argot américain : jeune fille jolie, agréable à regarder.

gea Morris Island et Marsh Angel pour entrer dans l'Atlantique sans tenter, cette fois, d'éviter les frégates de la marine fédérale. Stationnées au large, de place en place, celles-ci avaient mission d'intercepter toutes les embarcations qui quittaient le port de Charleston.

De la passerelle où il se tenait, Charles Desteyrac vit l'un des bâtiments américains se mettre en mouvement pour couper la route du *Phoenix*. Aussitôt, le maître d'équipage transmit aux gabiers, dans son porte-voix, l'ordre du commandant de réduire la voilure. Quand le bateau américain, canon de semonce pointé, approcha le voilier, le bosco, appliquant la consigne, ordonna, par trois modulations de son rossignol[1], le brasseyage des voiles de manœuvre, ce qui mit le navire en panne. Satisfaits par cette manifestation de bonne volonté, les marins du blocus mirent en panne à leur tour, à une encablure du voilier. Du pont de la frégate, un officier héla le *Phoenix*, annonçant l'arraisonnement et l'envoi d'une chaloupe aux fins d'inspection.

— Nous attendons votre commandant, fit répondre Colson par le maître d'équipage.

Les Américains mirent une baleinière à la mer. Y prirent aussitôt place un officier et une douzaine de matelots en armes, ce qui irrita fort Lewis Colson.

— Je ne recevrai que le commandant de la frégate, dit-il à Tilloy avant de s'enfermer dans la chambre des cartes.

L'équipage du *Phoenix* fut immédiatement rassemblé sur le pont. Sans armes, mais ayant à portée de main, dissimulés sous la vareuse ou en poche, épissoirs d'acier, ciseaux de calfat, estropes, plombs de

---

1. Nom familier donné par les marins au sifflet du maître d'équipage.

sonde, mailloches, tous instruments redoutables entre les mains de ceux qui ne rechignent pas à la bagarre, les matelots se rangèrent derrière Tom O'Graney et ses charpentiers irlandais, gaillards de stature impressionnante.

Avant de faire descendre, le long de la coque du *Phoenix*, l'échelle de corde dite de pilote, Mark Tilloy prévint les arrivants que ne monterait à bord que leur commandant.

— C'est à nous, de la marine des États-Unis, de décider, mon garçon. Je suis le second du *Storm* et mes hommes monteront avec nous sur votre bateau, dit un lieutenant qui portait veste ouverte sur une chemise dépourvue de cravate et deux pistolets passés dans la ceinture.

— Le commandant Lewis Colson me prie de vous réitérer que seul sera admis à bord l'officier le plus élevé en grade. Et cela par pure courtoisie, car ce n'est pas une obligation. Notre yacht est un navire de plaisance naviguant sous pavillon de Sa Très Gracieuse Majesté la reine Victoria. Allez le dire à votre commandant... mon garçon, insista Tilloy, persifleur.

Et il donna l'ordre de relever l'échelle de pilote, ce qui déclencha la colère de l'Américain.

— Assez parlé. Allons-y ! Pas besoin de votre échelle. Lancez un grappin sur ce rafiot et montez tous à bord. On va bien voir ! ordonna-t-il à un quartier-maître.

Celui-ci, fort adroitement, lança le grappin fixé au bout d'un filin. Les griffes de l'engin d'abordage se plantèrent dans l'acajou de la lisse.

— Ça alors ! Capitaine, on va pas les laisser faire ? intervint Tom O'Graney, prêt à décrocher le grappin et à en découdre.

— Attendons un peu qu'il y en ait un ou deux

suspendus au filin, dit le maître d'équipage avec un clin d'œil à Tilloy.

Déjà, un premier marin, s'aidant de la corde à nœuds, s'élevait le long de la coque du *Phoenix*. Tom attendit qu'un second l'eut empoignée pour entreprendre à son tour l'escalade. Sur un signe de Tilloy, l'hercule irlandais, sans effort apparent, souleva le grappin, la corde et ceux qui s'y trouvaient, suspendus comme araignées à leur fil. Ayant ainsi libéré la lisse de la griffe de l'engin, il éloigna celui-ci du bordage et lâcha prise, laissant choir dans la mer, entre la baleinière et le voilier, les deux marins américains. À bord de leur embarcation, furieux, les camarades des baigneurs armèrent les fusils et mirent en joue O'Graney. Ils paraissaient décidés à tirer sur les gens du *Phoenix* quand le commandant Lewis Colson apparut au côté de Tilloy.

La calme détermination, la tenue stricte et élégante autant que le regard acéré de l'officier impressionnèrent le lieutenant, de qui on pouvait craindre qu'il commandât le feu.

— Vous outrepassez vos droits vis-à-vis d'un bâtiment britannique, donc neutre, qui s'est spontanément arrêté à votre approche. Vous avez endommagé la lisse de mon bateau, vous menacez mon équipage de vos armes : ce sont là des mœurs de flibustiers. Seraient-elles aussi celles la marine des États-Unis ? L'affaire du *Trent* ne vous a donc pas servi de leçon ? lança Colson, d'un ton sec.

Le discours rendit le lieutenant perplexe. L'arraisonnement du *Trent* avait failli, un an plus tôt, déclencher la guerre entre la Grande-Bretagne et l'Union. Ce yacht luxueux ne pouvait qu'appartenir à un armateur influent. On risquait peut-être un nouvel incident diplomatique. Comme l'homme cherchait une réplique qui ne venait pas, Mark Tilloy intervint.

— Dites à vos hommes d'abaisser leurs armes et allez chercher votre commandant. L'Angleterre n'est pas en guerre avec votre pays.

Aussitôt, la baleinière s'éloigna. Un quart d'heure plus tard, elle revint, ayant à son bord le capitaine du *Storm*, un homme jeune qui portait avec aisance un uniforme bien coupé. Voyant qu'il aurait affaire à un officier de bonne tenue, Tilloy fit remplacer l'échelle de pilote par l'échelle de commandement, véritable escalier, que l'officier gravit seul, tandis que le maître d'équipage du *Phoenix* lançait à pleine voix la formule d'accueil en vigueur dans la marine de Sa Très Gracieuse Majesté : « Passe du monde sur le bord ! »

Formé à l'Académie navale d'Annapolis, Ellis Follett, rejeton d'une honorable famille de Boston, fut sensible à cette attention. En posant le pied sur le pont, il se tourna vers l'arrière, salua l'Union Jack et se présenta en gentleman. Ce protocole laissa pantois le lieutenant rustaud, resté dans la baleinière avec les marins, qui ne lâchaient pas leur fusil.

— Si vous voulez m'accompagner à la chambre de veille, notre écrivain vous montrera les papiers du navire. Il appartient à lord Simon Leonard Cornfield, et notre port d'attache est l'île Soledad, dans l'archipel des Bahamas, dit Colson, certain que le seul nom de Bahamas allait provoquer à la fois intérêt et suspicion.

— Les Bahamas ! Nassau n'est-il pas l'arsenal du Roi-Coton ? L'abri de tous les aventuriers qui tentent, chaque nuit, de forcer le blocus ? dit d'un ton aigre l'officier.

— Il se peut ; mais Soledad se trouve dans le sud de l'archipel, à deux cent cinquante milles de Nassau, et je ne suis pas ce que vous nommez un *blockade runner*. D'ailleurs, je n'ai pas tenté de forcer le blocus, et vous ne trouverez à bord ni coton, ni militaire confédéré, ni diplomate sudiste, expliqua posément Colson.

— Puis-je connaître alors les raisons de votre escale à Charleston ? Une de nos frégates vous a donné la chasse, ce me semble, il y deux jours.

— J'ose espérer que l'incendie qui s'est déclaré à bord de ce bateau n'a pas fait de victimes. Nous marchions à notre allure habituelle, dans les dix nœuds, et personne à bord ne pouvait imaginer que ce serait interprété comme une fuite ou une dérobade, dit Lewis Colson, s'appliquant à une convaincante naïveté.

— Peut-être aviez-vous à bord des armes et de la poudre, commandant ?

— Rien de tout cela, je vous assure. Le *Phoenix* ne portait, comme aujourd'hui, que son lest. Aucune cargaison. Sa Très Gracieuse Majesté la reine Victoria a demandé à tous ses sujets d'observer une parfaite neutralité dans le conflit fratricide qui vous oppose à vos compatriotes du Sud. La sympathie d'une nation qui a aboli l'esclavage en 1834 irait sans conteste à votre armée si cette guerre ne privait pas l'industrie textile anglaise de coton, ce qui a réduit au chômage des milliers d'ouvriers britanniques et français.

— Les rebelles du Sud sont responsables de cette situation ; c'est pourquoi sont suspects tous les navires qui leur rendent visite.

— Au cours de notre brève escale en Caroline, nous n'avons pas, je vous l'assure, enfreint la consigne de neutralité donnée par notre souveraine.

— Mais alors, cette croisière ?

— Je suis allé chercher à Charleston une proche

parente de lord Simon Cornfield. Une lady très malade, de qui on veut encore espérer que le climat salubre et le soleil des Bahamas, d'ailleurs recommandés par vos médecins, lui seront salutaires. Pourvu qu'elle supporte la traversée ! ajouta le commandant.

— Cette lady est à bord ?

— Si, en visitant le bateau, pour constater par vous-même que nous ne transportons ni coton ni marchandises suspectes, vous voulez vous assurer de la présence de cette dame, je lui demanderai de vous recevoir un instant. C'est une fort jolie femme, et c'est misère de la voir ainsi.

Visiblement ébloui par les aménagements raffinés du voilier, les cuivres étincelants, le pont de teck régulièrement poncé, les portes d'acajou vernissé, la tenue uniforme des matelots portant au bonnet un phénix brodé au fil d'or qui rappelait la figure de proue, le commandant du *Storm* se rendit, accompagné par le capitaine Tilloy, dans la chambre de veille. Michael Hocker présenta avec déférence les papiers, le livre de bord du bateau et le rôle d'équipage.

Par un regard dans les écoutilles, l'officier s'assura ensuite que les cales étaient vides et fut invité à rejoindre le commandant Colson sur la passerelle. En marin, il apprécia la qualité des instruments de navigation et ne put s'empêcher d'empoigner les manetons de macassar poli de la roue de gouvernail, dont le pivot de bronze portait les armes des Cornfield.

— Beau bateau, commandant. Depuis l'Académie navale, je n'ai plus navigué sur un voilier. Je vous envie, dit Follett, prêt à prendre congé.

— Acceptez, je vous prie, un rafraîchissement dans mon salon. En vous l'offrant, je n'ai pas conscience d'enfreindre la neutralité, dit Lewis Colson à qui le commandant du *Storm* devenait sympathique.

Mark Tilloy intervint pour dire que Varina Cornfield se ferait un devoir, bien que très lasse, de recevoir l'officier américain.

— Conduisez le commandant à l'appartement de notre passagère, et rejoignez-nous au salon avec Charles Desteyrac, ordonna Lewis.

Varina s'était préparée à l'entrevue qui allait lui permettre de montrer ses talents de comédienne. Allongée, languide, sur son lit, d'une pâleur maladive qui devait tout à la poudre de riz, la tête reposant sur des oreillers de dentelle, elle entrouvrit les yeux quand Mark présenta le commandant Ellis Follett, de la marine des États-Unis.

En proie à la gêne que tout gentleman ressent devant une femme malade et alitée, contrainte à recevoir la visite d'un étranger, l'officier américain se découvrit et s'inclina.

— Une minute seulement, notre lady est fort dolente, prévint le docteur Kermor tandis que Gertrude Lanterbach faisait mine d'éponger le front de Varina.

Alors que le marin de l'Union bafouillait des vœux de meilleure santé et se préparait à se retirer, Varina, d'une voix à peine audible, mimant un souffle court, faillit compromettre la mise en scène.

— Allez dire, monsieur, à vos supérieurs, qu'à cause de la mauvaise guerre que mènent les politiciens et affairistes du Nord contre la très ancienne et aristocratique institution particulière du Sud, une dame de qualité doit quitter sa maison et sa famille pour tenter de survivre – et sans doute mourir – sur une île anglaise ! dit-elle en laissant retomber, les yeux clos, sa tête sur l'oreiller.

— Cette guerre finira par une juste victoire, madame, et vous recouvrerez la santé, répondit Ellis

Follett en s'inclinant à nouveau, mais plus froidement, avant de quitter la pièce.

Uncle Dave jeta un regard courroucé à Varina, haussa les épaules et suivit l'Américain et Tilloy sur le pont.

— Ne prêtez pas attention aux propos de notre malade. Il lui arrive de délirer, dit le médecin.

— Ces temps-ci, ce genre de délire est commun à de nombreuses dames sudistes, docteur. Sans conséquence, bien sûr, dans le cas de votre passagère, de qui on ne peut douter, hélas, qu'elle soit atteinte de consomption, concéda l'officier d'un air entendu, en esquissant un sourire.

Il trouva dans le regard amusé du capitaine Tilloy le reflet de complicité qu'il espérait.

— Nous autres marins savons qu'avec les femmes, même en bonne santé, il faut toujours faire la part de l'exaltation romanesque, n'est-ce pas, commandant ? dit Mark.

Sous les lambris du salon, Colson attendait, en compagnie de Charles Desteyrac, le visiteur américain. Le maître d'hôtel servit le jus d'ananas frais et se retira.

— Monsieur l'Ingénieur Charles Desteyrac est français. Encore un neutre, commandant, précisa Lewis en présentant Charles.

Ellis Follett, qui pouvait aisément s'exprimer en français, voulut savoir ce qui retenait un Français aux Bahamas.

— D'abord la construction d'un pont, ensuite une belle insulaire, ancienne élève du Rutgers College, que j'ai épousée, confia Desteyrac.

L'officier fit le tour de la pièce, intéressé par les aquarelles représentant des voiliers aux prises avec la tempête ou encalminés sous les tropiques, qui décoraient les panneaux entre les appliques de bronze. Il s'arrêta devant la roue de gouvernail du *Royal Charles*, précieuse relique, vestige du *Naseby*, navire qui, en 1660, avait ramené d'exil le roi Charles II d'Angleterre. Colson lui en conta l'histoire, comme, avec Tilloy, il l'avait contée à Charles lors de sa première traversée, en 1853.

— Vous semblez tous, sur ce bateau, être des gens heureux, et vous allez regagner vos îles ensoleillées où règne la paix. Moi, je dois faire la guerre, non pour remporter une victoire orgueilleuse, mais pour absoudre le sud de l'Union du péché d'esclavage. C'est une macule honteuse sur notre bannière étoilée. Les propriétaires d'esclaves ne veulent pas admettre que le temps du travail servile est partout révolu. Leurs nègres, devenus travailleurs libres et salariés, rendront les mêmes services que des nègres enchaînés. Vous autres Anglais l'avez depuis longtemps compris. Il n'y a plus d'esclaves dans vos colonies et les nègres y travaillent autant, sinon plus qu'autrefois, n'est-ce pas ?

— C'est exact, dit Colson, admettant le persiflage d'un homme informé.

— Je suis sans haine ni vindicte, croyez-moi. Pour moi, les rebelles du Sud ne sont pas des ennemis, mais des compatriotes égarés qu'il faut fermement ramener dans le droit chemin de l'humanité, compléta Follett.

— Noble tâche ! Mais essayez de l'accomplir en causant le moins de souffrances et le moins de destructions possible. À Soledad, depuis trois générations, lord Simon Leonard Cornfield reçoit et héberge les esclaves fugueurs, qu'ils viennent de Cuba ou du sud de l'Union, ce qui nous vaut de solides inimitiés dans les Carolines, en Louisiane, en Virginie et à La Havane, commandant, révéla Lewis Colson.

Pendant la visite de l'officier et l'entretien qui suivit, le maître d'équipage fit porter aux marins confinés dans leur baleinière, au bas de l'échelle de commandement, un gallon de whisky et, de la part de Colson, une caisse de porto pour le carré des officiers.

Vint le moment où Ellis Follett dut quitter le *Phoenix*. Il le fit presque à regret, accompagné à l'échelle par l'état-major du voilier.

— Quand cette guerre sera finie, quelle qu'en soit l'issue, venez vous reposer à Soledad. Nous serons heureux de vous recevoir, dit Lewis Colson avant d'ordonner au bosco de mettre le *Phoenix* sous voile.

Au moment où, poussé par une bonne brise de terre, le voilier doublait le *Storm*, le commandant Follett ordonna un tir perdu du canon de semonce pour saluer le navire anglais.

— Il est rassurant de rencontrer des Américains du genre d'Ellis Follett. C'est encore dans la marine qu'on peut trouver, sous tous les pavillons, des gentlemen capables de faire la guerre sans haine, commenta Colson avant de donner le cap à Tilloy et de se retirer dans sa chambre.

Un peu plus tard, comme Charles s'étonnait auprès de David Kermor de ne pas avoir vu Malcolm Murray depuis l'appareillage, le médecin révéla que l'architecte avait été en proie au mal de mer et venait seulement de quitter sa chambre pour se rendre près de Varina Cornfield, « occupée à s'attifer en belle du Sud ».

— Le beau Malcolm saura faire oublier ses angoisses à la belle Winnie, dit Charles.

— Cette femme est bête comme une oie. Fort heureusement, l'Américain a pris sa diatribe avec humour, bougonna Uncle Dave.

Mark Tilloy avait prévenu Charles. Le voyage de retour serait plus long que l'aller, au cours duquel les alizés avaient favorisé une « navigation de demoiselle ». Ces vents étaient maintenant contraires et obligeaient le *Phoenix* à suivre une route est-sud-est pendant au moins cent milles, de manière à traverser le Gulf Stream à angle droit pour aller retrouver, largement au nord des Bahamas, les alizés qui soufflent toujours du nord-est dans l'hémisphère Nord. On prendrait alors un cap plein sud pour atteindre Soledad par le grand large, à l'est de l'archipel.

Dès le premier repas – le seul que présida le commandant Colson, car Varina Cornfield lui mettait les nerfs à vif –, l'honorable Malcolm Murray, à nouveau amariné, s'imposa comme le chevalier servant de l'épouse de Bertie III qui, à dater de cette soirée, saisit toutes les occasions de montrer l'élégance et la variété de sa garde-robe. Très à l'aise en mer, parée et embijoutée comme si chaque dîner était de gala, elle minaudait, gloussait à tout propos et même hors de propos, s'étonnait que les meubles fussent fixés aux planchers et qu'il n'y eût pas de fleurs fraîches dans ce qu'elle nommait, au grand dam des marins, sa « cabine ». Servie depuis l'enfance par des esclaves corvéables à merci et d'une obséquiosité craintive, elle s'emportait contre le steward, stigmatisant sa désinvolture et le peu d'empressement qu'il mettait à répondre à ses appels. Habituée à boire dans du cristal de Baccarat ou de Saint-Louis, elle jugeait les verres trop épais, les couverts d'argent trop lourds, grossières les porcelaines anglaises frappées de l'emblème du

Phoenix. Dépourvue de tact, la femme du planteur disait à qui voulait l'entendre son regret de n'avoir pas fait porter à bord sa vaisselle plate et son argenterie chiffrée.

Les menus, plus roboratifs que fins, ne pouvaient satisfaire le palais d'une femme nourrie de bisque d'écrevisse, de *pompano*[1] en papillote, de cailles farcies, de cuisses de canard à la créole, et qui, friande de sucreries, se voyait privée de tarte à la noix pacane, de crème à la vanille, de cake aux fruits et de sorbets au thé.

Le capitaine Mark Tilloy, délégué à la présidence de la table en l'absence du commandant – défection que Varina Cornfield faisait remarquer avec humeur à chaque repas –, tentait en termes choisis, sans succès, de faire admettre à la passagère que les caprices de l'océan imposaient une limite à la fragilité des objets et que le maître-coq ne disposait pas, pour cette brève croisière, de quoi satisfaire une gastronome de sa qualité.

Avec l'insistance des femmes obtuses, elle réitérait ses critiques et seul Malcolm Murray, qu'elle couvait parfois d'un caressant regard de biche, parvenait à la dérider.

Desteyrac, Tilloy et Uncle Dave remarquèrent, au lendemain de la première nuit en mer, que l'architecte s'était attardé avec Varina sur le pont, puis dans l'appartement de celle-ci, jusqu'à une heure avancée.

— Elle a dû litaniser ses griefs, dit Tilloy.

— À moins que l'honorable Malcolm Murray n'ait su lui clore la bouche... d'une façon ou d'une autre ! lança en riant Uncle Dave, facilement grivois.

1. Poisson du golfe du Mexique, qui n'existe pas en Europe.

De cette assiduité, Gertrude Lanterbach prit ombrage, au point de prétexter migraine et nausées pour s'abstenir de paraître tant aux repas qu'aux réunions de salon.

Varina Cornfield, qui, depuis le départ, traitait l'Alsacienne comme à Clarendon House sa femme de chambre noire, ne manquait pas de se plaindre aussi du peu d'attentions que Gertrude manifestait à sa personne.

— Belle suivante qu'on m'a donnée là, monsieur ! Petite santé, malgré sa corpulence de matrone. Compassée comme une nonne, parlant avec un accent tudesque, rustre comme un grenadier, refusant de me brosser les cheveux et ne sachant pas préparer ma toilette de nuit. Et, de plus, impertinente comme un page ! Ma cousine Ottilia, de qui je regrette, ô combien, l'absence, se contente vraiment de peu, dit-elle, l'après-midi du deuxième jour de voyage, à Desteyrac qui, à l'abri du vent, fumait la pipe sur le pont.

— Gertrude Lanterbach a été la gouvernante de lady Ottilia. Ce n'est pas une domestique, madame, et encore moins une esclave de plantation. À Soledad, elle dirige Exile House, la maison des époux Murray, et commande à la cuisinière, aux chambrières, aux valets, aux cochers, aux jardiniers. Lady Ottilia considère sa dame de compagnie comme une amie chère, et la bonne société des Bahamas la reçoit comme telle. Sa parfaite éducation, le fait qu'elle parle plusieurs langues, qu'elle touche agréablement le piano et la mandoline, la placent dans nos salons, madame, pas à l'office. Vous ne devez donc pas vous méprendre : Gertrude Lanterbach a été déléguée auprès de vous par lady Ottilia comme chaperon distingué, non comme femme de chambre, dit Desteyrac, ferme et sec.

— Mon cousin aurait dû prévoir sur ce bateau une femme pour moi. On ne laisse pas une dame de ma condition sans camériste. Si j'avais su qu'il en serait ainsi, j'aurais emmené mes négresses avec moi.

— Vous auriez dû, en effet. À Soledad, ces femmes auraient au moins fait l'apprentissage de la liberté, répliqua Charles, excédé, en s'éloignant après un bref salut.

Peu habituée à de telles sorties, Varina Cornfield resta pantoise, les yeux écarquillés, sans voix. Les propos de Desteyrac la confirmèrent dans sa conviction que les Français étaient tous des *nigger lovers*, de qui il convenait de se défier.

Lewis Colson, que Charles rejoignait souvent sur la passerelle, annonça, au soir du troisième jour de voyage, l'arrivée probable pour le lendemain à Soledad.

— Bien qu'il ne fasse pas très chaud, dit-il, montrant un petit nuage blanc d'apparence inoffensive qui floconnait, léger comme de la gaze, sur l'horizon, nous risquons cette nuit d'être assaillis par un grain blanc. S'il ne nous retarde pas trop, nous prendrons, demain soir, un verre au Loyalists Club avec nos amis après avoir revu nos épouses, dit-il à Charles.

— Je ne suis pas certain qu'Eliza et Ounca Lou puissent faire bon ménage avec la cousine de lord Simon. Depuis qu'elle n'a plus peur des nègres, Varina Cornfield est devenue assez odieuse, osa Charles.

— Surtout depuis qu'elle est assurée de conserver ses bijoux ! précisa Lewis.

— Craignait-elle que les nègres les lui prennent ?

— Les nègres, non, mais son mari. J'ai su par

Tilloy que Bertie III attendait de Varina qu'elle se conduisît comme les autres femmes de planteurs. Nombreuses sont celles qui ont vendu leurs bijoux pour que la Confédération puisse acheter des armes en Europe. Mais Varina Cornfield n'entendait pas consentir un tel sacrifice. Après avoir dit à son mari qu'elle lui laissait diamants, saphirs, émeraudes et perles pour qu'il en disposât, elle les a emportés. Ce qui vous vaut de les admirer chaque soir à son cou, à ses doigts ou à ses poignets, rapporta Colson, amusé.

— Ainsi parée, elle doit bien valoir un millier de carabines Enfield ! estima Desteyrac, railleur.

Une véritable amitié, fondée sur une estime réciproque, unissait maintenant Lewis et Charles. Tous deux caractères entiers, intransigeants sur le respect des principes, ils ne tenaient pas rigueur aux autres des faiblesses de leur nature et s'efforçaient avec virilité et discrétion d'en limiter les conséquences. Au fil des années, le marin avait appris à l'ingénieur à se servir d'un sextant, à faire le nœud de chaise ou celui de cabestan, l'avait initié à la pêche au marlin et au tarpon qui demande force et obstination. En échange, l'ingénieur lui avait enseigné le subtil calcul de la résistance des matériaux, science utile à qui s'intéressait, comme Lewis, à la construction navale. Il arrivait aux deux amis de se pencher ensemble, par jeu intellectuel, sur des problèmes de mathématiques complexes, dont le marin assurait qu'on y trouvait la plus belle illustration d'une logique dont la philosophie n'enseignait que les rudiments.

Ce soir-là, au cours du dîner, alors que la houle océane passait soudain de la mollesse à la nervosité,

Mark Tilloy transmit aux convives les consignes du commandant.

— Cette nuit, tenez fenêtres et hublots fermés. Ne laissez pas dans vos chambres verres et bouteilles hors des casiers. N'allumez pas de chandelles, ôtez des étagères vos objets de toilette et enfermez-les dans des tiroirs. Évitez de sortir sur le pont, car nous allons subir un grain blanc, c'est-à-dire un sérieux coup de vent et une grosse pluie.

— Mon Dieu, une tempête, est-ce possible ? s'exclama Varina Cornfield.

Par gros temps, les marins se gardent de prononcer le mot tempête. Il suffirait, d'après les Anciens, à la convoquer pour malmener le navire sur lequel on aurait eu une telle imprudence de langage. Ceux du *Phoenix* n'échappaient pas à cette superstition et l'annonce d'un grain blanc, le plus perfide de tous, invitait à la circonspection.

— Même si nous avons du gros temps, ne vous effrayez ni du tangage ni du roulis : ce sera bref. Le *Phoenix* est un navire solide, compléta Mark.

— Si le bateau bouge beaucoup, vous ne me quitterez pas, n'est-ce pas, Malcolm ? gémit Varina, saisissant l'avant-bras de Murray.

— Bien sûr, chère Winnie. Je serai là, répondit-il en caressant la main de sa voisine.

— Ne craignez rien. Le commandant Colson et Mark Tilloy sont des marins expérimentés. Si vous restez enfermée dans votre appartement, vous ne courrez aucun risque. Ce n'est que sur le pont, n'est-ce pas, Malcolm, que l'on peut recevoir un espar dans les tibias, dit Uncle Dave, rappelant ainsi à Murray l'accident qui lui valait une jambe plus courte que l'autre.

L'orage s'annonça par une série d'éclairs arborescents dont le crépitement fit pousser des cris d'effroi à Varina Cornfield. Les rafales projetaient de l'écume jusque dans la voilure, déjà réduite, quand une grosse pluie inonda le pont, giflant les fenêtres de la salle à manger.

Rappelé sur la passerelle par le commandant, Tilloy demanda à Murray et au docteur Kermor de reconduire, sitôt le repas achevé, Varina Cornfield à son appartement avant que le grain ne gagne en intensité. Le service terminé, les deux hommes offrirent leur bras à la passagère et Charles regarda le trio s'éloigner vers l'arrière en titubant.

Le navire s'inclinait et se redressait, épousait les ondulations amples et râpeuses de la houle. La mâture offrait au vent ses instruments préférés : vergues, haubans, drisses, écoutes, balancines, dont il tirait modulations geignardes ou hargneuses, ricanements ou hululements sinistres – autant de plaintes et d'appels de marins engloutis, d'après le maître d'équipage.

Sous l'averse, Charles se rendit au salon où, comme chaque soir après dîner, il rejoignait Uncle Dave et Michael Hocker pour vider en leur compagnie une bouteille de porto.

Le médecin reparut bientôt, trempé comme un barbet.

— Mon ami, je suis résolument hydrophobe ! Servez-moi, je vous prie, un verre de ce vin. D'après Colson, ce temps va durer trois ou quatre heures. Inutile d'attendre Hocker, il doit tenir son poste, dans la chambre de veille, en attendant le changement de quart.

— Et Murray ?

— La belle Varina lui a demandé de rester avec elle... jusqu'à ce que le bateau cesse de se trémousser ! C'est son expression, qui n'a rien de maritime, dit le médecin en humant le vin capiteux.

Quand, la bouteille vidée, Charles et Uncle Dave regagnèrent chacun sa chambre, le steward émit quelques vagues considérations sur la perversité des grains blancs avant d'éteindre les appliques dans lesquelles, depuis peu, le pétrole lampant avait remplacé l'huile de baleine.

— Bien que nous soyons comme ces lampes, montés sur rotules, nous ne tiendrons pas aussi aisément qu'elles la position verticale, prédit le médecin en passant la porte, cramponné au chambranle.

Confiant dans le voilier et son capitaine, Desteyrac s'endormit aussitôt qu'allongé. Il se souvint plus tard avoir rêvé qu'il montait un étalon rétif, quand il fut tiré du sommeil par la voix de Mark Tilloy qui avait fait brutalement irruption dans sa chambre. Ouvrant un œil, l'ingénieur devina plus qu'il ne vit dans la pénombre son ami, portant à pleins bras un lourd fardeau qu'il prit pour un fatras de toile.

— Que voulez-vous ? Est-ce le sauve-qui-peut ? annona-t-il d'une voix pâteuse.

— Bon sang, Charles ! Levez-vous et donnez de la lumière, cria le capitaine.

Rendu à la lucidité, Desteyrac quitta sa couche, craqua une allumette, alluma une chandelle. Aussitôt, Mark déposa sans précaution sur le lit une femme en chemise.

— Gertrude Lanterbach, dit Tilloy, comme s'il se fût agi de faire les présentations.

La batiste mouillée épousait les formes amples et fermes du corps de l'Alsacienne. Sous ses longs cheveux blonds collés au visage, elle était d'une effrayante pâleur.

— Par ce temps, se promenait-elle en chemise de nuit sur le pont ? interrogea Charles, incrédule.

— Je l'ai rattrapée au moment où elle enjambait la lisse pour sauter à la mer.

— Sauter à la mer !

— Oui, elle voulait en finir avec la vie, mon vieux. Mais elle a besoin de soins. Je vais réveiller Kermor. En attendant, couvrez-la : elle grelotte ! dit Tilloy.

Charles jeta une couverture sur Gertrude qui, les yeux clos, remuait la tête comme pour exprimer en silence une dénégation. S'avisant enfin qu'il était lui-même en chemise, il enfila son pantalon et prit une serviette pour essuyer le visage de la jeune femme.

L'esprit clair dès le réveil, Uncle Dave réagit en praticien.

— Aidez-moi à la déshabiller, dit-il à Charles et à Mark.

— Mais... sa pudeur ! émit Tilloy.

— C'est la pudeur ou la congestion ! Il faut lui retirer ces nippes trempées et la réchauffer.

Comme les deux amis hésitaient, David Kermor s'emporta.

— Vous n'avez jamais vu une fille à poil ? *God'dam'*[1] ! Vous en faites, des manières ! Allez, ôtez tout ce qu'elle a sur la peau ! Et donnez-moi des serviettes et de l'alcool, si vous en avez.

Charles apporta du linge et, en s'excusant, une bouteille de gin.

— Le seul alcool dont je dispose, docteur.

— L'eau de Cologne eût été préférable. La belle

1. Juron : sapristi, nom de Dieu.

va puer comme une ivrognesse. Enfin ! Beau morceau de femme, en tout cas. On va la tirer de là. Elle peut encore servir, non ? dit le médecin, retrouvant des accents de carabin.

Il frictionna vigoureusement le corps inerte et pinça les joues, qui reprirent des couleurs. Gertrude entrouvrit les paupières sur un regard flou, puis s'absenta de nouveau.

— Cette imbécile a dû avaler un soporifique avant d'aller se promener sous la pluie, dit le médecin.

Mis au courant de la tentative de suicide interrompue par Tilloy en tournée d'inspection, Uncle Dave changea de ton.

— Couvrez-la. Il faut qu'elle ait chaud et, si possible, empêchez-la de dormir. Giflez-la s'il le faut. Je vais chercher de quoi faire un lavage d'estomac. Faudrait pas, si la dose est léthale, qu'elle nous fausse compagnie ! Que l'un de vous deux aille dans sa chambre et essaie de trouver ce qu'elle a bien pu avaler, dit David Kermor avant de sortir.

Tilloy revint bientôt avec un petit flacon ayant contenu un narcotique à base de belladone, ce qui décida le médecin à faire boire sans ménagement à Gertrude de la poudre d'ipéca diluée dans de l'eau sucrée.

— Je ne connais pas meilleur vomitif, dit-il, satisfait, quand la préparation eut fait l'effet escompté et qu'il estima l'estomac de l'Alsacienne débarrassé du somnifère.

Le capitaine et Desteyrac, ayant joué sans dégoût les infirmiers, considéraient, maintenant un peu désorientés, la suivante d'Ottilia.

— Comment une belle femme comme ça peut-elle avoir eu envie d'en finir avec la vie ? demanda Mark

Tilloy que la nudité de Gertrude Lanterbach avait émoustillé.

— Mon ami, les femmes se donnent plus fréquemment la mort que les hommes. Le plus souvent par noyade ou pendaison, et c'est en Angleterre qu'elles se tuent le plus. Chaque année, une trentaine sur un million, ce qui est beaucoup. La cause en est souvent une grossesse illégitime, conclut le médecin.

— J'ose espérer que ce n'est pas le cas de Mlle Lanterbach, dit Charles, pensant à la relation que Gertrude entretenait avec Malcolm Murray.

— Nous le saurons plus tard. Nous serons ce soir à Soledad et il y aura des personnes du beau sexe pour recueillir des confidences que les femmes ne font pas volontiers aux hommes. En attendant, mon bon Charles, laissez-lui votre lit. Qu'elle se repose. Et si elle se levait, empêchez-la de sortir. Ceux qui ratent leur suicide récidivent souvent dans les heures qui suivent, acheva Uncle Dave en quittant la chambre avec le capitaine Tilloy, qui se devait d'informer le commandant Colson de l'événement.

Promu garde-malade, Charles Desteyrac se blottit dans un fauteuil et passa le reste de la nuit à guetter la respiration, devenue régulière, de la rescapée.

À l'aube, la tempête se calma aussi soudainement qu'elle s'était levée et, dans le ciel délavé, des nuages effilochés s'enfuirent vers l'ouest, comme honteux d'avoir gâché la nuit de l'équipage et des passagers du *Phoenix*.

Venu aux nouvelles, Uncle Dave secoua Gertrude jusqu'à ce qu'elle reprît conscience. Sans même s'étonner de l'endroit où elle se trouvait, l'Alsacienne s'assit dans le lit et se mit à pleurer.

— Qu'elle pleure un bon coup, et attendons qu'elle parle. Ne l'interrogez pas ! ordonnait Uncle Dave au moment où Lewis Colson se présentait.

Le fait qu'eût été perpétrée sur son bateau une tentative de suicide contrariait l'officier.

— Je vais demander à Varina Cornfield de s'occuper de Mlle Lanterbach. C'est la seule femme du bord, dit-il avec autorité.

— Oh non ! Je ne veux pas la voir ! Non ! Non ! s'écria, entre deux sanglots, Mlle Lanterbach.

Les trois hommes échangèrent des regards interrogateurs, et Charles se souvint de sa conversation de la veille avec Varina Cornfield.

— Je crois qu'elles ne s'apprécient guère, dit-il.

— Très bien. Restons-en là. Mais je vais être obligé de vous faire accompagner dans votre chambre, mademoiselle, et je vous demanderai d'y rester sous surveillance jusqu'au débarquement. Nous toucherons Soledad cet après-midi. Ensuite, le docteur Kermor avisera, dit sèchement Colson.

— Je ne le ferai plus. Je vous le promets ! gémit Gertrude, du ton de l'enfant fautif qui accepte la réprimande.

— Je veux le croire, dit le commandant avant de se tourner vers Charles.

— Puisque vous avez été contraint de recueillir Mlle Lanterbach, puis-je obtenir que vous ne la quittiez pas ? demanda Colson.

— À vos ordres, commandant, dit Charles, marquant d'un sourire qu'il acceptait, ès qualités, l'autorité de son ami.

Se retrouvant seul avec Gertrude, l'ingénieur se souvint qu'elle était nue sous les couvertures. Il lui tendit sa propre robe de chambre et se détourna tandis qu'elle s'en drapait. Il lui offrit ensuite son bras pour l'accompagner jusqu'à sa chambre. Marchant sur le pont, se tenant d'une main à la lisse, elle jeta en frissonnant un regard à l'océan qu'elle avait souhaité comme sépulture, et pénétra dans sa chambre où Charles la suivit.

Tandis qu'elle s'apprêtait, il vit, par la fenêtre, se profiler à l'horizon la côte basse d'Eleuthera.

— Nous allons retrouver Soledad dans quelques heures. Puisque lady Ottilia sera absente, vous pourrez venir à Valmy. Ma femme prendra soin de vous, et mon fils sera content de vous voir, Gertrude. Vous savez que, sur notre île, vous ne comptez que des amis, débita Charles, ne sachant trop que dire.

L'Alsacienne, son sang-froid recouvré, n'était pas femme à s'apitoyer sur son sort. Ni honteuse ni geignarde, elle entendait assumer pleinement son acte manqué.

— Mark Tilloy m'a, cette nuit, sauvé la vie, et ce, au péril de la sienne, car lorsqu'il m'a retenue, j'aurais pu l'entraîner dans la mer. Je lui dois donc une explication de ma conduite, ainsi qu'au docteur Kermor et à vous qui m'avez recueillie et veillée.

— Vous n'êtes pas obligée de vous humilier en livrant vos raisons de fuir la vie, Gertrude.

— J'ai assez de connaissances en psychologie pour savoir que le seul moyen d'oublier ce moment de folie est d'en révéler la cause. Et je voudrais que cela fût fait, quoi qu'il m'en coûte, surtout en l'absence d'Ottilia, avant que nous ne débarquions à Soledad. Faites dire, je vous prie, à Mark Tilloy et au docteur Kermor que j'ai à leur parler.

Quoique surpris par la maîtrise si vite retrouvée de Gertrude, Charles sortit sur le pont, héla un matelot occupé à mettre de l'ordre dans les cordages, et l'envoya porter le message aux intéressés.

Uncle Dave se présenta le premier, suivi de près par Mark. Aussi intrigués que Charles, les deux hommes commencèrent par féliciter l'Alsacienne d'un rétablissement si rapide. Debout, s'efforçant à une contenance polie, les trois amis firent face à Gertrude, assise, droite et assurée, sur le seul siège de la pièce.

— Je vous remercie tous de ce que vous avez fait pour moi cette nuit. Surtout Mark Tilloy que je crois bien avoir maltraité, par la parole et le geste, quand il m'a empêchée de me laisser glisser à l'eau.

— Vous n'étiez plus vous-même, concéda Mark, aimable.

— Je vous dois donc une explication qui tient en peu de mots. Voilà. Je n'ai pas accepté que lady Ottilia, de qui j'ai été la gouvernante avant de devenir sa dame de compagnie, puis son amie et complice, refuse de me garder près d'elle en Caroline et me mette au service d'une autre femme pour qui je n'ai aucune sympathie. Je me suis sentie abandonnée, rejetée, presque méprisée, et j'ai voulu échapper au sort qui m'était imposé et à un avenir compromis. Vous jugerez mon acte disproportionné à la déception. De cela je suis maintenant bien consciente, et je vous demande de me pardonner les alarmes que j'ai causées.

— À Soledad, nous vous ferons oublier tout ça, et quand lady Ottilia reviendra, elle saura vous détromper, car nous connaissons tous l'affection sincère qu'elle vous porte, dit Charles.

— Oui, nous saurons vous distraire, Mlle Lanterbach, renchérit Tilloy, chaleureux.

— Vos paroles me touchent, mais je ne resterai pas à Soledad, messieurs. Dès mon arrivée, je ferai mes bagages et je prendrai le premier bateau-poste pour Nassau, et, de là, un navire de la Cunard pour

New York où je trouverai facilement du travail, annonça Gertrude d'un ton déterminé.

Les trois hommes s'inclinèrent sans un mot.

Kermor, acceptant de relayer Desteyrac, décida que Gertrude devait se sustenter. Il sonna le steward, commanda une collation pour deux, tandis que Charles se rendait à la salle à manger pour y prendre le breakfast et que Tilloy allait rapporter au commandant les explications de Gertrude.

Charles, pensif, attaquait une assiette d'œufs brouillés quand Malcolm Murray se présenta.

— Je meurs de faim ! Cette nuit fut agitée dans tous les sens du terme. Rien de tel que l'effroi pour rendre une femme amoureuse, mon cher. J'ai aussi bénéficié de la déficience prolongée d'un vieux mari, d'une accumulation d'ardeurs insatisfaites et qui n'attendaient qu'une occasion de se déclarer. Partout la tempête, sur l'océan et dans le lit ! Par saint George, je ferai une esclave de cette esclavagiste ! raconta sans pudeur Malcolm entre deux bouchées.

Comme Charles se taisait, l'œil désapprobateur, l'architecte s'en étonna.

— Je vous offusque, je le vois bien. Pardonnez ma franchise. À vous j'ai décidé de ne jamais rien cacher. Vous êtes mon seul ami véritable, bafouilla Malcolm.

— Disons que je suis votre seul auditoire possible et indulgent. Mais apprenez que, pour d'autres, la nuit fut agitée, moins agréablement, croyez-moi, bien qu'une femme aussi ait été en cause. Vous semblez ignorer que Gertrude a tenté de se noyer en enjambant la lisse. Elle doit la vie à Tilloy qui, en tournée d'inspection à cause du gros temps, s'est trouvé là au bon moment pour la retenir, rapporta Charles.

Murray reposa brutalement ses couverts et repoussa son assiette.

— Non ! Gertrude a voulu se tuer ? Quelle sotte ! Cela, sans doute parce qu'elle m'a vu au lit avec Varina dans une posture qui laissait peu de doute sur la nature de notre entretien, dit Malcolm, plus contrarié qu'ennuyé.

— Comment ça, elle vous a vu ?

— Au milieu de la nuit, Gertrude est venue reprendre un châle qu'elle avait oublié dans le petit salon de l'appartement du château. Comme la porte de la chambre était grande ouverte et que Winnie manifestait bruyamment son contentement, Gertrude s'est approchée. Elle a vu et entendu. Elle a poussé un cri de rage et s'est enfuie. Je ne lui ai jamais caché qu'elle n'était qu'un exutoire et que...

— Vous savez qu'elle vous aime, Malcolm ! l'interrompit Desteyrac.

— Je le lui ai cent fois défendu, Charles !

— Je sais. Vous avez une impuissance d'aimer dont vous êtes assez fier, n'est-ce pas ?

— Les femmes veulent absolument mettre du sentiment là où il n'y a que désir. Le plaisir se partage comme un fruit mûr quand on a soif. Vous seul savez que je n'en ai aimé qu'une seule. Et qu'elle n'a pu m'appartenir. La mort l'a prise avant même que je sache si elle m'eût accepté. J'ai trente ans, Charles, et j'entends jouir sans entrave des jours qui me restent. Je veux en cueillir jusqu'aux secondes, car qui peut compter sur le lendemain ?

— Votre égocentrisme est confondant ! Peut-être même pathologique, Malcolm.

— Ajoutez, pour faire bonne mesure – vous voyez que je me juge devant vous sans indulgence –, que je suis incapable de me repentir de ce que j'ai fait. En revanche, il m'arrive de me repentir de n'avoir pas fait ce que j'aurais pu faire, dit Murray avec un sourire complaisant, tout en se versant une tasse de thé.

— À Clarendon House, Ottilia m'a dit qu'elle craignait que Gertrude ne souffre par votre faute. Elle avait vu juste, semble-t-il.

— Otti voit souvent juste. Mais Gertrude n'est pas une oie blanche. Elle est majeure, responsable d'elle-même. Qu'elle ait tenté de se noyer est fort déplaisant, reprit Malcolm, sourcils froncés.

— En tout cas, vous allez en être débarrassé. Elle va quitter Soledad pour New York et...

— ... comment ça, « quitter Soledad » ? Elle est payée, et fort cher, comme gouvernante d'Exile House. Qui tiendra la maison en l'absence d'Otti ? Ce serait trop facile ! Mlle Lanterbach voulait être aimée d'amour par l'honorable Malcolm Cuthbert Murray, et comme elle ne l'a pas été, la voilà qui fait mine de se tuer et décide de quitter son service ! Je vais, croyez-moi, la rappeler à ses devoirs ! lança Murray, en colère.

Laissant Desteyrac abasourdi autant que scandalisé par une telle inconscience, l'architecte jeta sa serviette sur la table et quitta la salle à manger.

Alors que Soledad était en vue, à la fin de l'après-midi, Charles apprit par Uncle Dave la manière dont l'honorable Malcolm Cuthbert Murray avait été reçu par Gertrude, et comment celle-ci l'avait jeté hors de sa chambre en le traitant d'infâme boiteux.

— J'ai cru qu'ils en venaient aux mains, mon ami. Après cette scène, j'ai dû administrer un calmant à la pauvre fille qui suffoquait d'indignation. Pour justifier cette sortie, elle a dû me révéler les rapports qu'elle entretenait avec Malcolm, et ce, avec la bénédiction de lady Ottilia, ce que je soupçonnais depuis longtemps. Comme elle m'a dit aussi que vous êtes au courant, je puis en parler sans commettre d'indiscrétion ni trahir le secret médical. La vraie raison de sa tentative de suicide n'est donc pas, comme elle nous l'a dit ce matin, une déception profonde due à l'attitude de lady Ottilia, mais bien la jalousie d'une femme qui a surpris son amant en train d'en chevaucher une autre. Une affaire d'une grande banalité, pour ne pas dire d'une extrême trivialité, mon ami !

— Je me croyais seul dans la confidence, Uncle Dave.

— Les domestiques observent et parlent, mon ami. Mais, voyez-vous, Charles, nous avons affaire, avec Malcolm et lady Ottilia, à d'étranges sujets. Otti – comme nous sommes quelques-uns à le savoir – ne pouvant faire d'enfant, elle espérait peut-être que Malcolm en ferait un à sa suivante, qu'elle eût ensuite pris à son compte. Je suis certain que les deux femmes s'étaient déjà entendues là-dessus. Gertrude, fort heureusement, n'est pas grosse et peut donc reprendre sa liberté comme elle le souhaite, dit le médecin.

— Comme cela est triste, Uncle Dave ! C'est l'amour par tous bafoué, constata Desteyrac, amer.

— N'en est-il pas souvent ainsi, mon ami ? Lord Byron, expert en complications amoureuses, a écrit ces phrases que, célibataire convaincu, j'ai retenu comme antidote personnel. Écoutez : « Hélas ! l'amour des femmes, on le sait, est une chose à la fois charmante et redoutable ; toute leur destinée est placée sur cette carte unique ; si elles perdent, la vie n'a plus à leur offrir que le spectacle dérisoire du passé, et leur vengeance est comme le bond du tigre, mortelle, prompte, écrasante ; elles ressentent de leur côté des tortures non moins réelles : ce qu'elles infligent, elles l'éprouvent[1] », cita David Kermor.

Les deux hommes sortirent sur le pont que le brûlant soleil de juin avait séché. Sous voiles de manœuvre, le *Phoenix* approchait du quai, seigneur des mers tout blanc et or. Charles distingua, sous son ombrelle, Ounca Lou qui tenait Pacal par la main. Il ôta son panama et l'agita dans leur direction.

— L'amour est aussi simple que ça, dit Uncle Dave.

— Je suis attendu, murmura Charles, radieux.

— Vous êtes désiré, corrigea le médecin.

1. *Don Juan*, chant II. *Œuvres complètes de lord Byron*, traduction de Benjamin Laroche, Charpentier, Paris, 1838.

6.

En retrouvant Ounca Lou et Soledad, l'une et l'autre au plein éclat de leur beauté, Charles Desteyrac voulut se croire au plus près du bonheur. En cet été triomphant de l'année 1862, l'île et la femme lui parurent consubstantielles.

Parcelle d'Éden flottant sur des eaux émeraude au soleil des tropiques, seule Soledad pouvait offrir une telle harmonie entre la nature et les êtres. Partout, femmes-fleurs ou fleurs devenues femmes, les jolies descendantes des Arawak animaient de leur grâce mobile la gracieuse immobilité des buissons d'hibiscus et de poincianias. Sous leurs pieds nus, de l'aube au crépuscule, les pennes argentées des palmiers royaux dessinaient d'immatériels tapis, faits de laies alternées d'ombre et de lumière.

Après les heures chagrines passées à Clarendon House et à Charleston, les aléas du blocus et le suicide raté de Gertrude Lanterbach, l'aimable indolence et la naïve gaieté des insulaires, l'inconsciente certitude – qu'ils entretenaient – de voir demain identique à aujourd'hui offraient le bien-être de la sérénité.

Heureux, Charles eût voulu que tous le fussent et il sut convaincre Ounca Lou d'accueillir Mlle Lanterbach à Valmy en l'absence d'Ottilia.

L'Alsacienne s'empressa de dire que son séjour

serait bref : le temps de rassembler vêtements et objets personnels qui se trouvaient encore à Exile House, avant de prendre le bateau pour New York, via Nassau.

Surprise par une si prompte décision, Ounca Lou allait manifester son étonnement quand Charles lui imposa silence d'un regard appuyé. Pendant que la maîtresse de maison donnait des ordres pour l'installation de Mlle Lanterbach et la préparation du dîner, il eut un aparté avec Gertrude.

— Je compte que vous direz à mon épouse la véritable raison de votre départ, qui n'est pas celle que vous nous avez donnée à bord du *Phoenix* avant de vous montrer plus sincère avec le docteur Kermor.

— Je ne cacherai rien à Ounca Lou qui, j'imagine, était, comme vous-même, au courant de mes relations particulières avec Malcolm. Je vais, de ce pas, lui parler, dit Gertrude en s'éloignant.

Tandis que Pacal montrait fièrement à son père les tortues qu'il avait dessinées avec l'aide de son amie Ann, puis chantait une comptine locale apprise de la cuisinière, Gertrude et Ounca Lou, se donnant le bras, apparurent sur la galerie. La gouvernante avait les yeux rougis ; Ounca Lou affichait une désinvolture forcée.

— Voilà, nous nous sommes tout dit. Demain matin, nous irons toutes deux à Exile House chercher les affaires de Gertrude. Vous pourriez, sous un prétexte quelconque, éloigner Malcolm de chez lui pendant un moment, ce qui éviterait une rencontre que personne ne souhaite plus, demanda Ounca Lou à son mari, confirmant ainsi que l'Alsacienne était passée aux aveux.

Rasséréné, Desteyrac se rendit au Loyalists Club où il savait rencontrer, à cette heure d'avant-dîner, ses amis et familiers.

À peine entrevu quelques heures plus tôt lors de l'arrivée du *Phoenix*, Edward Carver lui parut remis de sa chute de cheval et plein d'alacrité. Comme Charles le félicitait pour cette aisance reconquise, le major se pencha vers l'ingénieur.

— Mon cher, sans lady Lamia, je ne me serais pas tiré d'affaires. Elle a été merveilleuse et d'une attention de tous les instants, jusqu'au moment où Weston Clarke m'a rendu ma liberté de mouvement. Je suis diablement reconnaissant à ma vieille amie de ce qu'elle a fait pour moi. Vous avouerai-je que son absence laisse un grand vide dans ma maison ? Car elle est retournée à Buena Vista, sa mission d'infirmière terminée. Il n'existait plus, il est vrai, de justification à sa présence sous le toit d'un vieux célibataire bien portant. Les gens jasent, savez-vous. Je me suis cependant laissé dire par Poko qu'elle regrettait d'en avoir fini avec son malade, marmotta timidement le major.

— Pourquoi ne l'épousez-vous pas ? lança tout à trac Desteyrac.

Cette interrogation indiscrète, au contraire de ce qu'escomptait l'ingénieur, ne déconcerta pas Edward Carver qui enchaîna, comme si une telle suggestion relevait de l'ordre des choses :

— Je vous ai déjà dit qu'autrefois, quand nous étions tous les deux jeunes, elle m'a refusé sa main. Et ce n'est pas une femme qui a dû changer d'idée, même en plus d'un quart de siècle. Et puis, j'aurai soixante-dix ans l'an prochain ! Beau parti pour une lady de quarante-six, encore belle ! Non, la seule façon que j'aie trouvée de lui manifester des sentiments qui ne datent pas d'hier, c'est d'en faire mon héritière. J'ai rédigé un testament en sa faveur. Je n'ai aucun parent en ce monde, et il ne sera pas contesté.

Mais elle ne découvrira qu'à ma mort qu'elle hérite deux petits immeubles à Belgravia Square et une plantation de thé à Ceylan. Ce sont mes seuls biens, avec mon épée et mes décorations, mon cher, révéla le major en riant.

Bientôt, les marins se joignirent aux deux hommes. Lewis Colson, Mark Tilloy, Philip Rodney et Michael Hocker, tous voulurent savoir comment Varina Cornfield avait été reçue à Cornfield Manor.

— En découvrant que lord Simon m'avait délégué pour l'accueillir en son nom à Soledad, l'épouse de Bertie III ne cacha pas sa déception. Elle m'a houspillé avant même que je lui présente mes civilités. « Ainsi, mon estimable cousin n'a pas cru nécessaire de se déplacer ! » s'est-elle écriée afin que nul n'ignorât sa déconvenue. Fort heureusement, Murray, toujours enjôleur, s'est joint à moi pour accompagner la visiteuse au manoir. Tiens !... Cela semble vous amuser ? s'étonna Edward devant le sourire entendu de ses compagnons.

Tilloy se dévoua pour raconter la rapide conquête de la Sudiste par Murray à bord du *Phoenix*.

— Cela va fortement déplaire à mon vieil ami Simon. Déjà, la relation de son neveu et gendre avec la suivante d'Ottilia, si discrète qu'elle eût été, l'agaçait comme un mauvais vaudeville. Si maintenant il découvre – et il le saura vite – que la femme de son cousin Bertie, placée sous sa protection, s'est conduite comme une gourgandine, nous allons entendre tonner sur l'Olympe, mes amis ! prédit le major.

— Comme nous connaissons notre lord, il se pourrait qu'il renvoie cette dame à son mari dans les meilleurs délais. Préparez-vous à mettre à la voile, commandant ! lança Charles.

— À mon avis, c'est Murray qui fera les frais de l'entreprise, avança Carver.

— Il pourrait repartir avec la dame et se faire brancardier sudiste, ironisa Tilloy.

— Simon est entré en fureur quand je lui ai annoncé qu'Ottilia reste en Caroline pour jouer à l'infirmière. Pas plus que moi il ne croit à cette vocation, et il s'interroge sur les vraies raisons de son engagement. Devant moi, il a dit à Malcolm qu'un homme doit se faire obéir de son épouse et qu'il aurait dû imposer à la sienne le retour au foyer sans tergiverser, rapporta le major.

Quand Mark Tilloy détailla la tentative de suicide de Gertrude Lanterbach, Edward Carver exprima par un balancement de tête désabusé le serrement de cœur ressenti.

— Il semble que, parfois, nous sous-estimions la force destructrice d'un sentiment car, comme l'a écrit le vieux Goethe : « Chaque femme exclut par nature toute autre femme. Un homme appelle un homme, il en créerait un s'il n'existait pas. Une femme vivrait une éternité sans souhaiter une semblable », cita-t-il.

Approuvé par tous, il leva son verre.

Au cours des semaines suivantes, les événements s'accélérèrent dans le Cornfieldshire. On apprit d'abord le départ de Malcolm Murray pour les États-Unis. Après une admonestation d'une rare violence au cours de laquelle lord Simon frôla la crise d'apoplexie et jeta son tampon-buvard par la fenêtre de son cabinet de travail, le séducteur se vit ordonner de faire ses bagages pour se rendre au plus tôt à Washington.

Le gouvernement américain venait d'accorder des chartes à deux compagnies de chemins de fer qui s'engageaient à construire la ligne est-ouest à travers les États de l'Union : Union Pacific Railroad et Central Pacific Railroad. Comme les autorités promettaient des aides financières importantes pour ces travaux et que lord Simon était actionnaire des deux compagnies intéressées, il tenait à ce qu'un homme de confiance suivît pour lui les tractations administratives. Excellent prétexte pour éloigner pendant des semaines l'honorable Malcolm Murray de Soledad et de Varina, à qui lord Simon avait également dit son fait, allant jusqu'à la traiter de Bethsabée philistine !

En revanche, Gertrude Lanterbach, tenue à l'écart de ces chicanes, accepta de différer son départ. Mark Tilloy ne fut pas étranger à ce changement d'attitude. Dès le lendemain de l'installation de l'Alsacienne à Valmy, le capitaine, venu s'enquérir de la santé de celle qu'il avait sauvée de la noyade, s'était offert à la distraire, « pour lui changer les idées », avait-il dit. Gertrude, ne pouvant refuser l'amicale proposition de l'homme à qui elle devait la vie, avait d'abord fait quelques pas avec Mark jusqu'à Pirates Tower, puis l'avait accompagné au village des artisans pour faire des emplettes avant d'embarquer, un matin, sur la barque à voile bahamienne du marin, pour une visite à Fish Lady sur l'îlot de Buena Vista.

— Il s'agissait de la réconcilier avec la mer, expliqua Tilloy à Charles au soir de cette brève croisière.

— Vous couriez le risque de la voir récidiver et se jeter à l'eau, observa Desteyrac.

— Aussi ne l'ai-je pas quittée d'un pouce, jusqu'à ce qu'elle me dise en souriant : « Finalement, c'est bon, la vie. Je veux oublier le passé et ma bêtise. » Savez-vous que cette belle fille m'a remercié d'un baiser sur la joue ? rapporta Tilloy, faraud.

Depuis ce jour, Charles et Ounca suivaient, amusés,

la cour respectueuse que Mark faisait à la jeune femme. Peu habituée à autant d'attentions et de prévenances, Gertrude, après deux semaines de rencontres quasi quotidiennes avec le marin, proposa elle-même une excursion au mont de la Chèvre. Catholique romaine, elle souhaitait accomplir une action de grâces au cours d'un pèlerinage à la chapelle de l'ermite. Ils s'y rendirent dans le landau des Desteyrac, conduit par Timbo. De cette promenade Mlle Lanterbach revint rieuse et détendue, un gardénia blanc au corsage.

Le même soir, Timbo rapporta à Charles que le père Taval avait accueilli avec chaleur les promeneurs avant de tirer de sa cave ce qu'il assurait toujours être la « dernière bouteille de vin », et fait servir par Manuela un *chowder*[1] dont l'Arawak avait eu sa part. « J'y crois que mam'selle Gé't'ude et *captain* Tilloy y s'entendent bien, mossu », avait ajouté Timbo avec un plissement malicieux des paupières que Charles sut interpréter.

À Valmy, Ounca Lou devait consoler une autre femme déçue, Viola, sœur d'Adila, la nurse de Pacal. La jeune fille était depuis plusieurs mois sans nouvelles de Robert Lowell, l'ingénieur de Pittsburgh, de qui elle s'était éprise avec fougue au cours du séjour de l'Américain à Soledad. Après avoir amorcé avec l'adolescente un flirt sans conséquences, Bob s'était laissé prendre au charme un peu mièvre de cette petite-fille de Maoti-Mata, tanagra à la peau cuivrée et au regard langoureux. Dès son retour en Pennsyl-

1. Sorte de bouillabaisse composée de conches, de homard et de poisson, que l'on sert accompagnée de riz au curry.

vanie, il lui avait adressé des lettres imprudentes, à la fois tendres et sérieuses, dans lesquelles Viola, un peu simplette, avait lu un engagement. Robert avait même promis de revenir sur l'île avec le matériel ferroviaire de lord Simon. Depuis cette promesse, la guerre entre les États américains avait compromis les projets des uns et des autres. Dans sa dernière lettre à son ami Charles Desteyrac, comme dans celle adressée à Viola à la même époque, Robert Lowell annonçait son incorporation dans l'armée fédérale. « En tant qu'ingénieur, je vais servir avec le grade de lieutenant, dans l'artillerie du général Grant, pour combattre les rebelles des États cotonniers. Nous les mettrons bientôt à la raison et, de retour à Pittsburgh, je n'aurai de cesse de réunir locomotive et voitures pour le train de lord Simon que j'escorterai, bien sûr, jusqu'à vous. » Ces messages dataient, hélas, de plus d'un an. Depuis, les lettres de la jeune fille, comme celles de Charles, restaient sans réponse.

Ounca Lou qui, dès le premier jour, avait mis Viola en garde contre la versatilité des hommes – « loin des yeux, loin du cœur », répétait-elle – ne parvenait pas à tranquilliser la gentille Arawak. Tourmentée plus que de raison, celle-ci finit par demander à sa tante, vieille Indienne de son village, confidente reconnue et patentée des zemis familiaux, d'interroger les esprits protecteurs. Par le truchement de l'officiante, les zemis rassurèrent la jeune fille : son amoureux ne l'avait pas oubliée mais était pour le moment dans l'incapacité d'écrire. À l'instigation de sa parente, Viola suspendit, au-dessus d'une boîte contenant les lettres de Lowell, un flacon bouché à la cire où baignait, dans du rhum, le cadavre d'une araignée, capturée une nuit de pleine lune. Ainsi Robert Lowell serait protégé des dangers de la guerre...

Charles et Ounca Lou respectaient assez les superstitions insulaires pour taire leurs doutes quant à l'efficacité d'une telle pratique.

Depuis le départ de Malcolm Murray pour les États-Unis, Varina Cornfield boudait et s'ennuyait. Installée dans une aile du manoir avec un couple de domestiques et une femme de chambre mulâtre, elle passait son temps à se plaindre de la rusticité des lieux et du service. Comme elle disposait d'un attelage et d'un cocher pour ses promenades dans l'île, Eliza Colson, Ounca Lou, Dorothy Weston Clarke et Margaret Russell se relayaient pour faire découvrir à l'Américaine les charmes de Soledad. Varina ne goûtait guère l'exubérance de la nature insulaire, qu'elle eût aimée plus disciplinée, et redoutait la proximité des insectes, des moustiques surtout, cependant moins agressifs que ceux des bords de l'Ashley. Elle pinçait les lèvres et se détournait quand un fermier, qu'il s'agît d'un Noir ou d'un Arawak, s'approchait de la voiture pour saluer et bavarder de tout et de rien avec celle qui l'accompagnait. Pour tout un empire la Sudiste n'eût adressé la parole à un Noir – autrement que pour donner un ordre à un de ses esclaves –, comme le faisaient avec naturel Ounca Lou et Eliza Colson. Le fait que Pacal eût pour compagnons de jeux des Indiens et des Noirs ne pouvait, d'après elle, que nuire à l'éducation du petit-fils d'un lord.

C'est avec Ann Cornfield, douée de la patience des infirmes, que Varina se sentait le plus à l'aise. N'étant pas une abolitionniste intransigeante, la fille de Jeffrey écoutait, sans récriminer, les propos que Varina tenait sur les esclaves, qui avaient été fort dociles jusqu'en

1861, et semblait admettre les raisons que donnait cette femme de planteur de la sécession sudiste.

« Mon mari dit que les Yankees nous combattent non pour supprimer notre institution particulière, mais parce que le Sud a voulu se libérer de l'emprise économique du Nord. Le gouvernement de Washington est constitué par une bande de rapaces qui exploitent depuis longtemps les richesses du Sud. Il a empêché nos États d'ouvrir leurs ports au commerce international et, maintenant, il se sert des nègres pour nous faire assassiner, afin de prendre nos biens », répétait Varina.

« Mon père, comme d'autres hommes d'affaires de New York, dit, lui, que dès les premières escarmouches avec le Nord, les États du Sud auraient dû s'engager à abolir l'esclavage dans les prochaines années. Ainsi votre Confédération eût été reconnue comme nation indépendante par les Européens, et la guerre aurait tourné court », répliquait Ann.

Entre les deux Américaines, contraintes de vivre loin de chez elles, s'établit au fil des jours une relation amicale, chacune estimant accomplir une bonne action, la valide en visitant la paraplégique et en poussant son fauteuil roulant dans les allées du jardin, l'infirme en invitant souvent la réfugiée à partager son dîner. Au cours de ces après-midi, si la fille de Jeffrey renonça vite à comparer le sort des esclaves à celui des Noirs accueillis aux Bahamas, elle s'efforçait en revanche de corriger l'opinion de la Sudiste sur le peuple des Arawak dont elle avait appris l'histoire par Ounca Lou et Edward Carver. Que les malheureux ancêtres, pacifiques et doux, des Indiens de Soledad eussent été massacrés par les Carib, qu'ils aient proscrit les armes et produit de belles sculptures de pierre polie, dont une tête en andésite noire offerte par

Edward Carver, laissait Varina indifférente et ne faisait pas évoluer d'un iota la détestation qu'elle vouait aux Indiens comme aux Noirs.

Cette obstination fut confirmée aux yeux de tous quand, ayant conseillé à sa cousine par alliance de rendre une visite protocolaire au cacique des Taino, Maoti-Mata, comme le faisaient tous les visiteurs de marque à Soledad, lord Simon essuya une rebuffade.

— En Amérique, nous avons su nous débarrasser des Peaux-Rouges et autres coupeurs de têtes. Ce n'est pas pour que j'aille faire des grâces à des Sauvages que le gouvernement de la reine Victoria entretient au lieu de reconnaître la Confédération des États du Sud, pays de haute civilisation ! répliqua-t-elle d'un ton aigre.

Lord Simon haussa les épaules et tourna les talons, estimant Varina imperfectible.

Si celle-ci refusa d'être présentée au cacique des Arawak, elle tint à faire une visite de courtoisie à la sœur de lord Simon.

En passant pour la première fois le pont de Buena Vista, un jour où la mer était grosse, Varina frôla la crise de nerfs. Arrivée sur l'îlot, l'épouse du planteur ne put retenir sa stupéfaction à la vue de Fish Lady qui revenait de la pêche à demi nue, un gros mérou fiché dans son harpon, en compagnie d'Arawak exubérants.

— Vous vivez vraiment comme au temps de Christophe Colomb ! lança-t-elle, fascinée par l'opulente chevelure, sphère de boucles grises, qui donnait à lady Lamia une allure de sorcière océane.

Quand, plus tard, à l'heure du thé, celle-ci la reçut en robe de coton blanc, ornée de dentelle au décolleté et aux poignets, Varina crut bon, avec son manque de tact habituel, de complimenter Lamia sur sa toilette, comme elle l'eût fait à une primitive attifée à l'européenne, encore que le collier en dents de requins de son hôtesse lui parût déplacé au cou d'une lady.

De ces promenades, les accompagnatrices de l'Américaine rentraient exténuées, la tête farcie de considérations sur la paresse des Noirs, leur tempérament libidineux, leur fourberie, mêlées à d'affreux récits de viols et de meurtres perpétrés par des esclaves sur des femmes blanches.

Au retour d'une de ces excursions, Ounca Lou confia à son mari le peu de sympathie qu'elle éprouvait envers la Sudiste.

— Vaniteuse et égoïste, Varina déteste les enfants. Elle exige qu'on éloigne Pacal de ses jupes dès qu'elle arrive et refuse que nous l'emmenions en promenade avec nous. Elle tient tous les insulaires blancs pour des rustres. Elle assure, sans rire, incarner la fine fleur de la très élégante société de plantation, dont on veut tout ignorer aux Bahamas. À mon avis, elle ne restera pas longtemps ici, au milieu des rustauds et des nègres. Elle n'attend qu'une occasion de se rendre à Nassau où, lui a dit Malcolm, le Royal Victoria Hotel offre l'ambiance mondaine qui fait défaut à Soledad.

— Votre père a le sens des responsabilités acceptées. Le cousin Bertie III lui a confié sa femme. Il ne la laissera pas quitter Soledad pour aller batifoler à New Providence. Nous devrons peut-être la supporter jusqu'à la fin de la guerre. Ce qui n'est pas pour demain, si l'on en juge par la pugnacité de l'armée sudiste, les succès qu'elle a remportés en Virginie et la menace que les Confédérés font maintenant peser sur Cincinnati, grenier et arsenal des troupes fédérales, dit Charles qui venait de lire *The Nassau Guardian*.

Dès l'arrivée de sa cousine, lord Simon avait signifié à la jeune femme qu'il avait pour habitude de prendre ses repas seul, hormis les jours de réception. Faisant un effort, il la conviait parfois à prendre le thé en sa compagnie, bien qu'elle ne pût deviner que ce rite britannique, dont le cérémonial lui paraissait désuet, représentait beaucoup plus que la simple absorption d'une tisane.

— Chez nous, les dames d'œuvres servent du thé lors de leurs réunions, mais à Clarendon nous n'en buvons que pour aider une digestion laborieuse, avait-elle dit dès la première invitation.

Cette réflexion avait fait grimacer Simon et amusé Pibia. Chaque jour, à quatre heures et demie, le majordome servait le thé du lord avec lait et *cookies* dans le petit salon privé attenant à son cabinet de travail. Mieux que quiconque, le mulâtre connaissait le juste dosage des feuilles odorantes et le moment de verser l'eau, « frémissante mais non bouillante », dans la théière d'argent, cadeau de George II à un ancêtre Cornfield.

Fin août, lord Simon donna un dîner habillé en l'honneur d'un membre éminent de la *General Assembly* et de son épouse, couple de Noirs bahamiens de la meilleure éducation, de passage à Soledad. Ne pas inviter Varina eût été outrageant. Condamnée à prendre seule la plupart de ses repas dans l'appartement qui lui avait été octroyé, la Sudiste fut bien aise d'être enfin conviée, par carton armorié, à une réception digne de ce nom. Jolie plutôt que belle, cette insupportable petite femme, parfaitement proportionnée, apparut dans une robe à volants bleu de roi, au décolleté plongeant. Coiffée à la Sévigné, parée de ses plus beaux bijoux, elle eût été admirée si, dotée de discernement, elle se fût abstenue de parler et de commettre, en passant du salon à la salle à manger, au bras de lord Simon, une regrettable bévue.

— Ce... nègre et sa femme vont-il dîner avec nous ? demanda-t-elle, à haute voix, à son cousin en désignant le couple de Noirs.

Lady Lamia fit inutilement claquer son éventail, le docteur Weston Clarke tenta sans succès d'attirer l'attention des invités sur un tableau, rien ne fit diversion : le Bahamien avait entendu la question de Winnie. Homme d'esprit, il se tourna vers la Sudiste.

— Si vous venez à Nassau, nous serons très honorés, mon épouse et moi, de vous recevoir à notre table. Nous avons une excellente cuisinière, madame. Et nous pourrons vous montrer quelques éditions rares des œuvres de Shakespeare, dit-il avec un sourire, découvrant une denture d'une enviable blancheur.

Les commensaux habituels du lord s'attablèrent dans une ambiance pesante, que chacun s'efforça de diluer en posant aux invités du lord des questions banales sur leur traversée et le confort du bateau-poste, qui les avait transportés de Nassau à Soledad.

Pendant le premier service, composé d'émincé de homard agrémenté d'une sauce au citron, Varina observa les Noirs à la dérobée comme si elle s'attendait à les voir manger avec leurs doigts. Ayant constaté que le mari et la femme maniaient argenterie et cristaux avec l'aisance naturelle que confère une longue pratique des dîners mondains, la Sudiste voulut bien oublier momentanément leur couleur.

Alors que les convives évitaient, par respect pour la femme du planteur, toute allusion à une guerre civile qui mettait les siens en danger, ce fut elle qui prit l'initiative d'évoquer le conflit et ses conséquences. Ni le froncement de sourcils de lord Simon ni la tentative de diversion d'Ounca Lou, invitant le notable bahamien à parler de l'éclairage public dont on venait de doter Nassau, ne dissuadèrent Varina de se lancer dans une diatribe contre le général Benjamin Franklin Butler, commandant de l'armée fédérale en Louisiane. Une récente décision de cet officier, commentée par les journaux, lui valait, dans tout le Sud, les surnoms de Bête du Mississippi et de Boucher de New Orleans.

— Au mois de mai, ce soudard, qui pille les plantations, enlève les cloches des églises pour les fondre et faire des canons, s'empare des récoltes de canne à sucre et de coton, lâche les nègres dans les rues, a osé qualifier de prostituées[1] les dames et demoiselles de New Orleans qui ne se montrent pas assez aimables avec les officiers de l'Union ! J'ose espérer qu'un Cavalier va le provoquer en duel, si ce n'est déjà fait, et qu'il percera sa bedaine de Yankee ! s'exclama Varina.

Un murmure d'indignation polie condamna la conduite du général nordiste, et lord Simon s'empressa, par égards pour ses invités bahamiens, de faire dévier la conversation en s'informant de la situation à Nassau.

Comme tous à Soledad, il savait que la capitale des Bahamas n'avait jamais connu pareille prospérité. Dollars et livres sterling circulaient à flot ; chaque semaine voyait s'ouvrir de nouvelles boutiques, tavernes ou restaurants. Ceux qui, hier, végétaient,

1. L'ordre du jour numéro 28 du général Butler, affiché le 15 mai 1862 à New Orleans et connu sous le nom de *Women Order*, prévenait les femmes qui manqueraient de respect à des officiers ou soldats de l'Union qu'elles seraient traitées comme des prostituées. Cette affiche, qui valut à Butler une mauvaise réputation tenace, est encore, de nos jours, conservée, dans certaines familles sudistes, en témoignage des exactions subies au cours de la douloureuse occupation du Sud par les Nordistes pendant la guerre de Sécession.

vivaient maintenant largement. Les insulaires, pris d'une frénésie communicative, ne pensaient qu'à s'amuser et dépensaient sans compter un argent si facilement gagné. Les étrangers, parmi lesquels de nombreux réfugiés sudistes, mais aussi plus d'aventuriers que d'honnêtes négociants, avaient fait tripler la population d'une ville grisée par sa soudaine opulence.

Les chroniqueurs écrivaient qu'il fallait remonter au commencement du XVIIIe siècle, à l'époque où New Providence, capitale de la piraterie, abritait avec Barbe-Noire plus de mille flibustiers des Caraïbes, et regorgeait d'or enlevé sur les galions espagnols, pour imaginer semblable fureur de vivre et de jouir.

Le membre de la *General Assembly* confirma l'existence d'une telle ambiance et ajouta des précisions économiques.

— La commanderie du port considère qu'au cours de l'année écoulée, depuis le commencement de la guerre civile américaine, soixante-douze voiliers et trente-deux vapeurs ont apporté à Nassau pour plus d'un million deux cent cinquante mille livres sterling de marchandises, et emporté en Angleterre un million de livres sterling de coton. Sachez qu'en 1860 nos importations ne représentaient que deux cent trente-quatre mille livres sterling, et nos exportations environ cent soixante mille[1]. Voyez l'énorme différence ! Les profits du commerce sont passés à Nassau de moins de cinq cent mille livres sterling en 1860 à plus de cinq millions cette année ! Les *blockade runners* font la fortune de nos îles tout en rendant de grands services à l'industrie textile britannique, assura-t-il.

1. *A History of Bahamas*, Michael Craton, Collins, London, 1962.

— On dit que la flotte fédérale affectée au blocus de Charleston et de Wilmington ne parvient pas à intercepter plus d'un forceur de blocus sur dix, observa Lord Simon.

— C'est exact, bien que, depuis quelques semaines, les navires de l'Union patrouillent entre Grand Bahama Island et Bimini Island dans l'espoir d'intercepter les bateaux qui viennent de quitter Nassau et se dirigent vers Charleston ou Wilmington. Mais le vrai danger, pour les forceurs de blocus, ne commence qu'au moment où ils approchent des côtes américaines, révéla le parlementaire.

— Nous avons connu ça récemment et nous avons vu combien les excellents marins, le plus souvent britanniques, qui arment les forceurs de blocus, sont audacieux et habiles manœuvriers. De surcroît, ils disposent de pilotes confédérés qui connaissent bien les côtes. Un forceur de blocus peut passer à moins de cent vingt brasses [1] d'un vapeur américain sans être repéré. Et comme, entre eux, les navires fédéraux signalent tout bateau suspect par un tir de fusée, les forceurs de blocus sont prévenus et poussent les chaudières pour échapper à leurs poursuivants. Ces derniers ont d'ailleurs peu de chances de les rattraper, car les nouveaux vapeurs de fer, construits, il faut bien le dire, spécialement pour les *blockade runners* par les chantiers de la Clyde et de la Mersey, sont plus rapides que les frégates de surveillance. Par les nuits sans lune, on assiste à des poursuites très sportives ! dit Tilloy.

— Et cependant, le zèle des chasseurs fédéraux est stimulé par les primes qu'ils reçoivent en cas de cap-

1. Ancienne mesure en usage dans la marine britannique, équivalant à six pieds, ou un mètre quatre-vingt-trois centimètres.

ture d'une cargaison. Les profits des prises de marchandises, d'armes ou de munitions destinées au Sud sont partagés par moitié entre l'équipage du navire arraisonneur et le gouvernement américain. Sur la part affectée aux marins, sept pour cent va au capitaine, l'équipage se partage seize pour cent, et les officiers touchent, suivant leur grade, de trois à cinq pour cent. Nous connaissons un capitaine de la marine des États-Unis qui a empoché, pour une seule prise, plus de trente mille dollars ! précisa Colson.

— Le Sud paie fort cher tout cela et ce que nous vendent les Anglais, intervint Varina, se forçant, après une hésitation, à s'adresser au Noir comme elle l'eût fait à un Blanc.

— Au prix des marchandises s'ajoute le prix du risque, fit observer Colson.

— Sir Bertie, mon époux, dit que les forceurs de blocus prévoient, dans le prix qu'ils réclament, la perte d'une cargaison sur trois. Or, c'est une exagération odieuse. Vous venez de dire qu'un seul bateau sur dix est perdu. Le blocus et ceux qui en profitent sont cause de la ruineuse inflation qui sévit dans le Sud. Des gens s'enrichissent, ici comme en Angleterre, pendant que nos maris et nos fils se font tuer ! s'emporta Varina.

— Cela profite aussi, madame, à notre colonie et aux Bahamiens. La perception des droits a gonflé les finances de Nassau, ce qui nous a permis d'éteindre la dette publique. La municipalité a pu faire aménager des trottoirs le long de Bay Street – qu'on appelle maintenant The Strand, par référence à la célèbre voie de Londres –, construire de nouveaux entrepôts, des écoles, un dispensaire. Certaines chaussées ont été madacamisées. Bientôt nos rues principales seront éclairées la nuit grâce au pétrole importé de Pennsylvanie. Nous allons aussi nous doter d'une vraie police en uniforme, car l'abondance attire les voleurs et les escrocs. Notre cité est devenue un carrefour du commerce maritime dans les West Indies. Elle concurrence les Bermudes et l'île de Cuba, précisa non sans fierté le notable.

— Eh bien, si notre guerre peut faire chez vous avancer la civilisation, ce sera pour nous autres une petite consolation, soupira Winnie, amère.

Irrité par cette sortie, lord Simon reprit la parole.

— Peut-être ignorez-vous, Monsieur le Représentant, que cette prospérité, due à la guerre civile américaine et à la contrebande engendrée par le blocus, n'est pas sans conséquences sur la vie de notre archipel. Comme, à Nassau, vous manquez de débardeurs, de manœuvres, de maçons, de domestiques, d'employés de commerce, nos insulaires, attirés par les bons salaires, quittent les petites îles pour s'engager à New Providence. Les femmes les plus délurées s'en vont là-bas se faire servantes et finissent trop souvent dans la prostitution, activité fort rentable dans les ports, comme on sait, développa Cornfield.

— J'ai perdu en quelques jours une douzaine de mes meilleurs pêcheurs d'éponges. Leurs femmes les ont suivis pour vendre aux étrangers les chapeaux de paille et les paniers qu'elles fabriquent. Cette émigration de nos Lucayens vers Nassau est très préjudiciable à la moralité générale, renchérit Lamia.

— Tout cela est bien fâcheux, en effet. N'est-il pas encore à craindre que cette prospérité, née d'une guerre, ne dure pas plus qu'elle ? commenta avec bon sens l'épouse du représentant bahamien.

Le repas étant achevé, lord Simon invita les hommes à passer au fumoir, laissant les femmes papoter.

À la fin de l'été, Charles Desteyrac acheva l'installation et la mise en service des pompes flottantes, sur les trous bleus susceptibles de fournir de l'eau douce aux insulaires. Lord Simon n'avait pas voulu que le Cornfieldshire fût le seul secteur de l'île à bénéficier d'une distribution d'eau potable, système inconnu dans l'archipel, sauf à New Providence.

Le village des Arawak, le village des artisans, celui des pêcheurs à Southern Creek, l'hôpital, la nouvelle résidence des marins de passage bénéficiaient déjà d'adductions d'eau et de fontaines quand on inaugura l'arrivée de l'eau courante à Cornfield Manor. Pompée dans une source souterraine découverte près de la demeure, l'eau était envoyée dans ce que Charles nomma, en technicien, un château d'eau, haute cuve de bois fabriquée par Tom O'Graney et ses charpentiers de marine. Installé au flanc de la colline, au-dessus du manoir, ce réservoir pouvait aussi recueillir l'eau de pluie.

Suivant le principe des vases communiquants, l'eau collectée arrivait dans certaines pièces de la résidence par des tuyauteries dont lord Simon avait exigé « qu'elles n'offensent pas la vue et ne donnent lieu à aucune modification du décor intérieur ». Au soir de la mise en service de l'installation, Charles Desteyrac reconnut que les exigences du lord lui avait coûté plus de réflexion, d'heures d'étude et de plans que tous les autres chantiers !

— Maintenant, mon bon Charles, vous devez penser au confort des vôtres et équiper Valmy. Faites pour le mieux ! Ne regardez pas à la dépense, je veux que mon petit-fils acquière les notions de propreté et d'hygiène utiles à un gentleman et qui garantissent, sous nos climats, une bonne santé, dit lord Simon.

Desteyrac n'avait pas attendu cette invitation pour

entreprendre, chez lui, les travaux indispensables. L'eau destinée à Valmy, pompée à la surface de Mermaid Hole, arrivait déjà dans la baignoire d'Ounca Lou tout comme elle coulait dans celle du lord. Un serpentin de cuivre placé au-dessus d'un foyer permettait même d'obtenir de l'eau chaude. La cuisinière, Serafita, ne passait pas une semaine sans inviter une commère à constater comment il suffisait de tourner un robinet pour voir « la bonne eau de la terre » couler dans son évier.

Depuis que fonctionnait cette installation, les servantes donnaient chaque soir un bain à Pacal qui, le plus souvent, rentrait le visage barbouillé, les genoux et les mains maculés.

Après une séance de nettoyage au cours de laquelle Adila et Viola recevaient force éclaboussures et jets d'éponge, le garçonnet, fleurant bon le savon, dînait avec appétit, puis était autorisé à passer un moment avec ses parents, sur la galerie, avant d'aller au lit. Charles et Ounca Lou l'écoutaient alors raconter ses aventures de la journée, réciter la leçon apprise et, curieux insatiable, poser mille questions. Ainsi vint un jour la question de la luminescence épisodique de la mer.

Il arrivait qu'au soir d'une journée particulièrement chaude, sous un ciel pur, l'océan devînt, par larges bandes, phosphorescent du côté du large. Ce phénomène, bien connu des marins, conservait pour les îliens les moins évolués une part de mystère inquiétant et intriguait fort les enfants.

Ceux du cacique Maoti-Mata, comme les fils de Sima ou les filles de Wyanie, compagnons de jeu de Pacal, se donnaient des frissons en regardant, au loin, les vagues comme éclairées par en dessous et qui poussaient vers la grève des rouleaux argentés. Ébahis par ce merveilleux spectacle, fréquent sous les tropiques, ils y cherchaient une explication et ne manquaient pas de poser des questions aux aînés.

Souvent délégué à la surveillance de la petite bande, les jours de baignade, Sima croyait encore que cette luminosité de la mer se manifestait quand la reine des sirènes ouvrait les portes de son palais sous-marin et dépêchait ses suivantes avec mission de capturer des hommes et de les lui conduire. « Ces nuits-là, le curieux qui s'aventure en barque ou à la nage sur l'eau lumineuse est invité par les belles sirènes à visiter le palais de leur souveraine. Il n'en revient jamais », assurait-il à voix basse, d'un ton grave.

L'air assuré, comme toujours quand il venait d'apprendre quelque chose, Pacal rapporta à ses parents les propos du pêcheur d'éponges. Ounca Lou, de qui l'enfance avait été charmée par les superstitions insulaires, démontra, comme chaque fois qu'elle en trouvait l'occasion, que ces croyances avaient une explication naturelle, voire scientifique.

— Si l'océan devient lumineux – on dit phosphorescent – à la nuit tombée, après que le soleil a brillé très fort, c'est parce que ses rayons, pénétrant dans l'eau, ont chargé de lumière des milliers de petits mollusques en suspension, de minuscules conques, en somme, qui restituent une partie de la lumière reçue pendant le jour. Le palais sous-marin des sirènes est une belle invention, mais il n'existe pas, non plus que les femmes-poissons, mon chéri.

— Si, elles existent, les femmes-poissons ! Mark Tilloy m'a dit qu'il en avait vu une, morte mais bien conservée, à New York, chez Barnum. Ça, il me l'a raconté ! Et Takitok m'a dit que marraine Lamia, elle est peut-être la fille d'une femme-poisson ! répliqua l'enfant avec aplomb.

Charles, qui suivait, l'air amusé, la conversation, intervint.

— Moi aussi, je l'ai vue, cette momie de sirène, et je puis te dire que c'est un petit monstre fabriqué par Barnum, qui est un malin. Il a fait coudre sur le ventre et la queue d'un gros poisson le buste d'une guenon, la femme du singe. Puis on a rasé les poils de sa face et pourvu sa tête de longs cheveux. Peut-être de vrais cheveux de femme, cette fois. Tu demanderas à ta marraine, lady Lamia, si elle a jamais rencontré une sirène depuis le temps qu'elle nage, comme ta maman, au milieu des poissons.

— Alors, ce que dit Sima, c'est des histoires inventées ?

— On appelle ça des légendes, des contes de fées. Dans les familles, on se les transmet de génération en génération. Souvent, ce ne sont que phénomènes naturels, autrefois incompréhensibles, mais que les progrès de la science finissent par expliquer, mon chéri, compléta Ounca Lou.

— Il en existe dans tous les pays, en Angleterre et en France, bien sûr, conclut Charles.

— Mais c'est pas bien, si on peut plus croire ses amis, constata Pacal, déçu.

— Il ne faut pas leur faire de la peine ni se moquer d'eux. Ces histoires font partie de leurs coutumes, de leur façon de voir la vie, qui n'est pas la nôtre, recommanda Charles.

— Alors, j'écouterai et je dirai rien. Comme ça, y croiront tous que j'y crois !

Quelques jours plus tard, Timbo, premier confident de Pacal depuis la prime enfance, fournit au fils de Charles une explication différente, plus poétique que celle de Sima et moins décevante que celle, toute scientifique, avancée par ses parents.

— P'tit mossu, c'te lumiè' que tu vois qu'èque fois sur la mé', c'est la t'aînée du bateau des *Ocean's ladies*, les dames de la mé'. C'est un beau navi' que les humains doivent pas voi'. Il est couvè' de plaques d'o' p'is pa' les *Ocean's ladies* aux méchants Espagnols qui ont tué les Indiens pour avoi' leu' t'éso'.

— On peut pas attraper ce bateau ?

— Non ! Si tu veux le suiv'e, les *Ocean's ladies* font sorti' des 'ochers pointus devant ton bateau, y se casse et tout se noie.

Parce qu'elle ne comportait aucune violence inutile, l'explication donnée par Timbo, que Pacal rapporta à ses camarades, fut admise comme la plus plausible. Et le fils d'Ounca Lou, déjà fort habile en dessin, fit un croquis de la nef des *Ocean's ladies* cinglant sous la lune. Il l'offrit à Shakera, fille de Wyanie, sa compagne préférée, en lui recommandant de ne montrer à personne cette représentation d'un bateau qu'aucun œil humain ne devait voir.

À quelque temps de là, Charles et Ounca Lou, en visite comme souvent à Buena Vista, rapportèrent à lady Lamia, comme font tous les parents, les interrogations de Pacal sur la phosphorescence épisodique de la mer. Fish lady attendit que les domestiques se fussent retirés pour donner une autre version du phénomène.

Ma Mae, qui sert depuis l'âge de huit ans les Cornfield – elle lavait la vaisselle chez mon frère jusqu'à ce que je la débauche et lui apprenne à cuisiner – n'ignore rien du passé de la famille. Elle est persuadée que la lumière qui semble parfois monter du fond de l'océan révèle bien l'ouverture des portes de l'enfer, dont le feu éternel illumine soudain l'eau, comme dit Sima. Mais, pour elle, il ne s'agit pas de sirènes amoureuses, comme veulent le croire nos pêcheurs. Ma Mae dit savoir que le diable, ces nuits-là, permet à la seconde épouse de mon frère, Sidonia von Blocksberg, la mère d'Ottilia, de venir crier vengeance devant Soledad. Elle dit même l'avoir entendue nous maudire jusqu'à la septième génération, rapporta Lamia.

— Vous m'avez souvent dit que cette Sidonia était une sorcière qui avait mérité son sort, observa Ounca Lou.

— Vous savez tous deux comment cette mauvaise femme fut répudiée par mon frère, quand il sut qu'elle avait empoisonné sa première épouse pour prendre sa place. Et comment lord Simon fit faire justice...

— Je n'ai jamais su comment il s'y prit pour s'en débarrasser en évitant le scandale, constata Ounca Lou.

— « Seuls les requins pourraient le dire », cita Charles avec un clin d'œil à Fish lady.

C'était la réponse autrefois donnée par celle-ci à la même question, posée par l'ingénieur.

À Soledad, grâce aux journaux livrés chaque semaine par le bateau-poste, on suivait les développements de la guerre civile américaine. Le récit des batailles, les succès des uns, la retraite des autres suscitaient, le soir, au Loyalists Club, des commentaires circonstanciés, car bon nombre des membres connaissaient les ports et les lieux cités dans les communiqués. Il en était de même, le vendredi, à Cornfield Manor lors du rendez-vous rituel des intimes. Ces réunions informelles restaient strictement masculines, Simon affirmant que la présence des dames oblige les gentlemen à surveiller leur langage et nuit à la sincérité de leurs propos.

En automne, le club et le manoir connurent une effervescence inhabituelle. Les journaux révélaient qu'Abraham Lincoln, président des États-Unis, allait proposer, dans son discours de fin d'année, le 25 décembre, un nouvel amendement [1] à la Constitution, lequel fixerait au 1er janvier 1863 l'abolition de l'esclavage. On rapportait qu'une indemnité serait accordée aux propriétaires qui auraient, avant cette date, perdu leurs esclaves par les hasards de la guerre.

— Voilà une rumeur qui risque d'inciter les nègres à la révolte, observa lord Simon.

— Lincoln tient compte du fait que les abolitionnistes sont de plus en plus nombreux au Nord, alors qu'on les traitait jusqu'à ces derniers mois de fauteurs de guerre, dit Tilloy.

Ce soir-là, dès son retour à Valmy, Charles Desteyrac invita son épouse à se rendre chez Varina.

— Ces nouvelles doivent la mettre en transe. Nous devons avoir pitié d'elle, Ounca.

Celle-ci fit atteler et se rendit auprès de l'épouse de Bertie III. Une heure plus tard, elle était de retour à Valmy.

— Elle prend assez bien les choses. Elle se dit certaine que les dirigeants de la Confédération ne tiendront aucun compte de cette proposition de Lincoln qui ne serait, d'après ce que lui a écrit son mari, « qu'un expédient pour faire croire aux Européens que le seul but de la guerre est l'abolition de l'esclavage », rapporta Ounca Lou.

1. Ce 13e amendement, célèbre dans l'histoire des États-Unis, ne serait voté que le 18 décembre 1865, après l'assassinat de Lincoln, le 14 avril de la même année.

Les nouvelles transmises par les forceurs de blocus, de plus en plus actifs, et que les marins rapportaient de Nassau, reflétaient les incertitudes des combats livrés depuis l'été en Virginie. Après avoir un temps menacé Washington, les Sudistes avaient subi en septembre de lourdes pertes lors d'une bataille sur l'Antietam, affluent du Potomac. Mais les Nordistes venaient de perdre douze mille six cent cinquante-trois hommes, le 13 décembre, à la bataille de Fredericksburg, sur la rivière Rappahannok, alors que les Sudistes ne comptaient que cinq mille trois cent neuf morts ou blessés.

Chaque fois que Varina avait connaissance d'une victoire sudiste, elle se rendait chez Ann, se mettait au piano et jouait *Dixie's Land*, un air que Daniel Decatur Emmet avait composé en 1859, et qui, popularisé sous le simple titre de *Dixie*, était devenu chanson de marche des armées confédérées.

Conséquence des offensives et contre-offensives des belligérants dans une guerre qui n'avait pas de front géographiquement défini, les familles dont les propriétés se trouvaient soudain à proximité des lignes de feu, voire dont les terres devenaient parfois champs de bataille, cherchaient refuge aux Bahamas. Les rumeurs grandissantes relatives à l'annonce que ferait prochainement Lincoln augmentaient la panique, accélérant d'autant la fuite des planteurs des Carolines et de Virginie.

L'an 1862 s'acheva sans que les ouragans, attendus et redoutés depuis le mois d'août, se fussent manifestés. Seuls quelques orages tropicaux avaient arrosé l'automne. Au cours de la grande réception de fin d'année donnée à Cornfield Manor, tout le monde se réjouit de ce répit climatique, sauf Maoti-Mata qui vit dans la défection des ouragans un mauvais présage.

Toujours attentifs aux paroles du vieil Indien, lord Simon et Charles Desteyrac échangèrent un regard anxieux.

— Old Gentleman, dites-nous le fond de votre pensée, demanda Cornfield.

— Comme une avare, la nature engrange tempêtes, ouragans et cyclones. Elle les unit, les berce, les engraisse, les muscle pour les faire se déchaîner, plus forts que jamais, quand bon lui semble. Alors, mes amis, il y aura du malheur sur nos îles ! prédit le cacique avec gravité.

7.

Le passage de l'automne à l'hiver, comme celui de l'hiver au précoce et bref printemps, n'était, à Soledad, qu'une date sur le calendrier. Sur cette île proche du tropique du Cancer, chaque transition devenait imperceptible. Il fallut, en février 1863, consulter le thermomètre, au petit matin, pour voir qu'il marquait seulement 16 degrés, tout en sachant qu'il en atteindrait 25 à midi. On entrait ainsi dans la saison préférée de Charles Desteyrac.

Au fil des années, le souvenir de la neige, des frimas auvergnats, de l'eau gelée qui n'arrivait plus aux lavabos du collège, des doigts enflés par les engelures, tout comme celui de la brouillasse parisienne, ne s'était pas estompé. Sous le soleil qui tiédissait l'air océanique, limpide et vivifiant, l'ingénieur se remémorait sans nostalgie les hivers engourdis de sa jeunesse. En France, la période hivernale réduisait à l'état de squelettes les arbres à feuilles caduques, plongeait dans la consomption les plantes à fleurs et répandait sur les villes l'âcre haleine des cokes et des anthracites. Aux Bahamas, arbres et buissons conservaient parure et couleurs. Déjà, dans l'attente d'un printemps fugitif, s'annonçaient en bourgeons orchidées, gardénias, azalées, lauriers-roses, œillets maritimes, ipomées, anthuriums, myrtes, qui, se relayant ou s'associant au long des semaines, fleuriraient l'île.

Malgré ce bien-être physique, Charles ne pouvait parfois se défendre d'un étrange sentiment, jamais éprouvé jusque-là. Il lui arrivait soudain, alors qu'il rentrait seul d'un chantier par la route côtière, de s'arrêter et de s'asseoir sur un rocher comme s'il faisait en sorte de retarder inconsciemment le retour au foyer ou la libation au Loyalists Club. Le regard perdu sur la paisible mouvance bleue de l'océan, il se demandait ce qu'il faisait là.

Rex, le labrador qui partout accompagnait l'ingénieur, s'affalait dans un soupir. Le museau sur ses pattes croisées, il levait vers son maître un regard où Charles croyait lire la même question.

Se sentir brusquement étranger, presque un intrus sur cette île où était cependant ancrée sa vie, le mettait mal à l'aise, éveillait en lui des craintes indicibles. Les familiarités acquises au fil des années devenaient factices, irréelles, fabriquées, non comme la substance des rêves, mais comme un brutal transfert dans un monde dont il n'aurait rien su. Il avait l'humiliante sensation de vivre une vie postiche, apposée sur la vraie vie.

Malgré les lettres qu'il adressait à sa mère, à son condisciple des Ponts et Chaussées, Albert Fouquet, au peintre bohème Lucien Grandioux dont les toiles, signées Diou, avaient maintenant une cote chez les marchands, ceux de qui il était séparé depuis dix ans ne pouvaient l'imaginer tel qu'il était devenu. Insulaire britannisé, il se surprenait à penser plus spontanément en anglais qu'en français, et s'irritait quand des mots de sa langue maternelle lui faisaient défaut en écrivant, alors qu'il continuait, pour ses travaux, à user du système métrique et à convertir les pouces en centimètres et les yards[1] en mètres.

Ainsi l'intégration de Charles Desteyrac à la société insulaire s'était accomplie sans difficultés comme, ici, l'automne glissait vers l'hiver et l'hiver vers le printemps : dans une molle évolution.

Charles savait que cette vague et épisodique sensation de ne pas être à sa place ne reposait sur rien. À Soledad, tout lui avait été offert : l'amour d'Ounca Lou, un fils qui promettait force virile et intelligence, de franches amitiés, la parfaite liberté d'exercer son art d'ingénieur, la sécurité financière, la possibilité de voyager quand bon lui semblait, et aussi le temps de lire, de se baigner, de pêcher, de méditer comme il aimait à le faire. Rien ne lui manquait dans un des plus beaux sites du monde, sous le plus enviable climat.

De ce bizarre malaise de l'esprit, fait de doutes plus que de craintes, il n'osait s'ouvrir à quiconque, surtout pas à sa femme. Ounca Lou eût imaginé chez son mari un regret du libre célibat, les prémices d'un détachement, la soudaine pesanteur des liens tissés avec Soledad, une envie de fuir l'enfermement insulaire. Il ne pouvait pas plus se confier à Malcolm Murray. Ce viveur fantasque et désabusé, avide de sensations perverses, eût cru reconnaître chez son ami la même lassitude d'une existence sans aléas qu'il ressentait lui-même et soignait par des escapades à Nassau, des séjours à New York, des expéditions libertines dans les petites îles où il jouait à séduire, pour les déflorer, d'innocentes fillettes.

Quant à lord Simon Leonard Cornfield, seigneur

---

1. Unités de longueur. Un yard équivaut à 0,914 mètre ; un pouce à 25,4 millimètres.

du concret, persuadé de gérer au mieux une sorte de paradis terrestre pour ceux qu'il aimait, il eût mis les états d'âme de Charles au compte d'un besoin de changer d'air, d'un refus passager de la routine... ou d'une mauvaise digestion !

Mark Tilloy, lui, paraissait trop superficiel, le major Carver trop sérieux, le commandant Colson trop puritain, Uncle Dave trop cynique pour recevoir de si naïves confidences. Quant à Lamia, sur la tendre affection de qui il savait pouvoir compter, la révélation de ses troubles pensées eût engendré chez elle inquiétude et appréhension pour l'avenir de sa fille adoptive.

Ottilia l'eût peut-être aidé à analyser cette sorte de déréliction, mais elle avait choisi de courir, sans tenir compte de son avis, une étrange aventure. Charles refusait de s'avouer que l'absence d'Otti banalisait son bonheur en lui ôtant originalité et substance. Sans motiver seul sa mélancolie présente, l'éloignement de cette femme qui lui inspirait un sentiment qu'il aurait été incapable – ou qu'il aurait craint – de définir, n'était cependant pas étranger à son spleen.

Il en vint à la conclusion que, seul sur l'île, le père Paul Taval, français comme lui, bon vivant, mystique à sa manière, sans préjugés ni hypocrisie, dont les mœurs pouvaient cependant scandaliser certains, serait capable d'écouter, peut-être de comprendre et d'expliquer une telle anxiété, réelle ou imaginaire prise de conscience de l'inanité de toutes choses, même des plus agréables, jusque-là masquée par les enchantements exotiques.

Un matin, sous prétexte d'un relèvement de plan à effectuer – car lord Simon venait de le charger d'établir une carte physique de Soledad –, Charles se mit en selle et gravit le mont de la Chèvre, jusqu'à l'ermitage du prêtre de qui on ne savait toujours pas s'il était ou non interdit par Rome.

Il trouva l'ermite assis à l'ombre de la tonnelle de bambou sous laquelle il passait le plus clair de ses journées, en compagnie alternée d'eau fraîche et de boissons alcoolisées. Après quelques considérations sur les derniers événements de la guerre civile qui ensanglantait les États-Unis et sur la prospérité suspecte que les échanges, armes contre coton, servis par les forceurs de blocus, apportaient à Nassau, Charles dévoila la raison de sa visite impromptue.

— Je suis venu pour avoir avec le plus sage des ermites libres une conversation sérieuse et confidentielle, dit-il.

Paul Taval apprécia la suave ironie de Desteyrac et demanda avec une feinte onction, les mains croisées sur la bedaine, tel un prélat, si son visiteur voulait être entendu en confession.

— En compassion seulement, répondit Charles.

— Seigneur, un malheur vous frappe-t-il ?

— Non, rassurez-vous. Je veux simplement vous faire part de pensées qui me viennent de temps à autre et dont l'absence apparente de fondement me trouble. J'attends de vous et, bien que j'ignore ce qui vous a conduit sur l'île, de votre expérience, une réflexion propre à m'éclairer. Voilà !

Le père Taval invita Charles à s'asseoir en face de lui et ordonna à Manuela, qui, curieuse de voir le visiteur, était sortie de la maison, d'apporter ce qu'il nomma comme toujours « la dernière bouteille de notre cave ». À la vue de la gouvernante une nouvelle fois enceinte, Charles sourit.

— Manuela continue à peupler l'ermitage, observa Charles quand la jeune femme se fut éloignée.

— Que voulez-vous, son plaisir est d'être mère,

entourée de nombreux enfants. On ne peut le lui refuser, n'est-ce pas ? On vous dira dans le Cornfieldshire que je suis le seul père de cette volée de bambins, mais rien n'est moins sûr ! dit Taval, aussi malicieux qu'indulgent.

— Votre humanité, alliée à votre sagesse, fait de vous le confident idéal pour un homme qui ne sait parfois que penser de lui-même, enchaîna Desteyrac.

Le père Taval servit avec grande précaution le vin blanc, fit signe à Manuela de disparaître, et, après un temps de réflexion, se pencha vers Charles.

— Votre confiance m'honore, comme m'honore depuis longtemps votre amitié. Mais savez-vous si je suis digne de l'une comme de l'autre ? Vous ignorez tout de mon passé et, comme vous l'avez dit, des raisons qui m'ont conduit à Soledad. Je pourrais être un criminel, un voleur de grand chemin, un sodomite, un ancien pirate, comme ce bon moine qui repose dans la chapelle et de qui vous avez habilement percé le secret, faisant mettre au jour cette tête de cristal de roche qu'il tenait pour miraculeuse.

— À ce jour, elle est toujours dans le cabinet de travail de lord Simon et n'a pas fait de miracle, l'interrompit Charles que ce préambule amusait.

D'un geste, Taval arrêta ces considérations et revint à son cas.

— Avant que vous ne me livriez vos pensées intimes et, peut-être, vos doutes métaphysiques, mon ami, je veux que vous sachiez ce que fut mon crime. Quand vous le connaîtrez, vous jugerez si je suis encore digne d'être votre confident, à défaut de pouvoir être votre confesseur.

Paul Taval but une gorgée de vin et, la main posée sur la tête de Rex, venu s'asseoir aux pieds de Charles, se livra.

— Il y a bien longtemps, mes supérieurs s'accordaient pour me prédire un grand avenir dans la Compagnie de Jésus où j'étais entré fort jeune pour me faire une position, le droit d'aînesse me privant de tout héritage de mes parents, le comte et la comtesse Taval de Péridon, nobliaux bourbonnais sans fortune. Après des années de séminaire, d'études théologiques et la prêtrise, je fus délégué comme professeur, ainsi qu'il est de règle, dans les collèges de la Compagnie. J'enseignai le latin et le grec dans différents établissements, à travers la France, et formai aussi des chorales, ma mère, bonne pianiste, m'ayant appris le solfège et la musique. Je me voyais à la veille d'accomplir ce que nous nommons « le troisième an » – une année de séminaire identique à la première vécue, destinée à rendre au jésuite l'humilité que la fréquentation du monde aurait pu lui faire perdre, le remettre en somme dans la pleine orthodoxie et lui rappeler qu'il faut obéir *perinde ac cadaver*[1] –, quand on me demanda de diriger, lors des fêtes de la Vierge, à Lyon, une chorale de jeunes filles. L'une d'elles, plus délurée qu'on pouvait croire, m'aguicha – en ce temps, j'étais plutôt bel homme – et me plut si fort que, trahissant le vœu de chasteté, je succombai à la tentation que j'avais déjà eu bien du mal à combattre. Le bruit s'en répandit dans l'institution et, quand mes supérieurs trouvèrent dans ma chambre une culotte de dentelle oubliée, peut-être volontairement, par ma dulcinée, le choix me fut donné de m'enfermer trois ans dans la plus triste de nos jésuitières provinciales ou de quitter la Compagnie, tandis qu'on demanderait à

1. Recommandation d'Ignace de Loyola, fondateur de la Compagnie de Jésus, aux jésuites qui doivent obéir à leurs supérieurs « comme un cadavre ».

Rome mon interdiction d'administrer les sacrements – laquelle interdiction ne m'a d'ailleurs jamais été notifiée. Je choisis alors la liberté et, nanti d'un petit viatique offert par un oncle agnostique et compréhensif, je m'embarquai pour Cuba où l'un de mes amis d'enfance, marié à une riche Espagnole, possédait une plantation de canne à sucre. Il m'accueillit et me donna un emploi de comptable dans ses sucreries. Au bout d'un an, j'étais fâché avec lui et avec toute la colonie espagnole pour avoir pris fait et cause pour les esclaves maltraités que je recevais sous mon toit afin de les y soigner. Les autorités cubaines me prièrent de quitter l'île. Un bateau de lord Simon, alors propriétaire d'une plantation à Matanzas, partait pour Soledad. On m'accepta à bord et ce brave lord, qui est la tolérance et la générosité mêmes, m'offrit d'occuper l'ermitage où nous nous trouvons. Voilà mon crime et mon histoire. Me jugez-vous encore digne d'être votre ami et votre confident ?

Plus ému qu'il ne voulait le laisser paraître, Charles Desteyrac tendit la main à Taval.

— Topez là. Mon estime et mon amitié sortent renforcées de vos propos. Et c'est un ancien élève des jésuites qui vous le dit !

— Alors, mon ami, je vous écoute, dit Taval.

Quand Charles eut exposé, en détail et sans retenue, les pensées qui le tourmentaient, Paul Taval eut une moue compatissante.

— Voyez-vous, Charles, vous êtes dans la situation que connaissent un jour ou l'autre tous les émigrés, qu'ils aient, comme vous, volontairement choisi l'exil ou qu'ils y aient été contraints, comme moi. Une plante vivace qu'on a transplantée peut refleurir dans une nouvelle terre, sous un autre climat, à condition que lui poussent des radicelles qui remplaceront peu à peu les anciennes racines, vouées au dessèchement. Mais l'homme n'est pas un végétal. Ses vieilles racines ne meurent pas. Quand on le transplante, elles tentent au contraire de soustraire un peu de la sève dont les nouvelles ont besoin pour survivre. C'est un duel latent, une compétition, peut-être une confrontation entre deux modes d'existence, dont l'exilé ne prend pas tout de suite conscience.

» L'émigré, même bien accueilli comme vous l'avez été, reste à jamais, quoi qu'on dise ou fasse, un étranger dans le pays où il s'installe. Il aura beau posséder parfaitement la langue, admettre les mœurs, adopter les croyances, nouer des liens aussi forts que ceux de l'amour, fonder une famille, rien n'atténuera jamais les nuances ataviques qui différencient les peuples. Nulle traduction n'est parfaite, pas plus en littérature qu'en manière de vivre. Ni la complexion, ni la personnalité, ni le passé d'un homme ne change avec la latitude. Pour un émigré, les choses de sa vie antérieure et celles de sa vie présente ne coïncident qu'en apparence. Elles ne sont pas – et ne seront jamais – superposables, comme le calque d'un dessin. Et d'ailleurs si, demain, vous retourniez en France, où beaucoup de choses ont dû changer depuis votre départ, vous connaîtriez le même sentiment, peut-être encore plus déroutant. Le progrès dans tous les domaines, l'évolution des mœurs, l'attitude de vos amis, l'oubli des uns, la curiosité des autres vous obligeraient à une réadaptation hasardeuse. Imprégné de ce que vous avez ici vécu, fait et appris, vous vous sentiriez étranger dans votre propre pays. C'est le sort des émigrés de n'être plus nulle part chez soi, dit Taval avant de vider son verre.

— Ce que vous dites me paraît juste. À la fois je suis le même homme qu'à Paris et, cependant, je me sens autre. Je conçois maintenant qu'il s'agit là d'une distorsion purement abstraite, dit Charles.

— Voilà ce que vous avez découvert depuis quelque temps et qui ne doit pas vous rendre malheureux, car votre personnalité est assez forte pour vous permettre de dominer ce qui, après tout, n'est qu'un vague-à-l'âme sans autre conséquence que celle de vous faire vous interroger sur votre place, non pas sur cette île, Charles, mais sur la planète où nous vivons. Car nous sommes tous, sur cette terre, des étrangers, émigrés venus d'un monde inconcevable où la mort est censée nous rapatrier. Sortis du néant, nous retournerons au néant, disent les incroyants. Exilés du paradis par la faute d'Ève et d'Adam – belle légende ! –, nous y retournerons pour peu que nos œuvres nous vaillent l'indulgence divine, estiment les chrétiens. Notre esprit, matière plus subtile que la matière organique qui nous compose, ira se perdre, poussière cosmique, dans les galaxies dont nos atomes sont issus, assurent maintenant des savants. Vous voyez que nous avons le choix ! dit Taval.

— Ces considérations débouchent-elles sur une règle de vie ? risqua Charles.

— Nous devons nous défendre de vouloir obtenir de la vie plus qu'elle ne peut, ne doit nous donner. Ayons simplement conscience d'être des passants, ne nous privons pas de ce que la nature nous offre de beau, de bon et d'agréable. Pour nos semblables, soyons aimables, serviables et surtout tolérants. Et ne nous révoltons pas quand le sort se montre méchant ou injuste envers nous, c'est le jeu dans lequel nous entrons dès la naissance. La partie que nous jouons avec la vie ne durera, au regard de l'éternité, que le temps d'un soupir de puce ! conclut Paul Taval en emplissant à nouveau les verres.

Rasséréné sans être totalement libéré, Charles reprit le chemin du Cornfieldshire. En approchant de Valmy, il aperçut Ounca Lou qui guettait son arrivée sur la galerie de la maison. Elle ne lui laissa pas le temps de mettre pied à terre.

— Lord Simon veut vous voir de toute urgence à Cornfield Manor. Il a déjà fait appeler le major Carver, le commandant Colson et David Kermor. Pibia est à la recherche de Tilloy, parti en promenade avec Gertrude, dit-elle précipitamment.

— Que se passe-t-il pour justifier pareille mobilisation ? demanda Charles.

— Je l'ignore. Sans doute quelque événement grave. Les dernières nouvelles de Charleston ne sont pas bonnes. Les Fédéraux bombardent la ville, et Varina ne décolère pas. Mais là n'est sans doute pas l'affaire. Allez, on vous attend, ordonna Ounca Lou.

Plusieurs voitures stationnaient devant le grand escalier de Cornfield Manor. Charles gravit les marches et entra dans le hall sans être annoncé, Pibia étant absent.

Des bruits de conversation venaient du cabinet de travail. Il s'y rendit et trouva la porte ouverte. Debout derrière sa table, habit boutonné, rigide, les maxillaires noués, lord Simon fixait, impatient, la tête de cristal posée sur une sellette devant Edward Carver, Uncle Dave et le commandant Colson, silencieux.

— Entrez, Charles. J'ai besoin de connaître votre sentiment et ceux de nos amis sur ce que m'apprend cette lettre, apportée tout à l'heure par un courrier du gouverneur de Nassau. Bien que Tilloy ne soit pas encore là, je vais vous la lire, dit Simon Leonard, prouvant par cette brève péroraison le souci qu'il avait de donner un relief quasi théâtral au moment.

Sur l'enveloppe d'où Cornfield tira une feuille de papier, Charles eu le temps de voir le timbre américain qui révélait l'origine du message. Il pensa à une lettre d'Ottilia mais fut vite détrompé.

— Mes amis, cette lettre m'est adressée par le colonel William Sampson... oui, oui, cet officier qui fut quelque temps fiancé à lady Ottilia, crut bon de préciser le lord en constatant l'étonnement de ses visiteurs.

» Voici ce qu'il écrit, de l'état-major de l'armée du Potomac où il sert, enchaîna Cornfield : "Il est de mon devoir d'amitié pour votre famille, et par fidélité aux sentiments qui m'ont autrefois rapprochés de lady Ottilia, aujourd'hui l'épouse de l'honorable Malcolm Cuthbert Murray, de vous informer que votre fille a été arrêtée et emprisonnée à Wilmington, Caroline du Nord, par les autorités sudistes. Elle est accusée d'espionnage au service de l'armée des États-Unis, à laquelle j'ai l'honneur d'appartenir."

— Non ! Ottilia espionne ! interrompit Carver, stupéfait.

— Eh bien moi, ça ne m'étonne pas ! s'exclama Charles.

Lord Simon reprit la parole.

— Moi non plus, car je n'ai jamais cru à sa vocation d'infirmière. Mais attendez la suite : « Il y a quelques mois, lady Ottilia se présenta à l'état-major du général Ulysses Simpson Grant, à Corinth, Mississippi, apportant spontanément des informations sur les mouvements d'une armée sudiste commandée par le général confédéré Pierre Gustave Toutant de Beauregard. C'est par votre cousin de Charleston, le planteur Bertie III Cornfield, membre du Sénat confédéré, que votre fille avait pu entrer en relation avec l'état-major de Beauregard. Admise au service d'inspection sanitaire de l'armée rebelle, elle rencontrait des officiers confédérés blessés et, usant du charme que nous lui connaissons, recevait leurs confidences. Sous couvert de ses fonctions, qui la conduisaient à se déplacer d'un corps d'armée sudiste à l'autre, elle décida de recueillir des renseignements susceptibles d'être utiles à ceux qui luttent contre les esclavagistes. Quand, par nos services secrets que dirige Allan Pinkerton, j'appris son courageux engagement, il me fut facile de me mettre en rapport avec elle. Et l'état-major général me confia la mission d'organiser l'acheminement des renseignements qu'elle collectait. Nous utilisions, pour ce faire, des contrebandiers qui passent, du Nord au Sud, des médicaments et de l'encre d'imprimerie, et rapportent au Nord du coton et du tabac. Nous pensons qu'elle a été trahie par l'un de ces commissionnaires cupides. Il y a déjà près de deux mois de cela, les services secrets confédérés n'ont eu qu'à se saisir de la personne de lady Ottilia alors qu'elle s'apprêtait à livrer à notre agent de faux plans d'une offensive de l'armée des Carolines, volontairement laissés à sa portée afin qu'on pût les trouver en sa possession et, ainsi, la prendre en flagrant délit d'espionnage. J'ose espérer que votre cousin de Charleston pourra user de son influence auprès du pseudo-gouvernement de Richmond pour faire libérer lady Ottilia. Si elle devait être jugée et condamnée pour espionnage, elle encourrait la peine de mort. C'est le sort que toutes les armées en guerre réservent aux espions. Je pourrais, si cela devenait nécessaire, organiser un coup de main pour tirer votre fille de prison. Une telle opération comporterait de grands risques tant pour elle que pour nos soldats, et cela, sans garantie de succès. »

— Vous allez tout de suite prévenir Bertie III, lança Edward Carver.

— Mon ami, cette lettre ayant mis une quinzaine de jours à me parvenir, Ottilia est incarcérée depuis au moins deux mois et demi. J'imagine que Bertie III, qui a des responsabilités dans les affaires des Carolines, a dû être vite informé qu'une de ses parentes était emprisonnée pour espionnage. Or, il ne m'en a pas averti, gronda le lord.

— Vous pensez qu'il laisserait juger – et peut-être condamner – lady Ottilia ? demanda Colson.

— Bertie n'a jamais aimé Otti, qui ne cachait pas ses sentiments envers les planteurs esclavagistes. Il a dû être bien étonné de la voir se mettre au service des blessés de l'armée confédérée, précisa Carver.

Jetant la lettre de Sampson sur sa table, lord Simon, comme pris d'une lassitude soudaine, se laissa tomber plus qu'il ne s'assit dans son fauteuil.

— Que pouvons-nous faire pour la tirer du mauvais pas où elle s'est fourvoyée ? Oui, que pouvons-nous faire, mes amis ? maugréa-t-il.

— Aller la chercher, parbleu ! lança vivement Charles, comme si la réponse était évidente.

— Nous rendre à Wilmington et la faire évader si les Sudistes refusent de la libérer. Les menacer d'un incident diplomatique, étant donné que lady Ottilia est anglaise et fille de lord, ajouta le commandant Colson.

— C'est ce qu'il faut faire, approuva Edward Carver.

— Mes amis, je n'en attendais pas moins de vous, dit lord Simon, retrouvant son énergie.

L'air effaré, Tilloy se présenta à cet instant dans la pièce.

— Pardonnez mon retard. Que se passe-t-il, grands dieux ! s'exclama le marin, lisant sur les visages la même gravité inhabituelle.

Lord Simon ramassa la lettre de Sampson et la lui tendit.

— Lisez ça et dites-moi ce qu'il convient de faire, à votre avis. J'ai déjà celui de nos amis, fit Cornfield.

Mark lut rapidement le message et se montra catégorique.

— Il faut aller chercher lady Ottilia, lord Simon.

— Tous d'accord là-dessus, commenta Carver.

— Comment vous y prendrez-vous ? demanda Cornfield.

— L'*Arawak*, que j'ai fait peindre en gris comme vous le souhaitiez, fera un excellent *blockade runner*. Si vous me permettez de l'alléger du mobilier et de tout ce dont on peut se passer à bord, j'obtiendrai au moins quatorze nœuds : de quoi échapper aux navires du blocus. Une fois à Wilmington, nous aviserons, débita le capitaine.

Approuvé par le commandant Colson, le major Carver, Charles Desteyrac et David Kermor, Tilloy affirma qu'il serait prêt à prendre la mer sous vingt-quatre heures.

— Naturellement, nous sommes tous du voyage, ajouta Charles, s'intégrant d'office à l'équipe.

Cette affirmation ne suscita aucune objection, encore qu'un haussement de sourcils révélât l'étonnement de Cornfield. Puis il se tourna vers Lewis Colson, désignant ainsi le chef de l'expédition.

— Je vais immédiatement écrire à mon cousin Bertie III. Il doit user de son influence pour faire élargir ma fille avant que je ne m'adresse à notre ambassadeur à Washington où se trouve justement le mari d'Ottilia. Je suis certain que Malcolm saura plaider la cause de son épouse et obtenir que notre ministre rappelle à Jefferson Davis l'aide que nos chantiers navals et nos fabricants d'armes apportent à la Confédération.

— Peut-être n'aurons-nous pas à en venir à la menace diplomatique. Nous devrions d'abord essayer de traiter directement avec ceux qui retiennent lady Ottilia. Les geôliers sont parfois corruptibles, observa Lewis Colson.

— Il faudrait alors proposer une monnaie d'échange. On dit qu'il n'y a plus un gramme d'or dans le Sud et que les mariés donnent à fondre des pièces pour en faire des alliances, compléta le docteur Kermor.

— Je suis prêt à payer rançon. Un ordre donné à ma banque suffirait, faites-le savoir ! décida lord Simon.

— Nous pourrions déjà charger à Nassau de quoi plaire aux Sudistes : du café, du thé, des tissus, des chaussures, peut-être aussi des fusils et de la poudre, risqua Tilloy.

— Ni armes ni munitions, je vous prie, capitaine. Je n'échangerai pas ma fille contre des fusils et des balles. Emportez plutôt du champagne et du madère. Ces vins se vendent cent cinquante et cent vingt dollars la bouteille à Richmond, déclara Cornfield, péremptoire.

— Si, à Wilmington, nos démarches échouent et si votre cousin, esclavagiste enragé, fait la sourde oreille et refuse son aide, que ferons-nous ? demanda Edward Carver.

— Vous devrez alors trouver une autre monnaie d'échange. J'ai mon idée là-dessus, Edward. Je vous la dirai après réflexion, articula lord Simon avec le regard brillant du joueur qui croit tenir une bonne carte.

De retour à Valmy, Charles trouva sa femme en compagnie de Fish Lady, toutes deux anxieuses dans l'attente des nouvelles de Cornfield Manor. Il leur apprit l'emprisonnement d'Ottilia et l'expédition projetée pour aller la libérer. Le regard embué de larmes, Ounca Lou prit la main de son mari et dit :

— Je sais ce que vous voulez m'entendre dire, Charles. Oui, vous devez être du voyage. Votre raison et, je crois, votre cœur aussi le commandent. Ramenez-la parmi nous.

— Oui, ramenez-la, Charles. Absente, elle tient trop de place, renchérit Lamia, comme souvent sibylline.

Le lendemain, tandis qu'au port occidental les débardeurs allégeaient l'*Arawak* de tout poids superflu, un conseil se tint chez Lewis Colson.

Mark Tilloy, capitaine du vapeur, restait en mer seul maître à bord après Dieu, mais, à terre, la conduite des opérations reviendrait au commandant Colson. Chacun fut autorisé à prendre une arme de poing et Tom O'Graney, avec ses charpentiers, dut, en quelques heures, établir dans la soute à charbon du bateau une cache pour dissimuler une douzaine de carabines et leurs munitions. Étant donné les dangers de l'aventure, un équipage réduit ne pouvait être composé que de volontaires. N'ayant enregistré aucune défection parmi les marins de l'*Arawak*, Mark Tilloy dut faire une sélection. Avec les mécaniciens et chauffeurs habituels, il embarqua quelques gabiers et les charpentiers irlandais de qui Tom O'Graney connaissait l'ardeur atavique à la bagarre. Michael Hocker, l'écrivain du *Phoenix*, toujours distant et réservé, étonna tout le monde en demandant à participer à l'expédition. Il fut agréé avec empressement. Rompu à tous les marchandages des shipchandlers, il serait qualifié quand, pour rentrer à Soledad, on devrait faire provision de vivres, d'eau douce et de charbon, les quantités embarquées étant insuffisantes pour un aller et retour.

— Et puis, je dois bien ça à lady Ottilia, dit l'enseigne.

Tous ignoraient – mais n'était-ce pas un des mystères de Soledad ? – que l'écrivain du *Phoenix* pût avoir une dette envers la fille du lord.

Jusqu'au dernier moment, Charles et Uncle Dave tentèrent de dissuader le major Carver de se joindre à leur groupe.

— Pourquoi me priverais-je de ce qui sera peut-être la dernière émotion forte de ma vie ? Je n'ai jamais été qu'un soldat. Aucun de vous n'a fait la guerre ni risqué un coup de main. Or c'est sans doute ce qui vous attend à Wilmington. Mes conseils pourront être utiles, compléta le major.

L'embarquement eut lieu à l'aube. Aucun des passagers n'avait voulu, comme lors d'appareillages ordinaires, être accompagné au port. Tous furent surpris quand ils virent un nuage de poussière ocre progresser sur la route du bord de mer. En émergea sur le quai un sulky d'où sauta lady Lamia.

— Où est donc ce vieux traîneur de sabre ? cria-t-elle à O'Graney, occupé à remonter l'échelle de coupée.

Edward Carver reconnut la voix de Fish Lady et se pencha sur la lisse.

— C'est aimable à vous d'être venue me souhaiter bon voyage, balbutia-t-il, intrigué et ému.

Brandissant son ombrelle comme s'il se fût agi d'une arme, Fish Lady paraissait courroucée.

— Vieux fou qui voulez jouer au soldat à votre âge, après le mal que nous avons eu à vous réparer,

Weston Clarke et moi ! Je ne suis pas venue vous souhaiter bon vent, mais vous prévenir de ce qui vous attend. Arrangez-vous pour vous faire tuer dans les Carolines, sinon, au retour, je répondrai oui à la demande en mariage que vous avez eu l'imprudence de m'adresser il y a trente-cinq ans ! lança Lamia à pleine voix.

Elle remonta dans son sulky, tourna bride et disparut aussi vite qu'elle était apparue.

— Eh bien, les bans sont publiés, ce me semble ! dit Tilloy.

— Ça alors ! Que comprendre aux femmes ? Vous l'avez entendue ? Hein ! Vous l'avez entendue ? souffla Carver, décontenancé.

Uncle Dave et Charles, que les vociférations de Fish Lady avaient attirés sur le pont, rejoignirent le major.

— En somme, elle vous menace de mariage. La pire des peines qu'une femme puisse infliger à un homme ! ironisa David Kermor.

— Mes amis ! mes amis ! Ce jour est le plus beau de ma vie, encore que cette déclaration publique de lady Lamia révèle, de sa part, un étonnant manque de retenue, commenta le major, encore abasourdi.

— Nous sommes heureux pour vous, Edward. Nous veillerons à vous ramener intact pour la noce, plaisanta Charles.

— Je crois qu'il serait plus charitable pour lady Lamia que je me fasse tuer, ainsi qu'elle l'a suggéré, conclut Edward Carver.

Il affichait le sourire épanoui de l'homme qui n'a jamais eu autant de bonnes raisons de se cramponner à la vie.

Peint en gris, cheminée tronquée, mâts rabattus, l'*Arawak* ressemblait plus à un aviso qu'au yacht d'un lord des îles. Les feuilles d'acanthe dorées, qui ornaient habituellement les capots des roues à aube, avaient été enlevées et la tête d'Indien de la figure de proue disparaissait sous une bâche. Dans les chambres autrefois confortablement meublées ne subsistaient que les lits. Même les tables de toilette, à cuvette de marbre et miroir orientable, avaient disparu. Edward Carver avait réussi à sauver de l'évacuation les fauteuils du salon. La provision d'eau douce ayant été réduite au profit du charbon, chacun devrait « se laver économiquement », avait précisé le capitaine Tilloy. Il pensait réellement que son bateau, ainsi délesté, filerait plus de quatorze nœuds.

L'essai de vitesse effectué dès le départ entre Soledad et New Providence fut concluant. Cependant, les vibrations imposées à la coque de fer par les machines tournant à plein régime et par les chaudières à la limite de la surchauffe inquiétèrent, sans qu'il le laissât paraître, le commandant Colson.

L'escale à Nassau ne fut que d'une journée au cours de laquelle Edward Carver obtint du représentant officiel de la Confédération des États du Sud [1] un laissez-passer valable auprès des autorités des Carolines. La ville regorgeait de marchandises apportées par les transatlantiques britanniques et destinées au commerce des *blockade runners*. Michael Hocker n'eut aucune dificulté à trouver médicaments, chaus-

1. Le gouvernement de Sa Très Gracieuse Majesté avait proclamé sa neutralité dans le conflit qui opposait les États du Nord à ceux du Sud et accordé le statut de belligérants à ces derniers. Il admettait cependant un représentant des Confédérés dans cette colonie britannique.

sures, thé, café, châles, bas de soie et de fil, rubans, aiguilles à tricoter, brosses et paniers, produits et objets qui faisaient cruellement défaut aux Sudistes. Pour faire bonne mesure, on embarqua d'office, à l'intention des dames et demoiselles de Wilmington, des corsets achetés et entreposés quelques mois plus tôt par Malcolm Murray dans l'attente d'une hausse des prix ! Suivant le conseil de lord Simon, Carver fit ajouter quelques caisses de champagne, de *sherry*[1] et de porto.

De l'avis de tous les forceurs de blocus interrogés, on ne pouvait entrer dans Cape Fear River et atteindre le port de Wilmington, situé à dix-huit miles de la mer, sur la rive gauche du fleuve, sans un bon pilote. Or, un pilote demandait de six cents à huit cents dollars pour une traversée Nassau-Wilmington. Mark Tilloy voulut le meilleur et, pour huit cent cinquante dollars, recruta un quinquagénaire dont la barbiche blanche retenait les brins de tabac à priser que ses larges narines n'aspiraient pas. L'homme répondait au nom de Peter Dorsett.

Suivant les calculs de Tilloy, vérifiés par le commandant Colson à la demande du capitaine, la traversée, de New Providence au plus grand port de la Caroline du Nord, soit six cent quarante milles, durerait au moins cinquante heures si l'état de la mer permettait une vitesse moyenne de douze nœuds.

— Je conseille d'approcher de nuit l'embouchure de Cape Fear River et les cordons de surveillance de la marine fédérale. Les Fédéraux savent que c'est dans l'obscurité, surtout par les nuits sans lune, que les *blockade runners* ont le plus de chances de passer

1. *Jerez.*

inaperçus. Le moment le plus favorable se situe quelques heures avant l'aube. Les guetteurs sont fatigués, moins attentifs, parfois éméchés, et nous aurons une chance de ne pas être tout de suite repérés. Mais, avant d'en arriver là, dès que nous quitterons les eaux territoriales bahamiennes, c'est-à-dire britanniques, à trois milles au nord de Little Abaco, nous pourrons rencontrer des patrouilles de Yankees qui évoluent sur le Gulf Stream, prévint le pilote.

Malgré l'inconfort, ce fut dans la bonne humeur que l'*Arawak* mit cap au nord pour pénétrer dans l'Atlantique en passant entre Great Abaco Island et Grand Bahama Island.

Pendant quarante-huit heures de navigation sans alerte dans les eaux internationales, les passagers apprécièrent, comme Lewis Colson, la maîtrise de Mark Tilloy. Le capitaine évita de fatiguer les machines en limitant la vitesse à douze nœuds et demi afin de pouvoir pousser les feux quand il s'agirait de distancer les bateaux fédéraux.

Au crépuscule du troisième jour, alors qu'un croissant de lune malveillant s'inscrivait sur un ciel clair, l'homme de vigie signala « à deux heures » la silhouette d'un grand navire à l'ancre. Le pilote reconnut dans ses jumelles la frégate amirale *Minnesota*, qu'il dit armée de soixante canons.

— Barre quarante-cinq à droite, ordonna Mark au timonier.

— C'est la tactique des Américains devant Wilmington. Ils mettent à l'ancre un navire amiral assez loin des côtes et répartissent des unités, plus petites et mobiles, parfois en trois cordons, jusqu'à l'embouchure de Cape Fear River. À l'heure qu'il est, une demi-douzaine de corvettes, de bricks ou de goélettes sont aux aguets ou patrouillent. Quand nous les approcherons, si vous voyez une fusée monter de la mer, c'est que nous sommes repérés, expliqua le pilote.

Il fut ordonné d'éteindre sur-le-champ toutes les lumières du bord, et même interdit d'allumer un cigare. Tilloy fit couvrir les écoutilles d'une bâche afin de masquer la clarté de la chaufferie. Puis, il fit ralentir l'allure pour réduire le battement sonore des roues à aubes. Il demanda au timonier, qui avait bien du mal à lire le compas dans l'obscurité, de ne répéter ses ordres qu'à voix basse.

Le pilote approuva ces consignes et demanda à tous les passagers et marins disponibles de se tenir à la lisse, sur les deux bords, et de surveiller la mer.

— Des nuages viennent de la terre. Attendons un peu pour avancer. Dès qu'ils cacheront la lune, vous marchez, capitaine ! Il m'est arrivé de passer à moins de cent mètres d'un bateau fédéral sans être vu, dit le pilote.

Dès lors, le marin préposé à la sonde ne fit plus que chuchoter les mesures et quand, enfin, le croissant de lune disparut provisoirement derrière un amas de nuages bas, Tilloy ordonna de pousser les feux. L'*Arawak* réussit ainsi à se faufiler entre deux corvettes, distantes d'un mille l'une de l'autre, dont les silhouettes se distinguaient à peine, ombres d'un ton plus sombres que l'ombre de la nuit. De l'un des bateaux montaient des chants et des rires.

— Ils arrosent peut-être une prise, observa David Kermor.

— Chantez ! Chantez plus fort, mes gaillards ! Ça nous arrange ! dit Tom O'Graney.

Ce premier barrage franchi, Tilloy ordonna aux chauffeurs de pousser les feux jusqu'à la limite de surchauffe inscrite sur les chaudières. La vibration des tôles confirma bientôt l'annonce du loch : l'*Arawak* filait plus de quatorze nœuds et laissait un sillage que la lune, soudain dévoilée, transforma en coulée d'argent.

— De quoi nous faire repérer, dit le pilote.

— Ce n'est pas un navire, c'est une marmite ! murmura Colson, émerveillé par la vitesse atteinte, mais craignant l'explosion des chaudières.

Quand Tom O'Graney lança « navire à babord », le timonier mit la barre à droite et l'*Arawak* se dérouta d'un bond qui fit frémir ses structures.

— Ces imbéciles ne nous avaient pas vus, dit le major Carver qui tenait allègrement son poste de veilleur.

Le démenti fut immédiat. Telle une comète montée de la mer, la traîne jaune d'une fusée raya la nuit.

— Cette fois, ils nous ont vus. Messieurs, la chasse est ouverte ! lança le pilote.

Il ordonna cap plein ouest, dans la direction de l'embouchure de Cape Fear River.

— C'est aussi excitant que la chasse du renard ! s'écria le major.

— Certes, mais nous sommes le renard, répliqua Colson.

Le poursuivant que l'*Arawak* avait évité de justesse fut vite distancé, mais deux autres patrouilleurs, plus proches de la côte, alertés par la fusée et dont on ne distinguait que vaguement les formes, prirent des routes convergentes pour couper celle du vapeur.

Tilloy jeta à Colson un regard interrogateur.

— Faites ce que vous pensez devoir faire, capitaine, dit Lewis qui avait compris l'attente du marin.

— Je ne crois pas que nous puissions passer entre les deux, mais je vais faire comme si, lâcha précipitamment Tilloy.

— Faisons comme si, fit Lewis en écho.

Penché sur le tube acoustique, Mark autorisa le mécanicien à laisser monter jusqu'au rouge la pression de la vapeur.

— Permettez que je prenne la barre, dit Colson au timonier.

L'interpellé abandonna sans réticence la gouverne au commandant.

Mark approuva ce changement d'un signe de tête.

— Il serait inélégant, dans la circonstance, de laisser à ce marin une telle responsabilité, souffla Lewis à Charles.

Pendant quelques minutes, le battement accéléré des roues à aubes, sous le pont le ronflement infernal de la chaufferie et, à l'avant, le cri rageur de la mer déchirée par l'étrave d'acier meublèrent le silence. Chacun retenait son souffle et tous, les yeux exorbités, fixaient le passage qui allait se rétrécissant entre les bricks fédéraux.

— Ils viennent à notre rencontre, constata Charles sans plaisir.

Ses jumelles rivées aux yeux, Mark Tilloy ne semblait pas s'inquiéter du risque de collision. Il ne s'émut pas davantage du coup de semonce tiré par le bateau le plus proche, dont la mâture désignait un brick. À bord, tous les hommes, silencieux et tendus, attendaient de connaître le choix du capitaine.

Les deux navires n'étaient plus qu'à quelques encablures et l'on pouvait prévoir qu'ils allaient prendre l'*Arawak* en étau, quand Tilloy décida de l'esquive.

— Barre à gauche, toute ! lança-t-il à Lewis.

Dans une telle situation, les vrais marins se comprennent sans un mot et savent, avant qu'elle ne soit enclenchée, la seule manœuvre qui s'impose.

Les mains crispées sur les manetons, Lewis Colson n'attendait que l'ordre de Mark. Sans brusquerie, mais en y mettant toute sa force, il imposa le changement de cap au navire en pleine vitesse. L'*Arawak* s'inclina sur bâbord, puis se redressa, et Charles eut le sentiment que le flanc droit du vapeur venait de frôler la proue d'un des américains. Un nouveau coup de semonce, tiré par celui-ci, alla se perdre loin de l'*Arawak*.

Les capitaines fédéraux, déconcertés par cette manœuvre et contraints à virer de bord, perdirent un précieux temps, ce qui permit à l'*Arawak* de prendre de la distance. Sans réduire la vitesse, Mark Tilloy fit remettre le cap vers la côte, dont l'aube naissante révélait la ligne sombre.

— Maintenant, à vous de guider, dit Tilloy au pilote, tandis que Lewis rendait la barre au timonier.

Smith's Island, qui partage en deux chenaux l'embouchure de Cape Fear River, apparut alors que diminuaient au large les silhouettes des chasseurs américains.

Le pilote conseilla d'engager l'*Arawak* dans le chenal de droite pour remonter l'estuaire sous la protection des canons de Fort Fisher. Un navire, censé en interdire l'entrée, fut habilement trompé par Tilloy qui simula une entrée par la gauche de Smith's Island. Cette fois encore, la manœuvre réussit pleinement et, une fois passé ce dernier danger, le capitaine fit réduire la vitesse.

Pour décourager toute poursuite, les canons de Fort Fisher tonnèrent.

— Le fort dispose de quarante canons répartis en plusieurs bastions, dont six Whithworth qui tirent des charges de vingt-quatre livres à plus de huit cents yards. Le commandant du fort, le colonel William Lamb, un Anglais, ancien journaliste en Virginie, est l'ange gardien des forceurs de blocus. Ses canons ont déjà envoyé par le fond une douzaine de bateaux fédéraux. C'est pourquoi les Yankees ont renoncé à nous suivre, expliqua le pilote tandis que l'équipage saluait au passage les artilleurs sudistes.

Une heure plus tard, l'*Arawak*, ayant remonté le fleuve, jetait l'ancre devant la Bourse du Coton de Wilmington, au milieu d'autres *blockade runners* aussi chanceux que lui. Bien que le jour fût à peine levé, les quais se peuplaient de gens affairés.

— Ce sont des négociants et des commerçants, curieux de savoir quelles marchandises vous apportez. Sûr qu'ils ont les poches pleines de piastres[1] pour vous acheter votre cargaison car, ici, on commence à manquer de tout, même de clous à cercueils, depuis que le démon Yellow Jack[2] tue une centaine de personnes par semaine, expliqua le pilote.

Lewis Colson fit répondre à ceux qui, en barque, approchaient déjà du vapeur, qu'ils devraient attendre le débarquement des marchandises, puis il fit mettre la chaloupe de l'*Arawak* à la mer. Tom O'Graney, promu maître de nage, en prit le commandement. Trois charpentiers portant caisses de thé, sacs de café et gallons de whisky, le rejoignirent. Lewis Colson, Edward Carver, Charles Desteyrac, Uncle Dave et Michael Hocker descendirent à leur tour dans l'embarcation. Sur le quai, ils étaient attendus par des marchands suivis de Noirs qui tiraient des charrettes. « Qu'avez-vous à vendre ? » : telle fut la question qu'ils entendirent vingt fois répétée, jusqu'au moment

1. Mot acadien désignant le dollar. Utilisé en Louisiane et, à l'époque, dans une bonne partie du Sud.

2. Nom donné par les Américains à la fièvre jaune qui, cette année-là, tua deux mille cinq cents des six mille habitants de Wilmington.

où Carver avisa un officier en uniforme gris, qui se frayait un chemin dans la foule pour rejoindre les arrivants.

Omettant de se présenter, l'homme prévint tout de suite Colson, de qui il avait vu la casquette galonnée.

— Si vous apportez armes et munitions, sachez qu'elles ne peuvent être délivrées qu'au représentant de l'armée, sans intermédiaire, dit l'officier.

— Lieutenant, nous n'apportons pas d'armes. Nous souhaitons seulement remettre à une dame anglaise, emprisonnée ici, un message de son père, lord Simon Leonard Cornfield, propriétaire dans les îles Bahamas et magistrat de Sa Très Gracieuse Majesté la reine Victoria, dit Colson en exhibant le laissez-passer remis par le représentant confédéré à Nassau.

Le Sudiste changea aussitôt d'attitude. Respectueux dans la forme, il se montra fort sec dans les termes.

— Je ne crois pas que cette personne soit autorisée à recevoir des visites, dit-il.

— Ce n'est pas à vous d'en décider. Conduisez-nous au commandant de la place. C'est tout ce que nous attendons de vous, répliqua le major Carver.

— Suivez-moi. C'est à deux pas d'ici, dit le lieutenant en s'éloignant d'un pas rapide.

Le commandant, qui se déplaçait avec des béquilles, se montra plus courtois, mais ferme.

— C'est à Ottilia Cornfield que je dois l'état où vous me voyez. Peut-être devra-t-on me couper la jambe. Cette dame est la fille du fameux lord des Bahamas, amis des esclaves fugueurs. Mais c'est aussi une espionne à la solde de Seward, le ministre de la Guerre à Washington.

— En êtes-vous certain ? risqua Carver.

— Elle a avoué tous ses méfaits avec arrogance. D'ailleurs, toute sa personne n'est qu'arrogance. C'est elle qui informa le général nordiste Ambrose Burnside de certaines faiblesses de nos fortifications à Fredericksburg, en Virginie. Heureusement, Dieu fut avec nous, le 14 décembre, quand le Yankee attaqua la ville que défendait Thomas Jonathan Jackson, que nous appelons familièrement Stone Wall. Nous la conservâmes. Les Fédéraux perdirent plus de douze mille hommes, tués ou blessés ; nous, quatre mille hommes environ. Parmi les blessés, votre serviteur, à qui un boulet broya le tibia.

— Peut-être ignorez-vous que lord Simon Cornfield finance les importations aux Bahamas de produits, de denrées et de médicaments à vous destinés, dit le major Carver.

— Bon moyen de s'enrichir un peu plus ! Comme disait justement Napoléon Ier : « Les Anglais sont un peuple de boutiquiers. » Liverpool, Manchester, Nassau, les Bermudes et La Havane font de l'or avec le sang américain ! bougonna l'officier.

Il jeta un regard à Charles, venant d'apprendre qu'il était français.

Le sentiment exprimé par ce soldat, Charles Desteyrac le partageait. La duplicité britannique dans le conflit fratricide qui opposait les Bleus aux Gris – attitude qu'il retrouvait plus évidente chez Cornfield et chez Murray quand ils traitaient leurs affaires – le mettait mal à l'aise depuis des mois. L'affirmation de neutralité répétée par Sa Très Gracieuse Majesté la reine Victoria et son gouvernement était toute d'hypocrisie. La construction navale britannique aidait le Sud en produisant, dans les chantiers de la Mersey, des bateaux capables de franchir le blocus fédéral et de rapporter du coton aux manufactures anglaises. Les fabricants d'armes et de munitions avaient doublé leur production et faisaient de bons bénéfices en armant les esclavagistes à qui d'autres industriels livraient chaussures, couvertures, médicaments et même uniformes. Mais, dans la conjoncture, Desteyrac ne pouvait que taire une approbation qui eût été désobligeante pour ses amis.

Lewis Colson, qui connaissait l'opinion de Charles, interpréta son silence et intervint.

— Avec tout le respect que l'on doit à un combattant valeureux et malheureux, je vous demande seulement, commandant, une brève entrevue avec lady Ottilia pour lui remettre un message de son père, ainsi qu'un peu de thé dont elle doit être privée, j'imagine, insista Colson.

— Nous-mêmes sommes privés de thé, de café et de bien d'autres choses qui faisaient le charme et les plaisirs de la vie, jeta aigrement le commandant.

— Que vous nous autorisiez ou non, le major Edward Carver et moi, à rencontrer lady Ottilia, je vous ferai porter quelques caisses de thé et un sac de bon café, ainsi que quelques flacons de vieux porto pour adoucir votre sort, dit Colson.

Le blessé parut réfléchir un instant.

— Personnellement, je ne puis rien accepter de la famille d'une prisonnière. C'est au mess des officiers qu'iront vos cadeaux. Et puis, votre démarche est inutile, messieurs. Je prend la liberté de vous apprendre qu'Ottilia Murray – car tel est bien son nom d'épouse, n'est-ce pas ? – a quitté la prison de Wilmington.

— Où l'a-t-on envoyée ? s'inquiéta Charles.

— Elle a reçu, il y a plusieurs jours déjà, la visite d'un de ses parents, un cousin, sir Bertie Cornfield, planteur sur l'Ashley et membre du Sénat de Caroline du Sud. Un homme influent dont tous les fils sont soldats et les filles, infirmières. De vraies infirmières, elles ! La prisonnière avait demandé qu'on prévînt ce parent de son arrestation. Sir Bertie a eu une longue conversation avec notre procureur militaire et il a obtenu que sa cousine, de qui il ne pense pas grand bien, croyez-moi, soit transférée à Richmond, révéla l'officier à l'ébahissement de ses visiteurs, frappés de mutisme.

— D'ailleurs, sir Bertie Cornfield est encore à Wilmington, ajouta le commandant.

— Où pouvons-nous le rencontrer ? demanda Edward Carver.

— Il habite notre meilleur hôtel, derrière la Bourse du Coton. Mon ordonnance va vous mettre sur le chemin, dit l'officier, conciliant.

Puis il saisit ses béquilles pour se mettre debout et reconduire les Bahamiens.

Colson, Carver et Desteyrac durent attendre un moment le retour de Bertie III, qui ne parut pas autrement étonné de les voir assis dans le hall de son hôtel.

Ceux qui gardaient le souvenir d'un homme de belle prestance, élégant et sûr de lui, se trouvèrent en présence d'un vieillard au souffle court, courbé sur une canne, qui serra les mains et se laissa tomber dans un fauteuil.

— Bien sûr, vous êtes là pour cette folle d'Ottilia. Elle risque la pendaison, vous savez. Le tribunal militaire de Richmond ne plaisante pas avec les espionnes. On lui épargnera peut-être la corde en la faisant fusiller, développa le planteur d'une voix cassée par la fatigue mais avec, dans l'œil, une lueur malicieuse qui atténuait le sinistre propos.

— Nous sommes venus pour la tirer de là, par la force si nécessaire ! s'écria Carver.

— Vous vous feriez tuer, mes amis. Nos troupes

ont trop souffert ces temps-ci. J'ai moi-même perdu un fils, la semaine dernière, à Chancellorsville. Alors, pour les espionnes, vous comprenez : pas de pardon !

— Mais vous ne pouvez pas laisser exécuter Ottilia. Lord Simon ne vous le pardonnerait jamais ! Nous ne vous le pardonnerions pas non plus, dit Charles, véhément.

Un silence pénible succéda à cet assaut verbal.

— Allez, ne faites pas ces mines. Ottilia, bien qu'elle le mérite, ne sera pas exécutée, rassurez-vous. Il se trouve que nous avons, nous aussi, des espionnes. Et l'une d'elles, dont je tairai le nom, une lady de la bonne société de Washington, qui avait ses entrées chez le Président, donnait des informations à notre ministre de la Guerre. Elle a été arrêtée par Allan Pinkerton, le chef des services secrets des Yankees, et, par déférence, mise en prison au Capitole. Le gouvernement du Nord est bien ennuyé de cette affaire, car la dame en question est aussi la maîtresse d'un sénateur très connu du Massachusetts, de qui elle recueillait les confidences. Nous détenons par elle des lettres fort compromettantes pour ce politicien, proche du général Ulysses Grant. Donc, en accord avec le gouvernement confédéré, nous avons négocié un échange de personnes. À l'heure qu'il est, votre chère Ottilia est en route pour Washington, et notre vaillante espionne en route pour Richmond. L'échange se fera sur le Potomac, près de Fredericksburg, dans trois jours.

— C'est une heureuse issue, et lord Simon saura reconnaître votre action généreuse, dit Edward Carver.

— D'après ce que je sais, Ottilia retrouvera à Washington le mari qu'elle n'aurait jamais dû quitter, reprit Bertie III.

— C'est possible : lord Simon a envoyé son gendre traiter des affaires dans la capitale fédérale, précisa Charles.

Comme l'heure du repas approchait, Bertie III convia les Bahamiens à partager le sien, qui fut frugal, dépourvu de vin et de dessert. Le café, fabriqué avec de l'orge grillé, n'était qu'un nom abusif sur le menu.

Le planteur semblait avoir perdu de sa combativité. Il disait encore croire en la victoire du Sud, mais sa conviction paraissait émoussée. Sans le dire, ses invités constatèrent que, depuis le commencement de l'entretien et pendant le déjeuner, pas une seule fois Bertie III n'avait demandé des nouvelles de son épouse abritée à Soledad, ni même prononcé son prénom.

Tandis que Tom O'Graney et ses charpentiers étaient renvoyés à bord de l'*Arawak* pour procéder au déchargement d'une cargaison tout entière confiée à Bertie III, ce dernier voulut savoir comment les Bahamiens s'y seraient pris pour faire évader Ottilia s'il n'était pas intervenu.

— Nous avions apporté tout ce que nous vous laissons comme monnaie d'échange, dit Charles.

— Ça n'aurait pas suffi. La corruption est au Nord, pas au Sud, mes amis.

Edward Carver, de qui tous ignoraient qu'il fût porteur d'un message particulier de lord Simon, intervint.

— Nous avions une autre monnaie d'échange, Bertie, à vous spécialement destinée par lord Simon. En apprenant l'arrestation de sa fille, il a modifié le statut de votre épouse Varina. De réfugiée, elle est devenue prisonnière, et sa liberté dépend de celle de lady Ottilia.

— Varina, otage ! Excellente idée ! Je reconnais bien là mon cousin. Mais cet argument n'eût pas valu grand-chose. Varina est, si l'on peut dire, démonétisée. Dites à Simon de la garder. J'ai engagé une procédure de divorce et ne veux plus la voir ! Son aventure avec votre ami Murray, venant après d'autres que j'eus la faiblesse de pardonner, a mis le comble à ma patience, dit Bertie III, retrouvant, dans l'indignation du mari trompé, un ton belliqueux.

— Vous avez appris ça ! dit Charles, stupéfait.

— J'ai aussi mes espions, conclut le planteur.

Michael Hocker ayant assuré l'approvisionnement en charbon et en eau douce, au crépuscule, sous un ciel de suie et une pluie battante, l'*Arawak* descendit Cape Fear River, se glissa sans encombre dans l'estuaire et entra dans l'Atlantique.

« Il est plus facile de sortir du port de Wilmington que d'y entrer », avait dit le pilote. Son assertion se justifia et le vapeur s'éloigna de la côte des Carolines sans faire de mauvaises rencontres.

Les Bahamiens eussent été encore plus sereins s'ils avaient su les patrouilleurs américains fort occupés à une autre mission à eux assignée par Washington : intercepter à tout prix le *Banshee*, le meilleur forceur de blocus de l'armateur Thomas Taylor, installé à Nassau. Ce bateau transportait, des Bahamas à Wilmington, un beau cheval arabe blanc, offert à Jefferson Davis par un riche Égyptien esclavagiste[1].

1. Le *Banshee* franchit le blocus et le cheval fut livré, à Richmond, au président de la Confédération. Thomas L. Taylor écrit dans son livre de souvenirs, *Running the Blockade*, que ce voyage lui rapporta plus de vingt mille dollars.

TROISIÈME ÉPOQUE

Lendemains d'ouragan

1.

— Comme deux bons époux, nous rentrons ensemble au bercail.

Malcolm s'adressait ainsi à Ottilia en descendant le premier du bateau-poste de Nassau. La jeune femme suivit son mari, puis, l'abandonnant, courut sur le quai vers le landau des Desteyrac.

— Ah ! Vous êtes là ! dit-elle à Charles, venu à sa rencontre.

Le ton, le regard, le sourire traduisaient le soulagement d'une femme qui avait craint une décevante absence. Séparés depuis plus d'un an, tous deux se retrouvaient avec un plaisir partagé qu'ils se soucièrent peu de dissimuler.

— J'attendais avec confiance l'enivrement de vous revoir, avoua l'ingénieur à voix basse.

Elle lui tendit une main qu'il retint un instant avant de l'effleurer d'un baiser mondain. Puis, Charles aida Otti à prendre place dans le landau, près d'Ounca Lou, restée à l'abri du chaud soleil d'août sous le dais de toile à franges de la voiture.

Comme toujours attentif au déchargement de ses nombreux bagages, Murray refusa de se joindre à ses amis.

— Envoyez-moi Mortimer avec la grande voiture,

demanda-t-il à son épouse après avoir salué Ounca Lou.

» J'ai beaucoup à vous raconter, glissa-t-il à Charles avec un clin d'œil qui annonçait, pensa l'ingénieur, quelques révélations libertines.

Ottilia ayant demandé à sa demi-sœur de l'aider à se réinstaller à Exile House, où n'officiait plus Gertrude Lanterbach, Charles y laissa les deux femmes et se fit conduire par Timbo au port oriental, où l'appelaient les travaux de réfection d'une jetée.

Le lendemain du retour des Murray, lord Simon donna un grand dîner à Cornfield Manor. Ce soir-là, il entendait marquer à la fois le retour de sa fille aînée et, avec un peu de retard, le sixième anniversaire de Pacal à qui, le matin même, il avait offert un cob, petit cheval à peine plus grand qu'un poney, produit du meilleur haras irlandais. Fier d'un petit-fils d'une rare précocité, tant physique qu'intellectuelle, et d'une fille qui, au péril de sa vie, venait de combattre à sa manière les esclavagistes, Simon Leonard affichait une humeur badine quand ses invités se présentèrent.

Informé par Edward Carver, dès le retour de l'*Arawak* à Soledad, des péripéties de la libération de sa fille et de la décision de Bertie III de se séparer de son épouse, lord Simon avait demandé au major de ne pas ébruiter l'affaire, et décidé de faire lui-même abstraction de la répudiation de Varina jusqu'à ce qu'elle-même l'en informât. « Faites passer la consigne, Edward », avait-il ordonné. Et tous les initiés s'y étaient depuis conformés.

Au soir du dîner des retrouvailles, lord Simon renouvela l'ordre, rien ne s'étant produit qui pût le faire annuler.

— Les hommes de loi n'étant jamais pressés, Varina doit encore ignorer la décision de son mari, et ce n'est pas à nous de la lui apprendre. Je l'ai invitée ce soir avec Ann de qui elle s'est fait une amie. Nous devons la traiter comme si de rien n'était, dit-il à Charles.

— Et quelle conduite tiendrez-vous quand la nouvelle lui parviendra ?

— Jusque-là, je devais, par égard pour mon malheureux cousin, dissuader Winnie d'aller faire la belle à Nassau. Maintenant, je vais plutôt l'y encourager. Bon débarras ! se contenta de répondre le lord.

Quand Varina se présenta, poussant devant elle le fauteuil à roulettes d'Ann Cornfield, tous les convives se demandèrent quelle allait être l'attitude de la Sudiste. Comme tous les intimes, elle savait en effet qu'Ottilia avait espionné pour le compte du Nord, et que cette soirée lui était dédiée.

Celle qui était encore l'épouse de Bertie III Cornfield choisit d'ignorer la présence d'Otti et ne lui accorda pas un regard. Pour Varina, la fille de Simon n'avait fait, en espionnant pour le compte des Fédéraux, que traduire en actes audacieux, indignes d'une lady, les principes antiesclavagistes prônés par lord Simon et toute la société britannique dont elle se sentait exclue.

Dès la première nuit de son retour, Malcolm Murray l'avait rejointe discrètement et s'était engagé à la conduire à Nassau dès que possible.

Comme elle ignorait encore, à la fois sa répudiation et le rôle joué par son mari dans la libération d'Ottilia, elle répandait le bruit que l'épouse de l'architecte avait usé de ses charmes pour séduire un geôlier et s'évader.

Habile et convaincant en affaires, ayant à Washington assuré au mieux les intérêts Cornfield, Malcolm bénéficiait, depuis son retour, d'un regain de considération de la part de Simon Leonard. Le paquet d'actions des compagnies de chemins de fer engagées dans la construction du réseau transcontinental, acquises au meilleur prix, ouvrirait droit à subvention proportionnelle du gouvernement.

— Que ce foutu train roule ou ne roule pas, nous aurons toujours ça ! s'était réjoui le lord.

Ce soir-là, dès le premier service, le maître de maison, comme pour montrer que le séjour de son gendre dans la capitale fédérale avait revêtu un caractère quasi diplomatique, voulut lui faire dire devant tous ce qu'il retenait d'une visite à la Maison-Blanche, et comment lui était apparu le président Abraham Lincoln.

— Il est grand, peut-être de six pieds trois pouces. Il paraît gauche, assez emprunté, avec un regard profond et mélancolique. Il a la bouche comme un passe-boules, de la barbe au menton, des bras immenses ou des manches trop courtes à son habit de clergyman, de grands pieds, et je dirais de son allure générale qu'elle est dégingandée. On devine qu'il reste en lui quelque chose du bûcheron, du charpentier, de celui qui a longtemps travaillé de ses mains, décrivit Malcolm.

— On sait qu'il naquit dans une cabane forestière, bâtie à coups de hache par son grand-père, lequel fut tué par un Indien, et qu'il perdit sa mère quand il avait dix ans, précisa le major Carver.

— C'est peut-être cette modeste origine qui lui fait accepter les visites, deux fois par semaine et sans audience, des citoyens qui se présentent à la Maison-

Blanche. On dit ainsi à Washington qu'on va serrer la main du Président, rapporta Murray.

— C'est bien ça, la démocratie républicaine ! s'esclaffa lord Simon.

— N'est-ce pas une bonne chose ? interrogea Charles.

— La démocratie convient peut-être à certains peuples, mais les façons de ce Lincoln ne sont pas d'un homme d'État, mon ami. Un régime dont le chef se montre à tout venant, serre la main d'inconnus de toute condition, discute avec des quémandeurs, relève de la démagogie plus que de la démocratie. Celui qui détient le pouvoir, même s'il l'a reçu du suffrage des citoyens, doit, au contraire, rester distant de tous, s'entourer d'un certain mystère qui incite au respect – « faire le sphinx », comme disait mon père – et n'écouter que des conseillers compétents et sûrs, sans pour autant suivre aveuglément leur avis. Personne ne doit connaître ses pensées ni subodorer ses décisions avant qu'il ne les divulgue lui-même au cours d'apparitions exceptionnelles. Gouverner, c'est surprendre aussi bien ses opposants que ses partisans, observa lord Simon.

C'était bien la manière dont lord Simon gouvernait Soledad. Mais pouvait-elle s'appliquer à une nation de trente-deux millions d'habitants de races diverses et d'origines multiples ? se demanda Desteyrac.

— Ses opposants disent justement que c'est pour plaire aux abolitionnistes les plus virulents, et à nous autres Anglais, que Lincoln a accepté de transformer officiellement ce qu'on nommait jusque-là « répression de la rébellion du Sud » en « croisade pour l'abolition de l'esclavage », fit remarquer Carver.

— J'ai surtout entendu dire ça par des Sudistes, intervint Ottilia.

Oubliant qu'elle voulait ignorer la présence de l'espionne, Varina, se laissant emporter par l'indignation, exhala sa colère.

— Et, ne vous en déplaise, nous avons raison ! Tous les arguments sont bons pour ce « grossier paysan », comme l'a appelé votre ami Richard Lyons, que le gouvernement anglais avait envoyé à Washington pour régler l'affaire du *Trent*. Lincoln et les affairistes *yankee* veulent d'abord la fin de la société aristocratique du Sud cotonnier, modèle de civilisation agraire et raffinée ! s'écria-t-elle.

— Quel modèle, ma fille ! Votre horizon a toujours été limité par les bornes de vos plantations, par vos salons et vos clubs de Charleston et de New Orleans. Vos barons du coton n'ont rien vu ni rien compris de la marche du monde et des idées, dit lord Simon, s'animant soudain pour répliquer à la place de l'interpellée.

— Nos Cavaliers, autrement dit nos gentlemen, cousin, sont avant tout attachés à ce qui manque aux Yankees et à certains autres des deux sexes : ce que nous nommons le point d'honneur.

— La belle affaire ! Vos Cavaliers, dites-vous, sont attachés au point d'honneur. Mais ils s'en inspirent seulement quand il s'agit de se battre en duel sous les chênes, pour les beaux yeux d'une dame. Ce qui est acceptable, je vous le concède, encore qu'aucune femme ne vaille qu'un homme perde la vie pour elle, n'est-ce pas, Malcolm ? rétorqua Cornfield, faisant allusion à un fait encore ignoré de la plupart des convives.

— Oh ! Vous dites des horreurs ! s'écria Varina, ce qui amusa tout le monde.

Sans tenir compte de l'interruption, Cornfield reprit :

— Où est le point d'honneur pour celui qui oblige des nègres à travailler du lever au coucher du soleil, qui leur interdit d'apprendre à lire et à écrire, qui mutile ceux qui tentent d'échapper au bagne ? Où est l'honneur du planteur qui couche avec ses négresses pour son plaisir, mais aussi pour augmenter, sans débourser un cent, la population servile ?

— Cessez de dire de telles méchancetés, Simon, je vous en prie. Bertie n'a jamais maltraité ses esclaves ; ils sont bien nourris et nous avons même une infirmerie pour les soigner quand ils sont malades, précisa Varina, rageuse.

— Quel altruisme ! Nous savons tous qu'un planteur a intérêt à ce que ses nègres soient en bonne santé jusqu'à la revente. Un nègre adulte vaut plus de mille dollars, m'a-t-on dit.

— Nous avons payé Champagne, notre maître d'hôtel, mille huit cents dollars, révéla naïvement l'épouse de Bertie, à qui Murray tentait, du regard, d'imposer silence.

— Comment voulez-vous, ma chère Varina, reprit Cornfield, soudain radouci, que les nations civilisées, qui ont aboli l'esclavage en 1834, approuvent et même tolèrent que se perpétue votre institution particulière ? Si, dès la dissolution de l'Union, décidée par le Sud, vos politiciens s'étaient engagés à supprimer l'esclavage dans un délai convenable, la Confédération eût été reconnue par toutes les puissances européennes comme une nation indépendante. La guerre eût tourné court et beaucoup de vies eussent été épargnées, au Nord comme au Sud. Ne croyez-vous pas, mes amis ? conclut le lord, prenant l'assemblée à témoin de son dire.

— Illusion, généreuse illusion de votre part ! Le mois dernier, à Washington, alors que l'armée fédérale connaissait d'inquiétants revers, le secrétaire d'État, William Seward, a répété : « Nous n'accepterons jamais la division de l'Union, et cela à aucun prix. Il n'y a donc pas de compromis possible », cita Malcolm.

— C'est sans doute pourquoi Nordistes et Sudistes ont rejeté, d'une même voix, la nouvelle offre de médiation faite par l'empereur Napoléon III aux deux parties, rappela Carver.

— Une lettre de ma mère m'a appris ces jours-ci que l'empereur et l'impératrice avaient assisté en février à une représentation de *la Case de l'oncle Tom*, et que le livre d'Harriet Beecher-Stowe, dont est tirée la pièce, avait déjà connu en France dix éditions successives, ajouta Desteyrac.

Pour détendre l'atmosphère, Malcolm tira de sa poche un billet de banque qui circula autour de la table.

— Ce papier-monnaie, émis par le gouvernement américain à l'effigie de George Washington, les Américains l'appellent *greenback*.

— C'est vrai qu'il est imprimé à l'encre verte, constata Cornfield.

— Ce bout de papier verdâtre vaut tout de même un dollar, dit Murray qui, se tournant vers Charles, changea de sujet.

— Les sénateurs américains qui, en février, avaient voté une résolution condamnant l'intervention française au Mexique, ont été marris en découvrant que les Français étaient entrés à Mexico et que, le 10 juillet, l'archiduc autrichien Maximilien, époux de la princesse Marie-Charlotte[1], cousine de notre reine,

1. Fille du roi Léopold de Belgique, oncle de Victoria.

avait été proclamé, par cent trente-cinq notables mexicains, empereur du Mexique. Le dictateur Benito Juárez García, accusé d'avoir tué dix Français en 1861, s'est réfugié à San Luis Potosí. Les marchands d'armes américains qui fournissaient, avec l'accord du gouvernement, des armes à Juárez, figurent maintenant sur la liste des créanciers d'un homme qui doit de l'argent à l'Europe entière, lança Murray, railleur.

— Notamment au duc de Morny, demi-frère de Napoléon III, précisa Charles, amusé.

Bien qu'elle n'eût aucune affection réelle pour Ottilia, Margaret Russell, pour qui l'espionnage restait une activité condamnable quelle que fût la cause servie, voulut savoir ce que la fille du lord avait retenu de sa brève expérience d'infirmière.

— J'ai constaté que la vie humaine est d'une grande fragilité. C'est une petite flamme, Margaret, qu'une balle de plomb suffit pour souffler. Après une bataille, les églises, les hôtels, les tavernes sont transformés en infirmeries, mais bon nombre de blessés sont soignés, voire opérés, sous des tentes, sans anesthésie, car on manque partout de chloroforme. On n'utilise celui-ci que pour les opérations longues. À Richmond, il y a sept hôpitaux, mais, bien souvent, les blessés, qui viennent de loin, meurent dans les charrettes avant d'y arriver. Les éclats d'obus font d'horribles blessures aux membres et l'on ampute les soldats pour éviter la gangrène. Quant à ceux qui reçoivent une balle dans le ventre, leur sort est scellé d'avance. On dit qu'un blessé sur cinq meurt avant d'être soigné, et l'on compte deux morts de maladie ou de blessure pour un tué au combat. Car la fièvre et la dysenterie se répandent dans les camps où l'on manque de calomel, de laudanum et de quinine. Le Nord est, je crois, mieux organisé que le Sud, mais partout on rencontre plus de bonne volonté et de dévouement que de compétence, rapporta Ottilia.

— À Washington, on m'a dit qu'un militaire sur dix est atteint de la vérole, compléta Murray, sachant que le mot ferait sursauter l'épouse du pasteur.

— Où diable trouvent-ils des femmes ? demanda lord Simon.

— De tous temps les prostituées ont suivi les armées, pour assurer ce qu'on nomme le repos du guerrier, précisa le major Carver, fort de son expérience.

— Ceux qui attrapent cette maladie, je ne les plains pas, trancha Margaret Russell.

— Je sais que vous étiez tous deux à New York au moment des émeutes des 13 et 14 juillet. Je me suis fait beaucoup de souci pour mon père et mes sœurs, intervint Ann Cornfield, s'adressant au couple Murray.

— Nous avons en effet rendu visite à votre père et à vos sœurs qui, tous, sont en parfaite santé. Ils n'ont pas été importunés par les émeutiers, rassurez-vous, fit Ottilia.

— Que s'est-il passé exactement ? *The Nassau Guardian* n'a pas donné beaucoup de détails, et les journaux de New York mettent plus d'un mois à nous parvenir, précisa lord Simon.

— L'agitation a commencé quand Lincoln a décrété la mobilisation de tous les hommes de vingt à quarante-six ans, ce qui rendait la conscription obligatoire. Il faut savoir qu'à New York, plus que partout ailleurs dans l'Union, la guerre contre les États du Sud est détestée, parce qu'elle nuit aux affaires et au commerce avec l'étranger, dit Murray.

— C'est en tout cas l'opinion de notre cousin Jeffrey, souligna Ottilia.

— C'est aussi la mienne, grommela lord Simon.

— Même les abolitionnistes s'insurgent contre la durée d'un conflit qu'ils espéraient bref et décisif. Si, après leurs premières victoires, les Confédérés avaient été meilleurs stratèges, la capitale fédérale serait tombée en 1861. D'ailleurs, malgré les succès fédéraux à Gettysburg et Vicksburg, véritables boucheries, ils maintiennent leur résistance. Cela crée une vive impatience, un désir d'en finir, que la population clame haut et fort, commenta Malcolm.

— Et la conscription donne à craindre que la guerre, telle une hydre assoiffée de sang, ne réclame encore des vies à dévorer, observa Ounca Lou, approuvée d'un hochement de tête par Lamia.

— La conscription est en effet très impopulaire. Horatio Seymour, le gouverneur de l'État de New York, l'a même déclarée illégale. Il entend faire appel à la Cour suprême pour qu'elle l'annule. Des hommes d'affaires comme notre cousin Jeffrey sont partagés entre les bons sentiments que l'on se doit de montrer à l'égard des nègres et la défense de leurs propres intérêts. Beaucoup ne profitent pas de la guerre, contrairement aux fournisseurs des armées qui amassent des fortunes. Votre frère, Henry Theodore, qui dirige, comme nous le savons, une importante société d'import-export, ainsi que les affaires que le regretté Kurt Picker, votre défunt mari, vous a laissées à Chicago, a vu ses relations avec l'étranger interrompues, et le trafic des passagers sur le lac Érié divisé par deux. Chez les antiabolitionnistes, notamment chez les émigrants irlandais, on considère que les nègres occupent des emplois qui devraient, en cette période de crise, être réservés aux Blancs, développa Malcolm.

— Mais cette émeute ? jeta Cornfield, ramenant son gendre aux faits.

— On se plaît à dire que le mouvement a été fomenté par des agents sudistes et des esclavagistes venus du Sud. J'ai entendu les émeutiers crier : « Mort aux nègres libres ! Mort aux abolitionnistes ! » En réalité, les violences ont été commises par des victimes des conséquences économiques de la guerre. Difficultés que la conscription va encore aggraver.

— Mais les faits, Malcolm, les faits ! insista lord Simon.

— Le tirage au sort avait commencé à New York le samedi 11 juillet. Le lundi, la première liste des conscrits retenus pour le service, publiée par les journaux, provoqua la colère des milieux populaires. Il apparaissait clairement que les hommes recrutés étaient, pour la plupart, des ouvriers, des gens de condition modeste, ceux qui ne pouvaient, pour trois cents dollars, s'offrir un remplaçant.

— En somme, le gouvernement américain vend les pauvres à bon marché pour éviter aux riches d'aller se faire tuer, alors que nombre d'entre eux profitent de la guerre en fabriquant ou en vendant des fournitures à l'armée fédérale ! observa le major Carver.

— C'est ce que répétaient les émeutiers. Mais, sans vouloir faire de peine à notre chère Ann, je dois dire que son frère, Henry Theodore, désigné par le sort pour servir dans l'armée, a préféré débourser trois cents dollars et rester chez lui plutôt qu'aller chercher la gloire sur les champs de bataille, ironisa Malcolm.

— Abandonner ses affaires et la gestion de l'héritage de sa sœur, dans une période si difficile pour tous, eût été une erreur, corrigea Ottilia avec un regard affectueux pour l'infirme.

— Ne défendez pas Henry Theodore, Otti. Mon frère a toujours dit qu'il ne risquerait pas sa vie pour les nègres, reconnut Ann.

— Je plains mon cousin Jeffrey. Il se trouve dans une situation délicate. Il n'a pas su se placer au bon moment dans les affaires d'armement ; ses filatures manquent de coton autant que les nôtres, et ses spéculations n'ont pas été heureuses, d'après ce qu'il m'a écrit, constata lord Simon.

— Mon père est en effet assez inquiet pour l'avenir de ses affaires. Mais il vous est reconnaissant de l'avoir bien conseillé dans le projet du chemin de fer est-ouest, dit Ann.

— Votre père admire beaucoup un banquier new-yorkais nommé John Pierpont Morgan. Ce financier, qui a des liens avec la banque Peabody, à Londres, a acheté de l'or pour plus de quatre millions de dollars. Prudent, il en a aussitôt envoyé une bonne partie en Angleterre. Preuve qu'il n'a guère confiance dans l'avenir de l'Union ! ajouta Murray.

Ottilia se tourna vers Mark Tilloy.

— Notre cousin regrette aussi, je crois, d'avoir, il y a sept ans, renoncé à fonder sa compagnie de navigation, parce qu'aujourd'hui le commodore Cornelius Vanderbilt loue à prix d'or ses bateaux à l'armée fédérale, dit-elle.

— Peut-être regrette-t-il aussi de ne pas vous avoir conservé comme gendre ! persifla Varina à l'adresse du marin.

Ce nouveau manque de tact étonna les convives, et la conversation se scinda en apartés polis entre voisins de table.

Tous s'interrogeaient mentalement sur la raison d'une réflexion si malvenue, car tous ignoraient que Winnie, ayant fait des avances éhontées au beau capitaine, en avait été pour ses frais. Pendant des semaines, elle s'était souvent trouvée seule sur le chemin de Mark, recherchant un tête-à-tête au cours duquel elle eût déployé ses charmes. Un matin, sur la route du port occidental, elle était allée jusqu'à relever devant lui sa robe jusqu'à la cuisse pour tirer un bas qui n'avait pas glissé !

Quand Ann lui avait confié que la rumeur ancillaire prêtait au capitaine une liaison avec Gertrude Lanterbach, ancienne suivante de lady Ottilia, maintenant institutrice chez les Desteyrac, la belle Varina avait ressenti une profonde humiliation. Depuis cette révélation, peut-être honteuse de s'être en vain conduite comme une gourgandine, elle détestait l'homme qui osait lui préférer « la grande Alsacienne faite comme une jument ».

— Laissez Malcolm achever son récit des émeutes. C'est autrement intéressant, lança Cornfield, rompant un silence gênant, avec un regard farouche à l'adresse de Varina.

— Voilà donc ce qui s'est passé, reprit Murray. Dans la matinée du lundi 13 juillet, quelques centaines d'individus, hommes et femmes, parmi lesquels les deux-tiers d'immigrants irlandais, se sont rassemblés devant les bureaux de recrutement, situés à l'angle de la Troisième avenue et de la 46e rue. Ils ont commencé à casser les vitres avec des briques, puis sont entrés dans les locaux, ont interrompu le tirage au sort, détruit les registres, malmené les employés, arrosé le plancher d'essence de térébenthine et mis le feu au bâtiment. La foule des émeutiers n'a dès lors cessé de grossir. La police l'a évaluée à cinquante mille personnes, dont beaucoup d'ouvriers en grève qui se formèrent en cortège. Harangués par des meneurs, ces gens se répandirent en ville en direction des quartiers habités par des Noirs. Chemin faisant, ils pillèrent les maisons des abolitionnistes connus. Trois cents agents de police, envoyés pour les contenir, furent rapidement débordés. Les émeutiers s'en prirent alors aux bureaux du *New York Tribune*, le journal républicain de Horace Greeley, connu pour ses idées abolitionnistes, à la maison du maire, à celles de négociants qui emploient des nègres, ainsi qu'à des églises et à des institutions protestantes.

— Que faisaient les autorités pendant ce temps ? On ne laisse pas ainsi dégénérer une manifestation ! observa lord Simon.

— Dans la nuit du 13 au 14, le gouverneur fit venir des renforts militaires de Pennsylvanie. On commença à se battre sérieusement dans plusieurs quartiers, et les artilleurs tirèrent le canon sur la Première avenue. Dans les rues Sullivan et Thomson habitées par des nègres, des maisons furent incendiées et leurs occupants lynchés. L'école des orphelins noirs, financée par des philanthropes, dont votre cousin Jeffrey, fut détruite par le feu.

— Incroyable ! s'indigna lord Simon.

— Qui a organisé cette révolte ? demanda Carver.

— Un certain John Andrew, considéré comme le principal meneur, a été arrêté. Il a déclaré qu'il était démocrate et séparatiste. Le 17 juillet, le calme est revenu à New York et les opérations de recrutement par tirage au sort ont pu reprendre, conclut Malcolm.

— Ces échauffourées ont dû faire bien des victimes et des dégâts, dit Lamia.

— L'émeute aurait fait plus de mille morts chez les manifestants, une cinquantaine chez les militaires et les policiers, dont le colonel O'Brien et le lieutenant Vanderpoel. Douze nègres furent pendus aux réverbères ou brûlés vifs. Il y eut aussi de nombreux blessés tant du côté des émeutiers que parmi les forces de l'ordre. Quinze maisons ont été incendiées et l'on estime les dégâts à deux millions de dollars. D'autres troubles, moins sérieux, ont eu lieu à Boston et à Troy. Deux jours plus tard, les commerçants de New York se sont concertés et ont décidé de secourir les nègres victimes des exactions, acheva Murray.

— Chez nous, on ne connaît pas ce refus de la guerre. Les garçons s'enrôlent avec enthousiasme, sans être sollicités, parce que notre cause est bonne. Les fils de planteurs – car personne, chez nous, ne fuit son devoir – s'en vont faire la guerre avec leur nègre comme ordonnance, débita fièrement Varina.

— On m'a dit que leurs officiers ont bien du mal à faire admettre à ces jeunes gens qu'un domestique ne peut pas monter la garde à la place de son maître, objecta Malcolm, narquois.

À la fin du repas, avant que les hommes ne se retirent pour aller fumer leur cigare, Edward Carver fit tinter son verre avec sa cuiller. Aussitôt le silence s'établit et tous les yeux se tournèrent vers le major. Quand il dressa sa frêle silhouette derrière sa chaise, il parut à tous de dix années plus jeune que la veille. Mince et sec comme un sous-lieutenant, serré dans son habit bleu à boutons dorés, teint frais, regard vif, il caressa les toupets de cheveux blancs qui cernaient son crâne chauve, tic connu qui fit sourire tous les convives.

— Mes amis, je dois vous annoncer ce qui est pour moi une heureuse nouvelle. Lady Lamia Cornfield, sœur de mon vieil ami lord Simon, accepte enfin de devenir ma femme. Vous me direz qu'il n'était que temps, compte tenu...

Il fut interrompu par les applaudissements et les vivats. Tous les hommes se levèrent dans une sorte de tumulte bon enfant. Lord Simon, informé depuis plusieurs jours, fit le signe qu'attendait Pibia. Les détonations du champagne débouché ponctuèrent les félicitations et les vœux adressés à Lamia et au major.

Fish Lady, peut-être pour la première fois de sa vie en proie à un accès de confusion, baissait la tête pour cacher son émotion, secouant les boucles de sa toison léonine que les lumières des lustres argentaient.

— On dit les lanciers du Bengale gens obstinés et intrépides. Mon vieil ami Edward illustre bien les vertus de cette arme. Il a eu mon incommode sœur à la persévérance ! lança lord Simon en levant son verre.

Quand Lamia se redressa, ses yeux de sorcière, entre escarboucle et diamant noir, flamboyaient.

— Edward m'a eue à la fidélité, Simon. Un jour, il y a bien des années de cela, la veille de partir pour Bombay rejoindre le 3e lanciers, il m'a dit : « Je n'épouserai jamais une autre femme que vous. » Aujourd'hui, je suis heureuse de l'aider, à ses risques et périls, à tenir parole, dit-elle, s'abandonnant à l'enlacement du major.

— À quand le mariage ? demanda Ounca Lou.

— Avant la fin de cette année. À mon âge, on compte en semaines, dit Carver.

— Par ma faute, il y a eu tant d'années, et peut-être de bonheurs perdus, souffla Lamia à sa filleule, venue l'embrasser.

En quittant Cornfield Manor tard dans la nuit – car, après l'annonce du mariage d'Edward et de Lamia, les libations s'étaient prolongées –, Charles, enfreignant la consigne de lord Simon, rapporta à Murray que Bertie III voulait divorcer. Murray n'en fut pas surpris, car Desteyrac n'avait rien à lui apprendre.

— J'ai trouvé, en rentrant à Soledad, un cartel du

plus jeune fils de Bertie III, Franklin Davis Cornfield. Ce garçon, né de l'avant-dernier mariage de Bertie, est actuellement occupé à faire la guerre. Il me provoque en duel, en lieu et place de son vieux père, et propose une rencontre, dès la fin du conflit, sous les chênes, au bord de l'Ashley ! dit l'architecte en riant.

— « Le fils dégénère qui survit un moment à l'honneur de son père », cita Charles.

— Ce fils, mon cher, a contribué à détruire l'honneur paternel. Varina m'a rapporté – car rien n'égale sa franchise niaise et impudique – que ce Franklin, qui doit avoir aujourd'hui une vingtaine d'années, a été son amant. Il la poursuivait, semble-t-il, « langue pendante et regard humide » – ce sont ses termes –, d'une admiration désespérée. Elle lui aurait cédé un soir, par pitié. « Que voulez-vous, m'a-t-elle dit, j'en avais assez d'être couchée dans un grand lit à côté d'un vieil homme toujours fatigué, qui passait son temps à faire des comptes et s'endormait au milieu d'une phrase ! » Elle a reconnu s'être bien divertie en guidant ce qu'on peut appeler les premiers pas d'un beau-fils puceau sur la voie du plaisir ! s'exclama Murray.

— Quelle femme ! soupira Charles.

— C'est donc par jalousie, plus que pour défendre, comme il le prétend, l'honneur de son père sénile, que ce garçon veut se battre avec moi. En attendant, je ne suis pas mécontent d'avoir, avec une seule femme, fait deux cocus – le père et le fils – dans la même famille ! conclut Malcolm, égrillard.

— Avec une femme aussi facile que Varina, vous n'avez pas eu grand mérite. Pourvu qu'il fût un peu entreprenant, le premier venu en eût obtenu autant, mon cher.

— Sans doute. Et pour vous prouver que, moi aussi, je sais mon *Cid*, je reconnais volontiers qu'« à vaincre sans péril on triomphe sans gloire » ! Mais je suis prêt à rendre raison à cet olibrius... si les Nordistes le laissent entier ! lança Murray avant de monter dans sa voiture.

Trois jours plus tard, Ounca Lou apprit à Charles que Varina avait reçu une lettre de l'avocat de Bertie III Cornfield, qui lui faisait part de la volonté de ce dernier de rompre légalement leur mariage. Le solicitor demandait à l'épouse de lui faire connaître le juriste par elle choisi pour défendre ses intérêts devant le tribunal des divorces de Wilmington. Il signifiait aussi que Bertie III, ne souhaitant pas revoir son épouse, ferait expédier, où elle voudrait, ce qui lui appartenait en propre : meubles, bibelots et toilettes se trouvant encore à Clarendon House.

Sitôt reçu cet avis, Varina s'était précipitée à Exile House pour demander conseil à Malcolm Murray. Ce dernier l'avait invitée à aviser sans tarder lord Simon afin d'éviter tout quiproquo.

Bientôt, tous les membres du petit cercle du Cornfieldshire furent au fait de l'événement, et ceux qui approchèrent Varina les jours suivants constatèrent qu'elle ne paraissait nullement affectée par sa brutale répudiation. Winnie confia à Ounca Lou, en visite chez Ann, qu'en épousant Bertie III Cornfield, qui avait trois fois son âge, elle s'était assuré une position sociale en Caroline du Sud, et avait surtout échappé à une famille d'un puritanisme dépassé.

— Ma mère emmaillote encore les pieds des pianos et appelle le coq mari de la poule. Elle m'interdisait la lecture de romans français et proscrivait de la conversation tous les mots pouvant évoquer la virilité masculine. Comme pour beaucoup de jeunes filles de ma condition, le mariage, loin d'être une sujétion, fut une libération.

— Comment vos parents, tels que vous les décrivez, vont-ils prendre l'annonce de votre divorce ? demanda Ounca Lou.

— Ils vont y voir un vrai scandale, comme tous les puritains, pronostiqua Ann.

— Ils prendront ça comme ils voudront ! D'ailleurs, je suis certaine que mon cher époux a déjà dû les informer de sa décision en commentant ce qu'il nomme, d'après son avocat, « des turpitudes » qui m'eussent « autrefois valu la lapidation des femmes adultères ».

— Dieu merci, de nos jours, le divorce suffit ! s'exclama Ounca Lou.

— Maintenant, chères amies, je suis une femme libre. Les puritains ne me recevront plus, les femmes dites honnêtes me tourneront le dos, mais je ne manquerai jamais de chevaliers servants prêts à s'amuser. Ma marraine m'a légué une jolie fortune dont je n'ai – heureusement – pas confié le placement à Bertie, mais à une banque anglaise. Je compte aussi obliger le cher Bertie à me restituer les sommes que j'ai investies dans Clarendon alors qu'il courait à la faillite. Je vais me rendre à Nassau pour consulter l'avocat anglais que m'a recommandé lord Simon, lequel, entre nous, est bien plus aimable avec moi depuis que mon époux m'a rejetée, expliqua Winnie.

— Lord Simon est veuf. Ce pourrait être un nouveau parti pour vous, suggéra l'infirme avec malice.

— Plus jamais de mari, Ann ! Ni jeune ni vieux ! Des amants, oui, à condition qu'ils soient de bonne éducation, riches, beaux si possible, et décidés à partager sans contrainte tous les plaisirs que la vie offre à ceux et à celles qui n'ont pas vocation de sainteté.

— Voilà une profession de foi de courtisane Grand Siècle ! Je vois mal, dans ce rôle, une femme de votre qualité. Vous parlez aujourd'hui sous le coup d'une cruelle déception. Le cœur reprendra sa domination sur les sens, et vous irez, nous le souhaitons, vers un nouveau bonheur, dit Ounca Lou.

— En attendant, je compte voyager, voir des pays et des gens, en somme profiter de ma liberté, répliqua Varina.

— Comme je vous envie, chère Winnie ! Clouée sur ma chaise, je prendrai plaisir à ce que vous voudrez bien me raconter de vos aventures, soupira Ann.

— Je vous dirai tout, promis ! Et puis, quand je serai installée, peut-être en France ou en Italie, là où les gens sont de mœurs plus libres, sans préjugés, plus gais, vous pourrez me rejoindre et nous rirons ensemble, dit Winnie avant d'embrasser fougueusement l'infirme.

La future divorcée offrait certes un bel éventail de défauts, mais elle avait des élans généreux. Pendant tout son séjour à Soledad, elle s'était montrée pleine d'attentions pour Ann Cornfield à qui la paralysie des jambes interdisait une vie active. Très loquace et d'un naturel enjoué, la Sudiste avait su distraire l'infirme et s'en faire aimer. Intarissable sur les aléas de la vie de plantation, elle racontait *barbecues* et bals, intrigues amoureuses dont elle était souvent l'héroïne, duels de Cavaliers pour un regard trop appuyé, démêlés avec les esclaves de la maison. Chaque matin, Varina arrivait aux anciennes écuries à l'heure du breakfast, trouvait toujours une promenade à proposer sur une des cent plages de l'île, et ne craignait pas, dans les criques désertes, de se baigner nue devant l'infirme, qu'elle aspergeait d'eau de mer pour la rafraîchir. L'après-midi, elle réapparaissait à l'heure du thé. Les deux femmes faisaient de la musique, jouaient au jacquet, peignaient des aquarelles et échangeaient les potins glanés par l'une et par l'autre au cours de la journée. Varina n'avait rien caché à son amie de sa relation avec Murray. « Ça ne nous engage ni l'un ni l'autre, et, pour moi, c'est en attendant mieux ! » avait-elle jeté avec désinvolture. Le plus souvent, les deux femmes dînaient tête à tête et Winnie ne quittait Ann qu'après l'avoir aidée à sa toilette, avoir brossé ses longs cheveux et préparé sa couche pour la nuit.

Aussi Ann Cornfield fut-elle la seule personne sur Soledad à regretter le départ de la cousine par alliance de lord Simon. Craignant, comme tous les insulaires, l'arrivée des ouragans, Varina fit ses bagages fin août et s'embarqua pour Nassau en compagnie de Malcolm Murray. L'architecte s'était découvert des affaires urgentes à traiter dans la capitale de l'archipel.

Lord Simon confia à Edward Carver et à Lamia, venus organiser avec lui la cérémonie de leur prochain mariage, qu'il préférait que le mari d'Ottilia fît ses frasques ailleurs qu'à Soledad.

Au cours de l'automne 1863, on vit souvent, sur les chemins du Cornfieldshire, Pacal chevaucher avec aisance son cob à la robe aubère, à côté de lord Simon qui montait son grand demi-sang gris.

En quelques semaines, l'enfant avait acquis assez d'assurance pour régler les allures de sa monture, passant du pas au trot et du trot au galop. Lord Simon, auteur dans sa jeunesse d'une *Method for Riding and*

Hunting[1], catéchisme pour tous les cavaliers chasseurs de renards, tenait à faire lui-même l'éducation équestre de son petit-fils. Il se montrait intransigeant sur la tenue en selle et prônait l'assiette de chasse anglaise, qui consiste à s'asseoir le corps droit au plus profond de la selle, main basse sur le pommeau, talon descendu à l'étrier. Quand Pacal, au prix de quelques chutes et réprimandes, eut acquis les réflexes satisfaisants, Percy Fili-Fili, du village des artisans, fut convoqué à Cornfield Manor pour prendre les mesures de l'enfant. Tailleur de la bonne société du Cornfieldshire, Fili-Fili trouva le fils de Charles très grand pour son âge. Lord Simon exigea pour son petit-fils une tenue d'équitation identique à la sienne, car un *country squire*[2] ne montait pas « vêtu comme un paysan ». On retint donc pour Pacal jodhpurs, chemise de batiste, cravate de soie blanche, gilet en peau de taupe, veste vert empire à col de velours gris.

Deux semaines plus tard, coiffé d'un melon gris huître, chaussé de bottillons de cuir fauve à revers de cuir vernis noir, ganté et pourvu d'un stick, l'enfant apparut comme une réplique réduite de son grand-père.

— Vous manque que la moustache ! dit le palefrenier en aidant Pacal à se mettre en selle.

Si Ounca Lou, comme lady Lamia, trouva son fils superbe dans cette tenue *so British*, n'hésitant pas à le comparer à un jeune seigneur paré pour la chasse à courre, Charles ne cacha pas, à la vue de l'élégant accoutrement de l'enfant, un mouvement d'humeur.

— Je ne voudrais pas que l'on fît de Pacal un

---

1. Méthode d'équitation et de chasse à courre.
2. Gentilhomme campagnard.

figurant de cirque ou un chien savant, dit-il à sa femme devant lady Lamia en visite à Valmy.

— Mon frère tient à faire de Pacal un bon cavalier, mais aussi à montrer à tous, ici, qu'il est petit-fils de lord. Alexandre Simon Pacal Desteyrac-Cornfield, puisque tel est son nom, doit, même sous les tropiques, apparaître en jeune gentleman dans la tenue commandée par les activités et circonstances. Et croyez-moi, Charles, il n'est jamais trop tôt pour inculquer certains principes vestimentaires aux enfants promis à un avenir aristocratique, répondit sèchement Fish Lady.

Elle voyait en son filleul le continuateur des Cornfield plutôt que le simple fils d'un ingénieur français. Elle trouvait indispensable que l'héritier de Soledad affirmât son rang, et cela, en dépit de son propre mode de vie insulaire. Charles prit soudain conscience de cette ambivalence.

Les enfants aimant à se déguiser, Pacal était au comble de la félicité quand, deux ou trois matins par semaine, il devait, aidé par Gertrude Lanterbach, devenue son institutrice, revêtir sa tenue d'équitation pour accompagner lord Simon. Ce jour-là, il fallait se lever tôt, car le maître de Soledad aimait parcourir son île au lever du soleil pour rendre visite, sans être annoncé, à tel métayer, aux pêcheurs d'éponges, aux terrassiers ou à son ami Maoti-Mata, le cacique des Arawak. Pour aguerrir son petit-fils, Cornfield entendait que l'on sortît par tous les temps, quitte à rentrer au manoir au grand galop quand s'annonçait un orage tropical avant-coureur d'une tempête. « Il ne faut pas avoir peur des ouragans, mon garçon. Il faut seulement se mettre à l'abri en attendant qu'ils se fatiguent. Entre juillet et novembre ils soufflent sur nos îles pour faire le ménage. Ils abattent les arbres chétifs ou malades, les vieux palmiers déplumés, rasent les mangroves sèches, nettoient les baies avec de grosses vagues, et balaient routes et chemins », disait-il. « Ils démolissent aussi des maisons », avait observé Pacal. Il avait déjà vu ses camarades de jeu, Arawak, Noirs ou métis, pleurer quand les rafales avaient emporté le toit de la case familiale.

Après la promenade, Pacal était invité à partager le breakfast du lord au cours duquel, en dévorant œufs mollets, saucisses et toasts, il posait quantité de questions à son aïeul. Ce dernier aimait à s'étendre sur l'étiquette de la cour d'Angleterre. Pacal apprit ainsi que, certains jours, à son lever, au palais de Saint James, la reine Victoria voyait défiler trois ou quatre cents personnes, dont des privilégiés autorisés à mettre genou en terre pour baiser très respectueusement la main de leur souveraine.

— Un jour, quand tu seras en âge, je t'emmènerai à Londres ou à Windsor. Tu seras présenté à Sa Très Gracieuse Majesté. Notre famille est conviée à toutes les réceptions solennelles de la cour, et tu hériteras du titre de baronet octroyé aux Cornfield en 1730. Mais il faut d'ici là te montrer digne d'assumer un héritage qui comporte encore plus de devoirs que de droits et profits.

— Vous m'emmènerez aussi à la chasse du renard ?

— Certes. Et aussi visiter nos filatures et nos élevages de moutons. Mais cela, quand le temps sera venu, répondit lord Simon.

Sans que quiconque ait eu à le lui démontrer, l'enfant sentit très vite, au contact de son grand-père, que l'équitation, tout d'abord prise comme jeu avec déguisement, était une discipline lourde de signification historique et sociale, une activité relevant plus du culte que du sport, une sorte de rite obéissant à des règles héritées des chevaleries anciennes, présentes dans ses lectures préférées. Il chevauchait au côté de lord Simon, certes, mais aussi, par la pensée, avec Ivanhoé et Quentin Durward.

L'équitation, que Simon Leonard appelait volontiers l'art équestre, relevait, pour le baronet, de la formation obligée du gentleman : dans les colonies de la Couronne comme à Mayfair, un Cornfield devait prouver à tous qu'il était différent des autres. Le mélange de sang français, anglais et arawak qui circulait dans les veines de Pacal préparait l'enfant au destin souhaité par lord Simon.

Carrure prometteuse, teint mat, cheveux lisses d'un noir de jais, noués sur la nuque en catogan, regard bleu, geste prompt, attitude résolue jusqu'à la témérité, le fils de Charles allait atteindre l'âge de raison, dans son cas bien nommé, étant donné son comportement.

Ce changement, dû à l'équitation en tenue d'adulte, même les camarades de jeu de Pacal le ressentirent. Désormais, pour ceux qui, parfois, montaient à cru et pieds nus les chevaux de trait de leurs parents, Pacal, sans qu'il s'en prévalût, fut, à leurs yeux naïfs, promu futur héritier du maître de Soledad. Tous reconnurent au propriétaire du joli cob à robe laiteuse, nommé Pantin par son maître, une prédominance aristocratique jusque-là voilée et, partant, une autorité accrue. En faisant de Pacal un jeune cavalier de tradition, revêtu d'une tenue semblable à la sienne, et en l'invitant à trotter ou galoper à son côté, en égal, sous la pluie ou le soleil, lord Simon marquait aux yeux des insulaires que son petit-fils appartenait à la caste des maîtres.

De cette situation Pacal ne tira nulle vanité mais, inconsciemment, se fit protecteur, se sentit devenir responsable des garçonnets et des fillettes avec lesquels il partageait baignades, courses dans les champs et escapades en forêt. Il se prit à veiller à la sécurité de ses camarades, même plus âgés que lui, comme s'il entendait déjà assumer ses devoirs envers les inférieurs. Lord Simon assurait que ce comportement avait toujours été et devait rester l'honneur de l'aristocratie britannique.

Edward Carver et lady Lamia auraient souhaité sceller leur union au cours d'une cérémonie discrète devant le pasteur Michael Russell, suivie d'un repas en comité réduit chez le major. Mais lord Simon ne l'entendit pas ainsi. Parce qu'il voulait honorer son plus vieil ami, mais aussi parce que les événements mondains étaient rares à Soledad, il organisa, avec la complicité d'Ottilia et d'Ounca Lou, des noces fastueuses, une grande fête dans la tradition lucayenne.

Si l'échange des anneaux se déroula au temple en présence des seuls intimes, la garden-party, dont lord Simon voulut l'accès ouvert à tous, vit affluer, autour des buffets dressés dans le parc de Cornfield Manor, une foule où toutes les couleurs de peau insulaires étaient représentées. Arawak, Taino, métis, mulâtres, Noirs, descendants d'Espagnols, de pirates, de marins britanniques ou de loyalistes, anciens esclaves cubains ou plus récents évadés des plantations de la *cotton belt*[1] américaine, s'associèrent aux réjouissances avec une exubérance atavique. Les Indiens de Buena Vista s'étaient déplacés, avec musiciens et danseurs, tatoués et parés comme leurs ancêtres, les premiers îliens aperçus par Christophe Colomb à Guanahani.

1. Zone de culture du coton dans le sud des États-Unis.

L'arrivée d'Edward dans la grande calèche, conduite par Poko en costume sikh et tirée par quatre chevaux blancs, fit sensation. Le major, en uniforme de la 1re *risäla*[1] des lanciers du Bengale, préféré à celui du 10e régiment de hussards, sa dernière unité, n'eût pas détonné à la cour du vice-roi des Indes. Tunique bouton d'or à parements verts, culotte blanche, bottes vernissées noires, pattes d'épaules avec couronne royale sur fond rouge, insigne de son grade, turban blanc, vert et or, frappé de l'écusson des lanciers, il apparut au Français Desteyrac comme le parfait représentant de l'armée des Indes. Sur la poitrine d'Edward, la croix de Malte, blanche, suspendue à un ruban rouge, indiquait, parmi d'autres décorations, son appartenance à l'ordre du Bain.

— Ah ! *My God !* Dans cette tenue, mon vieux camarade me rappelle de fameux souvenirs, Charles ! Il fallait voir Eddie, jeune lieutenant, montant son grand *biluchi*[2] à la tête de sa bande de Bengalis à grande moustache, charger les révoltés d'Afghanistan. Les lances de bambou de l'Inde, emmanchées sur une lame d'acier triangulaire, faisaient de grands ravages. Je l'ai vu faire reculer son cheval de cinq pas pour dégager sa lance du torse de l'Afghan qu'il avait embroché comme une saucisse ! Et au *tulwar*[3] il était aussi redoutable. Les sabres d'or croisés, surmontés d'une couronne, que vous voyez sur son dolman, c'est le badge de meilleur escrimeur du régiment, débita lord Simon en proie à une émotion sincère.

---

1. Troupe de cavaliers irréguliers dont usait, aux Indes, l'armée britannique.
2. Demi-sang indien.
3. Grand sabre indien.

— Vous-même serviez dans les lanciers ? demanda Desteyrac.

— Non. J'appartenais au régiment des hussards blancs du prince de Galles, où Edward Carver me rejoignit comme major après s'être illustré chez les lanciers. Car ses lanciers nous avaient tirés d'affaire après que nous fûmes tombés dans une embuscade en passant le grand défilé de Dobarra, près d'Udaipur. Ce jour-là, Eddie m'a bel et bien sauvé la vie et j'ai tout fait pour qu'il passe au hussards, le plus noble de nos régiments. Mais c'est loin, tout ça ! Bien loin, Charles... Aujourd'hui, l'Inde est pacifiée. Les officiers de lanciers et de hussards paradent dans les revues, quand ils ne chassent pas le tigre avec un maharaja ou ne flirtent pas dans les salons de Simla, de Bombay ou de Delhi avec les épouses ou les filles des hauts fonctionnaires, acheva Cornfield, mélancolique.

Pour être en harmonie avec son époux, lady Lamia s'était drapée dans un sari vert et blanc, brodé de fil d'or. Trois rangs de perles remplaçaient son collier de dents de requins. Malgré tous les efforts de Ma Mae et d'Ounca Lou, elle n'avait pu réduire le volume de sa chevelure bouclée. Son visage osseux et son étrange regard de diamant noir, aujourd'hui radieux, semblaient émerger d'un crêpage de fils d'acier, dans lequel il eût été vain de vouloir passer un peigne.

Acclamés par les uns, félicités par les autres, étreints par les plus audacieux, les mariés acceptèrent toutes sortes de cadeaux : boîtes et étuis en écaille de tortue, statuettes sculptées dans le bois ou le calcaire, coupes de coquillages, étoiles à cinq branches de corail rose censées protéger des fièvres, gris-gris et amulettes des Taino, mangues confites, et bien d'autres objets et friandises que le major et Lamia déposaient dans les paniers portés par les enfants de Pibia, tous de blanc vêtus.

Edward et Lamia parcoururent le parc de buffet en buffet afin que tous puissent les approcher, les saluer, leur débiter un compliment, formuler des vœux, jusqu'au moment où ils durent prendre place sur une petite estrade déjà occupée par lord Simon, le cacique Maoti-Mata, les officiers de la flotte Cornfield et les notables du Cornfieldshire. Les Arawak dansèrent au son de leurs tambours en peau de chèvre, puis, pour clore la cérémonie, la fanfare des marins du *Phoenix* interpréta le *God Save the Queen*.

Tandis que se poursuivaient dans le parc, jusqu'au crépuscule, les réjouissances indigènes, le dîner aux chandelles rassembla les intimes à Cornfield Manor. Au menu figurait, après le potage bahamien de tortue, un curry de légumes qui accompagnait des gigots de chèvre servis avec des galettes frites et de la compote de tamarin. Le sikh Poko avait préparé ce plat indien comme il l'avait souvent fait, autrefois, pour le major, au bivouac, sous les *deodars* [1].

Lord Simon ouvrit la série des toasts en lançant le traditionnel « Messieurs, la reine ! », à quoi tous les convives, debout, répondirent : « Longue vie à la reine ! », avant de boire à la santé de la souveraine. Quand tous les Anglais eurent exprimé des souhaits de circonstance, lord Simon se tourna vers Charles Desteyrac, l'invitant à parler à son tour.

— Je suis, comme vous tous, heureux de voir l'homme qui me conduisit il y a dix ans sur cette île, et la femme qui me permit de construire un pont, devenu lien fraternel entre Soledad et Buena Vista,

1. Cèdres de l'Himalaya.

unir des destinées longtemps parallèles. Elles confluent aujourd'hui, et cela nous réjouit. Car personne, n'est-ce pas, n'a jamais aimé sans espérance, conclut Charles, faisant allusion à la fidèle obstination d'Edward Carver.

— Vous vous trompez, Charles : on peut aimer sans espérance, glissa doucement Ottilia à l'ingénieur, quand il reprit sa place à table près d'elle.

Plus tard, les mariés ouvrirent le bal puis, bientôt, se retirèrent discrètement.

2.

En janvier 1864, on lut dans *The Nassau Guardian* un article qui déplut beaucoup à Monsieur le Consul des États-Unis : « La présence continuelle de croiseurs fédéraux dans les eaux de la colonie, en violation de la neutralité que le gouvernement de Sa Très Gracieuse Majesté désire maintenir entre les belligérants américains, suscite la désapprobation des autorités bahamiennes », écrivait le journaliste. Il ne faisait que résumer le point de vue du nouveau gouverneur, R.W. Rawson, et de la grande majorité des Bahamiens. Indignation au demeurant assez hypocrite, car les capitaines des forceurs de blocus, le plus souvent britanniques et officiers de la Royal Navy en congé, étaient reçus chez le nouveau gouverneur, comme ils l'avaient été, depuis 1861, chez l'ancien. Et tout le monde savait, dans les West Indies, que la surprenante prospérité de Nassau restait due à la contrebande d'armes au bénéfice de la Confédération des États du Sud.

Au fil des mois, les relations entre les Bahamas et les États-Unis n'avaient cessé de se dégrader depuis qu'en mai 1863, le *Margaret and Jessie*, vapeur britannique qui portait à Nassau des marchandises destinées aux Sudistes, avait été bombardé à un mille des côtes d'Eleuthera par le croiseur fédéral *USS Rhode*

Island[1]. À cela s'était ajoutée la capture par les Fédéraux, dans les Caraïbes, du navire britannique *Peterhoff*. Le vapeur se rendait à Matamoros, au Mexique, avec une cargaison d'armes et de munitions officiellement commandée par le gouvernement mexicain, mais en réalité destinée aux Sudistes, qui devaient en prendre livraison sur le Rio Grande, à la frontière du Texas et de la Louisiane.

Voulant ignorer que les chantiers navals de la Mersey construisaient de plus en plus de vapeurs rapides attendus par les forceurs de blocus, la presse britannique stigmatisait, après chaque incident, « ces arraisonnements qui nuisent au commerce maritime des pays neutres ». Quant au gouvernement de Sa Très Gracieuse Majesté, soucieux de maintenir, aux yeux des nations, la fiction de l'indifférence au conflit de l'archipel bahamien, colonie de la Couronne, il protestait par voie diplomatique.

Lord Palmerston, Premier ministre, avait même fait savoir à Washington que la Grande-Bretagne, dont Abraham Lincoln rappelait souvent qu'elle devait respecter la neutralité proclamée par la reine Victoria, ne pouvait accepter, au nom même de ce principe, que des navires de l'Union allassent s'approvisionner de force, en eau et en vivres, à Inagua Islands et Exuma Island, aux Bahamas.

Ces représentations grimacières, dont personne n'était dupe, amusaient beaucoup lord Simon. Ayant des intérêts au Nord – dans les chemins de fer, les aciéries de Pittsburgh, une banque de Boston – et au Sud – comme acheteur de coton et armateur de forceurs de blocus –, le maître de Soledad illustrait le

1. Pour *United States Service Rhode Island*.

dicton français soufflé par Charles Desteyrac : « Il ne faut pas mettre tous ses œufs dans le même panier. »

La guerre civile américaine, qui assurait animation et prospérité à Nassau, offrait aussi, du fait du triplement de la population de la capitale, des profits aux habitants des Out Islands. Les producteurs de légumes et de fruits d'Eleuthera et de Grand Bahama, comme les pêcheurs et les éleveurs de volaille d'Andros, devaient, chaque semaine, livrer aux détaillants de quoi nourrir les équipages des forceurs de blocus, les affairistes étrangers, les réfugiés sudistes et les touristes. Ayant l'argent facile, tout ces gens exigeaient des aliments frais et de bonne qualité.

Les Indiennes qui tressaient le sisal n'avaient jamais confectionné autant de chapeaux et de paniers étanches, spécialité héritée des Seminole. À Soledad, au village des Arawak, Maoti-Mata avait ouvert un atelier où des fillettes habiles confectionnaient, à longueur de journée, colliers, bracelets et pendeloques avec les coquillages multicolores que leurs frères ramassaient dans les baies et les branchettes de corail rose qu'ils arrachaient aux rochers immergés. Les pêcheurs d'éponges et de tortues trouvaient aussi leur compte, mais les meilleures affaires revenaient, grâce à Fish Lady, aux chasseurs de requins de Buena Vista. Un artisan de Nassau leur achetait les dents des squales qui, enchâssées dans des chatons d'or ou d'argent, devenaient, dans sa boutique de Bay Street, de véritables bijoux. Même le chantier naval de la famille Albury, à Man-O-War Cay, sur Abaco Island, qui, depuis 1840, construisait les petits voiliers bahamiens destinés au cabotage, ne pouvait satisfaire aux commandes, tant s'était développée la navigation commerciale entre les Out Islands et New Providence. Aussi suivait-on, dans tout l'archipel, l'évolution de la guerre civile américaine dont, après avoir déploré le commencement, on commençait à redouter la fin.

Comme les journaux américains apportés par les vapeurs de la Cunard et par les équipages des forceurs de blocus, *The Nassau Guardian* fournissait des informations qui, pour être de deux ou trois semaines en retard sur les événements relatés, permettaient aux insulaires de se faire une idée de l'évolution du conflit. Offensives et contre-offensives des deux parties étaient commentées aussi bien au Royal Victoria Hotel, à Nassau, qu'au Loyalists Club et à Cornfield Manor, à Soledad.

Après les victoires de Gettysburg, de Vicksburg et de Chattanooga, les Nordistes avaient repris confiance, et quand Lincoln nomma Ulysses Grant lieutenant-général de l'armée des États-Unis, grade que seul avait obtenu George Washington, la population de l'Union accepta plus aisément la conscription et l'appel sous les drapeaux de cinq cent mille nouveaux combattants.

— Désormais, les citoyens appelés au tirage au sort ne peuvent plus s'offrir un remplaçant pour trois cents dollars. Le prix du substitut doit être maintenant débattu entre les intéressés. Ainsi la cote du conscrit *yankee* monte de jour en jour, constata, sarcastique, lord Simon, mieux informé par ses hommes d'affaires de Boston que par la presse.

Dans le même temps, Abraham Lincoln, souhaitant que les États rebelles reconquis par les Fédéraux, comme la Louisiane, le Tennessee et l'Arkansas, se rallient à la cause du Nord, proposait d'accorder l'amnistie à tous les anciens planteurs esclavagistes qui prêteraient serment d'allégeance au gouvernement de l'Union. On leur rendrait biens et droits civiques, mais non pas leurs esclaves, devenus travailleurs libres.

Dans une lettre à son cousin des Bahamas, apportée

par un forceur de blocus devenu bateau-poste officieux entre les Carolines et Nassau, Bertie III Cornfield, après avoir confirmé qu'il venait d'introduire une instance en divorce et ne souhaitait plus entendre parler de Varina, énumérait les dégâts causés à Charleston par les bombardements de plus en plus fréquents de la flotte fédérale.

« En neuf jours, les Yankees ont tiré mille cinq cents obus sur la ville. Saint Michael's Episcopal Church a été six fois atteinte par des boulets. Nous comptions beaucoup sur le *H.L. Hunley*, le premier submersible construit à Mobile, en Alabama, par un armateur louisianais, Horace Lawson Hunley. Il a hélas coulé en torpillant, le 17 février, à l'entrée du port de Charleston, la frégate nordiste *Housatonic*. Huit volontaires de chez nous ont trouvé la mort, ainsi que cinq marins fédéraux [1]. »

Comme toujours, Bertie III s'en prenait à Lincoln de qui la tête, en cette année d'élection présidentielle, restait mise à prix.

« En amnistiant les planteurs des États repris et occupés par les Nordistes et en offrant aux reconquis le libre choix de leur gouvernement à condition qu'ils respectent en tous points la nouvelle Constitution des États-Unis, qui bannit l'institution particulière, le vieux malin prépare sa réélection de novembre. Il compte que les électeurs ralliés par intérêt immédiat,

1. L'épave du *H.L. Hunley* a été retrouvée près de celle du *Housatonic*, en 1995. En février 2001, les fouilles ont permis la découverte, à bord du sous-marin, de huit squelettes, dont celui du capitaine George E. Dixon qui commandait le submersible. Les restes des naufragés ont été enterrés à Charleston après avoir reçu les honneurs militaires. On peut voir, au musée de Charleston, une réplique en vraie grandeur du premier sous-marin américain.

qui compteront comme les autres dans les consultations électorales, lui seront reconnaissants d'avoir pardonné la sécession et voteront pour lui. Il se fait des illusions ! Ceux à qui il veut imposer la *Reconstruction*[1], suivant le terme employé à Washington, mettront plutôt dans les urnes le nom de Jefferson Davis pour prouver qu'ils n'ont pas changé. D'ailleurs, même les Yankees républicains reprochent à Lincoln cette manœuvre. On le trouve trop complaisant avec les propriétaires d'esclaves. En attendant, la guerre continue et, malgré quelques revers, une de nos armées marche sur Washington. Un de mes gendres est mort en héros au siège de Vicksburg ; deux de mes fils ont été blessés à Chattanooga ; un troisième a été fait prisonnier et est interné au camp d'Andersonville, en Georgie, où les mauvais traitements, le défaut d'hygiène et le manque de nourriture entraînent une forte mortalité des prisonniers. Comme nous détenons à Charleston bon nombre de soldats fédéraux, nous comptons proposer un échange de prisonniers aux Yankees. Celui-ci sera moins facile que ne le fut l'échange de votre Ottilia avec une des nôtres. Nous refusons en effet de comprendre dans les échanges les nègres que les Fédéraux ont enrégimentés et que nous avons capturés. »

Bertie III terminait sa lettre par une information qui ne pouvait laisser personne insensible, quel que fût son camp.

« Un deuil cruel a frappé notre président Jefferson Davis. Le quatrième de ses enfants, un fils de cinq

1. 1865-1877. Période pendant laquelle les États de la Confédération du Sud furent contrôlés par le gouvernement fédéral et obligés de modifier leurs institutions politiques et sociales avant leur pleine réadmission dans l'Union.

ans, Joseph Evan, a fait une chute mortelle à Richmond. Plus que jamais, cher cousin, nous sommes déterminés à nous battre pour que la Confédération des États du Sud soit reconnue comme nation indépendante. »

Quelques semaines après réception de ces nouvelles, on apprit à Soledad, par des marins de passage, que le gouvernement confédéré, en proie à de grandes difficultés financières, venait de lancer un emprunt forcé, d'augmenter les impôts, de mobiliser tous les hommes de moins de quarante-cinq ans. Le fer manquait, on fondait barrières et balcons pour faire des rails, car les communications devenaient de plus en plus difficiles du fait des fréquentes destructions de voies ferrées.

Commentant ces informations devant ses intimes, comme souvent à l'heure des rafraîchissements, sur la galerie de Cornfield Manor, lord Simon s'indigna en apprenant que des forceurs de blocus racontaient que, les jours de bombardement, les gens de Charleston tiraient de leur geôles les prisonniers nordistes et les exposaient, bien en vue, sur les quais, au feu des leurs.

— C'est un acte inhumain dont Bertie s'est bien gardé de se vanter. Cette guerre tourne à la barbarie ! Ah, ils peuvent en parler, du point d'honneur ! rugit le lord.

Ce soir-là, Charles Desteyrac fit état d'une lettre reçue le matin même de son ami le peintre Lucien Grandioux, dit Diou. La missive contenait des détails sur la bataille navale qui avait opposé, au large de Cherbourg, le navire confédéré *Alabama* au vapeur fédéral *US Kearsarge*. L'artiste, embarqué sur un petit voilier, avait assisté au combat avec son éminent confrère Édouard Manet[1] et une foule de Cherbourgeois et de Parisiens conduits à Cherbourg par des trains spéciaux, dits « de plaisir ».

« Dès le 11 juin, les journaux rapportèrent que l'*Alabama*, un navire sudiste, avait été autorisé par le gouvernement français à réparer des avaries et à s'approvisionner dans le bassin de Cherbourg. Quelques jours plus tard, on sut que le *Kearsarge*, une corvette à vapeur bien armée des États-Unis, qui poursuivait l'*Alabama* depuis longtemps, croisait maintenant devant le port, attendant la sortie du bateau confédéré pour le détruire. Parfait gentilhomme et marin intrépide, Raphael Semmes, capitaine de l'*Alabama*, fit savoir au commandant du *Kearsarge* qu'il acceptait le combat et prendrait la mer le 19 juin, entre neuf et dix heures du matin.

» Pendant une semaine, les Cherbourgeois avaient fêté les officiers et l'équipage de l'*Alabama*. Surtout le capitaine Semmes, descendant d'une famille française émigrée aux États-Unis, qui se vantait d'avoir coulé, en deux ans, soixante-cinq bateaux de commerce nordistes. À Cherbourg, on avait tendance à considérer l'affrontement prévu comme une régate ! L'excitation augmenta quand on apprit que le capitaine Raphael Semmes avait été, à l'Académie navale d'Annapolis, le condisciple du capitaine du *Kear-*

1. Le tableau, *Combat du Kearsarge et de l'Alabama*, peint par Édouard Manet, figura au salon de 1872. Acheté trois mille francs par Durand-Ruel, il eut ensuite plusieurs propriétaires avant d'être acquis en 1888, à New York, pour la somme de mille cinq cents dollars, par un collectionneur de Philadelphie. Ce dernier l'offrit, avec toute sa collection, au musée de sa ville natale où l'on peut toujours le voir. Manet, quelques jours après la bataille de Cherbourg, fit une aquarelle du *Kearsarge* dans le port de Boulogne. Cette œuvre figure au musée des Beaux-Arts, à Dijon.

sarge, John Winslow. Les deux cadets avaient partagé la même chambre ! De ce fait, la bataille devenait duel entre deux marins qu'opposait la sécession des États du Sud. »

Sur l'affrontement, Diou ne relatait rien de plus que ce qu'en rapportaient les journaux. Devant les curieux les plus téméraires, montés à bord d'embarcations variées, les canons du *Kearsarge* avaient eu raison, en neuf bordées, de l'*Alabama*, dont douze des marins avaient perdu la vie. Les autres, tombés à l'eau pendant le naufrage, avaient été recueillis par les petits bateaux français présents sur le lieu du combat, et aussi, comme le capitaine Raphael Semmes, par un yacht à vapeur britannique, le *Deerhound*, propriété de lord John Lancaster.

« Ce gentleman avait décidé d'offrir à sa femme, à ses quatre enfants et à sa nièce une bonne place pour assister à ce qu'il considérait comme une épreuve sportive. Naturellement, comme les Cherbourgeois, Lancaster tenait pour l'*Alabama*, construit en 1862 pour les Sudistes par les chantiers de la Mersey, donc un peu anglais », précisait le peintre.

En entendant le nom de Lancaster, lord Simon se frappa les cuisses en riant.

— Sacré John ! Je reconnais bien là son goût pour le sport ! Sûr qu'il a été content de permettre au capitaine confédéré d'échapper à la capture par les Nordistes qui l'auraient volontiers pendu !

Lewis Colson, lui aussi intéressé par le récit de l'ingénieur, intervint.

— Ce Raphael Semmes est un fameux marin. Je l'ai connu à Nassau, en 1861, quand il commandait le forceur de blocus *Sumter*, l'ancien *Marqués de La Habana*, un bateau de commerce américain dont il s'était emparé dès le commencement de la guerre, à

New Orleans. Un jour de 1862, alors que nous nous trouvions au Royal Victoria, il reçut l'ordre de Jefferson Davis de se rendre à Liverpool pour prendre livraison du vapeur qui allait devenir ce grand ravageur d'*Alabama*, précisa l'officier.

— *The Times* a souvent vanté les exploits de l'*Alabama* et les façons chevaleresques de Semmes. Il envoyait les bateaux de l'Union par le fond après en avoir recueilli les équipages, qu'il débarquait dans un port neutre. Cela déplaisait fort à l'ambassadeur des États-Unis à Londres, ajouta le major Carver.

— Nul doute qu'il ne proteste encore parce que mon ami Lancaster aura conduit Semmes[1] en Angleterre ! ajouta lord Simon.

Les premiers jours de juillet, on apprit que le général sudiste Jubal Anderson Early marchait sur Washington avec quinze mille hommes, et que les troupes fédérales ne parvenaient pas à arrêter la progression des Confédérés. De ce fait, la confiance que les Nordistes avaient placée en Ulysses Grant, déjà ébranlée par l'échec sanglant de Cold Harbour et le siège de Petersburg, s'émoussait. Quand, le 11 juillet, les Sudistes bombardèrent la capitale fédérale qu'ils

1. Après un séjour à Londres où il fut reçu en héros, Semmes regagna Richmond, la capitale confédérée. Promu vice-amiral, il prit le commandement d'une escadre sudiste. En 1865, à la fin de la guerre, il fut arrêté et emprisonné par les autorités fédérales, qui entendaient le faire juger par un tribunal maritime. Acquitté et libéré par la Cour suprême des États-Unis, il fonda le *Daily Bulletin*, à Memphis, et termina sa carrière comme professeur de philosophie et de littérature anglaise au Louisiana Seminary, aujourd'hui Louisiana State University, université de l'État de Louisiane, à Baton Rouge. Il mourut le 30 août 1877.

étaient près d'envahir, ce fut l'affolement autour du Capitole. Le gouvernement réagit en ordonnant des prières, ce qui prouvait sa confiance en Dieu, et en réunissant des renforts, meilleur moyen d'obtenir l'appui divin. Grant, mobilisant toutes ses forces, finit par repousser les assaillants.

Jusqu'à l'automne, les stratèges du Loyalists Club, où l'on venait consulter les journaux, s'entendirent pour répéter que le général Early s'était montré timoré et temporisateur.

— Au lieu d'attendre un regroupement de ses troupes, il aurait dû avancer et prendre la ville. En juillet, le Sud a laissé passer sa chance d'en finir avec les Yankees, décréta Mark Tilloy.

— Washington a été sauvée, mais le billet de cent dollars ne vaut plus que trente-cinq dollars-or, et l'inflation galope, souligna un agent de la Cunard en tournée dans l'archipel.

Chargé de l'approvisionnement en légumes et fruits des navires de la ligne New York-La Havane qui faisaient escale à Nassau, cet Anglais, de passage à Soledad, se plaignait des producteurs insulaires.

— Vos paysans sont plus pressés de vendre comptant leurs ananas, leurs tomates et leurs mangues aux commerçants de New Providence qu'à la Cunard. Nos comptables de New York paient souvent avec un mois de retard, remarqua-t-il.

— Une guerre sans front est une guerre dispersée, intervint Edward Carver, ramenant la conversation au conflit américain.

Depuis son mariage avec lady Lamia, le major, rajeuni de dix ans – ce qui inspirait maintes allusions grivoises à Uncle Dave –, partageait son temps entre son bungalow du Cornfieldshire et Buena Vista. Il ne faisait plus que de rares apparitions au club.

— Une guerre dispersée, vous avez raison, major, approuva Lewis Colson. Tandis que les habitants de Washington continuent à reprocher à Grant de n'avoir pas prévu assez tôt une protection de la capitale, d'autres généraux remportent ailleurs des succès. Sherman a pris Atlanta ; Farragut, Mobile ; et Sheridan a chassé les Confédérés de la vallée de la Shenondoah, compléta l'officier.

— Ces défaites sudistes constituent-elles ce que certains journalistes appellent le tournant du conflit ? demanda Charles.

— Sûr qu'une révolte générale des nègres donnerait maintenant une rapide victoire au Nord, lança David Kermor.

— Ce serait un véritable carnage, mes amis, qu'aucun honnête homme ne peut souhaiter. Comme lord Simon, je pense que le Sud ne peut plus gagner, risqua Carver.

— Oui, dites-nous ce que pense lord Simon de l'évolution de la guerre, demanda Tilloy.

— Eh bien, après avoir étudié ensemble cartes et communiqués publiés par les journaux, et lu les rapports de nos correspondants américains, nous estimons en effet que le Sud, de plus en plus appauvri, perdra la guerre. On doit donner soixante dollars-papier pour obtenir un dollar-or à Richmond, et la viande y coûte six dollars la livre. Les banquiers, armateurs et négociants que nous connaissons n'engagent désormais plus d'affaires qu'à court terme – et après examen des garanties – avec les autorités de la Confédération. Nous entrons, mes amis, dans une période d'incertitude, défavorable au Sud, et je suis prêt à parier une tournée générale sur la défaite des esclavagistes, conclut le major, jovial.

Comme tous les membres du club présents ce soir-là souhaitaient, sans enthousiasme, peut-être, mais par simple humanité, la victoire des abolitionnistes du Nord, personne ne releva le pari d'Edward Carver. Il fut simplement convenu que l'on accepterait qu'il régalât les membres du Loyalists Club le jour où la paix, sinon l'entente, serait rétablie entre les États américains.

L'année ne s'acheva pas sans qu'une de ces colères torrides, dont lord Simon avait le secret, ne vînt terroriser pendant douze heures la domesticité de Cornfield Manor. Quand le maître de céans se mit au clavier de son orgue pour humilier Jean-Sébastien Bach après avoir écrasé à coups de poing un guéridon Adam en bois fleuri de Ceylan – cadeau fait en 1780 aux Cornfield par Sa Grâce le duc de Hamilton –, on sut que la tempête était passée. Les lévriers quittèrent leur cachette et revinrent s'allonger sur la galerie, Pibia osa déposer près de l'organiste courroucé un verre de jus d'ananas et, dans les communs, le caquetage des lingères reprit mezza voce.

— Qu'on aille me chercher Charles Desteyrac et le capitaine Tilloy ! lança lord Simon émergeant, le teint cramoisi et les sourcils hérissés, de son accès de fureur.

Tandis que Pibia envoyait des valets chez les Desteyrac et au Loyalists Club, Cornfield s'enferma dans son cabinet de travail après avoir fait pivoter, face au mur, sur sa sellette, la tête de cristal de roche tirée de la fuente del Ángel. La lumière de fin d'après-midi allumait dans le regard de pierre du fétiche inca des reflets insolents et moqueurs.

La convocation péremptoire de lord Simon atteignit

Charles à Valmy alors qu'il se préparait à passer à table. Après s'être assuré auprès de l'envoyé de Pibia qu'il n'y avait pas de drame à Cornfield Manor, et avoir appris qu'une lettre, arrivée le matin même par le bateau-poste de Nassau, avait paru contrarier lord Simon, l'ingénieur prit le temps de dîner avant de faire atteler pour se rendre au manoir. Il y trouva Mark Tilloy, cueilli au club par un autre valet, qui, sur la galerie, attendait Charles.

— Le Vieux est de fort méchante humeur. Il m'a jeté entre deux grognements qu'il attendrait votre arrivée pour commencer l'entretien. « Je ne veux pas répéter ce que j'ai à dire », m'a-t-il lancé.

— Eh bien, entrons dans la cage au fauve ! fit Charles.

Ils trouvèrent Simon assis derrière son bureau, jouant nerveusement avec le poignard indien qui lui servait de coupe-papier. Son air, plus confus et ennuyé que furibond, les rassura.

— Mes amis, je vais solliciter de vous un service que le vieil homme que je suis répugne à demander. Malcolm Murray a encore fait des siennes à Nassau. Je viens d'être informé, par un message particulier du gouverneur, que mon gendre est retenu dans la capitale par les autorités locales. Il ne pourra quitter New Providence qu'après avoir honoré ses dettes de jeu. Parmi ses créanciers figurent le neveu de l'évêque de la Jamaïque, un banquier canadien et un sucrier espagnol de Cuba. D'autres joueurs, moins recommandables, au dire des informateurs du gouverneur, détiendraient aussi des reconnaissances de dette.

— Des gens de qualité, en somme, risqua Charles, caustique.

— Les gens de qualité ne jouent pas pour l'argent, Charles. Ils jouent pour le plaisir de la spéculation intellectuelle, comme nous le faisons à Cornfield Manor, rétorqua lord Simon.

— Un joueur incapable de régler ses dettes doit être mis en prison. C'est ce que prévoit la législation britannique, y compris dans les colonies de la Couronne, observa Tilloy.

— Parce qu'il est mon neveu et mon gendre, Malcolm a été seulement assigné à résidence au Victoria, dont le caissier est aussi l'un de ses créanciers : il n'a plus un shilling pour payer sa note. D'après le message du gouverneur, il aurait même joué et perdu, bien sûr, les bijoux de Varina qui porte encore, pour ma honte, le nom de Cornfield. Telle est la triste situation, acheva le lord, visiblement accablé, souffrant dans son orgueil d'avoir à faire une telle confidence.

— Qu'attendez-vous de nous ? demanda Charles qui, sans plaisir, subodorait la mission.

— Je voudrais que vous alliez à Nassau pour désintéresser les créanciers de Murray, après vérification des créances, bien sûr, car on rencontre là-bas des joueurs professionnels, venus de New Orleans, que n'étouffent pas les scrupules. Il faudra aussi racheter, à qui les détient, les bijoux de Varina. Enfin, je vous demande de me ramener notre olibrius pieds et poings liés, s'il le faut. Acceptez-vous de rendre ce service à notre famille ? conclut lord Simon, insistant légèrement sur le pronom possessif pour rappeler à Charles qu'il était père de l'héritier de Soledad.

— Je ne saurais refuser pareille mission, dit Desteyrac, résigné.

— Je n'en espérais pas moins de vous, mon ami. Je vous remettrai donc une lettre de crédit sur ma banque de Nassau. Je vous demande d'éviter tout scandale. Payez sans discuter ce qui est vraiment dû, ramenez mon gendre, mais ne ramenez pas Varina. Qu'on lui rende ses bijoux et qu'elle aille au diable ! Quand l'*Arawak* pourra-t-il prendre la mer ? demanda Cornfield, se tournant vers Tilloy.

— Demain, s'il le faut, lord Simon.

— Alors, préparez-vous à partir. Le plus tôt sera le mieux.

— J'aimerais embarquer avec nous Tom O'Graney et ses Irlandais. Le milieu des joueurs ne compte pas que des gentlemen, dit Tilloy.

— Embarquez qui vous voudrez, capitaine. Vous avez ma confiance. Mais agissez avec discrétion, je vous prie.

Lord Simon quitta son siège pour remettre à Desteyrac une enveloppe.

— Voici la lettre de crédit : crédit illimité, bien sûr, puisque nous ne savons rien du montant des dettes accumulées par mon gendre, acheva le maître de Soledad dans un soupir d'agacement.

Le lendemain en fin de matinée, l'*Arawak* quitta le port occidental et, par mer houleuse, sous un ciel plombé, mit le cap sur New Providence. Tom O'Graney et ses charpentiers irlandais ne savaient rien de la mission, si ce n'est qu'on aurait peut-être affaire à la racaille de Nassau que sir Malcolm Murray avait eu l'imprudence de fréquenter.

C'est au cours de la traversée que Mark Tilloy confia à Charles Desteyrac le désir qu'il avait d'épouser Gertrude Lanterbach.

— C'est une bonne nouvelle, Mark. Nous nous doutions, Ounca Lou et moi, que vos escapades n'étaient pas aussi innocentes que vous souhaitiez l'un et l'autre le faire accroire. Avez-vous déjà présenté votre demande en mariage ?

— Oui, mais elle n'a pas été agréée.

— Comment ! Jusqu'à ces derniers jours, vos relations semblaient cependant avoir rendu à Gertrude la joie de vivre.

— Je sais, mais elle a changé.

— Depuis une semaine, en effet, elle a l'air morose, comme préoccupée. Nous avions mis cette humeur chagrine au compte d'une discussion qu'elle a eue avec lady Ottilia. Cette dernière voulait qu'elle reprît sa place à Exile House, nous a-t-elle dit.

— Ce qui, bien sûr, ne peut être envisagé, vous le savez. Lady Ottilia, dont la moralité est des plus souple, fait fi des rapports passés entre Gertrude et Malcolm. Je crois avoir fait oublier à Gertrude ce navrant épisode. Elle ne m'a rien caché de son assez longue relation avec Murray, au vu et au su d'Ottilia, et je ne lui ai rien celé de ma liaison avec la pauvre Ann, confessa Tilloy.

— Donc, la situation entre vous est claire, dit Charles.

— Je n'y comprends rien ! C'est depuis que je lui ai proposé de devenir ma femme qu'elle a changé d'attitude, comme si ma proposition l'offensait. Or, rien ne laissait prévoir un refus... car, je puis bien vous le dire, puisque nous sommes entre hommes, Gertrude ne m'a rien refusé. Elle est ma maîtresse depuis plusieurs mois et nous sommes divinement bien ensemble. C'est une amoureuse ardente. Elle a l'étreinte enthousiaste et j'étais sûr qu'elle m'aimait. Alors, que lui a-t-on dit de moi pour que, soudain, elle se dérobe ? demanda Mark, visiblement malheureux.

— Gertrude a une réelle affection pour Ounca Lou et grande confiance dans son jugement, mais elle ne semble pas avoir fait confidence de votre demande, ni de la réponse qu'elle vous a donnée. Nous avons seulement constaté qu'elle paraissait moins gaie, parlait peu, sinon pour dire que, sans Pacal, à qui elle est fort attachée, elle quitterait Soledad. Ce qui nous a surpris.

— Je ne sais que faire, avoua le capitaine, de qui Charles évaluait le désenchantement.

— De retour à Soledad, je rapporterai notre conversation à Ounca Lou. Elle saura bien faire parler Gertrude, conclut l'ingénieur.

Le lendemain matin, la traversée ayant été, malgré une mer forte et des vents tournants, rapide et sans aléas, Charles Desteyrac, aussitôt que débarqué à Nassau, se rendit seul au Royal Victoria Hotel. Il voulait épargner à Murray la présence d'un témoin. Sous les arcades, dans le hall et au bar grouillait la faune interlope qui, depuis le blocus des États du Sud, constituait, à toutes les heures de la journée, la clientèle du palace. Informé par un portier, le visiteur trouva Malcolm Murray attablé devant un copieux breakfast, à l'ombre d'un parasol, dans un espace tranquille du jardin.

— Figurez-vous, Charles, que je m'attendais à vous voir. Mon cher oncle et beau-père a le sens de la famille. Prévenu par le gouverneur, il ne pouvait envoyer à Nassau que Carver ou Desteyrac pour me tirer d'affaire. J'imagine que le major use ses dernières forces pour honorer la sorcière Lamia, et je préfère que ce soit vous qui soyez là.

Bien qu'habitué à la désinvolture et au persiflage de l'architecte, l'accueil de Murray déplut à Charles, aussi en vint-il brutalement à l'objet de sa mission.

— Il va falloir faire les comptes, décréta-t-il, sans préambule.

— Certes, nous ferons les comptes. En attendant, on va vous servir le plus anglais des breakfasts de l'archipel, dit Murray en faisant signe à un serveur d'approcher.

La collation commandée, Malcolm tira un papier de sa poche.

— Les comptes sont simples : je dois environ mille deux cents dollars à des gentlemen plus chanceux que moi.

— C'est une somme énorme ! Comment avez-vous fait pour vous engager jusque-là ?

— Demandez plutôt à un ivrogne comment il fait pour se saouler, Charles. Le jeu est un alcool. Verre après verre, partie après partie. On ne jette pas les cartes quand on perd. Ça ne se fait pas. De la même façon, qui ramasse la mise ne se retire pas subito du jeu avec son gain. Ce serait inélégant. Les gagnants de bonne compagnie donnent au perdant la possibilité de se refaire, comme nous disons. Or, il arrive que la malchance s'obstine jusqu'à ce qu'un joueur charitable dise : « Vous avez assez perdu. Arrêtons. »

— Peut-être a-t-on tardé à vous dire « Arrêtons », ironisa Charles.

— Mon ami, nous n'allons pas épiloguer sur ma manière de jouer... et de perdre. J'ai perdu : c'est tout. J'imagine que mon oncle vous a donné pour moi une lettre de crédit ? enchaîna Malcolm comme si la chose allait de soi.

— Lord Simon m'a donné une lettre de crédit, mais elle est à mon nom. Je suis chargé de vérifier les créances et de payer moi-même vos créanciers, dit Desteyrac.

— Ça alors ! La confiance règne, à ce que je vois !

Le Vieux m'empêche de régler moi-même mes dettes de jeu, qui sont dettes d'honneur ! C'est humiliant ! Il craint qu'avec sa mise je ne tente encore d'amadouer la chance ?

— Cette pensée a dû l'effleurer, admit Charles, souriant.

— Je ne suis pas d'humeur à accepter un tuteur, même s'il est mon meilleur ami. Vous tirerez l'argent de la banque et me le remettrez afin que je désintéresse moi-même ceux qui m'ont fait confiance, s'écria Malcolm, frémissant de colère.

Ennuyé par la tournure de l'entretien, Charles Desteyrac vida sa tasse de thé, prenant ainsi le temps de la réflexion.

— Je n'ai pas vocation de tuteur, Malcolm. Comprenez que cette situation m'embarrasse. C'est pour vous aider que j'ai accepté les consignes de notre commun beau-père. Considérez-moi non comme un tuteur imposé, mais comme un secrétaire venu régler les notes. Ce que je compte faire, même si la procédure vous déplaît.

— Elle me déplaît autant qu'elle vous embarrasse. Mon oncle m'envoie de l'argent et je n'en puis disposer !

— La lettre de crédit de lord Simon n'est pas destinée à vous permettre de retourner à la table de jeu pour tenter de vous refaire, comme vous dites. Nous devons vous éviter à la fois la prison pour dettes et le déshonneur. Pensez aussi à Ottilia. Elle porte votre nom, Malcolm !

— Ah, Otti ! Lady Ottilia ! Bien sûr ! Lors de notre dernier séjour à Londres, elle m'a permis de régler mes dettes au White's Club. Mais, cette fois, elle a fait la sourde oreille, et le gouverneur a prévenu Simon. Telle que je la connais, elle doit attendre, en riant, de voir comment je vais m'en sortir. Je ne lui en veux même pas de m'avoir écrit : « Tu seras toujours un perdant ! » C'est pourtant le genre de phrase qu'un homme n'aime pas lire, dit Murray, rageur.

— Les faits semblent depuis longtemps lui donner raison, Malcolm. Le jeu n'a jamais été votre affaire. Vous lui devez votre exil à Soledad, et nombre de déboires. Renoncez-y avant qu'il ne soit trop tard, et dites-moi maintenant qui a gagné les bijoux de Varina que vous avez eu l'imprudence de jouer. Je suis chargé de les racheter et de les lui restituer, dit Charles.

— Pour Varina, mon cher, l'affaire s'est réglée toute seule... et de la façon la plus romanesque. Vous arrivez trop tard. N'ayant plus une livre sterling ni un dollar, j'ai d'abord joué les perles de son collier une à une. Ça l'amusait beaucoup. Puis, le collier épuisé, j'ai joué ses bracelets et ses bagues. Quand elle a dit : « Malcolm, je me sens toute nue, sans bijoux », toute la table a ri. Un de mes partenaires, le plus chanceux ce soir-là, un Espagnol de Cuba, propriétaire de plantations et de deux sucreries, a décidé de racheter aux autres les bijoux de Varina et les lui a rendus en disant : « Bénie soit la madone qui vous a faite si belle ! » Un véritable hidalgo, n'est-ce pas ? commenta Murray en ricanant.

— C'est de la dernière galanterie, reconnut Charles.

— Plus encore que vous ne pensez. Pâmée comme une pensionnaire, notre Varina est tombé amoureuse de l'Espagnol, lui aussi très épris d'elle. Aujourd'hui, ils voguent vers Cuba à bord d'un vapeur de la Cunard. L'hidalgo aurait l'intention d'épouser Winnie aussitôt après son divorce.

— Voilà qui m'évite des démarches pénibles. Mais

qu'en est-il des joueurs moins chevaleresques avec lesquels vous auriez joué ? demanda Charles.

— À ceux-là, je ne dois rien. J'ai su qu'ils formaient une équipe organisée. Ils ont gagné en usant de cartes truquées. La police – car nous avons maintenant à Nassau une vraie police[1] – a été prévenue par le neveu de l'évêque de la Jamaïque, qui s'est fait plumer comme moi par ces types venus de New Orleans ! Naturellement, cette plainte n'a connu aucune suite, les constables dépourvus d'expérience ayant peut-être été achetés par les Américains !

— Restent donc vos honnêtes créanciers. Dressez-m'en la liste et dites-moi où les trouver. Je leur rendrai discrètement visite et, me présentant comme votre secrétaire, je réglerai vos dettes... d'honneur, proposa Charles.

Malcolm Murray se résigna et donna le nom de trois joueurs, gens de bonne réputation qui, comme lui, habitaient l'hôtel.

— Dès que cette affaire sera réglée, nous embarquerons sur l'*Arawak*. Je vous conseille de boucler vos bagages et de demander votre note, que je suis aussi chargé de régler, dit Charles.

— La voici, mon cher, on me la présente tous les matins, indiqua Murray en tendant une liasse de factures à Charles.

— Il semble que vous ayez fort généreusement tenu table ouverte, s'étonna Charles au vu de la somme totale réclamée par le caissier de l'hôtel.

1. Rendue nécessaire par la prospérité de la ville et l'afflux d'une population interlope, cette police, créée en 1864, comptait : un inspecteur, deux sergents, neuf caporaux, cinquante-deux constables de première classe et trente-deux constables de deuxième classe.

— J'ai un rang à tenir, en effet. Ne soyez pas mesquin, mon ami, trancha Malcolm, d'un ton dédaigneux.

— Quand on porte un nom aussi estimé en Écosse que celui du frère de Marie Stuart, tenir son rang est se conduire autrement que vous le faites, riposta sèchement Desteyrac.

Déconfit, le débiteur émit sans insister l'intention d'accompagner son ami à la banque.

— C'est inutile. Vous seriez gêné et moi aussi, dit Charles, quittant son siège.

— Il se pourrait que les vilains de New Orleans, qui ont déjà tenté de m'intimider, reviennent me harceler. Hier, pour m'en débarrasser, je leur ai dit que j'attendais des fonds. Ces types sont bien renseignés, sans doute par des serviteurs du Victoria, et l'accostage de l'*Arawak*, sous pavillon Cornfield, n'a pas dû passer inaperçu, dit l'architecte, retenant l'ingénieur par le bras.

— Je vais prévenir Mark Tilloy, de qui la discrétion est sans faille. Il demandera à Tom O'Graney de se tenir prêt à intervenir avec ses Irlandais.

— Par saint George, vous avez tout prévu ! concéda Murray, ragaillardi par cette protection.

À la fin de la matinée, Desteyrac avait rempli sa mission. En remettant aux créanciers de Malcolm Murray les sommes qui leur étaient dues et qu'ils reçurent non comme des gens soucieux de l'état de leurs finances, mais à l'instar de gentlemen appréciant le respect de la parole donnée, Charles entendit de tous le même refrain : « Dites à sir Malcolm qu'il cesse de jouer. Il n'est pas doué et ne connaîtra que la ruine, s'il s'obstine. » L'ingénieur comprit ce jour-là pourquoi une dette de jeu passait aussi pour dette d'honneur.

Avant de retourner au Royal Victoria, Charles se rendit au port et mit Mark Tilloy au courant des craintes de Malcolm Murray.

— Tom et nos charpentiers viendront avec nous jusqu'à l'hôtel, dit l'officier.

Chemin faisant, les deux hommes rencontrèrent un capitaine forceur de blocus, connu de Tilloy. Il arrivait de Caroline du Nord et se montra fort pessimiste sur l'avenir de la Confédération.

— Seul le port de Wilmington est encore accessible. Mais si le fort Fisher tombe aux mains des Yankees, nous ne pourrons plus en approcher. Charleston est déjà inabordable à cause des bombardements. En novembre, la réélection de Lincoln a redonné confiance aux généraux fédéraux et, le 13 décembre, Savannah, en Georgie, a été évacuée par les Sudistes. La Confédération est menacée d'étouffement et, au lieu de rapporter du coton à Nassau, nous transportons maintenant des familles de planteurs. Ces gens viennent se mettre à l'abri aux Bahamas car, d'après eux, les esclaves ne pensent qu'à s'emparer des biens de leurs maîtres après avoir égorgé les hommes et violé les femmes, dit le marin.

Desteyrac et Tilloy, que Tom O'Graney et deux marins irlandais de l'*Arawak* suivaient à distance, trouvèrent Murray dans le jardin de l'hôtel, en conversation animée avec deux hommes en complet blanc, coiffés de panama.

— Ces messieurs prétendent que je leur dois de l'argent, lança Malcolm à Charles, manière de révéler la personnalité des visiteurs.

Semblables dans leur tenue un peu trop apprêtée, affichant la morgue des gredins à qui la chance a longtemps souri, les drôles eussent aisément passé pour jumeaux.

— Avez-vous une reconnaissance de dette ? leur demanda Charles.

— Nous avons, dit l'un d'eux en ouvrant son veston pour montrer le revolver passé dans sa ceinture.

— Croyez-vous, capitaine, qu'un tel instrument puisse avoir valeur de créance ? demanda posément Desteyrac à Tilloy.

— Nous allons poser la question à Tom O'Graney, dit d'une voix forte l'officier.

Puis il se retourna vers les Irlandais. Feignant d'être absorbés par les acrobaties des aras bleus et le ballet des perruches à moustache qui peuplaient la volière, attraction préférée des touristes, Tom et ses acolytes n'avaient rien perdu de la scène d'intimidation. En trois pas, ils vinrent encadrer les deux quémandeurs.

— À vos ordres, capitaine, lança Tom.

Sa voix de haute-contre, inattendue chez un tel géant roux, fit s'esclaffer un des loustics. L'homme ignorait qu'une telle réaction avait le don de mettre Tom de méchante humeur. Il le comprit quand le charpentier, lui enfonçant son panama sur la tête jusqu'à en crever la coiffe, fit une fraise des ailes de son chapeau.

— T'es pas plus mignon comme ça ? commenta Tom.

— Désarmez ces messieurs, O'Graney ! ordonna Tilloy.

Avant qu'ils n'aient esquissé le moindre mouvement, les deux hommes furent ceinturés, puis dépouillés de leur revolver, et assis de force sur la margelle du bassin où nageaient des tortues vertes.

— Cet Anglais nous doit à chacun deux cents dollars qu'il a perdus au poker, dit le joueur dont la coiffure était intacte en désignant Murray.

— Ce sont des tricheurs. Non seulement ils sont

habiles à filer la carte, mais ils utilisent des cartes biseautées ; nous sommes plusieurs à l'avoir compris, un peu tard, hélas, se défendit Malcolm.

— Il dit ça pour ne pas honorer sa dette, répliqua un des joueurs.

— C'est bien ça ! Y veut pas payer ! renchérit l'autre en se débarrassant de sa collerette de paille.

— En territoire britannique, tricher au jeu peut coûter un ou deux ans de prison. Avez-vous alerté le procureur de la reine, sir Malcolm ? demanda Mark.

— Je me prépare à le faire, capitaine, si ces messieurs maintiennent leurs prétentions, répondit l'architecte.

Les deux hommes protestèrent de leur honnêteté, se disant honorablement connus en ville, et s'insurgèrent contre l'agression dont ils étaient l'objet de la part d'un eunuque roux et de ses compagnons.

— Qu'en pensez-vous, Desteyrac ? dit Tilloy.

— Les joueurs professionnels ont toujours sur eux un jeu de cinquante-deux cartes. Que ces messieurs nous montrent les leurs, dit Charles.

— Nous n'avons pas de cartes. Nous jouons avec celles de l'hôtel, nièrent-ils d'une seule voix.

Mais, sur un signe de Tilloy, les Irlandais avaient extrait des poches des Louisianais deux jeux, dans leur étui, qu'ils jetèrent sur la table.

Murray s'en empara et triompha.

— Voyez un peu si ces cartes ne sont pas biseautées, capitaine, dit-il en tendant plusieurs as, rois et dames à Tilloy.

L'officier considéra attentivement la tranche des cartes et constata que chaque côté de certaines d'entre elles avait été légèrement réduit et émincé, ce qui permettait au toucher de les reconnaître parmi les autres.

— La cause est entendue. Ces cartes ont été adroitement biseautées. Vous êtes donc de fieffés tricheurs, mes gaillards. Ne reste qu'à prévenir le procureur de la reine. Votre compte est bon. Non seulement sir Malcolm ne vous doit rien, mais vous aurez à rendre les mises que vous avez indûment raflées à d'autres joueurs, dit Tilloy en empochant les jeux truqués.

Penauds, les complices se concertèrent du regard.

— On pourrait pas trouver un arrangement ? risqua l'un.

— Le mieux serait que ces messieurs quittent Nassau au plus vite, proposa Charles.

— C'est aussi mon avis. Quand ils auront bouclé leurs bagages, Tom O'Graney et ses amis se feront un plaisir de les conduire au port où ils trouveront certainement à s'embarquer pour Wilmington ou Charleston, à bord d'un *blockade runner*, décida Mark.

Vaincus, les deux hommes se levèrent en grommelant, mais prêts à suivre sans plaisir les Irlandais, qui entendaient ne pas les quitter.

— Rendez-nous nos colts, m'sieur. Ils nous ont coûté cher, dit l'homme au panama défoncé.

— Vous pourriez vous blesser. Nous les conservons en souvenir de notre aimable rencontre, dit Charles Desteyrac, caustique.

Encadrés par les amis de Tom, ces très habiles manipulateurs de cartes, qui avaient commencé leur carrière sur les *showboats* du Mississippi, s'éloignèrent vers l'entrée de l'hôtel comme des écoliers accompagnés par leurs maîtres.

Sans prosternation, mais avec sincérité, Malcolm Murray remercia Charles et Mark pour leur salutaire intervention.

— Voyez-vous, mes amis, je me suis tout de même bien amusé. Pour goûter pleinement la vie, j'ai besoin d'émotions fortes, de paris risqués, d'engagements hasardeux, même si j'en subodore les conséquences. Devant vous, je reconnais humblement, comme lord Byron : « Les épines de la rose qui me blessent sont celles du rosier que j'ai planté. »

Le tintement de la cloche, annonçant que le service du dîner commencerait dans une demi-heure, fit s'envoler les oiseaux et les dames se lever pour aller s'apprêter. Ce délai laissait aux buveurs du bar le temps de finir leur cocktail avant de s'habiller. La voix du bronze rendit Murray morose.

— Avant d'embarquer pour Soledad, j'aurais voulu vous inviter à dîner, mes amis, mais le directeur du Victoria ne me croit plus solvable, se lamenta-t-il.

Après un regard de biais à Tilloy, Charles intervint.

— La lettre de crédit de lord Simon m'autorise à vous convier, en son nom, à de réjouissantes agapes, puisque Malcolm, ses dettes épongées, recouvre la liberté, décrétat-il gaiement.

— Je suis prêt à jurer devant une bouteille de champagne de ne plus jamais toucher une carte ! compléta l'architecte.

Hors de danger, il renouait avec la désinvolture faite d'assurance aristocratique et de patente amoralité qui était le fondement de sa nature.

Quarante-huit heures plus tard, sir Malcolm Cuthbert Murray, porté à Soledad par l'*Arawak* au cours d'une traversée sans incident, regagna Exile House où Ottilia l'accueillit fraternellement.

— Vous vous en tirez encore une fois, grâce à Charles, mais on vous attend à Cornfield Manor pour vous complimenter ! Voulez-vous je vous accompagne pour mettre du liant dans la conversation ? lança-t-elle en riant.

— Je préfère subir l'assaut sans témoin, ma chère. J'ai écrit à mon père pour qu'il m'envoie de quoi rembourser le vôtre... encore que je sois peut-être en droit de considérer que le remboursement de mes dernières dettes constitue votre dot, qu'il ne m'a jamais versée ? plaisanta Murray.

On ne sut rien de l'entrevue entre l'architecte et lord Simon Leonard Cornfield. D'après ce qu'en dit plus tard Pibia à Charles Desteyrac, elle avait dû être animée, car le majordome avait eu à remettre de l'ordre dans le cabinet de travail de son maître, à rassembler des dossiers dispersés au sol, avant de recueillir les débris d'un chandelier en cristal de Baccarat, retrouvés à bonne distance du bureau du lord.

3.

La vie vous restitue parfois un être que l'on croyait à jamais disparu. Ainsi réapparut Robert Lowell, l'ingénieur des aciéries de Pittsburgh, qu'une amitié spontanée avait liée à Charles Desteyrac en 1855. Sa dernière lettre, datée de 1861, avait annoncé son engagement dans l'artillerie de l'Union. Depuis, on ne savait plus rien de lui. Quatre années s'étaient écoulées et Charles craignait que l'ingénieur ne figurât, comme des dizaines de milliers de ses compatriotes, parmi les morts de la guerre entre les États américains. Seule Viola continuait à croire en l'existence et à la fidélité de son amoureux. Périodiquement rassurée par les zemis familiaux, elle s'en tenait au dire de sa tante qui consultait les esprits : « Robert Lowell est vivant, mais dans l'impossibilité d'écrire. »

Alors qu'on venait, à Soledad, de célébrer l'Épiphanie 1865, le bateau-poste de Nassau apporta l'explication de ce mystère. Dans une lettre à Charles Desteyrac, Robert Lowell demandait qu'on excusât un long silence, motivé par l'incapacité physique de tenir une plume. La confirmation de ce que Charles et Ounca Lou avait pris pour charitable invention de la tante de Viola leur donna à penser que la vieille Arawak possédait peut-être un réel pouvoir de divination.

Charles lut à Ounca Lou, non sans émotion, la lettre

de Bob, de qui l'écriture hiéroglyphique, suite de lettres isolées, simplifiées, inégales, lui parut celle d'un très jeune écolier s'appliquant à bien faire. Après avoir demandé la compréhension de son ami pour cette graphie chancelante, l'ingénieur en exposait la raison.

« Lors de la bataille de Shiloh, sur le Tennessee, en avril 1862, une nouvelle grenade Ketcham, qu'en tant qu'officier je me devais de lancer le premier, m'a explosé dans les mains, les déchiquetant. Pour éviter que la gangrène ne se mette aux bras, nos chirurgiens décidèrent, après deux semaines de soins inutiles, de m'amputer. Perdre ses deux mains est une calamité que je ne puis souhaiter à mon pire ennemi. Ne plus avoir de mains, c'est perdre ce qu'Aristote appelait "l'instrument des instruments", c'est être privé du sens du toucher. Certes, j'étais vivant, alors qu'en deux jours mille sept cents de mes camarades avaient été tués et plus de sept mille plus ou moins grièvement blessés par les Sudistes, mais j'étais infirme. Les amputations cicatrisées, comme je voulais continuer à servir notre cause abolitionniste, le général McClellan fit de moi un professeur d'artillerie pour former les servants de nos pièces. Ne pouvant écrire avec les crochets dont on m'avait affublé les avant-bras et qui me permettaient tout juste de porter un sac et d'ouvrir un tiroir, je ne voulus pas, comme d'autres, faire appel à un tiers pour rédiger ma correspondance. J'étais dans un tel abattement que je ne souhaitais plus entretenir de relations, même avec ceux et celles que j'aimais. Puis vint le jour où un médecin m'apprit que le gouvernement de l'Union, effaré par le nombre des militaires amputés, venait de commander, en France, des jambes, des bras et même des mains prothétiques, inventés par un de vos compatriotes, le comte de

Beaufort[1]. Ce savant, s'étant rendu compte que la plupart des mouvements de la main se réduisent à l'action d'une pince formée par le pouce et les quatre autres doigts, a conçu, parmi d'autres appareils, celui qui m'a redonné goût à la vie. J'ai dû attendre trois mois la livraison des prothèses. Maintenant, grâce à deux mains artificielles, fixées à mes moignons par des lacets de cuir, je peux, avec un pouce – rendu mobile par la tension d'une corde à boyaux, qu'un mouvement du bras suffit à faire agir – et les quatre autres doigts fixes, saisir des objets légers, me servir d'une fourchette, jouer aux échecs, ma distraction favorite, et tenir une plume pour écrire aussi lisiblement que vous le constatez. Ces mains de bois sont recouvertes d'un cuir fin qui dissimule le mécanisme du pouce. Mon infirmité, même en partie compensée par cette mécanique, m'interdit de penser à toute fréquentation féminine... car la main est aussi instrument de caresse ! Quelle femme voudrait un époux aux mains déperdues ? Je pense bien sûr à la si douce Viola, qui doit me croire bien oublieux. Dans le cas où elle-même ne m'aurait pas complètement oublié, je compte sur vous pour lui exposer les raisons de mon silence et lui dire mon regret de devoir renoncer à des projets qui, bien que très vaguement formulés, semblaient lui plaire. »

Ounca Lou essuya une larme et Charles demeura un instant silencieux, imaginant l'ingénieur, qu'il avait vu dessiner des plans avec une parfaite assu-

---

1. Pendant la guerre de Sécession, le gouvernement américain acquit 3 784 prothèses de jambes et 2 135 de bras. Elles étaient dues à l'invention du comte Jean de Beaufort, qui refusa de prendre un brevet afin que l'on pût fabriquer librement les membres artificiels.

rance, réduit à se contenter de gestes élémentaires. Il acheva la lecture de la lettre qui comportait un post-scriptum.

« Je ne perds pas de vue que je me suis autrefois engagé à trouver pour lord Simon une locomotive et des wagons. Dès que les circonstances le permettront – car nous allons gagner cette guerre stupide –, et si le maître de Soledad n'a pas renoncé à son projet d'un chemin de fer, je me ferai un devoir de réunir pour lui le matériel nécessaire. Peut-être serait-ce pour moi une occasion de vous revoir », concluait Lowell.

— Il est préférable que ce soit vous qui donniez à Viola des nouvelles de Bob. Il est sous-entendu que c'est ce qu'il souhaite, dit Charles à sa femme.

Ounca Lou ne se déroba pas et demanda à Adila d'aller prévenir sa sœur, maintenant employée dans la fabrique de colliers de son grand-père, au village des Arawak.

— Qu'elle vienne me voir, ce soir après le travail, demanda Ounca Lou.

Comme Charles se préparait à sortir, sa femme le retint.

— Comme vous le souhaitiez, j'ai questionné Gertrude, qui semble cette fois décidée à nous quitter pour se rendre aux États-Unis. Après bien des manières, elle m'a avoué être enceinte de Mark Tilloy.

— Quand un monsieur couche avec une dame, ce sont des choses qui peuvent arriver. Mais alors, pourquoi cette dinde ne veut-elle pas l'épouser ? observa Charles.

— Parce qu'elle dit que Mark, ayant deviné la situation, se croit obligé de convoler avec elle. Si elle n'attendait pas un enfant, elle assure qu'elle aurait été heureuse de devenir la femme de notre ami. Mais voilà : il ne lui a fait sa demande qu'après avoir eu connaissance de son état.

— Elle l'a informé ?

— Non, mais elle pense qu'il s'en est aperçu et qu'en parfait gentleman, sans poser de question ni faire la moindre allusion à ce qu'il aurait découvert seul, il a demandé sa main pour assumer une responsabilité qu'elle ne lui réclame pas de prendre, expliqua Ounca Lou.

— Un homme ne sait pas si la femme avec qui il couche est enceinte avant qu'elle ne le lui dise, ou, si elle a tardé à parler, il le découvre quand... cela se voit à l'œil nu ! rétorqua Desteyrac, ce qui fit pouffer Ounca Lou.

— Vous êtes aussi rustique que vos ancêtres ségusiaves ! dit-elle en prenant la main de son mari.

— En tout cas, je suis sûr que Mark ne connaît pas l'état de Gertrude. Elle se trompe. Il ne sait rien et l'a demandée en mariage parce qu'il l'aime et croit qu'elle l'aime. C'est aussi simple que ça, lâcha Desteyrac.

— Peut-être pas aussi simple que vous croyez. Je ne suis pas certaine que Gertrude ait envie d'épouser Mark. Son refus d'un mariage du genre réparation chevaleresque pourrait bien n'être qu'un prétexte. Mark a su la distraire, l'amuser, la charmer, mais, à mon avis, il ne lui a pas fait oublier Malcolm, que depuis elle évite, mais observe quand il passe. Et si elle court se cacher quand il vient chez nous, c'est par orgueil plutôt que par rejet. J'ai vu son soulagement quand vous avez ramené Murray de Nassau. Elle craignait fort qu'il ne se fût mis dans une situation dangereuse.

— Les femmes aiment à compliquer les choses simples. Il faut savoir, pour la tranquillité de Mark, ce que veut l'Alsacienne, bougonna Charles.

— Très bien : nous allons inviter Mark à dîner ce soir et, en présence de Gertrude, nous clarifierons la situation, décida Ounca Lou.

— J'admire votre esprit de décision, mais est-ce à nous de...

— ... nous avons le devoir de dissiper un malentendu qui peut faire trois malheureux : Gertrude, Mark et, peut-être, un enfant sans père, coupa Ounca Lou avec autorité.

— Confronter Gertrude et Mark, annoncer à Viola que son amoureux a des mains de bois, et faire oublier à votre père les esclandres de Murray en l'informant qu'un jour, peut-être, son chemin de fer fonctionnera grâce à Robert Lowell retrouvé, voilà de quoi nous occuper, ma chérie ! conclut l'ingénieur.

— Je crains qu'une autre préoccupation ne nous guette, mon ami. J'ai appris ce matin, de Dorothy Weston Clarke, que Michael Hocker a été hospitalisé. Il aurait contracté la fièvre jaune, dit Ounca Lou.

— Je sais que la maladie a fait déjà beaucoup de victimes dans les Carolines et en Louisiane, où l'on compte les morts par milliers. Malgré la quarantaine imposée aux navires, elle s'est propagée jusqu'à New Providence, sans doute par les forceurs de blocus et les réfugiés sudistes. Pendant notre bref séjour à Nassau, Thomas Taylor, l'armateur, dit avoir compté dix-sept convois funéraires avant le breakfast [1]. Sur un bateau en provenance de Wilmington, vingt-huit marins sur trente-deux avaient été atteints par Yellow Jack, comme ils disent, et huit avaient succombé en mer. Pourvu que la fièvre épargne notre île ! C'est une calamité, dit Charles.

---

1. *Running the Blockade*, Thomas E. Taylor, John Murray Publisher, London, 1896.

— Weston Clarke et Uncle Dave ont isolé le malheureux Hocker mais – cela m'ennuie de vous le dire – il a demandé à vous voir, révéla avec réticence Ounca Lou.

— Me voir, moi ? Eh bien, je présume qu'on ne refuse pas une visite à un malade qui vous réclame. Je vais aller à l'hôpital, dit Charles.

— Cela ne me plaît guère. Ne l'approchez pas de trop près !

— Yellow Jack ne vous saute pas dessus comme une puce, ma chérie. Je verrai d'abord Uncle Dave, ne soyez pas inquiète, assura Desteyrac.

Charles fit atteler et se rendit à l'hôpital, réputé le plus moderne et le mieux équipé de l'archipel. Uncle Dave, de qui c'était le jour de consultation, le reçut dans le hall où figuraient un buste de la reine Victoria et un portrait en pied d'Alister, quatrième lord de la lignée Cornfield, père de Simon Leonard, à qui l'établissement était dédié. Aussitôt, le médecin entraîna le visiteur dans le service réservé aux marins de la flotte Cornfield. Contrairement à son habitude, il ne semblait guère porté à la plaisanterie.

— Ah ! vous venez voir ce pauvre Hocker. Je sais qu'il vous a demandé. Pourquoi vous, hein, qui n'êtes pas, je crois, de ses intimes ? Les malades sont souvent bizarres. Cependant, il ne délire pas – pas encore. Curieuse, n'est-ce-pas, cette demande ? Plus étrange encore la visite que lui a faite, ce matin, lady Ottilia. Inattendu, n'est-ce pas, cet intérêt d'une dame pour notre écrivain de marine ?

— C'est un officier de la flotte de son père, et vous savez qu'elle est chargée des bonnes œuvres de lord Simon. N'est-il pas normal qu'elle s'intéresse aux malades ? fit observer Desteyrac.

— C'est bien le premier marin hospitalisé qu'elle

honore de sa visite. Enfin ! Je vais vous conduire à Michael. Vous allez le trouver changé, maigre et jaune comme un Chinois ; à cause de l'ictère, bien sûr.

— Est-ce vraiment la fièvre jaune ?

— Pas de doute, mon ami. Il a dû attraper ça à Nassau. Très forte fièvre, maux de tête, vomissements sanguinolents, douleurs dans les reins et les muscles du cou. Et, symptôme caractéristique, le pouls, qui battait la chamade quand on me l'a amené, est maintenant presque imperceptible. Nous en sommes au cinquième jour. On dit : « Au cinquième jour, la vie reprend son essor ou renonce devant la mort. » Si le malade doit s'en tirer, la fièvre tombe. Mais, chez Hocker, aucun signe d'amélioration, au contraire, révéla Uncle Dave.

— N'existe-t-il aucun remède efficace ? s'enquit Charles.

— Difficile de combattre ce sacré Yellow Jack. Le quinquina, les boissons acidulées et glacées, les tisanes d'hellébore, les emplâtres d'herbes aromatiques ne donnent rien. On a même frictionné le pauvre garçon avec du jus de citron et on lui a passé au cou un collier d'araignées ! Ce sont les remèdes préconisés par mon vieil ami Maoti-Mata. Aucun effet, si ce n'est un rafraîchissement passager du sang, dû au citron.

— On dit, à Wilmington, qu'un malade sur trois succombe, dit Charles.

— C'est hélas vrai, mon ami ; et je m'attends à voir Michael délirer ou entrer dans le coma d'un moment à l'autre, diagnostiqua Uncle Dave.

— Est-ce une maladie contagieuse ?

— On dit que non. Mais à New Orleans, où la maladie est endémique, on conseille tout de même l'isolement des fiévreux. Ne lui serrez pas la main.

Je suis de ceux qui pensent que les humeurs mauvaises passent aussi par l'exsudation, acheva le médecin à voix basse.

Puis il poussa la porte de la chambre où reposait l'écrivain de marine. Charles contrôla son saisissement en voyant le visage émacié et jaune de Michael Hocker. Le drap qui recouvrait son corps amaigri avait déjà la ductilité du linceul. À l'entrée du visiteur, le malade eut un vague sourire. Son regard bleu, brillant de fièvre, devint implorant quand il fit signe à Charles d'approcher une chaise et de s'asseoir près de son lit, tandis que le médecin quittait la chambre.

— Je sais, mon cher Desteyrac, que je n'en ai plus pour très longtemps. J'ai vu assez de victimes de Yellow Jack pour être sans illusion sur mon cas.

— Voyons, voyons, Michael, on vous soigne. Vous n'en êtes pas là, protesta Charles.

Le malade négligea cette dénégation, la prenant pour ce qu'elle était, et enchaîna :

— J'ai à vous faire une confidence qui me coûte. Ne m'interrompez pas, s'il vous plaît, même si vous êtes étonné ou scandalisé.

— Je suis venu à votre appel, mais je ne suis pas un confesseur, dit Charles.

Une fois encore, Hocker passa outre le commentaire et, comme un homme pressé par le temps, se mit à parler d'une voix lasse mais nette.

— En janvier 1853, sur le *Phoenix*, au départ de Liverpool – vous étiez vous-même du voyage –, j'ai été séduit à la vue d'une des deux femmes montées à bord avec quelque mystère, la nuit précédant l'appareillage. Mark Tilloy m'avait simplement dit qu'il s'agissait d'une lady et de sa gouvernante. Voyant la plus mince, voilée, promener un petit chien sur le pont, j'ai cru qu'il s'agissait de la domestique. Je dois dire qu'elle avait une voix mélodieuse et je me suis enhardi à la courtiser avec assez d'aplomb. La nuit était froide et, quand je lui ai proposé de l'accompagner jusqu'à l'appartement de lord Simon, qui avait été réservé pour les deux femmes, elle m'a dit : « Vous allez un peu vite, jeune homme, mais je vais voir si la voie est libre. » J'en ai conclu qu'elle allait s'assurer que sa maîtresse n'aurait pas besoin d'elle. Tous les espoirs me parurent permis quand, avant de s'éloigner, elle me donna sa main à serrer. Vous savez, je plaisais assez aux femmes, ce qui me donnait la présomption et l'assurance d'un don Juan. Cependant, étant donné ma position, je n'ai jamais eu que des filles faciles, des nurses, des servantes, des veuves ou des bourgeoises en mal d'amour. Aussi ne fus-je pas étonné par l'accueil que l'inconnue réservait à mes avances. Un peu plus tard, elle vint me chercher pour me conduire dans sa chambre, dépourvue de lumière. Elle ne voulait pas, me dit-elle, attirer l'attention de la dame de qualité, une Française, de qui elle était la camériste. Quand je me suis montré pressant, elle ne s'est pas effarouchée, et lorsque j'en suis venu à manifester un désir plus précis, elle m'a dit d'un ton bizarre, en s'allongeant sur le lit sans se dévêtir : « Essayons, mais je crains que vous ne soyez déçu. » J'étais, vous l'imaginez, suffoqué par une bonne fortune si rapide. Elle n'opposa aucune réticence, me parut même pressée d'en finir, éludant les caresses préliminaires que ne facilitait pas sa toilette. J'ai compris ce qu'elle attendait, ce que attendions tous deux. Ensuite, ce fut une sorte de petit drame, monsieur : cette femme était, au sens propre du terme, impénétrable !

Charles réussit à dominer son émotion pour ne pas interrompre Hocker. Fixant le plafond comme s'il y lisait son aventure, le malade poursuivit du même ton.

» J'ai cru à une crainte nerveuse, mais toutes mes tentatives furent vaines. Finalement, elle m'avoua souffrir d'une malformation qui la rendait inapte au plaisir. Elle rétablit sa toilette, se voila le visage, si bien qu'à aucun moment je ne vis ses traits, et me congédia. Elle me suivit sur le pont, comme pour promener son petit chien, et me dit – je me souviens très exactement de ses paroles : « Vous avez tout fait pour réussir. L'échec était prévisible. Je ne puis vous en vouloir. Que cela reste à jamais un secret entre nous. Adieu. »

« C'était donc bien la voix d'Ottilia que j'ai entendue cette nuit-là », se dit Charles, stupéfait.

— Et après ? demanda-t-il.

— Le lendemain, j'ai découvert que celle que j'avais vainement tenté de posséder était une lady et, pire que ça, la fille de lord Simon ! Croyez-moi, cette révélation m'a rendu malade. Pour un peu, je me serais jeté à la mer. Je décidai même de donner ma démission à Colson, dès l'arrivée aux Bahamas, pour rentrer en Angleterre. Pendant toute la traversée, j'ai évité de croiser cette dame, mais à Soledad, le commandant m'a confirmé dans mes fonctions avec félicitations assorties d'une forte augmentation de solde, et lord Simon m'a nommé troisième officier du *Phoenix*. Lâchement, j'ai choisi de rester à mon poste, mais, sur l'île, je me suis toujours arrangé pour ne pas rencontrer lady Ottilia seule. C'est pourquoi on ne m'a jamais beaucoup vu à Cornfield Manor. Plus tard, j'ai compris que si lady Ottilia m'avait attiré dans son lit comme une fille de peu, c'était parce qu'elle voulait savoir si l'infirmité dont elle souffre, et que peu de gens doivent connaître, peut être vaincue par un homme jeune, ignorant tout d'une telle malformation.

— Pourquoi me racontez-vous ça maintenant, Hocker ? Vous deviez emporter ce secret dans la tombe, dit sèchement Charles.

— Il devait en être ainsi, en effet, mais lady Ottilia est venue me voir, ce matin. Elle qui, depuis plus de dix ans, ne m'avait jamais adressé la parole, a exigé, au mépris de ma honte et de sa réputation, que je vous raconte, à vous seul, ce que je viens de dire. J'accomplis sa volonté. Elle m'a simplement dit : « Il ne doit pas exister de secret entre Charles Desteyrac et moi. » Elle n'a rien ajouté. Bien sûr, elle ne peut elle-même vous révéler cette folie. Elle sait, comme moi, que je vais mourir. Je me devais de lui obéir pendant que j'en ai encore la force, acheva Hocker dans un souffle.

Exténué par l'effort qu'il venait de faire, le malade se désintéressa de la présence de Charles, ferma les yeux et détourna son visage couvert de sueur. Un moment interdit, l'ingénieur considéra le corps immobile, puis, négligeant le conseil de David Kermor, saisit la main moite qui reposait sur le drap et la serra fortement. La faible pression qu'il en reçut le rassura. Ils s'étaient compris. Délivré de son secret, l'écrivain du *Phoenix* allait s'abandonner à la mort, l'esprit libre et le cœur en paix.

Accablé par ce qu'il venait d'apprendre, Charles évita de revoir le docteur Kermor, quitta l'hôpital comme un voleur et sauta dans son boghei. Trop bouleversé pour se montrer à quiconque, tenir une conversation et même se trouver en présence d'Ounca Lou, il poussa jusqu'à Deep Water Creek, à l'extrême nord de l'île, au lieu de se diriger vers Valmy.

Jamais plus belle journée tropicale n'avait dévoilé une si triviale révélation. Face à l'ample et lent moutonnement de l'océan, tapis indigo joint, sur la ligne d'horizon, au bleu tendre du ciel de janvier, où folâtraient des cumulus floconneux, Charles s'assit sur un rocher pour mettre de l'ordre dans ses pensées. Aspirant à pleins poumons la brise tiède, comme pour chasser les miasmes de la maladie dont il venait de voir les effets, il s'interrogea : comment Ottilia avait-elle pu s'offrir à un inconnu pour tenter une expérience dont elle devait prévoir l'issue, sans tenir compte du fait qu'un tel acte, accompli sans amour, relevait de la plus primitive animalité ? « La prostituée se donne pour de l'argent, la courtisane et l'intrigante pour obtenir faveurs et position sociale, mais Ottilia espérait-elle qu'un amant de hasard, ignorant son infirmité, la convaincrait qu'elle pouvait connaître malgré tout les émotions sensuelles que sa nature lui refusait ? » se demandait Charles.

Il se prit d'abord à la mépriser, à la voir comme une hystérique que son sang brûle, tourmentée par un désir qu'elle ne peut assouvir mais qu'elle transmue en ardeur de séductrice maléfique. Puis il se dit qu'Ottilia ne pouvant être mère, cette disgrâce devait, à l'empêchement physique, ajouter un désordre moral dans la manifestation d'une féminité que sa beauté attestait, mais dont elle ne possédait que l'apparence.

Plus indulgent au fur et à mesure qu'il retrouvait son calme, Charles Desteyrac admit que l'incapacité d'Otti à se donner tout entière devait avoir une influence incontrôlable sur son comportement. Elle ne pouvait, malgré son intelligence et sa sensibilité, ni sentir, ni penser, ni agir en toute lucidité. Son caractère énigmatique, son humeur instable, la fluctuance de ses sentiments, qu'il éprouvait mieux que personne, devenaient excusables chez une femme si profondément blessée dans son être intime. Ni cruelle ni froide, elle pouvait passer pour comédienne perfide par le raffinement qu'elle mettait dans des coquetteries de Célimène et des impudences d'Agrippine. Il savait que cette solitaire masquait, par de fulgurantes audaces, un manque d'assurance inhérent au secret qu'elle portait comme une tare. Souvent, Ottilia lui avait confié : « Vous êtes mon unique ami, le seul qui me comprenne, quoi que je fasse ou dise. »

En exigeant de Michael Hocker qu'il lui rapportât la scène scabreuse vécue une nuit dans le port de Liverpool, à bord du *Phoenix*, c'est à l'ami capable de tout comprendre qu'Ottilia avait voulu faire confidence d'un égarement honteux, par l'intermédiaire d'un mourant, afin, comme elle l'avait dit à ce dernier, « qu'il n'existât aucun secret » entre elle et lui.

Charles conclut qu'il ne pouvait retirer son estime à Otti, pas plus que rompre l'indéfinissable attachement voué à celle qui voulait tant aimer et être aimée.

Le bourdonnement cuivré de la trompe du bateau-poste tira l'ingénieur de ses réflexions. Après son circuit dans les îles habitées, le vapeur qui, le matin même, avait apporté la lettre de Bob Lowell, venait de faire à nouveau escale à Soledad pour charger courrier et passagers à destination de Nassau. Du promontoire où il se tenait, Charles vit le bateau sortir du port occidental, crachant sa fumée grise et traçant son sillage. À Valmy, l'heure du dîner, auquel étaient conviés Mark Tilloy et Gertrude Lanterbach, allait bientôt sonner. C'est au trot rapide de Zéphyr que, rasséréné, il regagna sa demeure au pied du mont de la Chèvre.

En approchant, il lui parut étonnant que sa femme sortît précipitamment sur la galerie, avant même que Timbo accourût pour dételer. L'air sérieux d'Ounca Lou, naturellement souriante d'ordinaire, l'inquiéta.

— Vous en faites, une mine ! Que se passe-t-il ?

— Je dois vous parler avant que Tilloy n'arrive. Toujours ponctuel, il sera là d'une minute à l'autre, dit-elle en prenant le bras de son mari.

— C'est à propos de ses amours avec Gertrude ? demanda Charles.

— Bien sûr, dit Ounca Lou.

Égoïstement rassuré de savoir que les siens n'étaient pas concernés, il s'assit dans un fauteuil sur la galerie et réclama un verre de jus d'ananas relevé d'une rasade de rhum.

— Alors, quelles sont les nouvelles du front ? lança-t-il.

— Gertrude nous a quittés cet après-midi. Elle vogue, à l'heure qu'il est, sur le bateau-poste, pour Nassau, où elle prendra la malle de la Jamaïque pour l'Angleterre.

— Vous aviez raison : elle ne doit pas beaucoup tenir à Mark.

— Mais elle n'est pas seule. Ottilia s'est embarquée, elle aussi, pour l'Europe.

— Otti est partie sans prévenir... et par le bateau-poste ? fit Charles, interloqué.

— Au commencement de l'après-midi, elle est venue à la maison. Elle a eu une brève conversation avec Gertrude, après quoi elles m'ont annoncé leur départ immédiat pour l'Europe. Départ, à mon avis, prévu depuis longtemps, car les bagages de Gertrude étaient prêts. Ainsi, ma chère demi-sœur retrouve sa fidèle suivante, loin de Murray. Quant à Gertrude, elle marque clairement son refus d'épouser Mark. Sachant que nous devions dîner tous les quatre, elle m'a confié une lettre pour lui.

Si la fuite de l'Alsacienne laissait Charles indifférent, celle d'Ottilia le troublait. Il imagina qu'après ce qu'elle avait contraint Hocker à révéler, elle préférait s'éloigner de Soledad, redoutant qu'il ne critiquât avec mépris sa conduite passée et ne lui fît sentir une irrémédiable perte de confiance.

— Que pensez-vous de cette fugue concertée, Charles ? demanda Ounca Lou pour rompre le silence méditatif de son mari.

— Je pense que les femmes sont des êtres versatiles, frivoles, mobiles, incompréhensibles, et que La Rochefoucauld a raison quand il écrit : « Il n'est rien de plus naturel ni de plus trompeur que de croire qu'on est aimé », cita Charles.

— L'amour que je vous porte n'est pas trompeur ! s'insurgea Ounca Lou, mimant une moue outragée.

— Vous êtes l'exception qui confirme la règle, plaisanta Charles en attirant sa femme sur ses genoux pour l'embrasser, impétueux et tendre.

Un toussotement mit fin à leurs effusions. Superbe dans son uniforme blanc, Mark Tilloy se tenait, jovial, sur la galerie, sa casquette à galons d'or sous le bras.

— Charmant spectacle. Désolé de vous interrompre !

Ounca Lou fit asseoir l'officier tandis que Timbo, qui connaissait les goûts de cet habitué, apportait un *pink gin*.

Tilloy mira l'alcool dans le soleil couchant pour apprécier le ton rosé du mélange, et félicita l'Arawak.

— Tu as maintenant bien appris à doser correctement l'Angostura bitters et le gin, dit-il.

En préambule, Charles informa son ami du triste sort de Robert Lowell, et Ounca Lou dit combien la petite Viola avait été heureuse de savoir l'ingénieur américain vivant.

— Entre deux sanglots, elle m'a dit : « Qu'il vienne, qu'il vienne ! Moi, j'ai mes mains. Je m'occuperai de lui. Je serai sa servante, m'ame. » N'est-ce pas touchant ?

— C'est même biblique : « Je suis la servante du Seigneur », pourra dire l'Indienne..., épilogua Tilloy.

Comme la durée de l'apéritif se prolongeait au-delà de l'habitude, Mark s'étonna de ne pas voir Gertrude.

Charles laissa à sa femme le désagrément d'informer leur ami.

— Elle ne dînera pas avec nous, Mark. Elle a quitté Soledad cet après-midi, révéla Ounca Lou, regrettant de se montrer si brutale.

— Elle a... quitté... Soledad ! Comment... et... pour aller... où ? bégaya Tilloy, outré.

— Par le bateau-poste de Nassau, afin de s'embarquer pour l'Europe avec lady Ottilia, précisa Charles.

— Alors, elle a repris du service ? Elle aurait pu me faire part de cette intention. Je la croyais à jamais guérie des Murray, bougonna Tilloy, décontenancé.

— Elle a laissé cette lettre pour vous, ajouta Ounca Lou.

Et elle tendit un pli fermé à l'officier. Avant que celui-ci ne l'ouvrît, elle s'apprêtait, par discrétion, à rentrer dans la maison, mais Tilloy la retint.

— Attendez, vous devez savoir ce qu'elle raconte.

À voir les maxillaires de Mark se crisper et son regard durcir, Charles et sa femme devinèrent que la lecture n'était guère plaisante. Ayant achevé, le capitaine poussa un vigoureux « *God'dam'* » et jeta le billet sur le guéridon, entre les verres.

— Lisez ça à haute voix, qu'Ounca Lou en profite ! ordonna-t-il à Charles.

Ainsi invité, Desteyrac lut la lettre, qui ne comportait que quelques lignes, tracées d'une écriture ferme.

« N'ayant pas assez d'amour pour vous épouser, cher ami, je quitte cette île pour n'y plus revenir.

Lady Ottilia a eu la bonté de me reprendre à son service, le temps de son séjour en Angleterre. Je vous suis reconnaissante des bons moments passés en votre compagnie et de vos attentions, bienvenues dans une période difficile de ma vie. Je vous souhaite tout le bonheur que vos qualités de cœur méritent. »

— Et c'est signé d'un simple G., s'étonna Charles en rendant le billet à Tilloy.

— Oui, plutôt sec, ce billet ! Je n'ai pas de chance avec les femmes que je veux épouser, reconnaissez-le ! dit l'officier.

Il faisait évidemment allusion à Ann, la fille de Jeffrey Cornfield, qui lui avait préféré un armateur de Chicago.

— Gertrude ne dit peut-être pas tout, risqua Charles.

Il jeta un regard interrogateur à sa femme. En effet, l'Alsacienne ne faisait aucune allusion à l'enfant qu'elle était censée porter. Fallait-il dessiller Mark ? D'un discret mouvement de dénégation, Ounca Lou signifia à son mari qu'on devait taire ce que Gertrude n'avait pas jugé utile de confesser.

Le repas fut des plus morose et les Desteyrac, dans l'incapacité de combattre l'incompréhension de leur ami, ne purent que l'assurer de leur affection en des termes lénifiants. Tilloy cherchait encore une explication, voire une excuse à la conduite de l'Alsacienne, quand vint le moment de quitter Valmy.

— Bien sûr, Gertrude m'avait dit que, suite à je ne sais quelle opération subie dans l'adolescence, elle ne pourrait sans doute pas avoir d'enfant. Mais c'était sans importance pour moi. Croyez-vous que ce soit par scrupule, à cause de cette situation qu'elle a rompu ? demanda-t-il.

— Cher Mark, une femme décidée à rompre avec

un homme trouve toujours le prétexte propre à lui assurer le profit moral de la rupture.

— Je le lui accorde bien volontiers, jeta Tilloy en descendant les marches de la galerie.

Les Desteyrac regardèrent le sulky s'éloigner dans la nuit claire, puis regagnèrent leur maison.

— Que penser de Gertrude, après ce que nous venons d'entendre ? demanda Ounca Lou.

— C'est une garce ! asséna Charles.

Le lendemain de cette soirée sans joie, on apprit la mort de Michael Hocker. Lord Simon voulut un cérémonial pompeux pour l'inhumation de l'enseigne, écrivain de marine, au cimetière marin de Soledad. Après l'office célébré par le pasteur Russell, sur le quai du port occidental, devant les navires sous grand pavois de deuil, le convoi derrière le char funèbre, tiré par des chevaux noirs, gravit la route du Cornfieldshire jusqu'à l'enclos où, depuis un siècle, reposaient les gens de mer qui avaient fini leur vie sur l'île. Une garde constituée par des marins de la flotte Cornfield tira une salve d'honneur avant que le cercueil fût descendu dans la tombe. En habit noir, entouré de tous les officiers en uniforme, lord Simon prononça une brève oraison qu'il conclut en disant : « Tout au long de nos vies, nous cherchons des raisons de croire à l'immortalité de l'âme, sans être certain qu'elle existe. Michael Hocker a maintenant pénétré le grand mystère. » Puis une jeune Indienne jeta dans la fosse une guirlande de fleurs d'orchidées, coutume des Arawak toujours respectée sur l'île.

Bientôt, tout ce qui faisait l'animation, parfois l'effervescence du petit univers insulaire, où le moindre incident, l'intrigue la plus banale, le ragot colporté d'un village à l'autre prenaient proportion d'événement, fut estompé par les informations en provenance des États-Unis.

Les forceurs de blocus rapportaient des nouvelles défavorables au Sud, que l'on commentait au Loyalists Club. En guise de cadeau de Noël, le général William Tecumseh Sherman avait offert à Lincoln la prise de Savannah, en Georgie. Son armée marchait vers Richmond, capitale confédérée. Le 16 janvier, le fort Fisher, qui défendait Wilmington et protégeait le trafic des *blockade runners*, était tombé aux mains des Nordistes. En fermant le dernier port du Sud encore accessible à la contrebande, les Fédéraux privaient les Sudistes d'armes et de munitions, les empêchaient aussi d'exporter leur coton, appréciable source de revenus. Les journaux confirmaient les revers subis par les Confédérés qui battaient en retraite sur le Tennessee et ne comptaient plus que sur l'armée du général Robert E. Lee pour redresser, par une contre-offensive efficace, une situation préoccupante.

Lord Simon ne manquait jamais de faire état des rapports de ses hommes d'affaires américains. Un soir de février, sur la galerie de Cornfield Manor, il annonça qu'il avait confirmation, par un courrier de Washington, de la proposition faite le 11 janvier au Sénat des États-Unis par un sénateur du Missouri, John B. Henderson. Ce dernier suggérait d'ajouter à la Constitution un 13e amendement qui mettrait définitivement l'esclavage hors la loi[1].

---

1. Le 13e amendement fut approuvé le 8 avril par le Sénat, à une majorité de trente-huit voix contre six. La Chambre des repré-

— Il était temps, observa Lewis Colson.

— Le texte est clair et tout à l'honneur de ce parlementaire américain, dit Simon Leonard avant de lire à haute voix : « Il n'existera, dans toute l'étendue des États-Unis ou dans aucun lieu soumis à leur juridiction, ni esclavage ni servitude forcée, sauf pour le châtiment d'un crime dont le coupable aura été dûment convaincu. »

— Cela suppose que le Nord gagne la guerre et que l'Union soit reconstituée, observa Lewis Colson.

— On dit que des négociations de paix vont s'engager entre les belligérants. Lincoln a chargé le secrétaire d'État, William Seward, de rencontrer le vice-président de la Confédération, Alexander Hamilton Stephens. D'après une dépêche de notre Amirauté, cela devrait se passer sur un vapeur fédéral à Hampton Roads, à l'embouchure de la Chesapeake. C'est d'ailleurs ce qui explique ma présence, révéla le lieutenant John Maitland, commandant de la frégate *HMS Hawk*, de l'escadre britannique de la Jamaïque, en escale à Soledad.

L'officier avait pour mission de recevoir le rapport du consul de Grande-Bretagne à Richmond et de le transporter d'urgence à l'ambassade de Grande-Bretagne à Washington, si la paix venait à être conclue.

Deux semaines plus tard, on sut que, le 31 janvier, Abraham Lincoln s'était rendu en personne à Hampton Roads pour discuter avec l'envoyé du Sud. Les entretiens n'avaient pas abouti : même si le président de l'Union envisageait personnellement une indemni-

sentants le vota à son tour, le 31 janvier 1865, par cent dix-neuf voix pour, cinquante-six contre et huit abstentions.

sation des propriétaires d'esclaves, il n'avait offert, d'après un délégué sudiste, qu'« une reddition sans condition et une totale soumission au vainqueur ».

De fait, les espoirs de mettre une fin concertée au conflit furent déçus. Le 5 février, le cabinet de Washington avait refusé à Lincoln les quatre cent mille dollars nécessaires pour indemniser les planteurs du Sud, tandis que le gouvernement de la Confédération, jugeant humiliantes les prétentions nordistes, avait rompu les pourparlers. Entre-temps, les combats avaient repris avec un avantage certain pour le Nord.

Le 10 mars, à Soledad, on vit descendre du bateau-poste de Nassau une jeune fille vêtue de noir et nantie d'un modeste bagage. Son teint blême et ses beaux yeux pers, cernés de bistre, révélaient une grande fatigue physique et une profonde détresse morale. Elle semblait avoir oublié le sourire et, quand elle s'adressa au Bahamien chargé de recevoir le sac du courrier, sa voix se révéla à peine audible. Elle souhaitait être conduite à Cornfield Manor, « chez mon parent, lord Simon Leonard Cornfield », précisa-t-elle.

— Je vais prévenir Monsieur le Commandant du port, dit le mulâtre en s'éloignant avec son fardeau.

Comme celles que les revers ont accoutumé à la résignation, elle s'assit sur un madrier, ôta sa faille noire, secoua sa chevelure déferlante et attendit.

Le commandant du port, rond et suant, arriva sur ses courtes jambes, fronçant le sourcil. Comment cette fille, genre pauvre orpheline aux vêtements fripés, à l'air maladif, pouvait-elle être parente de lord Simon ? Sans doute une quémandeuse, qui devait mentir pour forcer la porte du trop généreux lord des Bahamas.

— Ainsi, mademoiselle, vous connaissez lord Simon Cornfield ?

— Je suis sa cousine. J'arrive de Charleston. Ça vous suffit ? Trouvez-moi une voiture, c'est tout ce que j'attends de vous.

Le ton était sec, presque arrogant. « Encore une de ces péronnelles sudistes, habituées à commander aux esclaves », se dit l'homme, révisant sa première impression.

— On dit ici que Charleston est, depuis deux semaines, aux mains de l'armée fédérale, dit-il sans cacher la satisfaction que lui causait cet événement.

— Les Yankees ont détruit la ville et tué beaucoup de ses habitants, je vous le confirme si cela peut ajouter à votre plaisir de voir le Sud anéanti, rétorqua-t-elle.

Gêné par le regard flamboyant de la jeune fille, il héla son commis et donna ses ordres à voix basse pour ne pas être entendu de l'intéressée.

— Tu vas conduire cette jeune personne à Cornfield Manor et t'assurer qu'elle y est bien attendue. Dans le cas où lord Simon ne voudrait pas la recevoir, tu la ramènes ici et on la rembarque ce soir sur le bateau-poste. Compris ?

C'est dans la charrette du courrier que Myra, la plus jeune fille de Bertie III Cornfield, fit son entrée dans le parc de Cornfield Manor, en cette saison superbement fleuri.

Entendant rouler une voiture sur le gravier, Pibia apparut sur la galerie. Voyant une femme à côté du commis, il descendit l'escalier et s'approcha.

— Je suis la fille de sir Bertie III, le cousin de lord Simon. J'arrive de Charleston, dit-elle.

— Bien sûr, mademoiselle. Comme vous devez

être fatiguée ! dit Pibia en voyant la mine défaite de la jeune fille.

On savait depuis plusieurs jours, à Cornfield Manor, que le général Robert Lee avait fait évacuer la ville de Charleston, à demi détruite par les bombardements. Lord Simon ne cachait pas son inquiétude pour le sort de Bertie III, l'« esclavagiste de la famille ».

Comme Myra peinait à descendre de la charrette, le majordome la prit dans ses bras pour la déposer à terre. C'est alors qu'elle perdit connaissance.

— Apporte son bagage sur la galerie, dit Pibia en gravissant l'escalier, chargé de la visiteuse inconsciente.

— Vous la gardez ? demanda le commis.

— Bien sûr, imbécile ; cette demoiselle est la cousine de lord Simon !

Prévenu, Simon Leonard trouva la visiteuse allongée sur le canapé du grand salon. L'épouse de Pibia, gouvernante du manoir, tamponnait le front de la jeune fille avec un linge imbibé d'eau sédative. Reprenant conscience, Myra voulut se redresser. Simon l'en empêcha.

— Il faut que je vous dise, cousin : mon père est mort et...

— N'en dites pas plus pour l'instant. Après cette triste nouvelle, le reste peut attendre. On va vous préparer un lit et un bain. Vous allez vous reposer et, quand vous vous sentirez mieux, vous sonnerez la femme de chambre. Il faudra aussi vous restaurer. Après, je vous écouterai, dit lord Simon avec bonhomie en caressant le front de sa petite cousine.

Myra apparut à l'heure du dîner, auquel, ce soir-là, étaient conviés Malcolm Murray, de qui l'épouse voguait vers l'Angleterre, lady Lamia et Edward Carver, que lord Simon appelait « les jeunes mariés », le pasteur et Margaret Russell.

On vit combien Myra, qui avait rosi ses joues de fard, pour masquer son teint pâle, et coiffé ses cheveux bruns à la Sévigné, était jolie malgré sa toilette de deuil. Volontaire et pugnace, en digne descendante d'un Cornfield, elle dominait avec orgueil et sang-froid son infortune.

— Ah ! Ces filles du Sud sont tout de même les plus belles ! glissa Murray au major, qui approuva.

Pendant le repas auquel Myra, privée de nourriture depuis la veille, fit honneur – car même dans l'affliction, la jeunesse conserve son appétit –, tous les convives s'abstinrent, à la demande expresse de lord Simon, de poser des questions. Le maître de maison attendit que la benjamine des filles du planteur – elle venait d'avoir seize ans – reprît des couleurs et de l'assurance pour l'inviter à parler.

— Si vous en avez la force et le courage, dites-nous ce qui s'est passé, demanda-t-il.

Baissant les yeux, Myra prit le temps d'organiser dans son esprit le récit qu'elle devait à lord Simon. Bien qu'antiesclavagiste militant, le maître de Soledad avait toujours eu, pour elle et les siens, des façons généreuses. D'une voix assurée, l'œil sec, elle satisfit la curiosité de tous.

— Columbia, la capitale de la Caroline du Sud, s'est rendue le 17 février. Mes deux beaux-frères, qui la défendaient, sont aujourd'hui, comme deux de mes frères, prisonniers des Nordistes. Le même jour, Robert Lee a fait évacuer Charleston, toute résistance étant devenue impossible. Mille quatre cents maisons et tous les bâtiments publics avaient été réduits en cendres au cours des jours précédents. Les Fédéraux se sont conduits comme des sauvages. Ils sont entrés dans les maisons qui étaient encore debout pour prendre argent, argenterie et bijoux. Quand ils ne trouvaient pas de quoi emplir leurs besaces, ils passait une corde au cou des gens, les menaçant de les pendre s'ils ne disaient pas où était caché leur avoir. Trois femmes ont été violées et une autre, qui résistait, a été tuée. La moitié des cinquante mille habitants avaient déjà quitté la ville, mais mon père ne voulait rien savoir. Il traitait les fuyards de déserteurs. Je l'entends, citant Horace, son auteur de référence, nous dire, à mes sœurs et à moi : « Nous sommes voués à la mort, nous et nos biens. » Maintenant, je conçois que cette résistance fut suicidaire. Sa dernière épouse l'avait odieusement trahi et ridiculisé. Son fils aîné était mort, les autres et ses deux gendres, prisonniers. La plantation, ruinée, allait tomber aux mains des Fédéraux. Nos nègres n'obéissaient plus, nous n'avions plus une piastre, même plus de quoi acheter un morceau de viande. Le bœuf coûtait six dollars la livre et la farine mille dollars la barrique. L'entrée en ville du 54th Massachusetts Volonteers, un régiment noir de fort mauvaise réputation, mit le comble à la panique. Ces sauvages avaient déjà violé des femmes blanches en Virginie. Nos esclaves allaient au-devant de leurs frères de race en uniforme bleu, avec de grandes démonstrations de joie. Ils ricanaient de notre stupeur. Tout ce qui avait la peau noire se muait en ennemi, en voleur, parfois en assassin. Notre père, excédé par l'arrogance des nègres et par leurs menaces, a usé ses dernières balles pour tuer deux soldats, qui pillaient notre garde-manger, et notre cocher, qui leur prêtait main-forte. Quand il n'eut plus de balles, il brisa sa carabine contre un chêne et croisa les bras dans un ultime défi. Les soldats nègres l'abattirent aussitôt. Sans l'intervention d'un officier blanc, nos esclaves, devenus fous, auraient jeté le corps de leur maître à la rivière, acheva Myra d'une voix brisée par le chagrin, mais en contenant ses larmes.

— Une fin affreuse, mais honorable. Bertie, comme un vrai Cornfield, n'a jamais varié dans ses convictions. Il a vécu et il est mort pour cette institution particulière qu'il estimait fondée par la Bible pour le salut des nègres. Nous lui gardons, petite Myra, une place dans notre cœur. Orpheline, vous êtes ici chez vous aussi longtemps que vous le voudrez, dit Simon d'une voix que l'émotion rendait chevrotante.

— Et maintenant, qu'en est-il de vos biens ? s'enquit le major Carver.

— Quand j'ai réussi à m'embarquer pour Nassau, sur un forceur de blocus, notre plantation était déjà occupée par des officiers de l'état-major du général Sherman, car ces hommes s'installaient dans les plus belles maisons de la ville. Ils vidaient les caves et, parfois, expédiaient des meubles chez eux, dans le Nord !

— Mais que va-t-il advenir de votre domaine ? demanda Lamia.

— Avant de quitter Charleston, et pour suivre les dernières volontés de notre père, mes sœurs et moi nous avons supprimé partout le nom de Clarendon House, mis le feu aux cabanes des esclaves, au dispensaire, aux charrettes, aux machines à égrener et aux presses à coton. Nous avons tué tous nos chevaux et poussé le bétail dans l'Ashley où des vaches se sont noyées. Et puis, comme l'ont fait beaucoup de nos voisins, nous avons empoisonné les puits avec l'arsenic qui servait à tuer les rats, acheva-t-elle, rageuse.

Le silence des auditeurs traduisit de la commisération pour la malheureuse, mais aussi une secrète désapprobation de la haine qui avait conduit les filles de Bertie III à tout détruire et à corrompre l'eau des puits en espérant tuer encore des Nordistes et des Noirs.

— Lincoln a confirmé que la Reconstruction serait imposée aux États sécessionnistes, et que les Sudistes qui feraient allégeance à l'Union seraient pardonnés et leur biens restitués, avança Margaret Russell.

— Personne, dans le Sud, ne croit aux promesses de Lincoln ! Ce bourreau est un politicien retors, un homme de basse extraction qui ne doit sa position qu'aux intrigues électorales. Si Dieu est juste, Il ne lui permettra pas de jouir longtemps de ses méfaits. Et puis, nous ne voulons pas de sa Reconstruction ! lança Myra, véhémente.

Au cours des jours suivants, la jeune fille se tint cloîtrée à Cornfield Manor, dînant tête à tête avec lord Simon, respectueux de sa réserve. Refusant les visites et les promenades, elle passait des heures sur la galerie, muette, l'œil vague, prenant et reposant un livre, comme incapable de fixer son attention. Les images des derniers jours vécus à Clarendon House obsédaient son esprit en un permanent défilé, qui rendait intangible la paisible réalité du moment, obérait ses sens, annihilait pour elle la beauté du décor insulaire.

Elle semblait se retenir de vivre dans l'attente d'un signe du destin qui la rendrait à elle-même.

Lord Simon avait bien compris l'angoissante vacuité de cet esprit juvénile et exigeait que l'on respectât l'isolement voulu par Myra. Au cours des repas, il se contentait de résumer, sans les commenter, les informations reçues à Soledad. Au fil des jours, il révéla à sa petite cousine les prémices de la déroute sudiste. Les armées de Grant et de Sherman avaient fait leur jonction le 23 mars. Le général confédéré Joseph Johnston avait été battu en Virginie, à Bentonville. Le 1er avril, à Five Forks, les Fédéraux avaient infligé une sévère défaite aux Gris, obligeant Robert Lee à évacuer Petersburg le 2 avril.

Quelques jours plus tard, c'est avec ménagement qu'il dut annoncer à l'orpheline que Richmond, capitale du Sud, avait été investie, le 3 avril, par l'armée fédérale, et que le 9 avril, dimanche des Rameaux, le général Robert E. Lee avait signé, devant Ulysses Grant, à Appomattox, au cours d'une cérémonie empreinte de dignité, tout à l'honneur partagé du vainqueur et du vaincu, la reddition sans condition des armées sudistes. La Confédération des États du Sud avait vécu, la guerre était finie.

— Les armes se sont tues, Myra. Maintenant, il faudra que les Américains réapprennent à vivre ensemble sur un pied d'égalité. Le journal de Nassau rapporte que Robert E. Lee a dit à ses soldats, après la reddition : « Rentrez chez vous et reprenez vos occupations. Obéissez aux lois et devenez de bons citoyens, comme vous fûtes de bons soldats. » Que gagnent la paix ceux qui ont perdu la guerre ! N'est-ce pas une sage et noble tâche proposée au Sud par un de ses meilleurs fils ?

— Pour moi, cousin, le Sud est mort avec mon père. Ni l'un ni l'autre ne ressusciteront. Le règne du Roi-Coton s'achève. Avec lui disparaît l'aristocratie des grands planteurs ; c'est aussi la fin des mœurs policées d'une société instruite, élégante et raffinée. Partout le vulgaire et l'affairisme des Yankees vont triompher. Clarendon House ne figure plus sur les cartes et je ne retournerai jamais dans un pays qui n'est plus le mien, déclara la jeune fille.

Cette décision délivrait sa conscience de tout le poids d'un atavisme esclavagiste que la défaite venait d'anéantir. Le monde dans lequel elle était née, avait été choyée et éduquée, n'existait plus. Elle se retrouvait seule, sans parent, sans maison, sans ressources. Lucide et sûre de soi, elle vit dans ce dénuement une seconde naissance et sourit à lord Simon pour la première fois.

Le vieil homme, devinant sa pensée, quitta son fauteuil et vint la serrer dans ses bras.

— Si vous le voulez, vous serez ma fille, et Soledad votre nouvelle patrie, proposa-t-il.

Elle acquiesça d'un signe de tête et laissa enfin couler les larmes qu'elle retenait depuis trop longtemps.

Bientôt, Myra commença à se mêler à la société insulaire et sa première visite fut pour Ann Cornfield, sa cousine infirme. Si la victoire du Nord réjouissait la fille de Jeffrey Cornfield, celle-ci n'en laissa rien paraître et la fille de Bertie III ne montra nulle amertume. Avec franchise, les deux femmes s'entendirent pour ne pas évoquer ce qui avait, pendant quatre ans, séparé leurs familles.

Quand on apprit, fin avril, à Soledad, que le président Abraham Lincoln avait été mortellement blessé, le 14 avril, dans un théâtre de Washington, par un acteur nommé John Wilkes Booth, d'une seule voix Ann et Myra déplorèrent ce crime. Si, dans leur for intérieur, la première le mit au compte de la rancune sudiste, et la seconde à celui de la justice divine, rien dans leur attitude ne put faire soupçonner ces appréciations opposées. Il en fut de même quand on sut que Jefferson Davis, président de la défunte Confédération, était emprisonné à Fort Monroe, en Virginie, en attendant d'être jugé pour trahison.

Survint au cours de l'été un événement qui ranima brusquement, chez lord Simon, un désir de chemin de fer insulaire. Les premiers orages tropicaux, avant-garde des ouragans saisonniers, s'abattaient sur l'archipel. Le capitaine d'un caboteur rapporta qu'une barge, chargée d'une locomotive prise aux Fédéraux et vendue par des Sudistes à un planteur cubain, avait coulé au large de Harbour Island, au nord-est d'Eleuthera, sur Devil Backbone[1].

— Ce chapelet de récifs, qui s'étire sur trois milles, a déjà causé de nombreux naufrages, dont celui, historique, en 1647, du *William* de William Sayle, le fondateur de la Company of Eleutherian Adventurers, qui devait donner son nom à cette île, rappela le major Carver.

Il commentait la nouvelle devant Simon Leonard, lors d'un raout donné à Cornfield Manor en l'honneur de John Maitland. Le commandant du *HMS Hawk* venait d'être rappelé d'urgence à la Jamaïque, où les Noirs fomentaient des troubles sanglants à la suite d'une amende qu'ils estimaient injustement infligée à l'un des leurs.

L'officier anglais, habitué à naviguer dans les eaux bahamiennes, mit sur le compte d'une erreur de navigation la perte de la locomotive du planteur cubain.

— Faut-il être piètre marin pour aller se frotter au

1. De nos jours, le site fait le bonheur des plongeurs car, à douze mètres de profondeur, on peut voir les roues et la carcasse de la locomotive.

Devil Backbone avec une telle cargaison ! fit-il en s'esclaffant.

— Surtout en cette saison, confirma Lewis Colson.

— Ainsi les vaincus vendent les locomotives prises aux Yankees ! J'en veux une ! Écrivez à votre ami Lowell : qu'il nous trouve une machine en bon état et nous la livre dans les meilleurs délais ! dit avec vivacité lord Simon, se tournant vers Desteyrac.

— Bob sera certainement heureux de vous satisfaire, répondit Charles.

Il pensait à Viola : la perspective de revoir son amoureux la comblerait de joie.

4.

La saison des ouragans s'étant achevée sans dégâts notoires, Pacal reprit ses chevauchées avec son grand-père, allant parfois jusqu'au village des artisans où, campé sur Pantin, le jeune Desteyrac faisait toujours une entrée remarquée. Tandis que lord Simon poursuivait de longs conciliabules avec Uncle Dave en buvant du vin de palme fermenté, Pacal allait voir le menuisier fabriquer des tabourets, le sculpteur polir de petits disques de corail qui, percés et suspendus à un lacet de cuir, seraient vendus comme pendentifs indiens aux clients du Royal Victoria Hotel, à Nassau. L'intéressait tout autant le travail des femmes, habiles à tresser des chapeaux de paille de sisal ou à confectionner des paniers. Au General Store, il achetait, avec un penny donné par son grand-père, des bâtonnets de guimauve, dont le suc lui jaunissait les dents et les lèvres.

Privé de promenade les jours de forte pluie, lord Simon ouvrait à son petit-fils la bibliothèque de Cornfield Manor. L'enfant feuilletait les ouvrages de chevalerie, les albums illustrés consacrés aux chevaux, aux chiens, à la chasse du renard ou du cerf, ainsi que le *Traité complet des blasons et de la science des armoiries*, plein de petits dessins composés, coloriés et incompréhensibles.

— Qu'est-ce que ces images ? demanda Pacal un après-midi.

— Ces images sont des blasons portant des armoiries. Quand, autrefois, les seigneurs combattaient à cheval, en armure et la tête protégée par un heaume de fer, il était difficile de les différencier. Alors, ils peignaient sur leur bouclier ou écu une marque personnelle, qu'on appelait armoiries. Elle permettait à la piétaille de les reconnaître pendant la bataille et à leurs ennemis de savoir à qui ils avaient affaire. Car les armoiries des plus fameux chevaliers étaient connues, et personne ne pouvait les copier. Aujourd'hui, les familles nobles ont conservé les armoiries de leurs ancêtres et c'est pourquoi tu vois celles des Cornfield sur tout ce qui nous appartient : aussi bien les voitures que les harnais des chevaux, l'argenterie et les assiettes.

— C'est une image que je comprends pas bien, dit Pacal, posant le doigt sur une reliure où figurait le blason du lord.

— Un blason se lit comme une phrase, mon garçon. Mais, pour ce faire, il faut connaître la science des armoiries. Ainsi nos armoiries s'énoncent : « D'azur au rocher d'or mouvant d'une mer d'argent et un chef de pourpre chargé de trois épis d'or ».

Devant l'air ébahi de l'enfant, lord Simon crut nécessaire de lui révéler les rudiments de l'héraldique. Pacal découvrit ainsi que les couleurs avaient sur les blasons des noms bizarres, que le bleu s'appelait azur, le rouge gueule, le vert sinople, le noir sable, et que des métaux comme l'or et l'argent entrent aussi dans la composition des armoiries, ainsi que des fourrures comme l'hermine et le vair.

— Et pourquoi votre ancêtre a choisi ce dessin qu'on voit sur les assiettes et les cuillers ?

— Et aussi sur ma chevalière, dit l'aïeul, montrant la bague qu'il portait à l'annulaire gauche. Ce blason est la marque de notre famille. C'est mon grand-père qui l'a dessiné quand il a été fait baronet par le roi. Quand je veux cacheter une lettre, avant que la cire soit durcie, j'y imprime mes armes, gravées en creux sur ma bague. Et cette bague, à ma mort, te reviendra, car ces armes sont aussi les tiennes, Pacal.

— Je comprends que ce dessin veut dire quelque chose, mais quoi ?

— Le rocher d'or sur la mer d'argent, qui se découpe sur le ciel bleu, c'est notre île de Soledad ; et les trois épis d'or du chef illustrent notre nom.

— Ça, je sais, parce que marraine Lamia m'a déjà dit qu'en anglais, Cornfield, c'est comme champ de blé en français.

— Mes ancêtres possédaient des terres à blé, d'où leur nom, en effet.

— En somme, vous êtes lord Simon Champ-de-Blé. C'est joli, conclut Pacal.

Pendant que son fils parcourait l'île avec lord Simon ou étudiait les sciences avec sa mère, le latin et la Bible avec Margaret Russell, l'anglais avec lady Lamia et le piano avec Ann Cornfield, qui avait pris la succession d'Ottilia, dès février 1865, Desteyrac remettait en état la voie de chemin de fer, abandonnée depuis quatre ans. Prompte à défendre son territoire contre des matériaux intrus, la nature tropicale avait recouvert cette voie d'un épais tapis végétal. Certains rails avaient même été soulevés par les racines puissantes des pins caraïbes.

Sima, interdit de plongée par Uncle Dave à cause de l'état de ses poumons, avait renoncé à la pêche aux éponges et se consacrait aux travaux commandés par Monsieur l'Ingénieur. À nouveau promu contremaître, l'Arawak avait encore assez de souffle pour stimuler avec vigueur, dans sa langue maternelle, les ouvriers indiens chargés de consolider le ballast éprouvé par les pluies, de resserrer les éclisses qui fixaient les rails aux traverses, de dérouiller les aiguillages corrodés par l'air marin. Ces travaux avaient été entrepris dès que Bob Lowell, répondant à la demande de lord Simon, transmise par Charles, s'était engagé à trouver aux États-Unis une locomotive et des wagons qu'il accompagnerait à Soledad.

La dernière lettre de l'ingénieur annonçait que l'affaire était conclue et qu'il convenait, dès à présent, de prévoir les barges pour transporter locomotive et wagons. Ce matériel serait livré à Portsmouth, en Virginie, port doté d'un arsenal, de bassins de radoub et équipé de grues.

« La locomotive vient de Pittsburgh Locomotive Works, une des sociétés d'Andrew Carnegie, un industriel né en Écosse, qui a commencé chez nous comme télégraphiste de Pennsylvania Railroad et qui, devenu surintendant de cette compagnie, a fait fortune en louant à prix d'or, pendant la guerre civile, ses trains à l'armée fédérale », avait précisé Bob.

À Cornfield Manor, on n'attendait plus qu'un message de Lowell indiquant la date de la livraison à Portsmouth. Le capitaine Tilloy devait tenir l'*Arawak* prêt à appareiller. Le commandant Colson fournirait en temps utile la barge qui, depuis quatre ans, attendait dans un bassin du port occidental le moment d'être utilisée.

La correspondance avait aussitôt repris entre Robert Lowell et la jeune Viola. Cette dernière ne cachait pas son impatience de revoir l'ingénieur, de qui les sentiments n'avaient, semble-t-il, pas changé. Adila, nurse de Pacal et sœur aînée de Viola, se méfiait des engouements des Blancs pour les Indiennes. « À leurs yeux, nous sommes tout justes bonnes à faire l'amour, la cuisine et la lessive », avait-elle dit à Ounca Lou, avant d'ajouter : « Maintenant, Robert Lowell voudra peut-être bien épouser Viola, parce que pas une femme blanche ne prendra un homme sans mains. »

Sans le dire, Ounca Lou agitait des pensées semblables. Maoti-Mata, sondé par Charles, exprima la même méfiance qu'Adila, sa petite-fille préférée, parce que la plus raisonnable de toutes. Dans le cas où Robert Lowell déciderait de s'unir légalement à Viola, rien n'indiquait que le cacique donnerait un consentement dont la jeune fille ne pourrait se dispenser.

Quelques jours plus tard, Charles, regagnant Valmy après une pénible journée passée sur le chantier du chemin de fer, fut accueilli par Ounca Lou, radieuse. Tandis qu'il trempait dans le tub empli d'eau tiède, sa femme voulut lui faire partager, sans plus attendre, la bonne nouvelle du jour.

— Ann accepte de rencontrer Maoti-Mata pour se confier aux soins des sorcières des Arawak, dit-elle gaiement.

Depuis longtemps, Maoti-Mata avait proposé de tenter sur la jeune fille un traitement contre la paralysie des membres, connu des seuls Taino. Ann en avait été dissuadée, d'abord par le docteur Weston Clarke, ensuite par Varina Cornfield, qui tenait tous les Indiens pour des sauvages, et leurs pratiques médicales pour charlatanesques et dangereuses.

— D'où vient ce revirement ? s'enquit Charles en sortant du bain.

— Tilloy y est pour beaucoup. Depuis que Varina et Ottilia ont quitté l'île, Ann s'ennuyait et Mark, un peu désœuvré depuis le départ de Gertrude, s'est rapproché de son ex-fiancée. Lui et Uncle Dave l'ont convaincue qu'elle ne devait négliger aucune médication, même étrange, pour tenter d'améliorer son état.

— Elle a aussi refusé les bains d'eau de mer chauffée, que proposait Uncle Dave, observa Charles.

— Naturellement, Weston-Clarke assure que, s'agissant d'une myélite transverse accidentelle, les magies indiennes seront sans résultat sur la paralysie d'Ann. Uncle Dave n'est pas de son avis. Il dit que les médecins sont loin de tout connaître des ressources secrètes du corps humain. Il affirme que les Taino ont une pharmacopée naturelle dont il a lui-même apprécié les effets, et qu'Ann doit essayer leurs remèdes, dit Ounca Lou.

— Et quand doit-elle se livrer à ces exercices de sorcellerie ?

— Eh bien, Tilloy, Uncle Dave et Ann souhaitent que ce soit vous, pour qui le cacique a beaucoup de considération, qui organisiez la rencontre. Naturellement, j'ai accepté en votre nom et place, révéla timidement Ounca Lou.

— Que voilà une belle tâche, ma chère ! Savez-vous qu'il faudra des semaines avant que la voie du chemin de fer soit remise en état ? Votre père vient chaque matin se rendre compte de l'avancement du chantier. Depuis que Bob lui a acheté une locomotive à Pittsburgh, il ne tient plus en place. C'est comme si elle devait arriver demain ! Or, vous n'ignorez pas qu'avec Maoti-Mata, les affaires ne se règlent pas en un jour. Il va falloir que j'aille palabrer des heures avec lui pour qu'il oublie qu'Ann a, jusque-là, dédaigné son offre de soins, et qu'il se décide à nous faire la grâce de la recevoir, expliqua Charles, un peu agacé.

— Vous connaissant, je n'ai pas un instant pensé que cela pût vous déplaire, dit Ounca Lou, l'air contrit.

— Pardonnez ma réaction. Il est bien évident que je vais m'occuper d'Ann. Mais, voyez-vous, j'ai peur que ce sacré chemin de fer ne nous cause encore des ennuis et que lord Simon ne soit une nouvelle fois déçu.

— Par exemple si sa locomotive tombe à la mer, comme celle du Cubain ? suggéra Ounca Lou.

— Non pas. À mon avis, les ennuis commenceront quand le train roulera entre le port occidental et Southern Creek ! répondit Charles.

Un matin d'avril, Ann prit place dans le landau des Desteyrac et, accompagnée d'Ounca Lou et de Charles, se rendit au village des Arawak. Le cacique, entouré de plusieurs de ses filles, la reçut avec gravité.

— Mon enfant, nous allons prendre soin de vous. Mais, avant de vous soumettre à une pratique que certaines de nos femmes se transmettent de génération en génération, il faut préparer votre esprit. C'est souvent dans la tête que se décide la guérison de l'inertie du corps. Le docteur Kermor m'a dit que le sang circule bien dans vos membres, que seuls vos nerfs de commande ne fonctionnent plus. Nous vous aiderons à croire qu'ils peuvent agir à nouveau. Mais si vous ne pensez pas cela possible, si votre esprit doute, nos femmes n'obtiendront aucun résultat.

— Autrement dit, c'est en partie la foi qui sauve,

observa Charles pour conforter l'argumentation du cacique.

Il fut aussitôt décidé que l'infirme allait être installée dans une des cases rondes du village. En attendant la pleine lune – qui, d'après Maoti-Mata, présidait aux changements du mouvement des humeurs dans le corps humain –, Ann ne recevrait aucune autre visite que celles des femmes arawak désignées pour la préparer à une intervention qui faisait appel à des pratiques secrètes, connues des seuls Taino.

— Des pratiques qui respecteront l'intégrité de votre personne, crut bon de préciser le vieil homme, lisant la crainte dans le regard d'Ann.

Après que la fille de Jeffrey Cornfield eut disparu, résignée, entre deux femmes dont les longs cheveux rabattus sur le visage dissimulaient les traits, le cacique reconduisit les Desteyrac à leur voiture.

— Nous enverrons un de mes fils vous prévenir quand l'opération sera décidée. Aucun homme ne pourra y assister, mais notre sœur Ounca Lou, de qui le sang arawak fait la beauté, sera la bienvenue, conclut le cacique en s'inclinant.

Ce soir-là, à Valmy, Ounca Lou dut rassurer Tilloy quand il apprit qu'on avait laissé Ann au village des Arawak pour une mystérieuse préparation.

— On ne fera aucun mal à notre amie Ann, assura Ounca Lou.

— Je connais assez le vieux Maoti-Mata pour savoir qu'il se conduira paternellement, mais je n'attends aucun miracle de ses sorcelleries, avoua Mark.

— « Quand, avec les Arawak, nous traitons des maladies et des remèdes, nous devons oublier nos sciences de Blancs pour laisser se manifester d'autres forces dont nous ignorons tout », m'a confié Uncle Dave, rapporta Charles.

— Oui. Et nous devons alors chasser de notre esprit tout sentiment d'incrédulité, compléta Ounca Lou avec conviction.

Au soir de la pleine lune, un messager vint prévenir l'épouse de Charles Desteyrac qu'elle devrait se présenter le lendemain, avant l'aube, au village des Arawak. Alors que les étoiles pâlissaient dans le ciel bleu foncé, c'est tout émue qu'Ounca Lou quitta Valmy, pour répondre à l'invitation de Maoti-Mata. Chemin faisant, seule dans le boghei qu'elle conduisait, elle pensa à sa mère, pure Arawak, morte en lui donnant le jour. Si cette femme avait vécu, peut-être lui eût-elle révélé des connaissances que n'enseignait pas le collège américain où, grâce à Lamia, elle avait fait ses études ? Toutefois, les plus éminents médecins de New York n'avaient pu guérir Ann de sa paralysie des membres inférieurs. Les vieilles Arawak et Maoti-Mata, cacique et *boyé*[1] de la caste des initiés, feraient-ils mieux ? « Je veux y croire », se répétait Ounca Lou avec force, comme si son sang indien lui conférait une foi qui ne relevait pas de la religion anglicane, dans laquelle elle avait été instruite, mais d'une cosmologie oubliée.

La place du village était déserte quand elle s'y présenta. Seules quatre femmes voilées, vêtues d'amples tuniques blanches, à rayures verticales rouges, s'activaient autour d'un étrange lit, fait d'une claie de branches de gaïac tressées et supporté aux quatre

1. Chez les Arawak le cacique était aussi, sous le nom de *boyé*, une sorte de sorcier censé détenir des connaissances occultes et les pouvoirs qui en découlent.

angles, à deux pieds du sol, par des blocs de calcaire corallien.

Les femmes firent signe à Ounca Lou de se tenir à distance, puis lui désignèrent un tabouret où elle s'assit. Alors que la lumière du jour naissant devenait plus intense, les Arawak allumèrent sous le lit un mélange de branchettes et d'herbes odorantes. Elles alimentèrent ensuite les flammes jusqu'à ce que le tapis de braises fût suffisamment uniforme et épais pour chauffer de gros galets qu'elles disposèrent avec soin. Quand des fumerolles parfumées montèrent à travers le treillis de la claie, une jeune fille sortit d'une case, poussant la chaise roulante sur laquelle Ann dodelinait de la tête, comme à demi endormie. Ounca Lou comprit qu'on avait dû faire boire à l'infirme une de ces décoctions, à base de datura et de sève de cactus, dont les Arawak usaient comme narcotique.

Ann ne remarqua même pas la présence d'Ounca Lou. Soulevée par les officiantes, l'Américaine fut dévêtue avant d'être allongée, nue, sur la claie de bois dur, et couverte d'un drap blanc que les femmes parsemèrent de mousse grasse, cueillie autour des palétuviers.

Ounca Lou vit bientôt la sueur ruisseler sur le visage d'Ann qui, indifférente, ne semblait pas souffrir du traitement. Soudain, un soleil neuf illumina la scène et Maoti-Mata apparut sur le seuil de sa case. La tête ceinte d'un large bandeau de cuir planté de plumes d'aigrette, habillé d'une dalmatique constellée de signes indiens multicolores, il tenait en main une aiguière de terre cuite, qui contenait un liquide. Arrivé au pied du lit où reposait Ann, il vida dans le récipient la poudre extraite d'un tube d'argent et, sous le regard étonné d'Ounca Lou, le contenu de l'aiguière se mit aussitôt à bouillonner en dégageant une vapeur bleutée.

Avec componction, le cacique fit le tour du lit, versant sur chacun des galets chauffés par la braise un peu du contenu de l'aiguière. Le liquide, entrant en contact avec la pierre brûlante, générait d'étranges volutes d'un bleu intense, ni flamme ni vapeur. Celles-ci se répandirent uniformément, sans en déborder, sous le treillis où reposait Ann, tel un matelas de buée. Sur un signe du cacique, les femmes retirèrent les quatre supports qui formaient pieds de lit, lequel, à l'immense étonnement d'Ounca Lou, resta suspendu comme si le fluide bleu était un support solide suffisant.

Stupéfaite par cette lévitation magique, Ounca entendit Maoti-Mata tirer une exquise modulation d'une flûte triple, pendant que le fluide bleu s'évaporait et que les officiantes remettaient en place les supports du lit.

Dans un silence seulement troublé par le pépiement des oiseaux, Maoti-Mata se retira et les femmes, ayant débarrassé Ann de sa couverture de mousse, bassinèrent son visage. L'infirme rouvrit les yeux, étonnée par sa nudité. Les Arawak achevèrent sa toilette, puis la couvrirent d'un drap et firent signe à Ounca Lou d'approcher.

— Comment vous sentez-vous ? demanda-t-elle.

— Comme quelqu'un qui sort d'un sommeil réparateur et qui...

Ann s'interrompit brusquement et jeta un cri.

— Regardez ! Regardez ! Mon pied a remué ! C'est vrai, dites, Ounca, regardez, je peux bouger le bout de mon pied, je peux bouger mon pied !

Maoti-Mata vint constater le fait. L'infirme pouvait remuer faiblement le pied.

— Croyez-vous que je vais tenir sur mes jambes ? lança-t-elle, très excitée.

— Un jour peut-être, mon enfant. Nous renouvellerons nos soins au moment favorable, dit le cacique qui ne voulait pas donner de fausses espérances à l'infirme.

— Mais je veux marcher, je le veux ! s'écria Ann.

— Si vous le voulez avec obstination, peut-être y parviendrez-vous avec notre aide, ajouta Maoti-Mata avec un regard à Ounca Lou.

Ann rhabillée, assise dans son fauteuil à roues, se revit infirme comme devant, sauf qu'elle remuait d'une façon imperceptible les orteils, ce qui suffisait à lui causer une joie infinie et lui faisait espérer d'autres améliorations.

Au moment de quitter le village, elle voulut remercier les femmes soignantes.

— Elles n'ont été qu'instruments de nos dieux, chère enfant. Vous ne devez pas voir leur visage. Elles sont retournées à leurs occupations. Mais, si vous voulez aider la nature, qu'on vous baigne, nue, dans l'eau de mer, quand le soleil est au zénith, comme l'a déjà conseillé le docteur Kermor, acheva le cacique.

Dès le lendemain, ce fut Tilloy qui se chargea, sous le regard amusé d'Uncle Dave, de porter Ann, nue dans ses bras, jusqu'à la mer, et de l'immerger dans les vagues à l'heure méridienne. Si la fille de Jeffrey Cornfield, dont le corps, hormis les jambes presque réduites à l'os, conservait beauté et harmonie des formes, avait accepté sans rechigner le traitement et le baigneur, Margaret Russell se dit choquée, devant Ounca Lou, d'un tel exercice.

— Ces deux-là s'élèvent au sommet de l'impiété ! souffla-t-elle, indignée.

— Ann n'est pas plus nue aujourd'hui, dans les

bras de Mark, qu'à l'époque où ils se retrouvaient dans le même lit à New York ! Je me plais même à imaginer que cette situation leur rappelle, à tous deux, de bons moments. Ce qui est excellent pour le moral de notre infirme ! persifla Ounca Lou avec un sourire.

Dès la fin de la guerre civile américaine, les forceurs de blocus, n'ayant plus de fret à transporter, avaient commencé à quitter Nassau. Certains vendaient leur « lévrier des mers filant dix-neuf nœuds » avant d'embarquer, lestés de dollars et de livres sterling, sur un paquebot de la Cunard, à destination d'une Amérique pacifiée. Comme ces marins du commerce prêts à courir d'autres fortunes, ou ces officiers en congé de la *Royal Navy* désireux de reprendre leurs fonctions, de nombreux hommes d'affaires et aventuriers, que la contrebande d'armes avait attirés aux Bahamas, retournaient chez eux, ainsi que les prostituées venues le plus souvent de New Orleans. Seuls restaient, avec l'intention de s'établir dans les îles les plus fertiles, des réfugiés du Sud vaincu, familles aisées des Carolines, de Virginie ou de Georgie dont les biens avaient été saisis ou détruits. Ces propriétaires d'esclaves, souvent exclus de la loi d'amnistie promulguée par le président Andrew Jackson, se montraient peu pressés de regagner les États du Sud, occupés par les troupes fédérales et soumis à une administration rancunière des Yankees. Désenchantés et amers, ils constituaient provisoirement la dernière clientèle du Royal Victoria Hotel, dont les jardins et le hall, autrefois très animés, ressemblaient de plus en plus, au fil des semaines, aux dépendances d'un couvent.

En ville, sur Bay Street, les boutiques, hier achalandées et prospères, commençaient à se vider, les commerçants souffrant à la fois du départ de leurs pratiques et de la baisse subite des prix. On trouvait maintenant à acheter, en ville et aux alentours, de belles maisons, construites au temps de la prospérité. Les propriétaires d'immeubles, contraints de baisser les loyers, devaient accepter des locataires dont la solvabilité n'était plus garantie. De nombreux Noirs, qui avaient fui les États du Sud au temps de l'esclavage, se préparaient à y retourner pour jouir sans restrictions, croyaient-ils, d'une liberté octroyée par le défunt président Abraham Lincoln, et confirmée par son successeur. Employés comme débardeurs ou portefaix, certains avaient amassé un pécule avec lequel ils comptaient acquérir une terre, près des plantations où ils étaient nés dans la servitude. Ceux qui, ayant fondé une famille au cours de leur exil, choisissaient de rester aux Bahamas, se trouvaient souvent sans emploi et, partant, sans ressources. Ils quittaient New Providence, avec femme et enfants, pour s'employer dans les exploitations agricoles d'Eleuthera, de Cat Island ou d'Andros.

Pendant quatre années fastes, les autorités locales, sous contrôle du représentant de la Couronne, avaient appliqué le système qui assure, depuis Guillaume le Conquérant, la fortune de Londres : le courtage. Les marchandises arrivant d'Europe, frappées d'une première taxe au débarquement, devaient en payer une seconde avant d'être chargées sur les forceurs de blocus. Les cargaisons de coton, que ces derniers rapportaient de Wilmington ou de Charleston, étaient, elles aussi, passibles de droits. De surcroît, le stockage dans les entrepôts, construits pour faire face à l'afflux de marchandises en transit, était payant. Cette fiscalité portuaire avait engraissé les finances publiques quand des douzaines de bateaux entraient ou sortaient de

Nassau chaque jour, mais elle s'étiolait et produisait de moins en moins de droits. Les registres de la commanderie du port révélaient, à qui pouvait les consulter, que, depuis 1860, on avait enregistré seize mille mouvements de navires à Nassau et que les *blockade runners* avaient effectué, dans le même temps, plus de huit mille traversées entre l'archipel et les ports sudistes. Tout Nassau regrettait donc la belle époque de la guerre américaine et les autorités, osant un bilan de ce qu'elles nommaient par euphémisme « échanges commerciaux », révélaient que la valeur de ceux-ci était passée de 891 979 livres sterling en 1860, à 10 019 519 en 1864[1].

De la capitale à Soledad, les Bahamiens, Anglais de souche ou indigènes de toute couleur, savaient que l'archipel retournerait bientôt à une pauvreté endémique, incomprise des fonctionnaires du Colonial Office, à Londres. Pour ces comptables sédentaires, la paresse des Indiens, des mulâtres et des Noirs, ajoutée au manque d'esprit d'entreprise des colons, gagnés par l'indolence insulaire, suffisaient depuis toujours à expliquer une atonie économique que la contrebande de guerre avait masquée pendant quatre années.

Lord Simon Leonard Cornfield, à qui les affaires extérieures aux îles assuraient de confortables revenus, savait qu'il lui faudrait, dans les mois à venir, fournir, à ceux de qui il se sentait à la fois le maître et le protecteur, des activités susceptibles de compenser la mévente annoncée des produits agricoles ou artisanaux dont Nassau avait fait, entre 1861 et 1865, une si rentable consommation.

Cette préoccupation faisait l'objet de fréquents

1. *A History of the Bahamas*, Michael Craton, *op. cit.*

entretiens entre Simon et Charles, le seul homme, estimait le lord, capable de formuler des projets et de les réaliser. L'ingénieur pensait déjà au développement de la culture et de l'exportation des ananas et des fruits que produisaient, sur Eleuthera, aussi bien les vergers Cornfield que ceux hérités par Ounca Lou de ses grands-parents.

Myra, la plus jeune fille du défunt Bertie III, réfugiée à Cornfield Manor, se vit bientôt rappelée à ses devoirs de Sudiste par une lettre de son frère aîné, promu chef de famille. Après la libération des combattants sudistes emprisonnés, la condamnation à mort et la pendaison du capitaine Henry Wirz, commandant du camp d'Andersonville, Georgie, qui avait infligé de si mauvais traitements aux prisonniers confédérés [1], Bertie IV paraissait décidé, avec son frère cadet et ses beaux-frères survivants, à restaurer la plantation familiale. Il sommait donc sa sœur de regagner Clarendon House où, écrivait-il, il y avait « fort à faire » depuis qu'on ne pouvait « plus faire travailler les nègres ». Dans le cas où Myra différerait son retour, il viendrait lui-même « l'arracher aux délices d'une île dont le propriétaire a tiré grand profit de nos malheurs », menaçait-il.

— Je ne veux pas retourner à Charleston. Je ne veux plus vivre comme j'ai vécu ! C'est ici qu'est la vraie vie, libre, franche, heureuse. Oh ! cousin, gardez-moi, je vous en prie, supplia Myra après avoir soumis l'ultimatum à lord Simon.

— Au regard de la loi américaine, vous êtes

1. Sur les 33 000 prisonniers sudistes qui passèrent par ce camp, 13 000 périrent de maladie, de maltraitance ou de malnutrition.

mineure, et votre frère peut exiger votre retour par l'intermédiaire du consul des États-Unis à Nassau : voilà l'ennui, dit Simon de qui les connaissances juridiques étaient sans défaut.

— Alors, que faire ? gémit-elle.

— La meilleure solution serait de vous marier à un Anglais. Ici, les filles convolent dès l'âge de quinze ans. Et si les parents s'opposent à l'union, le gouverneur peut délivrer une dispense, proposa tout à trac Murray, témoin de la scène.

— C'est une idée, reconnut lord Simon.

— Mais je ne tiens pas à me marier ! Je n'épouserai qu'un homme que j'aimerai, s'insurgea Myra.

— Voyons ! Ce serait un mariage de papier. Une formalité administrative qui vous libérerait de toute tutelle familiale, insista Malcolm.

— Mais un mari a des droits, cousin. Si l'homme qui accepte de m'épouser sur le papier exige tout à coup de... de... de m'épouser vraiment ! bégaya Myra, ce qui fit sourire les habitués de Cornfield Manor, réunis sur la galerie.

— Ma petite, nous choisirons un gentleman, et vous ne craindrez rien. Et, quand vous aurez rencontré celui que vous voudrez pour vrai mari, on vous divorcera. La loi anglaise a donné ce droit aux femmes il y a dix ans, précisa lord Simon.

— Et qui me mariera, ici ?

— Le forgeron, pardi ! C'est une vieille coutume écossaise, ironisa Murray.

— N'écoutez pas Malcolm ! Nous ferons les choses dans les règles. Vous serez mariée à Nassau par le *Registrar General*. Il m'en coûtera deux ou trois livres sterling, et vous pourrez envoyer à votre frère copie d'une licence de mariage. Vous serez, dès lors, sujet de Sa Très Gracieuse Majesté la reine d'Angleterre. C'est simple, compléta Simon, enchanté de jouer un bon tour aux incorrigibles descendants de Bertie III.

— Je ferai ce que vous voudrez, cousin. À condition que vous me gardiez près de vous. Je ne veux pas revoir les hommes de ma famille. Ils ne rêvent que revanche contre le Nord, comme si la mort de trois cent mille des nôtres ne suffisait pas [1] !

— J'ai en effet appris par un banquier de Charleston qu'à peine rendus à la liberté, vos frères ont adhéré, avec d'anciens propriétaires d'esclaves, à une société secrète fondée le 24 décembre 1865 à Pulaski, dans le Tennessee, par le juge Thomas M. Jones et cinq de ses amis. Cette association d'anciens Confédérés, appelée Ku Klux Klan, s'est donnée pour mission de « préserver la pureté du sang blanc pour lui garder cette supériorité naturelle que Dieu lui a donnée », révéla lord Simon.

— Ils tentent aussi de contrecarrer par tous les moyens les effets des *Reconstruction Amendments* [2], dont Thaddeus Stevens, membre de la Chambre des représentants, dit qu'ils doivent « révolutionner les institutions du Sud, ses habitudes et ses manières », ajouta le major Carver.

— Moins politiques que spectaculaires, les démonstrations des membres du Ku Klux Klan, déguisés en fantômes, montant des chevaux caparaçonnés de draps blancs et brandissant des flambeaux, consistent à se présenter comme des cavaliers de la mort pour effrayer

1. Les chiffres officiels indiquent que le Nord compta 359 528 morts. Le Sud, 258 000.

2. Il s'agit des 13e et 14e amendements à la Constitution des États-Unis, portant sur l'abolition de l'esclavage et les droits des Noirs.

les Noirs superstitieux, précisa Lewis Colson, informé par des marins.

— Tant qu'ils en resteront à ces niaiseries de carnaval, ces gens-là ne seront pas dangereux, mais on m'a rapporté que les enragés de Pulaski ont molesté, puis jeté un nègre dans l'eau glacée parce qu'il avait accompagné à cheval une institutrice blanche ! De quoi déclencher une révolte générale des Noirs, jusque-là évitée de justesse, observa Cornfield.

— En attendant, nous devons trouver un mari acceptable pour notre gentille petite cousine, dit Murray.

Il invitait ainsi, d'un ton patelin, lord Simon et ses commensaux à réfléchir avant de proposer le nom de qui pourrait accepter un mariage blanc avec une Sudiste repentie.

Malcolm appartenait à ce type d'Anglais blonds dont les cheveux bouclés ne blanchissent pas, mais virent filasse. Ce détail lui assurait, à trente-quatre ans, avec sa minceur élégante, son aisance de gestes, sa boiterie dissimulée par une démarche un peu dansante, une prolongation de vraie jeunesse. Plus séduisant et séducteur que jamais, il eût volontiers inscrit Myra sur la liste de ses conquêtes, mais la jeune fille, d'une maturité d'esprit rendue précoce par les malheurs vécus, l'intimidait. Il redoutait son ironie mordante comme ses moues dubitatives. Faire le paon devant elle eût provoqué d'acides moqueries. Bien qu'elle lui manifestât d'ordinaire autant de respect qu'à lord Simon, il soupçonnait une attitude plus polie que sincère, et se donnait l'air de l'aristocrate rassis, revenu de tout. Ayant sans doute entendu rapporter autrefois par son père et ses frères, en Caroline, les frasques du beau Malcolm, Myra devait le tenir pour un aimable et distrayant débauché.

Ne pouvant espérer l'enjôler, il se résignait à jouer les grands frères, rôle qu'elle lui concédait tout en maintenant entre eux une distance mondaine. Aussi avait-il été écouté et entendu comme un conseiller sérieux quand il avait proposé un mariage de papier, pour la soustraire à une fratrie dont elle s'était formellement exclue. Malgré les handicaps, la connaissance que Murray avait des femmes l'incitait à penser, sinon à espérer, qu'un jour, peut-être, dans un moment de faiblesse, déçue ou titillée par une sensualité dont, en expert, il percevait les signes – une bouche large aux lèvres gonflées, un regard velouté, des seins dont le moindre frisson faisait darder les pointes sous la soie, une démarche de nymphe fessue sortant du bain –, il pourrait, par surprise, à la faveur d'une circonstance complice, cueillir cette fleur du Sud. Le soleil caressant du printemps tropical, les bains de mer tièdes, les soirées sur la galerie, à l'heure mauve, quand cent poèmes vous reviennent à la mémoire, les nuits parfumées de mille effluves douceâtres composaient un philtre aphrodisiaque dont il pouvait tout attendre.

Charles Desteyrac s'amusait de voir son ami afficher envers Myra la trompeuse indifférence du chat immobile, qui fait mine, yeux mi-clos, de ne pas voir la souris pour la laisser approcher sans crainte de ses griffes.

— Vous vieillissez, mon cher. Alors, finie la chasse aux pucelles ? La petite Myra, bien que fort désirable, ne semble pas vous inspirer, dit l'ingénieur au cours d'un aparté.

— Elle est en réserve, souffla Murray avec un clin d'œil.

Alors que, depuis une semaine, les intimes de Cornfield Manor se demandaient à quel célibataire du Cornfieldshire lord Simon oserait proposer un mariage de papier avec Myra, une mission conduisit à Soledad le *HMS Hawk* et son capitaine, John Maitland. La corvette de la Royal Navy, escadre de la Jamaïque, se rendait à Heart's Content, un port de Terre-Neuve où le *Great Eastern*, ancien paquebot géant failli, devenu navire câblier, achèverait de dérouler les trois mille miles d'un câble télégraphique, torsade de cuivre enfermée dans une gaine de caoutchouc. Ce câble, immergé dans l'Atlantique par trois mille mètres de fond, assurerait les communications entre l'Angleterre et les États-Unis.

Reçu aussi chaleureusement que d'habitude au Loyalists Club, le capitaine Maitland fut flatté d'y trouver une invitation à dîner à Cornfield Manor. Le marin endossa son meilleur uniforme, épingla sur sa poitrine la *Victoria Cross* [1] que venaient de lui valoir ses actes de courage pendant la révolte des Noirs à la Jamaïque, et rejoignit la très distinguée compagnie conviée par lord Simon. S'il regretta l'absence de lady Ottilia, il jouit des minauderies prometteuses d'Emphie et Madge, les filles du pasteur Russell, plus délurées par leur séjour dans un collège américain que ne l'eussent souhaité leurs parents. On les devinait prêtes à s'adonner, maintenant en toute connaissance de cause, aux jeux auxquels Malcolm Murray les avait initiées quand, naïves et ignorantes, elles étudiaient chez lui le dessin.

Maitland n'eût pas prêté grande attention à Myra

1. Décoration créée en 1856 par la reine Victoria pour récompenser les actes de bravoure.

si Mark Tilloy ne s'était entremis pour les réunir un instant sur la galerie, à l'heure des rafraîchissements.

— Il faut tout de même que John connaisse de vue celle que notre lord va lui demander d'épouser, non ? glissa l'officier à Ounca Lou.

— Je me suis laissé dire, mon cher Mark, que vous aviez décliné l'honneur de sauver cette jeune fille d'un retour au Sud, avança la jeune femme, mutine.

— J'ai expliqué à lord Simon qu'il ne peut donner à Myra un mari platonique qu'elle sera conduite à souvent rencontrer sur l'île. Situation malsaine, à mon avis. Pour John, dont je sais qu'il a, comme beaucoup de marins, une maîtresse dans chaque port, l'affaire sera en revanche sans conséquence.

Car, dès l'annonce de l'arrivée du *HMS Hawk*, le sort de Maitland avait été fixé. « C'est le mari idéal. Parfait gentleman. Esprit chevaleresque. Toujours à naviguer dans les West Indies et les Caraïbes. Le ciel et l'Amirauté nous l'envoient ! » s'était écrié lord Simon. « Rien ne permet de penser que John acceptera de donner son nom à votre petite cousine », avait risqué Charles, mis dans le complot comme tous les intimes du lord. « J'en fais mon affaire. L'actuel lord de l'Amirauté a été mon condisciple à Oxford. Nous étions bons amis. C'est lui qui, aujourd'hui, décide de l'avancement des officiers de la Navy. Notre Maitland ne manquant pas d'ambition, j'ai moyen de le convaincre. En attendant, pas un mot à la petite », avait déclaré Simon, péremptoire à son habitude.

À l'heure des cigares et du porto, comme prévu entre initiés, lord Simon entraîna le capitaine Maitland dans son cabinet de travail sous prétexte de lui montrer une vieille carte de l'archipel.

L'entretien, dont rien ne transpira, dura près d'une heure. Quand ils reparurent, lord Simon souriant, John

Maitland presque grave, tous estimèrent l'affaire conclue.

Sur un signe de son père, Ounca Lou invita Myra à rejoindre les deux hommes. De leur conciliabule, la jeune fille et l'officier sortirent un peu confus, mais accordés.

— Mes amis, dit lord Simon, s'adressant à tous, le capitaine John Maitland, en vrai gentleman, accepte de donner à la fois son nom et la nationalité britannique à Myra Cornfield, ma petite cousine. Le *Hawk* doit repasser par Nassau dans deux semaines, au retour de Terre-Neuve, et nous les marierons. Chacun, ensuite, reprendra librement sa route. Maintenant, que Pibia nous apporte du vin de Champagne bien frais afin que nous célébrions... la *Victoria Cross* de John ! acheva le lord, marquant avec humour une hésitation lourde de sens.

— Façon très Cornfield de solenniser des fiançailles qui ne peuvent l'être, murmura le major Carver.

Dès le lendemain de ce contrat en forme d'accordailles, tandis que Maitland regagnait son bord, Myra écrivit à son frère aîné qu'elle s'était fiancée, avec l'assentiment de leur cousin lord Simon, à un officier de la marine britannique qu'elle comptait bientôt épouser, avec ou sans son autorisation. Elle ne reviendrait pas en Caroline du Sud.

Dans les délais prévus, ponctuel au rendez-vous, le *HMS Hawk*, retour de Terre-Neuve, mouilla dans le port de Nassau. Délivré par le bateau-poste, un message de Maitland provoqua aussitôt à Soledad l'embarquement à bord du *Phoenix* – car le maître de l'île préférait son vieux voilier à l'*Arawak* – de Myra et d'une petite compagnie. Lord Simon, témoin désigné, avec Malcolm Murray, d'un mariage pour lequel la dispense du gouverneur avait été obtenue sans difficulté, proposa aux Desteyrac de faire partie de la croisière. Plus entiché que jamais de son petit-fils, Simon tenait à offrir à l'enfant son premier voyage en mer. Sachant qu'Ounca Lou ne lui eût pas confié Pacal pour un cabotage dont tous les insulaires connaissaient les risques, il avait convié ses parents.

À bord, le garçonnet, émerveillé par les manœuvres des gabiers, passa le plus clair de son temps sur la passerelle, entre le commandant Colson et son grand-père. Soumettant les marins à un déluge de questions, il découvrit l'utilité des instruments de navigation, apprit le nom des voiles, la manière de lire la rose des vents, et, sur le loch, la vitesse du navire. Le timonier lui fit même, le temps étant calme, tenir un court moment la roue du gouvernail. Quand il eut demandé, l'air inquiet : « Comment on fait pour savoir où on est, sur la mer ? », Mark Tilloy lui montra comment faire le point avec le sextant. Au soir du deuxième jour, l'enfant – « amariné comme un hauturier », admit lord Simon – déclara à sa mère, au moment du coucher : « Je serai marin. »

Devant le *Registrar General*, les formalités du mariage de Myra furent rapides et tous apprécièrent que John Maitland, gentilhomme et complice avisé, offrît à son épouse de papier une aigue-marine simplement montée sur un anneau d'or.

— C'est une pierre qui, dit-on, fait se sauver le diable. Je souhaite qu'elle vous protège des méchants, commenta l'officier avant d'offrir son bras à Myra pour la conduire jusqu'au Royal Victoria Hotel, où lord Simon avait ordonné un *lunch* discret.

— On croirait des vrais mariés, risqua Mark Tilloy.

D'un mouvement du menton, il désignait aux Desteyrac Myra et John, engagés dans une conversation animée et enjouée.

— Ils forment en effet un assez joli couple, reconnut Ounca Lou.

Dans l'après-midi, Myra, suivie par toute la compagnie, tint à accompagner le capitaine Maitland jusqu'à son bateau. Le *Hawk*, chaudières déjà sous pression, devait appareiller pour Cuba. Au bas de l'échelle de coupée, la jeune fille, assez émue, remercia le marin pour le service insigne qu'il venait de lui rendre en l'épousant.

— Tant que je porterai votre nom, il sera à l'abri de tout outrage, dit-elle en lui tendant sa main.

— Vous me le rendrez quand bon vous semblera, dit John en s'inclinant.

De Nassau, lord Simon fit expédier une copie de la licence de mariage à Clarendon House, avec une lettre précisant que l'épouse de John Maitland résiderait à Cornfield Manor quand son mari naviguerait au service de Sa Très Gracieuse Majesté la reine Victoria.

Parmi les projets soumis par Charles Desteyrac à lord Simon, pour faire face à la crise économique de l'archipel, figurait, en priorité, la construction d'une conserverie d'ananas, à Eleuthera. Il ne faisait qu'imiter en cela un Américain de Baltimore, Henry Evans, qui, depuis 1857, exploitait à Governor's Harbour une entreprise où l'on mettait, sans préparation, les ananas en boîte. Le sertissage artisanal des récipients de fer blanc, au maillet, n'assurant pas toujours une fermeture hermétique, Charles convainquit lord Simon de commander aux États-Unis une presse à sertir les boîtes métalliques.

Stimulé par la réussite d'un Anglais, un certain Preston, venu du Hertfordshire en 1858, qui produisait, sur des terres acquises sur la côte nord d'Eleuthera, tomates, oignons, ananas, mangues, oranges et bananes, qu'il exportait en caisses aux États-Unis et aux Bermudes, lord Simon entendait faire de ses vergers et de ses potagers la première exploitation agricole de l'île. En 1864, vingt ans après l'arrivée des premiers ananas bahamiens à Londres, sur le marché de Covent Garden, Eleuthera avait expédié 229 226 douzaines de ces fruits exotiques pour la valeur de 21 299 livres sterling. Charles était persuadé qu'on pouvait faire mieux en livrant les ananas en conserve, car un fort pourcentage des fruits expédiés en caisse, même avant pleine maturité, se révélait inconsommable à leur arrivée à New York, après huit jours de mer. Augmenter la production était chose aisée, car l'ananas jouit d'un procédé naturel de reproduction. Dès qu'un fruit, qui met huit mois à mûrir, est cueilli, se développent au pied de la plante plusieurs surgeons. On réserve le plus vigoureux, qui produira un fruit l'année suivante, tandis que les autres sont coupés et mis en terre pour donner naissance à de nouveaux pieds producteurs.

Jusque-là, les ananas destinés à l'Angleterre étaient cueillis avec leur tige et leurs feuilles, disposées en rosette, afin d'assurer aux fruits une meilleure conservation pendant près de trois semaines de voyage.

« Ils seront, sans aucun doute, mieux appréciés, sortis d'une boîte hermétique et prêts à la consommation », avait dit l'ingénieur.

Dès que la sertisseuse, livrée en un temps record

grâce à l'intervention de Robert Lowell auprès du fabricant de Pittsburgh, fut installée, et que l'approvisionnement en boîtes de fer blanc parut assuré, Charles envisagea d'embaucher des femmes pour préparer les fruits, des hommes pour la manutention et l'emballage. Mais, avant d'engager du personnel, l'ingénieur dut encore convaincre lord Simon de renoncer au *Truck System*, trop souvent utilisé dans l'archipel par les colons pour payer leurs ouvriers et leurs domestiques. Cette pratique, que les Américains nommaient *Store Order System*, n'était, aux yeux du Français, qu'une résurgence du troc en usage dans les sociétés primitives. Le *Truck System* permettait de remplacer le salaire en espèces par une distribution de produits de première nécessité : farine, sucre, riz, café, tabac et parfois vêtements.

— Nous devons payer nos gens en bonne monnaie anglaise et non plus les traiter comme des assistés de la Mission chrétienne de William Booth[1]. Il y va de leur dignité ! dit Charles.

Lord Simon grogna comme un vieil ours, mais se rendit aux raisons de Desteyrac. Dès la fin de l'été, la conserverie Cornfield and Co. – car elle conditionnait aussi les ananas récoltés sur les terres d'Ounca Lou, associée de son père entra en production.

Les fruits étaient d'abord épluchés, débarrassés de leurs écailles végétales épineuses, purgés des yeux qui gâtaient leur aspect. Les meilleurs, ayant acquis une forme cylindrique adaptée aux boîtes, étaient plongés entiers, pendant dix minutes, dans des bassines de cuivre pleines de sirop de sucre de canne chaud, puis placés dans les boîtes que le sertisseur fermait à la

1. Fondée en 1865, à Londres, elle essaima dans l'Empire britannique et prit, en 1878, le nom d'Armée du Salut.

presse. Les fruits de deuxième qualité, découpés en tranches, ceux de troisième qualité, réduits en cubes, bénéficiaient aussi d'une immersion dans le sirop avant emboîtage. Des apprentis collaient ensuite, sur chaque boîte, l'étiquette colorée, dessinée par Malcolm Murray : une couronne d'ananas au-dessus de la mention « Cornfield and Co., Bahama Islands ».

L'entreprise mise en route avec succès, lord Simon demanda à Charles de s'intéresser aux autres propriétés qu'il possédait dans les îles, car il s'était peu soucié jusque-là de leur rentabilité. À bord de son brick *Apollo*, maintenant aménagé comme un yacht de croisière, Charles, ayant choisi Lewis Colson comme capitaine, proposa une tournée dans le sud de l'archipel.

— Ne vous attardez pas. Maoti-Mata est pour une fois d'accord avec le père Taval pour dire que les ouragans, retardataires cette année, pourraient, après deux saisons trop paisibles, se révéler violents, avertit lord Simon.

Puis il remit à Charles copie des actes de propriété des lieux que l'ingénieur allait visiter, et des certificats d'actionnaire au cas où les gérants de ces domaines mettraient en doute son autorité.

Desteyrac quitta Cornfield Manor en sifflotant. Cette croisière en compagnie de Lewis Colson, capitaine capable de déjouer toutes les traîtrises des courants et de tenir un bateau à l'écart des plus sournois récifs, allait rompre, pour un temps, la confortable monotonie de son existence entre famille et chantiers. Quand vint le moment du départ, à la fin d'un été jusque-là exempt de fortes tempêtes, il fit à Ounca Lou de tendres adieux. Ce n'était pas la première fois qu'il s'éloignait d'elle et de Pacal, mais son absence, d'une durée imprévisible, pourrait être longue.

— Je ne suis pas comme Eliza Colson, femme de marin, habituée aux absences d'un mari toujours à courir les mers. Toute séparation d'avec vous me pèse comme un amas de craintes, reconnut-elle en conduisant Charles au port oriental.

Ils se séparèrent sur le quai, au pied de l'échelle de coupée de l'*Apollo*. Coque blanche, pont de teck fraîchement poncé, lisse d'acajou vernissé, cuivres aux reflets vermeil, beaupré pointé comme une lance, le deux-mâts déployait déjà ses voiles de manœuvre.

Sitôt la terre perdue de vue, Lewis Colson choisit de faire route au sud, plein océan, hors de la manade des îles et îlots. Après Mayaguana Island, le navire embouquerait Caicos Passage pour se rabattre vers Great Inagua Island, au sud-ouest de l'archipel, à soixante-cinq milles de Cuba et à deux cent trente milles de Soledad, soit à deux jours de navigation. Charles et Lewis avaient en effet décidé de commencer leurs visites par les salins de Great Inagua.

Sur le chemin du retour, ils feraient escale à Acklins Island où vivait autrefois la plus importante colonie des Arawak, puis à Crooked Island où poussait en abondance la cascarille au parfum entêtant, second lieu de débarquement de Christophe Colomb, d'après les indigènes. Cette île avait été colonisée par des loyalistes, venus en 1783, avec un millier d'esclaves, pour établir une quarantaine de plantations et tenter, sans succès, d'y faire pousser le coton. Tous avaient peu à peu renoncé à cette culture et quitté l'île. Depuis 1865 s'installaient à leur place des réfugiés sudistes, autre génération de planteurs privés d'esclaves.

En remontant vers Soledad, l'*Apollo* toucherait Ragged Island, dont les marins affirmaient qu'elle avait été le refuge favori du pirate Barbe-Noire.

Simon Leonard Cornfield y possédait des parts dans les petits salins.

Le brick n'eut à affronter qu'un orage tropical, au cours duquel le voilier offert par lord Simon à son gendre prouva, à la grande satisfaction de Colson, « son comportement doux et bien réglé ». Le navire, ses passagers et son équipage furent reçus à Great Inagua, avec beaucoup d'égards, par un régisseur de la saline.

— Après une période de prospérité due aux exportations de sel vers les États-Unis, notre commerce risque maintenant de pâtir des droits de douane qui frappent le sel bahamien depuis que, l'an dernier, les Américains, à peine sortis de la guerre de Sécession, se sont mis à produire eux-mêmes du sel. Ce protectionnisme imprévu menace de ruiner aussi bien les sauniers d'Inagua que ceux de Ragged Island, résuma l'employé.

Les insulaires avaient de tous temps récolté du sel sur ces îles proches de Cuba. Au ramassage du chlorure de sodium à l'état pur, sur les étangs d'eau saumâtre, s'étaient ajoutées, depuis 1848, l'exploitation du sous-sol, riche en sel gemme, et la création de la Heneagua Salt Pond Company[1]. Des pompes, actionnées par des moulins à vent, permettaient d'extraire, de nombreux forages, un sel d'excellente qualité. Comme à Nassau, la guerre civile américaine avait apporté prospérité aux insulaires, qui exportaient, bon an mal an, un million et demi de boisseaux de sel. C'est au cours de cette période faste que Matthew Town, la seule ville de l'île, s'était développée et qu'avaient été construites, en 1852, une église anglicane, Saint Philip Church, et la

1. Encore en exploitation de nos jours.

saline, immense bâtiment à l'architecture inattendue sous les tropiques. Avec sa toiture en tuiles de bois, ses lourds contreforts à larmiers accolés à une longue façade aveugle et ses portes sous arcatures, cette construction tenait de l'arsenal et de la prison [1].

La mévente du sel étant venue, les autorités locales comptaient maintenant sur la forte augmentation du trafic maritime entre Amérique du Nord et Amérique du Sud, qui conduisait beaucoup de navires à s'arrêter dans les îles bahamiennes, pour s'approvisionner en eau, charbon, légumes et fruits frais.

Lord Simon faisait le même calcul que les insulaires d'Inagua. Toujours soucieux de l'avenir – « comme s'il se croyait éternel », plaisantait souvent Lamia –, il se disait persuadé que le percement de l'isthme du Nicaragua, décidé depuis 1850 par le traité Clayton-Bulwer, qui assurait la neutralité d'un futur canal entre la mer des Caraïbes et l'océan Pacifique, allait devenir une réalité, et que Great Inagua serait à l'avenir une escale obligée.

Les propos que lord Simon avait tenus à Charles Desteyrac prirent sur place, pour l'ingénieur, valeur de projets concrets.

— Nous devons préparer Inagua et Ragged à recevoir de plus en plus de bateaux. Nous allons donc y construire des quais, des entrepôts et des lieux d'hébergement, dit-il.

— Et aussi des tavernes, où les marins en bordée puissent trouver de quoi se distraire, plaisanta le régisseur.

---

1. Présentée aux touristes comme le plus ancien bâtiment industriel en pierre de l'archipel, elle est, de nos jours, soigneusement entretenue.

— Dans ce cas, un lazaret ne sera pas superflu, commenta Colson.

— Des financiers cubains et américains s'intéressent déjà à nos îles. Aussi serait-il bon que vous achetiez, dès maintenant, des terrains, conseilla un administrateur.

Trouver des sites appropriés, convaincre leurs propriétaires de vendre des terres en évitant qu'ils ne majorent le prix de l'acre au seul nom de Cornfield, étudier l'emplacement des constructions, relever des plans, prévoir matériaux et main-d'œuvre pour commencer les terrassements prit cinq semaines dans une société indolente, où le temps semblait sans durée ni valeur.

Le 1er octobre, tout étant réglé dans le détail, Charles et Lewis, après un dîner offert par la direction de l'exploitation, prirent congé de leurs hôtes et, comme chaque soir, regagnèrent l'*Apollo*. Matthew Town ne possédait qu'une seule auberge, dont les chambres avaient paru aux voyageurs beaucoup moins confortables que les cabines de leur brick.

— Demain, nous appareillerons vers cinq heures du matin et nous serons à Ragged Island pour dîner, dit le commandant Colson en souhaitant une bonne nuit à Charles.

Jupiter allait en décider autrement. Quand parut l'aube, un océan coléreux, grondant comme un fauve et crachant de l'écume, faisait danser les bateaux à l'ancre dans le port. Les membrures de l'*Apollo*, pressé contre le quai, gémissaient comme si la houle allait écacher le voilier, le faire s'ouvrir tel une noix sèche. Lewis Colson fit aussitôt suspendre des défenses supplémentaires pour prévenir les heurts de la coque contre la muraille, et tendre les amarres.

Sous la pluie qui tombait, en gerbes, de nuages charbonneux, prêts à s'empaler sur les mâts tant ils bourgeonnaient bas, Charles et Lewis virent la ville aux prises avec l'ouragan. Ce que le marin nomma marée de tempête avait déjà jeté de petites embarcations sur la grève et noyé les quais. Enlevés aux pyramides blanches des salins par les rafales, les cristaux de sel, mêlés à la pluie, piquaient les joues et, telle une grêle, crépitaient sur les hublots. À l'abri de la dunette, les deux amis suivirent l'envol de toits de palmes, de clôtures de cannes, de planches arrachées aux hangars, la course louvoyante des boucauts[1] vides, tombés de charrettes renversées et roulant comme boules de croquet entre les maisons. Les palmiers, chevelure rabattue, ployaient comme des arcs. Les marins de l'*Apollo* leur enviaient cette souplesse, car tous craignaient que le vent n'abattît les mâts comme il couchait déjà les grues sur le môle.

— Ce n'est pas aujourd'hui que nous prendrons la mer. L'anémomètre est affolé à plus de soixante nœuds, le baromètre au plus bas, l'océan déchaîné, avec des creux de vingt pieds ! résuma Colson.

— Cela peut-il durer ? demanda Charles.

S'étant accoutumé, au fil des années, à l'irruption soudaine, en cette saison, des tempêtes tropicales, il n'en restait pas moins impressionné par leur puissance destructrice.

— Mon ami, la loi des cyclones, établie par Matthew Fontaine Maury[2], nous apprend que les ouragans

1. Tonneaux servant à transporter certaines marchandises sèches. Initialement outres faites en peau de bouc.

2. Océanographe et hydrographe américain (1806-1873). Son

ont une marche régulière et sont soumis à des données géométriques. Les vents tournent sur eux-mêmes, mais se déplacent suivant une courbe que les mathématiciens nomment parabole. Nés dans les calmes de l'équateur, ils courent d'est en ouest, dans l'hémisphère nord, et, à mesure qu'ils avancent vers l'ouest, l'ouragan accélère sa vitesse en virant au nord. Comme ceux des années passées, celui-ci va balayer l'archipel avant de poursuivre vers la Floride et les Carolines. Souhaitons qu'il faiblisse avant d'atteindre Soledad ! dit Lewis Colson, résigné.

— Nous devrons donc attendre que ce cortège de vents et de pluie soit passé, observa Desteyrac.

— Plus encore, mon ami, car un ouragan est rarement solitaire, et le chef de file n'est pas forcément le plus belliqueux. Je n'en ai pas connu d'aussi violent depuis celui de 1849 qui ravagea les Turks et les Caicos, proches d'Inagua. Ce foutu temps va nous empêcher d'appareiller avant plusieurs jours. C'est le baromètre qui décidera de notre sort, conclut le commandant.

---

traité, *The Physical Geography of the Sea and its Meteorology*, publié en 1855, fut le premier ouvrage d'océanographie moderne. Il était encore réédité en 1963. Pendant la guerre de Sécession, Maury, officier de marine partisan du Sud, inventa une torpille électrique ; il dut, après le conflit, s'exiler au Mexique, où il entra au service de l'empereur Maximilien.

5.

Le défilé des ouragans dura trois semaines et l'*Apollo* ne put reprendre la mer que le 23 octobre 1866. Au jour de l'appareillage, les habitants de Great Inagua Island réparaient leurs toitures, relevaient les charpentes des entrepôts, débitaient en bûches les arbres abattus, vidaient les navires drossés sur les récifs et faisaient sécher meubles, linge, vêtements souillés par l'inondation des marées de tempête.

Au cours du voyage de retour vers Soledad, Charles Desteyrac, Lewis Colson et les membres de l'équipage ne virent partout que ruine et consternation.

— C'est le sale ouvrage de l'ouragan le plus méchant qu'on ait jamais vu de mémoire de marin bahamien ! jeta, rageur, le maître d'équipage.

L'été, comme souvent sous les tropiques, se prolongeait en lumineux automne, et le thermomètre marquait encore 27 degrés. La chaude étreinte du soleil, la limpidité de l'air, seules libéralités de la nature au lendemain des tempêtes, et le ciel, d'un bleu virginal, devenaient, pour Desteyrac, autant d'insultes à la désolation des îles.

Acklins, Crooked et Ragged, qu'ils visitèrent, comme les Out Islands où ils ne firent que de brèves escales, avaient connu le même sort. L'archipel entier, arasé par l'ouragan, se remettait mal de ses blessures.

À bord, du gabier au maître-coq, tous les marins s'activaient en silence, comme étreints, sans le laisser paraître, par la même angoissante question : comment allait-on trouver Soledad ?

Cat Island n'avait pas été épargnée, mais quand l'*Apollo* l'aborda, venait d'y faire halte, pour la première fois depuis un mois, le bateau-poste. Les nouvelles de la capitale ne différaient guère de celles déjà recueillies. Au dire des passagers venus de New Providence, on ne trouvait plus, à Nassau, une seule construction indemne. Certaines habitations, les plus modestes, avaient été complètement détruites, comme l'entrepôt John S. George et la nouvelle Trinity Methodist Church pour laquelle, en 1865, la *General Assembly* avait voté un crédit de 8 000 livres. Le Royal Victoria Hotel, déserté par les touristes, était en vente, mais les acheteurs faisaient défaut. Il avait été fort endommagé. Note plutôt rassurante : les matelots du bateau-poste n'avaient pas vu de gros dégâts lors de leur escale à Soledad.

Aussi est-ce un peu rasséréné que l'équipage de l'*Apollo* arriva en vue du mont de la Chèvre et du port occidental.

— La chapelle du père Taval n'a pas perdu son clocher. C'est bon signe, constata Colson en passant ses jumelles à Charles pour qu'il en jugeât par lui-même.

Cependant, en approchant du quai où le voilier devait s'amarrer, Charles et Lewis virent qu'ils étaient attendus. Ils reconnurent lord Simon et lady Lamia, tous deux vêtus de noir, qui descendaient d'une calèche.

Desteyrac et Colson échangèrent un regard inquiet, sourcils froncés. La même pensée leur traversa l'esprit.

Ces vêtements de deuil laissaient augurer des vies perdues.

À peine l'échelle de coupée en place, Charles s'élança à la rencontre des Cornfield : des visages blêmes confirmèrent ses craintes.

— Que signifie... que s'est-il passé ? demanda-t-il.

Lord Simon, n'étant pas homme à user de vains propos dilatoires, lui mit la main sur l'épaule et se découvrit.

— Charles, mon bon Charles. Il va vous falloir du courage. Chez nous, la mort a frappé...

— Qui ?... Pacal ?

— Non, pas votre fils, mais Ounca Lou, Charles... morte, un accident... sur le pont de Buena Vista.

— Sur le pont ! Ounca Lou ! Ounca morte ! Vous dites morte ! répéta-t-il, incrédule, quémandant du regard un démenti de Lamia.

— Hélas, Charles. Notre Ounca n'est plus, confirma Fish Lady, de qui l'affliction avait tari les larmes.

— Eliza Colson et mon vieil ami Edward ont péri avec elle. C'est une tragédie, une tragédie, répéta lord Simon, se détournant pour cacher une montée d'émotion.

Figé par la stupeur, ne pouvant concevoir pareil drame sur une île où tout était grâce et beauté, Charles entendit à peine Lamia annoncer à Lewis la mort de sa femme. Le marin reçut la nouvelle sans broncher, pâlit, serra les maxillaires et, sans un mot, s'éloigna sur le quai pour subir seul l'assaut du désespoir.

— Venez au manoir, nous allons vous raconter comment cela s'est passé, ordonna lord Simon, retrouvant son empire sur ses sentiments et ceux des autres.

Comme il était de son devoir de commandant, que rien ne pouvait lui faire négliger, Lewis Colson voulut donner ses ordres, pour la mise à terre de l'équipage et le désarmement de l'*Apollo*, avant de monter avec Charles dans la calèche du lord.

Chemin faisant, Simon et sa sœur observèrent un pieux silence. Lamia prit la main de Charles et la tint, pendant tout le parcours, serrée dans la sienne. Tous deux venaient de perdre l'être le plus cher.

Quand tous furent assis dans la pénombre du salon de Cornfield Manor, lord Simon prit la parole, s'efforçant au ton ferme de qui délivre un rapport.

— Le 3 octobre, Ounca Lou et Eliza Colson, qui avaient été surprises par l'ouragan du 1er octobre au cours d'une visite à lady Lamia, et contraintes de rester à Buena Vista jusqu'à l'épuisement de la tempête, voulurent profiter d'une accalmie pour regagner leur maison. Votre femme, Charles, était cependant sans inquiétude pour Pacal qui se trouvait ici, avec moi. Malgré la pluie et le vent qui se levait à nouveau, elle fit atteler votre boghei et décida de rentrer avec Eliza Colson. Edward, après avoir tenté de les dissuader, décida de prendre les rênes et de les conduire.

— Eddie craignait qu'une femme ne pût maîtriser le cheval, qu'une rafale ou un éclair pourrait effrayer, précisa Lamia.

— C'est au cours de la traversée du pont que l'accident survint. Personne ne l'ayant emprunté depuis le commencement de la tempête, tous ignoraient que le vent et le jaillissement des vagues dans la faille avaient disloqué le tablier. Zéphyr s'y engagea au trot. Quand les planches disjointes basculèrent sous son poids, il plongea les antérieures dans le vide et, enfoncé jusqu'au poitrail, se mit à ruer. La voiture se renversa, jetant ses occupants contre les montants du pont. Ounca heurta de la tempe le gros rivet d'un longeron et...

Lord Simon dut interrompre son récit. L'image, dessinée par les mots, devenait atroce vision dans son esprit et celui des auditeurs. La mort, par ce tranquille après-midi d'automne, imposait sa présence dans le salon du manoir.

— Si cela peut vous procurer un semblant d'apaisement, sachez, Charles, que notre Ounca fut tuée sur le coup. Uncle Dave, qui l'examina, a été formel. Tuée sur le coup, répéta Lamia.

Pour Simon, restait encore à répondre à l'interrogation muette de Colson.

— Eliza survécut quelques heures. Prise sous le boghei, elle était encore lucide quand Ma Mae, qui avait entendu les hennissements affolés de Zéphyr et découvert l'accident, donna l'alerte et se précipita, avec ma sœur et des hommes, pour porter secours aux blessés. Eliza perdit bientôt connaissance et ne rouvrit pas les yeux.

— Votre femme, Colson, souffrait d'un enfoncement profond du thorax. Mes gens la transportèrent chez moi et j'envoyai chercher Uncle Dave. Eliza expira dans mes bras avant qu'il n'arrive.

— Et le major ? demanda Charles.

— C'est lui qui, avant de passer, nous détailla, par bribes, toute l'affaire, murmura lord Simon.

— Mon cher Eddie ne portait aucune blessure apparente, mais son cœur, fatigué depuis longtemps, cessa brusquement de battre, et Uncle Dave ne put le ranimer. D'après lui, la violente émotion causée par la chute soudaine du cheval, la culbute du boghei et la conscience, qu'il eut sans doute, de la mort d'Ounca, lui ont été fatales, compléta Lamia.

Après un moment de recueillement, Charles et Colson voulurent savoir où se trouvaient les corps de leurs épouses.

— Toutes deux sont dans une sépulture provisoire, à Buena Vista. On ne pouvait faire autrement en vous attendant, vous comprenez. Seul mon vieil ami Edward a été inhumé dans le caveau des Cornfield, au fond du parc. Il y avait sa place depuis son mariage avec ma sœur. Je compte aussi y faire déposer ma fille, Ounca Lou. C'était une Cornfield, n'est-ce pas..., conclut le lord, s'adressant à Charles.

— Ounca m'a toujours dit, dès la première fois que je l'ai accompagnée à Eleuthera, qu'elle souhaitait reposer près de sa mère, dans le cimetière d'Orange Paradise où elle est née. C'était sa volonté et j'entends qu'on la respecte, dit Charles, catégorique.

Lady Lamia confirma l'assertion de l'ingénieur.

— Alors, il sera fait suivant sa volonté. Nous la conduirons à Eleuthera, admit Simon d'un ton pincé.

— Et Pacal, où est-il ? Sait-il ? s'enquit Charles.

— Il est chez moi, à Buena Vista. Votre fils a été admirable. Il savait ce qu'est la mort. Elle n'effraie pas les Indiens, et ses amis les Arawak en parlent souvent, comme d'un passage dans une autre vie. Vous ne le verrez pas pleurer, mais son oreiller, le matin, est souvent trempé des larmes qu'il ne verse pas devant nous. Il a voulu voir sa mère avant la mise en bière, dit Fish lady.

— Comme Ounca était très belle, après que David Kermor eut pansé sa blessure, nous la lui avons montrée. Il a tenu à mettre dans le cercueil sa pierre polie, talisman offert par Maoti-Mata au jour de sa naissance, dit lord Simon.

Le soir même, Charles, accompagné de Colson, se rendit à Buena Vista et retrouva son fils. L'enfant, maître de lui, prit la main de son père et l'entraîna à quelque distance de la demeure de Lamia, à l'endroit où la mince couche de terre avait été récemment remuée. Des coquilles de conches, dressées en bordure du tertre par les Arawak, délimitaient les tombes, sur lesquelles défleurissaient des branches d'hibiscus.

— Maman est là, à côté d'Eliza Colson, dit Pacal.

Et il désigna la double sépulture hâtivement creusée dans le calcaire corallien.

Comme Charles et Lewis se taisaient, fixant le tertre, Pacal se laissa soudain aller contre son père. Ne pouvant plus longtemps dominer son désarroi, il redevint le jeune enfant conscient d'avoir perdu sa mère, et se mit à sangloter.

— On la verra plus ! Elle est partie ! hoqueta-t-il avant d'être emmené par Lamia.

Plus tard, alors que Lewis Colson avait été reconduit dans le Cornfieldshire où il ne trouva qu'une maison vide, Charles se rendit seul, au coucher du soleil, sur le pont où Ounca Lou avait rencontré la mort. Son regard fut aussitôt attiré par le voile de deuil noué par Lamia au soir de l'inhumation. Des madriers neufs attestaient la réparation du tablier, et, en trois semaines, les averses avaient lavé les traces de sang. L'ingénieur estima qu'il en était mieux ainsi et, mû par un réflexe incontrôlé, donna un furieux coup de pied au longeron qui avait tué sa femme.

Le lendemain, après une nuit sans sommeil dans la chambre qu'avait occupée Ounca Lou au cours de son adolescence, sous le toit de Lamia, il vit arriver Malcolm Murray. Informé du retour de l'*Apollo*, l'architecte avait laissé à son ami les premières heures d'intime chagrin. Il fut bienvenu et, Pacal restant chez sa marraine, conduisit Charles à Valmy. Au cours du trajet, il sut trouver les mots et l'accent fraternel de qui partage avec sincérité l'affliction d'un ami. Il fit aussi le bilan des dégâts matériels dont Charles ne s'était pas préoccupé jusque-là.

— Valmy n'a pas souffert. Abritée par le mont de la Chèvre, votre maison n'a perdu que quelques tuiles. En revanche, deux cheminées de Cornfield Manor ont été jetées à bas. Le fronton du porche de l'hôpital s'est effondré et, à Exile House, le vent, ayant arraché les persiennes sur les deux façades, a traversé le premier étage, ouvert les armoires et déplacé les meubles. J'ai retrouvé la coiffeuse d'Ottilia dans le jardin, juste bonne à faire du petit bois pour le feu, et ses robes suspendues aux branches comme des drapeaux, énuméra Malcolm sans émotion.

— Pas d'autres victimes que...

— Des pêcheurs manquent à l'appel et des bateaux se sont fracassés sur les récifs. On parle d'une trentaine de navires naufragés, déjà pillés par les indigènes. Dans les villages, comme toujours, des cases ont été emportées. Seules les maisons de pierre restent debout, sans toit le plus souvent. Plusieurs de vos réservoirs d'eau ont été détruits. Vous allez avoir du travail pour rétablir la distribution, compléta l'architecte.

L'ingénieur trouva toute sa maisonnée en pleurs. Serafita, Adila et Viola s'étaient coupé les cheveux ; Timbo portait le front et les pommettes marqués de signes noirs. Les Arawak sacrifiaient ainsi aux rites mortuaires pour une personne de qualité.

— M'ame Ounca va, su', êt'e chez Tlaloc, le dieu des pluies. Les mo'pa'ou'agan vont dans son pa'adis plein de fleu', de f'uits, d'oiseaux, où y'a bien à manger, expliqua Timbo.

— C'est comme Comizahual, la mère des princes,

elle a monté au ciel dans un grand orage, ajouta Serafita.

— Nous avons mis pour elle des araignées à nos zemis, compléta Adila.

Ému par ces marques d'affection, Charles dit souhaiter qu'on ne changeât rien à l'organisation domestique établie par sa femme. Ce n'est qu'en ouvrant l'armoire où Ounca serrait ses toilettes, quand le parfum de Guerlain qui imprégnait encore ses robes l'assaillit comme une invisible présence, qu'il s'abandonna. Longtemps allongé sur le lit, haut lieu secret des échanges amoureux, il pleura sans retenue. Désormais, seul son fils justifiait encore sa présence sur une île où le destin l'avait conduit pour construire un pont meurtrier.

Un matin d'automne, sous un ciel bleu cendré où floconnaient des cumulus, le cercueil contenant le corps de Mme Desteyrac fut extrait de la tombe provisoire et placé dans une grande calèche dont les sièges avaient été retirés. C'est dans cet équipage qu'Ounca Lou franchit pour la dernière fois le pont de Buena Vista. Pour Charles, le bâtisseur de l'ouvrage, ce fut une nouvelle épreuve. Dans le grand landau armorié des Cornfield, devant lord Simon et Lamia assis en face de lui, où Pacal avait pris place près de son père, il s'insurgea.

— Si la nature avait détruit ce pont, au lieu de lui concéder une fallacieuse sécurité, Ounca Lou et Eliza n'auraient pu quitter Buena Vista ! regretta-t-il à haute voix.

Suivi par un cortège de voitures, le corbillard improvisé, tiré par des chevaux à robe noire, portant plumets de deuil, prit la route côtière et parcourut l'île de Southern Creek – où Charles avait vu Ounca Lou pour la première fois – jusqu'au port occidental où elle avait fait, un mois plus tôt, ses adieux au voyageur.

Par le mystérieux réseau qui, à Soledad, propageait les nouvelles, toute la population de l'île connaissait le jour et l'heure de cette translation. Tout au long des chemins, dans la traversée des villages, les insulaires avaient abandonné leur travaux de réfection pour saluer au passage celle qui unissait, dans sa personne mortelle, la race des Arawak à celle des Blancs. Tous ces îliens, même les plus simples, pressentaient que Pacal, l'orphelin au teint mat, cheveux de jais, yeux bridés et regard ferme, buste droit dans son habit noir, de qui ils louaient entre eux à voix basse la dignité presque orgueilleuse, serait le continuateur de ce métissage si décrié par les puritains américains. Ce petit-fils d'aristocrate les rassurait car tous découvraient, jour après jour, que les réfugiés sudistes, aussi arrogants qu'amers, contraints de renoncer à l'esclavage, n'accordaient pas pour autant égalité et considération à ceux qu'ils nommaient gens de couleur.

Devant le convoi, les enfants jonchaient la chaussée de palmes et de fleurs de poincianias, présentes toute l'année. En approchant du village des Arawak, lord Simon ordonna une halte sur la place, ce qu'attendait Maoti-Mata. Escorté de son innombrable famille, le vieux cacique déposa sur le cercueil un diadème de plumes de flamant rose et d'aigrette blanche.

— C'est le diadème de cérémonie des jeunes filles chez les Arawak, glissa Lamia à Charles.

Au port occidental, devant le *Phoenix* – Union Jack en berne, à mi-drisse, et marque blasonnée des Cornfield cravatée de crêpe – attendaient le pasteur Russell et le père Taval. L'anglican lut un psaume, le catholique récita le *De profundis*, et le cercueil fut embarqué devant l'équipage au garde-à-vous. Lewis Colson qui, la veille, avait fait inhumer sa femme dans le cimetière marin du Cornfieldshire, commanda l'appareillage, et le trois-mâts blanc prit la mer.

À Eleuthera, le cercueil, porté par les charpentiers irlandais de Tom O'Graney, fut mis en terre dans une fosse ouverte à côté de la sépulture de la mère d'Ounca Lou. Ainsi une Cornfield reposerait près de la fille d'une pure Arawak et d'un descendant des premiers colons d'Eleuthera.

Charles revécut par la pensée ce jour du printemps 1856 quand, devant cette modeste tombe entourée d'une barrière blanche, Ounca Lou, de qui il crut sentir le bras passé sous le sien, lui avait dit : « Je souhaite, moi aussi, reposer ici. »

Dix années s'étaient écoulées, brièveté dérisoire d'un bonheur sans brisure, qu'un sort impie lui dérobait.

À son côté, devant les tombes, se tenait le vieil aristocrate de qui la consternation, peut-être alourdie de remords, impressionna Charles. Celui qui avait longtemps voulu ignorer l'existence d'une fille née d'une amourette coloniale sans importance, ferma les yeux et se mit à réciter :

— *Ne redoute plus l'éclair et sa flamme,*
Ni le tonnerre effrayant qui tombe ;
Ne crains pas calomnie, et blâme injuste ;
Tu en as fini de plaisirs et plaintes ;
Tous les jeunes amants, tous amants doivent
Subir ton sort, et tomber en poussière[1].

1. Chant funèbre, *Cymbeline*, William Shakespeare. Traduction française de Louis Cazamian, Stock, Paris, 1946.

Au retour vers Soledad, lord Simon révéla à Desteyrac qu'en son absence était arrivée une lettre de Robert Lowell. L'Américain demandait que l'on se tînt prêt à venir, avec deux barges, prendre livraison en janvier d'une locomotive et de deux wagons.

— Il reste deux mois à Colson et à Tilloy pour préparer ce transport, car, voyez-vous, mon ami, nous devons surmonter notre peine et continuer, quoi qu'il en coûte, à nous intéresser aux choses de la vie.

— Mon intention n'est pas de me complaire dans le deuil. D'abord, je dois faire de Pacal un homme. Ensuite, achever les travaux que vous m'avez confiés. Mais me manquera toujours, quoi qu'il advienne, la plus douce et la plus aimante créature, dit Charles.

— Je sais ce qu'un homme de cœur ressent quand il perd la femme qu'il aime. La mort de ma première épouse, qui ne me donna pas d'enfant, fit de moi un homme différent de celui qu'elle avait aimé. Fermé aux sentiments, je ne goûtai plus que les plaisirs sensuels et l'excitation des affaires. Mais je voulais un héritier et pris une autre femme, qui devint la mère d'Ottilia. Vous connaissez sa lamentable histoire. Je suis encore honteux d'avoir pu m'attacher à un être si trompeur, amoral et même criminel. J'ai craint que ne subsiste dans le caractère de lady Ottilia un peu de la perversité maternelle. Avec le temps, je me suis rassuré. Rosebud est fantasque, imprévisible dans ses réactions, rebelle par gloriole plus que par conviction, mais elle ne fera jamais le mal pour le plaisir de voir quelqu'un souffrir. Et puis, comme nous le savons, elle a ses intimes et secrètes souffrances, confessa Simon Leonard.

— Elle fut une sœur parfaite pour Ounca Lou. Aussi vais-je lui écrire pour lui annoncer notre deuil, dit Desteyrac.

— C'est fait. Une lettre est partie pour New York et, comme la Western Union Telegraph[1] fonctionne entre cette ville et Londres, j'ai chargé Jeffrey d'envoyer une dépêche à ma fille. Aujourd'hui, elle doit savoir, révéla le lord.

Pendant les funérailles d'Ounca Lou à Eleuthera s'était produit à Soledad un autre événement tragique. Pibia, qui attendait lord Simon à l'arrivée du navire, informa tout de suite son maître et lady Lamia du suicide de Poko, le domestique sikh du major Carver.

— Il est monté à Pirates Tower et s'est tiré une balle dans la tête. C'est parce qu'il a remarqué les vautours à tête rouge, tournoyer au-dessus des ruines, qu'un palefrenier est allé voir ce qui attirait ces rapaces. Il a trouvé le corps de Poko. Les vautours avaient commencé à le manger. Horrible, n'est-ce pas ?

— Horrible et étonnant, car ce ne sont pas les sikhs mais les parsis qui, pour ne pas souiller la terre, livrent leurs morts à l'appétit des vautours sur les Tours du silence, fit lord Simon.

— Il y avait de la femme chez ce grand barbu aux yeux verts. Il était amoureux d'Edward et nous devions nous cacher pour nous manifester quelque tendresse. Il ne m'aimait guère et n'a pas voulu survivre à celui qui, autrefois en Inde, lui avait sauvé la vie, compléta Lamia.

De retour à Buena Vista, Fish Lady trouva confirmation de son dire. Dans un court billet, le sikh

1. Fondée à Rochester, État de New York, en 1851. En 1860, elle avait absorbé la plupart des compagnies de télégraphe des États-Unis. Depuis quelques mois, elle acheminait les dépêches entre l'Amérique et l'Europe par câble sous-marin.

annonçait son intention d'en finir avec la vie. Il laissait en héritage à lord Simon la topaze brûlée, montée sur cabochon d'argent, qui ornait son turban, et son kandjar d'apparat. Ces objets étaient les seuls biens familiaux retrouvés après le massacre des siens par les lanciers lors de la bataille de Maodky.

Simon Leonard tint à faire inhumer les restes du sikh, et l'on érigea sur sa tombe une stèle, taillée dans le calcaire, sur laquelle il fit graver le nom du défunt et le signe sikh de l'espérance.

— Le télégraphe est tout de même une belle invention. Voici une dépêche d'Ottilia qui, partie de Londres, a traversé l'Atlantique en quelques minutes. Mais il a fallu une semaine à un paquebot de la Cunard pour la porter de New York à Nassau, où elle a dû attendre une autre semaine le départ du bateau-poste, qui vient de la livrer à Cornfield Manor, dit lord Simon.

Il brandissait le télégramme par lequel Ottilia annonçait son arrivée avant la fin de l'année.

— Les autorités travaillent à un projet de câble télégraphique sous-marin, entre la Floride et Nassau [1], dit Murray.

— Belle idée ! Où prendra-t-on l'argent ? Cette année, le revenu de l'archipel est inférieur d'un tiers au coût de la garnison entretenue par la Couronne. Ce n'est pas quand on ne peut plus payer les fonction-

---

1. En 1873, un premier projet avorta et il fallut attendre 1891 et le *Telegraph Act* pour que le télégraphe fonctionnât par câble sous-marin entre Nassau et Jupiter, en Floride. Les Bahamiens furent si fiers de cette liaison qu'ils nommèrent Cable Beach le lieu, près de Paradise Island, où le câble aboutit.

naires, que le Royal Victoria Hotel est à l'abandon, faute d'acheteur, et qu'on n'allume plus les lampadaires sur Bay Street, pour économiser l'huile de houille, que l'on trouvera des actionnaires pour une entreprise coûteuse et de profits incertains, fulmina lord Simon.

Pressée de revoir ceux qui, à Soledad, pleuraient sa demi-sœur, lady Ottilia choisit, pour regagner Nassau, la malle de la Jamaïque, le navire le plus rapide et le moins confortable. Aussi personne ne l'attendait au port occidental, ce matin de janvier 1867, quand elle descendit du bateau-poste affecté au service des Out Islands.

Le commandant du port la fit aussitôt conduire à Cornfield Manor, où son père lui révéla les détails des drames vécus en son absence.

— Ah ! Rosebud ! Vous savez maintenant quels douloureux moments nous avons vécus en votre absence, conclut le lord, encore ému à ce rappel.

— Je vais proposer à Charles de me charger de l'éducation de Pacal pour suppléer à l'absence de sa mère, décréta aussitôt Ottilia.

— Vous verrez cela avec lui. Jusqu'ici, il s'en tire assez bien. Il domine son chagrin, travaille comme un forcené et continue à vivre avec Pacal de qui Lamia s'occupe beaucoup depuis qu'elle est veuve. Et il a fait brûler par Timbo et Adila toute la garde-robe de sa femme, eut l'air de s'étonner lord Simon.

— Je comprends ça. Conserver ces toilettes était impossible, et les offrir un geste impensable, dit Ottilia.

— Il aurait pu les faire vendre à New Providence où les femmes les plus coquettes n'hésitent pas, m'a-t-on dit, à porter des vêtements ayant appartenu à d'autres, observa Simon, ennemi de tout gaspillage.

— C'est ça ! Et, un jour, Charles eût croisé une femme portant une robe d'Ounca Lou ! Mon pauvre père, vous ignorez tout ce que représente, pour un homme, les toilettes d'une morte. Une robe vide se souvient des formes de celle qu'elle vêtit : la voir, la toucher éveillent de très intimes réminiscences. Manqueriez-vous à ce point de cœur ? répliqua Ottilia, choquée.

Furieux d'être pris en flagrant délit d'insensibilité, Simon émit un grognement et, penaud, quitta la pièce.

Les travaux de remise en état d'Exile House étant achevés, Otti rentra chez elle, déplora la perte de sa coiffeuse en bois de rose, de plusieurs bibelots, de quelques robes, et fit reproche à Mortimer, l'âme damnée de Malcolm, et aux servantes de n'avoir pris aucune précaution avant l'arrivée, toujours prévisible, des ouragans. Ayant manifesté sa mauvaise humeur, elle annonça son intention de rendre visite à Desteyrac.

— Je suis certaine qu'Ounca Lou aurait souhaité me savoir attentive à la consolation et au bien-être de ceux qu'elle a si brutalement quittés, dit-elle, provoquant chez Malcolm un haussement de sourcils voltairien.

— Ma chère, vous me paraissez en effet la mieux placée pour prendre soin du veuf... enfin, jusqu'à un certain point ! fit-il, goguenard.

— Vous êtes incapable d'apprécier un sentiment noble !

— Nous nous connaissons assez pour reconnaître, chacun chez l'autre, ce que vous nommez un sentiment noble. Mais attention, Otti, Charles est mon ami, mon seul ami sur ce caillou. Alors, tenez-vous-en, avec lui, aux nobles sentiments ! avertit Murray d'un ton sec, qu'elle dédaigna d'un haussement d'épaule.

— Où puis-je le trouver ?

— Depuis les funérailles d'Ounca Lou, je l'ai peu vu. Il s'abrutit de travail sur la voie du chemin de fer, en attendant d'aller chercher, à Portsmouth, la locomotive de Simon. En fait, il se tient à l'écart de la société, et nous respectons cet isolement volontaire.

— Où puis-je le trouver ? insista Ottilia.

— Quand il n'est pas à Eleuthera, à la conserverie d'ananas, il séjourne souvent dans ce qui fut, à Southern Creek, sa maison de chantier pendant la construction du pont de Buena Vista : Little Manor, comme nous l'avions baptisée. C'est là que vous aurez le plus de chances de le rencontrer, quand il n'est pas à Valmy avec Pacal, expliqua Murray.

Ottilia fit aussitôt atteler son cabriolet et, après un détour par Valmy, où elle ne trouva que des domestiques encore éplorés, prit au trot rapide de sa jument la route du Sud.

Sur le rivage de Pink Bay, le cottage de Desteyrac avait été ravagé par les vagues, lors des ouragans, et Timbo, aidé de Sima, s'était appliqué à le rendre à nouveau habitable. L'Arawak, occupé à peindre la nouvelle véranda qui remplaçait celle que la tempête avait emportée, vint au-devant de la visiteuse.

— Mossu Cha'les est au chantier du t'ain. Y va bientôt veni', m'ame. Sû' qu'y se'a content vous voi', m'ame, dit Timbo.

Et il invita Ottilia à prendre place dans un rocking-chair, sur la petite galerie. Comme il servait, sans en avoir été prié, un jus d'ananas, Ottilia le retint.

— Il y a des mois que je ne me suis pas baignée.

Je vais me mettre à l'eau. Rentre au cottage, ordonna-t-elle.

Habitué aux fantaisies parfois incongrues des Blancs, l'Arawak s'exécuta tout en se demandant si la lady avait un costume de bain sous sa robe.

Ottilia n'en avait pas, mais elle se dévêtit, ne conservant qu'une culotte à volant de dentelles et une brassière, puis, observée à la dérobée par Timbo, elle traversa la plage de sable rose, entra dans l'océan, s'ébroua et se mit à nager.

« Si va loin, mo'due par les *sha'ks*[1] », pensa Timbo.

Il alla quérir le long harpon des pêcheurs bahamiens, dont il connaissait le maniement, et s'assit sur le sable, décidé à se jeter à l'eau pour secourir l'imprudente. Comme toujours quand il n'était pas occupé, l'Arawak sombra dans une somnolence béate, d'où le tira la voix de son maître.

— Tu crois que les mérous vont venir à toi sur le sable ? dit Charles.

— Lady Ottilia est là-bas, dans l'eau. J'a peu' pou' elle. Les *sha'ks* sont toujou's pa'-là, dit-il en désignant la nageuse.

De loin, Otti échangea un signe de la main avec l'ingénieur et se mit à nager vers le rivage.

— Rentre et prépare des serviettes, ordonna Charles à Timbo.

La naïade, surgie de l'eau entre deux vagues, lui rappela sa première rencontre avec Ounca Lou. Il avait vu la filleule de Lamia, au même endroit, séduisante apparition, sortir de l'océan après le naufrage de sa barque. Le rappel de cette scène inoubliable le troubla au point qu'il accueillit fraîchement son amie.

---

1. Pour *sharks* : requins.

La lingerie de batiste, rendue transparente et moulante par l'eau, dévoyait, en l'accentuant, la nudité vénusienne d'Otti.

— Êtes-vous venue d'Angleterre à la nage ? lança-t-il, narquois.

Puis il se retourna pour gagner son bungalow, moins par respect pour la pudeur d'Otti que parce qu'il doutait soudain de l'innocente spontanéité de cette baignade.

Alors que sa relation amoureuse avec Ounca Lou était déjà connue, lady Ottilia n'était-elle pas venue les surprendre, à Pink Bay ? Ce jour-là, les voyant tous deux sortir nus de l'eau, main dans la main, elle s'était effondrée en larmes sur le sable. « Un couple de commencement du monde », avait-elle lancé. Le soir, Charles avait appris à Buena Vista ce que Lamia avait nommé « l'exception physiologique » de sa nièce.

Voir Ottilia se substituer, effrontée et sans délicatesse, au souvenir d'Ounca Lou, pour une parodie triviale d'un bonheur anéanti, scandalisa l'ingénieur. Connaissant toutes les insupportables frustrations de la jeune femme, il ne pouvait cependant s'empêcher, dans l'instant, de lui en tenir rigueur.

Quand elle fut séchée et habillée, Otti demanda une tasse de thé, que Timbo s'empressa de préparer et qu'il servit en même temps que le *yellow bird* réclamé par Charles.

Ce dernier ne fit ni allusion ni commentaire, et, après quelques banalités sur le séjour d'Otti en Angleterre, l'avenir de Pacal fut leur principal sujet de conversation.

— Je suis prête à venir m'installer à Valmy pour tenir la maison et m'occuper de Pacal. Ounca Lou m'a dit un jour, me voyant mélancolique : « Vous êtes la seule à qui je confierais mon fils », osa-t-elle rappeler.

— Je souhaite ne rien changer à l'organisation de notre vie. Pacal, très mûr pour ses bientôt dix ans, n'est pas un orphelin larmoyant. Il étudie les matières nécessaires pour suivre, un jour, en France, les cours du collège qui le préparera au concours d'entrée à l'École polytechnique et aux Ponts et Chaussées. Car, après avoir voulu se faire marin, pêcheur d'éponges puis conducteur de locomotives, il a décidé de suivre la même voie que moi. Ce qui est sagesse, étant donné ce que l'avenir lui réserve. En attendant, il passe beaucoup de temps avec son grand-père, nage et pêche avec Lamia ou Sima, et je le laisse courir les mangroves et les plages, chasser à l'arc et faire des farces avec ses amis, les Arawak. Pacal, aussi sérieux soit-il, est un turbulent, qui a besoin de récréations, de moments de liberté. Il ne peut jouer, à longueur de semaines, le rôle de l'héritier transi de lord Simon, expliqua Desteyrac.

De cet exposé Ottilia ne retint que le ton froid, distant, quasi impersonnel du seul homme de qui l'estime et l'attention lui importaient. Lors d'autres retrouvailles, elle l'avait connu plus empressé, plus affectueux, presque tendre. Elle entendait encore le son de sa voix quand, l'accueillant, quatre ans plus tôt, à son retour des prisons de Wilmington, il lui avait glissé : « J'attendais avec confiance l'enivrement de vous revoir. » De cette phrase elle avait alors déduit tout un éventail de sentiments, cachés par obligation ou convenance. Aujourd'hui, sa présence ne semblait plus enivrer Charles. La mort d'Ounca Lou – elle avait secrètement espéré qu'elle les rapprocherait – semblait au contraire les éloigner l'un de l'autre. Vivante, l'épouse de Charles n'avait jamais pris ombrage d'une connivence informulée ; morte, la rendait-elle ambiguë ?

— Eh bien, nous nous reverrons sans doute à Cornfield Manor, finit-elle par dire en se levant.

Charles ne fit rien pour la retenir et, quittant son siège, se prépara à l'accompagner au cabriolet, arrêté sur le replat de terrain qui dominait la baie.

— N'oubliez pas votre costume de bains, dit-il, désignant culotte et brassière mis à sécher sur la galerie.

— La présence de lingerie féminine chez un homme seul pourrait en effet être mal interprétée, répliqua-t-elle, pincée.

— Ce pourrait être, en effet, Otti.

Il lui tendit la main pour l'aider à gravir la pente de la petite falaise, derrière Little Manor, et, quand elle eut pris place dans la voiture, lui passa les rênes et se découvrit pour la saluer.

Cette politesse conventionnelle, proscrivant, d'un geste, leur ancien abandon, la désola.

— Charles, dites-moi : nous nous reverrons... bientôt... amis comme avant ? demanda-t-elle, presque implorante.

— Nous nous reverrons, Otti. L'île est si petite, convint-il sans se départir de sa raideur.

Dépitée, rageuse, le regard embué de larmes, elle fit claquer les rênes sur la croupe de sa jument et enleva la voiture sans un geste d'adieu.

Ce soir-là, Charles Desteyrac se reprocha sa dureté, sa froideur, son peu d'indulgence. Chez toute autre, sûre de sa beauté, une conduite impudique comme celle d'Ottilia au sortir du bain eût été une provocation hardie, un appel sensuel, une offre à saisir. Chez Otti, pareille mise en scène n'était sans doute que façon d'exister en tant que femme.

Ils ne se revirent que sept semaines plus tard, ce matin de mars où, rentrant de Portsmouth avec l'*Arawak* qui remorquait la barge chargée de la locomotive tant attendue par lord Simon, le convoi entra dans le port occidental. Lady Ottilia se tenait sur le quai, avec Pacal, au premier rang de la foule des curieux.

Otti appréhendait ces retrouvailles, mais elle fut ravie de voir Charles, teint bronzé d'un loup de mer, descendre de l'*Arawak* et venir à elle en souriant.

— Pacal ne tenait plus en place depuis que les guetteurs du sémaphore avaient annoncé votre arrivée, dit-elle.

Charles serra son fils dans ses bras et baisa avec autant de chaleur qu'autrefois la main d'Otti.

— J'apprécie que vous ayez accompagné Pacal. Je le trouve encore grandi. Et vous, toujours aussi belle, ajouta-t-il, décidé à effacer le souvenir de l'incident de Pink Bay.

— Grand-père va arriver, mais marraine Lamia n'a pas voulu venir. Elle n'aime pas les machines qui font de la fumée, expliqua Pacal.

Charles rejoignit Colson, Tilloy, Philip Rodney et Bob Lowell, mobilisés pour le débarquement de la Crampton, à deux grandes roues motrices et quatre petites mobiles. Peinte, comme l'avait exigé lord Simon, du même bleu que le pont de Buena Vista, la machine portait sur ses flancs les armes des Cornfield. Sa cheminée en forme d'entonnoir, couronnée de cuivre, ressemblait à une sœur obèse de celle, plus élancée, de l'*Arawak*.

Débarquer la machine à vapeur de seize tonnes fut une opération moins spectaculaire que risquée. Un élément de voie ferrée, destiné à recevoir la locomotive pendant la traversée de Portsmouth à Soledad, avait été fixé sur le pont de la barge. Celle-ci fut d'abord arrimée à la perpendiculaire du quai, sur lequel d'autres rails, reliés à la voie insulaire, étaient en place. Le plus délicat fut d'abaisser la barge, débarrassée de son bordage-avant, au niveau exact du quai, en contrôlant l'entrée de l'eau dans les ballasts fixés de part et d'autre de la coque. On devait l'invention de cette technique originale à Lewis Colson, et la fabrication des réservoirs à Tom O'Graney et à ses charpentiers. Les ballasts vides avaient jusque-là stabilisé la barge et son chargement, neutralisant en partie le roulis qui, en 1865, avait été fatal, au large d'Eleuthera, à la locomotive d'un planteur cubain. Une fois aboutés les rails de la barge à ceux du quai, ne resta plus qu'à mettre en chauffe la chaudière de la locomotive pour la faire passer, de son propre mouvement, de la barge à la terre ferme.

Deux chauffeurs et un mécanicien de l'*Arawak* allumèrent le feu dans le foyer de la machine et on attendit que la pression montât dans le manomètre. Ce délai laissa le temps à lord Simon d'arriver, à bord de sa calèche, en compagnie de Myra Cornfield et d'Ann Cornfield. Grâce aux traitements conjugués de Maoti-Mata et d'Uncle Dave, l'infirme pouvait maintenant remuer les pieds et plier les genoux.

— Ç'eût été un beau jour si celles et celui qui nous ont quittés l'an dernier avaient pu assister à cet événement, dit Simon à Destcyrac et à Colson avant de saluer Robert Lowell.

Les mains de bois de l'ingénieur, gantées de peau couleur chair, l'impressionnèrent.

— Charles m'a dit que vous pouvez écrire et même tracer des plans, risqua le lord.

— Grâce à la mobilité des pouces, je puis en effet saisir crayon, papier, règle et même fourchette, dit

Bob, très à l'aise, en démontrant d'un simple mouvement du bras le fonctionnement de la pince.

— Admirable ! commenta Cornfield.

— Je suis dans la situation du homard, plaisanta Lowell.

Tandis que lord Simon faisait le tour de la locomotive, s'intéressait au fonctionnement des cylindres, des pistons, des bielles, du régulateur, du frein, examinait le tender plein de coke, Desteyrac repéra, dissimulée dans la foule, la jeune Viola.

Au cours de la traversée, Bob Lowell avait fait part à Charles de sa crainte de se retrouver en face de la jeune fille. Bien qu'elle lui eût écrit des lettres touchantes et exprimé un vif désir de le revoir, quelle serait sa réaction devant des mains insensibles au toucher, des mains de bois et de cuir, inaptes à la caresse et qu'on ne pouvait serrer ? Si beaucoup d'hommes et de femmes, croisées dans la rue, à Pittsburgh ou à New York, ne remarquaient même pas ses membres artificiels, fort bien imités, dès qu'il devait entretenir une conversation, entrer dans une boutique ou s'asseoir face à d'autres personnes dans un train, ses mains retenaient l'attention. Le plus souvent, les gens, devinant un grand blessé de guerre, le plaignaient, le félicitaient pour son courage et le cruel sacrifice consenti pour ramener la paix entre les États, abolir l'esclavage et restaurer l'unité de la nation. Mais Bob lisait parfois dans les regards le soupçon d'une infirmité congénitale qui, probable séquelle d'une tare familiale inavouable, méritait une moindre pitié.

— Viola est là qui vous attend. Allez la voir, n'hésitez pas, souffla Charles à son ami en lui montrant la jeune fille qui n'osait approcher.

Après une hésitation, Robert s'exécuta et Desteyrac retourna près de la machine, dont la cheminée libérait une fumée âcre et assez d'escarbilles pour que lord Simon en découvrît sur ses manches et les ailes de son panama.

— C'est fâcheux, ces grains noirs. On ne peut pas éviter ça ? J'entends déjà lady Lamia pousser les hauts cris, lança-t-il à Mark Tilloy.

— Hélas, ce sont les résidus de la combustion du charbon. Et nous brûlons le meilleur coke, *my lord !*

— Ne peut-on brûler du bois ?

— Ce serait plus coûteux et nous ne trouverons pas sur l'île de quoi alimenter votre machine, intervint Charles.

— Eh bien, nous en ferons venir de Floride, ou plutôt du Canada. Ils ont des forêts à ne savoir qu'en faire, conclut lord Simon avec humeur.

Croyant chasser d'une pichenette des escarbilles au revers de sa redingote de lin blanc, il y traça de sales paraphes.

— Dégoûtant ! s'écria-t-il, secouant son panama en s'éloignant de la machine.

La pression devenue suffisante, Tilloy fut enchanté, avec un clin d'œil à Charles, de tirer trois notes insolentes du sifflet à vapeur, avant d'ordonner au mécanicien de mettre la locomotive en route.

Une fois la machine sur la voie établie depuis plus de cinq ans, voiture et wagons accrochés, on se prépara au voyage inaugural, dont un deuil trop récent interdisait de faire une véritable fête.

La voiture personnelle du lord, fabriquée à Chicago par George Mortimer Pullman[1], sur des plans établis

1. Industriel américain (1831-1897). Depuis 1859, il transformait, dans ses ateliers de Chicago, les voitures ordinaires en *sleeping cars*. En 1867, il venait de fonder la Pullman Palace Car Company.

par Lowell et Charles, ne ressemblait en rien aux voitures des trains de luxe américains. Sous l'aspect extérieur d'une grande berline couleur aubergine, elle offrait un confort intérieur digne du wagon-salon de la reine Victoria. Banquettes de cuir rouge, parois tapissées de soie cramoisie, passementerie et portières à vitres coulissantes, ce douillet habitacle pouvait, enlevé de son plateau ferroviaire et fixé sur un châssis, se transformer en berline hippomobile de voyage.

Lord Simon y fit porter Ann, puis convia Myra, Ottilia et Pacal à prendre place près de lui. Les ingénieurs Desteyrac et Lowell se serrèrent entre le chauffeur et le mécanicien, sur la locomotive, afin d'étudier son comportement.

Le train, s'annonçant à coups de trompe, bramements cuivrés qui effrayaient les oiseaux, fit une première halte au village des artisans, où Uncle Dave, le tailleur Fili-Fili Percy, l'apothicaire Rupert Royston et le gérant italien du General Store, Pietro Belmonte, prirent place dans la voiture pour voyageurs, simple plate-forme meublée d'une série de banquettes abritées sous un dais de toile. Au cours d'un nouvel arrêt au village des Arawak, le cacique des Taino, Maoti-Mata, fut accueilli dans la berline du lord. Tout au long du parcours, la vitesse du train étant celle d'un cheval au petit trot, les garçonnets les plus audacieux, Indiens ou Noirs, sautaient en riant aux éclats sur les marchepieds des wagons, qu'ils abandonnaient pour recommencer leur jeu.

Ce premier convoi mit plus de deux heures pour parcourir les vingt miles séparant le port occidental de Southern Creek.

Le soir, au cours du premier dîner donné à Cornfield Manor depuis la tragédie de l'automne précédent, lord Simon se montra aussi enjoué qu'un enfant entré en possession d'un jouet depuis longtemps convoité.

Il fut décidé que le Soledad Railway, ainsi pompeusement nommé par Lowell, effectuerait deux allers-retours par jour, entre le nord et le sud de l'île, afin de faciliter le déplacement des personnes et le transport des marchandises. La voiture du lord ne serait accrochée au convoi qu'à sa demande. Fish Lady accepta de confier au train les coquilles de la Buena Vista Conch Company, destinées à la fabrication de camées en France et en Italie, les éponges et les carapaces de tortues récoltées sur son îlot et promises à l'exportation, via le port occidental. En revanche, elle confirma son refus catégorique d'user d'un moyen de transport si bruyant et brinquebalant, dont la fumée empuantissait l'air et salissait le ciel.

Cet été-là, lord Simon décida un voyage à Nassau à l'occasion de l'inauguration, par l'épouse du gouverneur, d'un buste de Shakespeare. Cette cérémonie mondaine agaça fort Malcolm Murray qui rappela en termes ironiques qu'on venait de procéder en Angleterre à la mise en vente, à Stratford-upon-Avon, de la maison du poète.

— Nous honorons notre plus grand poète au milieu des nègres, sous les tropiques, et nous cédons au premier venu la demeure où il est mort ! Et pas d'offre supérieure à mille neuf cents livres ! Quelle honte ! s'écria-t-il, une fois la statue dévoilée.

Au cours du dîner qui suivit, on ne manqua pas d'évoquer l'achat récent, par les États-Unis, de l'Alaska à la Russie, pour sept millions huit cent mille dollars, et la remise en liberté de Jefferson Davis, ancien président de la Confédération des États du Sud, après deux ans de détention. Le général Robert E. Lee, fort respecté des Nordistes vainqueurs, avait déjà été nommé président du Washington College, à Lexington, Virginie. Ces nouvelles réjouirent les anciens planteurs sudistes réfugiés .dans l'archipel où leur influence économique et politique ne cessait de croître, ce qui indisposait autant les colons britanniques que les élus bahamiens. Quant au rappel de l'exécution, par Juárez García, révolutionnaire, ennemi juré des Français, de Maximilien, archiduc d'Autriche, promu empereur du Mexique par Napoléon III, il valut à Charles Desteyrac une commisération de pure courtoisie.

Au cours du voyage de retour, à bord du *Phoenix*, Charles eut l'occasion de s'entretenir avec Ottilia plus familièrement qu'il n'avait pu le faire depuis longtemps. Le dernier jour, alors que le port occidental était en vue, ils se retrouvèrent accoudés côte à côte à la lisse, admirant une fois de plus le profil allongé de l'île fleurie, dominée en son centre par le mont de la Chèvre, passerelle d'un grand vaisseau de corail. Comme de vieux amis, ils évoquèrent le passé, depuis leur première rencontre, à bord de ce même navire, au départ de Liverpool. Quatorze années s'étaient écoulées et une foule d'événements avait agité leur vie.

Puis, comme Charles s'informait de ce qu'il était advenu de Gertrude Lanterbach, Ottilia ne cacha pas son dépit.

— Elle m'a beaucoup déçue, après que je l'eus assistée sur le bateau – quand elle fit une fausse-couche et que l'on craignit un moment pour sa vie ; rétablie, elle m'a plantée là, dès l'arrivée à Londres, pour rentrer dans sa famille, en Alsace. Nul doute qu'elle sera là-bas un beau parti, car, fort économe et entretenue chez nous, comme vous avez pu le voir, depuis plus de vingt ans qu'elle était à mon service, elle avait placé fort intelligemment tous ses gages. Enfin, qu'elle soit heureuse !

— Elle était donc vraiment enceinte de Tilloy en quittant Soledad, s'étonna Charles.

— De Tilloy ou de Malcolm : elle a été incapable de le dire. Car, après son simulacre de noyade, ses relations avec Murray ont repris, en cachette cette fois, sans que ni vous ni Ounca Lou vous en soyez rendu compte. Cette femme sanguine, à l'occasion fort dévouée à ma personne, avait non seulement le feu sous son jupon, mais aussi une grande capacité de dissimulation. Et je peux vous assurer que cela coûta cher à Malcolm ! révéla Otti.

— Épisode plus trivial que libertin, commenta Desteyrac.

— Du passé, Charles, nous ne devons conserver en mémoire que l'image des êtres estimables que nous avons aimés, et les moments heureux. Vous en avez connus et vécus plus que moi. Aussi, partager vos souvenirs me fait grand bien.

— Ils font partie de notre lot commun. C'est une chose dont je prends conscience en vieillissant, dit-il, posant l'index sur sa tempe grisonnante.

— Comme vous, j'approche la quarantaine, observa-t-elle.

— Pour un homme, c'est l'âge où s'épuisent les illusions, où flanchent les ambitions, où le devoir, souvent, se substitue à la recherche du plaisir. Après, vient le détachement, commenta Charles.

Ottilia estima l'instant et l'ambiance propices pour poser à l'ingénieur la question qui, depuis des semaines, taraudait son esprit.

— Quand, dans quelques années, bientôt peut-être, vous accompagnerez Pacal à Paris pour ses études, reviendrez-vous à Soledad ?

— Pacal en pension, les travaux commandés par votre père terminés, je n'aurai plus, après la mort d'Ounca, de raisons de vivre ici, Otti.

— Bien sûr, vous n'aurez plus de raisons de vivre à Soledad, bien sûr..., répéta-t-elle d'une voix enrouée, avant de s'éloigner sur le pont.

Charles la regarda marcher vers l'arrière du bateau. À trente-six ans – il ne comptait que deux ans de plus qu'elle –, Ottilia restait au mieux de sa beauté. En confirmant l'élégance et l'harmonie de ses formes, la maturité adoucissait ce qu'elles avaient eu autrefois de provocante arrogance.

— Plus désirable que jamais, hein, murmura Mark Tilloy dans son dos, sans qu'il l'eût entendu venir.

— Et aussi plus malheureuse que jamais, répliqua Charles.

Quand il résidait à Valmy, Charles, avant le coucher de Pacal, demandait à son fils de raconter sa journée. Il exigeait de l'enfant qu'il le fît en français. Même émaillé d'anglicismes qu'il corrigeait, le récit de Pacal avait valeur pédagogique. Une fois détaillée la revue des matières étudiées, le garçon commentait, suivant ce qu'avait été son emploi du temps : chevauchée avec lord Simon, baignade avec ses amis les Arawak sous la surveillance de Sima, partie de pêche au mérou avec Fish Lady, leçon de piano avec Ottilia, tir à l'arc avec Timbo, champion reconnu dans toute l'île.

Ce soir-là, tandis que Pacal achevait le compte rendu d'une chasse au hutia [1], Charles remarqua la ceinture de cuir fatigué, à grosse boucle d'argent, qu'exhibait son fils.

— D'où tiens-tu cette belle ceinture ? Elle peut faire deux fois le tour de ta taille, mon garçon, demanda-t-il.

— C'est un cadeau de Takitok. Kameko m'a aussi donné une boîte en joli bois pour ranger mes crayons. Je vais la chercher, dit l'enfant, courant vers sa chambre.

Il revint et présenta un coffret oblong, en ébène de Macassar, intérieur capitonné de soie rouge. Le couvercle portait, en incrustation d'or, un monogramme surmonté d'une couronne comtale.

— C'est une boîte à gants précieuse, sans doute propriété d'une noble dame. Où diable tes amis les Arawak ont-ils trouvé ça ? demanda Charles, qui pensait déjà connaître la réponse.

— Quand un gros bateau se casse sur les rochers, Takitok, Kameko et Nardo vont en barque, avec leur père, chercher les gens qui ont peur de se noyer. Alors, pour les remercier, les étrangers leur font des cadeaux, et puis, s'ils leur en font pas, ils prennent tout ce qu'ils trouvent.

— Tes amis sont des *wreckers*, des pilleurs d'épaves, mon garçon. Ces objets auraient dû être rendus aux naufragés. Les conserver par-devers soi s'appelle vol par appropriation ! commenta Charles, mimant la sévérité.

— Takitok dit que, si on ramassait pas ce que les

1. Ou capromys, gros rongeur américain, qui cause des dommages aux récoltes. C'est aujourd'hui, aux Bahamas, une espèce protégée par le National Trust.

gens oublient parce qu'ils ont peur d'être noyés, ça serait pris par la mer et perdu pour tout le monde, expliqua Pacal.

Desteyrac se garda d'insister. Comme tous les habitants de l'archipel, il savait qu'une fois tarie la source de profits née de la guerre de Sécession, les insulaires étaient revenus à la plus contestable de leurs activités ancestrales, le *wrecking*, ou pillage des épaves. Dès qu'un bateau était signalé en difficulté, ou se rapprochait des récifs dont les îliens escomptaient qu'ils seraient fatals à sa coque, les hommes se précipitaient à la côte, mettaient leur barque à la mer pour recueillir les naufragés, mais aussi s'emparer de tout ce qu'ils pourraient tirer du bateau en perdition ou en attente de remorquage.

Officiellement admise par les autorités bahamiennes, cette curée, sous couvert d'entreprise de sauvetage, était aussi tolérée par l'Amirauté britannique.

L'évêque anglican des Bahamas, Mgr Addington Venables, en poste depuis 1863, s'indignait de ces agissements et les condamnait, mais subsistait chez les îliens, même les plus chrétiens, la conviction primitive que le contenu des épaves constituait une ressource naturelle offerte par l'océan. Les plus indulgents mettaient au compte du sang pirate, qui avait contribué à peupler les îles aux XVIIe et XVIIIe siècles, ce goût atavique de la maraude.

Quand Desteyrac détailla devant lord Simon l'étrange butin de Pacal, le maître de l'île exulta.

— Mon petit-fils est donc un vrai Bahamien ! Un *wrecker* ! Cela ne doit pas vous scandaliser. Ici, tout le monde a été, est ou sera pilleur d'épaves. Le *wrecking* est une compensation légitime aux risques pris par ceux qui vont au secours des naufragés, expliqua Cornfield.

— Il est tout de même difficile d'assimiler cette activité à celle des sociétés de sauvetage telles que nous les connaissons en Europe et aux États-Unis, bougonna Desteyrac.

— Évidemment, nos pêcheurs y trouvent leur profit, car tous les naufrages ne sont pas déclarés, comme prévu par la loi. L'ouragan de l'an dernier, qui nous fut si cruel, causa soixante-trois naufrages, dont trente et un seulement firent l'objet d'un rapport à l'amirauté de Nassau.

— Et les autres ?

— Pour les autres, mystère, mon ami ! Seuls nos braves pêcheurs pourraient dire ce qu'il en est advenu. Mais ne comptez pas sur ce genre de confidences !

— Lewis Colson m'a dit que même les finances publiques tirent bénéfice du pillage des navires naufragés, insista Charles.

— Comme on ne peut, aujourd'hui encore, nier l'utilité d'une telle pratique, car beaucoup de vies sont sauvées chaque année par nos *wreckers*, les autorités ont décidé de délivrer des licences de... sauvetage à des patrons de pêche. Depuis 1858, trois cent deux entreprises de *wrecking*, employant plus de deux mille six cents hommes d'équipage, ont été dûment accréditées. Les marchandises officiellement récupérées par les sauveteurs sont souvent vendues aux enchères et, pour les bâtiments déclarés secourus, les *wreckers* touchent une indemnité d'au moins 1 500 livres sterling par bateau. Je tiens de l'amirauté qu'entre 1855 et 1864, pour trente-sept bateaux secourus, il a été versé 59 958 livres d'indemnités, soit 1 620 livres par bateau. Mais, dans le même temps, près de quatre cents bateaux ont dû se perdre ou s'échouer sur nos côtes, précisa lord Simon.

— Mgr Venables dit que les habitants des Bimini

Islands passent pour les plus rapaces de tous. On pense même qu'ils allument des feux pour attirer les navires sur les récifs, dit Charles.

— Je vois bien où l'évêque veut en venir. Il se peut qu'aux Bimini Islands, les terres les plus proches de la côte américaine, on allume encore des feux comme au temps des pirates, mais il existe aujourd'hui d'autres méthodes, moins brutales et plus profitables, pour faire de l'argent quand les tempêtes ne suffisent pas à drosser les navires sur les rochers. Chaque année, de grands navires, généralement un peu vétustes, appartenant à des armateurs de Nassau qui reviennent, cales pleines, d'Europe ou des États-Unis, font inexplicablement naufrage dans l'archipel. Le capitaine et les marins, toujours sains et saufs, déclarent le bateau perdu avec sa cargaison. En vérité, celle-ci, largement assurée en prévision du naufrage organisé, est récupérée par les *wreckers* et vendue à Nassau ou ailleurs. L'armateur touche l'assurance, le capitaine et les marins sont grassement payés ; seul l'assureur britannique ou américain se désespère. Tout cela vaut à Nassau mauvaise réputation ! regretta lord Simon.

— La bonne solution, pour limiter les risques de naufrage, est de multiplier les phares sur les côtes les plus dangereuses. Quand vous pensez que Nassau ne possède qu'une seule balise pour indiquer l'entrée du port... Construite en 1816, c'est un feu à huile qui n'a pas grande portée, fit observer Desteyrac.

— L'Imperial Lighthouse Service a décidé de construire des phares et des balises pour signaler les récifs aux navires et délimiter des chenaux sûrs. Mais ça ne plaît guère à nos Lucayens, reconnut Cornfield.

— En tout cas, depuis que les phares à acétylène de Lobos Cay, Stirrup's Cay et Elbow Cay, construits entre 1860 et 1863, fonctionnent, on compte beaucoup moins de naufrages dans ces parages. Je pense, lord Simon, qu'il faudrait construire un phare sur Buena Vista, au Cabo del Diablo, car plusieurs bateaux s'y sont brisés l'an dernier, proposa Charles.

— À vous de convaincre Lamia, mon ami. Vous avez autrefois vaincu son entêtement à propos du pont de Buena Vista, mais, depuis lors, vous avez pu constater son rejet du train. Lamia est toujours, en dépit du bon sens, ennemie du progrès. Je vous souhaite bien du plaisir ! acheva Simon.

Il avait le regard malicieux de qui espère une belle empoignade, dont il sait qu'il sera l'arbitre.

6.

Charles Desteyrac n'était pas homme à se complaire à l'examen de son image. Il usait du miroir pour raser sa barbe et coiffer ses cheveux, sans s'attarder. Enfant, plus soucieux alors de l'aspect de sa personne, il s'était entendu dire par sa pieuse grand-mère paternelle : « À se regarder dans la glace, on voit paraître le diable ! » Ce matin-là, se souvenant de cette mise en garde, il adressa un sourire à son reflet, et lui revint à l'esprit la conversation sur l'avancée en âge, qu'il avait eue avec Ottilia. Considérant plus attentivement son visage, en homme qui ne craint pas le diable, il établit un bilan sincère. Le regard bleu dur restait aussi vif, les joues aussi creuses, le cou sans plis, alors qu'aux tempes des striures en éventail dessinaient ce que Mme de Saint-Forin nommait pattes d'oie. Sa peau, brunie par le soleil et l'air marin, ne le différenciait plus des vieux insulaires, hâlés comme des boucaniers. Seule touche récente dans ce portrait encore acceptable, sa chevelure brune, légèrement ondulée, se niellait d'argent.

En ce printemps 1868, c'était la première fois depuis longtemps qu'il s'intéressait autant à son physique, et cela lui fit prendre soudain conscience que dix-huit mois s'étaient écoulés depuis la mort d'Ounca Lou.

Les saisons s'étaient succédé sans qu'il y prît garde, car il emplissait intensément ses journées. Naviguer avec Colson à bord de l'*Apollo*, de Soledad à Eleuthera, pour surveiller les plantations d'ananas et la production de la conserverie, visiter les salines et les chantiers ouverts à Great Inagua, Crooked Island et Ragged Island, séjourner à Nassau, centre des affaires, pour représenter lord Simon de qui il était devenu, au grand dam de Murray, l'homme de confiance, le protégeait de tout repli sur soi et de tout abandon à la mélancolie.

Invité permanent à Cornfield Manor, il partageait, plusieurs fois par semaine, le dîner du lord, occasion d'entretiens confiants et, de la part de Simon, de confidences circonstanciées.

Un soir d'avril, comme Charles se remémorait avec son hôte les quinze années passées depuis son arrivée à Soledad, lord Simon intervint.

— Il faut se rendre à l'évidence : le temps n'est pas d'un écoulement régulier, dit-il.

— « L'idée de durée résulte de la conscience de la permanence du moi à travers la succession des phénomènes », assurait le jésuite qui m'a enseigné la philosophie, cita Desteyrac.

— Et cela vous satisfait ?

— Non. C'est un encadrement trop étroit de la perception que nous pouvons avoir de la marche du temps. L'âge venant, le temps me paraît de plus en plus se contracter. Nous ne comptons pas les heures comme les pendules, car beaucoup d'une vie peut tenir en un court moment, alors que des années défilent, sans laisser de repères dans nos mémoires. Pour en avoir fait l'expérience, je sais que ce sont les drames, maux, chagrins, déceptions, crises morales, qui, plus que les jours heureux, plantent les jalons datés d'une destinée, dit l'ingénieur.

— La mienne n'en fut pas exempte. N'empêche, n'est-ce pas, que nous passons nos vies à chercher ce qui pourrait nous faire croire à l'éternité promise par les Évangiles, alors que nous ne verrons jamais plus loin que la mort. C'est pourquoi, mon ami, je me soucie de votre bien-être moral et de votre solitude, développa le vieil homme en raccompagnant son gendre sur la galerie.

— Rassurez-vous, je ne me sens pas seul ici. Ne suis-je pas en famille ? répondit Charles.

La solitude, qui aurait dû faire éprouver au veuf la vacuité des longues heures figées dans le souvenir d'Ounca Lou, des nuits sans amour, parfois sans sommeil, au contraire, le projetait de jour en jour, de semaine en semaine, de mois en mois, dans de nouvelles entreprises. Par une activité quotidienne organisée, il avait atteint à l'indifférence au temps, comme si montres et horloges, en répétant les mêmes heures au même rythme, ne tenaient plus, calculatrices confuses, qu'un fallacieux compte des jours, passant par profits et pertes les instants vides.

Souvent convié par Malcolm Murray à Exile House, surtout en l'absence d'Ottilia, soit qu'elle conduisît Ann au bain, soit qu'elle visitât les malades, Desteyrac appréciait l'érudition de l'Anglais, avec qui il partageait une passion pour l'Antiquité et les mythologies grecques et romaines.

Ainsi, à la fin de l'après-midi, comme pour tromper la mélancolie à laquelle Malcolm craignait de voir Charles s'abandonner à l'heure du repos, l'architecte, baissant le ton, tel un conspirateur, invita l'ingénieur à le suivre dans le pavillon de brique qui, au fond du parc, abritait son atelier et sa garçonnière.

— Je vais vous montrer ce que personne n'a vu : la pièce la plus cachée d'Exile House, la plus secrète de Soledad, dit-il à voix basse.

Malcolm entraîna Charles jusqu'au vaste cabinet d'études, rez-de-chaussée du bâtiment où il travaillait à ses projets de construction. Tirant une clef de son gousset, il ouvrit la porte d'un placard, dont il fit pivoter les rayonnages, chargés de plans et de dossiers, pour dégager, dans le fond du réduit, une autre porte, au chambranle si bien ajusté qu'on ne pouvait la distinguer de la cloison. Une moulure mobile dissimulait une clenche, que Malcolm fit jouer pour libérer le battant. Charles aperçut alors une descente d'escalier aux marches couvertes d'un tapis. Murray prit, sur un guéridon, une lampe à huile, qu'il alluma sans vouloir remarquer l'étonnement de son ami.

— L'accès est raide : tenez la rampe, dit-il à Charles.

Puis il l'invita à saisir une grosse cordelière de passementerie, retenue, de place en place, au mur tendu de damas vert par des anneaux de cuivre.

— Serait-ce la caverne d'Ali Baba ? risqua l'ingénieur, habitué aux fantaisies de Malcolm.

— Mieux que ça, mon cher ! Vous allez voir. Mais promettez-moi de ne souffler mot de cette visite. Vous êtes le seul, sur cette île, qui puisse apprécier mon cabinet de curiosités.

— Fort bien nommé, semble-t-il, car le lieu pique la mienne, croyez-moi, Malcolm !

Au bas de l'escalier, Murray pria Charles d'attendre un instant. Il ouvrit une autre porte, celle-ci lourde, épaisse, bardée de fer et pourvue d'une serrure compliquée.

— Je dois donner de la lumière. N'entrez que lorsque je vous appellerai, dit-il.

Fort intrigué, Charles obtempéra et demeura immobile dans la demi-obscurité, comme au théâtre quand, les quinquets éteints, on attend le lever du rideau.

Invité à franchir le seuil, l'ingénieur ne put retenir une exclamation de surprise. Il se trouvait dans une grande chambre souterraine, éclairée par une douzaine de torchères. Les murs de brique disparaissaient derrière une succession de hauts placards, les uns à portes vitrées comme des bibliothèques, les autres à vantaux pleins.

La première surprise passée, tandis que Murray guettait du coin de l'œil les réactions de son ami, Charles parcourut du regard le plus inattendu bric-à-brac. Le lieu tenait à la fois de l'échoppe d'antiquaire, du débarras ordonné, de l'atelier d'alchimiste. Levant les yeux, il vit, suspendu au plafond, ailes éployées, un flamant rose, un anhinga, oiseau-serpent dont les Arawak redoutaient l'apparition, annonciatrice de malheur, un héron bleu, une aigrette blanche, des chauves-souris et d'autres volatiles, naturalisés avec art, ainsi qu'un grand marlin-voilier à l'éperon menaçant. Sur une longue console, un alligator empaillé, gueule ouverte, prêt à saisir sa proie, précédait, effarant défilé, un iguane de belle taille, crête dorsale dressée, un phoque à ventre blanc et une tête de cheval montée sur socle pivotant.

— Lightning, le pur-sang de mon père, vainqueur du Derby à Epsom, il y a vingt-cinq ans, commenta Murray en caressant les naseaux veloutés du défunt champion.

Il désigna ensuite, derrière les glaces d'une armoire, des bocaux de toutes tailles contenant le produit de dissections, pièces de zootomie variées. L'ingénieur identifia, immergés dans le formol, un requin blanc nouveau-né, des cœurs et membres de mammifères, des reptiles, des hippocampes siamois, un hérisson de mer, des crabes de terre, un crapaud-buffle. Comme il détournait le regard d'un fœtus de singe, la vue d'une mygale, l'araignée la plus venimeuse de l'île, enclouée sur une planchette, provoqua chez lui un incontrôlable mouvement de répulsion.

— Cela n'a rien que de très commun, me direz-vous. On voit de plus étranges spécimens dans les musées de sciences naturelles, à Londres ou Paris, reconnut Murray.

— Peut-être, mais la présence sous votre bureau d'architecte de cette faune empaillée, de ces organes et de ces bestioles en bocaux, est assez déconcertante, dit Charles.

— Je ne vous ai pas conduit ici pour vous montrer des animaux naturalisés. Ce qui est caché présente beaucoup plus d'intérêt, dit Murray, se dirigeant vers une armoire aux vantaux ouvragés.

— Là sont des trésors de collectionneur qu'on ne peut trouver dans la nature, dit-il en écartant les panneaux.

Il se tut pour jouir de l'étonnement de Charles.

— Ces objets ont une histoire, j'imagine, finit par articuler l'ingénieur en désignant un couteau de boucher maculé de sang séché.

— Un greffier m'a cédé, à prix d'or, ce couteau d'un certain François Benjamin Courvoisier, valet de son état, qui, en 1840, égorgea son maître et fut pendu pour ce crime à Newgate, en présence de nos célèbres écrivains William Makepeace Thackeray et Charles Dickens, tous deux grands amateurs d'exécutions, à ce qu'on dit.

— Et ce nœud coulant ? demanda Charles en saisissant l'étiquette attachée au chanvre.

— Comme vous pouvez lire, cette corde servit à pendre, le 13 novembre 1849, Maria Manning. Je n'ai, hélas, pas pu me procurer celle qui étrangla son époux, car les deux criminels, qui œuvraient ensemble, furent ensemble pendus.

— C'est faire beaucoup d'honneur à la mémoire de ces assassins ! souligna Charles.

Sa moue désapprobatrice fit sourire Malcolm Murray.

— Il faut savoir, Charles, que Maria Manning fut admirable d'invention et de sang-froid. Elle tua son amant, après l'avoir ruiné, avec la complicité de son imbécile mari, expliqua l'architecte.

— En général, une femme tue son mari avec la complicité de son amant, observa Desteyrac.

— Ce crime eût été banal ! Maria avait horreur de la banalité. Elle le prouva en préparant d'avance la tombe de sa victime. Elle creusa une fosse sous le plancher de sa cuisine, l'emplit de chaux vive, y plaça le corps de l'amant mort, et remit le carrelage en place. Et elle continua à mitonner des plats pour son époux comme si de rien n'était. Maria Manning a fait de son crime une véritable œuvre d'art, lança Murray, l'œil flamboyant.

Comme Charles se taisait, troublé par l'exaltation et le regard presque dément de son ami, ce dernier s'exclama, sans dissimuler l'admiration qu'il portait à la perverse :

» Maria Manning était une artiste, croyez-moi !

— Tout cela me paraît macabre et assez malsain. La fascination de la mort violente vous habiterait-elle, Malcolm ?

— La naissance, qui est aussi violence, me fascine

pareillement. D'ailleurs, entre la naissance et la mort, la vie n'est qu'un pont fragile suspendu au-dessus d'un abîme. Que les nôtres avancent sur un chemin aussi sûr que votre pont de Buena Vista, cher Charles !

Un silence pesant succéda à ces mots.

— Oh ! Pardon ! Pardon, mon ami ! lança Murray, prenant conscience de l'incongruité de sa réflexion.

— Le pont de Buena Vista avait résisté à plusieurs ouragans avant que son tablier ne se disloque et n'entraîne la mort d'Ounca, d'Eliza Colson et du major Carver, rappela Charles, augmentant la confusion chez son hôte.

— Désolé, Charles, ma comparaison était vraiment mal venue. Mais je ne puis me faire à l'idée qu'Ounca Lou nous a quittés et, par moments, j'oublie qu'elle n'est plus là, s'excusa l'architecte, sincère et repentant.

— Plus que vous encore, vous devez le comprendre, j'ai du mal à accepter sa disparition, dit Desteyrac, posant la main sur l'épaule de Murray en signe d'apaisement.

— Ne m'en veuillez pas de ce stupide impair. Ounca, la belle Ounca reste à jamais présente dans nos pensées et nos cœurs, conclut Malcolm en invitant Charles à poursuivre la visite.

— Je vois là, sans doute, le contenu des caisses débarquées du *Phoenix* à vos retours d'Europe, et dont l'abondance m'a toujours intrigué, enchaîna Desteyrac.

L'ingénieur passa la main sur une corne de narval, autrefois transformée en porte-flambeaux par un habile marin.

— Un cabinet de curiosités se doit d'abriter des objets de toute nature, pourvu qu'ils rappellent, sous les aspects les plus divers et parfois les moins ragoûtants, la destinée de l'homme : inventions, art, découvertes, talents, vices, turpitudes, commenta Murray.

Et il mit sous les yeux de Charles une paire de souliers de femme en chevreau fin et soie fleurie.

— Ils ont chaussé Sarah Siddons, notre grande tragédienne, morte en 1831. Elle reste inégalée dans le rôle de lady Macbeth. Gainsborough l'a immortalisée sur une de ses plus belles toiles, précisa-t-il.

Pour Charles, il tira des tiroirs et des rayons quantité d'étranges reliques, dont un morceau de bois enlevé au billot sur lequel avait été tranchée la tête de Charles Ier, le 30 janvier 1649, une épaulette portée par Wellington à Waterloo, une mèche de cheveux de Nell Gwyn, la maîtresse préférée de Charles II, un mouchoir offert à l'amiral Nelson par Emma Hamilton, des glands d'un chêne planté par Byron, enfant, dans le parc de Newstead Abbey, une plume d'oie utilisée par Samuel Johnson.

— On peut imaginer qu'elle fut maintes fois taillée quand il rédigeait le premier dictionnaire de la langue anglaise, entre 1747 et 1755, commenta Murray.

Desteyrac admit que ces objets suscitaient, de par leur origine et leur histoire, une émotion propre à troubler les sens.

— Vous ne pensez pas si bien dire. Tenez, regardez ça d'un peu près. Que pensez-vous de cette pièce ? demanda l'architecte.

Il désignait une dalle de la taille d'un siège, polie par l'usage, percée d'un large trou ovale et fixée sur un support de bois tenant lieu de présentoir. Comme Charles tentait vainement de trouver un nom à ce qu'il prit d'abord pour un piédestal, Malcolm lui donna la réponse.

» C'est un siège de latrines que j'ai obtenu, pour une somme dérisoire, d'un ouvrier employé aux fouilles de Pompéi. Imaginez le nombre de fesses qui se sont posées là-dessus avant que la cendre du Vésuve ne recouvre la ville en 79 de notre ère !

— Beaucoup d'archéologues vous envieraient cette pièce antique, reconnut Desteyrac.

— Maintenant, je vais vous montrer des reliques beaucoup plus intimes, annonça Malcolm avec un sourire satanique.

Il choisit dans son trousseau une nouvelle clef et ouvrit à deux battants une haute et large armoire d'acajou. Bien que préparé à tout voir des collections hétéroclites de son ami, Charles recula d'un pas, les yeux exorbités, à la vue des plus étranges moulages qu'il eût jamais observés.

— Mais... ce sont des... bustes de femmes ! bégaya l'ingénieur.

— Des seins, en effet, moulés par votre serviteur sur certaines personnes qui, à un moment – parfois bref – de sa vie, lui ont été familières, dit Murray.

— Incroyable ! Vous avez fait ça ! Et des femmes se sont prêtées à ce jeu !

— Toutes, sans exception. Et sans se faire prier, mon cher. Comme je ne retiens que les poitrines irréprochables, elles sont même assez fières de me laisser un souvenir bien autrement personnel et évocateur qu'un ruban ou une jarretière ! ricana Murray.

Ces bustes, superposés sur des supports verticaux, portaient tous un numéro, gravé sur un cartouche d'or fin.

— Je tiens un discret registre afin de conserver le nom de ces dames et la date du moulage. Dans une collection, tout doit être scrupuleusement étiqueté, ajouta l'architecte.

— Je comprends maintenant pourquoi vous cherchiez avec tant d'insistance du plâtre lors de l'inauguration du Royal Victoria Hotel, en 1861 ! La petite Olivia se serait-elle prêtée à ce jeu ?

— Comment donc ! Et avec entrain ! Tenez, pour vous, je puis bien transgresser le principe de discrétion que je me suis imposé. Voici le joli buste d'Olivia Lancey, dit l'architecte en désignant le moulage d'une poitrine peu volumineuse, mais bien pommée.

— Quelle collection ! Incroyable !

— J'aurais aimé un moulage des ridicules petits seins d'adolescentes, sans tétons, des sœurs Russell. Mais notre relation fut trop tôt interrompue par des parents puritains, incapables d'apprécier les œuvres d'art ! déclara Malcolm.

Mal à l'aise, l'ingénieur hocha la tête, observant un silence contraint. Du fait de la couleur chair appliquée sur le plâtre, ces gorges avaient toutes les apparences de pièces anatomiques prélevées sur des corps vivants.

— Croyez-vous, Malcolm, qu'une telle... fantaisie soit d'un gentleman ? finit-il par demander.

— Ne jouez pas, vous aussi, les puritains, Charles ! Beaucoup d'hommes collectionnent les lettres d'amour de leurs conquêtes, d'autres des mèches de cheveux, des peignes, des portraits miniatures. Certains, même, prélèvent des poils de la plus intime toison de leur maîtresse, ce qui est trivial. Je me contente de conserver la moins dissimulable partie du corps féminin. Même couverte de soie ou de laine, ne se laisse-t-elle pas deviner ? C'est le plus bel avantage physique de la femme. Le plus sensuel, le plus sensitif et le plus respectable aussi, de par sa fonction vitale en cas de maternité. Les seins d'une femme ne peuvent souffrir que la caresse. Les brutalités de l'étreinte doivent leur être épargnées. Le sein me paraît plus aphrodisiaque que le sexe, dont il est bon de faire mystère. D'ailleurs, sculpteurs et peintres ont élu ce symbole de la féminité en acceptant l'épreuve de le représenter dans la variété de ses formes. On sait que les seins dardés de la Vénus de Cyrène, du IIIe siècle avant Jésus-Christ, appartenaient à une jeune Libyenne. Votre Chassériau a doté son *Esther à sa toilette* des seins de sa maîtresse, qu'il devait bien connaître, m'a-t-on dit à Paris. Votre *Liberté guidant le peuple*, de Delacroix, que j'ai vue au Louvre, dénude une gorge superbe, bien que ma préférence aille à la *Bacchante* de James Pradier, qui, ployée en arrière et se soutenant de ses bras appuyés à un rocher, semble offrir au soleil les seins les plus arrogants.

— Belle collection !

— La mienne, plus originale de par sa fidélité physique et charnelle, ne demande qu'à grandir. Elle est unique, n'est-ce pas, et, par là même, d'un gentleman qui ne recherche en tout que l'unique.

— En somme, le fait de mouler le buste des femmes qui vous ont accordé leurs faveurs serait faire hommage à Aphrodite ! Peut-être avez-vous raison, après tout. Encore que vous ne vous contentiez pas de la forme, mais y ajoutiez la couleur, persifla Charles.

— Savez-vous qu'il n'y a pas deux femmes qui aient la même carnation ni le même grain de peau ? Voyez les aréoles, toutes de tailles et de tons différents, les unes brunes, d'autres ocre, terre de Sienne ou rosées. Et les mamelons ! J'ai eu un mal fou à reproduire leur teinte exacte : carmin, cerise, corail, pourpre, roux, vermillon, violet, jusqu'au fuchsia de cette Mexicaine, dit Murray, désignant de gros seins pointus tels des obus. Savez-vous pourquoi nos jeunes Arawak ont les plus beaux seins qui se puissent trouver ?

— Elles nagent beaucoup, et l'on dit...

— Pas du tout ! La fermeté et le grain de la peau de leurs seins, mon cher, elles l'obtiennent par de fréquents massages avec la décoction d'une substance végétale qu'elles tirent, comme leurs ancêtres, des graines blanches de l'*apoya*[1]. Elles appellent ainsi le souchet d'Amérique, qui est une graminée de la famille des cypéracées, expliqua doctement Malcolm.

— J'admire votre science !

— Si l'on pouvait conserver ce suc de l'*apoya*, j'en enverrais en Angleterre à certaines dames ! se moqua Murray.

— Je me demande d'où peut vous venir cette passion ubérale, risqua Charles après un instant de réflexion.

— Peut-être de ce que ma mère, craignant de voir l'allaitement abîmer sa poitrine, d'une beauté reconnue, aurait, m'a-t-on dit, refusé de me nourrir. Faute que l'on me trouvât assez vite une nourrice, j'ai failli, le jour même de ma naissance, mourir de faim ! lança Malcolm en riant pour atténuer la gravité de la confidence.

Desteyrac demeura un instant pensif pendant que son hôte refermait l'armoire aux bustes. L'allaitement de Pacal n'avait pas endommagé les seins d'Ounca Lou. Dès les relevailles, elle avait repris la natation et sa vie active. Ses seins – Charles ne put évoquer cette vision sans un soupir – avaient retrouvé fermeté et grain soyeux, même si leur volume avait un peu augmenté. « Ils n'eussent pas dépareillé la collection de cet érotomane », songea Charles.

En quittant cette pièce où Malcolm aimait à se

1. De l'espagnol *apoyar*, soutenir, *apoyo*, soutien.

retirer, Charles Desteyrac, refusant de mettre en cause l'équilibre mental de son ami, voulut savoir où et comment lui était venue l'idée d'ensevelir, sous son atelier d'architecte, des collections si étranges.

Murray se livra de bonne grâce.

— Pendant mon séjour en Angleterre, j'ai visité, à Londres, le cabinet de curiosités d'Ashton Lever, à Leicester Square, et à Hereford, le manoir gothique de Samuel Rush Meyrick, grand collectionneur d'armes médiévales et de blasons. À Paris, dans le quartier artiste de la Nouvelle-Athènes, un ami m'a fait admettre au cabinet de curiosités du sculpteur Jean-Pierre Dantan où j'ai vu des effigies bouffonnes de Victor Hugo, Balzac, Liszt, Rossini et d'autres personnalités, ainsi que des monstres naturalisés. Un antiquaire allemand, fournisseur des cours d'Europe, m'a montré ses automates érotiques et sa collection de lingerie féminine, acquise auprès des femmes de chambre d'actrices et de courtisanes célèbres. Toutes ces visites m'ont donné l'idée de réunir secrètement, mais sans limites ni préjugés, des objets rares ou chargés de signification, et tout ce qui, autour de nous, prend un sens particulier du seul fait de notre humanité, conclut Murray.

— Et là-derrière, quelle autre surprise ? dit Charles, désignant une porte banale.

— Mon petit atelier. C'est là que je transforme les empreintes que j'ai prises en moulages. Mes moules sont à creux perdu. Je n'en tire qu'une seule pièce, bien sûr ! précisa Malcolm.

Le retour sur la véranda d'Exile House, à la clarté teintée de rose du soleil déclinant sur l'océan, fut pour Charles un soulagement. Il eut le sentiment de revenir dans un monde sans mystères ni dissimulations, après un séjour parmi les dépouilles sélectionnées d'existences inconnues. Le contenu de l'antre souterraine des curiosités reflétait sans aucun doute la personnalité tourmentée, morbide, à la limite de la perversion, et à jamais insatisfaite, de Malcolm Murray.

Pendant les mois suivants, Charles Desteyrac et Bob Lowell travaillèrent ensemble à l'organisation du trafic ferroviaire instauré à Soledad. Très vite, les insulaires s'étaient accoutumés à l'usage du train, moyen de transport commode dont lord Simon avait sagement décidé qu'il serait gratuit pour les personnes. Seules les expéditions de marchandises acquitteraient une contribution. De simples calculs, faits par Robert Lowell, avaient persuadé Cornfield que l'impression, la perception et le contrôle des billets de voyageurs coûteraient plus que leur vente ne rapporterait.

Au cours de l'été, pendant son séjour sur l'île, l'ingénieur Robert Lowell apprit qu'il venait d'être nommé professeur à Harvard University, au Massachusetts Institute of Technology – le MIT, comme il disait – fondé en 1861 [1], dans la ville de Cambridge.

— Cette dépendance de Harvard est maintenant le centre d'enseignement technique le plus couru de l'Union. Il tient à la fois de votre École centrale des arts et manufactures et de votre Conservatoire des arts et métiers, expliqua Lowell.

Les compétences de l'ingénieur de Pittsburgh, alliées à sa brillante conduite au cours de la guerre

1. En 2004, Susan Hockfield a été élue seizième président du MIT, qui avait jusque-là formé plus de cinquante Prix Nobel.

civile, à la perte de ses mains et à de hautes relations dans le milieu universitaire, lui valaient une chaire de métallurgie.

On célébra, au Loyalists Club, cette nomination par une généreuse libation après laquelle, rentrant à Valmy où il logeait, Bob annonça à Charles son intention d'épouser Viola.

— Nous sommes sûrs, l'un et l'autre, de nos sentiments, et je compte sur vous pour obtenir le consentement du vieux cacique, dont Viola ne voudrait pas se passer, bien qu'elle soit prête à se laisser enlever sans façon.

— Vous comptez emmener Viola à Boston ? C'est une Arawak, de la nation des Taino, et cela se voit. Ne va-t-elle pas être rejetée par la société que vous serez, comme professeur, obligé de fréquenter ? Ounca Lou m'a souvent dit qu'étudiante au Rutgers College, elle avait parfois souffert de l'attitude méprisante des puritains à l'égard de ceux qui ne sont pas de purs *WASP*, dit Charles.

— Une négresse ne serait certes pas acceptée. D'ailleurs, il ne viendrait pas à l'idée d'un Américain d'en épouser une. Viola est fille des îles, c'est différent. Elle a le teint mat, mais assez clair, et seuls ses yeux en amande et ses superbes cheveux noirs de jais trahissent son origine. On ne peut confondre une jeune fille bahamienne, élevée dans une colonie britannique – à l'européenne – bien que respectueuse des traditions de ses ancêtres, avec les Peaux-Rouges et les Apache qui tentent de nous empêcher, en tuant nos fermiers et nos ouvriers des voies ferrées, de porter la civilisation dans l'Ouest de l'Union. Enfin, pour la bonne société de Washington, Boston ou New York, je suis... pardonnez cette qualification vaniteuse, je suis un héros de la guerre, et de ce fait, Viola, portant mon nom, sera respectée comme une Blanche, développa Bob.

— Comme une Blanche ! Vraiment ? N'avez-vous pas fait la guerre et souffert de mutilations pour que, désormais, au Nord, au moins, on respecte les Noirs autant que les Blancs ? demanda Charles.

— Nous nous sommes battus pour la suppression de l'esclavage, pas pour faire des nègres les égaux des Blancs, ce que rend d'ailleurs impossible la genèse des races. Auraient-ils un jour ce droit de suffrage – qu'une délégation d'anciens esclaves, conduite par l'un des leurs, le fameux Frederick Douglass, est d'ailleurs allée, en février 1867, réclamer au président Andrew Johnson –, que cela ne changerait rien à leur condition de nègres ! Abraham Lincoln n'a jamais été favorable à l'égalité politique et sociale des nègres. « Refuser de réduire une femme noire à l'esclavage ne signifie pas vouloir l'épouser », a-t-il souvent répété. Dans plusieurs générations, nous continuerons, au Nord comme au Sud, à tenir les nègres à distance.

— En somme, une égalité limitée à la lettre des lois, persifla Charles.

— On ne comprend pas toujours, en Europe, et même ici, aux Bahamas, la vraie raison de l'ostracisme à l'égard des nègres, que dénoncent vos philosophes. Pour un Américain blanc, tous les Noirs d'aujourd'hui sont d'anciens esclaves, et dans plusieurs générations, même les plus évolués et les mieux éduqués de leurs arrière-petits-enfants resteront, pour nos arrière-petits-enfants, des descendants d'esclaves, affirma Bob.

— En fait, comme ceux d'aujourd'hui, les Américains de demain reprocheront aux nègres non pas d'avoir la peau noire, mais d'avoir été esclaves... des

Américains d'hier ! s'exclama Charles, justement indigné.

— Votre propos est caricatural, mais c'est un peu ça. L'esclavage avilit une race à jamais.

— À ce compte-là, vous et moi sommes vils, car l'esclavage, pratique qui remonte à la plus haute Antiquité, a vu des Blancs réduits à la condition d'esclave par d'autres Blancs : Égyptiens, Grecs, Romains, Turcs, Barbaresques, entre autres, releva Desteyrac.

— Dois-je vous rappeler, cher ami français, que vos armateurs nantais ont bâti des fortunes considérables en transportant en Amérique les nègres qu'ils allaient capturer en Afrique ? rétorqua Bob avec malice.

— Pas de quoi être fier ! reconnut Charles.

Le lendemain, fidèle à son amitié pour Bob, malgré leur différence fondamentale d'appréciation quant aux Noirs, il fit atteler et se rendit au village des Arawak.

Barbiche grise bien taillée, franc sourire, regard gracieux, Maoti-Mata accueillit l'ingénieur mains tendues. Le fait qu'il fît approcher, pour s'asseoir, son tabouret de cérémonie, le *duho*, sorte de selle de bois à dossier incliné, qui reposait sur trois pieds et portait, en guise de pommeau, un visage grimaçant habilement sculpté, indiqua au visiteur que l'entretien serait d'importance.

Après les salutations protocolaires, les considérations d'usage sur la saison et la pêche, les compliments sur la bonne mine de l'un et de l'autre, le cacique fit servir du vin de palme et accepta le cigare offert par Charles. Une fois allumé ce « substitut moderne du calumet de la paix », d'après lord Simon, Maoti-Mata devança la parole de l'ingénieur.

— Je connais, mon fils, le but de votre visite. C'est l'homme aux mains de bois qui vous envoie. Adila m'a déjà rapporté que sa sœur aime depuis longtemps cet Américain, et qu'elle se prépare à devenir son épouse pour le suivre aux États-Unis.

— Je n'ai rien à ajouter, Old Gentleman, dit Charles.

— Croyez-vous qu'il rendra Viola heureuse, cet homme sans mains ? Et qu'ils pourront nous donner de jolis enfants métis ?

— Oserai-je, Old Gentleman, vous faire observer que les mains ne sont pas organes de procréation ? dit Charles, malicieux.

Le cacique gloussa à plusieurs reprises en fermant les yeux, signe, chez lui, de grande hilarité.

— Vous qui connaissez ce garçon, très instruit des choses de la métallurgie et de la mécanique, le croyez-vous digne d'être le mari d'une petite-fille de Maoti-Mata ?

— Je le crois. Il a été fidèle à Viola, sans la voir, pendant plus de six ans, et je réponds de sa capacité à faire un bon mari et un bon père.

— Mais il veut l'emmener à Boston. Comment y serat-elle reçue ?

— Viola sera, là-bas, l'épouse d'un professeur estimé, soldat valeureux dans la guerre contre l'esclavage. Elle ne manquera de rien, ni de respect ni de confort, insista Charles.

— Les Américains, mon fils, n'aiment pas plus les Indiens que les nègres. On a bien vu comment les touristes – et ceux qui ont habité Nassau pendant la guerre – traitaient les Arawak. Et, aujourd'hui, on voit comment les anciens planteurs des Carolines et de Virginie, restés dans nos îles, confondent dans un même mépris les Indiens et les nègres. Les Arawak n'ont jamais été des esclaves. Pour ces Blancs américains, nous sommes tous des *colored people*[1], et même parfois des Jim Crow[2], asséna le cacique.

— Vous devez penser, vénérable patriarche des Taino et des Arawak, qu'avec le respect filial et l'amitié profonde que je vous dois et que je vous porte, je n'irais pas confier Viola à un homme qui ne la mériterait pas, ajouta Charles, entrant dans le jeu du cacique.

Désireux de se faire prier pour valoriser un acquiescement dont il savait l'importance morale aux yeux des siens, Maoti-Mata avança, une heure durant, des arguments contre le projet de mariage, à seule fin de permettre au solliciteur de les combattre, si possible avec éloquence. Initié par lord Simon et Uncle Dave à cette joute diplomatique, Charles savait qu'il eût été irrévérencieux de ne pas palabrer le temps nécessaire. Après deux pichets de vin de palme, Maoti-Mata mit fin à l'incertitude.

— Envoyez-moi, demain après le coucher du soleil, ces deux amoureux. Je satisferai leur espoir. Qu'ils viennent : je nouerai leurs cheveux et je les bénirai, dit Maoti-Mata.

Charles, mission accomplie, s'en fut trouver Bob. L'Américain était occupé à dresser les plans des butoirs, dont la construction avait été oubliée sur la voie de garage où l'on abriterait le wagon-berline du lord. Il transmit la convocation du cacique.

— Demain, vous aurez sa bénédiction, mais n'oubliez pas de lui porter un cadeau.

— Mais que lui offrir ? Un paquet de dollars ?

1. Gens de couleur.

2. Ce surnom, donné aux Noirs au XIXe siècle et étendu aux gens de couleur, a pour origine une chanson qui accompagnait la danse d'un gamin de couleur : « Saute, Jim Crow, saute ».

— Surtout pas ! Ce serait une injure grave. Le cacique ne vend pas sa petite-fille. Il l'accorde ou la refuse, avertit Desteyrac.

— Que pensez-vous d'une caisse de porto ?

— C'est un cadeau pour fournisseur, pas pour un cacique des Arawak, mon vieux.

— Alors, quoi ? s'impatienta Bob.

— Nos règles à calcul d'ivoire l'intriguent. Offrez-lui la vôtre, suggéra Charles.

— Mais ce Sauvage ignore tout des logarithmes ! s'écria Bob.

— Pas sûr. Ce vieil homme n'est pas un Sauvage ! À ne pas confondre avec vos Indiens des prairies ! C'est l'un des derniers représentants d'une civilisation plus raffinée que vous n'imaginez. Il a voyagé dans les Antilles et en Europe. À Londres, lord Simon l'a conduit à l'Exposition de 1851 et l'a fait recevoir en audience par la reine. Maoti-Mata parle et écrit l'anglais sans fautes, entend l'espagnol, un peu le français, et dessine assez bien. De plus, il m'a souvent étonné par ses connaissances mathématiques. Comme les Aztèques, les Arawak des Taino se livrent à de surprenants calculs astronomiques... sans table de logarithmes ! dit Desteyrac.

— Va pour ma règle à calcul ! Viola vaut mieux que toutes les règles d'ivoire réunies, lança Lowell, euphorique.

Oubliant que sa main était de bois, il donna à Charles une vigoureuse bourrade.

Mariés par le pasteur Russell, Bob et Viola reçurent de lord Simon un bol à punch en argent et embarquèrent sur l'*Arawak*, commandé par Mark Tilloy, en compagnie de Charles Desteyrac. Contraint de se rendre à Nassau pour organiser l'expédition des boîtes d'ananas de la Cornfield and Co. – pour la première fois à destination du Canada –, l'ingénieur assista à l'embarquement de l'Américain et de son épouse, sur le paquebot de la Cunard en partance pour New York.

— Nous reviendrons en vacances, promit Bob.

Effarée par l'agitation du port et la larme à l'œil, Viola se permit de saisir avec ferveur la main de Charles.

— Faudrait, *sir*, trouver un bon mari pour ma sœur Adila. Bientôt, elle sera trop vieille pour se marier, et que deviendra-t-elle quand le petit sir Pacal aura plus besoin de nurse ? dit-elle.

— Je la crois capable de trouver, seule, le mari qui lui convient, dit Charles en riant.

Il savait par Timbo combien Adila, un tantinet sainte-nitouche, paraissait sensible aux attentions répétées du fils aîné de Sima.

Comme chaque année, les orages tropicaux, souvent annonciateurs d'ouragans, se succédaient depuis la mi-juin. Ils rendirent hasardeuse la navigation entre les îles, et Charles mit à profit les jours de mauvais temps pour travailler au plan du phare qu'il espérait bâtir au Cabo del Diablo, sur Buena Vista. Il n'exposerait son projet à Fish Lady qu'une fois sûr de ses calculs et de l'assentiment de lord Simon. Cornfield devrait en effet financer non seulement des travaux de maçonnerie difficiles et coûteux, mais l'importation de France, pour assurer l'éclairage du phare, d'un tambour à panneaux lenticulaires assortis de miroirs, invention d'Augustin Fresnel[1], ingénieur des Ponts et Chaussées.

Pour son onzième anniversaire, Pacal reçut de lord Simon son premier fusil, un Purdley léger.

Quelques jours après la célébration familiale, Charles, penché sur sa planche à dessin, à Little Manor, entendit les pas d'un visiteur qui dévalait le talus, derrière la maison. Sortant sur la galerie de son bungalow, il reconnut Marc Tilloy.

— Rudement matinal ! fit l'ingénieur.

— Je veux que vous soyez le premier à connaître la nouvelle : Ann marche ! Oui, mon ami, Ann marche ! Oh, elle n'a fait que cinq pas, soutenue par Uncle Dave et moi, mais elle lance ses jambes. Ne manque à ses muscles atrophiés que la force de la porter, mais nous avons bon espoir que cela change. Elle marchera !

— Rien ne pouvait me faire plus plaisir, Mark. Vous vous êtes donné beaucoup de mal pour l'aider à triompher de la paralysie, avec Maoti-Mata et Uncle Dave, dit Charles.

— Oui, si elle marche, comme nous l'espérons, ce sera notre récompense. Voir cette femme de vingt-neuf ans, que j'ai aimée, que j'aime encore, belle et gaie, condamnée à l'immobilité, me désolait. Étant donné nos relations passées, j'étais le seul à pouvoir la porter dans mes bras pour la baigner. Cela fit un peu jaser, et Weston Clarke allait répétant : « Uncle Dave et ce pauvre Tilloy se dépensent en vain, comme le vieux sorcier des Arawak qui, à chaque pleine lune,

1. 1788-1827. Créateur de l'optique cristalline, mise en œuvre pour la première fois au phare de Cordouan, en 1823.

fait fumer la pauvre Ann comme un jambon », développa Mark en imitant le ton nasillard du médecin.

— Le docteur Kermor et Maoti-Mata imaginaient que le mental pourrait peut-être agir sur le physique. Qu'un déclic du cerveau pourrait faire se mouvoir les jambes d'Ann, rappela Charles.

— Le déclic, Charles, je crois être celui qui l'a donné. Après les premiers bains, quand je sentais le buste d'Ann, ferme contre ma poitrine, et, dans mes bras, le poids de ce corps nu, que mes mains ont souvent parcouru, le désir me prenait. Un matin, j'ai dit à Ann : « Je suis prêt à vous épouser infirme, comme je vous aurais épousée ingambe si vous n'aviez pas rompu nos fiançailles pour épouser un autre homme, un peu par versatilité juvénile, beaucoup pour sauver les affaires de votre père », rapporta Mark.

— C'est généreux de votre part, reconnut Desteyrac.

— Savez-vous comment elle a reçu mon offre ? Avec le regard brûlant d'autrefois, quand nous nous aimions à perdre haleine, elle a dit : « Je ne veux pas être épousée par pitié. Je ne veux pas d'un époux garde-malade. Mais, si je marche, je serai avec joie votre femme. » Et elle m'a donné un baiser qui m'a rappelé d'heureux moments. « Marchez, je vous en prie ! » lui ai-je dit. Deux jours plus tard, elle a fait un premier pas. N'est-cc pas merveilleux ?

— Ounca Lou avait pour vous une grande affection et plus d'une fois, vous voyant pousser le fauteuil d'Ann, elle m'a dit : « Ces deux-là étaient faits l'un pour l'autre. Méchant destin qui réunit sans unir », cita Desteyrac.

— Maintenant, j'ai confiance en sa guérison, lança

Mark en quittant Charles avec la même célérité qu'il avait mise à paraître.

L'été s'acheva, sans que les ouragans blessent l'archipel, et, à la fin d'un après-midi pluvieux, Charles rencontra Malcolm Murray sur le chemin d'Exile House.

— J'aimerais vous entretenir d'un projet. Venez prendre un *pink gin* chez moi et, si vous n'avez rien de mieux à faire, nous dînerons entre hommes : Ottilia est à Buena Vista, chez sa tante.

Quand Mortimer, avec des gestes pleins d'onction de clergyman, eut servi les alcools rosés, Malcolm approcha son siège de celui de Charles.

— Mon cher, voici du nouveau : Varina, devenue veuve, comme vous savez, par la mort de Bertie III, a épousé son hidalgo, un des plus riches planteurs de Cuba.

— Celui qui racheta les perles que vous aviez perdues au jeu ? interrompit Desteyrac.

— C'est bien lui.

— Un vrai roman ! commenta Charles.

— D'après Varina, qui m'écrit à la demande de son nouveau mari, ce planteur prépare, avec d'autres grands propriétaires, la plupart membres de la Buena Fe, une loge maçonnique de Manzanillo, une révolution à Cuba.

— Une de plus !

— Celle-ci a plus de chances de réussir, parce qu'en février 1867 le gouvernement a alourdi la fiscalité coloniale d'un nouvel impôt, payable par tous, y compris les Espagnols, ce qui rend ces derniers furieux. Et cela, en pleine crise économique, résultat, là encore, de la fin de la guerre civile américaine. Ces riches propriétaires sont déterminés et assurés d'avoir avec eux les paysans créoles, les mulâtres, les nègres libres, et même leurs esclaves, à qui ils font miroiter une liberté à l'américaine. Ne leur manquent que des armes. Or, des armes et des munitions, il en reste à Nassau, qui ne trouvent plus preneur depuis la défaite du Sud. Ces armes et ces fournitures, je les ai acquises à un bon prix et je vais les revendre avec bénéfice aux distingués révolutionnaires cubains, révéla Murray.

— Bonne transaction commerciale, en effet, dans le plus pur mercantilisme britannique ! ironisa Charles.

— Opération mercantile, soit, mais aussi altruiste, puisqu'il s'agit d'aider ceux qui veulent libérer Cuba du joug de Madrid. Le moment est d'ailleurs bien choisi puisque, en Espagne, le 19 septembre, un soulèvement militaire, organisé par le général-marquis Juan Prim y Prats et le général Francisco Serrano y Domínguez, duc de la Torre, a triomphé, à Alcolea, près de Cordoue, de l'armée restée fidèle au gouvernement. Le 20 septembre, Isabel II s'est enfuie. Il semble que la monarchie espagnole ait vécu. Mais ce n'est pas pour autant que les libéraux radicaux, qui ont pris le pouvoir à Madrid, accepteront un changement de régime à Cuba, expliqua Malcolm.

— J'imagine que les autorités cubaines sont déjà informées des projets des amis du mari de Varina. Et puis, les livraisons d'armes seront risquées : la marine espagnole doit être en état d'alerte, dit Desteyrac.

— Évidemment, il me faut livrer les armes, et notre beau-père a refusé de mettre un de ses bateaux à ma disposition. Aussi ai-je loué un des derniers *blockade runners* se trouvant encore à Nassau. J'embarque après-demain pour Cuba, car les conjurés exigent de disposer des fusils avant le 5 octobre, précisa Murray.

— Vous vous lancez dans une aventure qui peut mal tourner, Malcolm. Vous voyez-vous prisonnier des Espagnols ? Ils ne sont pas tendres avec les comploteurs. Ils les pendent ou les fusillent. Y avez-vous pensé ?

— C'est parce que j'y pense que je vous remets les clefs de mon cabinet de curiosités. Mortimer en connaît l'existence, mais n'y a pas accès. Si je ne revenais pas, détruisez tout par le feu, dit Malcolm en tendant un trousseau à Charles.

— Essayez tout de même de revenir... avec de nouveaux trophées ! conclut Desteyrac en empochant les clefs.

À dater de ce jour, lord Simon et Charles Desteyrac guettèrent les nouvelles en provenance de Cuba. Plus vite rapporté par les marins que par les journaux, le soulèvement déclenché le 10 octobre à Manzanillo, par Carlos Manuel de Céspedes, propriétaire d'une sucrerie, et Francisco Vicente Aguilera, semblait réussir. Au cri de *¡ Cuba libre !*, les insurgés, dont plusieurs libéraient leurs esclaves pour mieux les enrôler, avaient affronté avec succès les troupes espagnoles à Yara et Jiguani, avant de prendre possession de la ville de Bayamo. La révolte s'étendait à l'ouest de l'île, et l'on s'attendait à la proclamation de la république, à l'abolition de l'esclavage et à la rédaction d'une constitution par les insurgés. Les premières échauffourées passées, le nouveau gouvernement espagnol, moins libéral que n'espéraient les insurgés, annonça l'envoi de renforts militaires et la formation à La Havane d'un corps contre-révolutionnaire.

Quand Malcolm Murray revint sain et sauf à Soledad, la veille des fêtes de fin d'année, il se montra moins enthousiasmé par une révolution républicaine, en butte à une répression espagnole violente et à des exécutions sommaires de partisans, que par les jolies Cubaines, amies de Varina.

— Jamais connu de femmes ayant pareille connaissance de la gamme amoureuse ! En plus, elles sont intelligentes, élégantes et gaies, glissa-t-il à Charles, quand l'ingénieur s'empressa de lui rendre les clefs de son cabinet de curiosités.

Au repas de Noël 1868, à Cornfield Manor, le maître de maison fit servir les premiers pigeons à couronne blanche tirés par Pacal, au cours d'une de leurs parties de chasse.

— Ce sera un bon fusil, dit Simon Leonard avec fierté.

Au moment des cadeaux, il offrit à Fish Lady la dernière invention d'un armurier américain : un fusil à harpon.

— Que voilà un cadeau bienvenu, Simon, car à cinquante-trois ans révolus, j'ai de moins en moins de force pour harponner les requins blancs, et mes pêcheurs d'éponges n'ont plus autant confiance en ma protection, dit Lamia.

Au fil des mois, parce qu'il ne pouvait en être autrement dans une si petite communauté coloniale, Ottilia se fit de plus en plus présente dans la vie de Charles Desteyrac. Sans s'être concertés, l'un et l'autre prenaient garde à ce que leur relation franche et affectueuse ne pût faire jaser ou susciter le genre de ragots dont étaient friandes les dames du Cornfieldshire comme Dorothy Weston Clarke et Margaret Russell. Dans les *tea-parties*, trop souvent réunions de jury moralisateur, on se contentait de laisser entendre que des veufs encore jeunes, comme Charles Desteyrac et le commandant Lewis Colson, ne pourraient pas vivre longtemps sans épouse. Ils ne devaient certes pas se priver des plaisirs de la chair, quand ils séjournaient à Nassau où l'on trouvait des courtisanes à tous les prix, mais cela n'annihilait pas les espérances des mères de filles à marier. De lady Ottilia, les commères n'osaient dire mot, sinon qu'elle s'occupait beaucoup du petit-fils du lord, lequel se trouvait d'ailleurs être son neveu.

Excellente cavalière, Otti dédaignait l'amazone et montait, comme un homme, un demi-sang impétueux. Elle accompagnait souvent dans leurs chevauchées son père et Pacal. On les voyait galoper sur les plages, au ras des vagues où à travers champs, sauter les buissons d'hibiscus ou de lauriers, lancés à la poursuite d'un cochon sauvage comme s'il se fût agi d'un renard dans les bocages du Kent.

Empruntant un alezan aux écuries de Cornfield Manor, Charles se joignait parfois au trio. Le groupe poussait alors jusqu'au village des artisans où l'on demandait l'aumône d'une collation au docteur David Kermor, à moins que, prenant de vitesse le train du matin dont le ferraillement énervait les chevaux, les cavaliers allassent jusqu'au village des pêcheurs. Ils étaient assurés, chez Sima, de se régaler d'un mérou et de beignets de conches accompagnés de poivrons doux, d'oignons et d'une purée de tomates. Il arrivait aussi que, las de trotter sous la pluie, ils s'arrêtassent chez un fermier de l'intérieur. Sans annoncer son intention, lord Simon achetait un ou deux poulets et, le marché conclu, demandait à la fermière de les cuire sur-le-champ. Fière de recevoir à sa table le maître de l'île, la paysanne servait la volaille avec du riz relevé d'un curry bahamien, à la fois sucré et piquant, où entraient, avec les épices, noix de coco émincée et limette.

Ces journées créaient, pour Pacal et Charles, un rassurant climat familial. Entourés de ceux qu'ils aimaient et de leur chaleureuse affection, le père et le fils retrouvaient le plaisir de vivre dans l'univers étroit mais protégé de Soledad.

Quand Charles travaillait seul à Little Manor au projet de phare, la visite d'Ottilia constituait toujours un intermède distrayant. La fille du lord apparaissait souvent en fin de matinée, s'asseyait sur la galerie, interdisait à Timbo de signaler sa présence afin de ne pas interrompre l'ingénieur. Quittant sa planche à dessin, Charles avait alors la surprise de trouver Otti, qui sirotait un jus de fruits et se balançait, rêveuse, sur un rocking-chair. Le bavardage les conduisait à l'heure du repas, qu'ils partageaient, servis par un Timbo renfrogné.

Depuis que l'Arawak avait entendu lady Ottilia dire à Ounca Lou, quatre ans plus tôt, qu'elle le trouvait trop bavard et familier, qu'un bon domestique devait faire son service en silence, sans même qu'on soupçonnât sa présence, Timbo, d'ordinaire chaleureux et exubérant, s'en tenait à une stricte politesse avec la visiteuse.

Un après-midi, alors qu'Ottilia s'attardait avec Charles sur la galerie de Little Manor, Tilloy et Ann Cornfield se présentèrent sans avoir été annoncés. Pour descendre jusqu'à la plage, Mark porta l'infirme dans ses bras et, quand il la déposa sur la galerie, devant Ottilia et Charles, ceux-ci furent stupéfaits de voir la fille de Jeffrey se tenir sur ses jambes maigres en s'appuyant sur un bizarre échafaudage de pièces de bois. Espacées de la largeur du corps, deux cannes, reliées entre elles par des croisillons, leur extrémité inférieure fixée sur un cadre rigide, formaient une sorte de balcon léger[1] d'une parfaite stabilité.

— C'est une invention de Tom O'Graney, notre charpentier. Grâce à cet appareil, Ann, en déplaçant ce support devant elle, peut marcher seule sans crainte de tomber. Ses bras, du fait de la longue inertie des jambes, ont acquis assez de force pour la soutenir, expliqua Mark.

— Nous sommes venus pour nous baigner. C'est dans l'eau que je me sens le mieux. Si, toutefois, Monsieur l'Ingénieur veut bien nous prêter sa plage, s'enquit Ann, mutine.

Aussitôt, Ottilia s'anima.

— Je vais avec vous. Cette fois, j'ai un vêtement de bain ! lança-t-elle avec un regard inquiet à Charles.

— Allez vous changer dans la maison. Otti aidera Ann, conseilla Desteyrac.

Pendant que les deux femmes passaient leur costume de bain, Charles dit à Mark combien le réjouissaient les progrès d'Ann et la joie de vivre qu'elle affichait.

— Uncle Dave estime qu'avec des massages – en usant d'un onguent fourni par Maoti-Mata – et des exercices réguliers, Ann pourra se refaire assez de muscles aux jambes pour marcher sans cannes. Il faut de la patience et de l'obstination, mais elle ne manque ni de l'une ni de l'autre.

1. On dirait aujourd'hui un déambulateur.

— Une chance que la paralysie n'ait pas laissé d'autres séquelles, dit Charles.

Mark Tilloy baissa d'un ton et se pencha vers son ami.

— Elle redoutait encore d'être incapable de se comporter avec moi en femme, de souffrir d'insensibilité intime... vous comprenez ce que je veux dire. Nous avons essayé. Je n'étais pas faraud, croyez-moi. Eh bien, ce fut parfait, comme autrefois à New York. Cela ne peut qu'être bénéfique pour Ann, m'a dit Uncle Dave à qui je me suis confié. Elle pourra même avoir des enfants.

— Comme l'a écrit notre bon La Fontaine : « On rencontre souvent sa destinée par les chemins qu'on prend pour l'éviter ». Je vous souhaite d'être enfin heureux ensemble, murmura Charles.

— Nous avons décidé de nous marier, sans plus attendre, Ann n'ayant plus besoin du consentement paternel, ajouta Tilloy comme les deux femmes reparaissaient.

L'infirme abandonna son support et, soutenue par Mark et Otti dans la traversée de la plage, entra dans l'eau où elle se mit à nager sans effort.

Seul sur la galerie de sa maison, Charles observa les baigneurs et une bouffée de chagrin lui noua la gorge. Du plaisir physique du bain, de la nage, que même une infirme pouvait connaître, le souvenir d'Ounca Lou le détournait. Que de fois ils s'étaient baignés nus, plongeant pour ramasser un coquillage, un brin de corail ou, tout simplement, jouer à celui qui nagerait le plus loin sous l'eau sans reprendre souffle. Maintenant il nageait seul, à la tombée de la nuit, jusqu'à épuisement de ses forces, par souci de se maintenir en bonne condition physique, mais aussi pour mater le désir de femme qui, parfois, agitait ses rêves. Une sensation de vide insondable l'étreignit soudain. De son Éden anéanti ne subsistait que le spectacle arcadien de ses amis qui s'ébattaient dans les vagues, acteurs d'une pièce où il n'avait plus de rôle. Pour lui, Soledad justifiait plus que jamais son nom.

Claironnante, la voix d'Ann le rappela au présent.

— Hou ! hou ! pourquoi ne venez-vous pas avec nous ? lança-t-elle.

— Oui, venez, Charles, venez avec nous, l'eau n'a jamais été aussi claire et fraîche, insista Ottilia, agitant le bras.

Mark se joignit aux deux femmes, et Charles céda au concert d'objurgations.

Au cours de la soirée et du repas pris en commun, seule Ottilia comprit sa réticence, qui avait étonné les autres. Quand, au crépuscule, Charles l'accompagna au boghei, rangé près du landau que Cornfield avait mis à la disposition d'Ann, Otti ralentit le pas, se laissant distancer par Tilloy qui portait l'infirme.

— Vous ne trahissez en rien la mémoire d'Ounca en vous baignant avec moi. Ce que vous avez vécu avec elle est inaltérable. C'est un domaine à jamais clos, votre domaine secret.

— J'avais, en vous rejoignant, le sentiment d'entrer dans un salon d'où la maîtresse de maison est absente, avoua Desteyrac.

— Moi, je ne puis être que l'amie de la maîtresse de maison. Acceptez-moi seulement comme compagne de jeu.

— Vous l'êtes. Nous avons tant de souvenirs communs, liens forts et précieux, croyez-moi !

— Cela suffit à mon bonheur et n'entache en rien le passé, n'est-ce pas ?

— Nous sommes en effet dans un autre temps.

— Près de vous, Charles, je me sens désespérément femme, avoua-t-elle à voix basse.

Il lui serra le bras sans un mot et s'adressa à Tilloy et Ann, déjà assis dans leur voiture.

— Revenez vous baigner à Little Manor quand vous voudrez.

Puis il baisa la main d'Ottilia.

» Vous aussi, bien sûr. À Pink Bay, l'océan est à nous, souffla-t-il.

L'année 1869 fut si fertile en événements divers que Charles Desteyrac vit les mois fuir comme des jours.

L'installation à Nassau d'un nouveau gouverneur des Bahamas donna lieu a des festivités mondaines auxquelles lord Simon et ses amis furent conviés. Engagée comme répétitrice à l'école de Margaret Russell, Myra Cornfield fut invitée par lord Simon à faire partie du voyage. Informé depuis plusieurs jours de l'escale du *HMS Hawk* à Nassau, il était seul à savoir quel plaisir sa petite cousine aurait à revoir le commandant John Maitland. Les époux de papier dansèrent beaucoup ensemble, s'éclipsant de temps à autre pour prendre le frais dans le jardin de l'hôtel, avant de disparaître définitivement. Pour la première fois depuis trois ans, Charles fit danser les dames auxquelles il avait été présenté par Simon, et valsa avec Ottilia.

Puis il rejoignit le lord qui, après une valse obligée avec l'épouse du nouveau gouverneur, se tenait près du buffet. Simon lui fit servir un verre de whisky et le tira à l'écart.

— Mon cher garçon, quand vous êtes près d'elle, Rosebud est transformée. Elle qui a maintenant, nous le savons, si peu de plaisirs à espérer de la vie, je la vois, sûre de sa beauté et de sa grâce, rajeunie, rayonnante. Je connais sa mine quand elle est heureuse. Et ce soir, elle l'est.

— N'en dites pas plus, je vous prie, dit Charles en voyant approcher Murray, déjà éméché.

— Grande nouvelle : les époux de papier sont, à cette heure, en pleine nuit de noces. Je les ai vus, tendrement enlacés, entrer dans une chambre, et j'ai entendu tirer le verrou. Cette Myra, tout de même, quelle cachottière ! ricana Malcolm.

— Cachottière pour tous, sauf pour moi, à qui Myra se confiait comme à un père, lança gaiement lord Simon.

— Racontez-nous ça, Monsieur le Confesseur. Nous nageons en plein romantisme ! s'exclama Murray.

— Maintenant que tout va être consommé, je puis parler. Peu de temps après leur mariage blanc, John écrivit à Myra, de la Jamaïque. Elle lui répondit, et une correspondance s'établit entre eux. Les lettres arrivant à Cornfield Manor, j'étais parfaitement au courant des sentiments échangés. Un jour, John demanda à Myra de lui envoyer une photographie d'elle. Je la fis conduire à Nassau, chez ce photographe américain qui prend des images des touristes, et John fut satisfait. À son tour, Myra voulut une photographie du commandant. Elle la plaça dans sa chambre, au chevet de son lit. Dès ce jour, je fus convaincu qu'ils s'aimaient et ne souhaitaient que passer du statut d'époux de papier à celui de mari et femme bien en chair, acheva lord Simon, visiblement enchanté par ce dénouement.

Quand, trois jours plus tard, les gens de Soledad se préparèrent à embarquer pour rentrer sur leur île, alors que le *HMS Hawk* s'était déjà éloigné de New

Providence, Myra annonça qu'elle attendait le passage de la malle de la Jamaïque pour rejoindre son époux, les femmes ne pouvant être admises sur un navire de la Royal Navy.

— Je l'aimais bien, cette petite, soupira lord Simon.

— C'est vous qui l'avez mariée, et bien mariée ce me semble ! commenta Ottilia.

En mai, les journaux débordèrent de l'exultation des Américains après la jonction, le 10 du mois, à Promontory Point, dans l'Utah, de la voie ferrée de l'Union Pacific Railroad, étirée sur 1 086 miles, à partir de Omaha, dans le Nebraska, avec celle du Central Pacific Railroad, qui courait sur 689 miles à partir de Sacramento, en Californie.

La nouvelle parvint à Cornfield Manor le 21 mai, jour où l'on célébrait par une garden-party, dans le parc du manoir, le cinquantième anniversaire de Sa Très Gracieuse Majesté la reine Victoria.

— J'aurais bien voulu voir le président du Central Pacific, ce vieux grigou de Leland Stanford, enfoncer le clou d'or qui a réuni les deux rails, devant les machines à vapeur face à face, commenta lord Simon, heureux actionnaire des deux compagnies.

Les photographies de l'achèvement de la ligne du chemin de fer transcontinental, qui avait coûté cent dix-huit millions de dollars, circulèrent parmi les invités, et tous reconnurent que les Américains avaient accompli là un exploit.

— Ils se montrent plus discrets sur les guerres qu'ils mènent contre les Indiens. Depuis des années, les militaires massacrent Cheyenne, Apache, Peaux-Rouges et autres nations ou tribus. Les colons prennent leurs bonnes terres, et les administrateurs de Washington les parquent comme du bétail sur d'étroits territoires qu'ils appellent réserves, fit observer Maoti-Mata, venu en famille rendre hommage à Victoria.

— Vous avez raison : les seuls vrais Américains sont les Indiens. Tous les Blancs aujourd'hui présents en Amérique sont des descendants d'Européens, comme dans nos îles, terres des Guahani, des Taino et des Arawak, reconnut lord Simon.

Le cacique se tut. Il évitait toujours de rappeler à son vieil ami Simon Leonard que les Arawak, après avoir échappé aux Carib, avaient été déportés à Cuba par les Espagnols. Par comparaison, les Anglais s'étaient mieux conduits et continuaient, comme lord Simon, à respecter leurs biens, leurs croyances et leurs coutumes. Et de cela, Maoti-Mata, homme d'honneur, était reconnaissant. Réaliste, il savait cependant que le temps viendrait où le sang des Arawak se mêlant au sang des Blancs, peut-être même au sang des Noirs, sa tribu cesserait d'exister. En épousant un ingénieur américain, Viola, sa petite-fille, participait à l'anéantissement des derniers Arawak bahamiens.

7.

Le mariage de Mark Tilloy avec Ann déplut à lord Simon. S'il accepta d'être le témoin de la fille de Jeffrey, tandis que Charles Desteyrac assistait le capitaine, ce fut sans enthousiasme. Pour le maître de l'île, cette union, célébrée sans cérémonie par le pasteur Russell, n'était qu'un nouvel avatar dans la vie du marin. Il considérait avoir fait sa carrière insulaire, l'avait admis dans le cercle des familiers et le voyait avec agacement entrer, presque par effraction, dans la famille Cornfield. Au cours d'une brève réception au manoir, il offrit aux mariés un bol à punch, les traitant ainsi comme Lowell et Viola, honorés du même cadeau.

Le désapointement du lord devait redoubler quand, en octobre, en réponse à la lettre de sa fille lui annonçant que son ex-fiancé était devenu son mari, Jeffrey révéla la ruine de ses affaires. Ann s'empressa de montrer la missive de son père à Simon Leonard tout en le prévenant de ce qu'il allait découvrir.

— Mon père est au bord du désespoir. Il est ruiné ! Et mon frère a fort mal géré mes affaires de Chicago, dit-elle en tendant la lettre.

— Ruiné ! Une fois de plus ! Jeffrey est fait pour les affaires comme moi pour le sacerdoce ! grommela lord Simon en dépliant la lettre.

Le 23 septembre, Wall Street avait vécu un vendredi noir. La Bourse avait cédé à la panique financière, que Jeffrey expliquait ainsi : « Deux spéculateurs connus, Jason, dit Jay Gould, nouveau riche, fils de paysan, et James, dit Jim Fisk, fils d'un colporteur, sont intervenus sur le marché de l'or, qu'ils voulaient accaparer. Il s'agissait pour eux de réunir le plus d'or possible pour en faire monter le prix et le revendre au moment propice. Pour que l'opération réussît, il fallait exercer un contrôle sur les réserves du Trésor fédéral : de soixante-dix à quatre-vingts millions de dollars. Pour neutraliser les efforts du secrétaire au Trésor, ils mirent cet or en circulation avec la complicité du beau-frère du président Ulysses Grant. Début septembre, Gould donna ses premiers ordres d'achat d'or, et Fisk le suivit. Comme les banques disposaient de peu d'or – à peine de quoi couvrir le papier monnaie en circulation –, le 23 septembre, le prix de l'or monta de cent trente-six à cent soixante dollars l'once. Par le journal de Horace Greeley, le *New York Tribune*, on sut bientôt que Gould et Fisk avaient amassé pour quarante millions de dollars d'or. Sitôt la spéculation révélée, le gouvernement mit quatre millions de dollars d'or sur le marché et les cours chutèrent, en un quart d'heure, de cent soixante-deux à cent trente-trois dollars l'once. Beaucoup d'investisseurs, dont votre vieux cousin, sont ruinés, alors que Gould, sans doute prévenu de la riposte gouvernementale, avait déjà vendu son or avant de quitter le pays. Cet aigrefin a même trompé ses complices, dont Fisk, en leur demandant de continuer à acheter de l'or ! À New York, les actionnaires des chemins de fer de l'Erie Railroad, dont je suis, hélas, et dont Gould et Fisk sont propriétaires, ont réuni assez de preuves des malversations et des façons d'escrocs de ces gens pour les envoyer en prison. J'ai pâti cruellement de cette affaire et j'ai dû liquider beaucoup pour faire face à mes créanciers. Je regrette, cher cousin, de n'avoir pas tenu assez compte de vos mises en garde, et n'ose vous demander votre aide pour sauver ce qui peut l'être. »

— Votre père, petite Ann, a toujours manqué de jugement. Il a cru à la spéculation sur l'or en oubliant que toutes les entreprises dont il est actionnaire risquaient d'en pâtir. Je me félicite de ne pas avoir acheté des actions de l'Erie Railroad, comme Jeffrey me le conseillait, et de m'être tenu à l'écart du gang de mauvais garçons conduit par Gould et Fisk. Ces barons voleurs n'avaient pour but que concurrencer le commodore Vanderbilt, l'homme le plus riche de l'Union. Nous savions tous, aux Bahamas, que James Fisk[1] s'était enrichi pendant la guerre de Sécession en faisant la contrebande du coton pour un filateur de Boston ainsi que pour ce pauvre Jeffrey, actionnaire de ladite filature. Quant à Jay Gould[2], nous savions comment il avait manipulé les actionnaires pour prendre le contrôle, avec Fisk et Daniel Drew, de l'Erie Railroad, conclut lord Simon.

— Que pouvez-vous faire pour mon père ? risqua timidement Ann.

— L'héberger et le nourrir, si nécessaire, répondit sèchement lord Simon.

1. 1834-1872. Il fut aussi armateur, colonel de la milice de New York, producteur de spectacles. Qualifié de « bon vivant » (en français dans le texte), par *The Oxford Companion of American History* (édition de 1966), il mourut assassiné, en 1872, par l'homme avec qui il partageait les faveurs de l'actrice Josie Mansfield.

2. 1836-1892. Éjecté du contrôle de l'Erie Railroad, il transporta le siège de ses affaires à l'ouest des États-Unis. Au moment de sa mort, sa fortune fut estimée à 25 000 000 de dollars.

— Ce n'est pas tout. Je dois vous faire un aveu qui me coûte. Mon frère, Henry Theodore, que j'avais chargé, étant donné mon incapacité physique et mon peu de connaissance des affaires, de gérer les entreprises que m'a laissées en héritage mon défunt mari, Kurt Pickermann, s'est fort mal conduit. C'est, vous le savez, un fêtard, à qui l'argent file comme l'eau entre les doigts. Il a hypothéqué ma compagnie de navigation sur l'Érié, les entrepôts et les immeubles que je possède à Chicago. Mon père m'annonce que, honteux et couvert de dettes, Henry Theodore a décidé de s'exiler en Australie.

— Quelle famille que ces Cornfield américains ! De père en fils, ils ont l'art de détruire ce qu'ils ont bâti. Vous n'allez pas faire un procès à votre frère ? Si vous vendez navires et immeubles hypothéqués, vous n'en tirerez rien, ma petite !

— Je n'ai pas l'intention de vendre. Maintenant, j'ai un mari qui, au contraire de Henry Theodore, connaît la gestion d'une compagnie de navigation. Nous allons donc nous installer à Chicago. Et Mark reprendra en main mes affaires. Il se dit capable de rétablir la situation.

Lord Simon jaillit de son fauteuil et se dressa, rageur, regard menaçant, teint vermillon, moustache hérissée.

— Quoi ! Vous allez une seconde fois m'enlever Tilloy ? Savez-vous ce qu'il me doit ? Je ne lui permettrai pas de quitter Soledad, ma fille. Envoyez-le moi. Je vais le rappeler à ses devoirs ! ordonna Simon Leonard.

L'infirme, émue aux larmes par la violence de la réaction, resta prostrée dans son fauteuil jusqu'à l'apparition de Pibia qui l'aida, avec une femme de chambre, à regagner le boghei, en attente au pied du grand escalier.

Rien ne transpira de l'entretien qu'eut le capitaine Mark Tilloy avec le maître de l'île. À Cornfield Manor, on en connut les effets en entendant jusqu'au fond du parc le son puissant de l'orgue qui traduisait, sur une partition de Bach martyrisée, la colère jupitérienne de lord Simon.

Le lendemain de l'altercation, Mark, encore bouleversé, raconta à Charles :

— Le Vieux m'a fait une scène de mari trompé. Il m'a ressorti tous ses bienfaits, que je ne nie pas, et m'a retiré sur-le-champ le commandement de l'*Arawak*.

— Qu'allez-vous faire ?

— Plier bagage et nous rendre le plus vite possible, Ann et moi, à Chicago. Je vais enfin avoir la compagnie de navigation que son père m'avait refusée. Ann a le sentiment de réparer le tort que m'avait autrefois causé la rupture de nos fiançailles, dit Tilloy.

— Si lord Simon perd un officier de sa flotte, moi, je perds un ami. Mais je suis certain que vous réussirez, dit Charles en serrant la main de Mark.

La soirée d'adieu des marins de Soledad à l'un des leurs se tint au Loyalists Club. Lewis Colson tenta de convaincre lord Simon d'y assister parmi les officiers de sa flotte, mais le vieil homme, ulcéré par ce qu'il considérait comme une trahison, refusa de quitter le manoir. On sut plus tard qu'il avait serré Ann dans ses bras avec émotion en l'assurant que, si les choses n'allaient pas comme elle voulait, elle trouverait « toujours, à Soledad, le vivre et le couvert ».

Des semaines plus tard, lors des festivités de fin d'année, lord Simon évoqua devant Desteyrac la nouvelle défection de Mark Tilloy.

— Quel ingrat ! Quel ingrat ! grogna-t-il.

— Ne soyez pas injuste. À Soledad, Mark avait son bâton de maréchal. Que pouvait-il attendre de plus ?

— Il aurait remplacé Colson à la tête de ma flotte. Il n'était pas bien, avec nous, sur notre île ? Quand on a la chance de vivre sur un morceau de paradis, il est sage d'y rester !

— Mark Tilloy, bon marin, a toujours eu l'ambition d'être armateur. Son mariage avec Ann lui en offre la possibilité. Et il est capable de réussir. Vous devez l'admettre.

— Je lui souhaite – et à la pauvre Ann aussi – de réussir, mais ce qui me peine le plus, Charles, c'est que j'ai compris que Mark n'aimait pas « le Vieux », comme je sais qu'il m'appelle. Moi, je l'aimais bien, cet imbécile ! bredouilla Simon Leonard.

Quand, au printemps 1870, Charles Desteyrac proposa à Lamia de construire un phare à la pointe sud-ouest de son îlot, au lieu-dit Cabo del Diablo, il se heurta d'abord, comme il s'y attendait, à une opposition. Fish Lady fit d'emblée observer que cette construction causerait d'« inévitables désagréments ». Ayant perdu Edward, son mari, et Ounca Lou, sa fille adoptive, elle n'aspirait plus qu'à vivre en paix sur son domaine, pour attendre la mort en voyant grandir Pacal.

Charles connaissait assez cette femme pour deviner qu'il s'agissait d'une dérobade. La vraie raison de sa réticence devait être recherchée ailleurs. Sans se laisser démonter, il reprit son exposé.

— Les matériaux lourds arriveront par la mer et le chantier sera établi loin de votre maison. Vous avez vu travailler mes ouvriers lors des travaux sur Soledad. Je les ai formés et, si j'ose dire, éduqués. Je prendrai les mêmes et je répondrai de leur bonne conduite.

Comme elle se taisait, Desteyrac passa à l'offensive.

» L'argument du dérangement inévitable me paraît fallacieux, chère Lamia, et je crois savoir ce qui vous retient.

— Vous croyez savoir ? Vraiment !

— Je sais que nos indigènes ne veulent pas de phare, car, chaque fois qu'un navire se brise sur un récif et fait naufrage, ils se précipitent, non pour tirer les naufragés de la mer, mais pour piller l'épave. Certains allument des lanternes que les capitaines prennent pour feux de signalisation, ce qui les conduit à jeter leur bateau sur les brisants et les hauts-fonds... où ils sont attendus !

— Vous voulez dire qu'il y aurait chez moi des naufrageurs ?

— Peut-être ne sont-ils, comme ailleurs, que pilleurs d'épaves ? Peut-être ne vont-ils pas jusqu'à guider les vaisseaux vers les brisants, comme d'autres le font, paraît-il, sur les Bimini Islands ? Cependant, j'ai vu, dans plusieurs cases de l'île, de la vaisselle et des couverts au chiffre de compagnies maritimes dont les navires se sont perdus dans les parages, lors de l'ouragan de 1866. Et j'ai trouvé, il y a deux ans, Pacal en possession d'une ceinture et d'une boîte à gants ramassées par les petits-fils de Maoti-Mata au cours de leurs escapades, révéla Charles.

Silvana, la plus jeune fille de Ma Mae, venant aux ordres pour le dîner, interrompit la conversation. Lamia secoua sa crinière, dicta le menu et congédia l'aide-cuisinière. L'intermède offrit à Charles l'opportunité de parfaire sa démonstration. Il se pencha vers son hôtesse.

» Croyez-vous, Lamia, que la robe de soie à ramages que porte aujourd'hui Silvana ait été confectionnée sur l'île ? ou même à Nassau ? Je gage qu'elle vient de Boston, de Charleston, de Londres ou de Paris. Nous pourrions lui demander où elle l'a acquise, risqua-t-il, ironique.

— Un coquin, qui tourne autour d'elle, lui en a fait cadeau, dit-elle.

— Un marin, sans doute, compléta Charles.

Trop avisée pour nier l'existence d'une pratique ancestrale qui ne choquait que les étrangers, Lamia se rendit.

— Voyez-vous, Charles, je dois compter avec nos traditions et les mœurs de mes gens. Or, depuis que des navires sillonnent l'archipel, les indigènes de toutes les époques ont tiré bénéfice des naufrages. Mais je vous assure que mes Arawak n'allument pas de feux trompeurs, les jours de tempête. Ils savent trop comment je les punirais s'ils agissaient ainsi.

— Alors, ce sont les djinns naufrageurs que dénoncent Timbo ! rétorqua Charles en riant.

Après une hésitation, Lamia avoua :

— Je reconnais qu'à la saison des ouragans, mes gens guettent et attendent...

— Dites qu'ils espèrent !

— ... que l'océan leur fasse don de denrées, de vêtements, d'objets qu'on ne trouve pas dans les îles, qu'ils ne pourraient s'offrir et dont, parfois, ils ne connaissent pas l'usage, précisa Fish Lady, ignorant l'interruption.

— J'ai entendu des pêcheurs dire : « Nous vivons de la mer, avec poisson, éponges, coquillages, crustacés et coraux ; donc tout ce qu'elle apporte nous appartient », rapporta Charles.

— Que voulez-vous, ce sont des gens frustes. Il y a moins d'un siècle, ils se peignaient encore le visage et pêchaient au javelot. Leur conception de la vie et de la morale est différente de la nôtre, rappela Lamia.

Elle n'avait pas oublié la réaction première de Charles, quand il avait été invité, au commencement de son séjour, à déflorer la jeune Wyanie.

— Je reproche à vos gens de penser, d'abord, au pillage de l'épave pendant que des passagers, abandonnés à leur sort, se noient. Votre frère m'a dit qu'autrefois les naufrageurs n'hésitaient pas à noyer, eux-mêmes, ceux et celles qui auraient eu une chance de s'en tirer, parce que les insulaires redoutaient un afflux imprévu de population sur leurs îles ! Je pense qu'ils se souciaient surtout d'éliminer les témoins de leurs rapines et de leur barbarie, compléta Desteyrac, soudain moins conciliant.

— De nos jours, les choses ne se passent plus ainsi. J'ai moi-même recueilli et hébergé des naufragés que mes gens avaient arrachés à la fureur des vagues, parfois au péril de leur vie. Dire qu'ils ont restitué objets et vêtements serait mentir. Ils conservent ces biens comme salaire.

— C'est là un point de vue qui ne semble pas exclusivement bahamien, concéda Desteyrac.

— Tiens ! Il existerait donc des naufrageurs ailleurs que dans notre archipel ? Voilà qui me console, persifla-t-elle.

— Certains Américains du continent semblent avoir une semblable conception des rapports humains. En février 1846, quand le *John Minturn* fit naufrage au large de Squam Beach, sur la côte du New Jersey, les villageois, des Anglo-Saxons blancs, relativement instruits et pieux, certainement plus civilisés que nos Arawak, n'ayant donc pas l'excuse de la rusticité primitive, s'entendirent pour piller le vaisseau. Trop occupés à moissonner la mer, ils laissèrent se noyer, sans daigner les secourir, trente-huit passagers de ce navire. C'est après cette scandaleuse tragédie, et quelques autres du même genre, que des armateurs et des assureurs de New York, soutenus par les autorités fédérales, fondèrent le *Lifesaving Service* et installèrent, au long des côtes du New Jersey et du Massachusetts, des stations destinées à porter secours aux naufragés.

— Peut-être devrions-nous armer un bateau de sauvetage, les jours de tempête ? proposa Lamia.

— Ce serait faciliter l'activité coupable des pilleurs d'épave en leur donnant, de surcroît, bonne conscience, répliqua Desteyrac, goguenard.

Comme chaque fois que l'ingénieur lui rendait visite en fin d'après-midi, Fish Lady le retint à dîner. Ce fut l'occasion d'évoquer le souvenir d'une époque plus heureuse et de parler de l'avenir de Pacal. Toujours opposée à la consommation d'alcool sur Buena Vista, elle fit servir à Charles un jus de fruits, mélange d'ananas, de mangue et de limette, puis elle s'éclipsa. Cette femme qui harponnait les requins au milieu des pêcheurs d'éponges, seins nus, ceinte d'un minuscule pagne de cuir, entendait maintenir en toute circonstance le rite anglais de la tenue de dîner. Ce soir-là, pour faire honneur à son invité, elle reparut dans un fourreau de soie blanche, dont le décolleté plaquait sur sa poitrine plate. La blancheur des dents de requins montées en collier tranchait sur sa peau cuivrée ; ses cheveux, incoiffable mousse d'argent, réunis en une gerbe dressée tel un casoar et serrée par une torque de corail, lui conféraient l'allure altière d'une déesse antique, sans âge, mi-Diane mi-Amphitrite. Ses doigts longs, secs et fins, aux ongles acuminés, rappelaient toujours à Charles les serres du condor.

Au cours du dîner, Lamia donna finalement son accord pour la construction d'un phare sur le Cabo del Diablo. Le promontoire tirait son nom d'un roc aigu, pointé vers le large, où bon nombre de vaisseaux s'étaient embrochés les jours de tempête, pour le plus grand profit des Lucayens.

— Ce feu, je le voudrais à éclats, comme ceux construits en France depuis qu'Augustin Fresnel, ingénieur des Ponts et Chaussées, a inventé les lentilles à diffraction. Ce sera le premier feu que verront les marins venus d'Europe, puisque votre île est la plus à l'est de l'archipel.

— Très bien, mais vous aurez à convaincre mes gens de l'utilité d'un phare à cet endroit, car, même si je fais savoir à tous que j'approuve la construction pour des raisons de simple humanité, ils ne faciliteront guère votre travail, prévint Lamia.

— Je me passerai d'eux. Les ouvriers viendront de la grande île et je pense que Tom O'Graney et ses charpentiers sauront décourager ceux qui voudraient saboter l'ouvrage, dit Desteyrac.

— Saboter l'ouvrage ?

— Vous n'ignorez pas que la construction du phare commencée en 1838 sur Elbow Cay par votre Imperial Lighthouse Service a été entravée, pendant vingt-cinq ans, par les habitants de cette île, qui voyaient dans la mise en place d'un feu une menace pour leur butin de naufrageurs !

— Ce phare fonctionne depuis 1863, précisa Lamia.

— Certes. Mais combien de naufrages eussent été évités, sur cette côte truffée de récifs, si les îliens s'étaient mieux conduits ? Pendant des mois, aux ingénieurs et aux ouvriers, envoyés de Nassau, ils refusèrent toute nourriture et même de l'eau potable. Pire : ils coulèrent les bateaux qui transportaient les matériaux de construction et le ravitaillement qu'ils refusaient aux bâtisseurs. Le gouverneur, confortablement installé dans son palais de Nassau, finit par céder aux récriminations des naufrageurs professionnels, et fit interrompre les travaux ! Curieuse conception de la justice et de la sécurité de la navigation ! C'était assurer l'impunité aux pillards, dignes descendants des pirates, que ces îles hébergèrent trop longtemps ! conclut Desteyrac avec humeur.

— Mieux vaut, chez les Cornfield, ne pas faire trop souvent allusion aux pirates, lança Lamia en riant.

— En tout cas, puique j'ai votre autorisation, le phare du Cabo del Diablo sera bâti et pourvu d'un gardien qui allumera les lampes dès la tombée de la nuit, et aussi par temps de brouillard, précisa l'ingénieur, satisfait.

— Un gardien ! Au Cabo del Diablo ! Il ne pourra y rester la nuit !

— Pourquoi donc ? chère Lamia.

— Parce que, Ma Mae vous le dira, les fantômes

des femmes, autrefois enfermées sur Buena Vista par les pirates, et qui, dit-on, préférèrent se jeter dans l'océan, du haut du Cabo del Diablo, plutôt qu'assouvir les désirs des dépravés, viendront le tourmenter chaque nuit, murmura sans rire Fish Lady.

— Vous ne croyez tout de même pas à ces sornettes !

— Le galant de Silvana s'était, une nuit, aventuré au Cabo del Diablo. Il est rentré ici terrorisé. Il avait entendu des voix mauvaises lui crier : « Va-t'en ! Va-t'en ! Va-t'en ! » Tous mes gens vous diront que les âmes des femmes martyrisées par les pirates ne supportent plus l'approche d'un homme, même honnête, compléta Lamia, cette fois avec le sourire.

— Revenantes, vierges et folles ! s'exclama Charles.

— Naturellement, ce sont les criaillements des oiseaux de mer qu'entendit le galant de Silvana. Ils se rassemblent, la nuit, sur les rochers. Le garçon les avait dérangés dans leur sommeil : d'où leurs cris de colère, expliqua Fish Lady.

— Alors, peut-être choisirons-nous une gardienne de phare plutôt qu'un homme ! plaisanta Charles.

— Maintenant, je vais vous faire une confidence, Charles. Mon frère vient d'investir de fortes sommes dans une société qui construit des navires et des wagons pour la Standard Oil, une compagnie pétrolière américaine fondée par un certain John Davison Rockefeller, au capital d'un million de dollars. Il ne dispose donc pas, dans l'immédiat, des capitaux nécessaires à la construction de votre phare.

— Lord Simon voit le pétrole comme de l'huile d'or. Il pense, avec raison sans doute, que ce sera, dans un proche avenir, le sang de l'industrie et de la finance. Il m'a même dit : « Un jour, les nations se battront pour la possession du pétrole », rapporta Charles, résigné.

— Il vous faudra donc patienter, mon ami.

— Ce phare, Carlotta, il se peut que je ne le construise jamais. Je compte, l'an prochain, conduire Pacal en France, pour qu'il suive des études qui le prépareront au concours de l'École polytechnique, et il se peut que je ne revienne pas, dit Charles.

Lamia, qui appréciait d'entendre Charles, qu'elle aimait tendrement, l'appeler par son vrai prénom, lui prit la main.

— Mon frère tient trop à son petit-fils pour envisager de le voir s'éloigner définitivement.

— Mais nous avons parlé de l'avenir de Pacal, qu'il voit comme le futur maître de Soledad. Lui-même m'a dit : « Le destin de nos îles appartient aux ingénieurs, seuls capables d'y introduire le progrès qui se répand à travers le monde. » Il ne sera donc pas privé de son petit-fils, lequel aime et admire beaucoup son grand-père. Pacal reviendra, précisa Desteyrac.

— Mais vous ?

— Mon cas est différent. En perdant Ounca Lou, j'ai perdu ma première raison de vivre ici, Lamia. Les travaux en cours achevés, je devrai trouver du travail ailleurs.

— Je n'imagine pas votre absence, Charles. Vous êtes des nôtres. Et puis, une autre souffrira. Y avez-vous pensé ?

— Otti la Rebelle ?

— Elle vous aime, Charles, ne le savez-vous pas ?

— Il est parfois dangereux d'être aimé, Carlotta, lâcha Charles en prenant congé.

Comme chaque fois qu'il traversait le pont de Buena Vista, dont la peinture bleue, corrodée par l'air marin, s'écaillait de place en place, Charles Desteyrac eut un pincement au cœur. Dès le lendemain des funérailles d'Ounca Lou, Lamia avait attaché à la membrure de l'ouvrage le voile de crêpe dont elle s'était enveloppée pendant la cérémonie. Au fil des années, décoloré, effiloché par les vents, l'emblème du deuil avait perdu toute noblesse. Ce soir-là, Charles détacha le fin tissu et le laissa, porté par la brise, s'envoler au-dessus de la faille. Les vagues grondantes l'avalèrent comme une proie. « Demain, je donnerai l'ordre de repeindre le pont », se dit-il en marchant vers son abri de chantier de Pink Bay, où il passerait la nuit.

L'été apporta de France de fâcheuses nouvelles. Charles en était resté aux informations du printemps quand une lettre de sa mère, septuagénaire, retirée chez les Petites Sœurs des pauvres, lui avait appris les résultats du plébiscite du 6 mai : « Les Français ont confirmé leur attachement à l'Empire et à notre empereur en approuvant massivement son projet d'une nouvelle Constitution[1] », avait alors écrit Mme de Saint-Forin.

Depuis ce succès politique, les relations entre la France et la Prusse s'étaient détériorées, la candidature d'un Hohenzollern au trône d'Espagne étant soutenue par Guillaume II et contestée par Paris.

Le 13 juillet, une dépêche du roi de Prusse avait conduit Napoléon III à déclarer la guerre à la Prusse, pour la plus grande satisfaction du chancelier Bismarck, partisan d'un conflit qui lui permettrait, peut-être, de parachever l'unité allemande.

1. Par 7 257 379 oui contre 1530 909 non.

Entre le 30 août et le 2 septembre, l'armée française avait essuyé des revers avant de perdre la bataille de Sedan. Cette défaite sonnait le glas du Second Empire. Napoléon III, déchu, avait envoyé son épée au roi de Prusse. Deux semaines plus tard, alors que les Prussiens se préparaient à assiéger Paris, un gouvernement d'union nationale avait proclamé la république, troisième du nom. Quand les journaux américains annoncèrent ce changement de régime en France, Charles, prêt à pavoiser, vit arriver lord Simon à Valmy.

— Alors, mon ami, vous êtes content ! Ce Badinguet, que vous détestez, a été évincé, et la république, que vous appeliez de vos vœux, instaurée à Paris, dit-il.

— Je trouve, en effet, que c'est un bon changement pour mon pays.

— Ah ! Ah ! Je me demande si cela ne va pas bouleverser vos projets. Républicain convaincu comme vous l'êtes, ne serez-vous pas tenté, en conduisant Pacal en France, d'y rester ? Hein ? demanda lord Simon.

Son froncement de sourcils traduisait une inquiétude, mais aussi une vague mise en garde. « Ne vous avisez pas d'agir ainsi », signifiait le regard pénétrant du lord.

Charles avait prévu cet affrontement prématuré. Il ne s'y déroba pas.

— Il y a dix-sept ans, je me suis exilé, à la sortie de l'école des Ponts et Chaussées, pour ne pas servir dans l'administration d'un tyran en puissance. Mais, demain, je n'aurais pas d'objection politique à mettre mes compétences au service d'un gouvernement républicain, si c'est ce que vous craignez !

Depuis son arrivée, en 1853, Charles n'avait reçu

que les éclaboussures des colères jupitériennes du maître de Soledad. Sa réflexion, laissant prévoir un possible départ, le projeta dans l'œil du cyclone. Lord Simon quitta si brutalement le fauteuil qu'il occupait que le siège bascula, à grand bruit, sur le plancher.

— *God'dam' !* Seriez-vous aussi ingrat que Tilloy et d'autres qui m'ont quitté ? Je vous ai donné l'occasion de prouver vos talents d'ingénieur, je ne vous ai rien refusé. Je suis même prêt à dépenser beaucoup pour vous permettre de bâtir un phare sur Buena Vista. Et puis, par saint George, je vous ai donné ma fille, et vous...

— Je vous rappelle que je vous ai restitué une fille longtemps ignorée volontairement, interrompit rudement Charles en relevant le siège renversé.

Peut-être était-ce la première fois qu'un homme se permettait de tenir tête à lord Simon en opposant, à une évocation accommodante des faits, leur flagrante vérité.

La réaction de Charles ne fit qu'augmenter le courroux de Simon Leonard, qui se préparait à quitter la véranda à pas saccadés, en soufflant tel une bourrasque, quand Charles le retint.

— Je ne prendrai pas de décision avant l'an prochain, lord Simon. Sachez que je reste attaché par bien des liens à Soledad, que ma gratitude vous est acquise et que j'ai pour vous une affection filiale. Autant de considérations dont il sera tenu compte, déclara Desteyrac d'un ton conciliant.

— Si le vieil Anglais monarchiste que je suis l'emportait sur la république, ce serait mon Waterloo ! lança Simon Leonard en se mettant en selle avec l'impétuosité d'un hussard qui court à la bataille.

Par un accord tacite informulé, il ne fut plus question, au cours des mois suivants, du départ de Charles, et quand Malcolm Murray annonça, un soir, à Cornfield Manor, qu'il se préparait à livrer, en janvier 1871, une nouvelle cargaison d'armes aux révolutionnaires cubains, lord Simon trouva de quoi nourrir l'exaspération dans laquelle l'entretenait malgré lui son gendre.

— Vous êtes insensé ! Ces Cubains sont peut-être courageux, mais insolvables, pesta Simon.

— Depuis 1868, les amis du mari de Varina, un moment triomphants, ont échoué comme tous les rebelles qui les avaient précédés, fit remarquer Charles à Murray.

— Même si les Espagnols, aidés par trente mille contre-révolutionnaires bien payés, ont repris Bayamo et contraint les fondateurs du mouvement Cuba Libre à se disperser avant de conduire dans l'île une répression barbare, les patriotes cubains ne désarment pas. Les Espagnols assassinent, emprisonnent, brûlent des villages et regroupent dans des camps les femmes et enfants des insurgés qui se cachent dans la *manigua* [1]. Mais les rebelles, qu'on appelle là-bas les *mambis* [2], se réclament toujours de Cuba Libre et se déclarent maintenant indépendantistes radicaux, prêts à de nouveaux combats. Je vais donc leur porter des armes et des munitions. S'ils n'ont pas d'argent pour les payer, cette fois, je leur en ferai cadeau, dit l'architecte avec un regard de biais à lord Simon.

Comme lors de sa précédente expédition, il remit à Charles les clefs de son cabinet de curiosités et prit le large en janvier, dès la fin de la saison des tem-

1. Forêt cubaine de végétation dense, rendue impénétrable par l'abondance des buissons de ronces.

2. C'est ainsi qu'on nommait les insurgés à Cuba et dans les Antilles.

pêtes, alors que les journaux annonçaient la création de l'Empire d'Allemagne. Dans le même temps, une lettre de Mme de Saint-Forin, envoyée « par ballon, de Paris assiégé, jusqu'au Havre », révélait la tragédie de la défaite française. La vieille dame expliquait comment elle soignait les blessés hébergés par les Petites Sœurs des pauvres, et déplorait que des gens du peuple, affamés, en fussent réduits à manger les chats !

Lewis Colson venu, comme souvent, partager le dîner de Charles Desteyrac, raconta ce qu'il avait appris d'un marin revenu de La Havane.

— Malcolm Murray n'est pas le seul à vouloir aider les Cubains à conquérir leur indépendance. Le *Caroline*, un vapeur fluvial américain, parti de Floride avec deux cent cinquante hommes armés à bord pour soutenir la rébellion cubaine, a fait escale à Ragged Island après l'échec de l'expédition. Embarqués sans solde, les aventuriers devaient se payer en butin espagnol. Ils comptaient s'emparer de l'or et des espèces collectées par la douane. Mais, débarqués à Cárdenas, ils découvrirent que les Cubains, qui auraient dû, avant leur arrivée, couper les fils du télégraphe et démanteler la voie ferrée, n'en n'avaient rien fait. Attaqués par des cuirassiers espagnols arrivés en train, les Américains ont laissé deux morts devant la douane de Cárdenas. Les mains vides, les survivants ont rembarqué en emportant de nombreux blessés. Il faut savoir que tous les Cubains ne soutiennent pas les rebelles. Une bonne partie de la bourgeoisie créole ne souhaite pas la rupture avec l'Espagne. Pourquoi diable Malcolm est-il allé se mêler d'une révolution qui n'a, pour le moment, aucune chance de réussir ? conclut l'officier.

— Sous ses dehors frivoles, Malcolm est un cœur généreux, épris de justice et de liberté. Aristocrate britannique, fils et gendre de lords, il se croit à l'abri des représailles espagnoles. Je crains qu'il ne se trompe. Dans sa dernière lettre, il se disait grisé par le risque et enchanté de la vie qu'il mène en compagnie des *mambis*, dit Charles.

Rares étaient les bateaux étrangers qui se présentaient, par beau temps, devant le port oriental de Soledad. Ils étaient toujours bien accueillis les jours de tempête, quand leur capitaine se trouvait dans l'obligation de débarquer un malade ou un blessé, de s'approvisionner en eau douce, en légumes et fruits frais. Ainsi jouait la parfaite solidarité des gens de mer. En revanche, les consignes de lord Simon étaient formelles : personne ne pouvait séjourner sur l'île plus de vingt-quatre heures sans autorisation.

Un matin de mars 1871, un vapeur de commerce, battant pavillon américain et d'assez fort tonnage, mit en panne dans la baie. Il demanda, par signaux au sémaphore, l'envoi d'une chaloupe afin de livrer un pli urgent, confié au capitaine lors d'une escale à La Havane.

Le commandant du port engagea deux débardeurs qui, à force d'avirons, le conduisirent au navire. Penché au bastingage, le capitaine lui tendit une lettre en précisant : « À remettre le plus tôt possible à lord Simon Leonard Cornfield. »

Le vapeur américain s'étant détourné de sa route pour livrer ce courrier, le commandant du port fit aussitôt porter un tonnelet de rhum à l'équipage et un gallon de whisky aux officiers. Salué par le sémaphore, le navire reprit sa route. Il n'était qu'à quelques encablures en mer quand lord Simon ouvrit la lettre qui lui était destinée. Sa lecture terminée, il poussa un profond soupir, releva les pointes de sa moustache, signe de contrariété, et sonna Pibia.

— Trouve lady Ottilia et prie-la de venir, toutes affaires cessantes, à Cornfield Manor. Ensuite, tu essaieras de trouver Charles Desteyrac et Lewis Colson. Tu leur diras que j'aimerais les voir ici ce soir, ordonna Simon.

Le message qui motivait ces convocations émanait de Varina. L'épouse du planteur cubain révélait que sir Malcolm Murray avait été blessé, au cours d'un affrontement entre rebelles et troupe espagnole. Sa vie ne paraissait pas en danger, mais il convenait de le soustraire aux autorités, qui le recherchaient comme agitateur étranger ayant incité les paysans à la révolte en leur fournissant des fusils.

Quand Ottilia apparut au manoir, son père lui tendit la lettre et attendit qu'elle eût pris connaissance de son contenu.

— Il faut aller le chercher, père, sinon les Espagnols vont le pendre ou le fusiller, dit-elle, pratique, sans marquer d'émotion.

— J'attends Colson et Charles. Nous déciderons ce qu'il y a lieu de faire pour tirer cet imbécile du guêpier où il s'est fourré, grommela Simon Leonard.

L'ingénieur et le marin se présentèrent à l'heure du punch et furent aussitôt mis au courant du sort de Murray.

— Il faut aller le chercher, répéta Charles, approuvé par Lewis Colson.

— L'*Arawak* est-il prêt à prendre la mer ? demanda lord Simon.

— Il l'est, mais mieux vaut utiliser le *Centaur*, solide marcheur qui, ne faisant pas de fumée, permet des approches plus discrètes, répondit Lewis.

— Mais il est moins rapide que le vapeur, fit remarquer lord Simon.

— Autre avantage, le capitaine du *Centaur*, Philip Rodney, connaît mieux que moi les atterrissages de Cuba. Nous prendrons avec nous Uncle Dave, Tom O'Graney et ses charpentiers, décréta le commandant Colson.

Au jour prévu pour le départ du voilier, Pacal supplia son père de lui permettre d'embarquer avec lui. Après réflexion, l'autorisation fut accordée. Charles ne mit qu'une seule et prudente condition : son fils ne descendrait pas à terre à Cuba et attendrait à bord, sous la surveillance de Philip Rodney. Enthousiaste, mais ayant conscience qu'il ne s'agissait plus d'un jeu, le garçon, à qui Lewis Colson offrit un caban de marin, grimpa en courant l'échelle de coupée.

Par beau temps, la navigation fut aisée et, moins de soixante heures après avoir quitté Soledad, le *Centaur* fut en vue de la grande île. Philip Rodney choisit de mouiller à Varadero, petite ville entre Matanzas et Cárdenas. L'Union Jack flottant à la poupe suffit à faire admettre le navire. Lewis Colson, qui parlait espagnol, expliqua aux fonctionnaires de la douane qu'il venait acheter du sucre pour un grossiste des Bahamas. Après avoir loué des mules, Colson et Charles, suivis de Tom O'Graney et de ses charpentiers entassés sur une charrette propre à transporter des boucauts de sucre, rejoignirent le domaine de don Elíseo García Padilla, époux de Varina. Bien qu'il fût connu pour avoir été l'un des fondateurs de Cuba

Libre, les autorités cubaines n'osaient s'attaquer à ce riche sucrier de qui on savait les relations à la cour d'Amédée de Savoie, roi d'Espagne depuis décembre 1870.

— Je suis étroitement surveillé par les espions au service de l'armée espagnole, mais on me laisse librement traiter mes affaires, expliqua-t-il aux Bahamiens.

— Où se trouve sir Malcolm Murray ? demanda Charles, pressé d'en finir.

— Nous avons caché sir Malcolm dans un village proche d'ici, où réside un ami médecin réputé hostile à la révolution. Mais il vaut mieux attendre la nuit pour vous y rendre. Sir Malcolm a reçu deux balles : une dans l'épaule, l'autre au flanc droit. Les balles ont été extraites, mais le médecin craint que le foie n'ait été éraflé par l'une d'elles, précisa don Elíseo.

Après le dîner, Desteyrac et Colson, guidés par un mulâtre dévoué au planteur, trouvèrent Malcolm Murray dans une ferme proprette. Veillé par une paysanne et ses deux filles, l'architecte montrait un visage d'une pâleur maladive. Amaigri, ne dissimulant pas sa lassitude, mais toujours d'esprit pugnace, il accueillit ses amis en sauveurs. Ragaillardi par leur présence, il se dit capable de les suivre.

— Comment en êtes-vous arrivé là ? demanda Charles.

— En tentant de faire évader de malheureux étudiants arrêtés par les Espagnols. Ils sont accusés d'avoir profané, au cimetière de La Havane, la tombe d'un certain Gonzalo Castañon, un journaliste, éditeur en Floride de *The Voice of Cuba*, tué quelques jours plus tôt en duel à Key West. Le corps de ce Castañon, châtié pour avoir injurié, dans sa feuille, les femmes cubaines, a été rapatrié à La Havane et enterré au cours d'une grande cérémonie orchestrée par les autorités espagnoles. Quelques jours plus tard, des étudiants de l'université de La Havane conspuèrent le mort en dansant autour de sa tombe. Cette pantomime déchaîna la fureur des volontaires contre-révolutionnaires cubains, plus brutaux encore que les soldats espagnols de l'armée régulière. Quarante étudiants ont été arrêtés. Ils seront jugés par une cour martiale, dont deux tiers des juges appartiennent au corps contre-révolutionnaire. Tous risquent la peine de mort et un seul avocat, nommé Capedevilla, a accepté de prendre leur défense[1]. Avec quelques créoles courageux, j'ai essayé de les faire évader en jetant de la dynamite contre la porte de la prison, mais nous étions attendus. Il faut savoir qu'à Cuba, les indicateurs sont légion : souvent des esclaves employés comme brancardiers ou fossoyeurs, qui détestent encore plus leur maître que les Espagnols. Ils renseignent les autorités en espérant une prime ou l'émancipation. Étant trahis, nous nous sommes repliés sous le feu des gardes. C'est ainsi que j'ai reçu deux balles.

Il fut décidé de ne pas s'attarder sur l'île. Chez don Elíseo, on chargea sur la charrette des sacs de café et des boucauts de sucre entre lesquels on étendit Murray sur un matelas, et la troupe se mit en route pour Veradero. Chemin faisant, par nuit claire, les

1. Huit des étudiants furent fusillés le 27 novembre 1871. Trente-deux autres furent déportés en Afrique. Un monument, dû au ciseau du sculpteur cubain Saavedra, a été élevé à leur mémoire, par souscription publique, au cimetière Colón, à l'ouest de la ville. Avant cette érection, une plaque commémorative avait été apposée au mur du commissariat de police proche de l'ancienne prison. Le fils de Castañon ayant déclaré, après une visite à la sépulture de son père, que celle-ci n'avait pas été profanée, les Cortes ordonnèrent une enquête qui aboutit à la réhabilitation des fusillés et au retour et à la libération des déportés.

Bahamiens s'aperçurent qu'ils étaient suivis, derrière les buissons qui bordaient la route, par deux ombres furtives. Lewis Colson ordonna à Tom O'Graney d'aller voir, de plus près, qui étaient ces si discrets suiveurs.

— Ce sont peut-être des indicateurs de l'armée, à moins qu'ils en veuillent à nos bourses. Les gens d'ici sont si pauvres ! prévint Malcolm tandis que les charpentiers s'égaillaient sous les frondaisons.

Ils reparurent bientôt, poussant devant eux une femme âgée et une petite fille en haillons, toutes deux tremblantes d'effroi.

— Cette vieille et cette gosse disent avoir échappé, ces jours-ci, à un massacre. La vieille est la grand-mère de la fillette. De toute leur famille, il ne reste qu'elles deux, expliqua Tom, qui avait interrogé l'aïeule.

Lewis Colson fit donner à boire aux deux Cubaines, apeurées, serrées l'une contre l'autre. Il les rassura et leur demanda ce qu'on pouvait faire pour les aider, à part leur donner de la nourriture, si elles venaient jusqu'au *Centaur*.

— J'ai vu le bateau anglais et je voudrais que vous embarquiez ma petite-fille avec vous. Ici nous n'avons plus rien : les contre-révolutionnaires ont tué mon fils, mon gendre et mes filles. Je suis très vieille et je mourrai bientôt. Mais conduisez ma petite-fille loin d'ici, s'il vous plaît, elle a eu si peur ! supplia la femme.

— Venez jusqu'au bateau. Après, nous verrons, proposa Lewis, pressé comme tous de quitter Cuba.

À bord du *Centaur*, tandis qu'on installait Murray dans une cabine, le maître-coq servit aux fuyardes un potage et des œufs, après qu'on les eut invitées à faire un peu de toilette.

— Nous allons mettre à la voile, mais racontez-nous ce qui vous est arrivé, dit Colson en présence de Charles et de Rodney.

— Il y a quelque temps, *señor*, les Espagnols sont venus dans notre village et ont obligé les femmes – nous étions une quarantaine de tous âges – à marcher devant leur troupe, encadrées par deux piquets de soldats. Ils allaient attaquer des *mambis*, parmis lesquels nos maris et nos fils qui se cachaient près de Las Tunas. Les patriotes étaient prêts au combat mais, quand ils virent leurs femmes et leurs filles servir de bouclier humain aux Espagnols, ils refusèrent de tirer pour se défendre, par crainte de nous tuer. C'est alors que Mercedes Varona, une fille de bonne famille, cria aux siens, qu'elle avait reconnus : « Faites feu ! Sans pitié ! Nous sommes prêtes à mourir ! » À peine avait-elle lancé ce cri qu'un capitaine l'étendit raide morte d'un coup de revolver. Ce fut le signal de la bataille au cours de laquelle périrent beaucoup de femmes, dont ma fille, la mère d'Anacona, qui était une Taino.

Confié aux soins du docteur David Kermor, Malcolm Murray enfreignit la consigne du médecin et parut soudain dans le carré des officiers. Il confirma le dire de la Cubaine.

— Les volontaires recrutés par les Espagnols sont de véritables barbares. Ils égorgent les femmes et les enfants, mettent le feu aux maisons dont les hommes sont absents. Un lieutenant a fait fusiller ensemble douze jeunes filles. S'ils retrouvent cette grand-mère et sa petite-fille, qui furent témoins de ces exactions parfois hypocritement condamnées par le gouvernement de Madrid, ils les tueront, précisa Malcolm.

Bien que Charles Desteyrac et Lewis Colson, maintenant décidés à emmener la jeune Anacona à Soledad, eussent proposé à sa grand-mère de l'accompagner, la vieille femme ne voulut rien entendre.

— J'ai à m'occuper de nos morts. Je dois aussi aider ceux qui vont les venger, dit-elle.

Les Bahamiens n'assistèrent pas sans émotion à la séparation de l'enfant et de l'aïeule. Toutes deux versèrent des larmes abondantes et, quand Charles promit à la vieille dame de veiller sur sa petite-fille comme sur son propre fils, la Cubaine lui baisa les mains. Tom O'Graney la reconduisit à terre dans le canot de la goélette. Elle emportait des provisions et la somme réunie par l'équipage, qui avait pris la malheureuse en pitié.

Pacal, à qui l'on avait épargné l'audition des récits effrayants de la vieille Cubaine, fut invité par son père, dès l'appareillage, à venir distraire la petite Anacona. Prostrée, silencieuse, des deux mains cramponnée aux accoudoirs du fauteuil où on l'avait assise, la fillette, impressionnée par le tangage de la goélette, parut s'apaiser en voyant approcher un garçon jeune et souriant.

En dépit d'une curiosité qui l'eût incité à poser mille questions à la fillette, le fils de Charles commença par lui vanter les charmes de Soledad, une île bien plus petite que Cuba, mais toujours fleurie, où l'on ne rencontrait pas de méchants hommes.

Il est dans la nature des jeunes êtres de passer en peu de temps du désespoir à l'espérance, du chagrin à l'entrain, du silence à la loquacité, de l'inappétance à la gourmandise. Au soir du premier jour de navigation, Anacona, revenue de ses frayeurs, récompensa d'un sourire timide celui qui s'affirmait déjà en chevalier servant.

Le lendemain, Uncle Dave, familier depuis longtemps des Taino et des Arawak, fit, à l'heure du breakfeast, d'intéressantes révélations.

— Anacona peut être traduit par Fleur-d'Or. C'était le nom de la fille d'un ancien cacique d'Hispaniola, pendu en 1501 par le commandant Francisco de Bobadilla. Un affreux bonhomme qui, succédant à Christophe Colomb comme gouverneur des Indes occidentales, renvoya l'illustre navigateur en Espagne, entravé de fers. Les Taino n'ont jamais eu l'heur de plaire aux Espagnols...

À bord, tous constatèrent que la jeune Cubaine avait reçu une bonne éducation. Sa tenue à table, son langage, ses manières réservées la firent adopter, et, quand elle fut lavée et coiffée, Charles ne fut pas seul à découvrir qu'elle était plutôt jolie et bien faite, quoiqu'un peu maigre. De grands yeux bruns, un teint mat et rosé, une lourde chevelure à reflets cuivrés conféraient à cette orpheline le charme de certaines Cubaines au sang mêlé.

En arrivant à Soledad, Uncle Dave tint à conduire Malcolm à l'hôpital, malgré les récriminations de l'intéressé.

— Que craignez-vous ? demanda Charles au médecin au cours d'un aparté provoqué.

— Les balles de fusil des Espagnols sont enduites de graisse, comme les autres. D'où risque d'infection. Le teint et le blanc de l'œil, un peu jaunes, de notre ami peuvent faire craindre un ictère... une jaunisse, si vous préférez. Si la balle du flanc droit n'a fait qu'effleurer le foie, les choses rentreront dans l'ordre, mais s'il y a lésion, nous pouvons tout redouter à plus ou moins longue échéance, diagnostiqua le médecin. En attendant, je le garde, ajouta-t-il.

Une dépêche, arrivée d'Angleterre, via New York, par le câble télégraphique, et délivrée quatre jours plus tard à Nassau, d'où le bateau-poste l'apporta à Soledad, devait interdire à Uncle Dave de retenir plus longtemps le blessé.

Lord Simon se déplaça pour annoncer à son neveu et gendre la mort subite de lord Richard Murray au cours d'une chasse du cerf dans son domaine du Suffolk.

L'architecte reçut le coup sans broncher, mais un frisson le parcourut. Il ferma les paupières, le temps de s'affermir pour lire la dépêche tendue par Cornfield.

— Vous voici lord, Malcolm, puisque le titre des Murray est héréditaire. Vous êtes attendu en Angleterre par votre mère, qui a été prévenue à Venise de la mort de son mari. Par le biais de votre héritage – car votre père vous laisse élevage de moutons et filature – vous devenez aussi mon associé dans nos carrières de pierre, précisa Simon Leonard.

— Mon père et moi nous étions heureusement réconciliés depuis plusieurs années. Il avait oublié mes frasques, pardonné les justes griefs qu'il avait nourris contre moi. Une seule chose encore le décevait : je ne lui ai pas donné un petit-fils. La lignée des Murray du Suffolk s'éteindra avec moi, dit Malcolm avant d'annoncer son départ pour l'Europe.

— Je ne vais pas le laisser voyager seul dans l'état physique où il se trouve. Nous partirons ensemble, dit Ottilia, sitôt connues les intentions de son mari.

— Il me déplaît de vous voir partir, mais c'est votre devoir, acquiesça lord Simon.

Tandis qu'Alban Mortimer préparait les bagages, Malcolm se rendit à Valmy. Le souffle court, la main gauche passée dans le boutonnage du gilet pour frictionner le foie – « comme Napoléon », plaisanta-t-il, sachant que Charles remarquait son geste –, il s'assit en face de son ami.

— Mon cher, j'ai l'intention d'aller mourir en Angleterre. Un peu plus tôt, un peu plus tard, quelle importance ? Si je ne reviens pas, ce qui est possible et même probable, détruisez tout de mon cabinet de curiosités, sauf, peut-être, les animaux naturalisés qui pourraient trouver place dans le musée de Nassau.

Comme Charles protestait contre une perspective si pessimiste, Malcolm eut un sourire las.

— J'ai toujours pris mes semblables pour des rapaces, des envieux et des couards, mais vous, Charles, m'avez enseigné l'amitié qui ne se dément pas. Sans vous, Soledad eût été une prison. Voilà ce que je voulais vous dire.

En un geste affectueux, Desteyrac prit la main de Malcolm, qu'il trouva moite et fiévreuse.

— À Londres, faites-vous soigner par de bons médecins. Ils pourrons vous guérir, dit-il.

— Uncle Dave en sait plus sur les blessures par balle que tous les chirurgiens de Mayfair, et son diagnostic est sincère, assura Malcolm.

Charles le reconduisit jusqu'au boghei et l'aida à y prendre place.

— Vous voyez, mon cher, déjà les forces me manquent ; les forces et la mémoire. J'ai oublié de vous dire ce qui me tient le plus à cœur. Promettez-moi, quand j'aurai quitté ce monde, de ne pas abandonner Otti. Privée du plus commun des plaisirs, elle ne vit l'amour que par le cœur et l'esprit, et, croyez-moi, l'un et l'autre vous appartiennent depuis longtemps, acheva Murray.

Deux jours plus tard, Charles accompagna le couple à l'*Arawak*, commandé par Lewis Colson depuis ce que le lord appelait le « forfait de Mark Tilloy ».

— Souhaitez-moi du courage, Charles. Malcolm, avec tous ses détestables défauts, mérite d'être accompagné jusqu'au terme. Peut-être dois-je vous dire adieu. Sans doute aurez-vous quitté Soledad, pour n'y plus revenir, quand je rentrerai, je ne sais trop quand, d'Angleterre, murmura-t-elle, avec une trémulation de la lèvre inférieure qui trahissait son émotion.

Charles se tut, fixa son regard et lui prit tendrement la main.

— Je donnerai des nouvelles de Malcolm à mon père. Si vous êtes encore là, il vous les transmettra, conclut-elle, raidie, avant de marcher sans se retourner vers l'échelle de coupée.

Charles attendit que les amarres fussent larguées, mais, si Murray, de la lisse du vapeur, lui adressa un geste d'adieu, Ottilia ne se montra plus. Rentrant à Valmy, son chien sur les talons, Desteyrac eut le sentiment douloureux que venait de s'achever une période de sa vie.

Pendant le voyage à Cuba, le courrier s'était accumulé sur la table de Charles Desteyrac. Envoyés par sa mère, plusieurs numéros de *L'Illustration*, des mois de mars, avril et mai, relataient les sanglants événements parisiens ; l'entrée des Prussiens dans la capitale ; la création d'une Commune révolutionnaire s'arrogeant, sous drapeau rouge et calendrier de 1793, avec l'appui d'une partie de la garde nationale, les prérogatives d'un gouvernement ; le départ d'Adolphe Thiers, des ministres et des députés pour Versailles ; la guerre civile qui s'ensuivit entre fédérés – ainsi qu'on nommait les insurgés – et versaillais, la défaite des premiers par les troupes gouvernementales ; les exécutions sommaires érigées en actes de justice par les vainqueurs ; les fusillades d'otages civils et ecclésiastiques, comme les incendies allumés par les déçus de l'insurrection, occupaient des pages entières que Charles, atterré par le comportement de ses compatriotes, lut avec dégoût.

« Passion, esprit de parti, intolérance, division : telle a été l'histoire de notre passé, telle paraît devoir être malheureusement l'histoire de la nouvelle ère qui s'ouvre devant nous. [...] Tant d'aveuglement nous attriste profondément. Sommes-nous donc appelés à voir se perpétuer nos fautes et nos travers ? La France sera-t-elle perdue par les causes qui ont perdu la Gaule ? » écrivait un éditorialiste de *L'Illustration*, publication réputée impartiale par Mme de Saint-Forin.

Cette dernière, indéfectiblement attachée au Second Empire, n'acceptait qu'à contre-cœur l'avènement d'une république dont elle attendait qu'elle rétablît l'ordre dans la rue et la rente à la Bourse. Elle se réjouissait, dans une lettre, d'avoir vu le demi-frère de Charles, le colonel Octave de Saint-Forin, enlever à la baïonnette, avec ses zouaves, un bastion d'insurgés « dont pas un n'avait réchappé ».

Plus qu'aux considérations de Mme de Saint-Forin, Charles ajoutait foi aux informations contenues dans une lettre d'Albert Fouquet.

« Tu n'imagines pas ce que furent les mois que nous venons de vivre, entre la défaite de Sedan et la fin de l'insurrection des communards. J'ai senti un vent de liberté salutaire se transformer soudain en tempête sanguinaire. Des braves gens qui, dans un premier temps, avaient opté pour la république que tous – comme mon père et le tien le firent autrefois – nous appelions de nos vœux, se sont soudain mués, entraînés par des meneurs vindicatifs et avides de pouvoir absolu, en meurtriers et en incendiaires. J'ai compris, en quelques semaines, qu'il n'y a pas pire dictature que celle du peuple. On a vu des gardes nationaux fusiller les généraux Clément Thomas et Claude Martin Lecomte, l'archevêque de Paris, le curé de la Madeleine, douze pères dominicains et tous ceux qui désapprouvaient ces violences.

» Le palais des Tuileries a été incendié avec du pétrole ; comme l'Hôtel de Ville, le théâtre de la Porte-Saint-Martin, le palais de justice, les Gobelins, la gare de Lyon, des maisons, rue Boissy-d'Anglas et rue de Lille, ont brûlé sans motif. Des gens en ont profité pour régler des comptes privés. Un serrurier a mis le feu au logement d'une blanchisseuse qui refusait ses avances. Ailleurs, on pillait les caves des grands restaurants.

» Le 16 mai, des ouvriers dûment mandatés par la Commune, ont abattu, devant des Parisiens béats et réjouis, la colonne Vendôme. Une pétition, rédigée par le peintre Gustave Courbet, président de la commission artistique, qui sollicitait la destruction du monument, fut à l'origine de cette affaire. Courbet, que tous nous admirons, a en revanche pris grand soin d'œuvres d'art qu'il fit mettre à l'abri des vandales. Il a néanmoins été condamné à six mois de prison. Notre ami le peintre Diou, suivant l'exemple de son illustre confrère, a été de ceux qui manœuvrèrent le cabestan installé pour faire chuter le monument. Il a pu passer en Belgique avant d'être inquiété par la nouvelle police. À l'heure qu'il est, on chiffre à plusieurs milliers les insurgés qui ont été passés par les armes, et par dizaines de milliers ceux qui ont été ou seront déportés.

» Dans la situation où se trouve le pays, je crois de mon devoir de te mettre en garde en ce qui concerne les études de ton fils en France. Il y a, et il y aura, des changements à Polytechnique et aux Ponts et Chaussées. Le gouvernement voudrait en faire des pépinières de fonctionnaires, dont des politiciens ignares orienteront les projets et discuteront les initiatives. Certains des nôtres, comme Armand Rousseau ou Henri Varoy, ont choisi, depuis 1870, de faire une carrière politique. D'autres, comme Émile Cheysson, qui organisa la fabrication des farines pendant le siège de Paris en 1870, ont été récompensés par la direction d'une grande entreprise. Et puis il y a ceux, comme Ernest de Franqueville, brillant exécuteur de la politique ferroviaire de Napoléon III, qui, n'étant plus en cour, se retirent sous leur tente.

» Pour ma part, je viens de refuser un poste de professeur d'hydrologie aux Ponts, car je n'ai plus envie de vivre dans un pays gouverné par Thiers. Nous allons vers un régime bourgeois, déjà soumis aux appétits des banquiers, des maîtres de forges et des armateurs. »

Albert concluait en annonçant ses intentions.

« Après avoir assisté, en 1869, à l'inauguration du canal de Suez – à deux pas de l'impératrice Eugénie, s'il te plaît ! –, j'ai décidé de continuer à travailler avec Ferdinand de Lesseps, un génie sans prétention. Il a été discrètement pressenti pour étudier le tracé d'un canal qui fera communiquer la mer des Caraïbes avec l'océan Pacifique. Il m'a aussitôt embauché. Je suis certain que mes voyages à Panama me donneront l'occasion de faire escale aux Bahamas. Si j'ai un conseil à te donner, pour l'instant, reste sur ton île. »

La longue lettre de Fouquet, dix fois relue, emporta la décision de Charles. Puisque le régime dont il avait rêvé, pour lequel était mort son père, n'aurait sans doute de république que le nom, puisque Fouquet, le plus raisonnable de ses anciens condisciples, avait décidé de s'exiler, il resterait à Soledad et demanderait à Robert Lowell d'accueillir Pacal au Massachusetts Institute of Technology où il enseignait. Les Cornfield de Boston, qu'il ne connaissait pas encore, plus respectables et sans doute plus austères que ceux de New York, pourraient recevoir le petit-fils de lord Simon.

Seul sur la galerie de Valmy, alors que le soleil déclinait, tandis que Pacal et la petite Anacona jouaient au volant sur le gazon, Charles, sincère avec lui-même, reconnut qu'il avait attendu, voire espéré les fortes raisons que lui donnait Fouquet de renoncer à la France. Cette décision prise, il se sentit libéré, plus à l'aise, prêt à envisager l'avenir avec intérêt. Comme il savait lord Simon secrètement tourmenté, depuis des mois, par une séparation annoncée, il estima loyal de ne pas laisser le vieil homme plus longtemps dans l'incertitude. Il appela Timbo, fit seller son cheval et prit, au trot, le chemin de Cornfield Manor, certain d'y arriver à l'heure où Pibia servait le whisky étendu d'une même quantité d'eau glacée.

— Ne me dites pas que vous venez me faire déjà vos adieux ! Les journaux américains ne ménagent pas les encouragements et même les éloges à ce Thiers. Il a remis de l'ordre dans Paris, la Bourse monte, les affaires reprennent. De quoi vous satisfaire, non ? lança lord Simon, mordant.

— Je viens vous dire que, si vous acceptez de me confier la construction du phare du Cabo del Diablo et d'autres travaux, je reste à Soledad.

— *My God !* Rien ne pouvait me faire plus plaisir, Charles ! Nous allons continuer ensemble. Mais, pour Pacal... ? s'inquiéta aussitôt Simon Leonard.

— Nous l'enverrons à Harvard, au Massachusetts Institute of Technology. Bob Lowell veillera à ce qu'il devienne un bon ingénieur. Il ne sera pas polytechnicien, bien sûr, mais, de nos jours, les ingénieurs américains sont très prisés.

Mis en gaieté par la déclaration de Charles, lord Simon, en place du verre de whisky traditionnel, fit décanter par Pibia une bouteille de très vieux porto : celui de plus de vingt-cinq ans d'âge, qu'on servait pour célébrer l'anniversaire de la reine. Manière de donner à la décision de Charles valeur d'événement considérable. Les deux hommes vidèrent la carafe en croquant des biscuits au gingembre et en imaginant l'avenir.

Charles obtint que le maître de l'île sollicitât l'approbation de l'Imperial Lighthouse Service, nécessaire pour l'érection d'un phare dans l'archipel.

— Les gratte-papier de Londres ne peuvent refuser la construction, sur une île qui m'appartient, d'un ouvrage qui ne coûtera pas un shilling au Colonial Office, bougonna Simon Leonard.

En veine de générosité, peut-être parce que le vin capiteux produisait un effet chaleureux, lord Simon, déjà préoccupé par la perspective de l'envoi de Pacal à Harvard, se promit de faire un don à l'université la plus ancienne d'Amérique[1], dès que son petit-fils serait admis au Massachusetts Institute of Technology, qui en dépendait.

1. Fondée en 1636 par les premiers colons, installés à Boston, qui réunirent une somme de quatre cents livres pour créer une école à Cambridge, Massachusetts.

La nuit tropicale affichait déjà une débauche d'étoiles quand Charles Desteyrac regagna Valmy, le cœur léger, l'esprit en paix, conscient et satisfait d'avoir renouvelé le contrat signé dix-huit ans plus tôt. À quarante-deux ans, il pourrait, avec la construction d'un phare moderne, confirmer ses compétences d'ingénieur. Aux Ponts et Chaussées, on retenait toujours, depuis la fondation de l'école en 1747, les noms de ceux qui construisaient phares et ponts. Un dessin du pont de Buena Vista, dû au crayon de Malcolm Murray, figurait, rue des Saints-Pères, parmi les réalisations exemplaires des anciens élèves. Peut-être y ajouterait-on, un jour, le phare du Cabo del Diablo ? La tête bourdonnante de projets, Charles s'endormit.

Le lendemain, Pacal admit sans récriminer – un caractère entier le portait souvent à la contestation – qu'il devait renoncer à étudier en France et qu'il irait à Boston suivre des cours qui le prépareraient à la carrière d'ingénieur. Le fait de retrouver Robert Lowell et Viola influença son adhésion spontanée au projet paternel. Pendant son séjour à Soledad, l'homme aux mains de bois, qui considérait les mathématiques comme un amusement pour l'esprit, avait initié Pacal à la résolution de difficultés algébriques, qualifiées d'amusantes ! Ce serait donc un mentor rassurant et écouté.

— Et puis, je serai plus près de vous et de grand-père. On dit que les nouveaux paquebots de la Cunard ne mettent que trois jours pour faire le trajet de New York à Nassau, se réjouit Pacal.

Restait à connaître la position de Bob et la possibilité d'admission, par le conseil de Cambridge, d'un élève de nationalité britannique au MIT.

La réponse de Lowell fut rapide et, en tous points, satisfaisante. Pacal Desteyrac-Cornfield serait admis, à la rentrée 1872, après un examen destiné à évaluer ses connaissances. Bob se disait capable de préparer Pacal à cette épreuve en deux mois, « car mes élèves de dix-huit ans en savent moins que votre fils », écrivait-il. À la fin de sa lettre, le professeur ajoutait : « Viola mettra notre premier enfant au monde dans quelques semaines. »

En apprenant que Charles restait à Soledad, lady Lamia se montra moins expansive que son frère ne l'avait été.

— Je savais que vous resteriez, Charles, et j'en suis heureuse.

— Comment, vous saviez ?

— À fréquenter depuis si longtemps nos Arawak, j'ai appris à deviner, à certains indices, la détermination des gens devant une décision à prendre. J'avais vu clairement que vous n'étiez pas certain de faire le bon choix en nous quittant. J'ai senti – eh oui, je suis un peu sorcière, comme dit Simon – que vous attendiez un signe pour vous engager définitivement.

— Ce signe est venu, en effet. Des lettres de Paris m'ont détourné de rentrer en France, reconnut Desteyrac.

— Hum ! C'est là une mise en garde plutôt qu'un signe. Mais le signe, à votre insu, se prépare, dit-elle, comme souvent sibylline.

Rentrant à Valmy, Charles fut informé par Timbo que lord Simon l'attendait à Cornfield Manor.

— Je c'ois bien, mossu, que c'est pas bonne nouvelle d'Anglete"e, dit l'Arawak.

Dès que Charles parut sur la galerie, lord Simon vint à lui.

— Malcolm est mort, annonça-t-il d'une voix blanche.

— La complication redoutée par Uncle Dave s'est donc produite.

— Le bateau-poste vient de m'apporter une longue dépêche d'Ottilia. Malcolm a succombé à une hémorragie du foie. Elle l'a veillé jusqu'au dernier moment et l'a conduit jusqu'au caveau des Murray, dans le Suffolk. J'ose espérer qu'avant de mourir il aura eu le plaisir de perdre mille livres au White's. Il repose maintenant près de son père. Il n'aura pas été lord Malcolm bien longtemps, murmura Simon Leonard.

— Cela a dû être une épreuve pour Ottilia. Elle aimait Malcolm comme un frère, dit Charles.

— Elle a fait son devoir d'épouse, disons plutôt de sœur, en effet, rectifia Cornfield, qui savait à quoi s'en tenir sur l'étrange union formelle de son neveu avec sa fille.

— Encore un deuil ! Beaucoup de morts en peu d'années. Je perds avec Malcolm un ami, de commerce hasardeux mais fidèle, commenta Charles.

— Ottilia vous reste. Elle annonce son retour dans trois semaines, conclut le lord.

Plus tard, dans la soirée, Charles se demanda si Fish Lady était vraiment sorcière, et si la mort de lord Malcolm Murray pouvait être considérée comme le signe annoncé.

La réponse vint, par un matin pluvieux de novembre, quand lord Simon demanda à l'ingénieur d'aller chercher lady Ottilia à Nassau, où elle était arrivée à bord d'un paquebot de ligne New York-Cuba.

— Nous n'allons pas lui faire attendre le bateau-poste de la semaine prochaine. J'envoie l'*Arawak* avec Colson, mais j'aimerais que vous soyez à bord, Charles, pour accueillir Rosebud.

— J'allais vous le demander, dit Charles.

Pendant le voyage, quand il ne se tenait pas sur la passerelle, près de Lewis, Charles Desteyrac, vêtu du grand manteau de toile huilée des marins, marchait sur le pont, dans le pizzicato de l'ondée sur le teck. Il se préparait à revoir Otti comme si cette entrevue devait être différente de toutes celles qui l'avaient précédées. La joie de ces retrouvailles, qu'il combattait encore la veille, comme si elle cachait une indécente ambiguïté, il l'accueillait maintenant avec impatience et bonheur. Sur l'*Arawak*, homme solitaire, il allait au-devant d'une femme de qui il avait pensé autrefois : « Je pourrais l'admirer comme une œuvre d'art, mais non l'aimer. » Or, il percevait maintenant que les exigences de certaines amours ne peuvent être comblées par la chair et que le faisceau de sentiments, à la fois purs et ténébreux, dont sa relation avec Ottilia avait été voilée, cachait une secrète alliance.

Quand, sur le quai, en pleine bourrasque, Charles aperçut Otti dans ses vêtements de deuil trempés par la pluie, il lui ouvrit spontanément les bras. Elle s'y blottit, haletante, ses larmes se mêlant aux gouttes de pluie qui mouillait son visage.

— Vous êtes venu. Ah ! Vous êtes venu ! répéta-t-elle pour se persuader de la présence de l'homme qu'elle aimait.

Plus tard, à bord de l'*Arawak*, alors qu'ils étaient assis côte à côte sur le canapé, dans le salon dit de l'armateur, elle raconta les derniers jours de Malcolm.

— Il fut joueur jusqu'à son dernier souffle. Un vendredi, il paria cinquante livres – somme énorme ! – avec son médecin, misant qu'il serait encore vivant une semaine plus tard. Cette fois encore, il perdit. Il mourut le mercredi suivant. Sur sa table de chevet, il avait disposé une enveloppe destinée au médecin et qui contenait les cinquante livres, rapporta Ottilia, émue par ce souvenir.

Charles lui entoura les épaules de son bras et lui baisa le front.

— Oh, Charles ! Qu'allons-nous faire et dire, maintenant que tout est clair entre nous ? Pourrons-nous avoir un semblant de bonheur ?

— Le bonheur de chacun dépend de sa capacité d'illusion, dit-il.

— Pour n'y avoir jamais puisé, j'ai une grande réserve d'illusions. Je suis prête à les partager avec vous ! Qu'allons-nous faire ? répéta-t-elle soudain, à la fois gaie et anxieuse.

— Nous allons conjuguer nos illusions, mais aussi nos forces et nos faiblesses, pour vivre ensemble à Soledad, décida Charles.

Au moment de se séparer de Charles pour la nuit, Ottilia sortit de ses bagages un tube de carton, utile au transport des documents fragiles.

— Malcolm m'a dit, une quinzaine de jours avant sa mort : « Le moment venu, vous remettrez ça à mon ami Charles », rapporta-t-elle.

Intrigué, Desteyrac déboucha le tube, d'où glissa une grande feuille de papier. Déroulée, celle-ci révéla le dessin et le plan, étage par étage, d'une maison coloniale de belle allure. Un billet était joint, qu'il lut : « Pour Otti et Charles. Cette maison sera la vôtre à Soledad. Si vous le voulez, en mémoire de moi. Malcolm. »

Le lendemain, accoudés à la lisse, ils redécouvrirent ensemble, étirée sur l'océan, la longue silhouette de Soledad, promesse d'un nouvel Éden.

Ils ne furent pas surpris de voir, sur le quai du port occidental, la grande calèche de Cornfield Manor. Plus seigneurial que jamais, vêtu de lin écru, le maître de l'île les attendait. Un gardénia à sa boutonnière affichait sa volonté de montrer qu'en dépit des deuils, la vie l'emportait sur la mort.

Après les banalités de l'accueil, quand Ottilia et Charles eurent pris place, en face de lui, sur la banquette de cuir blanc, lord Simon sourit en voyant sa fille saisir furtivement la main de l'ingénieur.

« Enfin les choses finissent par rentrer dans l'ordre que j'avais souhaité », pensa-t-il.

Il abaissa l'aile de son panama devant ses yeux pour cacher son émotion de vieil homme satisfait.

REMERCIEMENTS

Pour écrire ce roman, l'auteur a puisé une foule d'informations dans l'énorme documentation qu'il a accumulée depuis plus de trente ans pour d'autres ouvrages.

Que tous ceux – responsables de départements d'archives nationales, municipales, militaires ou universitaires, de collections historiques, publiques ou privées, propriétaires de documentation familiale, bibliothécaires de réseaux publics ou des universités – qui, en France, aux États-Unis, en Suisse, aux Bahamas, à des titres divers, lui ont permis en trois décennies, quelquefois au prix de longues recherches, parfois au cours d'un simple entretien, de mieux appréhender le XIXe siècle, son histoire, ses mœurs, son économie, son industrie, sa vie quotidienne, ou l'ont aidé à préciser un simple détail, soient chaleureusement remerciés. Avec une mention particulière pour Nicole Jacquemin, Senior Regional Manager, Office du tourisme des Bahamas, Paris.

Glossaire des mots définis dans le tome premier

Ce deuxième tome de la série *Bahamas* peut être lu indépendamment du premier.

Pour les noms indiens, il a été adopté l'orthographe sans aucun accent ni accord, selon les meilleurs spécialistes dont les premiers traducteurs de George Catlin. En revanche, Peaux-Rouges est une traduction de Red Skin.

Pour tous les noms français d'origine, devenus réalité géographique ou administrative des États-Unis, il a été adopté l'orthographe américaine, sans accord ni accent.

Arawak = ensemble des peuples amérindiens qui durent se disperser sous la pression des Carib – Indiens caraïbes – et qui survécurent à Cuba et aux Bahamas.

archipel des Bahamas = environ sept cents îles et deux mille cinq cents îlots ou masses rocheuses émergeantes.

banglia = bungalow.

barbecue = réception en plein air au cours de laquelle

on servait, à l'origine, de la viande grillée : *barbecued meat.*

bozales = Noirs récemment capturés en Afrique par les négriers et devenus esclaves aux États-Unis.

cacique = chez les Arawak, représentant reconnu de sa communauté auprès des autorités britanniques, c'est-à-dire du gouverneur des Bahamas.

Cavalier = dans les États esclavagistes cotonniers du Vieux Sud, gentilhomme incarnant les valeurs aristocratiques de l'époque.

Charles Town = Charleston depuis 1783.

esclaves marron = esclaves en fuite.

fox hunting = chasse du renard.

gaïac = arbre porte-bonheur des Lucayens ; son bois est très dense et très dur ; sa résine est utilisée pour fabriquer des onguents de toutes sortes.

gallon = aux États-Unis : 3,785 litres ; au Canada et au Royaume-Uni : 4,546 litres.

General Assembly = Assemblée des Bahamas composée de vingt-neuf membres élus – Blancs, Noirs, mulâtres, Indiens métissés – constituant, depuis 1841, la représentation populaire.

God'dam' = juron : nom de Dieu.

hurricanes = cyclones, ouragans.

landlord = noble propriétaire terrien.

loyalistes = colons américains, restés fidèles aux Britanniques pendant et après la guerre de l'Indépendance américaine.

lunch = déjeuner.

manifest destiny = théorie selon laquelle les Américains seraient élus par la Providence pour dispenser civilisation et démocratie chez leurs voisins plus ou moins proches.

middling = catégorie de coton de Louisiane très appréciée.

mile = 1 609 mètres.
mille marin = 1 852 mètres.
northern = fort vent du nord, issu des anticyclones.
obeah = forme de sorcellerie africaine.
pied = 30,48 centimètres.
pink gin = gin agrémenté d'Angostura bitters, mélange de bitters aromatiques de couleur rosée, créé par le docteur J.G.B. Siegert, à Angostura (Venezuela) et commercialisé dans le monde entier depuis 1830.
punkah = chasse-mouches géant, suspendu au plafond et manœuvré à l'aide de poulies, destiné à ventiler et éloigner les insectes.
Taino = Indiens de la tribu des Arawak.
trou bleu = curiosité hydraulique ; cavité où le niveau de l'eau saumâtre varie au rythme des marées, la couche d'eau saumâtre étant recouverte d'une couche d'eau douce.
WASP = *White Anglo-Saxon Protestant.*
yellow bird = boisson rafraîchissante mais corsée, portant le nom d'un oiseau des Bahamas et composée de rhum, liqueur de banane, alcool d'abricot et jus d'ananas.
zemis = idoles des Antillais précolombiens ; constitués de pierre, de terre cuite, de craie, voire de coton.

Bibliographie sélective

ARNAUD Achille, *Abraham Lincoln, sa naissance, sa vie, sa mort, avec un récit de la guerre d'Amérique, d'après les documents les plus authentiques*, Charlieu Frères et Huillery, Paris, 1865.

BALLANTYNE Robert Michael, *The Coral Island*, 1857, réédition Puffin Books, London, 1994.

BARBICHE Jean-Paul, *Les Antilles britanniques de l'époque coloniale aux indépendances*, L'Harmattan, Paris, 1989.

BOTTING Douglas, *Pirates et flibustiers*, Collection La grande aventure de la mer, Time-Life, 1979.

CAMPBELL David G., *The Ephemeral Islands*, 1978, réédition MacMillan Education Ltd., London, 1981.

CARLIER Auguste, *Histoire du peuple américain – États-Unis – et de ses rapports avec les Indiens*, Michel Lévy frères, Paris, 1863.

CASAS Bartolomé de las, *Brevísima relación de la destrucción de las Indias*, Cátedra, Madrid, 1987.

CHIDSEY Donald Barr, *La guerra hispano-americana*, Grijalbo, Barcelona-México, 1973.

CORNELL Jimmy, *Routes de grande croisière*, Éditions loisirs nautiques, Cenon, 1999.

CORONIO Guy et l'équipe du Centre de documentation contemporaine et historique de l'École nationale des ponts et chaussées, *250 ans de l'École des ponts en cent portraits*, Presses de l'École nationale des ponts et chaussées, 1997.

CUNINGHAME Judy, *Flowers in the Bahamas*, Longtail Publishers, Bermuda.

DAVIS Burke, *The Civil War, Strange and Fascinating Facts*, 1913, réédition Faixfax Press, New York, 1982.

DEBOUZY Marianne, *Le Capitalisme sauvage aux États-Unis, 1860-1900*, Seuil, Paris, 1972.

DOUGLAS Robert, *Island Heritage, Architecture of Bahamas*, Darkstream Publications, Nassau, 1992.

DUVIOLS Jean-Paul, *L'Amérique espagnole vue et rêvée, les livres de voyages de Christophe Colomb à Bougainville*, Promodis, Paris, 1985.

EYMA Xavier, *Les Trente-Quatre Étoiles de l'Union américaine, histoire des États et des territoires*, Michel Lévy frères-A. Lacroix, Verboeckhoven et Cie, Paris-Bruxelles, 1862.

GRUSS Robert, *Petit dictionnaire de marine*, Éditions maritimes et d'outremer, Paris, 1963.

HANCOCK H. Irving, *Life at West Point*, G. P. Putman's Sons – The Knickerbocker Press, New York and London, 1901.

HANNAU Hans W., Garrard Jeanne, *Flowers in the West Indies*, Argos Inc., Miami.

HURET Jules, *En Amérique de New York à La Nouvelle-Orléans*, Eugène Fasquelle éditeur, Paris, 1906.

JOHANET F.-E., *Autour du monde millionnaire américain*, Calmann-Lévy, Paris, 1898.

LACOUR-GAYET Robert, *La Vie quotidienne aux États-Unis 1830-1860*, Hachette, Paris, 1958.

LEMASSON Jean, *Pêcheurs d'éponges et chiens de mer*, Julliard, Paris, 1961.

LOONEY Robert F., *Old Philadelphia in Early Photographs 1839-1914*, Dover Publications, New York, 1976.

LORAIN P., *Origine et fondation des États-Unis d'Amérique, 1497-1620* (revu par M. Guizot), librairie Hachette et Cie, Paris, 1853.

MAURIÈS Patrick, *Cabinets de curiosités*, Gallimard, Paris, 2002.

MAXIMILIEN prince, *Carnets de route de l'expédition sur le Missouri 1833-1834. Le peuple du premier homme*, aquarelles de Charles Bodmer, Flammarion, 1977.

MCPHERSON James M., *Battle Cry of Freedom, The Civil War Era*, Ballantine Books, New York, 1989.

MORENO FRAGINALS Manuel, *Cuba/España, España/Cuba : Historia común*, Mitos Bolsillos, Barcelona, 1998.

OATES Stephen B., *Lincoln*, Fayard, Paris, 1984.

OLIVERA Otto, *Viajeros en Cuba 1800-1850*, Ediciones Universal, Miami, 1998.

PASQUET D., *Histoire politique et sociale du peuple américain* (tome II : de 1825 à nos jours), éditions A. Picard, Paris, 1931.

PEEK Basil, *Bahamian Proverbs*, The Providence Press, Nassau, 1966.

PÉREZ HERRERO Pedro, *América latina y el colonialismo europeo, siglos XVI-XVIII*, editorial Síntesis, Madrid, 1992.

PHILIP Jacqueline, *L'Esclavage à Cuba au* XIXe *siècle*, d'après les documents de l'Archivo Histórico Nacional de Madrid, L'Harmattan, Paris, 1998.

ROGOZINSKI Jan, *A Brief History of the Caribbean*, Meridian, New York, 1994.

POWLES L. D., *The Land of the Pink Pearl*, 1888, réédition Media Publishing Ltd., Nassau, 1996.

RAND Clayton, *Sons of the South*, Holt, Rinehart, and Winston, New York, 1961.

ROUJOUX baron de, *Histoire pittoresque de l'Angleterre et de ses possessions dans les Indes depuis les temps les plus reculés jusqu'à la réforme de 1830*, Paris, 1834.

ROUSNAMIERE John, *Les Yachts de luxe*, Collection La grande aventure de la mer, Time-Life, 1982.

ROUX DE ROCHELLE M., *États-Unis d'Amérique*, Firmin Didot frères, Paris, 1837.

SHELLEY Henry C., *America of the Americans*, Charles Scribner's Sons, New York, 1915.

SIMONIN L., *Le Monde américain, souvenirs de mes voyages aux États-Unis*, librairie Hachette et Cie, Paris, 1876.

TAYLOR Thomas E., *Running the Blockade*, 1896, réédition Naval Institute Press, Annapolis, 1995.

WAGNER Charles, *Vers le cœur de l'Amérique*, librairie Fischbacher, Paris, 1906.

WILLIAMS Eric, *L'Histoire des Caraïbes, de Christophe Colomb à Fidel Castro, 1492-1969*, Présence africaine, Paris-Dakar, 1975.

ZAVALA Silvio, *El mundo americano en la época colonial*, tome I, Porrua, México, 1967.

Guides

APPLETON's *General Guide to the United States and Canada*, D. Appleton and Company, New York, 1893.

ASPINALL Algernon, *The Pocket Guide to the West Indies*, Sifton, Praed and Company, London, 1923.

BAEDEKER Karl, *Manuel du voyageur*, les États-Unis, Baedeker-Ollendorff, Leipzig-Paris, 1894.

COMPASS AMERICAN GUIDES, Henry Leifermann, *South Carolina*, Oakland, Carolina, 1995.

BAHAMAS HANDBOOK, Étienne Dupuch Jr. Publications, Nassau, 1971.

FIN, *The Complete Angler's Guide*, Miami, 1972.

FODOR, *The Bahamas*, New York, Toronto, London, Sydney, Auckland, 1998.

MCMORRAN Jennifer, *Bahamas*, Ulysse, Montréal, 1998.

Journaux, magazines, revues

Collections de :

Americana Review, New York. Notamment *American Advertising*, 1960.

National Geographic, Official Journal of the National Geographic Society, Washington D. C.

National Geographic, France, volume 7, numéro 34, juillet 2002.

The Bimini News, Bahamas.

The Nassau Guardian, Bahamas.

Divers

The Civil War Almanach, Henry Steele Commager (*introduction by*), John S. Bowman (*executive editor*), World Almanach Publications, Bison Books, New York, 1983.

Harper's Pictorial History of the Civil War, by Alfred H. Guernsey and Henry M. Alden, Harper and Brothers, 1866, réédition Fairfax Press, New York, 1977.

[illegible] National Catalogue, [illegible]
[illegible]
[illegible] The [illegible] 1974.
[illegible]
[illegible]

[illegible]

[illegible]
[illegible] New York, [illegible]
[illegible] National [illegible]
[illegible] Washington, [illegible]
[illegible]

[illegible]

[illegible] New York, [illegible]
[illegible]

Table

Du même auteur :

Les Trois Dés, Julliard, 1959, roman.
Une tombe en Toscane, Julliard, 1960 ; Fayard, 1999, roman. Prix Claude-Farrère. Le Livre de Poche, 2001.
L'Anglaise et le Hibou, Julliard, 1961, roman.
Les Délices du port, Fleurus, 1963, essai.
Enquête sur la fraude fiscale, Jean-Claude Lattès, 1973.
Lettres de l'étranger, Jean-Claude Lattès, 1973 ; Denoël, 1995, chroniques. Préface de Jacques Fauvet.
Comme un hibou au soleil, Jean-Claude Lattès, 1974, roman. Le Livre de Poche, 1984.
Louisiane, Jean-Claude Lattès, 1977 ; Fayard, 2004, roman, premier tome de la série *Louisiane*. Prix Alexandre-Dumas ; prix des Maisons de la Presse. Le Livre de Poche, 1985.
Fausse-Rivière, Jean-Claude Lattès, 1979 ; Fayard, 2004, roman, deuxième tome de la série *Louisiane*. Prix Bancarella (Italie). Le Livre de Poche, 1985.
Un chien de saison, Jean-Claude Lattès, 1979, roman. Le Livre de Poche, 1982.
Bagatelle, Jean-Claude Lattès, 1981, roman, troisième tome de la série *Louisiane*. Prix de la Paulée de Meursault. Le Livre de Poche, 1985.
Pour amuser les coccinelles, Jean-Claude Lattès, 1982 ; Fayard, 2003, roman. Prix Rabelais. Le Livre de Poche, 1983.
Alerte en Stéphanie, Hachette Jeunesse, 1982, conte. Illustrations de Mérel.

Les Trois-Chênes, Denoël, 1985, roman, quatrième tome de la série *Louisiane*. Folio, 1989.
La Trahison des apparences, Éditions de l'Amitié-G. T. Rageot, 1986, nouvelles. Illustrations d'Alain Gauthier. J'ai lu, 1994.
L'Adieu au Sud, Denoël, 1987, roman, cinquième tome de la série *Louisiane*. Folio, 1989.
Les Années Louisiane, Denoël, 1987, en collaboration avec Jacqueline Denuzière, sixième tome de la série *Louisiane*. Folio, 1989.
L'Amour flou, Denoël, 1988, roman. Folio, 1991.
Je te nomme Louisiane, Denoël, 1990 ; Fayard, 2003, récit historique, premier tome de *Au pays des bayous*.
La Louisiane du coton au pétrole, Denoël, 1990, album, en collaboration avec Jacqueline Denuzière.
Helvétie, Denoël, 1992, roman, premier tome de la série *Helvétie*. J'ai lu, 1993.
Rive-Reine, Denoël, 1994, roman, deuxième tome de la série *Helvétie*. J'ai lu, 1995.
Romandie, Denoël, 1996, roman, troisième tome de la série *Helvétie*. J'ai lu, 2000.
Beauregard, Denoël, 1998, roman, quatrième tome de la série *Helvétie*. J'ai lu, 2001.
Et pourtant elle tourne..., Fayard, 1998, chroniques.
Le Cornac, Fayard, 2000, roman. Le Livre de Poche, 2002.
Amélie ou la Concordance des temps, Fayard, 2001, roman. Le Livre de Poche, 2004.
La Trahison des apparences et autres nouvelles, édition augmentée, Fayard, 2002.
Le Pont de Buena Vista, Fayard, 2003, roman, premier tome de la série *Bahamas*. Le Livre de Poche, 2004.
Un paradis perdu, Fayard, 2007, roman, troisième tome de la série *Bahamas*.

Introductions et préfaces

Boulevard des Italiens, Draeger, 1975, album hors commerce, photographies de John Craven.

Lettre de Vittel, Société générale des eaux minérales de Vittel, 1979, hors commerce.

Walter Uhl, le rêve capturé, de Claude Richoz, Éditions du Vieux-Chêne, Genève, 1985, album.

À l'ombre de la Perdrix, de Jean Andersson, Créer, Nonette, 1986, écrits sur le Pilat, illustrations de Maurice Der Markarian, album.

La Guerre de cent ans des Français d'Amérique aux maritimes et en Louisiane, 1670-1769, de Robert Sauvageau, Berger-Levrault, Paris, 1987.

Voyages dans les Hébrides, de Samuel Johnson et James Boswell, traduction de Marcel Le Pape, La Différence, Paris, 1991.

Manufrance, les regards de la mémoire, de François Bouchut, Éditions de l'Épargne, 1992, album.

Terrenoire, pays noir dans un écrin vert, de Marcelle Beysson, Bibliothèque municipale de Terrenoire, Évasion culturelle terranéenne, 1992, récit historique illustré.

La Suisse, de Louis-Albert Zbinden, photographies d'Alfonso Mejía, Romain Pages, Sommières, 1993, album.

À PARAÎTRE

Au pays des bayous
Tome 2, *La Louisiane américaine*, Fayard.

Composition réalisée par PCA

Achevé d'imprimer en janvier 2008 par
MAURY Imprimeur
45330 Malesherbes
Dépôt légal 1re publication : janvier 2008
N° d'éditeur : 92984
Librairie Générale Française – 31, rue de Fleurus – 75278 Paris Cedex 06

31/0830/5